国家哲学社会科学成果文库

NATIONAL ACHIEVEMENTS LIBRARY OF PHILOSOPHY AND SOCIAL SCIENCES

巴赫金对当代西方文学理论的影响研究

曾军 著

社会科学文献出版社
SOCIAL SCIENCES ACADEMIC PRESS (CHINA)

作者简介

曾军　上海大学文学院教授、博士生导师，国家“万人计划”哲学社会科学领军人才（2018）、教育部长江学者奖励计划青年学者（2015）、中宣部文化名家暨四个一批人才（2017）。主要研究方向为文艺学和文化理论与批评，如巴赫金研究、西方文论中国问题、视觉文化研究、城市文化批评等。先后承担国家社科基金重大项目（2016）、国家社科基金重点项目（2015）等各类项目11项。已出版《接受的复调——中国巴赫金接受史研究》（2004）、《观看的文化分析》（2007）、《城视时代——社会文化转型中的当代中国文学与文化》（2016）、《中学西话：20世纪西方文论中的中国》（2020）等著述13部，发表论文130余篇。先后获得教育部哲学社会科学优秀成果奖、上海市哲学社会科学优秀成果奖、上海市优秀教学成果奖、上海市优秀教材奖等。

《国家哲学社会科学成果文库》出版说明

为充分发挥哲学社会科学研究优秀成果和优秀人才的示范带动作用，促进我国哲学社会科学繁荣发展，全国哲学社会科学工作领导小组决定自2010年始，设立《国家哲学社会科学成果文库》，每年评审一次。入选成果经过了同行专家严格评审，代表当前相关领域学术研究的前沿水平，体现我国哲学社会科学界的学术创造力，按照“统一标识、统一封面、统一版式、统一标准”的总体要求组织出版。

全国哲学社会科学工作办公室

2011年3月

目　录

Contents

导 论

西方文学理论中四处游荡的巴赫金幽灵

一 无处不在却难以定位：问题意识的形成

1964 年，在为安德烈·马丁选编的《埃菲尔铁塔》相册所做的解说词中，罗兰·巴特写了如下一段话：

> 在巴黎，要想看不见铁塔，那就必须绞空心计；不论什么季节——透过朦胧天色、雾霭、云气、雨丝、阳光，不论您在什么地点，不论您与铁塔之间隔着什么房脊、穹顶和树影构成的景致，您总会看见铁塔；它融入日常生活，甚至我们无法再为其发明什么特殊的属性，它固执顽强犹如磐石或江河，它完整奇妙如同自然景观——我们可以无休止地探讨其意义，却不能怀疑其存在。[①]

我在思考巴赫金对当代西方文学理论的影响问题（包括此前从事“中国的巴赫金接受史研究”课题[②]）时，头脑中时常会浮现出罗兰·巴特所描述的这幅画面。对于20世纪后半叶以来直到现在的超过半个世纪的文学理论发展史来说，巴赫金就如同矗立在浮华巴黎的埃菲尔铁塔一样——从建成的那一刻起，它就那么矗立在那里，你可以站在巴黎的任何一个角

---

① 〔法〕罗兰·巴特：《埃菲尔铁塔》，《罗兰·巴特随笔选》，怀宇译，百花文艺出版社 2005 年版，第 331 页。

② 曾军：《接受的复调——中国巴赫金接受史研究》，广西师范大学出版社 2004 年版。

落，从任何一个方位，在任何一个时刻，或近或远或明或暗地看到埃菲尔铁塔的存在。即使你不喜欢它，认为它只是钢筋铁骨、毫无美感，甚至你可能会反感它，认为它是现代工业技术所制造出来的一只恐怖怪兽。但这都没有关系，都不可能对埃菲尔铁塔在巴黎的存在感构成任何威胁。不过，两者也有明显的不同：如果说埃菲尔铁塔从其诞生之日起就已经定型且从未易容，已经定位也不再移动的话，那么巴赫金的学术形象及其在学术史上的定位则要暧昧许多。

既难以定位又无处不在，正是巴赫金留给学术史研究的最大难题，也成为本课题“巴赫金对当代西方文学理论的影响研究”的困难所在。

1. 难以定位的巴赫金形象

与巴黎的埃菲尔铁塔从建造起来之后便形成了无法更改的刻板形象不同的是，无论在生前还是死后，巴赫金都面临着一个不断变化、难以归类、争讼不断的命运。

一方面，我们看到巴赫金终其一生都在坚持其伦理哲学的思考向度，矢志不渝地在人与人际关系的框架下思考语言、文学乃至人文科学的问题；另一方面，他的绝大多数成果，均以未完成的书稿形式存在（即使是1929年出版的《陀思妥耶夫斯基创作问题》，也在20世纪60年代被部分重写）。在《论行为哲学》中，巴赫金曾为自己的学术研究勾画了一个宏伟蓝图：他要将“行为哲学”（以行为为核心的道德哲学）作为第一哲学来解除现代哲学的危机，并确立了行为哲学的三大研究领域，即以“作为行为的审美活动”为对象的艺术创作伦理学、以“作为行为的政治活动”为对象的政治伦理学和以“作为行为的宗教活动”为对象的宗教伦理学。由于遭到逮捕、流放、思想禁锢，再加上生活所迫，巴赫金无法实现自己的宏愿，只能在艺术创作伦理学方面有所推进，这也就是巴赫金会被视为文学理论家的重要原因。

但是，如果仅仅因此而将其视为一个从事文学研究，尤其是小说研究的专家的话，那么巴赫金本人就是断然不会接受的。当杜瓦金在访谈中向巴氏提问“你更多的是哲学家还是语文学家”时，巴赫金斩钉截铁的回答是：

“更多是哲学家。直到今天还是如此。我是个哲学家，是个思想家。”[①] 晚年的巴赫金一再站在人文科学方法论的高度提出自己的见解，如：在《论人文科学的哲学基础》中，他的观点是“人文科学的对象，是表现的和说话的存在。这个存在任何时候都不等同于自己，所以它的内涵和意义是不可穷尽的”[②]；在《文本问题》中，他认为“人文思想的诞生，总是作为关于他人思想、他人意志、他人表态、他人话语、他人符号的思想”[③]；在《人文科学方法论》中，他将对话、理解视为方法论的核心；等等。他还从文化史的角度展开对文学研究的思考：“文学是文化不可分割的一部分，脱离了那个时代整个文化的完整语境，是无法理解的。不应该把文学同其余的文化割裂开来，也不应像通常所做的那样，越过文化把文学直接与社会经济因素联系起来。这些因素作用于整个文化，只是通过文化并与文化一起作用于文学。”[④] 这些见解显然是针对将文学与政治、经济直接对接的庸俗社会学的主张而言的。正是这种超越文学研究（或者说超越狭窄的学术分科）的立场表达，使得我们无法只用一种方式或从一个角度来为巴赫金画像。如果说有比较贴切的对巴赫金形象描述的话，截至目前，那它就是由中国的巴赫金研究专家，同时也是文艺理论家的钱中文所勾画的：

> 在我看来，巴赫金是难以定位的，他的理论相当复杂，也存在被夸大了的、庸俗化的地方。巴赫金就是巴赫金，他是那种在20世纪不拉帮结派、不标榜主义、在残酷的逆境中默默耕耘的学者。他汲取本世纪人文科学甚至科学思想中的有用成分，把握了当今的前沿性问题进行了新的综合、新的创造，形成了他的大家风范，成了一位预言着20世纪后半期新理论开拓的人文科学家。他既反对理论的静止与停滞，要求创

① 〔俄〕巴赫金：《巴赫金访谈录》，钱中文主编《巴赫金全集·诗学与访谈》，白春仁、顾亚铃等译，河北教育出版社1998年版，第412页。

② 〔俄〕巴赫金：《论人文科学的哲学基础》，钱中文主编《巴赫金全集·文本 对话与人文》，白春仁、晓河等译，河北教育出版社1998年版，第2页。

③ 〔俄〕巴赫金：《文本问题》，钱中文主编《巴赫金全集·文本 对话与人文》，白春仁、晓河等译，第300—301页。

④ 〔俄〕巴赫金：《答〈新世界〉编辑部问》，钱中文主编《巴赫金全集·文本 对话与人文》，白春仁、晓河等译，第364页。

新与开拓，又与虚无无缘，具有追求价值、进行对话、建设理论、深化理论的品格。他为今天困境中的学者，或者已钻入牛角尖、走入死胡同的人们，提供了一种新的思维方式。我想这就是他备受东西方学者尊敬的原因了。[①]

尽管后世学者们不断地尝试从不同角度或同时从多个角度来定位巴赫金，甚至还有学者提出要“让巴赫金给巴赫金定位”[②]，但所有这些努力都无法最终完成对巴赫金的盖棺论定。也许，始终让巴赫金保持这种难以定位、多种面相的状态，正是我们对待巴赫金的最好方式。

2. 无处不在的巴赫金幽灵

如果说，难以定位是巴赫金留给后人的最大谜团的话，那么，巴赫金影响的无处不在则是其最鲜明的学术效应。

随着俄罗斯和西方学界对巴赫金的“三次发现”，巴赫金一批批尘封已久的手稿得以重见天日，其著述也在不断的修订再版中被传播到世界各地。[③] 巴赫金第一次被发现，大概是在 20 世纪 50 年代后期。当时苏联世界文学研究所理论部的青年研究人员柯日诺夫，在四处打听之后，终于找到巴赫金的行踪，并与另外两位青年学者鲍恰罗夫和加契夫一起在 1961 年 6 月第一次拜访了当时已届 65 岁的巴赫金。第一次被发现的成果就是，在几位青年学者的催促下，巴赫金重新修订的早期著作《陀思妥耶夫斯基诗学问题》和《拉伯雷的创作与中世纪和文艺复兴时期的民间文化》，分别于 1963 年和 1965 年正式问世。巴赫金第二次被发现的时间是 20 世纪六七十年代。这一时期，巴赫金的文论引起了法国结构主义（structuralism）者的注意，除了已有的著作被翻译成法文之外，还有更多的旧作和新作不断得到发表。

① 钱中文：《难以定位的巴赫金》，《文艺报》1996 年 2 月 2 日。

② 胡壮麟：《让巴赫金给巴赫金定位——谈巴赫金研究中的若干问题》，《北京大学学报》（哲学社会科学版）2008 年第 2 期。

③ 钱中文在《巴赫金全集》的中译本序言《理论是可以常青的——论巴赫金的意义》中，专门用一节的篇幅介绍了巴赫金被“三次发现”的过程，这成为巴赫金接受史及其对西方文学理论的影响史的经典概括。

这一时期，巴赫金主要的学术影响集中在与法国结构主义者的对话上，并最终促成了结构主义向后结构主义的转型；同时，“巴赫金小组”（Bakhtin Group）时期的一些著作，也引起了西方文化理论学者的注意，《马克思主义与语言哲学》（*Marxism and the Philosophy of Language*）[①]、《文艺学中的形式主义方法》（*Formalism in Literature and Art*）等著作相继被译成英文，这开启了巴赫金参与后现代主义和文化研究的影响历程。到了20世纪80年代，巴赫金更多的著作被整理出版，巴赫金研究正式成为专题性的研究领域，其学术影响也逐步扩大。这一时期的研究，主要特点有两个。一是巴赫金研究走向深入。1984年，美国学者克拉克和霍奎斯特合著的《米哈伊尔·巴赫金》成为英语世界介绍巴赫金的最为全面的传记。与此同时，还一度出现了好几种专门研究巴赫金的学术期刊，各类巴赫金研究的国际学术研讨会，也在世界各地召开，这些标志着“巴赫金学”的形成。[②] 二是巴赫金的理论被越来越多的学术领域所借鉴。巴赫金思想渗透到了人文社会科学研究的方方面面，各个学术领域和理论思潮都对巴赫金思想加以征用，甚至形成了所谓的“巴赫金工业”（the Bakhtin industry）。

经过“三次发现”，巴赫金的理论遂成为20世纪人类最重要的思想财富之一而被人津津乐道——人们不仅惊异于其文论话语的独特与思维方式的怪异，还更惊喜地发现无论哪家哪派的思想，如形式主义、结构主义、后结构主义、解构主义、符号学（semiotics）、读者反应理论、新马克思主义、新历史主义、女性主义、后殖民主义等，几乎都可从他那里找到思想的共鸣处。尽管巴赫金首先是作为陀思妥耶夫斯基小说的研究专家被发现的，但巴赫金本人的研究领域并不限于文学。作为一位文学理论家，巴赫金被认为是陀思妥耶夫斯基、拉伯雷研究的专家；因其提出复调小说、狂欢化理论、时空体理论，且研究了长篇小说和史诗问题，巴赫金获得了小说理论家的称号；巴

---

① 《马克思主义与语言哲学》的英译本，依据该书1930年的俄文第二版翻译，并删掉了原有的副标题“语言学中的社会学方法基本问题”。河北教育出版社的《巴赫金·周边集》中的中译本，则依据1993年的俄文版本译出。

② 如英国舍菲尔德大学设立了“巴赫金中心”网页，并办有电子杂志《对话》，白俄罗斯有《对话·时空体·狂欢》的巴赫金研究定期专刊，所成立的“国际巴赫金学研究协会”每两年举行一次学术研讨会。

赫金建构了审美活动、审美交往理论，提出了社会学诗学、历史体裁诗学等重要理论，成为当之无愧的文艺理论家和美学家；他在语言学研究领域卓有建树，其“超语言学”（translinguistic）被认为是对索绪尔结构语言学的有效质疑，同时也成为对马克思主义语言哲学的成功建构，巴赫金因此成为一个社会符号学家；在《拉伯雷的创作与中世纪和文艺复兴时期的民间文化》中，巴赫金挖掘出了民间诙谐文化之于文学创作的深厚土壤，因此他成为文化人类学、民俗学热议的话题；当然更重要的是，巴赫金自恃为“哲学家”，尤其是他要将行为哲学作为第一哲学来建构，哲学家、伦理学家也是巴赫金乐意接受的称谓。归根结底，巴赫金从事学术研究的多学科、跨学科性是其能够同时被多个学科、不同思潮，甚至立场相异的学者接受并汲取资源的重要原因。

正因为如此，巴赫金开始产生与日俱增的学术影响，其多维度的可接受性也决定了其跨学科的影响力；更重要的是，同一理论思想同时为多学科、多研究领域共同接受并发生影响，这是巴赫金影响无所不在的原因。以巴赫金的《陀思妥耶夫斯基诗学问题》为例，这本书的影响同时在多个层面上发酵，并都成为无可替代的理论高峰。其一是陀思妥耶夫斯基的作家研究。陀思妥耶夫斯基在文学批评史中被奉为最经典的作家之一，历代研究者辈出，可谓高手云集。但是，“巴赫金是我们这个时代最天才的陀思妥耶夫斯基的解读者。他成功地顶住了一切针对他的主要批评，因为这些批评对他著作的理解不够全面，再者，尽管他的解读存在问题，但是对陀思妥耶夫斯基文本中心问题的表达却无人能比。虽然，前巴赫金式对陀思妥耶夫斯基文本的解读仍然在大量出现，但毫无疑问，巴赫金向人们提供了一个新的范式（按库恩的说法），而此范式迫使许多陀思妥耶夫斯基的评论家们，不得不依照他的著作对先前出现的一切东西进行重新评价。参照巴赫金现在似乎成为一种必须，甚至在理解颇为单薄的地方也不例外”。因此，巴赫金之于陀思妥耶夫斯基研究的强大影响力，已使他成为一个绕不开的坐标：“他的模式是那么的强大有力，以至于，在我们能找到一个更好的替代物之前，还不应该将它抛弃。”① 这也正是马尔库姆·V. 琼斯要将自己的专著取名为

① 〔英〕马尔库姆·V. 琼斯：《巴赫金之后的陀思妥耶夫斯基——陀思妥耶夫斯基幻想现实主义解读》，“原序”，赵亚莉等译，吉林人民出版社 2004 年版，第 6 页。

《巴赫金之后的陀思妥耶夫斯基——陀思妥耶夫斯基幻想现实主义解读》的重要原因。其二是在《陀思妥耶夫斯基诗学问题》中，巴赫金创造性地提出复调小说的理论，尽管这在后世学者的研究中产生了极大的争议：有的毫无保留地把它等同于巴赫金将陀思妥耶夫斯基小说命名为“复调”的观点，并对之进行更细致的论证；有的则对作者与主人公之间的绝对平等的地位保持怀疑，并坚持用正统的现实主义观念回应巴赫金。巴赫金将复调小说的根本特点界定为“永无休止的对话”，这一对话超出了此前小说理论中的对白范围，不仅包含狭义的人物之间的对白，还包括人物内心的潜对话（自己对自己说话），不仅包括“微型对话”，而且还指涉“大型对话”，即真正的复调小说是“全面对话”的小说。这种对话观念被上升为对话主义，成为一种强有力的理论主张。在研究巴赫金的专著中，“对话”成为最重要的关键词，如 Michael Holquist 的 *Dialogism: Bakhtin and His World*（Routledge，2002）；Joan Kelly Hall，Gergana Vitanova，Ludmila Marchenkova 的 *Dialogue With Bakhtin on Second and Foreign Language Learning: New Perspectives*（L. Erlbaum，2005）；Rachel Pollard 的 *Dialogue and Desire: Mikhail Bakhtin and the Linguistic Turn in Psychotherapy*（Karnac Books LTS，2008）；Dale M. Bauer 的 *Feminism, Bakhtin, and the Dialogic*（State University of New York Press，1991）；Morson Gary S. 的 *Bakhtin: Essays & Dialogues on His Work*（University of Chicago Press，1986）；Jacob Blevins 的 *Dialogism and Lyric Self - Fashioning: Bakhtin and the Voices of a Genre*（Associated University Press，2008）；等等。在这些著作中，对话已经被运用于第二外语的学习研究、“精神分析学”（psycho - analysis）研究、女性主义研究、抒情诗研究等领域。

布赖恩·麦克黑尔在讨论叙事理论史的叙述难题时，发现：“有一个幽灵缠绕着叙事理论，至少是缠绕着戴维·赫尔曼和莫妮卡·弗卢德尼克讲述的叙事理论史。这幽灵不是别人，正是米哈伊尔·巴赫金。”为什么呢？一方面，巴赫金“无疑是20世纪后期影响最广的叙事理论家，文学专业的研究生即便对叙事理论一无所知，对这个人也能说出一二”。另一方面，“在赫尔曼和弗卢德尼克讲述的叙事历史中，竟然难觅巴赫金的踪影”。因此，麦克黑尔提出一个疑问：“一个人人喜欢的叙事理论家怎么能从历史中消失，尤其是从叙事史中消失呢?”[①] 这一疑问其实并不只存在于叙事理论史的叙述中，在整个文学理论发展史中，也都面临着这一既无处不在又难以定位的难题。

3. 肆意滥用的巴赫金资源

还有一个现象值得特别注意，巴赫金的学术影响与其学术生涯存在20年的时差。这使得巴赫金与当代西方文学理论思潮间存在巨大的时空障碍：当巴赫金细读陀思妥耶夫斯基、视俄国形式主义为“最好的对手”、批判弗洛伊德主义、搜罗中世纪民间文化的研究资料时，他的想法无法获得对方的回应；而当巴赫金被奉为俄罗斯20世纪最伟大的思想家之一，其著述不等他完全修订就被信奉者抢去出版，以及随他因复调、狂欢、时空体、对话等理论被各种文学理论思潮、流派和学者引为知己的时候，巴赫金却早已离开人世，再也无法回应他们由此衍生出来的问题。从这个意义上说，当巴赫金的学术声望日隆之际，正是“后巴赫金时代”形成之时。

巴赫金对当代西方文学理论的影响正是在这一“后 -”语境中进行的。凯瑞尔·爱默生（Caryl Emerson）以巴赫金自己的学术思想为中心，将其思想在西方的传播分为三个阶段：以拉伯雷研究和狂欢化理论为先导，随即扩散至对话理论和陀思妥耶夫斯基研究，最后进入对早期哲学论文的研究。[②]但如果以当代西方文学理论思潮为中心，巴赫金的影响则应肇始于俄罗斯形式主义成员和布拉格结构主义代表人物雅各布森，于1956年回到莫斯科参加国际斯拉夫语言学大会时对巴赫金的赞扬。1966年，克里斯蒂娃[③]应罗兰·巴特之邀向法国知识界介绍了巴赫金，并促成了巴特的“符号学历程”发展到第三阶段，克里斯蒂娃也进而建立起互文性理论，他们一起推动了法国结构主义运动向后结构主义的转向。与此同时，在托多洛夫[④]等人的共同

---

① 以上引文见〔美〕布赖恩·麦克黑尔《鬼魂和妖怪：论讲述叙事理论史的可能性与不可能性》，〔美〕James Phelan, Peter J. Rabinowitz 主编《当代叙事理论指南》，申丹等译，北京大学出版社2007年版，第48页。

② Caryl Emerson, “Keeping the Self - Intact During the Culture Wars: A Centennial Essay for Mikhail Bakhtin,” in *New Literary History*, Vol. 27, No. 1, 1996, PP. 107 - 126.

③ 又译“克里斯特瓦”“克里斯蒂瓦”“克莉斯特娃”等。

④ 又译为“托多罗夫”等。

努力下，巴赫金正式进入结构主义符号学的理论视域，形成巴赫金同时为结构主义者和后结构主义者所接纳的学术景观。1977 年，雷蒙德·威廉斯出版了《马克思主义与文学》，他将巴赫金/沃洛希诺夫的《马克思主义与语言哲学》视为最能体现马克思主义语言学派的代表性著作，并与斯图尔特·霍尔组织的“语言和意识形态小组”一起，影响伯明翰学派文化研究范式的选择。20 世纪 80 年代，巴赫金具有双重性的狂欢化理论在后现代主义理论思潮中获得肯定性意义，并在伊哈布·哈桑那里被确定为“后现代风格”，成为后现代主义大众文化理论的代名词（约翰·多克语）。此外，韦恩·布斯（Wayne Clayson Booth）在 80 年代初期惊呼“巴赫金唤醒了我”，并实现了从小说修辞学向小说伦理学的转向；约翰·费斯克（John Fiske）将狂欢化理论改造成大众文化的抵抗策略；女性主义受到对话主义的启发，开始寻求“性别对话”，从而调整了此前基于二元对立的反抗、反叛性的学术姿态。这些都在不同层面上丰富了当代西方文学理论。

这一“后 -”，不仅暗示了一种理论思想的延续，同时也表明一种真正的对话性的断裂。继巴赫金之后，俄罗斯在大半个世纪时间里鲜有与之比肩的大师级人物产生；对巴赫金文献的清理和学习，使得“巴赫金学”得以诞生，但复调、狂欢、语言哲学纷纷成为高深学问进而消磨了批判现实的斗志；面对市场化进程中大众文化的兴起，俄罗斯学界也似乎没有能力接续巴赫金专注民间文化的理论勇气。① 在西方，巴赫金的身影尽管不断地闪现于各种理论、思潮话语之中，甚至作为一座丰碑改写了当代西方文学理论史，但西方学者对巴赫金似乎更愿意采取“六经注我”式为我所用的态度（这正好与俄罗斯学界尊巴赫金研究为神明的“我注六经”式研究的心态相反），理论文化背景的简单置换、话语内涵外延的随意伸缩，以及来自立场

① 王亚民在《后巴赫金时代——近二十年俄罗斯文化理论发展概述》［《西北师大学报》（社会科学版）2006 年第 5 期］中指出，“尽管俄罗斯学者不得不面对或被迫研究俄罗斯大众文化现象，但是，无论从数量上，还是从影响力上，都不足以形成规模”，“俄罗斯大众文化理论上的裹足不前，本质上还是因为其工业化程度不够高和传统民族主义理念、正统文化观念……全球化时代是大众文化时代，作为一种普遍潮流、无可争辩的事实和社会性景观是无法回避的，然而俄罗斯民族主义本身没有发生实质性变化，因而对大众文化也就无法在理论上予以全部接纳。又因俄罗斯大众文化理论因其生成过程中的自我封闭性，显然不足以应对西方大众文化理论的挑战，也不能解说在西方工业化影响下成长起来的大众文化现象，也许，这也是俄罗斯大众文化批评进入不了国际主流视野的问题所在”。

迥异的文化思潮的阐释、改写，都使得巴赫金的思想及其形象在西方文化理论中变得花花绿绿以至于模糊不清了。对此，俄罗斯学者迈肯林也认为，巴赫金思想的广泛传播，已经造成了对其思想根基的篡改和整体上的误读，巴赫金在西方的接受史就是巴赫金被纳入从海德格尔到德里达的反形而上学的历史。①

的确，这正是巴赫金对当代学术（包括文学理论）发生影响的奇特现象：一方面，巴赫金的影响几乎无处不在，甚至达到令人匪夷所思的地步；另一方面，对于这种影响的性质我们却很难准确评估。有的真心诚意以巴赫金为师，认为其字字珠玑；有的则是灵光乍现，偶尔与之产生了联想；有的从巴赫金那里悟到了绝学精义，遂成为学术界具有绝世武功的顶尖高手；有的则是道听途说，虽只学到了点花拳绣腿类皮毛功夫，但也敢于招摇撞骗、四处“忽悠”；有的本已形成自己的学术创见，只是将巴赫金引为同道，使之成为自己的佐证材料；有的则是在攻坚克难中受到巴赫金的重大启发，从而引发对某些学术思潮的超越和解构。

更为重要的是，巴赫金的思想被彼此不同甚至截然对立的文论思潮、流派接受和引申，进而增加了我们对其评价的难度。如巴赫金的对话、复调既被结构主义纳入后形式主义的范畴，又被引申为互文性而成为后结构主义的重要组成部分；巴赫金的审美交往、“多重音性”（multi-accentuality）、“杂语/众声喧哗”（heteroglossia）成为西方马克思主义者争相谈论的马克思主义语言哲学问题，而狂欢、身体、戏谑又成为后现代主义大众文化研究必备的理论资源；即使是同一理论思潮，对巴赫金思想的评价也会出现两种相反论调并存的现象。如在女性主义那里，一方面，巴赫金的对话主义成为20世纪80年代之后女性主义批评家具有共识性的学术立场，“狂欢化的身体”也成为女性主义者进行女性写作、身体写作研究的常用术语，另一方面，巴赫金思想中对性别问题的忽视，又成为女性主义文学批评的反面教材。

后学们常将布鲁姆“阅读总是一种误读”作为肆意滥用前人学术资源的挡箭牌，但是同为误读理论的倡导者，艾柯却深为反感“阅读总是一种

---

① Carol Adlam ed., *Face to Face: Bakhtin in Russia and the West*, Sheffield Academic Press, 1997, P. 27.

误读”的提法，坚称“我从没说过这句话”①。虽然误读的确必不可免，但总归有“正读”的存在，而且“正读”才是学术研究从跟着说到接着说，再到对着说的正途。因此，在清理巴赫金对当代西方文学理论的影响，尤其是触及后现代主义者对巴赫金理论的滥用时，我们不能因其对当代文化批评发生了巨大影响而欢欣鼓舞，而应该以更加理性的态度保持适度警惕。

二 “西方文论”及其“受影响度”：接受语境的素描

1. 何处是“西方”

“西方”一词大概可以指涉欧美等西方发达资本主义国家，但这个“西方”既非纯粹的地理学的概念，其构成也绝非铁板一块。从地缘政治的角度来说，在20世纪中后期曾经长期存在所谓“华约”与“北约”的对立，使得从文化渊源上与欧美关系密切的苏联及其势力范围被划归到“东方”，所谓“东欧”即从内部构成了欧洲的异质性因素。这种“东西之别”带来的后果是，苏联社会主义革命及其所形成的马克思主义文论被自然地排斥出了西方文学理论的范围。苏联的社会主义文学理论，由两大理论资源构成：一是从马克思、恩格斯到列宁、斯大林的马克思主义文论，二是俄国本土生长的革命民主主义文论。此两者构成了相对独立的发展状态。不过，地缘政治的割裂并不能使苏联在20世纪保持其理论的单纯性。白银时代（19世纪末20世纪初）所酝酿的思想文化土壤，不仅使现代派文艺能够在俄国开花结果，而且还促成了俄国形式主义十几年的辉煌，尽管20世纪30年代以后他们被迫销声匿迹，但这种文论传统却得到了保存，巴赫金及其“巴赫金小组”以否定和批判的方式将形式主义、精神分析的合理因素保存了下来，什克洛夫斯基等人的沉默也使得他们能够一直活到20世纪五六十年代，并且影响到50年代塔尔图－莫斯科符号学派的诞生。很显然，这些东西是不能直接用地缘政治的范围来限制的，俄国形式主义和“巴赫金小组”的学术思想在60年代之后纷纷重返欧洲主流学界，并参与了结构主义符号学、

① 张鹭：《艾柯：我没说过“一切阅读都是误读”》，《新世纪周刊》2007年第7期。

解构主义等思潮的变迁。

这种“东西之别”为我们的“巴赫金对当代西方文学理论的影响研究”确立了一个基本的范围：以斯拉夫传统为主的俄罗斯及东欧，因其位属“东方”暂时不在我们的研究对象之中，或者不成为本课题主要的研究对象。虽然雅各布森及其布拉格学派在传播巴赫金思想方面扮演过重要角色（正是作为曾经的“俄国形式主义”代表人物的雅各布森和什克洛夫斯基不计前嫌地赞颂他和询问他，才使得苏联学界有更多的人知道巴赫金的存在），许多西方学者（如接受美学的代表人物尧斯）也是首先通过洛特曼及其塔尔图－莫斯科符号学派，才逐渐认识到巴赫金真正价值的。

因此，“西方”被约定俗成地理解为西欧、北欧、北美（美国、加拿大）以及澳大利亚、新西兰，间或也包含东亚的日本（当“西方”用来特指“发达资本主义国家”时）；而从学术研究的意义上说，德国、法国、英国、美国、澳大利亚等国又可被视为西方学术发展的代表国家。其中，它们又可被分为两大基本“阵营”：从哲学传统来说，人们往往会用“大陆理性主义”和“经验主义”来划分，于是德法就成为大陆理性主义的代表，而英美则成为经验主义传统的典型。因此，如果说有所谓“西方文学理论”的话，那么就应该有两种理论取向的西方文论：基于大陆理性主义的文论和基于经验主义传统的文论。

2. 巴赫金在德国：“极度深寒”

从学术地图来看，19世纪德国哲学的传统成为20世纪欧洲大陆文学理论发生的策源地。18世纪末到19世纪上半叶，以康德、席勒、黑格尔为代表的德国古典哲学美学派别对于20世纪的哲学美学、文论思潮来说，都是不得不面对的思想高峰，不用说“新康德主义”对俄国形式主义、“巴赫金小组”、法兰克福学派、分析哲学（美学）等中的代表人物均有直接影响，就说黑格尔，正如M. 怀特所说的：“几乎20世纪的每一种重要的哲学运动都是以攻击那位思想庞杂而声名赫赫的19世纪的德国教授的观点开始的。”他甚至指出：“现在不谈他的哲学，我们就无从讨论二十世纪的哲学。”[①] 马

① 〔美〕怀特：《分析的时代》，杜任之译，商务印书馆1981年版，第7页。

克思主义就更是不用说，从卢卡奇、葛兰西到法兰克福学派，它们构成了“西方马克思主义”的浪潮，随后还有“新马克思主义”“后马克思主义”的前后相续、推波助澜。不仅如此，马克思主义的影响还分别与存在主义、精神分析、结构主义等思潮相结合，一起渗透到了解构主义、后现代主义、伯明翰学派的文化研究之中，衍生于更多的分支。以尼采、叔本华为代表的唯意志主义也是一样，他们的学说不仅构成了现代主义的精神源泉，而且在后现代主义思潮中找到了复活的机缘，德勒兹正是抡起了尼采这把板斧直劈弗洛伊德的。在德国思想中，解释学的传统只有追溯到19世纪甚至更早才能说清楚问题，从施莱尔马赫的“认识论解释学”到狄尔泰的“方法论解释学”，再到海德格尔、伽达默尔的“本体论解释学”，它们直接为接受美学的培育与兴起储存了思想土壤。此外还有所谓的“现象学运动”，它也是发端于德国的，现象学的影响并不在于它形成了一种独立的“现象学文学批评”，而在于其方法对俄国形式主义、结构主义、存在主义、解构主义等思潮的思维影响和哲学支持。

但是，深受德国新康德主义影响的巴赫金，似乎并未得到德国学界的青睐。在《德国视野中的巴赫金》中，安东尼·瓦尔不无遗憾地发现：

> 在其本身的许多方面以及在众多学科范围内，巴赫金思想似乎是科学探索无法解决的问题。对其随便地拒不认真接受或有意地忽视，屡见不鲜。从巴赫金在德语世界可能变成什么样这一点上来看，我们会看到某个令人难以容忍的缺口；能说明这一点的是，在那些研究文化领域的语言学家-理论家的著作中，几乎完全没有任何巴赫金的特点。[①]

在德国接受巴赫金的过程中，经由法国转道的现象十分突出。安东尼·瓦尔发现：“德语大学讲起实质上的‘巴赫金’，始于茱莉亚·克里斯特瓦，其早期用法文写就的关于巴赫金的论著与巴赫金著作的早期德文选译本几乎出现在同一时期（我们指的是坎普弗［Кемпфе］的译本，收录在1969年出版的选集《文学与狂欢》［*Literatur und Karneval*］中）。……克氏文章

① 〔加〕安东尼·瓦尔：《德国视野中的巴赫金》，米慧译，《俄罗斯文艺》2011年第2期。

《巴赫金：词语，对话，小说》（*Bakhtine, le mot, le dialogue et le roman*）（1967）于1971年译成德文，为那些渴望获得有关巴赫金新知的德国人广泛阅读。该文章至今仍风靡于大学生之间。”尽管这被认为是德国接受巴赫金的“卓有成效的跃升”，但是安东尼·瓦尔并不满意，相反，他认为：“克里斯特瓦的文章对巴赫金研究的演变产生了压倒性的，甚至有害的影响。”而且，片面地、局部性地接受巴赫金，也限制了巴赫金思想在德国的传播。“巴赫金的不同面貌直接受制于该读者群偏好的某部书或某个（些）文本。因此，例如，历史学家最常关注巴赫金论拉伯雷一书，语文学家关注其论陀思妥耶夫斯基的专著，社会学家则关注巴赫金（沃洛希诺夫）的马克思主义与语言哲学。”① 还有一个更典型的例子，就是法兰克福学派第二代掌门人哈贝马斯。他的《公共领域的结构转型》出版于1961年，虽然这里已经开始涉及市民社会、民间文化，但哈贝马斯显然并不知道巴赫金及其《拉伯雷研究》的存在；从1981年到1984年，哈贝马斯陆续出版其交往行为理论的著作，② 但这些著作中也没有巴赫金的影子。直到1990年，哈贝马斯为《公共领域的结构转型》再版作序时才表明：“真正使我认识到大众文化内在动力的，是巴赫金的杰作《拉伯雷和他的世界》。大众文化显然绝不仅仅是背景，也就是说，绝不是主流文化的消极框架，而是定期出现、反抗等级世界的颠覆力量，具有自身的正式庆典和日常规范。这一惯常看法揭示出，排挤机制在进行分野和压制的同时，也唤起了无法抵销的对抗力量。”③ 哈贝马斯这里所提到的《拉伯雷和他的世界》是1987年的德文版译本，而其英文译本早已分别在1968年和1984年出了两个版本了。这足以证明德国对巴赫金的“极度深寒”，在接受巴赫金方面的迟钝、冷淡。

---

① 以上引文均出自〔加〕安东尼·瓦尔《德国视野中的巴赫金》，米慧译，《俄罗斯文艺》2011年第2期。

② 它们分别是1981年的《交往行为理论》第一卷《行为理性和社会的理性化》、《交往行为理论》第二卷《功能主义理性批判》，以及1983年的《道德意识与交往行为》和1984年的《交往行为理论的准备性研究及其补充》。

③ 〔德〕哈贝马斯：《公共领域的结构转型》，曹卫东等译，“1990年版序言”，学林出版社1999年版，第6—7页。

3. 巴赫金在法国："激情似火"

法国文学理论的特点在于其独特的艺术气质将德国式冰冷的理性转化为法国式火热的激情。巴赫金也正是以法国巴黎作为其登陆西方的第一站，开始对西方文学理论发生影响的。

从某种意义上说，法国几乎成为19世纪中后期以后欧洲文学艺术的创作实验场和哲学美学、文化理论的思想发动机。当我们清理这一百多年西方各种思潮发展脉络的时候，法国艺术家、思想家不仅占有相当大的比重，而且大多站在了开风气之先的位置。艺术上，印象主义、立体主义、达达主义、野兽主义等都留下了法国人的身影；文学上，象征主义、超现实主义、存在主义、荒诞派戏剧、新小说等成为一个时代的象征；哲学上，由柏格森、萨特、梅洛-庞蒂、列维-斯特劳斯、拉康、巴尔特、阿尔图塞、福柯、德里达、利奥塔、德勒兹等人组成的豪华阵容，共同推进了直觉主义、现象学、存在主义、结构主义、精神分析、解构主义、后现代主义等系列令人眼花缭乱的演变。那么，法国思想的原创性从何而来？首先，创新成为现代性的宿命。正如布雷德伯里所言，创新成为一切文学创作、理论批评的"Diktats"（绝对命令）。这一观念以为："现代艺术有特别的任务，领先的或先锋派的责任走在时代之前并对时代进行改造，与此同时艺术本身的性质也要进行改变。"① 因此，创新的任务则意味着需要不断前进，即不断地否定、不断地超越。也许，正是引领风气之先的冲动，造就了法国艺术家、思想家天才般的成就。其次，以巴黎为中心的法国成为人文会聚之地、百家争鸣之所，各种沙龙在这里举行，咖啡馆成为大师们交流的场所，博物馆成为感受历史与经典的殿堂。最后，也是最重要的，是法国秉承了大陆理性主义和浪漫主义传统，接续了启蒙主义的薪火，因此，各种思想的创新并非空穴来风，既非脱离本土文化与思想传统的他者言说，也非闭关锁国式的自说自话。在对20世纪西方文学理论产生重大影响的现代主义艺术浪潮中，此起彼伏的法国后期印象主义、新印象主义、象征主义、超现实主义、存在主义等，无疑是文论创新的艺术之源。在经历了二战之前的存在主义浪潮之后，

① 〔英〕马尔科姆·布雷德伯里：《创新》，刘凯芳译，《外国文艺》1998年第1期。

法国重新发现了索绪尔语言学的哲学价值，这使得结构主义走出语言学的限域，而成为人文学科普遍性的理论取向和理论运动。20 世纪 50 年代以后，尤其是到了 60 年代，列维－斯特劳斯的结构人类学、拉康和克里斯蒂娃的结构主义精神分析、阿尔都塞的结构主义马克思主义，以及罗兰·巴特、托多罗夫、格雷马斯等人的文本理论和叙事学理论，共同推动了结构主义向人文学科的全面渗透。而从 60 年代中期开始，结构主义自身的理论困境暴露无遗，以德里达为代表的解构主义大力扭转了结构主义包打天下的心态，而曾经风云一时的结构主义中坚罗兰·巴特、克里斯蒂娃等人，也纷纷转向，共同开启了后结构主义大门。

克莱夫·托姆逊认为："巴赫金著作法文译本的出现，推动了法国对巴赫金文学批评理论接受的历史进程。在此，两个在时间上相继的阶段可以被清晰地梳理出来：第一阶段为 70 年代与 80 年代初，第二阶段是 80 年代末以降直至今天。"① 第一个阶段的代表人物是克里斯蒂娃，第二个阶段的代表人物是托多洛夫。因此，本研究的正文便是从克里斯蒂娃和托多洛夫对巴赫金的接受开始来叙述其对西方文学理论的影响历程的。

4. 巴赫金在英美："水火交融"

与欧陆理性主义相比，英美经验主义传统并没有能够在 20 世纪前 30 年有所作为，现代主义艺术也仅在英国贡献了意识流小说这根独苗。发端于 20 年代的语义学批评，无疑与俄国形式主义有异曲同工之妙。在此基础上，到 40 年代，在英美兴起的新批评运动亦可算作经验主义传统中生长出来的形式主义之花。虽然没有任何直接的证据表明，语义学批评和英美新批评的产生，与俄国形式主义、布拉格学派和结构主义有任何的关联，但曾是布拉格学派中人的韦勒克到了美国之后就转而投身新批评运动，这足以见得出彼此的学术旨趣息息相通。二战期间及其之后，迫于战乱而逃亡的欧洲知识精英在美国重新找到了学术位置，诸如雅各布森、霍克海默、马尔库塞等人为美国带去了欧陆思想。新批评派到 60 年代走向没落之后，欧洲大陆的各种哲学美学、文论思潮才开始进入英国学人的视野。70 年代以后，伯明翰大

---

① 〔加〕克莱夫·托姆逊：《巴赫金在法国》，朱涛译，《俄罗斯文艺》2011 年第 2 期。

学当代文化研究中心在其第二任主任斯图尔特·霍尔带领下，从自身需要出发，进行了长达十几年的学术补课，所谓文化研究范式的“文化主义”、“构成主义”和“葛兰西转向”其实远远不能涵盖其内部的复杂性，诸如“阿尔都塞转向”“福柯转向”“后殖民转向”“女性主义转向”之类，不一而足，正是在伯明翰学派那里，我们找到了“英国经验、欧洲理论”的完美融合。

这种特点也适用于美国文论。相对于英国文论而言，美国文论更多地受到了经济与政治的双重解读。在经济角度，商品化及其文化工业这些原为法兰克福学派所批判的东西，在美国却成为其从事理论生产与传播的捷径；在政治角度，视“全球化即美国化”的全球化理论与后殖民思潮进而将“美国制造”妖魔化，使之成为人人敬畏与抵抗的真实威胁或假想敌人。但是，这种经济与政治的解读无形中赋予了美国文化理论以刻板印象，人们在谈“美”色变的同时，却往往疏于对之从学术本身、从理论的生成角度进行审视。比如，我们说美国的文化思潮或文化理论存在着商品化与工业化的痕迹，那么，我们能进一步说明它是如何进行生产与流通的吗？抑或这本身仅仅是一种理论的隐喻？我们说美国的文化理论存在着全球推销、以一元价值取代多元性存在的文化帝国主义、文化霸权主义色彩，但是我们想过没有，美国的文化理论何以能够克服欧陆文化理论的地方性色彩而使自己成为具有某种全球性影响的理论？它又何以能够生产出一种衡量世界各种文化理论的标准（视角），进而这种标准又如何经过推广而得到实现？也许，在所谓“美国制造”里，真的包含某种理论融通之道。与伯明翰学派多少有些干系，后转道澳大利亚再到美国的费斯克，也直接将自己90年代以后的理论取向命名为“美国文化、欧洲理论”（U. S. Cultures, European Theories）[①]。相似的情况也在美国60年代以后的文论中出现了，德国的接受美学在美国被经验化为读者反应批评，德里达的解构主义在美国也找到了传人——“耶鲁四人帮”。在美国发展最为充分的后现代主义浪潮，不仅席卷了文艺创作，而且还改变了人文学术，自从“后-”学诞生之后，“后殖民主义”“后女性主义”“后马克思主义”等纷纷登台亮相。

---

① John Fiske, *Power Plays*, *Power Works*, London: Verso Books, 1993, P. 35.

在这样的背景下，巴赫金对英美学界的影响异乎寻常地在两个对立的思潮中展开了：一是以英国伯明翰学派为代表的从马克思主义角度对巴赫金的接受，其标志就是通过对巴赫金/沃洛希诺夫的《马克思主义与语言哲学》的重新解读，发掘其话语理论的革命性力量；[①] 二是以后现代主义思潮为代表的对巴赫金狂欢、身体、杂语/众声喧哗等理论的接受，这使巴赫金成为各种“后学”的理论资源和佐证材料，并通过批量化的学术生产，将之塑造成后现代学术明星。

三 文论影响研究的对象与方法

现在到了确立本研究的对象与方法的时候了。正如众多研究者所发现的，巴赫金的学术影响几乎是无处不在的，从对巴赫金的著述倒背如流的研究专家，到对复调、狂欢道听途说的贩夫走卒，巴赫金的影响无论就其广度还是深度来说，都达到了绝无仅有的规模和程度。在《巴赫金之后：关于小说与文学批评的随笔》中，戴维·洛奇（David Lodge）曾感叹道：“如果说 20 世纪 60 年代是结构主义的十年，70 年代是解构主义的十年的话，那么，80 年代就已经被巴赫金著作的发现和散播所主导了。”[②] 说这句话时，戴维·洛奇正处在迈入 90 年代的起点上。到目前为止，近 40 年来，在英语世界中出版的巴赫金研究专著就已近百种，发表的论文更是难以计数。面对如此庞大的研究对象，我们该如何选择最有价值的研究方法？

1. 对象聚焦：“巴赫金研究”还是“巴赫金影响”

毫无疑问，最不可取的做法是将这些庞大的专著和论文（学位论文和

① 这里有一个非常有意味的巴赫金著作的翻译现象，它显示了英语世界和法语世界对巴赫金的不同态度。除了巴赫金的《陀思妥耶夫斯基诗学问题》和《拉伯雷研究》之外，“巴赫金小组”时期的著作率先出版的是英译本，《马克思主义与语言哲学》是 1973 年出版的，《弗洛伊德主义：批判纲要》是 1976 年出版的，《文艺学中的形式主义方法》是 1978 年出版的。但是，《马克思主义与语言哲学》直到 1977 年才出法文版，而《文艺学中的形式主义方法》一书直到现在都还未被译成法文。〔加〕克莱夫·托姆逊：《巴赫金在法国》，朱涛译，《俄罗斯文艺》2011 年第 2 期。

② David Lodge, *After Bakhtin*, *Essays on Fiction and Criticism*, New York: Routledge, 1990, P. 4.

学术期刊论文）一网打尽、一一罗列。我们首要的工作就是仔细鉴别、聚焦最有价值的研究对象。

有一个区分是必须有的，即辨析“巴赫金研究”和“巴赫金影响”。本研究的名称是“巴赫金对当代西方文学理论的影响研究”，因此，我们遴选研究对象的标准必须坚持以下几条。

第一，研究对象必须与西方文学理论相关。如前所述，巴赫金的影响除了文学研究影响之外，还在语言学、翻译学、传播学、社会学，甚至教育学等许多领域，都形成了不同程度的影响，后者显然是我们首先需要排除的对象，例如 Jacob Blevins 的《对话与抒情的自我塑造：巴赫金与体裁的声音》（*Dialogism and Lyric Self - Fashioning*：*Bakhtin and the Voices of a Genre*，Associated University Press，2008）就是一本在语言、教育领域运用巴赫金话语理论和对话主义思想的重要著作，但这并非本研究所必须面对的对象。在文学研究领域中，以及文学史、文学理论和文学批评等不同的研究方向上，马尔库姆·V. 琼斯的《巴赫金之后的陀思妥耶夫斯基——陀思妥耶夫斯基幻想现实主义解读》就是一本从文学史的角度考察陀思妥耶夫斯基幻想现实主义的著作，而戴维·洛奇的《巴赫金之后：关于小说与文学批评的随笔》则是一本运用巴赫金的理论解读现代小说的论文集，这两本书尽管都是文学研究，但与我们这里所讨论的巴赫金对当代西方文学理论的影响还有一定距离，因此，尽管本研究也将之纳入关注对象，但并不作为重点。

第二，研究对象必须是对西方文学理论发展产生较大影响者。因为即使是在文学理论研究领域，巴赫金的影响也是有程度不同的表现的。有的是以解读巴赫金作为毕生学术兴趣的研究专家，但他们自己对文学理论发展的贡献却不大。如现任教于美国普林斯顿大学的凯瑞尔·爱默生教授，就是将巴赫金引入美国学界的重要译介者，她编辑、翻译的巴赫金的著作就有三种：*Critical Essays on Mikhail Bakhtin*（Prentiss - Hall，1999）、*Problems of Dostoevsky's Poetics*（University of Minnesota Press，1984）、*The Dialogic Imagination*：*Four Essays by M. M. Bakhtin*（with Michael Holquist）（University of Texas Press，1981）；此外，她自己还有一本巴赫金的研究专著 *The First Hundred Years of Mikhail Bakhtin*（Princeton University Press，1997）；发表的论文据不完全统计，也有 10 多篇。[①] 那么，爱默生能否成为我们的研究对象呢？其主要的贡献在于译介，但是她本人在文学理论上的贡献则相对较少，或者说，她更多是文学理论的研究者和教学者，并没有扮演引领文学理论思潮、开辟思想风气之先的角色。因此，尽管巴赫金从文学理论的角度对爱默生发生了影响，但对于爱默生来说，她并没有将之转化成自己对文学理论的独立思考和创新观点，而只是一个“二传手”，承担起译介传播巴赫金理论的中介者角色。有的虽然一生并非始终将巴赫金作为唯一或主要的研究对象，甚至只是在其某个学术发展阶段上接受了巴赫金，但因其对文学理论发展的敏锐，意识到巴赫金理论之于现时代文学理论发展的独特价值，将之引入对当代文学理论重大问题的论争。这种学者首先应该是文学理论大师，其次才是巴赫金的接受者。

那么，在巴赫金研究专家和文学理论大师之间，我们该如何选择？巴赫金研究专家和受到巴赫金影响的文学理论大师，分别在不同层面上推进着巴赫金对当代西方文学理论的影响：巴赫金研究专家致力于完成巴赫金思想的知识化进程，并在学术史意义上重新将巴赫金问题化；文学理论大师并不以知识化和传播巴赫金思想为要务，而是在整体上推进西方文学理论思潮的演变时，借助巴赫金的思想资源。对本研究而言，我们需要重点关注的，正是巴赫金如何通过这些理论家（如克里斯蒂娃、托多洛夫、雷蒙德·威廉斯、特里·伊格尔顿等，尽管他们许多并非巴赫金研究专家）参与西方文学理论的论争与建构。而这些人，才是促进本研究的重要动因。

第三，在研究对象上，我们还需要确立两类接受者：一类是接受者个体，一类是接受者群体。梁启超在《清代学术概论》中开篇即对“思潮”作了定义，认为：“凡‘思’非皆能成‘潮’，能成‘潮’者，则其‘思’

---

① 如：1. “The Tolstoy Connection in Bakhtin,” *PMLA*, Vol. 100 (January 1985): 68 – 80; 2. “Freud and Bakhtin's Dostoevsky,” in *Wiener Slawistische Almanach*, 27 (1991): 33 – 44; 3. “Bakhtin, Lotman, Vygotsky, and Lydia Ginzburg on Types of Selves: A Tribute,” in *Self and Story in Russian History*, eds. Laura Engelstein and Stephanie Sandler (Cornell University Press, 2000): 20 – 45; 4. “Zosima's ‘Mysterious Visitor’: Again Bakhtin on Dostoevsky, and Dostoevsky on Heaven and Hell,” in Robert Louis Jackson, ed., *A New Word on The Brothers Karamazov* (Northwestern UP, 2003): 155 – 79; 5. “Shklovsky's Ostranenie, Bakhtin's Vnenakhodimost' (How distance serves an aesthetics of arousal differently from an aesthetics based on pain),” *Poetics Today*, Vol. 26 (2005): 637 – 664; 等等。

必有相当之价值，而又适合于其时代之要求者也。凡‘时代’非皆有‘思潮’；有思潮之时代，必文化昂进之时代也。”[①] 有大师，仅一人而可成高峰，即谓“前无古人后无来者”者；无大师，则众人聚而可成江河，古云“长江后浪推前浪”者；当然，还有大师振臂一呼而应者云集的社团、流派。这是学术发展史上最常见的几种基本状态。因此，本研究必须将这几种不同的情况都纳入研究的视野，并进行接受影响模式的探讨。比如，在结构主义、后结构主义风云激荡的时代，克里斯蒂娃借巴赫金之力推动了后结构主义的进程，而托多洛夫则在长达 10 年时间里仍对巴赫金进行结构主义诗学的解读；摆脱结构主义的束缚后，托多洛夫并非顺理成章地倒向后结构主义，而是借助巴赫金的对话主义，重新召唤已被解构掉的启蒙精神和人文主义传统。比如，在英国新左派传统影响之下，将巴赫金纳入马克思主义的讨论议题是最佳选择；而在美国自由主义的鼓捣下，巴赫金被一批“后学”理论家改造成了后现代主义的学术明星。再比如，女性主义者与巴赫金的关系，在女性主义发展第二阶段中的一批呼风唤雨的学者，出人意料地在 20 世纪 80 年代之后对巴赫金保持了某种沉默（如克里斯蒂娃在从符号学家向女性主义精神分析学者转向之后，在其女性主义著作中就很少提及巴赫金）；相反，一批后学如丽莎·格斯巴罗妮（Lisa Gasbarrone）、玛丽·罗素（Mary Russo）、伊丽莎白·巴特勒·卡林福德（Elizabeth Butle Cullingford）、帕特里克·D. 摩菲（Patrick D. Murphy）却将巴赫金奉为精神导师，并推开了女性主义对话的大门。

2. 方法选择：影响研究如何处理平行比较问题

巴赫金之所以能够产生如此巨大的学术影响，最根本的原因就在于巴赫金的著作让后世学者产生了强烈的共鸣。身处第二次世界大战结束之后，面对“（结构主义）理论”的巨大影响，卷入后现代大众文化浪潮的学者们惊奇地发现，早在 20 世纪 20 年代的苏联，在一个已被学术界和思想家完全淡忘的偏僻小镇，居然生活着一个有着如此开放、包容、多元以至充满激情的思想家。巴赫金那些早已不准备发表的著作里，竟然包含着对半个多世纪之

① 梁启超：《清代学术概论》，中华书局 1954 年版，第 1 页。

后的各种文化现象的“预言”。正因为如此，当不同的学术思潮引入巴赫金理论时，这些思潮流派的学者所做的最主要的工作，就是将巴赫金纳入自己的学术谱系，与本思潮、本学派、本潮流中的理论大师、核心思想进行比对：或使之成为重要的参照性文本（如斯图尔特·霍尔及其“语言和意识形态小组”所做的）；或使之成为超越本思潮、本理论局限的灵丹妙药（如克里斯蒂娃、托多洛夫等人所做的）；或为了强化某一学术思潮的主题，将巴赫金引为同道，如韦恩·布斯在《小说修辞学》第二版（与此同时，他正在撰写《陀思妥耶夫斯基诗学问题》第二个英译本序言）中声称“巴赫金唤醒了我”，因为“早在20年代，巴赫金就已发现了这个问题，提出了类似的主张，创造了类似的理论!”

此外，在巴赫金研究中，将巴赫金与西方重要理论家和思想家进行对比，是最常见的平行比较的研究范式，如伊格尔顿将巴赫金与本雅明所做的精彩对比；此外还有大量类似的论文涉及与德里达、福柯、罗兰·巴特、哈贝马斯等人的比较，以及与结构主义、后结构主义、马克思主义、现象学、女性主义、新历史主义、后殖民主义、后现代主义等理论思潮的比较。仅举一例，由米歇尔·E. 伽德纳（Michael E. Gardiner）主编的四卷本《米哈伊尔·巴赫金：智慧大师的现代社会思想》（*Mikhail Bakhtin: Sage Masters of Modern Social Thought*, SAGE, 2003），精选了20多年来西方理论界比较重要的巴赫金研究论文，其中就有大量以平行比较为研究方法的文章，如Nina Perlina 的“Mikhail Bakhtin and Martin Buber: Problems of Dialogic Imagination”, Brian Poole 的“Bakhtin and Cassirer: The Philosophical Origins of Bakhtin's Carnival Messianism”, Galin Tihanov 的“Culture, Form, Life: The Early Lukacs and the Early Bakhtin”, Michael Bernard - Donals 的“Mikhail Bakhtin: Between Phenomenology and Marxism”, Charles Lock 的“Carnival and Incarnation: Bakhtin and Orthodox Theology”, Caryl Emerson 的“The Outer Word and Inner Speech: Bakhtin, Vygotsky, and the Internalization of Language”, Clive Thomson 的“Mikhail Bakhtin and Contemporary Anglo - American Feminist Theory”, Barry Rutland 的“Bakhtinian Categories and the Discourse of Postmodernism”, Allon White 的“Bakhtin, Sociolinguistics and Deconstruction”, Robert Stem 的“Mikhail Bakhtin and Left Cultural Critique”,

Barry Sandywell 的 “Memories of Nature in Bakhtin and Benjamin”, Dragan Kujundzic 的 “Laughter as Otherness in Bakhtin and Derrida”, Jeffrey T. Nealon 的 “The Ethics of Dialogue: Bakhtin and Levinas”, Mikita Hoy 的 “Bakhtin and Popular Culture”, 等等。

那么，本研究如何处理这些平行比较的议题呢？有一个基本原则可以确定，即以影响研究为基础，适当借鉴比较研究的方法。两者的最大区别在于，影响研究的基础是事实联系，也就是说，如果比较对象的两者之间存在着影响与被影响关系的事实，或彼此之间存在着借鉴、对话、争论等学术上的事实，那么，我们就可以将之确定为影响研究的对象，并在此基础上，对影响研究的对象进行更为深入的挖掘，借鉴平行比较对可比性的重视，强化两者之间的思想异同的比较。举例来说，为什么我们能够确定将克里斯蒂娃作为本研究的研究对象？其事实联系是，克里斯蒂娃在 20 世纪 60 年代介绍了巴赫金，并创造性地提出了互文性理论，这是我们进行影响研究的基础。但是，巴赫金的复调、对话思想与克里斯蒂娃的互文性理论并不是一回事，前者重视的是主体与主体间的对话性关系，而后者看重的是文本与文本间的参照或模仿。这一主体间和文本间的差异，是只有在引入平行比较的可比性方法将两个对象进行异同比较之后，才能分析出来的。再比如，托多洛夫将巴赫金的复调小说作为历史体裁诗学来看待，并对巴赫金的作者与主人公平等对话的观点持保留态度，这也只有当我们建立了巴赫金—俄罗斯形式主义—托多洛夫三者之间的学术关联之后，才能看清托多洛夫的学术选择意味着什么。

处理影响研究与平行研究的关系时，还要注意的一点就是影响与被影响、接受与被接受之间在事实联系方面存在复杂性。比如本研究将要讨论的韦恩·布斯与巴赫金的关系，就不是一个简单的巴赫金影响韦恩·布斯的关系。当韦恩·布斯在 20 世纪 60 年代写出他的《小说修辞学》的时候，巴赫金还没有被引入西方学术界，也就是说，韦恩·布斯当时并未受到巴赫金的影响；但是到了 80 年代之后，韦恩·布斯发现了巴赫金，并认识到巴赫金早在 20 年代就已经开始对小说修辞学所提出的作者与主人公关系问题的探讨，因此，韦恩·布斯与巴赫金在小说修辞学的层面上，彼此之间并未形成影响与被影响的关系，而是都有不期而遇的发现之旅。但是，进入 80 年代之后，巴赫金对韦恩·布斯的影响开始显现，并促成了韦恩·布斯向小说伦理学的转向；巴赫金和韦恩·布斯对小说修辞和叙事伦理问题的研究，共同受到了叙事伦理学研究者们的重视，从华莱士·马丁到詹姆斯·费伦，再到亚当·扎卡里·纽顿，在其著作中都出现了将巴赫金和韦恩·布斯双双并举，共同针对同一主题展开论述的现象，这显示出一种“共同影响”的全新接受/影响模式的形成（相关论述，详见第五章）。

3. 多元网络：重建影响与接受的思想地图

那么，我们该如何勾画巴赫金对当代西方文学理论的影响地图呢？很显然，单一的接受与被接受、影响与被影响的模式并不能够完全解决问题。作为巴赫金的接受者之一，霍米·巴巴的一个看法毫无疑问具有方法论的意义。他在接受中国学者生安锋的采访时有过一段精彩的表述。

生安锋问道：“巴巴教授，在您的作品中，您多次提到弗朗茨·法侬、沃尔特·本雅明、雅克·拉康、雅克·德里达、迈克尔·福科、詹姆逊、弗洛伊德、爱德华·赛义德、巴赫金等思想家的理论和著作；在作家中，您似乎对托尼·莫里森、拉什迪、康拉德、福斯特、戈迪默尤其感兴趣。您能否谈谈他们都是怎样影响您的？”霍米·巴巴回答：

> 我想你给出了一个对我产生过影响的人的名单，但是要想分析他们每个人对我的影响是非常困难的，因为影响不能被看作是给你施加印象的一堆著作，也未必是一种不可阐释的理想的叙述。通常的情况是，当你在思考中遇到问题时，你就去读某个人的著作，因此，影响不是一条思想的河流，却更像一种解决问题的活动，更像是对你自己的或者别人思想的一种调解和干预。所以说，影响更像是网络，而不是整体性的思想传统。①

将影响以网络的形式建构，这正是对影响研究的最精彩的比喻。的确，传统的比较诗学研究，往往采取简单的“发送者—媒介（传播者）—接受

① 生安锋：《后殖民性、全球化和文学的表述——霍米·巴巴访谈录》，《南方文坛》2002 年第 6 期。

者”单向度的研究。但是，真正的文学理论的影响研究的影响因素要复杂得多。

从发送者来看，有在世和不在世之别，有主动影响和被动发现之异。巴赫金的影响史，可以分为三个大的阶段。一是身处白银时代，激情勃发的青年巴赫金以自己深髓的思想深深地影响到了“巴赫金小组”的其他成员。二是巴赫金第一次被发现的阶段，这时的巴赫金虽然年事已高，但仍然保有学术和思想的活力，因此，他能够改写书稿、接受访谈，主动回应相关的疑问，这正是主动影响的状态。三是巴赫金去世之后，一方面是巴赫金的手稿陆续得以整理出版，其学术影响开始大幅提升，但另一方面，由于接受者不再能够直接面对巴赫金，因此解读巴赫金的著作成为巴赫金学术影响的重要渠道。

从媒介（传播者）来看，文献整理和翻译介绍的程度，往往决定了这个时期巴赫金思想影响的途径、范围和效果。如20世纪60年代属巴赫金被第二次发现时期，只有《陀思妥耶夫斯基诗学问题》和《拉伯雷的创作与中世纪和文艺复兴时期的民间文化》等少量著作被整理出版并得到译介，因此，克里斯蒂娃对巴赫金的介绍只能以这两本书为主。到70年代之后，“巴赫金小组”时期的相关著作得以陆续出版，巴赫金思想影响的重心开始发生转移：从复调小说、狂欢化理论转移为马克思主义语言哲学。到70年代末，随着巴赫金的《长篇小说的话语》及早期和晚年的各类著作的整理发表，巴赫金思想的整体影响才开始出现。可以想象，如果托多洛夫没有着手整理巴赫金全集的工作（尽管没有最终完成），他何以能够写出《米哈伊尔·巴赫金：对话原则》（*Mikhail Bakhtin: The Dialogical Principle*）这本如此全面详细介绍巴赫金的著作？

于是，相应地，在不同时代，形成了不同的巴赫金形象，巴赫金被不同的理论以不同的视角予以了解读。如20世纪60年代，是以《陀思妥耶夫斯基诗学问题》和《拉伯雷的创作与中世纪和文艺复兴时期的民间文化》为主体的，其“复调”“对话”“狂欢”成为理解巴赫金的关键词；这一时期，巴赫金被赋予了与俄国形式主义相联系的后形式主义学术形象。到了70年代，随着《马克思主义与语言哲学》的翻译出版，“巴赫金小组”时期的具有马克思主义倾向的著作，引起英国新左派文化理论学者的重视，一个马克思主义语言哲学家、一个意识形态理论学者、一个社会语言学家的形象确立下来。进入 80 年代，《长篇小说的话语》受到高度重视，其间的“杂语/众声喧哗”“对话”“话语”成为西方学者争相征引的术语。这一时期，一个具有后现代特性的文化理论家、一个注重叙事修辞和小说伦理的小说理论家的形象获得了异乎寻常的提升。

从接受者来说，无论巴赫金研究专家还是文学理论大师，都不可能只有单一的思想来源。也就是说，任何一个巴赫金的接受者，都是在多个思想资源、渠道、来源的影响下完成对巴赫金的接受的。巴赫金思想影响的深与浅、思想侧面的异与同，都取决于接受者自身在接受过程中的学术背景、研究环境、时代氛围，甚至偶发因素。从霍米·巴巴的“混杂性”（hybridity）理论来看，固然有巴赫金复调、狂欢、杂语等思想的影响，霍米·巴巴也毫不讳言地承认了巴赫金思想对其的影响，但是，巴赫金的杂语/众声喧哗的思想并不足以解释霍米·巴巴的混杂性理论的复杂性。事实上，弗洛伊德精神分析学的拜物分析模式、德里达解构主义的播撒策略，以及拉康的主体建构理论等，也对霍米·巴巴产生了重要影响。因此，当要讨论霍米·巴巴的混杂性理论时，我们就不能简单地将之与巴赫金的杂语/众声喧哗思想相对应，而应该在上述多元思想的影响之中来判断巴赫金对霍米·巴巴的影响。

有鉴于此，本研究拟以“影响的多元网络”的方式，来重建巴赫金对当代西方文学理论的影响地图，力图在多元复杂的接受与影响现状中确立学术研究的基本方法。

四 时空转换：巴赫金形象变迁及其影响轨迹

本研究不拟作完全历史化、全面客观的巴赫金对当代西方文学理论的影响研究，因为这种研究几乎是不可穷尽的。本研究的写作也将在时间、空间、主体以及传播渠道（如不同的译介者、不同的译本）中探索影响研究的基本规律和方法。因此，本研究的目标有两个：一是以西方文学理论大师级学者和重要的文学理论思潮流派为主要研究对象，探究巴赫金是如何对他们形成影响的，他们又是如何接受并创造性发展巴赫金思想的；二是在此基础上，对比较诗学的研究方法进行建设性反思，以期形成更加自觉和更加系统的研究范式。

1. 巴赫金形象变迁表

关于巴赫金被后世各种理论思潮、流派争相接受之后所形成的林林总总的巴赫金形象，布赖恩·麦克黑尔（Brian McHale）不无忧虑地说，巴赫金“在过去二十多年时间里被接受的过程涉及一系列占用和误用、脱语境化和重新语境化。他从一种体制化语境进入另一种语境，像鬼魂一样在不同范式和学科间穿墙越界，神秘地分裂和繁殖，直到我们现在看到如此之多的巴赫金幽灵：美国自由人本主义的巴赫金（由韦恩·布斯赞助，他为1984年重译的《陀思妥耶夫斯基诗学问题》写过序）、后结构主义的巴赫金、唯物主义的巴赫金、女性主义的巴赫金、非裔美国批评的巴赫金（“双重声音”与“双重意识”相汇合）、后殖民的巴赫金、后苏联的宗教的巴赫金，无疑还有其他许多种巴赫金”①。这些巴赫金形象分别在不同国家之不同的学者笔下被重塑，在不同的文学作品、文化现象的解读中被运用。在这些有的大同小异、有的则天壤之别的各种巴赫金形象中，且存在着巨大的时空差异。为了叙述的简洁起见，笔者仅选取其中几个有代表性的与文学理论有密切关系的接受和影响现象，以表的形式呈现彼此之间的时空关系（见表1－1）。

表1－1 巴赫金与文学理论密切相关的代表性形象简况

时间	国家	重要译本	重要接受者	代表成果	巴赫金形象	其他接受者	其他代表作
20世纪60年代	法国	《陀思妥耶夫斯基诗学问题》（法文版，1970）、《拉伯雷和他的世界》（法文版，1970）[1]	克里斯蒂娃	《巴赫金：词语、对话和小说》（1967）	后形式主义者	罗兰·巴特[2]	《流行体系》（1967）
			托多洛夫	《诗学》（1968，1972）	结构主义诗学		

① 〔美〕布赖恩·麦克黑尔：《鬼魂和妖怪：论讲述叙事理论史的可能性与不可能性》，〔美〕James Phelan，Peter J. Rabinowitz 主编《当代叙事理论指南》，申丹等译，第51页。

续表

<table>
<tr><th>时间</th><th>国家</th><th>重要译本</th><th>重要接受者</th><th>代表成果</th><th>巴赫金形象</th><th>其他接受者</th><th>其他代表作</th></tr>
<tr><td rowspan="2">20 世纪 70 年代</td><td rowspan="2">英国</td><td>《马克思主义与语言哲学》(英译本,1973)、《文艺学中的形式主义方法》(英译本,1978)</td><td>雷蒙德·威廉斯</td><td>《马克思主义与文学》(1977)</td><td>马克思主义社会语言学家</td><td rowspan="2">斯图尔特·霍尔与“语言和意识形态小组”</td><td rowspan="2">《工人阶级语言的符号学》(查尔斯·沃森);《意识形态和主体性》(约翰·伊利斯)</td></tr>
<tr><td>《陀思妥耶夫斯基诗学问题》(英译本,1973)、《拉伯雷和他的世界》(英译本 1968)</td><td>托尼·本内特[3]</td><td>《形式主义和马克思主义》(1979)</td><td>形式主义超越者</td></tr>
<tr><td rowspan="5">20 世纪 80 年代</td><td>法国</td><td>“巴赫金全集(筹)”</td><td>托多洛夫</td><td>《米哈伊尔·巴赫金:对话原则》(1981)、《批评的批评教育小说》(1984)</td><td>对话主义</td><td>热奈特[4]</td><td>《隐迹稿本》(1982)</td></tr>
<tr><td>德国</td><td>《拉伯雷和他的世界》(英译本,1968)[5]</td><td>尧斯</td><td>《审美经验与文学解释学》(1982)</td><td>喜剧理论</td><td></td><td></td></tr>
<tr><td rowspan="2">英国</td><td rowspan="2">《马克思主义与语言哲学》(英译本,1973)、《拉伯雷和他的世界》(英译本,1968)</td><td>伊格尔顿</td><td>《沃尔特·本雅明:或走向革命批评》(1981)</td><td>狂欢</td><td>斯图尔特·霍尔</td><td>《解构:“大众”笔记》(1981)</td></tr>
<tr><td>皮特·斯塔利布拉斯和阿伦·怀特</td><td>《越轨的政治学和诗学》(1986)</td><td rowspan="2">大众文化</td><td>戴维·洛奇[6]</td><td>《巴赫金之后:关于小说与文学批评的随笔》(1990)</td></tr>
<tr><td>英/澳/美</td><td>《拉伯雷和他的世界》(英译本,1968)</td><td>约翰·费斯克[7]</td><td>《理解大众文化》(1989)</td><td></td><td></td></tr>
</table>

续表

时间	国家	重要译本	重要接受者	代表成果	巴赫金形象	其他接受者	其他代表作
20世纪90年代以来	美国	《陀思妥耶夫斯基诗学问题》(英译本,1984)、《拉伯雷和他的世界》(英译本,1968)、《长篇小说的话语》(《对话性想象》,英译本,1981)	霍米·巴巴[8]	《播撒:时代叙述和现代民族的边缘性》(1990)	后殖民主义		
			韦恩·布斯	《小说修辞学》(第2版,1983)《我们共同的朋友》(1988)	小说理论(从小说修辞到小说伦理再到叙事伦理)	华莱士·马丁	《当代叙事学》(1986)
						詹姆斯·费伦[9]	《作为修辞的叙事》(1996)
			亚当·扎卡里·纽顿	《叙事伦理》(1997)			
			玛丽·罗素	《女性怪诞》(1995)	女性主义		

2. 对变迁表的补充说明

下面是对表1-1必须要做的几个说明。

注释1：这两部著作的法译本均于1970年出版，《陀思妥耶夫斯基诗学问题》有两个法语译本，其中之一是由克里斯蒂娃作的序。

注释2：罗兰·巴特与巴赫金之间毫无疑问是以克里斯蒂娃为中介的，尽管黄晞耘已注意到了巴赫金的对话思想对罗兰·巴特的启示，但也明确指出，“我们这里所谈及的是通过克里斯特瓦（一般译为“克里斯蒂娃”——引用者注）的介绍巴特所了解和理解的巴赫金”，“事实上，对巴特产生了直接影响的是克里斯特瓦，而克里斯特瓦当时对巴赫金思想的介绍已经包含了一个属于她本人的、稍后将被其专门阐发的重要思想，那就是‘文本关联性’思想”。① 因此，罗兰·巴特对巴赫金的接受并非本课题关注的重点。

注释3：在伯明翰学人中，托尼·本内特（又译为“托尼·本尼特”）对巴赫金的接受与其他人有所不同。他在70年代主要是从对俄罗斯形式主

① 黄晞耘：《罗兰·巴特思想的转捩点》，《世界哲学》2004年第1期。

义的研究中注意到巴赫金的，因此，在他的《形式主义和马克思主义》一书的第四章“形式主义及其超越”中，巴赫金的复调小说和狂欢化理论都被视为历史诗学，这显示了托尼·本内特受到了托多洛夫结构主义诗学的影响。[①]

注释4：热奈特与巴赫金的关系也比较复杂。在他们中间有两个中介：一个是克里斯蒂娃，一个是托多洛夫。但与巴赫金向法国发生影响的顺序不一致的地方在于，尽管热奈特是将克里斯蒂娃介绍给罗兰·巴特的引荐人，但热奈特本人并没有因此而率先接受克里斯蒂娃所介绍的巴赫金，而是与托多洛夫一起，沿着结构主义诗学、叙述学的道路前行。因此，在20世纪60年代到70年代中期，热奈特一直集中精力从事叙述学研究，其中极少涉及巴赫金，仅仅在《叙事话语》中提到“复调化”[②]一词；而到了70年代末80年代初，热奈特突然开始重大的学术转向，不仅谈“广义文本”，还开始接受克里斯蒂娃的互文性理论，并发表《隐迹稿本》。如在《广义文本之导论》中，热奈特在谈及文类划分时，引述了托多洛夫的看法，并对巴赫金的体裁诗学进行了评述：“至于兹万唐·托多罗夫，他认为三分法滥觞于柏拉图，而定形于狄俄墨得斯：‘从柏拉图到埃弥尔·斯泰格尔，中经歌德和雅各布森，人们一直试图把三种类型看做基本的甚至“天然的”文学形式……公元4世纪时，狄俄墨得斯系统总结了柏拉图的学说，提出下述定义：抒情作品=只有作者一人讲话的作品；戏剧作品=只有人物讲话的作品；史诗=作者和人物都有权利讲话的作品。’1938年，米哈伊·巴赫金没有如此具体谈及区分内容，但是断言体裁理论‘至今并没有在亚里士多德的理论基础上增加任何实质性的新内容。他的诗学依然是体裁理论不变的基础，尽管有时这一基础深藏不露，以至于我们难识它的真面目’。”这里的注释是从托多洛夫编的《语言科学百科辞典》（巴黎：瑟伊出版社1972年版）第198页转引的。热奈特还认为：“显然，巴赫金没有觉察到《诗学》有关抒情体裁的巨大沉默，这种疏忽奇妙地显示了他对基础的忘却，而他却自以为在揭示基础。我们将看到，问题的根本在于现代诗学家们（前浪漫

---

① 参见〔英〕托尼·本尼特：《形式主义和马克思主义》，曾军等译，河南大学出版社2011年版。

② 〔法〕热拉尔·热奈特：《叙事话语　新叙事话语》，王文融译，中国社会科学出版社1990年版，第136页。

主义者、浪漫主义者和后浪漫主义者）那种追溯幻觉，他们盲目地把自己的贡献投放给亚里士多德或柏拉图，因此而‘掩盖’了他们的不同观点，掩盖了他们的现代性。”① 而其《隐迹稿本》虽然没有直接引述巴赫金的成分，但其进一步拓展、深化克里斯蒂娃互文性理论并将之形成新的文本理论的用意是显而易见的。

注释5：《拉伯雷和他的世界》的德文版于1987年才得以出版，尧斯在该书中所引的是1968年的英译本。这里还有一个问题需要讨论。在接受美学中，尧斯也对巴赫金有所接受，但是否能够独立成章，却是我们必须认真权衡的问题。在其《审美经验与文学解释学》中，他罗列了对其思想产生影响的重要思想家，但其中没有巴赫金。或者说，同样是俄国学术思想的影响，俄国形式主义和洛克曼符号学对尧斯的影响要远甚于巴赫金。在“论喜剧主角之逗人发笑”一章中，尧斯从正反两方面（嘲笑和同笑）来看喜剧主角。他从弗洛伊德的降级法谈起，重点分析了波德莱尔对这种笑的看法，在提到波德莱尔认为莫里哀和拉伯雷是最合适的讨论对象时，尧斯引入了巴赫金：“迄今为止，激起人们对战胜恐惧、强制和压迫发出笑声的怪诞的主人公一直没有引起弗洛伊德关于主人公理论的兴趣。因此，我们在这里回顾一下米哈伊尔·巴赫金的观点是适宜的。巴赫金最近才为人们所知的《拉伯雷和他的世界》一书为我们理解那些作为怪诞可笑的人物形象的拉伯雷式的主人公提供了重要的见解。”他将巴赫金的怪诞喜剧观与弗洛伊德的反面形象喜剧描述性模型进行比较之后，认为“反面形象的喜剧把理想人物降格到这样的水平，使读者和观众得以与主人公认同”，而“怪诞喜剧则是把动物性和肉体提升到这样的水平，在这儿读者或者观众与主人公之间的距离在同情的笑声中消失了”。因此，“怪诞之笑的各种现象明显地与弗洛伊德关于快感产生于‘感情消耗的节约’的理论相对立”。在同一章的第三节“拉伯雷作品中作为怪诞的生活形象的主角”中，尧斯在更宽阔的视域中讨论了巴赫金的民间幽默文化。但是，尧斯对之的态度有所保留，认为：“巴赫金的解释虽然不能完全公允地评价拉伯雷的创造个性、他的人文主义的或伊拉斯漠的信条以及关于一种新的生活实践的问题，但是，巴赫金毕竟

① 〔法〕热拉尔·热奈特：《热奈特论文集》，史忠义译，百花文艺出版社2001年版，第3—4页。

给我们一把不可或缺的钥匙，帮助我们避免语文学和实证主义研究中碰到的那些众所周知的问题。”①

注释6：戴维·洛奇是英国著名的小说家和文学批评家，他的《现代写作方式》（1977）、《小说的艺术》（1992）等成为研究现代小说技巧的经典，《大英博物馆在倒塌》（1965）、《小世界》（1984）等是其小说创作的代表作。《巴赫金之后：关于小说与文学批评的随笔》是戴维·洛奇以巴赫金理论为方法，进行现代小说批评的代表性著作，书中戴维·洛奇概述了巴赫金的学术生涯，将巴赫金的对话、杂语、狂欢等理论运用于对乔治·艾略特、詹姆斯·乔伊斯、D. H. 劳伦斯、费·威尔登、马丁·阿美斯等作家作品的批评，戴维·洛奇还研究了伊丽莎白·盖斯凯尔、简·奥斯汀、亨利·詹姆斯、鲁德亚德·吉卜林和米兰·昆德拉等对经典现实主义、现代主义和后现代主义小说产生重要影响的经典作家的创作。这些文学批评论文均写作于20世纪80年代，并于1990年以《巴赫金之后：关于小说与文学批评的随笔》为名结集出版。② 不过，戴维·洛奇对巴赫金的认识主要依托霍奎斯特和克拉克的《米哈伊尔·巴赫金》以及结构主义、后结构主义和对话主义思潮中对巴赫金思想的借鉴与发挥，从理论的角度来看，原创性并不强，因此，本研究仅在此存目。

注释7：约翰·费斯克通常被认为是美国学者，其实不太准确，他的学术生涯兼具英国、澳大利亚、美国三段时期。有关其学术历程的描述详见本书第三章相关部分。

注释8：霍米·巴巴的混杂性理论将巴赫金的杂语/众声喧哗视为理论来源之一。但本研究不打算将霍米·巴巴作专章专节论述，原因有两点：一是巴赫金的杂语/众声喧哗并非霍米·巴巴混杂性理论的唯一来源；二是混杂性理论在霍米·巴巴的众多思想中并非最重要的问题之一，也非后殖民主义最重要的核心问题之一。相比于女性主义接过巴赫金的对话主义克服了此前基于男女二元对立的对抗性思维而言，巴赫金对后殖民主义的影响还算是局部性的。因此，本研究首选巴赫金对女性主义的影响研究作为研究对象。

① 上述引文出自〔德〕汉斯·罗伯特·耀斯《审美经验与文学解释学》，顾建光等译，上海译文出版社1997年版，第294—295、310—318页；耀斯，即尧斯。

② David Lodge, *After Bakhtin, Essays on Fiction and Criticism*, New York: Routledge, 1990.

注释9：詹姆斯·费伦对巴赫金的正式接受虽然较晚（大概是20世纪80年代后期的事情），但是其与巴赫金之间在思想上的共鸣，早在80年代就已经开始了。他出版于1981年的《词语世界：小说中的语言理论》（*Worlds from Words: A Theory of Language in Fiction*）虽然没有对巴赫金作任何征引，但已包含了此后小说修辞、叙事伦理方面的思想因素。

3. 图解巴赫金的影响轨迹

作为对表1-1的图解，我们大体可以把巴赫金对当代西方文学理论的影响过程勾画出来。

首先，巴赫金对当代西方文学理论的影响始于20世纪60年代，其过程是，随着巴赫金的第一次被发现，巴赫金被尘封已久的著作（《陀思妥耶夫斯基诗学问题》和《拉伯雷的创作与中世纪和文艺复兴时期的民间文化》）陆续在60年代早期得以出版，并很快传播到东欧诸社会主义国家。随着克里斯蒂娃和托多洛夫赴法国巴黎求学，他们将俄罗斯形式主义和巴赫金传入法国，成为巴赫金影响西方文学理论的第一站。

其次，在克里斯蒂娃、托多洛夫等人的努力下，巴赫金开始被法国学界所接受。一方面，在克里斯蒂娃那里，被发展成互文性理论，推动了法国的后结构主义转向；但另一方面，以托多洛夫为代表，仍然执着于结构主义诗学的探索，并在历史体裁诗学的框架下对巴赫金进行理解和阐释。这就造成整个70年代巴赫金对法国文学理论所形成的两大基本影响。

与此同时，以法国为基地，巴赫金的影响也开始扩散。60年代末70年代初，巴赫金携带着法国口音进入德国，引起德国文学理论研究者的兴趣，但并没有对德国的文论思潮产生重要影响。

再次，1968年，《拉伯雷和他的世界》的英文版出版，成为巴赫金进军英语世界的起点。70年代之后，在英国新左派知识分子努力下，“巴赫金小组”时期有争议的著作陆续被译成英语，包括1973年的《马克思主义与语言哲学》、1976年的《弗洛伊德主义：马克思主义视角的评论》（即《弗洛伊德主义：批判纲要》，*Freudism: A Marxist Critique*）和1978年的《文学研究的形式方法：社会学诗学引论》（即《文艺学中的形式主义方法》）。这些作品在伯明翰当代文化研究中心的文化研究学人那里，成为讨论马克思主义语言哲学的"关键文本"，并推动了伯明翰学派的"葛兰西转向"。

最后，进入80年代之后，巴赫金影响西方文学理论的主战场发生很大的变化。其一，欧洲的巴赫金接受可谓四处开花。在法国，托多洛夫以《米哈伊尔·巴赫金：对话原则》和《批评的批评——教育小说》为标志实现了其对对话主义的思想转向；此前同属结构主义阵营的热奈特也主动吸收了后结构主义互文性理论，重新搭建了文本理论的框架。在德国，接受美学的代表人物尧斯注意到了巴赫金的狂欢化理论，并从"引人发笑"的喜剧角度予以接受。在英国，以特里·伊格尔顿为代表，新左派文化理论家继续发掘巴赫金思想中的"革命性"因素；以戴维·洛奇为代表，将巴赫金的思想运用于小说的批评实践，进一步扩展了巴赫金的影响领域。其二，美国成为巴赫金思想复活的福地，在小说研究领域，以韦恩·布斯、詹姆斯·费伦、华莱士·马西、亚当·扎卡里·纽顿等为代表的小说理论家，创造性地推进了巴赫金对小说修辞学、小说伦理学、叙事伦理学的影响；在文化理论领域，约翰·费斯克的大众文化理论，成为巴赫金狂欢化理论完全融入后现代大众文化的标志。此外，在整个后现代主义学术大潮中，女性主义、新历史主义、后殖民主义、少数族裔文学批评也相继从巴赫金那里发现有益的思想资源。

由此，巴赫金真正成为对西方文学理论产生全面性影响的重要学者。这正是我们所能够以粗线条勾勒出巴赫金学术影响的地图。

现在，我们可以再次回到罗兰·巴特的《埃菲尔铁塔》上来了。在分析由埃菲尔铁塔形象所制造出来的各种衍生品时，罗兰·巴特感叹道：

> 这种无限繁衍的情况所要说明的一点就是，铁塔属于所有的人，或者更可以说属于全部想像力，甚至法律上也允许它变化无穷，因为法院过去曾判定任何人都有权仿造铁塔：它的形象不受所有权限制。铁塔为公共所有。①

世界文学理论发展史中的巴赫金形象又何尝不是如此？所以，本研究所

① 〔法〕罗兰·巴特：《埃菲尔铁塔》，《罗兰·巴特随笔选》，怀宇译，第352页。

要做的，绝非站在巴赫金“原教旨主义”的立场，来判定接受其影响的各个学者对之进行了何种误读甚至曲解；也不会凡赞同巴赫金的我们就赞同，凡反对巴赫金的我们就反对。我们所要做的，是深入西方文学理论发展的脉络，将巴赫金对当代西方文学理论的影响历史事实进行尽可能的逼真还原。

第　一　章
克里斯蒂娃接受巴赫金思想的多元逻辑

一　问题的提出：始于且仅止于互文性吗

1. 异国奇女的巴黎生涯

《结构与符号——罗兰·巴尔特传》中记述了克里斯蒂娃参与罗兰·巴特研讨班的一些情况：

> 1965年底，这个研讨班上来了一个年轻的保加利亚女学生，名叫克莉斯特娃。……她提出同巴尔特见面，以便和他谈谈自己的学习，她在结构主义批评中大量运用了巴赫金的理论，巴赫金是一个后形式主义者，东欧国家刚出版了他的著作。克莉斯特娃感到吃惊的是，巴尔特不在学生的文章中寻找他自己的著作的影响，而总是试图发现潜在的新颖之处，他关注别人胜过关注自己的形象。因此克莉斯特娃同他谈了巴赫金的两本书，一本是论拉伯雷的，另一本是论陀思妥耶夫斯基的，巴尔特听了很兴奋，建议她来“研讨课”上讲一讲……克莉斯特娃还记得她发言那天的情形：“我还记得他听我讲对话原则时那种有礼貌的惊奇，我参考了巴赫金，也参考了拉伯雷、陀斯妥耶夫斯基、乔伊斯和其他一些现代作家。罗兰不太了解这个问题，所以他友好地为我敞开了雷恩街44号高等研究实验学院的研讨课讲台。这些进攻美文花园的新工具给他留下了很深的印象，这就好像是一把喷水壶

面对着一台推土机。但他懂得怎样让别人的符号学工具为他自己的风格服务……"①

克里斯蒂娃在这个研讨班上所做的报告当时的题目是"巴赫金与小说词语"，也就是后来的《巴赫金：词语、对话和小说》一文的雏形。时隔一年之后，这篇文章在《批评》杂志上发表，由此拉开了法国学界接受巴赫金的序幕。紧接着，1970 年，巴赫金的《陀思妥耶夫斯基诗学问题》和《拉伯雷研究》出版了法文版，克里斯蒂娃为《陀思妥耶夫斯基诗学问题》的法文版作了一篇题为《诗学的毁灭》（"The Ruin of a Poetics"）的序言。由此可见，1966—1970 年，是克里斯蒂娃向法国学界介绍巴赫金的重要时期，而其中，《巴赫金：词语、对话和小说》则是克里斯蒂娃自己接受巴赫金并进行创造性的理论发展的重要成果。

这段有关克里斯蒂娃如何在罗兰·巴特的研讨班上介绍巴赫金的故事，已经是众所周知、耳熟能详的佳话了。本文借此还想强调几点：其一，克里斯蒂娃对巴赫金的了解应该是在来法国之前，即她还在保加利亚学习的时候，就已经开始研读巴赫金并对之非常了解了；其二，就在克里斯蒂娃介绍巴赫金之前，她的同胞，另一位重要的移民法国的同样来自保加利亚的托多洛夫，已经向法国学界介绍了俄国形式主义，并产生了积极的影响。不过，托多洛夫介绍俄国形式主义与克里斯蒂娃介绍巴赫金，在法国知识界所产生的作用正好是相反的：1964 年，托多洛夫为法国学界编选了《文学理论：俄国形式主义文论选》（*Théorie de la littérature*，*textes des formalistes russes réunies*），这一年，托多洛夫以法语撰写的第一篇论文（《对文学中的符指的描述》）发表在《交流》第 4 期上，与之同一期发表的，还有克洛德·布雷蒙的《叙述性信息》，以及更具有标志性意义的罗兰·巴特的《符号学原理》。罗兰·巴特表达了要让符号学摆脱语言学的愿望，这篇文章也就成为

① 〔法〕路易-让·卡尔韦：《结构与符号——罗兰·巴尔特传》，车槿山译，北京大学出版社 1997 年版，第 159—160 页。

符号学走向独立的宣言。[①] 雅各布森为托多洛夫编选的《文学理论：俄国形式主义文论选》所写序言的看法是："现在人们注意到'有一种趋势，要以创造性的新飞跃来重温、重新解释并发展二十年代苏联语言学和美学真正的成就'，把这些成就与现代的语言学和符号学潮流加以对比，并将它们纳入今天的概念体系。"[②] 而托多洛夫更是明确地认为："形式主义理论是结构语言学的起始，至少是布拉格语言学学会所代表的潮流的起始。今天，结构主义方法论的结论已涉及到许多领域。形式主义者的观点已在现代科学思想中出现；但是，形式主义者的著作却未能逾越此后出现的重重界限。"[③] 而克里斯蒂娃对巴赫金的介绍却成为整个后结构主义运动事业中一个重要的里程碑，克里斯蒂娃有意将巴赫金引入法国知识界的冲动，主要受到了当时正如日中天的法国结构主义运动的影响，尤其是当时已经开始物极必反地出现了德里达解构主义思想，或者说法国的结构主义运动正处于思想的转捩点上，因此，克里斯蒂娃向法国学界所做的巴赫金介绍，就源于超越结构主义的思想冲动；正是在1966年，克里斯蒂娃在罗兰·巴特的研讨班上介绍了巴赫金，这一介绍不仅给罗兰·巴特带来新的启示，而且还使之后来的著作"发生了根本性转变"[④]。也正是在同年10月，在约翰·霍布金斯人文中心国际学术研讨会上，德里达做了题为《结构，符号，与人文科学话语中的嬉戏》的报告。这一事件也成为解构主义的第一声号角。德里达通过对结构内部构成的反思指出，中心既在结构之内又在结构之外的现象揭示出结构

---

① 《符号学原理》（又译为《符号学要素》），最初发表在《交流》1964年第4期上，1965年出单行本。在这篇文章中，罗兰·巴特开篇提出"符号学还有待于建立"，认为："我们必须通过一种尝试性知识考察来摆脱这个恶性循环，这种知识不得不既是谦逊的，又是大胆的。说其谦逊是因为，符号学知识实际上只可能是对语言学知识的一种模仿。说其大胆是因为，这种知识至少在构想中，已经被应用于非语言的对象了。"因此，从方法论角度，罗兰·巴特写这篇文章的目的"只是要从语言学中引出一些分析概念"，而且在研究过程中不承诺保持它们最初的完整性，甚至"也不断言符号学应当始终严格地遵照语言学模式"。〔法〕罗兰·巴特：《符号学原理》，李幼蒸译，生活·读书·新知三联书店1988年版，第115页。

② 〔俄〕罗曼·雅各布森：《探索诗学科学》，〔法〕茨维坦·托多罗夫编选《文学的理论——俄国形式主义者》，前言，出版信息不详。〔俄〕罗曼·雅各布森：《诗歌语言理论研究与诗学科学探索》，蔡鸿滨译，《外国文学评论》1987年第2期。

③ 〔法〕茨维坦·托多罗夫编选《俄苏形式主义文论选》，"编选说明"，蔡鸿滨译，第5页。

④ 〔法〕弗朗索瓦·多斯：《从结构到解构：法国20世纪思想主潮》下卷，季广茂译，中央编译出版社2004年版，第75页。

内在的不确定性，“因为这里有一种确然无疑的自由嬉戏：它局限于对既定的、存在的、此在成分的置换。肯定还以绝对偶然性的形式屈从于发生的不确定性，屈从于印痕的生发性活动”[①]。而克里斯蒂娃则是通过巴赫金的对话理论对结构主义的文本理论进行反思，使之恢复文本的历史性和社会性。

2. 互文性的刻板形象及其问题

克里斯蒂娃的“互文性”（intertextuality）理论成为巴赫金影响当代西方文学理论的典范。不过，克里斯蒂娃本人对巴赫金的接受持续了近半个世纪，这段历史要复杂得多。

当然，最为重要的是克里斯蒂娃、巴赫金与互文性问题之间的复杂关联。在西方文论史上，克里斯蒂娃对巴赫金的创造性接受是有目共睹的，其互文性理论通过借鉴巴赫金的复调、对话、狂欢的思想克服了结构主义对历史和主体的忽视，将结构主义成功地引向了后结构主义，并产生了深远的影响。格雷厄姆·艾伦（Graham Allen）在《互文性》一书的开篇即写道：“自从朱莉娅·克里斯蒂娃在1960年代首次创造出这个术语以来，互文性已经成为文学和文化研究中的支配性观念，被几乎每一场理论运动所吸收。”但是，“互文性是当代批评术语中最广泛使用和误用的术语之一”。而“互文性”概念的来源则与法国结构主义运动的理论资源即索绪尔的结构主义语言学，以及被克里斯蒂娃称为“后俄国形式主义”的巴赫金之复调、狂欢和对话主义理论有着密切的关系。在格雷厄姆·艾伦看来：“克里斯蒂娃设法将索绪尔和巴赫金的语言和文学理论进行整合，生产出了互文性理论。”[②] 国内的学者围绕克里斯蒂娃与巴赫金思想关系的讨论，也多聚焦于互文性问题，如秦海鹰在《克里斯特瓦的互文性概念的基本含义及其具体运用》中写道：“1967年，克里斯特瓦（Julia Kristeva）在法国《批评》杂志上发表题为《巴赫金：词语、对话和小说》的论文，首次提出了互文性概念（intertextualité），用以阐释和修正巴赫金的对话理论。次年，她在克吕尼举行的‘语言学与文学’研讨会上宣读了一篇题为《文本的结构化问

① 〔法〕德里达：《结构，符号，与人文科学话语中的嬉戏》，王逢振等编《最新西方文论选》，漓江出版社1991年版，第148页。

② 以上引文均见 Graham Allen，*Intertextuality*，London and New York：Routledge，2000，P. 3。

题》的论文，再次提出了互文性概念，但不再涉及巴赫金，而是更加独立地论述了互文性机制。这两篇论文不久就分别收入了克里斯蒂娃的理论专著《符号学——符号分析研究》和‘如是’小组的集体论文集《整体理论》，从此成为广义互文性理论的奠基性文章。”① 孙秀丽在《克里斯蒂娃广义互文性初探》一文中也认为：“互文性概念是克里斯蒂娃在巴赫金对话理论研究的基础上提出的。这一概念一经提出，迅速为理论界接受，并成为后结构主义批判结构主义研究方法的主要理论武器。”② 因此，克里斯蒂娃与巴赫金之间的理论渊源以互文性作为联结彼此的纽带便是顺理成章的事情了。

不过，如果从克里斯蒂娃自身的学术发展历程来看，有几个引人注目的现象让我们质疑前面所获得的刻板形象。

第一，互文性理论确系克里斯蒂娃受到巴赫金思想的启发所提出的，但是令人奇怪的是，克里斯蒂娃并没有将互文性贯彻到底，从1967年她正式提出“互文性”概念到1974年其博士学位论文《诗歌语言的革命》（Revolution in Poetic Language）出版，她更青睐的是其“解析符号学”（semanalysis）之于文本分析的价值。如果说互文性是克里斯蒂娃借巴赫金超越索绪尔的话，那么，解析符号学则是她将精神分析注入结构主义的尝试，在后者，弗洛伊德、拉康的思想发挥了更为激进的作用。这就是能够解释秦海鹰在研究中所发现的当克里斯蒂娃第二次提出互文性问题时却不再涉及巴赫金的重要原因（尽管当时克里斯蒂娃仍然是在结构主义的框架下对问题进行讨论）。这里就提出了一个很重要的问题：克里斯蒂娃是如何超越结构主义并将之引入后结构主义的？互文性理论及克里斯蒂娃对巴赫金理论的借鉴、发挥的作用如何评估？在超越结构主义的过程中，巴赫金与精神分析（弗洛伊德和拉康）所起的作用彼此有何关联，有何异同？在从互文性理论过渡到解析符号学的过程中，克里斯蒂娃的思想究竟发生了何种变化？

第二，在克里斯蒂娃对巴赫金的接受过程中，还有一个现象特别值得关

① 秦海鹰：《克里斯特瓦的互文性概念的基本含义及其具体运用》，《法国研究》2006年第4期。

② 孙秀丽：《克里斯蒂娃广义互文性初探》，《黑龙江社会科学》2009年第5期。

注：克里斯蒂娃是以巴赫金理论的介绍者身份在20世纪60年代首次登上法国学术舞台的，但是到了70年代之后，其学术思想中的巴赫金因素似乎日渐淡化，不只是谈论互文性理论时不再或者少提巴赫金的名字，就连互文性、解析符号学都逐渐成为其学术生涯中的“过去时”，她在70年代之后的学术形象越来越政治化，成为女性主义的思想斗士。那么，巴赫金因素真的在其身上日渐模糊和稀薄了吗？这里还有一个让人迷惑不解的问题：一方面是克里斯蒂娃在女性主义理论的冲锋陷阵中，并没有直接使用多少巴赫金思想作为武器；但另一方面，另一批女性主义者则接过了巴赫金对话、狂欢、众声喧哗这些利器，推动了女性主义运动的纵深发展（相关情况参见本书第四章）。

第三，其实当我们确立克里斯蒂娃对巴赫金的接受这一视角的时候，事实上采取的是一种单向的线性逻辑“从巴赫金到克里斯蒂娃”，但是在具体的分析中我们会发现，影响克里斯蒂娃的理论思想绝非仅有巴赫金。如果我们仅仅聚焦于“从巴赫金到克里斯蒂娃”，无疑就会有意无意地放大巴赫金对克里斯蒂娃的影响，而忽略了其他理论思想之于克里斯蒂娃的影响，以及另外那些理论思想之于克里斯蒂娃接受巴赫金时的影响。里昂·S. 罗蒂兹（Leon S. Roudiez）在《语言中的欲望：一种文学与艺术的符号学方法》（*Desire in Language*：*A Semiotic Approach to Literature and Art*）英译版的“导言”中，追忆了克里斯蒂娃于1973年在米兰参加关于精神分析与政治的研讨会时，在会上的一次回应。她认为自己从来没有严格遵守马克思主义规训，也不受任何其他方面学科的限制。对此，罗蒂兹认为，在处理那些来自各种学科（诸如马克思主义、语言学、现象学、精神分析、符号学等）的概念时，克里斯蒂娃的方法是让它们适应于她所研究的对象，不是套用理论，而是让实践来验证理论，让它们形成一种对话性关系。[①] 也就是说，在克里斯蒂娃的学术思想的谱系中，没有一个有绝对优势的影响源的存在；相反，克里斯蒂娃还刻意与某种单一的影响因素保持警惕与距离，她所努力的是用自己的方式将各种理论思想进行杂糅（至

① Julia Kristeva, *Desire in Language*: *A Semiotic Approach to Literature and Art*, trans. Thomas S. Gora, Alice Jardine, and Leon S. Roudiez, New York: Columbia University Press, 1980, P. 1.

少从外在的方面来看是如此），这是一种典型的后现代主义、后结构主义（解构主义）的理论姿态。[①] 她的这种理论来源的驳杂、学术脉络的纠缠，形成了其理论表述晦涩难懂、术语概念歧义丛生的特点。也正是因为如此，李幼蒸在评述克里斯蒂娃的思想时做出了否定性的评价："克里斯蒂娃所运用的种种元理论语言（结构主义的、格雷马斯叙事学的、解构论的、精神分析学的、数理逻辑的）之间关系十分混乱，科学的客观外衣和解释性的主观意见往往十分混合。而这些纯理论分析与其社会历史方面的意识形态分析交遇后，她的有关文本意指生产、主体构成、公理化方法和意识形态前提等等方面的内容的和形式的因素，更处于不清晰的关系中。应该看到在克里斯蒂娃对年轻人有煽动力的理论话语中，逻辑论述和创造性的想象往往混杂不分。"[②] 李幼蒸的评价无疑是相当尖刻而且犀利的，但是这一批评也许还不能很好地完成对克里斯蒂娃学术研究特点的描述，因为这种理论思想的"混杂"正是后现代学术的特点，我们只有在这种"混杂"的状态中才能找到理解克里斯蒂娃的恰当方式。而如果我们用理论话语的"纯粹"，尤其是从单一学科、孤立理论的视角来讨论"混杂"的问题，则往往会陷入误区。她之所以能够取得这样的学术成就，"其原因就在于其特殊的学术背景。在东欧所受的教育使克里斯蒂娃非常熟悉马克思理论，而且精通俄语。这样，她可以获得有关俄国形式主义的第一手材料，特别是伟大的苏联理论家巴赫金的理论著作。……第三个因素，就是黑格尔哲学在克里斯蒂娃的理论背景中占有一席之地"[③]。由此，这就为我们重新清理克里斯蒂娃与巴赫金之间的关系提出了新的问题，也正是带着这些问题出发，我们开始超越单一的线性逻辑，而采取复杂的"多元逻辑"（polylogue）来描述克里斯蒂娃对巴赫金的接受情况。

在克里斯蒂娃接受并发展巴赫金理论的早期文献中，《巴赫金：词语、对话和小说》和《封闭的文本》是最为重要的两篇论文。这两篇文章写作

---

① 克里斯蒂娃的这种学术姿态，很容易让人联想到福柯的类似表述："敬请你们不要问我是谁，更不要希求我保持不变，从一而终。"（〔法〕米歇尔·福柯：《知识考古学》，谢强、马月译，生活·读书·新知三联书店1998年版，第22页。）

② 李幼蒸：《理论符号学导论》，社会科学文献出版社1999年版，第696页。

③ Toril Moi (ed.), "Introduction," *The Kristeva Reader*, Oxford: Basil Blackwell, 1986, P. 2.

时间极为相近，都是在1966—1967年写成的，《封闭的文本》的成文时间略晚于《巴赫金：词语、对话和小说》，但两篇文章对巴赫金的接受呈现出明显的差异，其强调的重点也颇有不同。[①]这似乎暗示克里斯蒂娃对巴赫金的接受从一开始就是体现着多元逻辑的特点：不仅接受的理论侧面有差异，而且在理解、阐释、发展巴赫金的理论上也各有不同。到了70年代，在其博士学位论文《诗歌语言的革命》中，克里斯蒂娃发展出自成一体的解析符号学，这不仅超越了其所提出的互文性理论，而且在其所受巴赫金的影响上出呈现出新的特点，或者说开启了一个新的篇章。因此，本节将以克里斯蒂娃一系列具有代表性的文献作为线索，剖析其在20世纪60年代中期至70年代前期这段时期内接受巴赫金思想的特点。

二　复调、对话和狂欢：《巴赫金：词语、对话和小说》中的巴赫金形象

《巴赫金：词语、对话和小说》是克里斯蒂娃向法国学界介绍巴赫金的第一篇也是最重要的一篇文献，还是巴赫金思想首次正面介入法国结构主义运动的起点。那么，克里斯蒂娃主要介绍了巴赫金的哪些思想？她对之进行了何种创造性的解读？引入巴赫金，克里斯蒂娃意欲何为，是否达到了预期效果？

该文的注释一清楚地标明了克里斯蒂娃在本文中所参考的巴赫金的文献《拉伯雷研究》（即1970年的法译本《拉伯雷和他的世界》）和《陀思妥耶夫斯基诗学问题》，复调、狂欢、对话正是这两部著作的思想核心，也是巴赫金最广为人接受的方面。那么，巴赫金这两部著作的研究对象、研究方法、基本思路与克里斯蒂娃这篇文章有何异同？这是本节需要首先进行比照比较的。

---

① 1968年，克里斯蒂娃还在克吕尼举行的“语言学与文学”研讨会上宣读了一篇题为《文本的结构化问题》的论文，但这篇文章只谈互文性，没有再提及巴赫金。参见秦海鹰《克里斯特瓦的互文性概念的基本含义及其具体运用》，《法国研究》2006年第4期。

1. 《巴赫金：词语、对话和小说》[①] 的基本思路

克里斯蒂娃的这篇文章共分为十个部分，其标题分别是“文本间的词语”、“词语和对话”、“双值性”、“叙述中词语的类型”、“指示词或历史词的内在对话性”、“发展言语类型学”、“史诗独白体”、“狂欢节：身体、梦境、语言结构和欲望结构之间的同源性”、“苏格拉底对话：作为个人解构的对话”和“梅尼普讽刺体：作为社会活动的文本”。

在该文的开篇，克里斯蒂娃即提出一个具有普遍性的问题：“人文学科研究的科学性在哪里?”并将语言逻辑，尤其是诗歌语言的结构与逻辑摆在了至关重要的位置。众所周知，语言尤其是文学语言，往往处于多变、动态的状态之中，这也成为人文学科研究对科学性追求中最薄弱的环节。因此，“文学符号学在面对此种问题时，主要任务在于努力求证一种和他者逻辑同构的模型，即与诗歌语言同构”。在对这一问题的解决中，巴赫金继承并发展了俄国形式主义的发现，提出“文学话语”的概念，将之“既作为一种文本表层的交叉而不是固定的点，又作为多种书写间的对话”，从而将写作主体、读者、现代或早期的文化语境三个方面包含了进来。“通过将话语状态（status of the word）作为最小的结构元引进，巴赫金将文本置于历史和社会之下，然后同时将文本置于作者的阅读体验之下。”[②] 克里斯蒂娃还根据结构主义语言学组合与聚合的两极坐标模式，将这三个方面进行了图式化的定位：“从横坐标看，文本中的词语是既属于写作主体，又属于读者的。从纵坐标看，文本中的词语指向先前或者同时代的语言素材。”“若通过横坐标（写作主体—读者），纵坐标（文本—语境）两个方位来界定：每个文本或者词语都是其他多类文本或者词语的交叉点，至少能读出其他一种文本

① 这篇文章的中译本直到最近才被翻译过来，并相继出现三个译本：张颖译本（《符号与传媒》2011 年第 3 期）、李万祥译本（《文化与诗学》2011 年第 2 期）和祝克懿、宋姝锦译本（《当代修辞学》2012 年第 4 期）。本书所引该文的前八小节以张颖译本为主，并结合原文进行了部分重译，最后两小节译自原文；Julia Kristeva, *Desire in Language: A Semiotic Approach to Literature and Art*, New York: Columbia University Press, 1980。

② 这里翻译成“话语状态”是略有偏差的，其实，克里斯蒂娃所强调的“词语的状态”就是我们现在所理解的“话语”的内涵，即在语言分析中，恢复词语（语言符号）的历史和社会语境，以及将之放置在作者与读者的关系之中进行考察，这正是话语的根本特点，也是话语分析的基本方法。

话语。”因此，克里斯蒂娃发现，词语作为文本的最小单元，将结构模式和历史文化联系了起来。

在克里斯蒂娃看来，俄国形式主义者已正式提出了“语言对话”的问题，但只有到了巴赫金那里，对话才作为语言的根本特点得到了重视，“巴赫金的对话理论将书写当作主体性和交际性，或者，更好一点，当作文本间性。面对这样的对话理论，‘书写的个人主体’的概念变得模糊，被‘书写的歧义性’概念占据主导”。这种歧义性来源于词语的对话性，“歧义性产生的根源在于将历史引入文本的同时将文本引入历史”。通过对对话性和歧义性的研究，克里斯蒂娃得出结论：“不仅在文本空间，而且在文本的内部空间，诗歌语言都是双重的。”这种双重性正是巴赫金复调小说理论、狂欢化理论的根本特点。克里斯蒂娃将“吸收狂欢化结构的小说叫做（作）复调小说”，认为“巴赫金的对话理论暗含的是双重的、语言的、另一种逻辑的复合体”，而“对话最易出现在狂欢化的语言结构中，在此类语言结构中，象征关系和类比关系超越了物质和因果关系的联系”。

克里斯蒂娃认为巴赫金将话语分为独白话语和对话话语，前者以史诗独白体最为典型，后者则以苏格拉底对话、梅尼普讽刺（话语）、陀思妥耶夫斯基复调小说为代表。在对这几种话语类型的解释中，克里斯蒂娃引入了结构主义语言学、精神分析等相关理论资源，认为在史诗独白体模式中，“针对语言系统轴的转喻的邻接性是很稀少的。在此，联想和转喻作为某种修辞格而存在，但却从不是某种结构组织的规则”。而“狂欢化的结构”则不然，“它忽视了物质、因果关系，或者整体相连的身份，仅仅存在于或者通过整体相连的关系而存在”。“狂欢化的话语，由距离、关系、类比、非排他性的对立组成，它本质上是对话性的。它是一个场景，但是没有舞台；是一种游戏，但也是一种日常的事业；是能指，同时也是所指。也就是说，两种文本相遇，相互关联且相对应而存在。”相应地，将这两种话语类型放回文学史中进行考察，“史诗和狂欢化话语是组成欧洲叙述的两大潮流。根据时代和作家而言，前者优先于后者”，“这两种文本处在狂欢化的传统之内，形成欧洲小说的起源，这两类文体是：苏格拉底对话和梅尼普斯文体”。根据巴赫金的看法，苏格拉底对话具有反对官方独白主义的特点，后者则宣称拥有现成的真理；而苏格拉底对话的真理则是言说主体之间对话性关系的产物。苏格拉底对话与小说中词语的歧义性之间的相似性是显而易见的。而梅尼普话语兼具喜剧和悲剧的狂欢化特征，其语言具有诽谤、古怪的特点。经过中世纪和文艺复兴时期，到了现代小说的复调小说阶段，对话主义已经成为我们这个时代知识结构的基础。

经过对克里斯蒂娃的《巴赫金：词语、对话和小说》的思路还原，我们可以清楚地发现，克里斯蒂娃并没有原汁原味地介绍巴赫金，而是为我所用地、选择性地接受了巴赫金思想中与语言、复调、对话、狂欢等问题相关的一些观点，并按自己的逻辑重新予以了理论化的改造。克里斯蒂娃并没有在意巴赫金在两部著作中的具体研究对象——陀思妥耶夫斯基和拉伯雷，也没有关心巴赫金所分析的《卡拉马佐夫兄弟》《地下人手记》《罪与罚》《巨人传》是如何体现小说的复调性和狂欢性的。克里斯蒂娃对巴赫金思想的所有兴趣，都差不多集中到了《陀思妥耶夫斯基诗学问题》的第四章“陀思妥耶夫斯基作品的体裁特点和情节布局特点”中对复调小说体裁历史的回溯部分，以及第五章“陀思妥耶夫斯基的语言”中的小说语言的类型部分，而《拉伯雷研究》一书中从民间诙谐文化角度对西方文化中的狂欢化历史及其特点的分析，几乎没有得到引证。在巴赫金的《陀思妥耶夫斯诗学问题》一书中，正是这两章，尤其是第四章，经过了巴赫金的重大修改，可以说差不多是重写的。即便是重点接受或介绍的这几章内容，克里斯蒂娃也没有严格按照巴赫金的写作思路进行客观介绍，而是对这几部分内容按照自己的理解进行了重新逻辑化的处理，从而使之成为一种全新的理论，并与巴赫金的思想拉开了距离。

2. 以文本为中心

克里斯蒂娃在本文中借鉴但改造了巴赫金的诸多理论观点，其中最重要的是用“文本”这一概念将巴赫金对陀思妥耶夫斯基小说的语言分析纳入了结构主义语言学的分析框架内，通过改造巴赫金的语言分析方法来实现对结构主义语言学的超越。巴赫金讨论陀思妥耶夫斯小说中的语言问题，是建立在其超语言学（关于这个问题我们将在下一小节中详述），也即具有对话性的话语、言语、表述基础之上的；而克里斯蒂娃虽然采用了“话语”的提法，也引入了言说主体（作者、读者、叙述者）的因素，但并没有超出结构主义所设定的文本的范围。或者换句话说，如果说巴赫金所讨论的是“具有主体性的文学话语”的话，那么，克里斯蒂娃则聚焦的是“文本中的文学话语的对话性”。

在《陀思妥耶夫斯基诗学问题》一书中，巴赫金所论述的陀氏小说复调性的根本特点，是建立在其早期哲学美学理论所确定的“作者与主人公关系”这一具有主体性特征的问题之上的。作者与主人公的关系从一开始就是审美活动理论，而非文本分析理论。作者从一开始就是小说的创造者、主人公的创造者，从一开始就是外在于小说作品的；而主人公，则是小说中众多思想观念和意志情感的承载者，虽然内在于小说（作品），但处于与外在于小说（作品）的作者所展开的积极且激烈的对话之中。因此，巴赫金对复调小说特征的概括很清楚，即陀思妥耶夫斯基小说中的对话性是“思想者”之间的对话，这一对话性表现在作者和主人公关系的所有方面：既有作者与主人公之间的对话，也有主人公与主人公之间的对话，还包括作者和主人公在小说叙述中与自我的思想对话。值得注意的是，巴赫金曾详细分析过托尔斯泰小说《三死》，并以此作为陀思妥耶夫斯基小说对话性、复调性的反面。他注意到这篇小说中的三个故事之间“内在都是封闭的，相互间无关的。它们之间只存在纯粹外部的联系”，“这里却没有内在的联系，没有不同意识之间的联系”。那么，这篇小说中作者与作品、与主人公之间的关系是怎样的呢？巴赫金认为，“……所有这三个角色以及他们封闭的世界，在作者的包容他们三者的统一视野和意识里，联结到了一起，互相映照，在相互关联中得到理解。而作者对他们三者全都了解，他对这三个生与死进行比较、对照，并作出评价。如果说这三个生与死能互相阐发，那只是对作者来说是如此，作者处于他们以外，并利用自己的超脱的地位来彻底地理解和完成他们。……因此，每一个角色生与死的总体的和最终的意义，只可能在作者视野中揭示出来，而且只能靠这种比任何一个角色都要宽阔得多的作者视野，换句话说是靠了角色本身既不能听也不能看的特点”。[1] 也就是说，在巴赫金那里，作者与主人公之间的关系既可能是对话性的，也可能

① 〔俄〕巴赫金：《陀思妥耶夫斯基诗学问题》，钱中文主编《巴赫金全集·诗学与访谈》，白春仁、顾亚铃等译，第 94—95 页。

是独白性的；只有具有对话性的作者与主人公的关系才具有复调性，也只有作者与主人公之间以思想交锋为内容的对话性小说，才是真正意义上的复调小说。

那么，到了克里斯蒂娃那里，上述对话性、复调性的基本特点是否原样保留了呢？显然不是。巴赫金有自己的文本理论，这主要集中在他写于1959—1961年的《文本问题》一文中。巴赫金讨论了“语言学、语文学和其他人文科学中的文本问题”，但这一“文本”并非结构主义式的“文本”概念，而是包含着表述、言语、语流之类的含义。在巴赫金看来，“文本（书面的和口头的）是作为所有这些学科以及整个人文思维和语文学思维（其中甚至包括初始的神学和哲学思维）的第一性实体。文本是这些学科和这一思维作为唯一出发点的直接现实（思想的和情感的现实）。没有文本，也就没有了研究和思维的对象”。因此，文本是人思维的产物，是凝聚着思想和情感的产物，绝对不是简单地在书面作品中由文字符号编织成的“织物”。巴赫金心目中的文本具有如下几个特点：从宽泛的意义上讲，文本是“任何的连贯的符号综合体”，一方面，文本的构成要素是符号，语言是符号，图像也是符号，任何具有指示性的东西，都可以被称为符号，因此，并非仅仅文学作品可以被称为文本，绘画、雕塑等艺术作品及电视、新闻等图像流，都可以被视为文本。当然，文本也并非可以被泛化为一切，巴赫金指出，文本是人文科学的基本对象，这正是建立在人文科学与自然科学相区别的基础上的。“这是思想的思想，是对感受的感受，是论话语的话语，是论文本的文本。我们的（人文的）学科与自然科学（研究自然界）的基本区别就在这里，虽然这两者间也不存在绝对的不可逾越的界线”。但另一方面，文本也并非仅仅只是符号，而是“符号综合体”，用巴赫金自己的话说，就是“任何文本都有主体、作者（说者、笔者）”，也就是说，所谓“符号综合体”是包含了主体因素的符号，是处于主体间交往关系中的符号（言语、表述），如果失去对主体、主体间关系及其具体的语境、氛围等因素，文本将不复存在。因此，巴赫金对文本还有另外一种界定，即“文本即表述”，他认为：“决定文本即表述的两个因素是它的主旨（‘意图’）及这一主旨的实现。这两个因素间动态的相互关系，它们之间的斗争，这种斗争决定着文本的性质。”因此，“纯净的文本是没有的，也不可能有”。正是在文本的基础上，人文科学之间的学科界线被打破了，“文本是任何人文学科的第一性实体（现实）和出发点，被称做‘语文学’、‘语言学’、‘文学理论’、‘科学学’等诸学科，以其多样的知识和方法形成一个混合体。这些学科都从文本出发，朝着各自不同方向发展，撷取自然界、社会生活、心理、历史的不同片断，根据因果联系或涵义上的连系将片断组合起来，再把现实与评价结合到一起”。[①] 可见，巴赫金的文本观含义相当宽泛，是以符号（不只是语言、词语）为中心的，集聚着主体因素、历史因素、社会因素等多维综合体。

但是在 20 世纪 60 年代，克里斯蒂娃展开对巴赫金的接受时，文本理论之类的笔记还处于潜在的、有待被发掘的文献状态，就连俄罗斯学界都还没被引起对之的重视，克里斯蒂娃所能够读到的，还只是其少量的几部作品（《陀思妥耶夫斯基诗学问题》、《拉伯雷研究》以及《文艺学中的形式主义方法》等），对巴赫金撰写于 1959—1961 年的这些作品的全面接受与认可，已经是巴赫金去世之后的事情了，这里有一个重要的时间差。因此，从文本角度对巴赫金的接受，并非克里斯蒂娃从巴赫金文本理论出发而展开的，而是带着自己的文本观念来理解的，她认为巴赫金有许多思想都具有预言性。克里斯蒂娃认为：“巴赫金既是学者又是作家，是将文本中的静态结构用模型代替的第一人。在这一模型中，文学结构并非简单存在，而是在与其他结构的关系中生成的。他提出的‘文学话语’的概念，包括写作主体、读者、现代或早期的文化语境三个方面。‘文学话语’既作为一种文本表层的交叉而不是固定的点，又作为多种书写间的对话。”[②] 这里有一个明显的误读：在巴赫金提出复调小说理论之时，虽然存在着和俄国形式主义之间的对话与交锋，但在俄国形式主义那里，并没有“文本中的静态结构”这么一个概念，这个概念是结构主义运动以来所形成的观念。俄国形式主义者只强调将作品的内部分析和外部现实之间的反映与再现的关系割裂（或者更准确地说，是暂时悬置），而其对作品内部关系的分析并没有一个先验的“静态结构”存在，也不将所有作品归结为某一“静态结构”；即使是普罗普的民间

① 以上引文见〔俄〕巴赫金《文本问题》，钱中文主编《巴赫金全集 · 文本　对话与人文》，白春仁、晓河等译，第 300、302—303、317 页。

② 〔法〕朱莉娅 · 克里斯蒂娃：《词语、对话与小说》，张颖译，《符号与传媒》2011 年第 3 期。

故事形态学，他所抽取的一百多种功能也绝非静态的存在，而是存在无限的动态组合的可能性的。因此，肯定巴赫金“是将文本中的静态结构用模型代替的第一人”的桂冠，无疑是戴错了对象。在这段表述中，克里斯蒂娃的另一判断即“‘文学话语’的概念，包括写作主体、读者、现代或早期的文化语境三个方面”，也是有问题的。如前所述，巴赫金对复调问题的讨论主要讨论的是作者与主人公的关系，而没有涉及读者和文化语境的问题。作者与主人公的关系也是被限定在审美活动范围之内的。当然，巴赫金的理论框架中是有“读者”和“文化语境”因素的。其一，所谓“读者”问题，如他在《审美活动中的作者与主人公》一文中，明确将读者和作者共同界定为审美主体，认为他们都是“形式的缔造者”，“他们所形成的艺术上的能动性的始源地位，可以界定为时间上的、空间上的和涵义上的外位”。[①]但是由于巴赫金一直没有获得完整而正常的学术研究环境，其研究始终处于“未完成”状态，甚至大量地以手稿和笔记的形式存在，因此，尽管在巴赫金的学术思想体系中预留了读者的位置，但他现存的著述中并没有更多地展开对读者问题的讨论。其二，所谓“文化语境”的问题，在《陀思妥耶夫斯基诗学问题》中，巴赫金开篇即言：“本书论述的是陀思妥耶夫斯基的诗学问题，因之对他的创作，仅仅是从这个角度加以考察。”为什么会一开始就做出如此的限定？因为巴赫金之前的对陀思妥耶夫斯基小说的讨论，往往忽视了其小说艺术的独特性，而直接讨论其小说中的思想、主义、现实及其文化环境。因此，在《陀思妥耶夫斯基诗学问题》中，文化语境是巴赫金有意有忽略的（当然，它会以另一种方式被纳入分析，即作者和主人公的立场、思想，但一定是以艺术性的方式被讨论）。而《拉伯雷研究》则正好相反，巴赫金认为，拉伯雷的小说是个谜，“要解开这个谜，只能通过深入研究拉伯雷的民间源头”，“只要他的作品能够得以正确的揭示，人们就能够从中窥见民间诙谐文化数千年的发展，拉伯雷就是民间诙谐文化在文学领域里最伟大的表达者”。[②] 很明显，《拉伯雷研究》的研究角度与《陀思妥耶

---

① 〔俄〕巴赫金：《审美活动中的作者与主人公》，钱中文主编《巴赫金全集·哲学美学》，晓河等译，河北教育出版社 1998 年版，第 79 页。

② 〔俄〕巴赫金：《弗朗索瓦·拉伯雷的创作与中世纪和文艺复兴时期的民间文化》，钱中文主编《巴赫金全集·拉伯雷研究》，李兆林等译，河北教育出版社 1998 年版，第 3—4 页。

夫斯诗学问题》完全不一样，前者提出了民间诙谐文化与文学创作之间的关系问题，从这个意义上说，克里斯蒂娃在此所归纳的“现代或早期的文化语境”应该就是从《拉伯雷研究》中所获得的启迪吧。不过，即便如此，克里斯蒂娃也仍然进行了抽象化的改造：巴赫金针对拉伯雷所进行的民间诙谐文化的研究，关注的是已成主流文化、官方文化的对立面，被忽视、被压抑、被边缘化的民间文化，而非笼而统之的“文化语境”。

3. 以“词语—话语”为对象

在克里斯蒂娃的《巴赫金：词语、对话和小说》中，并没有“词语—话语”（word - discourse）这种接合式表述，这是笔者的提炼概括。它意在表明，克里斯蒂娃讨论问题的逻辑是从“词语”入手，进而转向“话语”，最后再聚焦为“对话”的。但是，以“词语”（word）作为逻辑起点，在两方面均是有问题的。一方面，这里的“词语”并非巴赫金式的。在巴赫金那里，并没有孤立的“词语”位置，只有具有主体性的、动态的、鲜活的“话语”和“表述”。那么，为什么克里斯蒂娃要加入“词语”呢？结论只能从结构主义运动的背景中来。另一方面，“词语”也非结构主义语言学最关心的问题。“词语”是一个比较奇怪的术语，它本身并没有直接作为结构主义语言学中的核心概念而被提出。在索绪尔那里，只有“语言/言语”“能指/所指”之别，“词语”的对应物应该是“语音”，而这正是索绪尔结构语言学的边界之所在。在索绪尔看来，所谓的“能指”并非指我们看得见摸得着的文字、符号之类，而只是符号的音响形象，如索绪尔明确指出，“我们建议保留用符号这一词表示整体，用所指和能指分别代替概念和音响形象”，而且“后者不是物质的声音，纯粹物理的东西，而是这声音的心理印迹，我们的感觉给我们证明的声音表象。它属于感觉的，我们有时把它叫做‘物质的’，那只是在这个意义上说的，而且是跟联想的另一个要素，一般更抽象的概念相对立而言的”。[①] 由此可见，在索绪尔那里，由能指和所指“结合”而成的语言符号是其语言学分析的起点，而这一符号并不具有“物质实体性”，只具有“心理实体性”。那么，克里斯蒂娃所说的“词语”

① 〔瑞士〕索绪尔：《普通语言学教程》，高明凯译，商务印书馆1980年版，第102、101页。

是什么意思呢？就是我们日常生活中所感知的一个个单词、文字吗？其实也不尽然，克里斯蒂娃将“词语”作为文本的最小单元并限定在“文本”范围内，这一“文本”在本文中更多的是意指以书面文字所组合而成的可读作品中的文本，兼具有“物质实体性”和“心理实体性”，并分为“文本内的词语”和“叙述中的词语”两个层面来讨论。它一方面可以从“物质实体性”角度讨论词语与词语在线性文本中的组合和聚合的关系；另一方面也可以从“心理实体性”角度讨论经由主体（作者—读者）间交往而形成的意义和价值。由此，克里斯蒂娃的“词语”已成功找到了通向“话语”的通道，并且在许多场合，“话语”的位置明显地超越了“词语”，成为“词语”的替代者。

在该文中，克里斯蒂娃对巴赫金“第一人”的高度评价，还有另一个表述：“具有多元性和多重决定的诗性话语，坚守一种逻辑秩序，这种逻辑秩序超越编纂的话语，仅在被认知的文化边缘而存在。巴赫金是此种逻辑研究的第一人，他试图在狂欢节中寻找根源。”[①] 其实，多元性和多重决定的诗性话语与逻辑秩序话语之间的区分及对立，其实并非自巴赫金始。早在俄国形式主义者那里，诗性语言与日常语言就成为他们讨论文学性的最基本的区分方式。等到克里斯蒂娃写作《诗歌语言的革命》时，她才进一步明确“诗歌语言”（poetic language）的概念与俄国形式主义的关系（下文讨论《诗歌语言的革命》部分时会详述）。在对话语的分析中，克里斯蒂娃提出了一个“词语状态”（status of the word）的问题，并将之视为文本中最小的结构单元，认为“通过将话语状态（status of the word）作为最小的结构元引进，巴赫金将文本置于历史和社会之下，然后同时将文本置于作者的阅读体验之下”。

克里斯蒂娃对“词语—话语”的讨论也是按照结构主义文本理论的思路展开的。她将之分为两个层面来讨论，“文本内的词语”和“叙述中的词语”（但后者是以话语类型的方式进行的）。克里斯蒂娃还用“文本空间”为文本内的词语分析创造性地建构了一个分析模型，认为：在不同文类或者文本内部不同的观念模型中，作为能指的话语具体态的定性，将诗歌分析置于现代人文学科敏感的中心，词语的具体位置要在语言与空间的交叉点上去

---

① 〔法〕朱莉娅·克里斯蒂娃：《词语、对话与小说》，张颖译，《符号与传媒》2011 年第 3 期。

寻找。研究词语的状态，需要研究在句子中词语间的分节，然后在更宽泛序列连接的层面上需找到同样的功能和关系。针对诗歌语言实践的空间概念，确立了写作主体、读者和外在文本三个维度。指出，巴赫金的“文学话语”概念“既作为一种文本表层的交叉而不是固定的点，又作为多种书写间的对话”，包含写作主体、读者、现代或早期的文化语境三个方面内容，进而根据结构主义语言学组合与聚合的两极坐标模式，文学话语便可以通过横坐标（写作主体—读者）和纵坐标（文本—语境）两个方位来界定。这个分析模型成为克里斯蒂娃在接受巴赫金对话思想基础上最杰出的理论创造。首先，她将诗歌分析（其实更宽泛地说也可以称为文学分析）置于现代人文学科分析的中心，认识到诗歌语言与其他日常语言之间具有根本不同的特点，我们不可能按照理解日常语言的方式来理解诗歌语言，不可能以日常语言的准确性来苛求诗歌语言分析的科学性、客观性。其次，她确立了话语（即“词语的状态”）分析的两个维度：一是“物质实体性”意义上的“句子中词语间的分节”（即语法学意义上的“语言结构”）；二是“心理实体性”意义上的“功能和关系”（结构主义语言学上的结构）。由此也可以看出，克里斯蒂娃为了超越结构主义，重新启用了被索绪尔批判过的语法学方法，而后者正是俄国形式主义者包括巴赫金（在克里斯蒂娃看来，巴赫金算是“后俄国形式主义者”）主要遵循的语言学方法。最后，克里斯蒂娃确立了一个文本空间的坐标图式：“从横坐标看，文本中的词语是既属于写作主体，又属于读者的。从纵坐标看，文本中的词语指向先前或者同时代的语言素材。”这个坐标非常有意思：一方面，以坐标图式来呈现语言结构关系正是结构主义语言学的鲜明特点，如“纵聚合、横组合”等；另一方面，克里斯蒂娃的纵横坐标的图式正表明了其借鉴并超越巴赫金理论的根本之所在——如前所述，巴赫金所关心的是审美主体在其审美活动过程中的伦理关系，即主体间的关系，克里斯蒂娃将之建构在了横坐标（水平轴）上；而同时，克里斯蒂娃又将“文本中的词语指向先前或者同时代的语言素材”作为纵坐标（垂直轴）看待，这才是克里斯蒂娃互文性的要义所在。这也就意味着，克里斯蒂娃的互文性理论与巴赫金的主体间性理论之间，既存在着理论上的血脉关联，又有着鲜明的差异。我们不能简单地将巴赫金对主体间关系的讨论直接等同于克里斯蒂娃对文本间性关系的讨论。这也就意味着，尽管克里斯蒂娃的互文性理论受到了巴赫金主体间对话主义思想的启发，但巴赫金并非互文性理论的发明者。

4. 以话语类型为方法

在“叙述中词语的类型”一节中，克里斯蒂娃指出，巴赫金认为叙述中的词语可以划分为三类，即直接语、客体中心语和双重歧义词语，并分别对应于“仿格体”、“讽喻体”和“暗辨体”三种类型。这一分类并未完全忠实原著。第一是直接语，它“指向客体，它在一个给定语境的限制中表达话语主体意指作用最后可能的程度。直接语是作家宣扬和表达性的词语，是外延的词语，但假定可以提供直接和客观的理解。它只关注自身和客体，它试图显得恰当，未受到不相关的词语的影响”。第二是客体中心语（或对象词），它“是角色的直接话语。它有直接客观的含义，但是与作者的话语不属于同一层次，因此，与作者的话语存在一定的距离。它面向所指对象，而对象词本身又是作者面向的对象。它是不相关的词语，服从于叙述语，作为作家的理解能力的客体而存在。但是，作为客体，作家对词语的定向，没有渗透在词语中，而是作为整体而接受。它既没有改变含义，又没有改变音调，这使得这个词服从于自身的含义，而并未附带其他指称。结果，已经成为外延词的客体中心词，并未意识到自身的界定。因此，客体中心词与外延词一样，是意义明确的”。第三是双重歧义词语，“作家用另一个词，在保留其原有的词义的基础之上，赋予它新的含义。这个词由此具有双重含义，具有了歧义”。克里斯蒂娃认为，“这个歧义的词是两个符号系统叠加在一起的结果。随着文体的演变，歧义词（或双值词）出现在梅尼普和狂欢性文本中”。由此这种具有双重歧义的词语在文本中形成独特的修辞效果。克里斯蒂娃将之概括为“仿格体”、“讽喻体”和“暗辨体”三种类型。所谓“仿格体”是指“拉开了与另一个词语的距离，这与重视模仿对象的模仿是完全相反的”，即后现代主义艺术中常用的“戏仿”“滑稽模仿”，作者为了自己的目的而采用他人的话语——不违背其思想，作者跟随他人话语的方向，同时却也使它相对化。所谓“讽喻体”是指“作家引进了一个新的含义，与其他词的含义是完全相对的”。其修辞机制相当于“隐喻”“反讽”，与“寓言”机制也颇类似。所谓内心独白中的“暗辨体”则完全来自巴赫金复调小说理论，用克里斯蒂娃的话说，是指："作家是言说的主体，但是不相关的话语频繁地出现在变形的言语中。歧义词是依靠叙述者的话语来呈现的。例如自传，论辩性的忏悔、问答，以及隐藏的对话。"

克里斯蒂娃的这一分类明显地受到了巴赫金的启发。巴赫金在《陀思妥耶夫斯基诗学问题》中对语言进行了分类，这也可以与克里斯蒂娃的话语的类型进行比较。巴赫金从"考察同他人语言关系"的角度，将语言分为三大类。第一种类型是直接指述自己对象的语言，它表现说话人最终的意向。第二种类型是客体的语言（所写人物的语言），包括以各社会阶层的典型性为主的语言和以个性特征为主的语言，它们都具有不同程度的客体性。第三种类型则是指包容他人话语的语言（双声语），这方面的子类型特别丰富，巴赫金又将之区分为"单一指向的双声语"、"不同指向的双声语"和"积极型（折射出来的他人语言）"，并各有4—5种不同的亚类型。[①] 不难看出，克里斯蒂娃并没有理会巴赫金的分类标准和角度（从与他人语言关系的角度），而是将之纳入了叙述话语中进行了考察。

在走向话语类型学（发展言语类型学）中，克里斯蒂娃又将话语类型分为独白话语和对话话语。所谓"独白话语"，包括描述和叙述，如史诗、历史话语、科学话语。"在这三种话语中，主体既假定，又将所有的规则呈递给上帝。所有话语内在的对话都受到禁忌和审查的抑制。这种话语拒绝回到它自身，拒绝进入与自身的对话。"所谓"对话话语"则包括狂欢性话语、梅尼普话语和复调小说。"在这种对话性的话语结构中，书写与阅读本身交互作用，并通过破坏性成因的过程建构自身。"这些理解基本上都遵循了巴赫金复调小说的原意。

5. 以复调、狂欢为旨归

这篇文章的后半部分，有一半左右的篇幅则是克里斯蒂娃对巴赫金复调小说和狂欢化理论的介绍。这部分相对客观地遵循了巴赫金的原意，并在此基础上对之进行了结构主义和互文性的解释。

---

① 〔俄〕巴赫金：《陀思妥耶夫斯基诗学问题》，钱中文主编《巴赫金全集·诗学与访谈》，白春仁、顾亚铃等译，第264—265页。

一方面，克里斯蒂娃比较准确地把握了巴赫金对话主义、复调小说和狂欢化理论之间的关系，并做了相对清晰的理论概括。如她从话语类型的角度，认为巴赫金区分了小说的两种基本的话语类型（独白话语和对话话语），也即巴赫金所说的复调小说和独白小说的区分。克里斯蒂娃注意到了史诗独白体在话语类型上的诸多特点，如："在史诗中，作为史诗主体的说话者并没有使用另一种语言。作为符号相关性的语言的对话，在叙述的层面通过外延词或者文本的内在性实现，在这种对话中两个能指置换一个所指。语言的对话并没有在文本显示的层面作为小说的结构而具象化，这是史诗的运行体制，其中并不存在巴赫金所言的不确定的歧义词。因此史诗的结构规则保持着独白体。语言的对话除去在叙述的框架中，并不可以显示自身。在明显的文本结构层面，如历史阐释或者无层次的阐释，并不存在对话。"单一语言而非多种语言、单一所指而非多重所指以及结构规则上的独白性，构成了史诗内在的自我封闭性。而对话话语（以狂欢化文体、复调小说为代表）其根本特点是开放的、对话的、狂欢的。克里斯蒂娃对狂欢的基本把握也是比较符合巴赫金的原意的，如"狂欢化的话语，由距离、关系、类比、非排他性的对立组成，它本质上是对话性的。它是一个场景，但是没有舞台；是一种游戏，但也是一种日常的事业；是能指，同时也是所指。也就是说，两种文本相遇，相互关联且相对应而存在。狂欢的参与者既是演员，同时也是观众。这个参与者失去了个体感，穿过狂欢化活动的临界点，分裂成为观赏的主体和游戏的客体"。在独白话语与对话话语之间的关系上，克里斯蒂娃也完全采纳巴赫金立足于欧洲小说史所做出的判断，认为："史诗和狂欢化话语是组成欧洲叙述的两股源头。从时代和作家而言，前者优先于后者。西方的古代后期文学创作中，民族的狂欢节的传统显而易见并一直保持。至今，生命的存在使得文学思想恢复生机，将文学研究引向全新的视角。"这与巴赫金在《陀思妥耶夫斯基诗学问题》和《拉伯雷研究》中分析的欧洲小说发展史的线索基本一致。在对话主义、复调小说与狂欢化之间的关系上，克里斯蒂娃的理解也非常到位，认为"吸收狂欢化结构的小说叫复调小说"；与之类似，"对话最易出现在狂欢化的语言结构中，在此类语言结构中，象征关系和类比关系超越了物质和因果关系的联系。含混概念从属于从小说结构中可以观察到的两种空间的置换"，还有"对话性是话语的深层结构的延展"。这些表述既遵循了巴赫金的原意，又进行了提炼和概括，不失为对巴赫金思想的准确介绍。

但另一方面，克里斯蒂娃又不满足于成为巴赫金理论的复述者，而是运用结构主义、符号学分析方法，细化了巴赫金的对话主义、复调小说和狂欢化理论。如在介绍巴赫金的复调小说理论与拉伯雷、陀思妥耶夫斯基小说创作之间的关系时，她意识到复调小说显然超出了巴赫金所涉足的几位经典作家，尤其在20世纪之后还有新的发展和代表。她认为："有人可能认为20世纪的现代小说，如普鲁斯特、卡夫卡和乔伊斯的小说也是复调，但是在划分现代复调小说时，尽管在状态上，可以比拟，但仍然需要作明确的区分。在19世纪末，文学研究出现突变，拉伯雷等的小说中的对话继续处在一种有代表性的、虚拟的层面；20世纪的复调小说变得不可读或者变成一种内部语言，如乔伊斯的小说等。从这个突变开始，在文学、社会、政治和自然科学层面，都会涉及文本间性这个概念。巴赫金的理论本身可以历时地追溯到这个突变。他开始发现众多作家作品中都出现了文本对话，巴赫金极其有先见地、大刀阔斧地将他的理论扩展到文学历史层面。"这段论述较好地解释了巴赫金理论之于现代小说的适用性问题，并有效地运用巴赫金的对话主义理论发掘出普鲁斯特、卡夫卡和乔伊斯等的现代主义小说，在艺术风格上的内部语言、文本间性、文本对话等特点。

克里斯蒂娃对巴赫金对话主义、复调小说和狂欢化理论最大的改造，在于将之纳入诗歌语言和小说叙述的分析之中，使之成为一种诗语理论和叙事理论。在诗歌语言的分析上，克里斯蒂娃认为，我们可以通过巴赫金的对话理论找到一种双重的、复合逻辑的诗歌文本的分析方法，其特点有三："第一，一个句子或叙述结构的不同单元间的距离和关系的逻辑，其中暗含的是发展趋势，反对的是连贯性和实质。这两个层面遵循的都是存在的逻辑，因此是独白的。第二，这种逻辑反对的是类似和无排他性的反对，不赞成独语层面的因果关系和身份确认。第三，这是一种颠覆的逻辑，在诗歌语言'连续体的能量'的基础上，介绍另一种形式规则，是一种诗歌序列，与所有亚里士多德的前述的链条序列相比邻。"而小说叙述的分析与诗歌语言的分析不同，它的分析建立在运用语言所展开的叙述行为和对建构起来的故事、情节、人物形象的分析之上。不过，克里斯蒂娃真正的用心却并非小说理论和叙事理论对于相关小说中的叙事特征于技巧的精微把握，而是从对话性、互文性角度给予小说以新的理解。因此，更准确地说，克里斯蒂娃的叙事理论其实是对小说观念的思考。如克里斯蒂娃对故事的讨论，既非基于对亚里士多德的“事件的安排”的深化，也非类似福斯特对“时间的顺序”的理解，而是延续了巴赫金的审美伦理学角度，探讨了故事与说者和听者之间的对话性关系，不失为对故事的全新理解。克里斯蒂娃认为，“故事，像班文尼斯特话语的这个概念本身，在叙述层面假定了一个言说者的干扰，同样也在他者层面有这个假定。为了描述这种词的外延义和词的历史义的内在对话，我们不得不转向书写的精神层面，作为对自我和他者之间对话的追溯，作为作家与自身隔开距离，作为作家将自身分离为阐释主体和言说主体”。对叙述行为思考也同样如此。克里斯蒂娃明确指出：“对于叙述行为，叙述的主体强调他者，叙述是建构在与他者的关系之上的。结果是，我们可以认为叙述超越了能指和所指的关系，是一种叙述主体和接受者，也就是他者的对话。”这完全就是巴赫金式的表述方式。

那么，以对话来重新理解叙述行为，会对叙述产生何种新的发现呢？克里斯蒂娃颇费笔墨地建构起了她所谓的“叙述系统”。首先，位于这个叙述系统中心地位的并非作者，也非文本，而是接受者，在她看来，“接受者，仅仅作为阅读主体，是双重中心的实体：既代表着能指与文本的关系，又代表着叙述主体和自身之间所指的关系。因此这种实体是一对概念，这对概念互相交流，组成一组符码系统”。以接受者为中心来重构叙述系统及其关系，表明克里斯蒂娃已经迈出了从结构主义转向后结构主义的坚实一步。此后罗兰·巴特依据读者的参与来完成文本的理论正是脱胎于此，或者至少受到了重要的启发。其次，作家作为叙述主体中的另一重要因素，在叙述体系中具有了某种虚无的特点。“在一个叙述系统中，作家作为叙述的主体，被他所持有的东西包括他自身所转化。他既不是虚无，也不是任何人，但却存在着从叙述主体到接受者的转换，以及从故事到话语或者反之的转换。作家由此成为否定态、缺席、零实体，结构也由此这样存在。在叙述的开端，在作家出现的那个时刻，我们体验到虚无。”克里斯蒂娃这里所说的作家的虚无，是基于结构主义的文本理论对作家进行的定位，在结构主义那里，文本是一个自足体，虽然文本的产生依赖于作者，或者说，没有无作者的文本，也没有无文本的作者，但是一旦文本“完成”，作者的“叙述行为”便终止了，作者也便退隐了。因此，克里斯蒂娃在此所说的作家的“虚无”，更准确地说，是指作家的退隐、消失。最后，叙述系统中还有一个重要因素就是巴赫金非常关心的“主人公”，克里斯蒂娃没有采用这个术语，而是启用了小说理论中的“角色”概念。在她看来，“在这种匿名的基础之上，角色在作家所处的那个零的位置产生。接下来的阶段，角色成为专有名词”。这里所说的“匿名的基础”就是指作者在文本完成之后的消失、退隐、虚无。一旦文本完成，角色也就完成，就获得了自足性，也即克里斯蒂娃所说的“角色在作家所处的那个零的位置产生”。克里斯蒂娃甚至以对话来重新理解叙述行为，建构起了她所谓的“叙述系统”：以接受者为中心，作家作为叙述主体中的虚无，角色（即巴赫金所言“主人公”）内部的对话以及叙述主体及其叙述行为的分裂等。克里斯蒂娃比巴赫金更进一步的是，巴赫金讨论主人公只是将之放在与作者的对话性关系中而展开的，而克里斯蒂娃则认为，角色的内部也构成了对话性的关系，也存在着叙述主体及其叙述行为的分裂，在她看来：

> 角色的组成也同样是由主体（S）到阐释主体（S_r）和言说主体（S_d）的分裂。这一对话的突变会呈现出如“对话 1”所示：

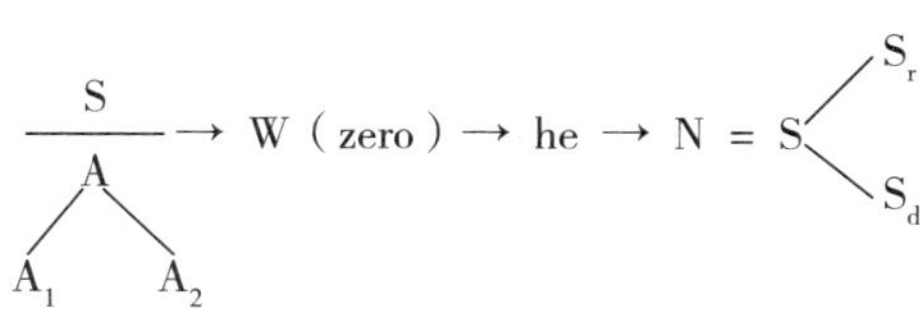

对话 1

> 这一对话还包含着一套代词系统的结构：

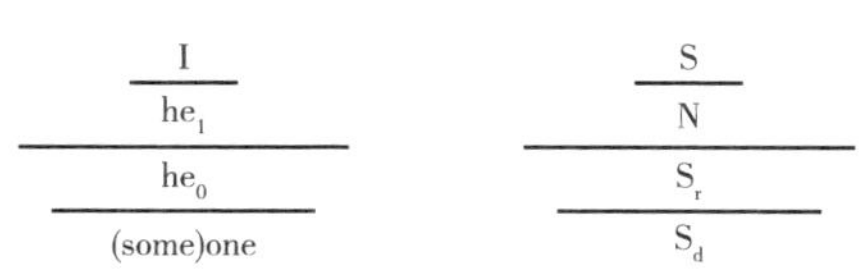

对话 2[①]

① Julia Kristeva, *Desire in Language: A Semiotic Approach to Literature and Art*, New York: Columbia University Press, 1980。在张颖译的版本中，这部分中的两个对话关系的图及克里斯蒂娃的分析被漏译了。见〔法〕朱莉娅·克里斯蒂娃《词语、对话与小说》，张颖译，《符号与传媒》2011 年第 3 期。

对话1和对话2两幅图是克里斯蒂娃将巴赫金对话主义思想引入叙述学领域的一个有益的尝试。在“对话1”中，她发现文学叙述的主体可以分为“叙述主体”（subject of narration，即S）和“接受主体”（addresee，即A），而后者又可以被区分为“与文本相关的”接受者（即A_1）和“与叙述主体相对应”的接受者（即A_2）。“作者”（writer，即W）在文本中并不出现，只是一个“匿名的发声主体”（subject of enunciation，即“阐释主体”）。在建构起了文本叙述的几个主体间关系之后，克里斯蒂娃惊奇地发现“作者消失了”——“他隐匿了，缺席了，成为空白”［即“对话1”中的“W（zero）”］。在文本中，他仍有存在的痕迹，或是“他”（he），或是“纯粹的名字”（proper name，即N）。这个“纯粹的名字”也即文本中的主体［阐释主体（suject del' énunciation，即S_r）或言说主体（suject del' énoncé，即S_d）］[①]，这里的“言说主体”相当于热奈特、托罗洛夫叙述学中的“叙述者”，而“发声主体”则相当于“角色”。很显然，在克里斯蒂娃那里，作者、文本、叙述者、接受者之间的关系，被改造成内在于文本之中的主体间对话性关系了。在“对话2”中，克里斯蒂娃进一步强调了叙述主体与其“纯粹的名字”、“发声主体”与“言说主体”之间的对话性关系。在她看来，“发声主体”和“言说主体”与接受者之间的对话是所有叙述的结构，“言说主体”与“发声主体”在文本中也类似于作者与接受者之间的关系。

三　意识形态素和超语言装置：《封闭的文本》中的巴赫金因素

《封闭的文本》这篇文章写于1966—1967年，首次发表于1969年。全文分为“表述作为意识形态素”“从象征到符号”“小说的意识形态素：小说的解释”“小说的不可分功能”“一致差异”“任意完成和结构限制”这几个部分。这篇文章也包含着大量来自巴赫金思想的启发，显示出1966—

① 在克里斯蒂娃的话语体系中，“sujet de l' énoncé”和“sujet parlant”都可以被翻译成“言说主体”。其中“sujet de l' énoncé”与“sujet de l' énonciation”相对，出现在《词语、对话与小说》一文中（其英译为“subject of utterance”）。“sujet parlant”则成为《言说主体的系统》的关键词（其英译为“speaking subject”）。

1967 年克里斯蒂娃接受和介绍巴赫金思想的自觉。与《巴赫金：词语、对话和小说》一文主要介绍巴赫金的对话主义、复调小说和狂欢化理论不同的是，《封闭的文本》所吸收的是巴赫金思想中的超语言学方面的内容，其中还包括“巴赫金小组”时期巴赫金/梅德维杰夫的《文艺学中的形式主义方法》一书，可见克里斯蒂娃所涉猎的巴赫金思想的文献范围有所扩大。与《巴赫金：词语、对话和小说》的另一个不同在于，《封闭的文本》一文并非克里斯蒂娃专门为了介绍巴赫金而写的文章，因此这篇文章更多地把注意力聚焦于克里斯蒂娃自己对于文本理论的思考，而巴赫金的功能只是她借以生发对文本问题思考的理论资源而已。正因为这两点明显的不同，所以《封闭的文本》不是一篇严格意义上的介绍巴赫金的文章，而是借鉴巴赫金的思想所展开的克里斯蒂娃自己的文本理论研究。其中也包含大量受巴赫金思想启发的所获，参考文献中还有“巴赫金小组”时期巴赫金/梅德维杰夫的《文艺学中的形式主义方法》一书，可见克里斯蒂娃所涉猎的文献范围有所扩大。

在第一节“表述作为意识形态素”中，克里斯蒂娃开篇即将符号学建立在巴赫金的“超语言学”（translinguistic）基础之上。在她看来，当代符号学不同于话语理论之处在于，将其对象确定为具有超语言学性质的一系列符号实践。克里斯蒂娃这篇文章的基本出发点正是来自巴赫金，她借鉴了巴赫金的超语言学思想及其意识形态素的理论，并在此基础上建构起了自己创造的文本理论。

1. 超语言学：从巴赫金到克里斯蒂娃

克里斯蒂娃注意到了巴赫金在《陀思妥耶夫斯基诗学问题》第五章中提出的超语言学思想，并采纳了这一理论表述，但克里斯蒂娃并没有进一步界定何为“超语言学”，只是说：“在不同文类或文本内，词语具体运作的任何描述都需要超语言学的范畴。”从其上下文的表述来看，克里斯蒂娃的“超语言学”观念从某种意义上说，就是力图恢复语言的社会背景和言说主体，基本符合巴赫金所说的“超语言学”的内涵，但两者不能等同。不过，巴赫金对陀思妥耶夫斯基小说语言展开分析的基本单位是表述、话语、言语，而非词语，克里斯蒂娃将词语视为文本的最小单元，这一观点并非巴赫金的，而是来自语言学。正是这一基本出发点，显示出了克里斯蒂娃与巴赫金在文本理论上的重大区别。

值得注意的是，巴赫金提出超语言学问题是针对俄国形式主义的语言观的。俄国形式主义的语言观，一方面延续了传统语法学的脉络，另一方面也部分吸取了索绪尔的思想，但并没有最终形成结构主义语言学的自觉（结构主义语言学的自觉是雅各布森在布拉格学派时期确立下来的），因此，当巴赫金思考语言学问题时，其所针对的对象是非常复杂的，按他（巴赫金/沃洛希诺夫）的说法，既包括语言科学中的个人浪漫主义，也包括抽象客观主义，前者的代表人物是洪堡、波捷布尼亚、福斯勒，后者的代表人物是莱布尼茨、索绪尔、沙尔利·巴利。[①] 正是针对形式主义在理论上将语言地位的无限抬高和语言学研究方法的泛化现象，他提出了建立超语言学（从一般的系统美学的角度来说，巴赫金对语言的超越正是对技术的超越，从这个意义上讲，巴赫金的超语言学即是超技术学，他的超语言理论即是他的超技术理论）的主张。巴赫金的这一思想正是《陀思妥耶夫斯诗学问题》中所谈的超语言学的前身。在《陀思妥耶夫斯基诗学问题》中，巴赫金对“陀思妥耶夫斯基的语言”的界定是，“活生生的具体的言语整体，而不是作为语言学专门研究对象的语言”，而文学研究所从事的语言分析必须是前者，因此，巴赫金称之为超语言学，“这里的超语言学，研究的是活的语言中超出语言学范围的那些方面（说它超出了语言学范围，是完全恰当的），而这种研究尚未形成特定的独立学科。当然，超语言学的研究，不能忽视语言学，而应该运用语言学的成果”。巴赫金主张，超语言学以“活生生的具体的言语整体”作为研究对象，其表现形式就是对话。那么，超语言学的研究对象是什么呢？这一“活生生的具体的言语整体”的表现形式是什么？巴赫金明确指出就是对话，“对话关系（其中包括说话人对自己语言所采取的对话态度）是超语言学的研究对象”。这种对话关系并非逻辑关系和指物述事的语义关系，而是言语背后所包含的作者态度和立场。巴赫金在讨论这种对话关系时，注意到了两种不同的情形。一种是直接以人（现实生活中的作者，文本中的叙

① 〔俄〕巴赫金/沃洛希诺夫：《马克思主义与语言哲学——语言科学中的社会学方法基本问题》，钱中文主编《巴赫金全集·周边集》，李辉凡、张捷等译，第391—410页。

述者、人物，以及现实中的读者）为主体的对话关系，不仅仅是指上述主体之间形成的对话性关系，而且还包括言说主体本人对其所说的话语的态度和反应。前者是外在的对话，后者是内在的对话。另一种则是间接与他人语言之间的对话关系，“艺术语言中存在一些现象，很早就引起了文艺学家和语言学家的注意。这些现象就其本质来说，超出了语言学的疆界，也就是说属于超语言学的范围。这里指的是，仿格体（模仿风格体）、讽拟体（讽刺性模拟体）、故事体、对话体（指表现在组织结构上的一来一往的对话）。所有这些现象，尽管相互间存在重大的差异，却有着一个共同的特点：这里的语言具有双重的指向——既针对言语的内容而发（这一点同一般的语言是一致的），又针对另一个语言（即他人的话语）而发。倘如我们不知道存在着这第二者——他人语言，竟然把仿格体或讽拟体当作普通的语言（即仅仅指向讲话内容的语言），那么我们便理解不了这些现象的实质”①。

正是后者，如果将仿格、讽拟的对象不视为他人语言，而只是视为另一文本，他人语言即另一文本，就形成了克里斯蒂娃所说的互文性关系。也正是在这一点上，克里斯蒂娃虽然从巴赫金那里汲取了她所想要的对结构主义文本观的突破——对主体（社会）和历史（前文本）的恢复，但并没有真正领会巴赫金超语言学思想所包含的对话性分析中的最重要的伦理维度。用巴赫金自己的话说就是：“具有双重指向的话语，自身包含着一个必不可少的因素，就是对待他人话语的态度。”② 关心人和人际关系，关心人的情感意志语调，关心审美活动中的伦理问题，是巴赫金学术思想历程中始终不变的核心；而在克里斯蒂娃那里，主体性维度被有意遮蔽了，对话被局限在文本范围之内，作者与读者之间的交流维度被转换为文本中叙述人与角色（人物）以及角色（人物）之间的对话。

2. 文本作为超语言装置

与巴赫金不同的是，克里斯蒂娃对超语言学的理解，不仅仅停留在对言

① 〔俄〕巴赫金：《陀思妥耶夫斯基诗学问题》，钱中文主编《巴赫金全集·诗学与访谈》，白春仁、顾亚铃等译，第240—241、244—245页。

② 〔俄〕巴赫金：《陀思妥耶夫斯基诗学问题》，钱中文主编《巴赫金全集·诗学与访谈》，白春仁、顾亚铃等译，第246页。

说主体即主体间性的恢复方面；这一问题上，更重要的是，将超语言学的范围拓宽到文本间性，这就是她在《封闭的文本》中对“文本”所下的一个重要的定义：文本是超语言的装置。

> 文本是一种超语言学机器，在此，瞄准的是交际话语与此前及同时的各种话语所发生的关系，并以此而重新分配语言秩序。因此可以说，文本是一种生产力。这一定义意味着：首先，文本与语言的关系是一种（破坏－建立型的）再分配关系，人们可以更好地通过逻辑类型而非语言手段来解读文本；其次，文本是众多文本的排列和置换，具有一种互文性：在一个既定的文本空间里，各种表述，取自其他的文本，插入或者中和另外的文本。[①]

王瑾此处将“文本”译为“超语言学机器”，似有不妥。虽然克里斯蒂娃确实强调了语言的“物质具现性”，也试图在此处强调语言的生产力，但语言毕竟不是完全理性化的冷冰冰的东西，而是在不同人那里会受到不同应用以生产不同意义的工具，因此，译成“装置”，一方面可以强调语言及其使用中的人为建构性，另一方面也能够贴切地表达克里斯蒂娃所欲展现的文本与语言之间的关系。概而言之，克里斯蒂娃这段话想要表达如下几层意思：其一，文本不是封闭的，而是开放的，是与其他文本发生关系的，因此文本具有超语言学的特征；其二，文本具有一种生产力，即具有意义的生产和再生产能力，这种意义的生产力是通过文本与语言、文本与文本之间的破坏－建立、排列－置换，换言之，就是通过互文性来获得的；其三，文本间的互文性关系及其意义的生成和增殖（即生产与再生产）是一种理性行为，即依据的是具有超语言学性质的语言和逻辑的装置来进行的，这一“装置”在此并非比喻的意义上的使用，而是受到了当代西方哲学反思批判科学技术时所使用的类似表述的影响，[②] 用来强调其基于理性运作的、依靠物质技术

---

① Julia Kristeva, “The Bounded Text,” *Desire in Language: A Semiotic Approach to Literature and Art*, P. 55；相关翻译参阅王瑾《互文性》，广西师范大学出版社 2005 年版，第 35 页；本文略有调整和补充。

② 如在海德格尔曾用过的“座架”（gestell）、福柯曾使用的“部署”（dispositif）等，其意思均接近英文的“装置”（apparatus）。

手段的、形成一整套运行机制或制度的等特征。

当文本不再被视为一种封闭的空间，而是开放的交流领域时，它就具备了全新的特征。在克里斯蒂娃不同著述的分析中，作为超文本性装置的文本，形成了如下几个具有代表性的特征。

（1）外向化。在克里斯蒂娃看来，“在不同文类或文本内，词语具体运作的任何描述都需要超语言学的范畴。首先，需要将文学文类不再当成是完美无缺的‘符号系统’（semiology of systems）。其次，是必须在更大的叙述单元，如句子、问答、对话等中发现各类关系，而这些关系并不一定要建立在那些根据语义扩展原则而合法化的语言模型基础之上。在此，我们可以认为，‘任何文学文类的革命都是一种潜意识下不同层面的语言结构的外向化’，尤其是小说，将语言对话具象化”[①]。对文本的外向化特征的强调，突破了结构主义对于文本内部的局限，割裂其与主体、社会现实之间关系的不足，并使文本向意义、意识形态领域开放。

（2）歧义性。这是在外向化基础上形成的另一个特点，“歧义性产生的根源在于将历史引入文本的同时将文本引入历史。对作家而言，历史与文本应该是同一的。当涉及‘两条道路融合在叙述中’时，巴赫金认为，书写是阅读先前的文学史料，文本是对其他文本的吸收和回应。巴赫金将复调小说当作是对狂欢节的吸收，将独白体小说当作单一的文学结构来研究，因为对话性，他将其称为梅尼普讽刺体。这一点上，文本不能仅通过语言学分析来掌握。巴赫金突出强调超语言科学研究的必要性，这种超语言科学在语言的对话性的基础上发展而来，有助于理解文本间的关系”[②]。歧义性则弥补了结构主义语言学将能指与所指关系约定俗成化的不足，意义不再是完全固定的、单一的，而是具有意义的生产性特点，类似罗兰·巴特所说的“锚定”、斯图尔特·霍尔所说的“接合”——能指与所指之间、不同能指之

① Julia Kristeva, *Desire in Language: A Semiotic Approach to Literature and Art*, New York: Columbia University Press, 1980；〔法〕朱莉娅·克里斯蒂娃：《词语、对话与小说》，张颖译，《符号与传媒》2011 年第 3 期。

② Julia Kristeva, *Desire in Language: A Semiotic Approach to Literature and Art*, New York: Columbia University Press, 1980；〔法〕朱莉娅·克里斯蒂娃：《词语、对话与小说》，张颖译，《符号与传媒》2011 年第 3 期。

间、不同所指之间，以至不同符号之间，彼此的关系就不再是铁板一块的，而成为一种临时的耦合："锚定"意味着"拴牢、固定"的同时，还可以被"重新解开"；"接合"意味着"产生关联"的同时，还可能"取消联系"。这些潜在的解构主义色彩，都包含在符号的歧义性特征中了。

（3）生产性。在克里斯蒂娃看来，"文本是意义生产的某种类型，在历史中占有重要的位置，属于一种尚待确定的特殊科学"。在《公式的产生》中，克里斯蒂娃指出："文本不是一个语言学现象；换言之，文本不是言语汇集中出现的那种平淡无奇的意义结构。它是意义结构的生产（engendrement）本身，是记录在印刷文本这一语言'现象'、这一现象文本（phéno-texte）上的产生过程。然而只有纵向上溯语言类型的渊源和成义行为拓朴学的渊源，才能读懂现象文本。因此，成义过程将是双重的行为：（1）语言网络的生产；（2）处于介绍成义过程地位的这个'我'的产生。（语言学意义上）现象文本的生殖活动在纵向中展开。我们把这一活动过程叫作生殖文本（géno-texte，前译'渊源文本'）。这样，文本概念就可以分为现象文本和生殖文本（表面与深层、意义结构与成义生产）两部分。"① 生产性特点不仅指文本自身所具有的意义增殖的潜能，而且本身还包含了在文本间性和主体间性的基础上，意义在不同语境中受不同主体控制的特点，这就与巴赫金对文本的理解相去甚远了。

（4）结构化，或曰"结构化过程"。在《文本的结构化问题》一文中，克里斯蒂娃的文本理论得到进一步的发展。她明确提出话语与文本相区分的问题（如前所述，在《巴赫金：词语、对话和小说》中，克里斯蒂娃并没有严格区分这两者）。她认为："把语言结构定义为符号实践，这就已经决定了我们的双重步骤：1. 把这里所说的结构看做是一种社会交流的话语，它的意义恰恰来自于社会交流。作为话语，它可以由语言学来描述。2. 我们所考察的这种意指实践不仅仅是一种话语，即发话者和受话者之间的交流对象，而且还可以被看做是一种意义生产过程。换句话说，我们可以把我们的'意指实践'［……］不当作一个已经完成的结构来研究，而是当作一个

① 〔法〕克里斯特瓦：《符义解析：符义解析探索集》，巴黎：瑟伊出版社 1969 年版，第 52、218—219 页；转引自史忠义《"文本即生产力"：克里斯特瓦文本思想初探》，《外国文学研究》1999 年第 4 期。

结构化过程来研究，即当作意义完成并进入流通之前的一个生产意义和改造意义的机器。因此，我们将谈论的毋宁说是话语，不如说是文本。”“话语/文本的区分使我们再次处于马克思主义的视野中，因为这种区分着重的是意义的生产，而不是意义的交换（我们知道，这种被称为交流的交换正是结构语言学的兴趣焦点）。”① 这是克里斯蒂娃对文本的生产性特点的进一步的解释，这里所谓的“结构化过程”并非指文本的内部结构，而是指文本意义生产过程中的结构性关系，其内在的机理与巴赫金的对话理论极为吻合，但并没有用巴赫金的“对话”“交往”之类的术语，而是在结构主义术语框架内，寻找到了极具弹性且动态的表述方式。

3. 意识形态素：从象征到符号

在克里斯蒂娃的这篇文章中，直接借用来自巴赫金思想的还有另外一个关键词，就是“意识形态素”。

在巴赫金有关意识形态问题的讨论中，“意识形态素”（即《巴赫金全集》中的“意识形态要素”）并不是最核心的概念。在1928年版的《文艺学中的形式主义方法》和1929年版的《马克思主义与语言哲学》中，巴赫金/梅德维杰夫和巴赫金/沃洛希诺夫共同探讨了文学与意识形态的关系问题，并发展出一整套基于马克思主义基本原理的意识形态科学（在《马克思主义与语言哲学》中，被具体命名为“意识形态符号学”）的理论。在《文艺学中的形式主义方法》中，巴赫金/梅德维杰夫也是将意识形态科学作为马克思主义文艺学的对象和任务来看待的，该书开宗明义地指出：“文艺学是意识形态科学这一广泛科学的一个分支，它在理解自己的对象的统一原则和对这一对象进行研究的统一方法的基础上，包括人的意识形态创作的所有领域。”为此，巴赫金/梅德维杰夫分析以“意识形态产品”“意识形态材料”“意识形态交流”“意识形态环境”等概念为核心的意识形态科学的理论体系。在“意识形态科学当前两个方面的问题”中，他们提出了“意识形态产品（意识形态要素）”的问题。他们首先论证了意识形态创作的物

① 〔法〕克里斯特瓦：《整体理论》，第298—299页；转引自史忠义《“文本即生产力”：克里斯特瓦文本思想初探》，《外国文学研究》1999年第4期。

质具现性和客观现实性原则，并在其物质具现性的原则下，提出“意识形态产品”的概念，这显然是在马克思主义精神生产理论基础之上的理论创造。他们认为：“每一个意识形态产品及其中的一切‘合乎理想的有意义的东西’，都不是在心灵里，不是在内心世界里，不是在与环境隔绝的思想和纯涵义的世界里，而是在客观地可以理解的意识形态的材料中——在语言、声音、手势中，在质量、线条、色调、活体等等的组合之中。每一个意识形态产品（意识形态要素）都是人周围的物质社会现实的一部分，是物化了的意识形态视野的因素。”[①] 不难看出，巴赫金的“意识形态要素”强调的是意识形态的物质具现性，即意识形态不只是抽象的观念体系，还体现在具体的物质（产品）之中，所谓“意识形态产品”即包含着意识形态要素的物质产品。我们现在所说的精神产品，如文学、影视、美术、音乐、舞蹈、新闻报道、网络信息，等等，都可以说是意识形态产品，即意识形态要素。因此，在巴赫金那里，意识形态要素并非指意识形态观念体系中的最小单元，而是指意识形态产品在现实生活中的具体表现形式。

正因为如此，在《马克思主义与语言哲学》中，巴赫金/沃洛希诺夫提出“意识形态符号”问题时，这一符号也并非纯粹的观念、精神的东西，而是具有物质具现性的东西。如他们所认为的：“符号的存在不是别的，就是这一交际的物质化。所有意识形态符号都是如此。然而，这一符号的特性和交际的这种全方位的制约性，任何领域都不能像语言那样，表现得那么清楚和充分。话语是一种独特的意识形态的现象。……话语——是最纯粹和最巧妙的社会交际手段。”话语（以语言为媒介）是意识形态符号中最典型的代表，而交际性、对话性则是话语的意识形态符号特性的重要方面，“在话语里实现着浸透了社会交际的所有方面的无数意识形态的联系。显而易见，话语将是最敏感的社会变化的标志，包括那些变化还只是在逐渐成熟起来，它们还尚未完全形成，还没有探寻达到已形成的意识形态体系的领域”。为了强化意识形态与符号（既具有物质现实性，又具有精神价值内涵）之间的紧密关系，巴赫金/沃洛希诺夫甚至用非常绝然的判断指出：“哪里有符

---

① 〔俄〕巴赫金/梅德维杰夫：《文艺学中的形式主义方法》，钱中文主编《巴赫金全集·周边集》，李辉凡、张捷等译，第108、115页。

号，哪里就有意识形态。符号的意义属于整个意识形态。”“一切意识形态的东西都有意义：它代表、表现、替代着在它之外存在着的某个东西，也就是说，它是一个符号。哪里没有符号，哪里就没有意识形态。”①

那么，到了克里斯蒂娃这里，意识形态素（“意识形态要素”）是否按照巴赫金的原意得到了运用呢？集中体现克里蒂娃意识形态素思想的主要有两篇文章：一篇是发表于1969年的《封闭的文本》，另一篇是发表于1970年的《从象征到符号》（From Symbol to Sign）。非常有意思的是，后者的题目曾在《封闭的文本》中作为一个小节出现过（虽然具体内容大不一样）。在《封闭的文本》中，克里斯蒂娃对何谓“意识形态素”作了一个界定：“意识形态素就是特定情况下表述（序列）的文本排列（一种符号实践［a semiotic practice］）的交集，它既将它们同化到自己的文本空间之中，又将它指向外在文本空间（符号实践［semiotic practices］）。意识形态素具有互文性功能，可被视为每一文本在不同结构层面上的物化，它使其沿着历史和社会的坐标轨道延伸其全部长度。”这段话说得有些玄妙，但其基本要义是在文本范围内讨论意识形态素问题。很显然，克里斯蒂娃对意识形态素的阐释并非立足于意识形态，而是立足于结构主义式的对要素（元素）的理解。所谓“意识形态素”即包含着特定意识形态内涵的元素（最小的单位就是词语或者话语）经过特定的组合和聚合方式（在内容上形成表述，在形式上构成序列）形成文本，而这一文本也非孤立的、封闭的文本，而是具有互文性的文本，因此，意识形态素既在文本内各构成要素之间形成交集，又对文本外空间保持开放的状态。具有互文性的意识形态素，也便不再只具有孤立不变的意义和功能，而成为始终保持着联系、开放、变动的可能性的意义空间。因此，克里斯蒂娃紧接着解释说，意识形态素“并非为了解释那些从一开始就用‘隐藏’在‘语言’中的能够通过阐释步骤分析的‘意识形态’。文本作为意识形态素的概念决定了特定的符号学程序，即通过文本的互文性研究，分析其（文本中的）社会性和历史性。文本的意识形态素聚焦于将表述（在此，文本是不可化约的）变形成理性认知，并把握为一

① 以上引文见〔俄〕巴赫金/沃洛希诺夫《马克思主义与语言哲学——语言科学中的社会学方法基本问题》，钱中文主编《巴赫金全集·周边集》，李辉凡、张捷等译，第349—360页。

个整体（一个文本）；同样的，将这一文本整体插入历史和社会文本"[①]。插入历史和社会中的文本，也正是其意识形态生长、变化和发挥作用的根本原因。

为了进一步分析意识形态素在虚构类文本即小说中的作用，克里斯蒂娃还对意识形态素做了两种不同的区分。第一种区分，克里斯蒂娃区分了两种在小说中剥离"符号的意识形态素"（ideologeme of the sign）的方法。一种是表述的"超音段分析"（suprasegmental analysis），也就是说，将之包含在小说的框架之内，显示为"受限的文本"（a bounded text），包括它的原初设计、任意结尾、配对成形、偏差串联，等等。另一种就是表述的"互文性分析"（intertextual analysis），它要颠覆小说文本中书写和言说的关系，认为小说的文本规则更有赖于言说而非书写，因此，她认为分析的重点应是"语音顺序"（phonetic order）。第二种区分，在小说的意识形态素（也即符号的意识形态素）内部，对立措辞间的不可通约性仅仅在一种程度上被承认，分离它们的破裂的空洞空间成为歧义模糊的符号组合。克里斯蒂娃区分了小说中相对立的措辞所具有的两种不同的功能：一种是否定性的"可分功能"（disjunctive function），一种是狂欢性的"不可分功能"（nondisjunctive function）。前者中对立措辞界限分明，水火不容；后者中对立措辞则语意模糊，亦彼亦此。如克里斯蒂娃所论述的，"这一功能并没有带来超越武断的沉默，而是包含着保密逻辑的狂欢式游戏；小说（作为对狂欢的继承）中的所有形象都能够用两种方式进行解读"；克里斯蒂娃甚至决然认为，"如果从开头就没有不可分功能，小说的演进就是不可能的"。[②] 小说中的否定取决于双重模式的运作："真性"（alethic）和"道义"（deontic）。这两个词来自逻辑学中的模态逻辑的两种形式：所谓"真性模态"是指关于真的性质的模态，是关于必然性、可能性这类问题的模态；而"道义模态"则是有关知道、相信等认识性的模态，其表现形式是应该、允许、禁止等。克里斯蒂娃将它们引入小说分析，是想揭示艺术创作中除了亚里士多德所说的必然率和或然率

---

① Julia Kristeva, "The Bounded Text," *Desire in Language: A Semiotic Approach to Literature and Art*, PP. 36 - 37.

② Julia Kristeva, "The Bounded Text," *Desire in Language: A Semiotic Approach to Literature and Art*, P. 37, 43.

外，还有来自主观的、人际关系的动力。

在《从象征到符号》中，克里斯蒂娃区分了象征与符号。她延续了皮尔斯将符号区分为记号、指示和象征的方法，将区分的标准确定在符号及其对象的关系上，认为象征与符号的区分与皮尔斯的第三个范围有关。复制品与其对象之间的关系，以及这些复制品所能安置的系列。象征假设象征物，与被象征义之间是不可化约的，象征性符号实践的关键就在于它来自既定的象征话语的开端：符号学发展的进程就像一个圆圈，结局已给，开端已定，从头开始（结局即是开端），此后象征的功能（它的意识形态素）就存在于实际的象征陈述之中。克里斯蒂娃认为，符号的突变保留了象征的基本特征，即在符号的情况下，措辞与所指、与能指之间的关系是不可化约的；基于此，意指结构自身的所有单元都是不可化约的。但是符号有象征所不具有的特征，符号能够创造一个生成和转换的开放体系，符号的意识形态素意指一种话语的无限性；一旦后者或多或少地独立于“一般性”（概念、观念），它就成为潜在的突显因素。符号的意识形态素因此能够显示什么不是，什么将是或者什么能是。由此，克里斯蒂娃对符号的意识形态素做出了自己的概括：

> 总而言之，我们能够说，符号作为当代思想的基本意识形态素和我们的（小说家的）话语的基本条件，具有如下几个特征：
>
> 1. 它不指涉某一单一的现实，但是反映形象和观念相关的汇集……
>
> 2. 它是意义结构中的特殊组成部分，在某种程度上，它是具有相关性的：它的意思归结为对其他符号的回应能力。
>
> 3. 它藏匿了一个转换的原则：在它的范围内，新的结构会不断地生成和转换。①

《从象征到符号》对于意识形态素问题的讨论基本被限定在符号学框架

① Julia Kristeva, "From Symbol to Sign," edited by Toril Moi, *The Kristeva Reader*, New York: Columbia University press, 1986, PP. 63 -73.

里面，其所借助的理论资源更多来自结构主义语言学，因此，克里斯蒂娃尽管注意到并且提出了“言说主体”（sujet del´énoncé）的问题，但在真正的分析中并没有充分展开，也正因为如此，克里斯蒂娃并没有直接采取巴赫金的主体性视角，提出主体间性问题，而是策略性地进入结构主义内部，抓住词语、对话的文本性因素，提出了互文性问题。她的这一学术努力的主要目的是向结构主义开战，采取类似德里达的解构主义的思路，在结构主义内部寻求解-结构主义的裂隙。因此，克里斯蒂娃互文性理论的这种貌似后撤的立场，其实包含着她以退为进的雄心。

随着结构主义封闭的文本观被互文性逐步瓦解，结构主义不得不重新开放，接受了主体因素，实现了向后结构主义的理论转向。在这种背景下，到了克里斯蒂娃写作并出版其博士学位论文《诗歌语言的革命》时，她便不再对主体性问题遮遮掩掩了。克里斯蒂娃进一步将言说主体命名为“表述的现象学主体”，并试图在结构主义的语言理论、精神分析的主体理论，以及现象学的意义理论等多个维度的理论交织中，发展出她自己的“意指过程”（signifying process）理论。

在克里斯蒂娃看来，结构主义语言学缺乏主体性因素，即使有某种主体性的东西，至多也只能算是一种“超验自我”，从而导致了结构主义语言学“外在性”（externality）的缺失。在《诗歌语言的革命》中，她认为，在目前的语言研究中有两个倾向注意到了这种外在性，但无法说明这种外在性将阻碍语言自身的发展。“第一个倾向涉及能指与所指之间的所谓‘任意’关系问题，检验了这种关系于中被激发而呈现出来的意指系统。它在弗洛伊德的无意识观念中寻找激发这种关系的动机，因为关于本能和原始过程（位移和凝缩）的各种理论可以把‘空洞的能指’与身心功能联系起来，或至少将它们连续成一个隐喻和换喻的序列。尽管不稳定，但这样一个序列用‘表达’取代了‘任意性’。被分析的话语，语言‘病理学’和艺术系统，尤其是诗歌系统，特别适合这种探讨。”① 但是，克里斯蒂娃也认识到精神分析学对语言问题的思考还有它自身的不足，她认为：“由于缺乏关于整个

① 〔法〕克里斯蒂娃：《诗歌语言的革命》，陈永国译，王宁主编《文学理论前沿》第三辑，北京大学出版社2011年版，第40—41页。

意指过程的一个辩证观念，在这个过程中意义把主体置于过程/审理之中，所以，这些思考，不管多么敏锐，都没有把语言的句法——语义功能包括进来。尽管它们重又使用了破碎的身体——前俄狄浦斯的但总是已经被给予了符号——的概念，但这些语言理论却没有表达出与后俄狄浦斯的主体及其向始终是象征的句法语言的过渡关联起来。”因此，对克里斯蒂娃自己进行理论道路的选择，如果说她早期经历了从结构主义到后结构主义的转向的话，那么，在她借助巴赫金恢复了被结构主义所遮蔽的主体性之后，她就甚至抛开了结构主义而完全投入精神分析（尤其是以拉康为代表的后结构主义的精神分析）领域，这也就是克里斯蒂娃在女性主义批评领域，较少采用结构主义、后结构主义研究理路的原因。克里斯蒂娃认为：“第二个倾向较之第一个倾向更新、更广，在理论自身的形式主义中引入了一个符号学‘层面’，已经被严厉地降格为语用学和语义学的研究。”这是在符号学领域中讨论主体性问题的另一误区，如果说第一种倾向是将主体精神分析化了的话，那么，第二种倾向就是将主体逻辑预设化，表面上确立了言说主体的地位，但只是在讨论中为主体预留了一个逻辑层面的位置，并没有在具体的语言分析中重视主体及主体间关系对于言语、表述的意义所产生的影响。在克里斯蒂娃看来，“对一个想要‘表达意义’的主体而言，语言具有表达范畴的‘深层结构’。这些范畴是语义的（如近来的生成语法所开创的语义领域），逻辑的（形态关系等），和内部交流的（塞尔所说的赋予意义的言语行为）。但它们也与语言的历史变化相关，因此把共时与历时联系起来了。这样，通过‘想要表达意义’的主体，语言学向所有可能的领域广开了大门，因此也向哲学广开了大门，尽管这是语言学过去曾设法逃离的一个学科”。克里斯蒂娃认为：一方面，这“两种倾向表示现实的两种形态，在我们看来是同一个意指过程。我们称第一种为‘符号的’，第二种为‘象征的’。这两种形态在构成语言的意指过程中是不可分的，它们之间的辩证关系决定着所涉及的话语类型（叙述、元语言、理论、诗歌等）；换言之，所谓的‘自然’语言也允许有不同的符号和象征的表达模式。另一方面，还有纯粹以符号为基础的非语言的意指系统（如音乐）。但是，如我们将看到的，这种纯粹性是相对的，这恰恰是由于意指过程的两种形态之间需要一种辩证关系。这两种形态是主体的构成因素。由于主体既是符号的，又是象征的，所以，它所生产的意指系统不可能‘纯粹’是符号的，也不可能‘纯粹’是象征的，而必然带有二者的痕迹”。[①]

从以上分析可以看出，克里斯蒂娃对巴赫金意识形态素的接受，存在一种片面的深刻性，即：一方面由于文献限制，克里斯蒂娃没有在1965—1970年读到巴赫金/沃洛希诺夫的《马克思主义与语言哲学》，而只是受到巴赫金/梅德维杰夫《文艺学中的形式主义方法》对于意识形态问题的讨论的启发，因此，克里斯蒂娃没有接触到更加系统、更加成熟的巴赫金的意识形态符号理论，直到20世纪70年代中后期，雷蒙德·威廉斯、伊格尔顿等英国新左派的文化研究学者才开始正式接受《马克思主义与语言哲学》，并将之与葛兰西的文化霸权理论接合起来，推动了伯明翰学派文化研究的“葛兰西转向”（这段历史我们将在第三章详述）。但另一方面，克里斯蒂娃凭借自己敏锐的学术眼光和强烈的问题意识，抽取了“意识形态素”的概念，并将之置于从象征到符号的现代符号学发展谱系之中，推动了符号学脱离结构主义框架的束缚，发展成独立的以意指实践为核心的理论体系。这就是克里斯蒂娃开创的“解析符号学”。

四 异质性的众声喧哗：20世纪70年代之后的克里斯蒂娃学术中的巴赫金影响

20世纪70年代之后，克里斯蒂娃的学术发生了很大的变化，其标志就是她不再仅仅满足于成为一个结构主义的超越者和关注文学、文本、语言的符号学家，而是把研究的视野拓展到了社会现实领域，成为一名女性主义者。在研究方法上，来自精神分析学的影响越来越大，尤其是拉康的理论开始成为其超越结构主义符号学的另一重要武器。由克里斯蒂娃开创的解析符号学正是这两种理论交叉混杂的产物。“采纳语言学与心理学的这一交叉路线（克里斯蒂娃称之为符号解析），最终使她放弃了文学，成了精神分析学家。这种类型的解读早就具有了下列优势：超越了对主体性采取的中立性，

① 〔法〕克里斯蒂娃：《诗歌语言的革命》，陈永国译，王宁主编《文学理论前沿》第三辑，第42页。

与文学批评家的无意识发生了共鸣。主体性这种近来归属的重要性，开辟了通向文学创作的通途，因此也给巴特提供了必要的科学土壤，巴特需要它来释放自己的创作欲望。不过，克里斯蒂娃依旧停留在科学的领域。”[①] 结构主义、语言学、符号学与精神分析学是来自两种截然不同的问题意识、研究方法的理论，这种混杂表明，克里斯蒂娃的学术思想资源具有多元性，以及由这种多元性而带来的理论话语的异质性。在克里斯蒂娃这里，包含着处理异质性理论资源的两种截然不同的方式。一种是克里斯蒂娃学术发展的早期（即 70 年代之前），属于学术起步阶段，作为来自保加利亚的外籍学者，将来自俄罗斯思想的巴赫金引入法语学界时，克里斯蒂娃有意以结构主义语言学思想服务于对巴赫金的解读，即：一方面剥离掉巴赫金讨论复调小说和狂欢化理论时的特定语境（俄罗斯思想文化以及巴赫金所针对的具体对象——陀思妥耶夫斯基和拉伯雷），而刻意突显其超语言学的语言学理论的维度，这是站在结构主义立场将巴赫金思想引入同一学术领域和问题意识中来讨论的一种努力；另一方面则在语言学研究这一层面上，强化巴赫金恢复语言的历史性和社会性的研究思路，从而突显出巴赫金思想之于结构主义的超越。因此，克里斯蒂娃在 60 年代对巴赫金的接受便是采取的求同存异的策略。另一种则是 70 年代之后，克里斯蒂娃已不再是个初出茅庐的青年学者，而是位法国学界声名鹊起的学术新星，甚至成为后结构主义运动中的领军人物之一。这时的克里斯蒂娃，学术视野更加开阔，自己的学术思想开始形成：一方面是多元、多样的学术理论与思想的交织碰撞；另一方面则是独立的问题意识、思想方法的形成与成熟。在处理异质性的理论方法方面，克里斯蒂娃更加自信，更富创造性，也更游刃有余。于是，克里斯蒂娃自由穿梭、取舍自如地游弋在异质性理论话语之中，以众声喧哗的方式展开多元逻辑的对话。[②]

① 〔法〕弗朗索瓦·多斯：《从结构到解构：法国 20 世纪思想主潮》下卷，季广茂译，第 86 页。

② “heteroglossia” 一词在巴赫金的术语中本身就是 “杂语性” 的意思，即强调的是话语的 “异质性”（heterology）特征。将之译成 “众声喧哗” 是王德威的创造，得到了学界的一致认可。因此，本节这里以 “异质性的众声喧哗” 为标题，只是同义反复。

1. 一种诗学的毁灭：巴赫金与俄国形式主义

1970 年，《陀思妥耶夫斯基诗学问题》的法文版出版，克里斯蒂娃当仁不让地成为巴赫金在法国的代言人，并为之撰写了序言，题为《诗学的毁灭》（The Ruin of a Poetics）。在这篇序言中，克里斯蒂娃通过恢复俄苏 20 年代的历史文化语境，探讨了俄国形式主义论争中巴赫金及其“巴赫金小组”的独特价值。

何为“诗学的毁灭”？克里斯蒂娃这里所选取的表达方式很具体，是“a poetics”，即某一种具体的个别的诗学的毁灭，而非抽象的整体的诗学出了问题。那么，这个“a poetics”是什么呢？是俄国形式主义的诗学观念，也就是说，克里斯蒂娃讨论的是俄国形式主义诗学的毁灭问题。她认为，俄国形式主义与德国美学传统之间的关系发生了很大的变化，如果说早期俄国形式主义的目标是积极的、理论化的、客观的话，那么后期的俄国形式主义者对德国美学的态度就显得遮遮掩掩、偷偷摸摸和倍感压抑，这显然是特殊的时代氛围造成的。进入 20 世纪 20 年代之后，俄国形式主义很快就成为俄苏文学理论的争论中心，并在这种新的批评运动中形成了三股力量：第一股力量就是托洛茨基，这是最重要的一支力量，他在《文学与革命》中对俄国形式主义的批评代表了作为权威的马克思主义的立场；第二股力量是别列维尔佐夫（Ivan Pereverzev），他是庸俗社会学的代表，在 1929 年发表了一篇题为《形式主义的社会学方法》的文章，认为俄国形式主义没有反映经典马克思主义所说的经济基础与上层建筑之间的关系；第三股力量是克里斯蒂娃所认为的最有价值的批评家是“梅德维杰夫，他与沃洛希诺夫一起被认为是‘巴赫金小组’的成员，他虽然被视为俄国形式主义的对手，但他的批评被认为是‘内在的’，即在俄国形式主义体系内部，并试图从中推导出马克思主义文学理论的某种细节”[①]。应该说，克里斯蒂娃对这一段历史

---

① Julia Kristeva, “The Ruin of a Poetics,” *Russian Formalism: A Collection of Articles and Texts in Translation*, Stephen Bann and John E. Bowlt (eds.), Edinburgh: Scottish Academic Press, 1973, PP. 104 – 105; 这是法国学术界第一次知道“巴赫金小组”的存在，并获知梅德维杰夫和沃洛希诺夫等人的存在。可惜的是，法国学界似乎对他们并没有产生很大的兴趣，而被英国学者抢了先。20 世纪 70 年代，以他们为名发表的两本“巴赫金小组”时期的关键性著作，都相继被翻译成了英语。巴赫金/沃洛希诺夫的《马克思主义与语言哲学》1977 年才被翻译成法文，而巴赫金/梅德维杰夫的《文艺学中的形式主义方法》至今还没有法文译本。

的还原是符合当时的俄罗斯思想文化实际的，这显然也得益于她的保加利亚的学术背景。这一情况也再次印证了巴赫金的学术影响是通过东欧——作为“欧洲内部的他者”（西方中的东方）——这一中介来实现的。

那么，紧接着的问题是，克里斯蒂娃认为俄国形式主义的诗学观出了什么问题？众所周知，俄国形式主义的发展分为两个阶段。一个阶段是 20 世纪前十年，即以雅各布森的莫斯科语言学学会和什克洛夫斯基的彼得堡诗歌语言研究会的成立为标志，当时他们大多数都还是莫斯科大学和彼得堡大学的学生。早期的俄国形式主义者与俄国未来派关系密切，其思想论争和理论冲动正是来自为俄国未来派的艺术创新与革命进行合法化辩护的需要。为什么什克洛夫斯基会提出陌生化理论？究其原因就在于未来派诗人们要致力于颠覆以往诗歌创作传统对于音韵、节奏、修辞、篇章的既有成规，从而创造出全新的艺术表现手法。正因为如此，所提出的“艺术即手法”，就成为什克洛夫斯基从理论的高度对俄国未来派诗人们的努力所做的宣言。应该说，这一段时间的俄国形式主义所关注的，主要还是基于历史语言学、语法学层面上的语言学问题，他们所谓的“诗歌语言”和“日常语言”的区分也是基于这一语言观的。进入 20 年代之后，随着马克思主义文学理论批评的介入，尤其是庸俗社会学批评方法的越演越烈，俄国形式主义者论争的对象发生了重要变化：如果说此前还是文学圈内的纯粹艺术观念的争论的话，那么现在则演变成了占统治地位的（或者说即将占统治地位）与不占统治地位（虽然当时还没有被完全降格为被统治地位）的文学理论力量悬殊的论争。因此，在这些论争中，俄国形式主义出于辩护的需要，往往把自己的学术思想予以片面化、极端化的处理，如广为传播的什克洛夫斯基的观点：“艺术永远是独立于生活的，它的颜色从不反映飘扬在城堡上空的旗帜的颜色。”① 这正是俄国形式主义受马克思主义影响之初，在面对共产主义和未来主义之时所做出的激进姿态。其实，如果不过分考虑俄国形式主义所带来的那些宣言式的论战式的极端表述，而只是就他们所做的具体研究来看的话，俄国形式主义者并没有完全割裂作者与文本的关系，以及完全拒绝社会历史、现实

① 〔俄〕什克洛夫斯基等：《俄国形式主义文论选》，方珊等译，生活·读书·新知三联书店 1989 年版，第 11 页。

生活、政治经济之于文学创作的影响。如他们对作者和读者因素的重视、对作品主题研究的兴趣等，都显示出俄国形式主义在研究上的开放性和包容性。但所有这些作为某种“历史审判”而被定性了，他们被视为一群只关心语言、不顾及意义，只关心形式、不注重内容，只醉心于技巧手法、不思考思想情感的形式主义者。克里斯蒂娃在《诗学的毁灭》一文中，也正是从俄国形式主义或当代苏联符号学对法国结构主义文论的影响开始谈起的。她认为俄国形式主义的引入，对西方文学文本和一般意义系统研究产生了重要影响。形式主义关注作品本身的内在结构，将话语因素与其之间的相互关系割裂开来，这与法国结构主义的出发点是一致的。因此，研究俄国形式主义，对于认识法国结构主义运动毫无疑问是具有重要的以史为鉴的参考性意义的。

那么，巴赫金及“巴赫金小组”是如何克服和超越俄国形式主义的诗学观的呢？通过对这一历史的还原，克里斯蒂娃确立了巴赫金及“巴赫金小组”在俄国形式主义和马克思主义之间的独特位置：一方面，与马克思主义一样，巴赫金及“巴赫金小组”都是俄国形式主义的批判者；但另一方面，巴赫金及“巴赫金小组”是对俄国形式主义的一种内在的批评，即从俄国形式主义思想的内部剖析其存在的问题，并将之引向马克思主义社会学诗学的问题。这种由内而外的批判既保留了俄国形式主义诗学观念的合理因素，又克服了其过于孤立和封闭的弊端，重新开启了语言、形式与意识形态、文化政治发生关联的可能性。在克里斯蒂娃看来，“现在，巴赫金及其小组的研究显示，如果我们能够就文学作品所处的意义体系的历史及其与言说者的关系的观点来提问，那么我们就有可能在俄国形式主义和诗学领域的问题之中开辟出一条新路”。为此，巴赫金及其小组针对俄国形式主义提出了两个问题：一是“诗语（poetic language）必须在具体的文学结构中进行研究”，二是语言是一种实践，必须考虑人的因素以及作为回应方式的符号体系。前者在巴赫金《陀思妥耶夫斯基诗学问题》第四章中得到了论述，后者则在第五章中得到讨论。克里斯蒂娃花了大部分的篇幅来集中介绍《陀思妥耶夫斯基诗学问题》第四章和第五章中的相关内容。如克里斯蒂娃在讨论《陀思妥耶夫斯基诗学问题》第五章“陀思妥耶夫斯基的语言”时，探讨了巴赫金的语言观，并在此基础上，克里斯蒂娃进而提出“复调是一种意识形态吗?”这一问题。她认为，巴赫金对待语言的看法与形式主义和结构主义者都不同，是“话语”/“表述”、“言谈”，并由此对巴赫金的超语言学进行了概括；她还将巴赫金提出的语言问题上升到符号学的高度，认为其思想成为“现代符号学的先导”。[①]

克里斯蒂娃甚至还追溯俄国形式主义之成立。她发现，在俄国形式主义形成之前，俄罗斯的诗学是历史诗学。[②] 因此，当巴赫金要起而反对俄国形式主义时，他首先拿起的便是历史诗学的武器：“他分析的目的不再是阐明‘作品是如何建构起来的’，而是论证在历史上为其意义体系的类型学的确认。因此，他试图开展小说结构研究，既研究特殊的结构特征，也研究它的历史发展变迁。小说的结构对他来说就是一个‘世界的模型’，一种特殊的意义体系，必须在其所有的饱满历史中把握。”巴赫金在拉伯雷研究中所找到的正是梅尼普讽刺和狂欢节，并将这一特殊的意义体系称为复调或对话。克里斯蒂娃将巴赫金的这一发现称为：“它在俄国形式主义诗学中创造了一个深深的缺口。俄国形式主义提供的或多或少只是一种关于叙述组成因素的随意开列的目录。巴赫金则将之引入文学类型学的领域。”[③] 但是，克里斯蒂娃显然并不满足于仅仅在俄苏特定的历史背景下去理解巴赫金，她明确指出：

> 我们对巴赫金著作的兴趣仅止于文学博物馆和档案管理员？我们认为不是这样。（一方面）在其第一版的序言中，巴赫金强调他的目的仅仅是提出问题，而非去解决它们。这充分显示了我们能够从这本书中获得的正确东西。另一方面，它（指第一版序言）告诉我们，在当代复活这些重要的早期著作，其目的并非去把他们的观点作为模子去套他们自己，也不是把它们视为博物馆的展品，相反，其目的是剥离掉笼罩于其上的意识形态外壳，而其与当代最晚近的研究成果之间的关联的内核

---

① 以上引文见 Julia Kristeva, “The Ruin of a Poetics,” *Russian Formalism: A Collection of Articles and Texts in Translation*, P. 122。

② 其代表人物就是亚·维谢洛夫斯基（A. Veselovsky, 1838—1906），俄国著名的民间文学研究家，他本人除了在文学影响和文学因袭等问题上提出过重要观点之外，他还是《历史诗学》的作者。

③ 以上引文见 Julia Kristeva, “The Ruin of a Poetics,” *Russian Formalism: A Collection of Articles and Texts in Translation*, P. 107。

因此而成为不为人所知的先驱，丝毫没有意识到他的角色。[①]

克里斯蒂娃重建巴赫金超越俄国形式主义的历史现场，其目的显然是在法国实现对结构主义的超越。在她从巴赫金的超语言学那里获得灵感，创造出互文性理论，成功实现对结构主义封闭文本的超越之后，下一步，克里斯蒂娃就要走得更远了。

2. 从对话主体、思想主体到言说主体、过程主体

20 世纪 70 年代之后，精神分析学的因素在克里斯蒂娃的学术话语中所占的比重越来越大。原因在于两个方面。一是到了 70 年代，法国的结构主义运动已经完成了向后结构主义的转向，来自精神分析的对于主体、欲望、无意识等问题的讨论已与话语理论融合，成为后结构主义的基本研究范式；结构主义精神分析不仅更新了精神分析，也改变了结构主义。二是克里斯蒂娃自己的学术兴趣已开始“偏离”结构主义，不再满足于做一个符号学家，而是进入了女性主义的思想论争中，成为法国女性主义思想的一面旗帜，这也使得她更加自觉地借鉴和吸收来自弗洛伊德、拉康等精神分析学思想的影响。在回忆录中，克里斯蒂娃说：“由于我非常深入地研究了这些语言的局限，我决心不再用中性术语来描述这些话语。我必须使自己置身其中，即参与这种移情的体验。于是我发现自己若不亲自体验，就不能与他人拥有这种移情的关系。对我来说，精神分析不仅仅是一种认识论上的追寻，还是一种离开舞台、照相机与极为亲密的私人空间的发现。不像那些对精神分析感到大惊小怪的人，不是在公共场合就是在饭馆桌上谈论，我相信精神分析是极端的个性化的，它是我的秘密花园，而且我要以这种方式来坚守它。因此，精神分析已经彻底改变了我的著作、我的情感、我与他人间的关系以及我的知识生活。简单地说，精神分析改变了我的个性风格、生活风格和写作风格。”[②] 她

---

① Julia Kristeva, “The Ruin of a Poetics,” *Russian Formalism: A Collection of Articles and Texts in Translation*, P. 122.

② Julia Kristeva, “Julia Kristeva In Person,” *Julia Kristeva Interviews*, edited by Ross Mitchell Guberman, New York: Columbia University Press, 1996, P. 9；转引自罗婷《克里斯特瓦的诗学研究》，中国社会科学出版社 2004 年版，第 13 页；其中个别字、符号有修改。

的这段表述很清楚地表明了这个时期以至现在的学术研究特点。“科里斯蒂娃利用了当时正在进行的两项重要革新，其一是由阿尔都塞革新的马克思，其二是由拉康革新的弗洛伊德。”① 此评价也是比较准确的。不过，在70年代的前五年，克里斯蒂娃还没有完全抛弃结构主义和符号学，其对精神分析，尤其是对拉康的接受还明显有着罗兰·巴特式的痕迹。在自述《我记忆中的夸张》中，克里斯蒂娃明确表示：“巴赫金是一位后形式主义者，他通过对狂欢化、拉伯雷、陀思妥耶夫斯基和现代小说中的复调理论的介绍，把‘去势’和‘对话性’引入受形式主义影响的研究领域。我的对话性概念具有矛盾情绪，我把它称为‘互文性’——这一概念主要受巴赫金和弗洛伊德的影响——现已成为美国大学正在研究的新玩意儿。”② 可见，互文性除了巴赫金这一影响因素，精神分析的影响也渗透其中。

“解析符号学”（semanalysis）这一术语就是“精神分析学”（psychoanalysis）和“符号学”（semiotics）或者语言学的接合。解析符号学是把语言学和精神分析学结合起来的一种新的批评方法，是“一种通过精神分析对语言学所作的反形式主义的重新阅读，它将对结构的关注转移到对结构生成过程的关注，从对能指的关注转移向对记号的关注”③，旨在揭示语言的异质性层面以及文本的多重表意手段。李幼蒸在评价克里斯蒂娃的解析符号学理论时也曾说过：“克里斯特娃在其1974年的《诗语革命》一书中研究两种意义生产类型的‘辩证关系’，一种是象征的、受语言系统限制的，另一种是精神分析符号学的。文学文本并非一般文本的子系统或偏离正常规范的文本群，而是具有‘无穷代码的’文本。因此诗学符号学应研究意义的转换性生产，所指不与特定能指联系，文学文本则基于能指的无限运动。”④ 这里所提出的两种意义生产类型的辩证关系，就是前文所提到的克里斯蒂娃对象征与符号所做的区分，以及她所推动的从象征到符号的转换之努力。解

---

① 〔法〕弗朗索瓦·多斯：《从结构到解构：法国20世纪思想主潮》下卷，季广茂译，第86页。

② 〔法〕克里斯蒂娃：《我记忆中的夸张》，罗婷、黄稼辉译；转引自罗婷《克里斯特瓦的诗学研究》，第278—279页。

③ Oliver, Kelly (ed.), *Ethics, Politics, and Difference in Julia Kristeva's Writing*, London: Routledge, 1993. P. 27.

④ 李幼蒸：《理论符号学导论》，第651页。

析符号学就是建立在这两种意义生产类型的辩证关系基础上，理论重心聚集在精神分析符号学之上的新的理论方法。详述解析符号学理论本身并非本文的目的，但将之置于克里斯蒂娃对巴赫金的创造性接受的视野下，我们就会发现，克里斯蒂娃已不再满足于巴赫金理论中关于主体、语言、思想（意识）、话语等问题的论述，而是从巴赫金提出的原则立场出发，发展出了属于自己的观念和方法。

在巴赫金对话主义思想中，没有一个抽象的孤立的主体存在。巴赫金讨论任何一种主体，无论作者、主人公还是读者，都是在审美活动范围内及彼此之间的对话性关系的基础上展开的。从早期“审美活动中的作者与主人公”到晚年的“在长远时间里”，对话性关系决定了主体所赖以存在的主体间性关系。在复调小说中，这一主体甚至被严格限定为“思想主体”，[①] 因此，巴赫金思想中没有一个抽象的孤立的主体存在而有对话主体，就是主体间性的主体，这正是其对后世学者产生影响的重要方面。

但是在克里斯蒂娃的解析符号学那里，主体性特征发生了很大的变化，即从巴赫金意义上的对话主体、思想主体发展为精神主体、过程主体。在《巴赫金：词语、对话和小说》及《封闭的文本》中，克里斯蒂娃已开始重视主体问题，并将巴赫金对主体问题的关注视为对结构主义语言学的超越。在早期的这些文献里，克里斯蒂娃并没有严格讨论主体性特征的问题，所以她提出“阐释主体”（subject of enunciation）和“表述主体”（subject of utterance）这一对相对宽泛的主体概念。在《巴赫金：词语、对话和小说》中，克里斯蒂娃认为：“在坚持对话关系和具体的语言实例间存在不同的同时，巴赫金注重组成叙述是可能的（例如，作家和角色，分别是阐释主体

① 如在《陀思妥耶夫斯基诗学问题》一书中，巴赫金明确指出：“陀思妥耶夫斯基对主人公的兴趣，不在于他是现实生活中具有确定而稳固的社会典型特征和个人性格特征的人，不在于他具有确定无疑的客观特征所构成的特定面貌。……陀思妥耶夫斯基对主人公的兴趣，在于他是对世界及对自己的一种特殊看法，在于他是对自己和周围现实的一种思想与评价的立场。”因此，在陀思妥耶夫斯基笔下，对主人公的描写不必要满足现实主义小说所要求的具有形象性，其揭示和刻画的重点“不是主人公特定的生活，不是他的确切的形象，而是他的意识和自我意识的最终总结”。这种对主人公自我意识的高度重视，甚至影响到了作者对主人公的看法，在复调小说中，“陀思妥耶夫斯基好像是实现了一场小规模的哥白尼式变革，把作者对主人公的确定的最终的评价，变成了主人公自我意识的一个内容”。为此，巴赫金甚至将陀思妥耶夫斯基笔下的人物直接命名为“思想者”。参见〔俄〕巴赫金《陀思妥耶夫斯基诗学问题》，钱中文主编《巴赫金全集·诗学与访谈》，白春仁、顾亚铃等译，第61—64、101页。

和言说主体)，因为对话是语言先天就有的。巴赫金未能准确地解释是什么组成语言的双面性，然而他坚持认为，对话是语言的生命得以存在的唯一范畴。对话关系是可以在多个语言层面推测的。首先，在一组相对的概念，语言和言语，处在语言系统内，此时语言是作为集合的、独白的关联，也可以是作为相关的价值系统，通过与他者对话来实现。或者是处于言语系统之内，此时言语是作为一种本质上的结合，不是纯粹的创作，而是以符号的交换为基础的个体的形成。"[①] 克里斯蒂娃在此所做的只是简单地将“作者”和“主人公”等文学批评术语转换成主体性理论话语（“阐释主体”或“言说主体”)，而且没有跳出巴赫金所界定的作者与主人公之间的关系的问题意识。

但是到了70年代，克里斯蒂娃对主体问题已经有了自己的思考，在她的一系列文章中，出现了层出不穷的对于不同主体的描述和界定，如“笛卡尔主体”（Cartesian subject)、“拜物教主体”（subject of fetishism)、“历史性主体”（historical subject)、“言说主体”（speaking subject)、“过程主体”(subject in process)、“言说分裂主体”（speaking and split subject)、“与神经症和精神病主体相区分的文本主体”（subject of text as differentiated from subject of neurosis and psychosis）以及“叙述主体”（subject of narration）等。其中，“言说主体”和“过程主体”是与巴赫金思想有关联的理论术语创造。

“言说主体”主要出自克里斯蒂娃的《言说主体的系统》（The System of the Speaking Subject）一文，这篇文章首次发表在 *Times Literary Supplement* (12 October 1973，PP. 1248 - 1252）中。在这篇并不太长的文章中，克里斯蒂娃展开了符号学领域内的诸多具有挑战性的问题，她不仅区分了“符号学”（semiology）和“结构主义”（structuralism)，还区分了“符号学”(semiotics）和“解析符号学”（semanalysis)。[②] 其中最为重要的，就是克里斯蒂娃对“符号系统”（semiology of systems）和“言说主体”关系的讨论。在她看来，不能抽象而孤立地来分析符号系统，“对这一‘符号系统’的批

---

① 〔法〕朱莉娅·克里斯蒂娃：《词语、对话与小说》，张颖译，《符号与传媒》2011年第3期。

② Semiology 和 semiotics 都是符号学的意思，只不过前者来自索绪尔，后者来自皮尔士；有关符号学问题的讨论并非本书的重点，在此仅略提及。

评及其现象学基础，只有从意义理论，相应地也必然是从一种言说主体理论开始才有可能”。克里斯蒂娃清理了从雅各布森到库洛达（S. Y. Kuroda）①以来的语言学研究，发现言说主体切断了与胡塞尔“先验自我”的联系，而这一先验主体也确实并非符号学复兴必须关注的对象。在弗洛伊德精神分析学，尤其是拉康的结构主义精神分析理论的影响下，克里斯蒂娃认为先验主体切断了与其身体、无意识及其历史的联系，符号学对主体问题的思考，应该能够适应将言说主体分为有意识的言说主体和无意识的言说主体的理论，并尝试在这种区分基础上进行类型特征的研究，进而将它们整合进符号学逻辑体系之中。克里斯蒂娃认为，可以在两个维度上展开：一方面是生物-生理学进程（类似弗洛伊德所说的“冲动”）；另一方面则是社会约束（如家庭结构、生产方式，等等）。因此，这种结合了符号学、精神分析，并包括部分马克思主义的理论方法，即克里斯蒂娃所称的“解析符号学”，其所关注的焦点不是符号系统，而是意指过程。在此，克里斯蒂娃批评了此前语言研究中主体性的缺失问题：一种情况就是取消主体的语言研究，如索绪尔结构主义语言学，只关注语言本身，排斥言语行为；另一种情况就是先验主体的语言研究，如胡塞尔的现象学，虽然留有主体的位置，但只是一个先验主体的位置而已。克里斯蒂娃的解析符号学就是在具体的言语行为中恢复言说主体的作用，并进而突显这一言说主体在现实社会生活中所具有的革命性的一面。正如克里斯蒂娃所说的：“简言之，符号元语言的主体一定会将自己带入问题，一定会在逻辑系统中从先验自我的保护壳中挣脱出来，恢复他与冲动控制，这同时也是社会、政治和历史的否定性联系，进而撕裂和更新社会符码。”②

“过程主体”一词出自克里斯蒂娃的另一篇文章《过程的主体》，该文发表在1973年第52—53期的《泰凯尔》上，标题中的“procés”在法文中有两重意思：一是过程；二是审理。克里斯蒂娃同时在这两重意义上使用这

① S. Y. Kuroda（1934—2009），当代日本语言学之父，生前曾是加利福尼亚圣迭戈分校的教授。

② 以上引文见 Julia Kristeva, “The System and the Speaking Subject,” edited by Toril Moi, *The Kristeva Reader*, New York: Columbia University press, P. 24 - 33。

一术语，用来强调主体性发展过程中所涉及的暴力和斗争因素。[①] 因此，也有英译者分别用两个短语来指称克里斯蒂娃所想包含的意思："a subject in process" 和 "a subject on trial"。[②] 将主体性的形成视为一个过程，这一思想在巴赫金那里已露端倪，如巴赫金强调作者与主人公及主人公与主人公之间，以及主人公自己与自己之间的对话是无穷无尽的，对话是无所不在、永无终结的。巴赫金将这种处于过程中的状态称为"未完成性"。克里斯蒂娃汲取了这一观点，但对之进行了进一步的发挥，其中最重要的就是充分汲取了精神分析学的主体性思路，将身体、意识、本能冲动等内涵贯注于主体形成的过程，并与社会现实、革命、解放等主题联系起来。克里斯蒂娃认为："在其最大胆的时刻，当代（拉康式）精神分析学理论提出了一种主体理论，将主体视作分化了的统一体，它产生于一种缺失（根据文本的不同可以是空，无，零），并由这种缺失所决定，它对由换喻式欲望所代表的不可能的事物进行一种未得到满足的追求。这个主体，我们将称之为'统一的主体'。"缺失/满足是弗洛伊德精神分析动力学理论的基石，从缺失中去寻求满足的过程便是主体性形成和最终确认的过程；分化/统一是主体性形成过程中的两种基本状态，这种分化不仅表现为身心之分，而且表现为意识与潜意识之别，"弗洛伊德的本能冲动理论使得所论否定性的思考与主体的身体关联起来。本能冲动已经成为符号的冲动，是'精神与肉体的接合点'，它把身体从质的外壳下抽取出来，将其变成与外部相关的一个空间，它们是使过程的容器突出出来的各种力量"。在这些力量中，否定、拒斥、反抗的力量成为其鲜明的特点，也因而成为"过程中的主体"的基本特征。在克里斯蒂娃看来，"拒斥是在主体领域内否定性的回归，而这个主体是由否定的主体的拒斥构成的。拒斥重新构成了真实的客体，抑或是新的客体的创造。在这个意义上，它重新发明了真实，重新把真实符号化。如果它据此与精神分裂症性格的破坏过程构成反响，那么，它也仍然是对这个过程的实证

① 相关解释参见译者陈永国所做的注释，汪民安等主编《后现代性的哲学话语——从福柯到赛义德》，浙江人民出版社 2000 年版，第 165 页。

② Diane Jonte - Pace, "Julia Kristeva and the Psychoanalytic Study of Religion: Rethinking Freud's Cultural Texts," edited by Janet Liebman Jacobs, Donald Capps, *Religion, Society, and Psychoanalysis: Readings in Contemporary Theory*, Boulder: Westview Press, 1997, P. 240.

化，因为它在把这个过程引入意义领域的同时而证实了这个过程。意义因此而被分离、分化、繁殖、置入过程之中”。这种否定性的力量甚至与社会现实的革命、反抗、解放、暴力等联系起来，“拒斥本能的语义和意识形态约束的时刻必须是通过革命话语和革命话语中的一种约束，把主体从他/她自身封闭的经验里解放隔断，投入到对社会关系的革命改造之中，投入到主流之中”。[①] 在“‘Nous Deux’ or a (Hi) story of intertextuality”(《“我们俩”或互文性的故事(历史)》)一文中，克里斯蒂娃明确指出：“复调声音带来了我所谓的‘过程中的主体’(a subject in process / on trial)的问题。它与身份之间所建立的不稳定的联系带来了新的复数的认同。此刻，‘互文性’的概念开始与我所使用的另外一些概念产生共鸣，如‘陌生/熟悉’、‘移民个性’和‘移植’，‘符号学和它们超字面意义’，‘卑贱’、‘边缘型人格’、‘对象模糊’和‘主体行动’。”[②] 这里的“复调声音”就是指巴赫金的复调小说理论、对话主义和狂欢化理论中所包含的主体间的对话、杂语、多重音性。可见，在克里斯蒂娃那里，尽管70年代之后她鲜有直接提及或者主要借鉴巴赫金的思想，但这种影响已经内化到她的学术思想内部，成为一种内在的思维方式了。

3. 从巴赫金到拉康：语言中的欲望和控制本能的符号容器

如果说克里斯蒂娃在言说主体和过程主体的理论创造中多少还与巴赫金理论及其思想方法有千丝万缕的联系的话，那么，在主体性位置重新恢复，克里斯蒂娃将这一主体注入了精神分析的内涵之后，主体问题阐释的弗洛伊德化、拉康化就成为克里斯蒂娃在20世纪70年代重要的理论特点。其标志就是，在符号学内部发掘欲望和本能的因素。

欲望成为一个重要的文化批评领域，得益于精神分析学的兴起。将语言与欲望联系起来，早在弗洛伊德那里就已经开始了。在《梦的解析》中，弗洛伊德即通过“关于梦的话语”来分析梦中所包含的“未被满足的愿

---

① 以上引文见〔法〕克里斯蒂娃《过程中的主体》，汪民安等主编《后现代性的哲学话语——从福柯到赛义德》，第120—172页。

② Julia Kristeva, “‘Nous Deux’ or a (Hi) story of Intertextuality,” *Romanic Review*, Jan. - Mar., 2002; 93, 1/2; Research Library.

望”，从而将“梦”定义为未被满足的愿望的达成。到了拉康那里，他在《无意识中文字的动因或自弗洛伊德以来的理性》一文中，甚至不无夸张地说：“在弗洛伊德的全集中，每三页中有一页涉及到语文学，每二页中有一页讲的是逻辑推理，到处都有对经验的辩证理解，越是直接的关系到无意识，语言分析的分量就越大。”[①]

克里斯蒂娃之所以转向后结构主义，与罗兰·巴特和拉康有着密切的关系。现在很难说究竟是克里斯蒂娃促使罗兰·巴特最终实现了后结构主义转向，还是克里斯蒂娃通过巴赫金在罗兰·巴特身上发现了超越结构主义的因素，比较准确的理解应该是两人共同在1966—1967年完成了后结构主义转向。而在克里斯蒂娃与拉康之间，这种单线性的影响则表现得较为明确。克里斯蒂娃在拉康的结构主义精神分析那里发现了欲望与语言之间的关系，并将之作为自己进行解析符号学研究的重要内容。在《个人如何言说文学?》（How Does One Speak to Literature?）中，克里斯蒂娃认为那些需要得到解释的语言之网可以被一分为二：包含主体的身体和历史的“欲望”（desire）及可理解的作为原因的“象征秩序”（symbolic order）。克里斯蒂娃认为，欲望有两层意思。

（1）“欲望作为异质性的标示”（desire as index of heterogeneity）。克里斯蒂娃接受了拉康将无意识、欲望等心理机制与语言联系起来的观点，不仅认为拉康所说的无意识具有语言一样的结构，而且进一步指出，欲望使得语言的表意机制更加复杂。她认为：“欲望不仅导致能指出现异质性，而且反过来通过甚至穿越能指将这种异质性表现出来。确认主体通过欲望与能指相联的意思是说，主体能够进入、通过和穿越那些象征性不明晰的能指，即使它转化为本能冲动或历史矛盾。”由此，克里斯蒂娃认为，这就不难理解罗兰·巴特的著作为什么不能仅仅被理解为文学文本的科学法则了，他的文学认识中包含着某种难得的精确性，因为它加入了科学所强调的大量操作策略，侵入能指的欲望成为“真实的”异质性的标示。因此，在罗兰·巴特那里，欲望好像成为识别异质性因素的标志，不仅存在于语言和写作之间，

---

① 〔法〕拉康：《无意识中文字的动因或自弗洛伊德以来的理性》，《拉康选集》，褚孝泉译，上海三联书店2001年版，第440页。

而且存在于写作和批评之间。

（2）“欲望作为目的”（desire as an objective）。克里斯蒂娃的这一思想也与罗兰·巴特有关，她引述罗兰·巴特在《批评与真实》一书中的那句“批评的拟真通常是选择字面上的符号的，这和其他的选择没什么两样”。[①] 并指出：“将之与能指联结在一起的欲望的主体，通过这一能指成为目的，获得特别个人主义的价值，达到自我的虚无或虚空，终止于成为欲望的主体。”[②] 应该说，克里斯蒂娃对欲望的理解带有很强的罗兰·巴特的痕迹，而这一时期的罗兰·巴特已经实现了后结构主义的转向，在其符号学研究中引入主体、欲望、价值等维度了。

克里斯蒂娃在语言中发现欲望，必然会引入欲望的主体维度，由此，具有主体性的语言便不再只是客观的、抽象的文本，而是有着主观色彩、价值取向的话语了。因此，对语言符号的伦理学思考便是必然的要求。1974 年《批评》杂志 3 月这一期上，克里斯蒂娃发表了《语言学伦理》（The Ethics of Linguistics）一文。在这篇文章中，克里斯蒂娃回顾了语言学的发展历程，指出在结构主义语言学的内部并非像许多学者所认为的是“无视主体”“取消主体”的，而是存在不同的主体论成分，而非结构主义语言学则更多对主体、主体间关系以及言语行为等问题进行探讨，从而展开了语言学中的伦理学维度。在克里斯蒂娃看来，结构主义语言学发端于索绪尔，其确立之初即有着强烈的将语言学确立为科学的冲动，因此，语言学话语中的真理问题与任何言说主体的观念相分离。所谓真实只与对象有关，只与表述有关；任何重新引入言说主体的尝试，无论伪装成笛卡尔式的主体，还是或多或少与先验自我相关联的其他主体，都将一无所获。语言学伦理问题的形成手段，首先就是强迫语言学改变其研究对象。克里斯蒂娃借用俄国形式主义的“诗语”概念指出，诗语就是语言学在追求其语言真理过程中吸引语言学重视的对象。克里斯蒂娃的“诗语”概念，一方面吸收了俄国形式主义以来

---

① 以上引文见〔法〕罗兰·巴特《批评与真实》，温晋仪译，上海人民出版社 1999 年版，第 12 页。

② Julia Kristeva, “How does One Speak to Literature?” *Desire in Language: A Semiotic Approach to Literature and Art*, trans. Thomas S. Gora, Alice Jardine, and Leon S. Roudiez, Oxford: Basil Blackwell, 1980, PP. 116 - 118.

将诗语建立在与日常语言相区分的基础之上，强调诗语所具有的对日常语言进行的扭曲、变形、反常化，从而延缓读者对语言自身的感受的特点；另一方面则在诗语对日常语言的改造中注入了伦理学的内涵，在克里斯蒂娃看来，整个最近一百多年来的法国只有两位杰出的语言学家：一个就是马拉美，另一个是阿尔托。而在德国，海德格尔感兴趣的语言和诗语其实是存在的敞开；弗洛伊德对无意识的发现也揭示出语言作为理性的产物，其背后存在非理性的本能冲动。因此，克里斯蒂娃认为讨论语言学伦理问题，最适合的对象就是诗歌语言："一种语言学话语的伦理可以假定与诗歌大体相当。"[①] 在《诗歌语言的革命》一书中，克里斯蒂娃努力将这两者结合起来，认为："诗歌的语言通过两个主要程序履行这一功能，首先是节奏和风格标识，它们取代了作为能指动机的逻辑，即是说，把那个有区别能力的或任意的空白填补起来，正是这个空白把能指与所指分离开来的。其次，诗歌语言通过较少出现的、见于边缘文本的运作履行这一功能，这些运作借助省略或不确定地插入语法范畴而打乱句法链。"[②] 这里的"节奏""风格标识""省略""插入""打乱句法链"等，都属于俄国形式主义陌生化理论中的"手法"，而其"意指"却并非索绪尔式的"所指"，而是"指涉物"（referent），相当于拉康所说的"真实界或不可能界"（the real or the impossible）。这一重要的置换成为克里斯蒂娃将精神分析引入符号学的标志。

那么，诗语的形式功能与其伦理价值之间，究竟是何关系呢？克里斯蒂娃借用柏拉图《蒂迈欧篇》关于"容器"（chora）问题的讨论指出，诗歌语言其实是一种"控制本能的符号容器"。克里斯蒂娃认为："我们都知道'符号'一词在希腊文中，意思是独特的标记、痕迹、指数、先在的符号、证据、刻写或书写的符号、印记、踪迹、图案。这些词源提示将是纯粹的考古装饰（而且是不可信的，因为这个术语最终包容的是互不相关的

---

① Julia Kristeva, "The Ethics of Linguistics," *Desire in Language: A Semiotic Approach to Literature and Art*, Oxford: Basil Blackwell, 1980, P. 25.

② Julia kristeva, "Revolution in Poetic Language," Raman Selden, ed., *The Theory of Criticism: From Plato to the Present: A Reader*, London and New York: Longman, 1988, P. 239；转引自罗婷《克里斯特瓦的诗学研究》，第78页。

意思)，如果不是由于下面的事实的话。这就是：该词最重要的词源意思，即暗示独特性的那个意思，使我们能够将其与意指过程中的一个准确形态联系起来。弗洛伊德精神分析学不仅假定本能的增进和结构的错位，而且假定使能量及其刻写凝缩的所谓的原始过程，在提出这个假设时，他们指的就是这个形态。能量通过发展中的主体的身体离散开去。这些能量是按家庭和社会结构强加给主体身体的各种限制而得以控制的，所以总是处于符号过程之中。这样，既作为'能'的量的载体又作为'心理'标记的本能，就体现了我们所说的容器(chora)：由本能及其在运动中的静止状态构成的一种非表现性总体，它在调节过程中总是处于运动状态。"作为容器，符号具有可识别的、物质性的形式特征，而其所容之物不与符号容器本身构成必然的对应关系。也就是说，符号的容器之形与其所容之物具有索绪尔结构主义语言学所说的"任意性""约定俗成"的特点；更进一步说，符号的容器之形的所指并非容器之形所包含的所指，如容器的形状所传达出来的文化内涵、容器上装饰所具有的象征意义，等等。克里斯蒂娃所强调的"符号容器"的"指涉物"是指符号容器所承载和控制的内容，她甚至直接将之命名为"本能"。克里斯蒂娃这里所说的"控制本能的符号容器"具有如下几个特点。第一，不确定、不稳定性。在她看来，"我们从柏拉图的《蒂迈欧篇》借来容器这个术语，用来表示一种本质上运动的而又极端短暂的表现形式，它是由许多运动和昙花一现的静止状态构成的。我们把这种不稳定的和不确定的表达与错位区别开来，错位已经依赖于再现，任由现象的空间直觉的摆布，导致几何学的产生"。第二，容器是一个意指过程，它不是一个客观存在，也不是一种模式拷贝，而是一个主体实施的意义实现的过程。"容器既不是模式，也不是拷贝，它先于形状，突出形状，因此也先于并突出镜像化，仅类似于声音或运动节奏。……无意识理论提出的主体理论将使我们在这个节奏空间里阅读，它没有命题，没有立场，只有意义得以构成的过程"。第三，符号容器对本能的承载和控制也不是非理性的，从社会学的角度来说，符号容器遵循着社会现实的逻辑，"其声音和姿势的组织服从于我们将论述的客观秩序，它受天生的或社会-历史因素的制约，如性别或家庭结构之间的生理差别。因此，我们可以假定，总是起到象征作用的社会组织以一种中介形式标志其制约，这种形式不是根据法则（我们给象征保留的一个术语），而是通过秩序来组织容器的"。①

4. "多元逻辑"（polylogue）和"边界/门坎"（threshold）

就在克里斯蒂娃出版《诗歌语言的革命》的同时，她对巴赫金的接受又开启了新的一扇大门，这就是以"多元逻辑"和"边界/门坎"为代表的不再受限于结构主义/后结构主义的，带有鲜明的后现代主义气息的文学和文化理论。

"Polylogue"是克里斯蒂娃非常中意的一个概念。1974 年，她以《多元逻辑的小说》（The Novel as Polylogue）为题发表了对其丈夫——《泰凯尔》刊物的创始人、主编菲利浦斯·索莱尔斯——的先锋小说《H》所写的评论。1977 年，她又以此为名出版了她的第三部论文集，该书汇集了她主要发表于 70 年代的一些论文。② 所谓"多元逻辑"，按西川直子的解释就是指："在文本之上由单一逻辑形成的意义作用通过身体欲动、先行的文本、历史与社会等他者而被否定、被破坏，亦即符号象征态的单一逻辑——monologos 被多数化、被粉碎，这是多元的（poly）逻辑、语言（logos）＝多元逻辑。反复进行的扬弃却把破坏过程导入意义领域，使意义非意义化。意义被分离、分割并被多元化，意义连锁被割断，变成了不规则语法空间。单词分解为失去作为统一单位的音素与节奏的网眼，不能回收于单一逻辑意义之中的复数意义作用编织成意义的复调音乐。多元逻辑是逻辑与其主体的超越论权力因为异质外部的流入而被多元化的形态，它成为语言和历史、社会以及知识被更新的原动力。"③ 在《多元逻辑的小说》中，克里斯蒂娃沿袭了早年所接受的结构主义语言学的思路，并加以改造，认为语言系统以两

① 以上引文见〔法〕克里斯蒂娃《诗歌语言的革命》，陈永国译，王宁主编《文学理论前沿》第三辑，第 42—43 页。

② 在此，包含着深刻影响克里斯蒂娃学术与人生轨迹的三个重要因素：首先是菲利浦斯·索莱尔斯；其次是《泰凯尔》；最后是先锋文学。在罗兰·巴特的研讨班上，克里斯蒂娃结识了索莱尔斯，据西川直子的考证，克里斯蒂娃是于 1966 年 5 月经 G. 热拉尔介绍与索莱尔斯认识的，并于 1967 年 8 月 2 日与之结婚。索莱尔斯是当时法国著名的先锋派刊物《泰凯尔》（*Tel Quel*）的主编，该刊物从 1960 年创刊直到 1982 年截止，共定期发行 94 期。"泰凯尔"一语出自尼采，字面意思是"如其所是"，《泰凯尔》刊发了大量文学理论和批评的文章，甚至其文体也有意混淆理论与创作之间的界限。

③ 〔日〕西川直子：《克里斯托娃——多元逻辑》，王青、陈虎译，河北教育出版社 2002 年版，第 362—363 页。

种机制作为基础：一种是区分，即将语言区分为能指和所指；一种是组合，即通过修辞语加上中心语组合而成句子。克里斯蒂娃用这两种机制展开对索莱尔斯小说《H》的分析，她发现，在《H》的开头，可以注意到句子很容易与文本整体区分开来，其组合与界限都是模糊不清的，而且这种模糊性在谓语短语出现在表层结构时得到了强化：各种主格、宾格、连接短语能够与名词短语主语得到不同的理解方式。通过这些模棱和多价的特性，句子序列仍然设法成为可确定的，在阅读中通过一种单一的呼吸式动作所界定，形成某种一般性的升调。在克里斯蒂娃看来，"《H》成为一种既非诗歌，又非叙事的独特文体，文类的观念被打破了。尽管小说中仍然存在符号运作与象征运作之间的冲突，但它事实上成为一种无穷无尽的残片：一种外在的多元逻辑（external polylogue）"，"这个文本的内部被视为一个整体，它既非诗歌也非小说，而是一种多元逻辑，通过节奏韵律研磨和增殖，不加标点的自动生成的句子找到了它存在的理由"。作为多元逻辑的小说，除了在词法、句法所形成的模糊多义的特点之外，"笑"（laugh）也成为其重要的特点之一。这更加明显地将巴赫金狂欢化理论的影响显现出来。在克里斯蒂娃看来，狂欢化的笑直抵富有多个层面的意义，进入由逻辑、句法和叙事盈余所形成的空隙，也成为《H》的重要特点之一。在对西方笑的历史回顾中，克里斯蒂娃尽管没有直接征引巴赫金的狂欢化理论，但当她指出"自从文艺复兴以来，西方的笑仅仅存在于启蒙运动时期和精神错乱的间隙，在那里权力和逻辑首先经验为模棱两可，并最终分解损毁"时，她的看法与巴赫金在《拉伯雷研究》中对于西方笑史的描述几乎是相一致的。正是基于此，克里斯蒂娃指出，"《H》中的笑是与众不同的。它的笑仅仅在文本的乐曲之中和之后才能够被听到。所有可能的意义网络都必须在常识、老套、粗鄙、直白的意义，或者残忍、胁迫和进攻性意义中被耗尽。在我们能够理解之前，它们都是不可把握的，无处黏附的，就像记号、名字和表述一样'任意武断'，而且带来愉悦和快感。《H》中的笑并非源于所指价值的断裂，也非因为一派胡言的喷发。相反，它来自中断意义建构的任意专断"。[1] 多元逻辑的思

① 以上引文出自 Julia Kristeva, "The Novel as Polylogue," *Desire in Language: A Semiotic Approach to Literature and Art*, Oxford: Basil Blackwell, 1980, PP. 159 - 209。

想基础就是多元和复调，而这正是巴赫金思想的核心。在《恐怖的权力：论卑贱》中，克里斯蒂娃又分析了塞利纳的现实主义小说，认为因为受到了社会的限制，或者说由于仇恨，他在小说中的立场具有了双重性，“它们处于厌恶与欢笑之间，处于世界末日和狂欢节之间。任何虚构的主题，顾名思义，是对惟一所指的挑战，因为它是一个多义所指，一个‘自我的晕厥’（巴塔伊）。无疑，因为构成虚构主题的幻觉都朝着这个不可能的焦点聚集，它是舞台之舞台，被人称作原始的舞台。此外，巴赫金指出了根本的复调性质，即任何言语词汇、陈述句中的本质二重性，尤其是在有狂欢传统的小说（例如陀思妥耶夫斯基的小说）中。塞利纳达到了这一技巧的顶峰，而且成了它的一种处世方式”。[①] 这种双重立场正是多元逻辑的重要表现，也是巴赫金复调、对话和狂欢思想的精髓。

“边界/门坎”是70年代之后克里斯蒂娃青睐的另一个概念。这一概念同样与巴赫金有着密不可分的联系。克里斯蒂娃调用“边界/门坎”这一术语来形成她主要概念相汇聚的“共同之点”，为了解释这个术语的复杂性，克里斯蒂娃征引了巴赫金的理论为自己进行论证。应该说，克里斯蒂娃的“门坎”这一术语并非仅仅源自巴赫金，同时还来自政治现象学家汉娜·阿伦特和精神分析学的启发。在《“我们俩”或互文性的故事（历史）》（“Nous Deux” or a（Hi）story of Intertextuality）一文中，克里斯蒂娃自己曾经分析过这个概念是如何得到重视的。“如果我要找一个更具普遍性的观点来共享这些概念的话，我会说‘边界’，或更好的词是‘门坎’。”克里斯蒂娃从巴赫金的时空体理论中寻找到了理论资源，并将之引入精神分析领域。克里斯蒂娃借用汉娜·阿伦特所说的介于两者之间的观点，认为边界/门坎不仅能够表现临时性联系或者空间上的交结点，而且能够意指社会的融点，政治的公开性和绝大多数的心理可塑性。克里斯蒂娃认为，边界/门坎能够给互文性理论带来新的阐述空间。“设想作为语言和文化间边界的跨越，互文性既可以把自己展示为一项必需的工作，完全假设为自满工人在城市幸存的唯一手段，也可以显现为对这个城市没有直接影响的滑稽艺术家。它能够

① 〔法〕朱莉娅·克里斯蒂瓦：《恐怖的权力：论卑贱》，张新木译，生活·读书·新知三联书店2001年版，第194页。

立刻成为一个令人忧郁的危急时刻、一次声音和意义的迷失、一个空虚的被取代的起源、一次新的多义表达对抗任何无从产生的认同或极权主义线性的反抗性的征服。文本性是一种安置我们读者的方式，不仅是或多或少的复杂而交织的结构（“质地、纹理”的第一个意思），而且是一个不间断的过程，它将其路径带回符号学的复数性，有效接近符号学的互文性的多个层面，心灵的超言语现实从所有的意义中浮现出来。”[①] 就其对巴赫金的接受而言，克里斯蒂娃的“门坎”概念来自巴赫金对“门坎时空体”的论述。在《陀思妥耶夫斯基诗学问题》中，巴赫金已经注意到“陀思妥耶夫斯基主要描写对象的无结局性：因为他描写人，一向是写人处于最后结局的门坎上，写人处于心灵危机的时刻和不能完结也不可意料的心灵变故的时刻”[②]。在《小说的时间形式和时空体形式》一文中，巴赫金分析了“门坎这样渗透着强烈的感情和价值意味的时空体”，认为“门坎时空体”“也可以同相会的主题相结合，不过能成为它最重要的补充的，是危机和生活转折的时空体。‘门坎’一词本身在实际语言中，就获得了隐喻意义（与实际意义同时），并同下列因素结合在一起：生活的骤变、危机、改变生活的决定（或犹豫不决、害怕越过门坎）。在文学中，门坎时空体总是表现一种隐喻意义和象征义，偶尔以公开的形式出之，但常见的是采用隐蔽的形式”。巴赫金分析了陀思妥耶夫斯基小说中与门坎有关的阶梯、穿堂、走廊等时空体，分析了其中所包含的危机、堕落、复活、更新、彻悟、左右人生等特殊的意涵。[③] S. K. 克特纳（S. K. Keltner）即以“Kristeva：Thresholds”为题，讨论了克里斯蒂娃的意义和主体性理论、精神分析理论、女性主义理论等，分析其小说所关心的问题：意义的不安过程和在文学文本中所证明的更为普遍的社会－历史危机的主题。[④] “边界/门坎”术语将克里斯蒂娃70年代思考的作为过程的主体、互文性的间性

① Julia Kristeva, “‘Nous Deux’ or a (Hi) story of Intertextuality,” *Romanic Review*, Jan. – Mar., 2002; 93, 1/2; Research Library.

② 〔俄〕巴赫金：《陀思妥耶夫斯基诗学问题》，钱中文主编《巴赫金全集·诗学与访谈》，白春仁、顾亚铃等译，第80页。

③ 以上引文出自〔俄〕巴赫金《小说的时间形式和时空体形式》，钱中文主编《巴赫金全集·小说理论》，白春仁、晓河译，河北教育出版社1998年版，第450页。

④ S. K. Keltner, *kristeva*: *Thresholds*, Cambridge: Polity Press, 2011.

思想，以及通过文本实现语言与文化、政治边界的跨越等众多主题联系了起来。

5. “我们俩”或互文性的故事（历史）

2002年，克里斯蒂娃发表了一篇题为《“我们俩”或互文性的故事（历史）》的文章。在该文中，克里斯蒂娃回顾了自己的学术历程与互文性之间的复杂关系，重新清理互文性理论的发展历程，并超越此前所形成的仅仅将互文性作为文学理论问题来讨论的局限。这篇文章事实上也成为克里斯蒂娃自己对接受巴赫金的最好总结。她开篇即提到，自己首先是从对文化和文本的交互作用的现象研究兴趣中发展出互文性理论的。尽管大家都认为“互文性”是克里斯蒂娃的创造，其实这个词应该归功于法国文学理论，但是克里斯蒂娃认为，这个概念多多少少与迈克尔·里法特尔（Michael Riffaterre）的一些想法产生共鸣，[①] 后者在既定的社会政治语境中考察其对日常普通读者的直接影响。

克里斯蒂娃首先回顾了自己是在何种情境下成为巴赫金法语世界的首位介绍者以及产生了何种学术影响的。对于克里斯蒂娃来说，互文性的提出与巴赫金有着密切的关系，她回忆说：“在我研究之初，我对巴赫金进行了评论，并且发现他的对话主义和狂欢概念有可能打开一个超越结构主义的新视野，罗兰·巴特已经在其符号系统中思考过意识形态的含义问题（《神话学》，1953），讨论过符号自身的复调性问题（《批评与真实》，1966），因此，他对我最初对巴赫金的解读非常有兴趣，并邀请我在他的研讨班上进行了介绍。因此，我的互文性概念可以回溯到巴赫金的对话主义和罗兰·巴特的文本理论。”在文章中，她提到一个细节：当克里斯蒂娃在罗兰·巴特的研讨班上介绍巴赫金时，正值越南战争如火如荼之时，所以，尽管当时也参加了研讨班的雷内·吉拉德（Rene Girard）向克里斯蒂娃发出到美国巴尔的摩大学任教的邀请，但出于反战的情绪，克里斯蒂娃拒绝了这一邀请。从这个细节可以看出，克里斯蒂娃对巴赫金的介绍在当时就产生了非常积极的效果，它一方面引起了大家对巴赫金的兴趣，另一方面也标志着克里斯蒂娃

① 迈克尔·里法特尔（1924—2006），是一位有影响力的法国文学评论家和理论家。

在正式登上学术舞台之际就得到了肯定。

在谈到互文性问题时，克里斯蒂娃认为，“互文性”“这个词常常被视为我的创造，并进而受到法国文学理论的提升。但同时我不得不面对这一概念，特别是想到迈克尔·里法特尔的著作时，我已习惯于按照美国理解文学的方式来进行，即直接强加给普通读者以一个既定的社会政治语境”。值得注意的是，迈克尔·里法特尔整个70年代和80年代初都在法国工作，1982年开始任教于美国哥伦比亚大学，并直到2006年逝世。因此，当克里斯蒂娃2002年进行这次演讲时，她已经将迈克尔·里法特尔作为美国教授来看待了。正如她文中所言：“感谢哥伦比亚大学，尤其是迈克尔·里法特尔和罗蒂兹，我能够对‘互文性’的这一观念进行准确的定位。自从70年代以来，互文性已经获得了极大的成功。同时，这个词已成为一个国际‘明星’……互文性现在已成为文学争论中最老生常谈的话题了，这一概念几乎出现在所有的文学理论辞典中，因此，我认为现在把握这一概念的最好的方式就是忘掉它能在文学理论中告诉我们的所有东西，不再受限于文学分析的框架，重新开始再思其潜在的广阔边界。迈克尔·里法特尔和我从70年代就已开始这样做了。”这里最值得注意的有两点：其一，就是克里斯蒂娃试图重新清理互文性理论的发展历程，并超越此前所形成的仅仅将互文性作为文学理论问题来讨论的局限；其二，这也揭示出，克里斯蒂娃虽然从70年代开始在自己的理论中很少再提互文性，但这并不意味着互文性及其相关的问题被克里斯蒂娃抛弃了，而是以另一种方式得以延续。在克里斯蒂娃看来，“互文性是将历史引向我们自身的最通常的方式。我们，两个文本、两个命运、两个心灵”。这就是该篇文章取名为“我们俩”（Nous Deux）的原因。其中最重要的“我们俩”当然就是克里斯蒂娃与巴赫金了。“所有事情都发端于与巴赫金有关的故事，即使俄国形式主义者从来没有使用过‘互文性’这个术语。‘当我开始我的研究时，我正致力于研读巴赫金的评论，感到他的对话主义和狂欢的概念有可能开启一个全新的超越结构主义的图景。罗兰·巴特已经在其符号学系统中思考了意识形态的含蓄意指（《神话学》，1953）和符码自身的复调性（《批评与真实》，1966），因此，他从一开始就对我对巴赫金的解读非常着迷，并让我在他1966年的研讨班上做了报告。我的“互文性”概念也因此追溯到巴赫金的对话主义和罗兰·巴特的文本理论。就在那个时候，我将巴赫金的多个内在声音的观点和一个文本中包含多个文本的思想融入进去'。”这篇文章还有一个值得注意的地方，那就是克里斯蒂娃解释了她从互文性转向精神分析的过程。按学术谱系来说，互文性是在结构主义语言学背景下提出的，并且通过恢复历史性和主体性实现了对结构主义的超越，但何以最终导向了主体意识的精神分析？这里还缺乏一个关键的环节。克里斯蒂娃解释说，当她开始按特定的主体动力学将话语参与引入数个文本之中时，她就已经开始以精神分析家的角色开展活动了。“互文性，作为一种正式现象，把我带进它内心和精神的内涵。文本的复数性被再造为一种心理活动，能够打开创意过程的心智。”就在克里斯蒂娃提出互文性问题的同时，法国结构主义运动自身也开始进行后结构主义转向，德里达的话语嬉戏、拉康的无意识具有语言结构、福柯的话语理论，以及罗兰·巴特将读者引入文本理论，等等，都在影响着克里斯蒂娃下决心超越并摆脱结构主义的影响，于是，“互文性的概念开始与我所使用的另外一些概念产生共鸣，如‘陌生/熟悉’、‘移民个性’和‘移植’，‘符号学和它们超字面意义’，‘卑贱’、‘边缘型人格’、‘对象模糊’和‘主体行动’”。克里斯蒂娃建立起了精神分析与符号学之间的联系。认为词源学意义上的“符号”就是有特殊之处的标志，一个被刻写的符号，这个能让人联想到弗洛伊德的名为“驱力”（drives）的心灵标志，体现为冲动和心理运动的节奏方式。“在这个意义上，互文性的社会-历史意义方面，正如巴赫金和巴特已经提出的，需要一种新的意义：在每一社会方言或意识形态中（两者都是已确立的符号系统），总会有一个体现前象征力量的隐藏着的母体主体性破裂，并通过它所有的短小而奇异的故事推动历史前行。”①

值得注意的是，在这篇文章中，克里斯蒂娃清理了与互文性有关的一系列学术渊源，充分显示了在克里斯蒂娃的学术脉络中，并没有一个单一的“巴赫金-克里斯蒂娃”的存在，即便是互文性确实首先得益于克里斯蒂娃在巴特研讨班上对巴赫金的介绍，但在克里斯蒂娃对巴赫金的理解和阐释中，同时还有其他学术思想的影响。如刚才所分析的“边界/门坎”的观念

① 以上引文见 Julia Kristeva, “‘Nous Deux’ or a (Hi) story of Intertextuality,” *Romanic Review*, Jan. - Mar., 2002; 93, 1/2; Research Library。

既与巴赫金的门坎时空体有关，也与汉娜·阿伦特的边界/门坎理论有联系。又如克里斯蒂娃的“诗语”观念，既与俄国形式主义和巴赫金有关，也与迈克尔·里法特尔的理论有关。克里斯蒂娃认为，迈克尔·里法特尔在既定的社会政治环境中考察文本对日常读者的直接影响，改变了诗语和日常语言之间的逻辑关系或者说规范标准。这也充分说明了克里斯蒂娃接受巴赫金思想影响的过程，遵循的一种复杂的多元关系。1979 年里法特尔的《文本的创作》一书出版，“互文性才真正成为一个接受理论的概念，因而形成了这样一种阅读模式，它以深层把握修辞现象为基础，主要是把文学材料里的其他文本当成本体文本的参考对象”。[①] 里法特尔最重要的贡献就是将读者因此引入对互文性的理解中，这是与后结构主义在对待读者、接受行为方面的重要密切相关者。如果说，60 年代克里斯蒂娃提出互文性理论时，还只是强调文本从客观意义上与前文本或其他文本具有互文性关系的话，那么，里法特尔提出来的观点就是，互文性还是读者积极参与的结果。也就是说，读者在对文本的阅读中，唤起了自己对于此前所阅读过的文本的回忆，从而形成读者对所读文本的一种理解，“在里法特尔看来，读者对作品的延续构成了互文性的一个重要的层面，它是读者的记忆，是无时序性的。只要这一延续能够促进能指性的产生，它就对阅读起作用；而能指性和意义是不同的，后者是词所对应着的、语言之外的所指”。因此，里法特尔将“互文性”界定为：“读者对一部作品与其他作品之间的关系的领会，无论其他作品是先于还是后于该作品的存在。”[②] 在里法特尔的“互文性”观念的框架下，克里斯蒂娃敏锐地发现这与她所要讨论的过程中的主体问题有异曲同工之处，能够产生强烈的共鸣。在克里斯蒂娃那里，她在讨论一个文本单一体面对众多象征系统时使用的术语是“意指过程”。但是与里法特尔不同的是，克里斯蒂娃将符号学建立在无意识的驱力层面上，更愿意把“符号意念”（semiotic chora）解释为自愿放弃意向性和真实性，相应地成为主题意义的部分缺失。

---

① Julia Kristeva, “‘Nous Deux’ or a (Hi) story of Intertextuality,” *Romanic Review*, Jan. - Mar., 2002; 93, 1/2; Research Library.

② 以上引文参见〔法〕萨菲瓦约《互文性研究》，邵炜译，天津人民出版社 2002 年版，第 13—17 页。

第　二　章
托多洛夫接受巴赫金思想的对话原则

一　巴赫金接受史中的托多洛夫现象

中国的文学研究者对托多洛夫这个名字并不陌生，他的结构主义诗学被我们奉为经典，他对巴赫金的介绍及其所提出的“对话批评”更为我们所耳熟能详。2007 年，托多洛夫作为巴赫金研究专家的身份首次访华，并参加会议、发表演讲。除了在北京师范大学举办的“全国巴赫金学术研讨会”发表的《对话与独白：巴赫金与雅各布森》演讲之外，他还分别在中国社会科学院外国文学研究所和北京大学外国语学院做了两场题为《人文主义的昨日与今天》和《恶的记忆，善的向往》演讲，其中所涉及的人文主义传统和伦理问题让中国学者耳目一新。这是托多洛夫第一次向中国学界展示其作为结构主义者和巴赫金研究者之外的另一种学术形象。对此，托多洛夫本人倒是觉得有些委屈：

> 在我频繁接触的高校，我觉得学科之间有点孤立：因为我是文学工作者邀请来的，所以我只碰到研究文学的人！必须声明，我自己的经历是非常多样的，通向人类学、历史、伦理政治哲学。①

---

① 〔法〕茨维坦·托多罗夫、钱林森：《责任和乐趣：我的漂泊与探索的旅程》，《中华读书报》2008 年 9 月 17 日。

本章的任务也即是在托多洛夫半个多世纪的学术生涯的宏大背景下，考察托多洛夫对巴赫金思想的接受及其所发生的思想变化。

1. 貌合神离：比较视野中的托多洛夫与克里斯蒂娃

托多洛夫出生于1939年，克里斯蒂娃出生于1941年；托多洛夫于1963年奔赴法国，克里斯蒂娃也于1965年求学于巴黎；1965年，托多洛夫编选并出版了《文学理论：俄国形式主义文论选》（*Théorie de la littérature，textes des formalistes russes réunies*），率先向法国学界介绍了来自俄国的文学理论；正好时隔两年，即1967年，克里斯蒂娃发表了她著名的《巴赫金：词语、对话和小说》，首次描绘了一个“后俄国形式主义者”巴赫金的学术形象。

他们的学术起步阶段呈现出如此惊人的相似性，不能不说是一个奇迹。他们的共同点或者相似点远不止于此。他们都来自保加利亚，都以求学为名来到法国，从此两人都一去不回；他们都起步于文学研究，并在法国结构主义运动中确立了自己在学界和思想界中的地位。当然，放在本书中来加以分析的，还缘于另一个共同点：他们都被认为是西方学界中巴赫金的最早信徒，正是由于他们的“共同”努力，巴赫金的著作才真正引起西方学界的兴趣。[①]

也正因为如此，在许多文学理论著作中，托多洛夫和克里斯蒂娃往往被双双并举。如 Karine Zbinden 在《东西之间的巴赫金：跨文化传播》（*Bakhtin between East and West：Cross - Cultural Transmission*）一书中，将巴赫金登陆法国视为跨文化传播的第一个阶段，而这个阶段就是以克里斯蒂娃1967年的文章和托多洛夫80年代的《米哈伊尔·巴赫金：对话原则》作为起止点的。[②] 而克莱夫·托姆逊则有意将他们区分开来，他认为法国对巴赫金的接受可以分为两个阶段：“第一阶段为70年代与80年代初，第二阶段是80年代末以降直至当今。”并认为：“80年代初，在托多罗夫出版了他的那部《米哈伊尔·巴赫金：对话原则》（1981）著作之后，一个新的研究阶

---

① Dusan I. Bjelic, *Normalizing the Balkans：Geopolitics of Psychoanalysis and Psychiatry*, Farnham：Ashgate, 2011, P. 91.

② Karine Zbinden, *Bakhtin between East and West：Cross - Cultural Transmission*, Oxford：Legenda, 2006.

段开始了。”[①] 可以说，60年代末克里斯蒂娃的两篇文章和80年代初托多洛夫的两本书，都已成为西方巴赫金接受史上的重要的里程碑。

但是，两人的学术发展历程却有明显的不同。托多洛夫在相当长时间里一直延续着结构主义的路线，关注于结构主义诗学，并成为叙述学研究的命名者和代表者。托多洛夫的学术生涯明显地可以分为两个大的阶段。

一是1963年至1980年，可以称为托多洛夫的结构主义和叙述学阶段。我们从托多洛夫这段时间出版的著作名称就可以一窥其学术研究的重心了。1965年，《文学与意义》（*Littérature et signification*）和《文学理论：俄国形式主义文论选》；1967年，《文学与意义功能》（*Littérature et signification*）；1968年，《诗学》（*Poétique*）；1969年，《〈十日谈〉语法》（*Grammaire du Décaméron*）；1970年，《幻想作品导论》（*Introduction à la littérature fantastique*）；1971年，《散文诗学》（*Poétique de la prose*）；1972年，和奥斯瓦尔德·达克罗特合著《语言学词典》（*Dictionnaire encyclopédique des sciences du langage*）；1977年，《象征的理论》（*Théories du symbole*）；1978年，《象征与阐释》（*Symbolisme et interprétation*）和《话语的种类》（*Les genres du discours*）。这批著作的共同特征是：从语言（语法、结构、功能、叙述、修辞、话语）等角度展开对文学（小说或者散文体虚构作品）的分析。

二是从1981年至今，是托多洛夫的文化人类学转向阶段。1981年的《米哈伊尔·巴赫金：对话原则》（*Mikhail Bakhtine：le principe dialogique*）的出版，标志着托多洛夫的学术研究开始发生重大转向，文学研究所占的比重明显下降，人类学、文化学、思想史研究的比重持续上升：如果说20世纪80年代，托多洛夫的研究还表现为文学与人类学相互交织，从重文学转向重人类学的话，那么，到了90年代之后，文学研究的主题进一步减少，取而代之的，则是人类学、文化学、思想史的主题。同样以其出版的著作为线索：1981年，《米哈伊尔·巴赫金：对话原则》；1982年，《征服美洲》（*La conquête de l'Amérique*）；1984年，《批评的批评——教育小说》（*Critique de la critique：Un roman d'apprentissage*）；1985年，《脆弱的幸福：论卢梭》

① 〔加〕克莱夫·托姆逊：《巴赫金在法国》，朱涛译，《俄罗斯文艺》2011年第2期。

（*Frêle bonheur* ：*essai sur Rousseau*）；1987 年，《文学的概念及其他》（*La notion de littérature et autres essais*）；1989 年，《我们与他者》（*Nous et les autres*）；1991 年，《历史的诸多道德》（*Les morales l'histoire*）；1992 年，《面对极端》（*Face à l'extrême*）；1993 年，《日常礼赞：17 世纪荷兰绘画论》（*éloge du quotidien* ：*essai sur la peinture hollandaise du xviie siècle*）；1994 年，《法国的悲剧：内战场景》（*French Tragedy*：*Scenes of Civil War*）；1995 年，《共同生活：一般人类学随笔》（*Life in Common*：*An Essay in General Anthropology*）和《记忆的滥用》（*les Abus de la mémoire*）；1996 年，《失却家园的人》（*L'Homme Dépayser*）；1997 年，《贡斯当：对民主主义的热情》（*Benjamin Constart*：*La Passion démocratique*）；1998 年，《未完成的院子：人文主义的遗产》（*Imperfect Garden*：*The Legacy of Humanism*）、《不完美的花园》（*Jardin Imparfait*）；1999 年，《善的脆弱》（*La fragilité du bien*）；2000 年，《赞个体：文艺复兴时期的绘画论》（*Éloge de l'individu*：*essai sur la peinture flamande de la Renaissance*）和《恶的记忆，善的诱惑》（*Mémoire du Mal*，*Tentaqtion du bien*）；2002 年，《越境者的思想》（Devoirs et délices）；2003 年，《新的无秩序的世界：一个欧洲人的反思》（*New World Disorder*：*Reflections of a European*）；2004 年，《希望与回忆：20 世纪的教训》（*Hope and Memory*：*Lessons from the Twentieth Century*）；2006 年，《启蒙的精神》（*In Defence of the Enlightenment*）；2007 年，《文学危殆》（*La littérature en péril*）；2008 年，《野蛮人的敬畏》（*La peur des barbares*）；等等。这段时期的著作大概由四部分组成：其一是文学研究的延续，但其研究的重心已明显地从“文学之内”转向了“文学之外”；其二是文化人类学领域的开拓；其三则是在深入参与西方启蒙运动以来的重大思想论争，并展开对当代社会精神状况的批判性分析；其四是以自述传为形式对自己的学术人生展开回顾与反思。

但是，克里斯蒂娃从一开始就试图通过恢复主体性、历史性和社会性，打开被结构主义所封闭起来的文本空间；到了 70 年代，她甚至将精神分析引入符号学，发展出解析符号学；到了 70 年代中期，她甚至完全放弃了结构主义、符号学的方法，而直接成为精神分析学家和女性主义学者。从这些比较来看，托多洛夫与克里斯蒂娃的学术历程的差异是相当明显的：与克里斯蒂娃相比，托多洛夫的结构主义之路从60年代一直持续到80年代初，其学术转向整整比克里斯蒂娃晚了十多年，这一迟到的转向成为一个非常有意思的托多洛夫现象，有助于我们在整个大的学术时代、思想背景中探讨具有独特学术经历与个性的思想之路。

2. 双重归属：多瑙河畔的乡下人、失却家园的人或越境者

如果进一步深入托多洛夫和克里斯蒂娃的人生经历，我们就会发现，两人都在有“先见之明”的父母安排下，偏向于对西方思想文化的学习。克里斯蒂娃一直将法语作为她的“第二外语”，这为她日后选择到法国求学并立刻站稳脚跟，奠定了重要基础。托多洛夫很早就“感觉到自己居住在欧洲的一隅，自己使用着极少数人使用的语言。这种意识带来了一个结果：我的父母很早就教我外语，特别是‘欧洲的语言’。我先学了英语，接着学了德语，留学之前请家庭教师教了法语”。也就是说，从很早开始，托多洛夫就在强大的“欧洲的语言”的影响下，形成了双重的文化认同机制：一方面羡慕、倾心于具有优势地位的英法德的语言和文化；另一方面则为自己身处僻壤、使用“少数人使用的语言”而自卑和无奈。因此，早年的托多洛夫在内心中存在着强烈的“欧洲向心力”情结，这也成为其日后选择赴法求学的心理基础。

在《越境者的思想》这篇访谈中，托多洛夫将自己称为“多瑙河畔的乡下人”，这成为对其早年心理状态的典型概括。“所谓‘多瑙河畔的乡下人’，类似‘巴黎的波斯人’的称呼，也就类似古代希腊把远来的波依奥提（Boeotia）人看作无知的愚昧人那样。我并不把自己看作无知的人，但是，小国出身者的观念中总有一些闭塞的东西。我不仅出身于一个边远的农业小国，而且出生在一个共产主义统治下的国家。”正是在这些所谓的“农业小国”“闭塞”“边远”“共产主义”的文化定位下，欧洲——主要是指西欧——便成为具有诱惑力的地方：“我们保加利亚人以前常说‘到欧洲去’，那是因为对我们来说，去欧洲走一趟，那是一次走向文明的旅行。”正是这种“劣等感”的烦恼，使得托多洛夫觉得“我有把自己看做乡下人的强烈意识”。“对来自西方的东西评价过高，加上身边的悲惨状况，大家都把保加利亚作为类似第三世界的国家。当时我并不知道这个缘故，但是这种与第

三世界同一归属的感觉，给我今天访问发展中国家时对这些国家的看法有很大的影响。”① 与保加利亚的普通老百姓相比，托多洛夫还是一个有一定文化背景的“乡下人”，他自述出身于书香世家，父亲曾做过国立图书馆馆长和大学教师，这都是有文化、体面的职业。也正因为如此，托多洛夫才能从小学习多种外语，顺利进入大学学习，享受到出国留学的机会。所以，当托多洛夫获得出国机会的时候，他充满了幸运感：“我选择了巴黎和法国：在我眼里，那是文艺生活的中心，很吸引我。在那个时代走出保加利亚并不简单，那时不轻易发放签证。但最终我做到了，于是 1963 年我到了巴黎，那时 24 岁。”② 正因为如此，当托多洛夫初到法国之时所做的最重要的事情，就是努力使自己完全融入法国社会，甚至忘掉自己保加利亚人的身份。在《失却家园的人》中，托多洛夫描写到：“1963 年来到法国时，我什么都不懂。我是个外国人，对于身处其中的法国社会是逐步了解，慢慢熟悉的；与其接触，我不是一步贴近，而是经历了从‘outsider’（外部）到‘insider’（内部）的一个渐进过程（out 和 in，外和内的确立总是相对的）。某一天，我不得不承认，我不再是外国人，不管怎样，我跟过去完全不同了。随着岁月的流逝，第二语言占据了第一语言的位置，没有采取暴力手段，没有遭遇任何抵抗。”③ 正是在这种强大的动力下，托多洛夫主动投身于法国结构主义运动，并成为结构主义和叙述学的代表人物。

不过，这种积极主动的融入并非表面上的风平浪静，在其内心中仍然有着强大的恐惧感。也正因为如此，所以才有了托多洛夫在《失却家园的人》的开头中所描述的那段经历。托多洛夫模仿普鲁斯特《追忆逝水年华》的开头写道：

> 很长一段时间里，我都是从梦中惊醒。虽然细节各异，梦境大致是

① 以上引文均见 Cotherine Portevin and Tzvetan Todorov 著《越境者的思想》，孙传钊译，思与文——中国现代思想文化研究所，http：//www. chinese - thought. org/ddpl/005205. htm。

② 〔法〕茨维坦·托多罗夫、钱林森：《责任和乐趣：我的漂泊与探索的旅程》，《中华读书报》2008 年 9 月 17 日。

③ 〔法〕茨维坦·托多洛夫：《失却家园的人》，许钧、侯永胜译，台北：桂冠图书有限公司 2004 年版，第 9 页。

相同的。我不在巴黎，而在故乡索菲亚（索非亚）；由于某种原因我回到了那里，咀嚼着重见旧友、亲人以及重返家园的快乐。接着，离别、返回巴黎的时刻来了，情况开始变糟。我已登上有轨电车，它应当载我驶向火车站（多年前，就是这列东方快车，带我从索菲亚启程，两天后，在四月的一个凄冷早上，将我投入在里昂站），就在这时，我发现车票不在口袋，大概落在了家里，可是，假如我回去拿票就会误车。或者，有轨电车遇到不知为何而闹事的人群，突然停下，乘客们纷纷下车，我也一样，我拎着一个沉重的手提箱，试图挤出一条路。甚或，有轨电车到了车站，我已迟到，朝大门冲去；然而，刚刚跨过门槛，我发现这个车站只是个布景：另一边没有候车厅，没有乘客，没有铁轨，没有列车；不，我独自立在一个场景前，无边无际的是枯黄的草在风中折腰翻舞。或者，我乘坐由朋友驾驶的汽车从家里出发；由于时间紧迫，他决定抄近路；可是他迷路了，路越走直窄，越来越荒凉，直到消失在模糊不清的旷野中。①

这个梦境的描写显示的是一个常年的、具有持续性的梦的母题及其变体的复现，但具有极强的隐喻色彩。许钧将之称为："一个有过特殊经历的人才有可能做的梦，这是一个流亡者的梦。"② 所有梦境的结局就是由于一些纯属意外的原因，托多洛夫无法再回到巴黎，只能在索非亚生活。在托多洛夫的梦里，法国巴黎和保加利亚索非亚构成了一对复杂的认同关系：索非亚是托多洛夫的故乡，但他害怕回归；巴黎是托多洛夫的移居城市，但他不愿意离开。我们要追问的是，托多洛夫这里的"很长一段时间里"究竟是多长时间？是从托多洛夫 1963 年抵达巴黎自此一去无回开始的，还是从他 80 年代之后甚至 90 年代之后才开始的？从托多洛夫自己的叙述来看，频繁做着流亡者之梦的时间应该是在 1963 年到 1981 年这段时间。1981 年 5 月，托多洛夫应邀作为法国代表团成员，参加庆祝保加利亚建国 1300 周年的庆典，这是他离开保加利亚 18 年之后的首次返回故乡，直到这时，"真正回到保加利亚后，

① 〔法〕茨维坦·托多洛夫：《失却家园的人》，许钧、侯永胜译，第 3 页。

② 许钧：《导读：从流亡者之梦到知识分子的良知》，〔法〕茨维坦·托多洛夫著《失却家园的人》，许钧、侯永胜译，第 V 页。

那个无法回归的梦愈做愈少，最终消失”。在此，托多洛夫为我们描绘了一个与我们通常意义上所理解的思乡念国之人完全不同的“失却家园的人”的形象：他不是无家可归，而是不愿回家，害怕回去之后再也无法离开。在《失却家园的人》的开篇“往返”中，托多洛夫引用《小拉鲁斯词典》中对Dépayser的解释作为题记：“Dépayser（及物动词）：1. 使离开祖国，改变其环境和空间。2. 改变其生活而使之不自在、困惑或迷惘。——小拉鲁斯词典。”[①]“失却家园的人”由此成为托多洛夫另一个至关重要的身份形象。这一形象的确立始于1963年的赴法，终于1981年的回归。

1981年之后，不再害怕回到保加利亚而不能重返法国的托多洛夫，获得了全新的文化心理：一种对两种文化的双重认同。这种“双重归属”给托多洛夫的学术思想带来了重大转折，“失却家园的人”由此实现了“文化跨越”，成为一个“过境者”——可以自由来去、穿梭于两个民族、国家和两种文化之间，可以站在任何一方审视和反思另一方，具有超越任何特定的认同感和归属感的文化自觉。托多洛夫认为，一个回到祖国的流亡者完全不同于来访的外国人，也不同于开始流放生活的外国人。“回归”事件给托多洛夫带来的不仅仅是告别噩梦，更重要的是还获得了一种文化自信。“然而当流亡者回归时，情形完全不同。他突然发现自己可以从内部审视两种不同的文化，两个不同的社会。只要回到索菲亚，我对于一切能够马上熟悉起来，省却了适应的过程。我说保加利亚语和法语同样自如，感到自己同时归属两种文化。这是令人羡慕的状况吗?”但是，托多洛夫认为，这种双重归属并非理想，也绝非自由。相反，它给自己带来了更加严重的认同困惑：“我身上同时具有两种立场，法国人的和保加利亚人的，接下来却只有法国那一面能够说话；作为一个保加利亚人，我站在朋友的立场上，却得忍受着身上的重重束缚。双重话语是无法实现的，这再一次得到了证实，我感觉被割裂成两半，每一半都不真实。”“这次重回祖国的经历对我越来越重要。当两种声音处于竞争关系时，它们的共存会构成一种威胁，导致社会性的精神分裂；然而，如果它们形成了按照自由选择原理而确定的一个顺序时，人们就可以战胜对方分裂的忧虑，并存关系会成为孕育一种崭新经

① 〔法〕茨维坦·托多洛夫：《失却家园的人》，许钧、侯永胜译，第4、1页。

验的肥沃土壤。”[①] 相似的表述早在他的《批评的批评——教育小说》一书中就有了，在该书的最后部分“对话批评?”中，托多洛夫写道：“自从我取得法国国籍以后，我就强烈地感到我与其他的法国人不同：我同时属于两种不同的文化。内在与外在的两种归属，既可理解成一种缺憾也可理解成一种优越（我本人过去、现在都倾向于乐观的看法），但它却使你对文化的相异性、对‘他人’的感受更加深刻。”[②] 以“越境者”的身份，托多洛夫拥有了一种巴赫金似的“外位性”的视角，能够在自己作为个体的内部同时展开两种不同文化之间的对话，“自我与他人”由此进入托多洛夫文化人类学、当代思想史研究的方法论中。

3. 迟到的转向及其问题

不过，仅仅与克里斯蒂娃进行比较，还不足以解释托多洛夫的学术历程及其在巴赫金接受中的独特性。我们需要进一步追问的是，为什么在有如此相同或相似的人生经历和学术背景的情况下，托多洛夫的结构主义时期会如此漫长？为什么托多洛夫没有像罗兰·巴特、克里斯蒂娃他们一样，在60年代末实现后结构主义转向？为什么直到80年代之后，托多洛夫才能以如此非凡的勇气，完全“抛弃”曾经给他带来无数成功与荣誉的文学结构主义、叙述学研究，步入文化人类学、当代思想史领域，并展现出如此惊人的思想锐气？这两个迥然有别的托多洛夫学术形象之间所形成的巨大差异，如何才能得到更为合理的解释？

要想知道为什么托多洛夫的结构主义时期如此之长而且没有转向后结构主义，需要同时对下面两个问题做出合理的解释。其一，为什么托多洛夫会加入法国结构主义运动，他在这场运动中扮演了何种角色，做出了哪些贡献？或者反过来问，托多洛夫在结构主义运动中获得了何种思想或精神的支撑？其二，托多洛夫对后结构主义的态度是怎样的？这可能是其没有转向后结构主义的根本原因。

首先我们来看第一个问题。其实，严格意义上讲，结构主义者自己大多

---

① 〔法〕茨维坦·托多洛夫：《失却家园的人》，许钧、侯永胜译，第6、9、12页。

② 〔法〕茨维坦·托多洛夫：《批评的批评——教育小说》，王东亮、王晨阳译，生活·读书·新知三联书店2002年版，第183页。

并不同意有所谓“结构主义运动”。如罗兰·巴特就认为，“什么是结构主义？它不是一个流派，甚至也不是一种运动（至少现在还不是），因为大多数平常被称为结构主义作家的人没有意识到自己有什么团结一致的教义或承诺，也不是一种什么风格形式，‘结构’一词并非是一个新出现的词（来源于解剖学和语法学），现在却新义迭出，所有的社会科学都大量采用这一术语”。[①] 在整个结构主义运动中，索绪尔的结构主义语言学成为共享的理论资源（尽管许多学者都在此基础上进行了许多创造性的改造）。受之影响，他们共同认为人类对于世界的认识具有语言式的结构，即都是以语言的方式来认识的，是由语言所建构的；他们都关心人类活动（物质活动和精神活动）所具有的某种抽象的结构性规律，并试图找到合适的途径将之概括出来；他们都认为客观对象（无论人类活动、社会现象还是文学艺术活动），虽然林林总总、五花八门，但都可以被归纳为一些最为基本的元素，这些基本元素的不同组合可以形成我们所见的复杂世界及对其的认识。因此，探讨这些基本的元素及其构成规律，成为结构主义者共有的学术信念。在此过程中，托多洛夫显然并没有像罗兰·巴特一样关心大众文化现象（如《符号帝国》、《神话——大众文化诠释》及《服装体系》等），而是始终将目光聚焦于文学，尤其是小说。因此，托多洛夫的主要工作就是结构主义诗学研究，对小说的叙述行为及其话语的研究构成了其叙述学研究的重要内容。在“何谓结构主义？”丛书之一的《诗学》一书中，托多洛夫明确区分两种对待文学的态度，“第一种态度将文学作品视为最终目的；第二种态度则将各部著作看成是‘他物’（autre chose）的体现。（我在这里一上来就把对作者生平的研究排除在外，因为在我看来，这类研究不属于文学研究。我也将新闻体的文章排除在外，因为它们算不上‘研究’）”；其中，第二种态度被托多洛夫纳入“科学”的范畴，认为“这种态度是从作品对‘他物’的具体体现出发，找出抽象的结构（或特性或本质等），而抽象的结构正是这类思考的真正对象”。[②] 正因为如此，托多洛夫在结构主义运动中独辟蹊径，开

① 〔法〕罗兰·巴特：《结构主义活动》，胡经立、张首映主编《西方二十世纪文论选》第二卷，中国社会科学出版社 1989 年版，第 270 页。

② 〔法〕茨维坦·托多洛夫：《诗学》，赵毅衡编选《符号学文学论文集》，百花文艺出版社 2004 年版，第 186—187、189 页。

辟出一条叙述学研究之路，这正是其在结构主义运动中所探索的结构主义诗学的实际成果。除了结构主义诗学领域的开拓性工作所带来的成就感之外，也许还可以联系前文所述的托多洛夫这段时期的“失却家园的人”的复杂心态：从60年代到70年代，在长达将近20年的时间里，托多洛夫尽管一步一步走向了学术上的成功，却并没有获得内心的安宁，或者说，实现文化的归属感。他始终处于将融入法国文化而不得，想“抛弃”保加利亚文化而无果的尴尬状态中。这种“难言之隐”只有以持续不断的同主题的“噩梦”的形式才能得以浮现。因此，这种文化认同的焦虑使得他将这种痛苦隐藏于心，无论在现实的人生中，还是在治学的过程中，他都始终非常小心地呵护这一内心最为脆弱的地方，不愿轻易触及。而在结构主义诗学研究中，这种对于文学内部规律的探索，有效地规避了任何文学与世界、文学与作者、文学与读者之间的关联，不需要触碰思想意识、情感心理之类敏感的神经。因此，结构主义诗学成了托多洛夫学术与人生的寻求内心安宁、规避思想风浪的港湾。

其次来看另一个问题，托多洛夫对后结构主义持何种态度，为什么他没有转向后结构主义？关于这个问题，托多洛夫在《失却家园的人》中专门对后结构主义进行了分析，从中可以一窥其思想的状态。在他看来，所谓“后结构主义”是由两种批评思潮组成的：一个是解构主义，一个是实用主义。如果说结构主义的核心命题是“这份文本阐释的意义何在”，那么，解构主义就认为“没有任何意义”，而实用主义则认为“什么意义都有”。托多洛夫很显然不喜欢后两种对待世界及其文学意义的态度。他认为解构主义是一种“独断论的怀疑论”，而实用主义则简单把意义的阐释权力归于“解释群体”。在托多洛夫看来，“二者的共同基础都是尼采哲学。二者有共同的对手：一方面是普遍的价值准则，正义与伦理道德；另一方面是真理、认知与科学。二者不乏亲和性：对强者或多或少的歌颂；冲突是生活的、真理的观点——这一观点拉近了它们与尼采主义战士，如哈罗德·布鲁姆的距离，它们与主观理想主义的接近（世界本身并不存在，而只存在于我的感知中）：这一切都是明证”。[①] 也就是说，托多洛夫并不同意对“普遍的价值

① 〔法〕茨维坦·托多洛夫：《失却家园的人》，许钧、侯永胜译，第177—178页。

准则"、对"真理、认知与科学"的解构，而这正好就是结构主义的基本信条。托多洛夫与后结构主义、解构主义之间的差异由此可见一斑。事实也是如此，在整个70年代，尽管德里达、福柯、罗兰·巴特、拉康、克里斯蒂娃等人从不同方面拆解掉了结构主义的思想根基，但托多洛夫似乎并不为所动，仍然在叙述学领域里辛勤耕耘，并拓展出文学符号学和修辞学的研究空间（《象征的理论》《象征与阐释》等），并试图从弗洛伊德、索绪尔、雅各布森那里提取可供整合的象征理论。

到了80年代，托多洛夫的整个思想发生了重大转向，经过对巴赫金思想的重新发现，托多洛夫以《米哈伊尔·巴赫金：对话原则》和《批评的批评——教育小说》为标志，也开始了对结构主义的反思与超越。但这一超越并不是后结构主义式的，而是对话主义式的。在《批评的批评——教育小说》中，托多洛夫有两处明确表达了自己对于结构主义的看法。一处是在"作为事实与价值的文学"一章中，托多洛夫批评保尔·贝尼舒对于结构主义的批评，认为保尔·贝尼舒将结构主义视为作品自足的看法是有问题的，因为"把作品看成材料的组合来研究，这本身没什么可指责的，如果它是指作品只有在背景中才有意义、为此应该首先把作品的所有因素（所有'材料'）与其他因素结合起来的话"。并认为"结构与结构的相互关联是一回事，这些关系是否为惟一存在的关系又是一回事，因为在这里所有与共时背景乃至普遍社会价值的联系都被排除在外了"。这里显示的是托多洛夫站在结构主义立场为之所做的辩护。而在另一处"对话批评?"一章中，托多洛夫则提出了对结构主义的批评，认为这是一种"内在论"，其缺陷在于"'内在论'的主张者与'教条论'的主张者一样，都把对手的观点看作是他们所接受观点的惟一可能的变化"。"'内在论'批评家放弃对véeritévérité（智慧而不是真实的含义）的探求，不去做任何评判；他阐述作品的意义，而从某种意义上讲又不去严肃对待它：他并不对此做出回答，好像涉及的不是人类命运的问题；因为他把作品改造成可以忠实描述的客体，并且他以同样亲近的态度对待博须埃与萨特。"① 将这两处托多洛夫的不同

① 〔法〕茨维坦·托多洛夫：《批评的批评——教育小说》，王东亮、王晨阳译，第164—165、184—185页。

表态放在一起，便可以判断出托多洛夫在80年代对于结构主义的基本看法了：一方面，托多洛夫坚持认为结构主义的基本信念和方法是可靠的，后结构主义对结构主义的批评是站不住脚的，这就将托多洛夫自己与后结构主义之间的界限明确下来；另一方面，他也意识到了结构主义有“价值尺度缺失”的问题，但这又完全不同于非后结构主义，尤其是解构主义“价值虚无”的态度，托多洛夫所要做的正好与之相反，即重新恢复文化价值，尤其是启蒙运动以来的思想文化之于学术研究的意义。在托多洛夫的访谈中，他如此袒露自己的心迹：“确实，转折是真实的，即便这个转折并不是一种背弃，我想在谈论文学本身之外，也想谈论文学谈论的世界。而且我确信只有置疑自身，从自身的经验中孕育思考，才能推进对人的认识。这就是为什么从80年代开始，我转向了主题触及我个人的问题，以及不同文化间的关系。怎样调和这两种明显的事实：我们同属于人类，和别的人体验共同的命运，与此同时我们属于不同的社会和传统，在其中构筑我们的经验？为了回答这个问题，我借鉴思想史、文本和行动。”[①] 正是在这一思想背景下，托多洛夫在《征服美洲》中研究了16世纪西班牙人和墨西哥的印第安人的关系问题，在《我们与他者》中研究了从蒙田到列维-斯特劳斯对这一问题的思考，并展开了对后者的批评；在《面对极端》中，托多洛夫会探讨二战时期德国集中营的伦理行为；《善的脆弱》中，他关注保护保加利亚犹太人的问题；《不完美的花园》中，他对法国人文主义传统思想进行了体系清理；而其《启蒙的精神》一书，更是一次实实在在地对启蒙主义思想史的专题研究。这些与文学、文本、结构、话语完全无关的研究主题，充分呈示了托多洛夫文化人类学和当代思想史的学术转向。

因此，托多洛夫的转向，并非法国结构主义运动中从结构主义向后结构主义的转向，而是从文学之内向文学之外的转向，从结构主义向对话主义的转向。

---

① 〔法〕茨维坦·托多罗夫、钱林森：《责任和乐趣：我的漂泊与探索的旅程》，《中华读书报》2008年9月17日。

二 体裁历史诗学：巴赫金的结构主义形象

1. 斯拉夫和法国的学术传统：托多洛夫的双重学术传统

在正面描述20世纪60年代到70年代托多洛夫对巴赫金的接受状况之前，有必要交代一下托多洛夫的学术思想背景，这对于理解托多洛夫眼中的巴赫金形象非常重要。托多洛夫的学术生涯始于法国巴黎，他从一开始就卷入了法国结构主义运动之中；与此同时，托多洛夫当时的另一个更为重要的身份是，共产主义阵营中的保加利亚的学者。他率先向法国学界介绍了已经成为过去时的俄国形式主义思潮及其理论思想，并在结构主义的光照下，使俄国形式主义恢复了活力。1963年，托多洛夫来到巴黎，1964年开始着手编选俄国形式主义文论，1965年便在雅各布森的帮助下顺利出版。这不能不说是一个奇迹。也正因为有了这一层学术渊源，托多洛夫的学术思想中同时包含了来自俄国形式主义和法国结构主义的因素，成为两者的结合品。对此，托多洛夫毫不讳言，他后期一系列带有自传性的著述都显示着托多洛夫强烈的反思性精神。在《从索非亚到巴黎：我的跨文化探索的旅程》一文中，托多洛夫指出：

> 文学过去是我想研究的第一个对象。我深受文学形式研究、文体、修辞格、叙述手法研究的吸引，也许部分是因为这可以让我逃避过于严格的意识形态框架，但也因为我一直对弄懂"事情是怎么做的"很好奇。到法国时，我意识到这种研究并未深入，所以我想让法国人更好地了解别的国家进行的情况。这是从翻译俄国形式主义开始；之后，当我和热拉尔·热奈特主持《诗学》丛书的时候，我又叫人翻译了一些别的著作，从英语或德语这两种我能读的语言翻译成法语。这种文化间的对话形式我一直很感兴趣，也许因为我自己是处于两种传统之中的，一种是斯拉夫传统，另一种是法国传统……
>
> 文学形式的这种研究是位于人们称之为结构主义的框架之内的。结

> 构主义首先是语言学研究的一个方向，尤其以罗曼·雅各布森为代表，一个与形式主义者有联系的俄国人，但是在捷克斯洛伐克生活过，后来在美国。他思考文化事实的方式被列维－斯特劳斯搬到人类学中，很受赞赏。在某种意义上，这个运动缺少文学方面的活动；是巴特、热奈特和我的研究在最初阶段代表了这一方面。[①]

托多洛夫在此将法国结构主义与俄国形式主义（包括布拉格学派）的学术关系介绍得非常清楚。正是来自俄国形式主义学派的，后又成为布拉格学派的创始人的雅各布森，承担起了催生法国结构主义的重任。不过，这种描述只能是粗线条式的，结构主义往往被简化为“莫斯科—布拉格—巴黎”（布洛克曼语）三站式的线性历程，其实并非如此简单。结构主义的思想源泉来自瑞士语言学家索绪尔，他 1876 年便加入巴黎语言学会，曾在巴黎高等研究所从教十年，对法国语言学界影响巨大；他对俄国的影响呈现出明显的逆行现象：首先经过雅各布森创建的布拉格学派，传至俄罗斯（俄国形式主义分为前后两期，前期对语言问题的研究还停留在修辞学、语法学、历史语言学等层面，后期才开始部分接受索绪尔的影响）。其次，在结构主义从语言学向人文社会科学领域的迈进中，雅各布森确实扮演了至关重要的角色，正是在他那里，索绪尔的语言学被命名为“结构语言学”，其结构主义思想开始应用于诗歌研究；也正是在他流亡美国与列维－斯特劳斯共同执教于纽约新社会研究学院后，才对后者的人类学研究产生深刻影响，而列维－斯特劳斯的结构人类学正是法国结构主义运动的先声。最后，“莫斯科—布拉格—巴黎”三站式历史描述其实是学术史研究中的“后见之明”，它主要来自在法国结构主义运动中，对俄国形式主义和布拉格学派的接受和追认，如列维－斯特劳斯之于雅各布森，克里斯蒂娃之于巴赫金，托多洛夫之于俄国形式主义，等等，这一切均发生于 20 世纪 60 年代，而此时法国结构主义运动已历时近二十年，正处于向后结构主义转向的过程当中。正因为如此，我们对索绪尔与俄国形式主义文论和结构主义的关系不仅要在学术思想上辨

① 〔法〕托多洛夫：《从索非亚到巴黎：我的跨文化探索的旅程》，乐黛云、〔法〕李比雄主编《跨文化对话》第 23 辑，江苏人民出版社 2008 年版，第 79—80 页。

析清楚，更重要的是还应将之还原成学术活动史，重建学术发生、发展的历史文化语境。

仅就托多洛夫而言，其所兼具的斯拉夫和法国这两大学术传统，一方面使自己在法国结构主义运动中独树一帜，另一方面也使得法国结构主义呈现出多样性的面貌。托多洛夫自己的学术努力也正是沿着接合俄国形式主义和法国结构主义的路子向前走的。如他在编选的《文学理论：俄国形式主义文论选》“序”中，就明确建立起形式主义与结构主义之间的联系。在他看来，“形式主义一词从它的对手加给它的贬义来说，指的是一九一五年到一九三〇年期间在俄国出现的一种文学批评潮流。形式主义理论是结构语言学的起始，至少是布拉格语言学学会所代表的潮流的起始”。这里包含了两个判断。第一个判断是对俄国形式主义历史分期的判断，这是基本符合历史事实的。从沙皇俄国时期莫斯科大学一批爱好文学、诗歌和语言学的青年学子的志同道合开始，直到什克洛夫斯基的《给科学上的错误立个纪念碑》，正好就是托多洛夫所界定的 1915—1930 年这段时期。第二个判断是对俄国形式主义、布拉格语言学学会和结构语言学之间的关系判断，这个判断是与历史有偏差的。首先，被称为结构语言学之父的索绪尔来自瑞士，而其经典著作《普通语言学教程》早在 1916 年就在日内瓦出了第一版，而这已是索绪尔去世三年之后的事情了；也就是说，无论如何，索绪尔都是无法受到俄国形式主义的影响的，“形式主义理论是结构语言学的起始”也就无法成立了。其次，托多洛夫当然也没有犯下不可饶恕的错误，因为“结构语言学”一词正是来自布拉格学派 1928 年对索绪尔语言学的命名，而我们知道，布拉格学派中的许多人，其实都是从俄国形式主义阵营中分离出来，并在雅各布森的带领下“另立山头”的，因此，托多洛夫的判断“形式主义理论是结构语言学的起始，至少是布拉格语言学学会所代表的潮流的起始”应该说是准确的。最后，索绪尔的结构语言学正是经过了 20 年代的布拉格学派的介绍才进入俄国，并引起俄国形式主义者的重视的。虽然经过布拉格传入俄国的准确时间尚无法考证，但在 20 年代初，索绪尔的结构语言学已经传入了俄国，这已经是事实。也就是说，并非形式主义影响了结构语言学，而是结构语言学影响了 20 年代之后的后期俄国形式主义。

托多洛夫对俄国形式主义的介绍明显地“结构主义化”了，他是带着结构主义的眼镜或者说是为了迎合结构主义的需要，强化了其符合结构主义思想的某些侧面。如托多洛夫强化形式主义理论的“作品中心”观念，认为：“形式主义者从一开始便采取的另一个原则，就是把作品作为考虑的中心；他们拒绝接受当时支配俄国文学批评的心理学、哲学或社会学的方法。形式主义者特别在这一点上与前人有所区别：形式主义者认为，不能根据作家生平，也不能根据对当时社会生活的分析来解释一部作品。”又如，托多洛夫强调俄国形式主义的“制作”概念，认为什克洛夫斯基的“艺术作为手法”的提法显示“形式主义者试图用技术词语来叙述作品的制作，而抛弃一切神秘主义，因为它只能掩盖创作活动，甚至掩盖作品本身”。这里“制作”的观念正是结构主义意欲一劳永逸地破解艺术创作之谜的科学化、技术化的努力。再如，托多洛夫发现了俄国形式主义（其实里面有些思想已属于布拉格学派的了）中，已有一些观念与索绪尔结构语言学和法国结构主义的基本原则与方法有异曲同工之妙，如迪尼亚诺夫关于文学要素（符号）的形式与功能的区别问题，就与索绪尔的能指和所指的关系相似。此外，托多洛夫也回应了对形式主义（同时也是对结构主义）的文本中心、割裂外部关系的批评，认为文学分析不能仅止于对音素、韵律、节奏、声调等功能的分析，“实际上，由语言要素构成的叙述层次，本身就作为潜在世界、人物特点和抽象价值的能指。创作者也同样落在这个网络之中（并非指具体的人，而是通过与作品紧密结合在一起的形象），他的敏感性就是一种补充的所指。”① 雅各布森在序言中也指出，俄国形式主义与结构主义在其问题意识方面具有高度的一致性，并在具体的分析中将巴赫金纳入进来。雅各布森指出：“我想指出小组中一位最敏锐、最坚定的代表鲍·托马舍夫斯基，一九五六年，我们最后一次在莫斯科会晤的时候，他使我注意到，这一运动的或许是最大胆、最令人鼓舞的思想，仍然无声无息。在参照功能和诗歌功能的类比方面，在共时性和历时性的相互依赖关系上，特别在一般不为人所知的价值等级的变化方面，我们都可以列举出许多精辟的论述。研究内容从句法原则扩大到分析完整的叙述及其对话交流，最后达到俄国诗学中最重要的一个发现，即发现决定民间创作材料布局的规律（普罗普、斯卡

① 〔法〕茨维坦·托多罗夫编选《俄苏形式主义文论选》，“编选说明”，蔡鸿滨译，第612页。

夫迪莫夫），或是文学作品材料布局的规律（巴赫金）。”[①] 值得注意的是，“功能”“布局”这些概念无疑是来自俄国形式主义的，但它们又与“结构”——并非完全意义上的结构主义式的“结构”——有着密切的关联。

很显然，无论托多洛夫还是雅各布森，在文学的内部规律这一基本判断上，都是将俄国形式主义、巴赫金与法国结构主义放在同一平台上展开讨论的。因此，当我们要回顾托多洛夫对巴赫金的接受状况时，这一平台无疑是最为重要的了。那么，这一平台究竟是什么呢？那就是诗学。

2. 托多洛夫的诗学之思

在法国结构主义运动中，托多洛夫将自己的研究定位为结构主义诗学，强调自己将结构主义的思想方法用于文学研究，探索文学作品内部构成的规律。这一研究取向也在乔纳森·卡勒（Jonathan Culler，又译“乔勒森·卡勒”）那里得到了积极的回应，他对结构主义文学研究的历史总结，也正是以“结构主义诗学”[②] 来命名的。

那么，托多洛夫的诗学之思其意为何？从亚里士多德首创之始，“诗学”便被赋予了各种各样的层次不同的意义。在亚里士多德那里，“诗学”其实只是“诗的艺术”[③]，是相对于数学、物理、形而上学等理论性科学和政治、伦理、修辞等实践性科学而言的创造性科学。因此，亚里士多德的“诗学”所承担的最主要的功能是培养诗人作家，传授和培养艺术创造的技艺与能力。雅各布森在为托多洛夫编选的《文学理论：俄国形式主义文论选》所写的序言中，也主要是从亚里士多德所说的创造性这个角度去理解的，他认为：“诗歌这个词最初在古希腊语中是‘创造’的意思，在中国过去的传统中，诗（词语的艺术）和志（目的、意图、目标）这两个字和概念是紧密联系在一起的。俄国青年们力求探索的正是诗歌语言的明显的创造

① 〔俄〕罗曼·雅各布森：《探索诗学科学》，〔法〕茨维坦·托多罗夫编选《文学的理论——俄国形式主义者》，前言，第3页。

② 〔美〕乔勒森·卡勒：《结构主义诗学》，盛宁译，中国社会科学出版社1991年版。

③ 在《诗学》中，亚里士多德将“诗学”所涉及的问题概括为“关于诗的艺术本身，它的种类，各种类的特殊功能，各种类有多少成分，这些成分是什么性质，诗要写得好情节应如何安排以及这门研究所有的其他问题”。〔古希腊〕亚里士多德：《诗学》，罗念生译，上海人民出版社2006年版，第17页。

性与目的性。"[1] 但是，托多洛夫的"诗学"观念既非亚里士多德的诗的艺术，也不同于雅各布森的诗的创造性与目的性，而是混杂了俄国形式主义、法国结构主义以及接受了部分巴赫金思想的综合体。

在俄国形式主义那里，"诗学"等同于"文学学"，而非雅各布森在上文中所说的"诗歌学"。后者所指的其实只是俄国形式主义早期与俄国未来派之间的密切关系，早期的"奥波亚兹"[2] 所承担的一个自觉的使命，就是为俄国未来派的各种艺术革命进行理论辩护，并以此宣告一个新的文学时代的来临。[3] 俄国形式主义的"诗学"观最集中地体现在托马舍夫斯基的《诗学的定义》一文中，在他看来，"诗学的任务（换言之即语文学或文学理论的任务）是研究文学作品的结构方式。有艺术价值的文学是诗学的研究对象"。这个定义里有三点值得特别注意：其一，他将"诗学"与"语文学""文学理论"（亦称"文学学"）等概念同起来，显示了超越于"诗歌之学"的体裁理论概念；其二，他确立了诗学的研究对象，即有艺术价值的文学，这个范围一方面相当宽泛，另一方面又相对狭窄，体现了俄国形式主义者以"fine arts"为美学标准的价值取向（这与结构主义价值中立截然不同，以下即会分析到）；其三，他确立了诗学研究的问题意识，即"文学作品的结构方式"，但这一结构方式与结构主义之结构并不相同（详细论述将在下文中展开）。托马舍夫斯基还同时将诗学和修辞学并举，显示了其对以亚里士多德为代表的欧洲学术传统的尊重，他认为："研究非艺术作品的结构的学科称之为修辞学；研究艺术作品结构的学科称之为诗学。修辞学和诗学组成文

---

① 〔俄〕罗曼·雅各布森：《探索诗学科学》，〔法〕茨维坦·托多罗夫编选《文学的理论——俄国形式主义者》，前言，第1—2页。

② 奥波亚兹，是"圣彼得堡诗歌语言理论研究会"俄文简称的音译。

③ 关于俄国形式主义所包含的革命、反叛的精神气质，只有与俄国未来派的理论主张联系起来才能得到鲜明的体现，如作为未来派理论宣言之一的《给社会趣味一记耳光》中，他们豪情万丈地宣称："只有我们才是我们时代的面貌。时代的号角由我们通过语言艺术吹响。""把普希金、陀思妥耶夫斯基、托尔斯泰等等，从现代生活的轮船上扔出去。"在艺术方面，他们要为诗人争取如下的权利："一、有任意造词和派生词（造新词）以增加词汇数量的权利；二、有不可遏止地痛恨存在于他们之前的语言的权利；三、有以愤慨的心情从我们高傲的额头上摘下用浴帚编成的、一文不值的光荣桂冠的权利；四、有在呼啸和怒吼声中站在'我们'这个词构成的巨块上的权利。"〔俄〕维克多·赫列勃尼科夫等：《给社会趣味一记耳光》，《文艺理论研究》1982年第2期；这些无疑就是俄国形式主义用"陌生化"来对抗"自动化"的实际行动。

学概论。”同样值得注意的是，这一“诗学”和“修辞学”与亚里士多德的原始含义不同。托马舍夫斯基在此所理解的“修辞”已是狭义的作为语言使用技巧的修辞概念了。托马舍夫斯基还认为，他们的诗学只是描述，而不试图规范，与19世纪初形成的法国古典主义的规范诗学相比，俄国形式主义的诗学研究并不以教导人们应该如何写作为目的，“不给自己提出规范化的任务，只求满足于对文学材料进行客观的描述和解释而已，亦即仅限于对一般诗学的问题进行阐释”。[①] 这也与亚里士多德以创作原则与规律作为诗学的主要目的很不相同，俄国形式主义的诗学更看重的是对文学文本内部结构规律的研究。在《文学理论：俄国形式主义文论选》的序言中，雅各布森特别强调：“逐步探索诗学的内部规律，并没有把诗学与文化和社会实践其他领域的关系等复杂问题排除在调查研究计划之外。”[②] 为什么雅各布森会刻意强调俄国形式主义的诗学，并非仅仅是研究其内部规律呢？很显然，他还是在为俄国形式主义进入20世纪20年代之后，被迫与占统治地位的以马克思主义文艺理论为指导的社会主义现实主义文学观念的那场论战鸣不平，即便什克洛夫斯基早在1930年就已宣布俄国形式主义是“给科学上的错误立个纪念碑”，但时隔二十多年之后，雅各布森也仍然对此耿耿于怀，这足以见得那场论战给俄国形式主义者带来了多大的损害。而我们知道，雅各布森在其布拉格学派时期的想法并非如此，他用“文学性”来界定文学研究的对象：“文学科学的对象不是文学，而是‘文学性’，也就是说使一部作品成为文学作品的东西。不过，直到现在我们还是可以把文学史家比作一名警察，他要逮捕某个人，可能把凡是在房间里遇到的人，甚至从旁边街上经过的人都抓了起来。文学史家就是这样无所不用，诸如个人生活、心理学、政治、哲学、无一例外。”[③] 因此，基于如此复杂的诗学思想的传统与现实，托多洛夫提出的结构主义诗学之诗学便是既继承了俄国形式主义所强

① 〔俄〕鲍里斯·托马舍夫斯基：《诗学的定义》，〔俄〕什克洛夫斯基等著《俄国形式主义文论选》，方珊等译，第79、76、79、81—82页。

② 〔俄〕罗曼·雅各布森：《探索诗学科学》，〔法〕茨维坦·托多罗夫编选《文学的理论——俄国形式主义者》，前言，第2页。

③ 〔俄〕罗曼·雅各布森：《现代俄国诗歌》提纲；转引自〔俄〕鲍·艾亨鲍姆《“形式方法”的理论》，〔法〕茨维坦·托多罗夫编选《俄苏形式主义文论选》，蔡鸿滨译，第24页。

调的“文学本身”即“内部规律”的因素，又蕴含结构主义将文学整体作为对象的“结构规则”的特点。

正是在这些思想背景下，托多洛夫明确提出了自己的“诗学”观念。在《诗学》一书中，他界定说：

> 结构主义者的研究对象并不在于文学作品本身。他们所探索的是文学作品这种特殊的话语的各种特性。按照这种观点，任何一部作品都被看成是具有普遍意义的抽象结构的体现，而具体作品只是各种可能的体现中的一个而已。从这个意义上讲，结构主义这门科学所关心的不再是现实的文学，而是可能的文学。换言之，它所关心的，是造成文学现象特征——文学性——的抽象性质。这类研究的目的，不再是就具体的著作做字斟句酌的改写或缩写，而是就文学性言语作品的结构和功能提出一种理论。这种理论要对可能出现的文学做出描绘，而各种现存的文学著作不过是实际上已经写成的个别例子而已。……这种分析方法在本文中将称为“诗学”的方法。①

这里所谓“文学作品这种特殊的话语的各种特性”，一方面继承了雅各布森“文学性”的提法，另一方面则将结构主义语言学区分为整体规则的“语言”和作为具体运用的“言语”的思想融入进来，结构主义诗学由此成为探讨抽象的文学文本结构规则的一门学问，具体的文学作品及其结构方式、技巧只不过是其例子而已。

3. 一个辨正：巴赫金的诗学思想

在这种背景下，我们就可以进一步考察托多洛夫的“诗学”观与巴赫金的“诗学”观之间的关系了，并在比较中来认识托多洛夫在其结构主义诗学阶段所建构起来的将复调小说视为体裁历史诗学的巴赫金形象。先看第一个问题：如何认识巴赫金的诗学思想？

我们知道，巴赫金在1963年修订出版的《陀思妥耶夫斯基诗学问题》

---

① 〔法〕茨维坦·托多洛夫：《诗学》，赵毅衡编选《符号学文学论文集》，第190页。

一书中使用了“诗学”的用法，而其1929年首次出版时书名为《陀思妥耶夫斯基的创作问题》，从“创作问题”到“诗学问题”，表明巴赫金对自己所使用的方法论与研究视角更加自觉。在该书中译本中，对之有一个译者注释：“俄文为 Поэтика，通译‘诗学’，本世纪开始，多半指文学作品结构、审美手段系统的理论研究而言。本书的‘诗学问题’主要是从小说艺术的独特性的角度来考察的。”[①] 这种理解还只是从诗学的最通常意义上使用的。那么，巴赫金的“诗学观”是什么呢？巴赫金很少单独使用“诗学”一词，即使是在《陀思妥耶夫斯基诗学问题》一书中，也是如此；在此书中，此词前面一般都有若干不同的限定词，如“体裁诗学”“历史诗学”“社会学诗学”等。

最直接讨论“诗学”问题的，是巴赫金/梅德维杰夫，他们在《文艺学中的形式主义方法》中将“诗学”与“文学史”作为一对相对应的范畴提出来。他们认为：“诗学为文学史鉴定所研究的材料指出主导方向和提供其形式和类型的基本定义。文学史则给诗学定义作出修正，使它变得更灵活、更生动，并完全符合历史材料的丰富多样性。”[②] 因此，诗学意味着从共时性角度提炼出“超历史”的形式、类型、规律，而文学史则强调文学发展历史的变迁。但这一理解还只是通常意义上的理解，巴赫金并非因重视文学体裁、类型、结构、规律的共时性而忽视其具有历时性的发展和变迁。在《陀思妥耶夫斯基诗学问题》中，有一段属于60年代之后新修订的关于体裁历史诗学的界定：

> 文学体裁就其本质来说，反映着较为稳定的、“经久不衰”的文学发展倾向。一种体裁中，总是保留着已在消亡的陈旧的因素。自然，这种陈旧的东西所以能保存下来，就是靠不断更新它，或者叫现代化。一种体裁总是既如此又非如此，总是同时既老又新。一种体裁在每个文学发展阶段上，在这一体裁的每部具体作品中，都得到重生和更新。体裁

① 〔俄〕巴赫金：《陀思妥耶夫斯基诗学问题》，钱中文主编《巴赫金全集·诗学与访谈》，白春仁、顾亚铃等译，第1页。

② 〔俄〕巴赫金/梅德维杰夫：《文艺学中的形式主义方法》，钱中文主编《巴赫金全集·周边集》，李辉凡、张捷等译，第147页。

的生命就在这里。因此，体裁中保留的陈旧成分，并非是僵死的而是永远鲜活的；换言之，陈旧成分善于更新。体裁过着现今的生活，但总在记着自己的过去，自己的开端。在文学发展过程中，体裁是创造性记忆的代表。正因为如此，体裁才可能保证文学发展的统一性和连续性。[①]

在这段分析中，巴赫金一方面强调了体裁发展所承载的文学形式、结构、类型的相对稳定的特征；但另一方面又赋予这种稳定性以历史性的内涵。这显示了巴赫金将体裁诗学历史化处理的良苦用心。事实上，体裁诗学和历史诗学均是俄国文学研究的传统，前者以俄国形式主义为代表，后者以维谢洛夫斯基[②]为代表。巴赫金无疑对两者均有吸收，并巧妙地加以整合，使之成为“历史化的体裁诗学”，或者可以命名为“体裁历史诗学”。这种研究以体裁作为研究对象，注重体裁在文学发展史中的稳定与变化、重生与更新。在巴赫金的许多著作中，他都非常有意识地将两者结合起来，如他的《陀思妥耶夫斯基诗学问题》即是将体裁诗学与历史诗学相结合的典范，就在该书第四章“陀思妥耶夫斯基作品的体裁特点和情节布局特点”一章中，巴赫金并没有简单地做共时性处理，而是纳入了历时性的视角。他提出：“现在我们该是从体裁发展史的角度来阐述这一问题了，也就是把问题转到历史诗学方面来。”还认为：“文学狂欢化的问题，是历史诗学，主要是体裁诗学的非常重要的课题之一。”并在这一章的结尾处时再次强调：“我们所作的历时性分析，印证了共时性分析的结果。确切些说，两种分析的结果相互检验，也相互得到印证。”[③] 所谓“体裁发展史”，正是对体裁历史诗学的简明概括。在本章中，巴赫金明显借鉴了其《拉伯雷研究》中对狂欢化的文化史考察成果，将复调小说纳入整个西方狂欢化历史变迁的大背景中进行考察和定位，并将陀思妥耶夫斯基的复调小说与古希腊的柏拉图对话、梅

① 〔俄〕巴赫金：《陀思妥耶夫斯基诗学问题》，钱中文主编《巴赫金全集·诗学与访谈》，白春仁、顾亚铃等译，第140页。

② 维谢洛夫斯基（1838—1906），俄国著名的文学史家，他的研究注重运用比较方法和历史方法，著有《意大利政治诗》《情节研究》《历史诗学中的三章》等。

③ 〔俄〕巴赫金：《陀思妥耶夫斯基诗学问题》，钱中文主编《巴赫金全集·诗学与访谈》，白春仁、顾亚铃等译，第139、141—142、238页。

尼普讽刺等联系起来，在民间诙谐文化和狂欢化、怪诞现实主义的传统中进行定位与分析，成为体裁发展史（体裁历史诗学）研究的典范。

巴赫金还有另一种诗学观，即社会学诗学。在《生活话语与艺术话语——论社会学诗学问题》一文中，巴赫金/沃洛希诺夫认为“艺术是创作者和观赏者相互关系固定在作品中的一种特殊形式”，因此，艺术不只是艺术作品形式问题，同时也包括了创作者和观赏者的关系问题。不过，巴赫金/沃洛希诺夫并不认为，文艺学的研究应该直接关心现实生活中的创作者和观赏者，这个是社会学研究的对象；文艺学应该关心的是凝结和体现在艺术之中的创作者和观赏者的关系，“理解实施和固定在艺术作品材料中的社会交往的这个特殊形式正是社会学诗学的任务”。[①] 值得特别注意的是，巴赫金这里所说的社会学诗学与我们现在通常所说的文艺社会学看上去很相似，其实有很大的区别：文艺社会学是将文学艺术视为社会现象中的一种，用社会学的方法进行研究；而社会学诗学则是将社会现象、社会关系转化为艺术创造、审美活动，用诗学的方式来展开研究。

这里还有一个与本研究略有点远的问题，即巴赫金是否自己提出了“文化诗学”的概念？在《拉伯雷研究》中，巴赫金明确提出，要想理解拉伯雷，必须充分理解中世纪和文艺复兴以来的民间诙谐文化，认为“拉伯雷就是这种民间狂欢式的笑在世界文学中最伟大的体现者和集大成者”；但是，巴赫金研究的重心并非民间诙谐文化，而是拉伯雷，前者只是研究的角度，后者才是巴赫金真正的研究对象。理解这一点很重要，后世的许多学者从《拉伯雷研究》中提取出了狂欢化理论，并将之广泛运用于对当代文化的分析之中，但这并非巴赫金的本意。在《拉伯雷研究》中，巴赫金一方面指出，“狂欢节式的世界感受是文艺复兴时期文学的深层基础”，因此，要想理解拉伯雷，必须充分揭示这一世界感受的来龙去脉；而另一方面，巴赫金又斩钉截铁地强调，“我们直接研究的课题不是民间诙谐文化，而是弗朗索瓦·拉伯雷的创作”。[②] 也就是说，如同社会学诗学并非将文学引向社

① 〔俄〕巴赫金/沃洛希诺夫：《生活话语与艺术话语——论社会学诗学问题》，钱中文主编《巴赫金全集·周边集》，李辉凡、张捷等译，第 82 页。

② 〔俄〕巴赫金：《弗朗索瓦·拉伯雷的创作与中世纪和文艺复兴时期的民间文化》，钱中文主编《巴赫金全集·拉伯雷研究》，李兆林等译，第 14、28、67 页。

会学一样，巴赫金的狂欢化理论也绝非要将拉伯雷研究，变成民间诙谐文化研究的组成部分，而是恰恰相反。正是这一点，显示了巴赫金的狂欢化理论与文艺社会学、与伯明翰学派的文化研究之间的区别。其实，"文化诗学"一词并非首倡自巴赫金，而是来自新历史主义的格林布莱特。在《〈文艺复兴自我造型〉导论》一文中，格林布莱特指出："文化诗学的中心考虑是防止自己永远在封闭的话语之间往来，或者防止自己断然阻绝艺术作品、作家与读者生活之间的联系。"因此，文化诗学的研究目标就是"对文学文本世界中的社会存在以及文学文本周围的社会存在实行双向调查"。[①] 那么，如何才能进行文化诗学的研究呢？或者说文化诗学的基本方法论是什么？在《通向一种文化诗学》中，格林布莱特考察了三个艺术与现实关系的例子：一个是里根总统的政治演说中有使用电影台词的倾向，包括使用他自己主演的台词；另一个是约塞米蒂国家公园在设计景观时的做法；还有一个是米勒的小说中小说与小说纠缠在一起的人和事之间的关系。[②] 这些研究都有一个共同点，就是同时处理虚构的文学与真实的现实（历史）之间的关系，也就是说，它们都是"对集体生产的不同文化实践之研究和对各种文化实践之间关系之探究"。格林布莱特认为，这两种文化实践具有某种相通之处，"我一直以来的浓厚兴趣，就是在于文学和历史之间的关系，在于探讨某一特定生活世界中的文学艺术的经典著作如何超越它的时代和语境。我通常惊诧于这样的奇异的阅读经验，某些作者早已入土成灰，而他们的作品却好像又密切针对我个人的阅读视域"。[③] 后来这种文化诗学的新历史主义方法，被概括为"文本的历史化"和"历史的文本化"的双向交流的公式，正显示了格林布莱特的文化诗学与巴赫金的狂欢化理论在方法论上的区别。所以，为了避免混淆，不能把巴赫金的狂欢化理论等同于文化诗学（尽管按照巴赫金的社会学诗学的表述逻辑，可能确实有某种巴赫金的文化诗学存在，而这种理解凝结并体现在文学艺术创造性活动中的特殊形式，也许正是

① 中国社会科学院外国文学研究所、《世界文论》编辑委员会编《文艺学和新历史主义》，社会科学文献出版社1993年版，第80页。

② 〔美〕斯蒂芬·葛林伯雷：《通向一种文化诗学》，张京瑗主编《新历史主义与文学批评》，北京大学出版社1993年版，第1—16页。

③ Stephen Greenblatt, *Shakespearean Negotiations*, Oxford: Routledge, 1988, PP. 5 - 19.

巴赫金的文化诗学的任务所在)。

在讨论了巴赫金的诗学思想之后，我们会惊奇地发现，托多洛夫对结构主义诗学问题的看法与俄国形式主义、巴赫金的诗学观念有着惊人的一致性。其实这种一致性并不能简单地单向度地证明他们之间互相影响与接受；从更广泛的背景来说，西方文学思想史中共享的诗学观念才是他们得以惺惺相惜、产生共鸣的根本原因。

4. 作为体裁历史诗学的复调小说理论

接下来的问题是，处于结构主义时期的托多洛夫是如何接受巴赫金的？作为俄国形式主义的介绍者，托多洛夫又是如何处理巴赫金与俄国形式主义之间同中有异的关系的？众所周知，俄国形式主义是莫斯科语言小组和彼得堡语言协会的总称。作为对20世纪文艺美学产生深远影响的理论流派，俄国形式主义公开提出反对将文学与生活等同、视文学为语言的陌生化等理论主张，并明确为自己的“形式方法”进行理论建构和辩护。正是这些方面的开创性意义，“欧洲各种新流派的文学理论中，几乎每一流派都从这一‘形式主义’传统中得到启示，都在强调俄国形式主义传统中的不同趋向，并竭力把自己对它的解释说成是唯一正确的看法”①。但是，以俄国形式主义为代表的形式主义美学，也是有明显缺陷的理论主张，这不仅使俄国形式主义在被庸俗化的社会历史批评泛滥的苏联，不可能获得成长的土壤，而且当形式主义理论在欧美发展到一定阶段的时候，其内在的矛盾性也展现出来。巴赫金对形式主义美学的批判正是在这种双重背景中展开的。一方面，因为巴赫金所处的时代文化背景，他对俄国形式主义的批判打出了马克思主义的旗号；另一方面，巴赫金的思想超越了当时的庸俗社会历史批评，因而在对俄国形式主义进行马克思主义批评的时候，正好借用了马克思主义重思想意识、社会历史文化的优点，实现了对俄国形式主义批评的理论超越。

从60年代初到70年代末，托多洛夫在许多文章和著作中都引用或者讨论了巴赫金，其中首版于1968年、次版于1973年的《诗学》一书对巴赫金

① 〔荷〕佛克马、易布思：《二十世纪文学理论》，林书武译，生活·读书·新知三联书店1988年版，第13—14页。

的讨论最多，成为了解这一时期托多洛夫所理解的巴赫金的最重要文献。不过，在正式进入这篇文献之前，还是有必要说明一句：如前所述，托多洛夫在这十几年时间里著述颇丰，涉足领域也甚广，但是总的看来，其所受到的巴赫金影响并不算大，只有为数不多的几本书（几篇文章）涉及了巴赫金。这种现象颇有意味，显示出托多洛夫与克里斯蒂娃在接受巴赫金问题上有明显的观念差异。举例来说，在由托多洛夫作为第二主编的初版于1972年的《语言科学百科全书辞典》（*Encyclopedic Dictionary of the Sciences of Language*）中，只有一处提到了巴赫金，且沃洛希诺夫则与之并列，还摆在了比巴赫金更“重要”的位置上。该书在第256页介绍“能指的毗邻性”（contiguity of the signifiers）时指出，如果一个词语带有明显的与其之前文本相似的功能，我们称之为“仿效因袭”（stylization），如果倒转其功能，就成了“滑稽模仿”（parody）。这段话的意思出自巴赫金。而在该书的第237页中，则为沃洛希诺夫单独设了一段文字，介绍了他的学术身份及其语言学思想。[①] 从60年代以来西方对巴赫金思想的两次发现来看，第一次的重心是《陀思妥耶夫斯基诗学问题》和《拉伯雷研究》，第二次发现的重心是以《马克思主义与语言哲学》为代表的“巴赫金小组”时期的著作，但是，后者在70年代最初介绍到西方学术界时，并没有明确巴赫金的著作权，而是沿袭了沃洛希诺夫的名字，这种译介的处理，使得在这一时期西方学术界对巴赫金思想的接受分裂了。直到80年代之后，随着巴赫金研究的深入，“巴赫金小组”时期的这批著作才被陆续纳入巴赫金有争议的著作权范畴，成为巴赫金研究和接受的对象。

在排除这种客观接受条件限制而导致接受的局限之外，我们要集中关注的是，这一时期被西方学界所接受的巴赫金的复调小说、对话主义和狂欢化理论在托多洛夫思想中的投影。在这个阶段，托多洛夫始终以结构主义和叙述学的坚定支持者和践行者的面目出现。也正因为如此，托多洛夫更看重的是巴赫金思想中看上去更形式主义的一面。《诗学》由三部分组成。第一部分讨论了“结构主义诗学”问题；第二部分是“文学性讲述的分析”，分析

---

① Oswald Ducrot and Tzvetan Todorov, *Encyclopedic Dictionary of the Sciences of Language*, Baltimore: The Johns Hopkins University Press, 1979, P. 256, 237.

了讲述的语域、叙事作品中的视角、文本结构、叙述的句法、转换、语式、“发现”以及逼真性等相关问题；在第三部分“几种看法”中，托多洛夫比较了诗学与文学史和诗学与美学的问题，并提出“诗学的研究对象是诗学自身”[①] 的观点。托多洛夫主要在讨论“讲述的语域”“诗学和文学史”“诗学和美学”等问题时分析到了巴赫金。

第一处有关巴赫金的讨论，在托多洛夫的文章中并不显眼。在“文学性讲述的分析”的第一个小问题“讲述的语域”中，托多洛夫将文学作品的语域区分为“突出讲述的指称意义”的语域、“着重于话语的字面意义”的语域和着重于“讲述行为过程本身”的语域。在讨论第二种类型语域时，托多洛夫发现，“形象话语和抽象话语，由于它们是非及物性的，就突出了符号的字面意义。但是还可以用别的办法来突出符号的字面意义又同时保留符号的指称性。确实有一种语域，它的意义既取决于符号的指称性又取决于符号的字面性跟另一篇文字的关系”，托多洛夫将之命名为“内涵性讲述”。这里所分析的“符号的字面性跟另一篇文字的关系”其实正是克里斯蒂娃所说的“互文性”。很显然，托多洛夫此时还没有建立起这种意识，当然也无从站在超越结构主义的立场上来讨论这一问题了，尽管如此，托多洛夫的相关阐述仍有不少可圈可点之处。他认为：“对待这类文字，古典文学史是持怀疑态度的。它能够认可的文学形式只是对前人创作的言语作品的特征进行嘲笑或贬低的形式，即模仿他人文体而作的嘲讽诗。后人的模仿性讲述作品如果不包含嘲弄意味，就被文学史家视为‘抄袭’（plagiat）。认为模仿文字是可以用被模仿的文字加以取代的，这种看法显然是错误的，因为它忽视了两段文字之间并不是简单的标志关系，而是多种多样的关系（巴赫金曾

---

① Tzvetan Todorov, *Introduction to Poetics*, 是 *Poétique*, *Qu'est-ce que le structuralisme*? Paris: Seuil, 1968 和 1973 年版的英译本。本书中是以赵毅衡编选的《符号学文学论文集》中的译本为主的。因为在该书中，托多洛夫的《诗学》翻译得最为完整。另外，这篇文章的部分章节也在各种西方文论的读本中被多次翻译，显示了这篇文章（其实是本很薄的小书）在法国结构主义运动中所占具的位置。另外还有一本〔俄〕波利亚科夫编《结构 - 符号学文艺学——方法论体系和论争》（文化艺术出版社 1994 年版），也部分翻译了该文，占了该书的五分之一的篇幅，亦可供参考；这本书的特别之处在于，它是于 1975 年由莫斯科进步出版社出版的，是一部介绍结构主义文艺理论方法体系和有关争论的原始资料汇编，原名《结构主义：“赞成”与“反对”》，共选录了自 1934 年到 1973 年发表的 16 篇有关结构主义问题的讨论文章（参阅该书的“译者序”）。

就此提出过初步的理论），尤其是忽视了第二段文字的大部分意义就在于与第一段文字有着指称关系。"[①] 在这段论述中，托多洛夫概括了现文本与前文本之间的三种关系：一种是嘲讽性模仿，即戏仿，通过对前文本风格、语式、结构等特点的模仿达到贬低、嘲笑的目的；第二种是无嘲弄性的模仿，他命之为"抄袭"；第三种是现文本与前文本之间具有多种多样的关系，托多洛夫命名为"多联性"[②]。在该部分的另一个地方，托多洛夫还分析到了巴赫金的对话和独白，不过，他并没有按照对话主义的立场来理解，而是将之局限在语法学的范畴进行了狭义的理解，他认为："'对话'和'独白'两个术语，就其狭义而言，可以视为直接引语的两个分支。（'对话'和'独白'的含义往往比这宽得多，话语的整个场地会被独白段和对话段分割无遗。）从另一个方向看，间接引语和自由间接引语可以被看成为直接引语相继发生的两种转换。"[③] 这些情况表明，托多洛夫与克里斯蒂娃几乎同时接受了巴赫金，但是托多洛夫是站在结构主义和形式主义的立场上来理解巴赫金的，因此他的理解更多的是从结构、形式、规则的层面来展开的（当然托多洛夫对巴赫金的理解并不仅止于此）。直到 1979 年，也即在托多洛夫

---

① 〔法〕茨维坦·托多洛夫：《诗学》，赵毅衡编选《符号学文学论文集》，第 200 页。

② "多联性"的提法出自托多洛夫 1968 年版的《诗学》。在这一版本中，托多洛夫所讨论的"文学性讲述的分析"涉及巴赫金的部分比 1973 年的版本要多，论证也更充分一些。"多亏俄国形式主义者，我们才开始认识到言语这一特性的重要。什克洛夫斯基早就这样写过：'艺术作品之被领会是通过它与其他艺术作品的关系并依靠人们对它们的联想而实现的。不仅模仿性作品，而且所有艺术作品都在与某种模式的或平行或对立的关系中产生。'但是第一个把作品之间多联性关系上升为理论的是巴克金。他说：'每一个新的文体无不包含某种对以往的文学风格作出反应的成分。它体现了潜在的论战和被掩饰的对因袭他人风格的否定，同时经常伴随着赤裸裸的滑稽模仿。……就是在这样一个充满了他人语汇的领域里，散文艺术家不断并探索自己的道路……一个语言集体中的任何成员所遇到的并非可供随意解释和歪曲的不具有任何"语言"色彩的词汇，而是载有他人声音的词汇。他通过别人的声音接收到这些充满别人的声音的词汇。存在于他的环境中的词都是来自另一个环境的，因而已经带有他人的释意的痕迹。因而他的思想所遇到的词都已经不再是空白的了。'哈罗德·布鲁姆从类似观点出发，在巴克金之后开创了文学史研究的精神分析法。他谈到所有作家在开始讲话（或写作）时都为'将要产生的影响感到不安'：'他的写作不是肯定就是否定别人先他而作的书（从完全肯定到完全否定之间有数不清的中间状态）'；别人的声音渗透在他自己的话语中，他的话语因此而成为'多联的'。"〔法〕托多罗夫：《文学作品分析》，张寅德编选《叙述学研究》，中国社会科学出版社 1989 年版，第 55 页。该文翻译自 Todorov Tzvetan, *Poétique*, *Qu'est-ce que le structuralisme*? 2, Paris: Seuil, 1968；其英译本 *Introduction to Poetics* 中略有修订，如删掉了"哈罗德·布鲁姆从类似观点出发，在巴克金之后开创了文学史研究的精神分析法"中的"在巴克金之后"的表述，体现了托多洛夫对观点的某些修正。

③ 〔法〕茨维坦·托多洛夫：《诗学》，赵毅衡编选《符号学文学论文集》，第 202 页。

结构主义诗学的后期，在即将面临结构主义向对话主义转向的临界点上，托多洛夫才开始接受克里斯蒂娃的互文性理论，并以此来理解巴赫金。在《文学的起源》（On Literary Genesis）一文中，托多洛夫指出，虽然什克洛夫斯基已经认识到，艺术作品与其他艺术作品之间存在着密切的关联，每件艺术作品都不是大杂烩，而是创造平行或者相悖的一些模式，但是巴赫金才是第一个明确表达了互文性决定论的学者，他认为文本内在地包含着前文本，正因为他认识到“风格的生成”得益于前文本的作用。①

第二处是讨论诗学与文学史的关系问题时，托多洛夫从瓦莱里热衷于把诗学与文学史联系起来这个问题着手，认为“在诗学和所谓的文学史之间，存在着一种真正的相互补充性”。在托多洛夫看来，尽管我们现在所接受和采用的文学观念有许多都来自俄国形式主义，但诗学研究的关键在于，“它事实上要说的是作品的每一个要素只限在作品内部获得含义，一个要素处在一个复杂的关系网络中”，也就是说，决定文学之所以为文学的某些内在的因素，既存在于这部作品内部，同时也存在于作品与作品的关系之中。托多洛夫由此引入文学史的视野，认为“文学史的真正主题，即演变”。他认为，“我们必须着眼于诗学，脱离文学现象本身，遵循这样或那样文学性言语作品的面目的改观。这样就产生了一种新型的研究，这种研究和描述相对立，但又和描述一样与文学史这个灵活多变的概念紧密相连”。正因为有了这个观念，“人为的‘结构’和‘历史’之间的对立消失了。只有着眼于结构，我们才能描绘文学的演变，对结构的了解不仅不妨碍对演变的了解，而且还是涉猎演变的惟一途径”。正是在这个意义上，托多洛夫引入了“体裁”的概念和巴赫金的复调小说理论。非常有意思的是，托多洛夫对体裁问题的看法，与巴赫金在《陀思妥耶夫斯基诗学问题》一书中的看法惊人的一致，托多洛夫也将体裁视为处于演变中的相对稳定的程式；“在研究文学演变过程中，一旦文学性言语作品的各种特征都是孤立的研究，下一步就该考察这些特征之间一些稳定程度不一的组合，这些组合就叫做体裁，然后再遵循这些组合的变革来研究。体裁的发展史只有随着体裁的组成部分的发

① Tzvetan Todorov, Ellen Brut, "On Literary Genesis," *Yale French Studies*, No. 58, In "Memory of Jacques Ehrmann: Inside Play Outside Game" (1979), 225.

展史的产生而产生”。而在体裁发展史即体裁历史诗学研究中，巴赫金的复调小说理论无疑就是最佳的范本：

> 米哈依尔·巴赫金在论陀思妥耶夫斯基的诗学论著中，为我们提供了有关体裁发展史的成功的范例。巴赫金把一个人们不大注目的体裁抽出来研究。他发现这一体裁源于和苏格拉底的对话录，在讽刺诗以及中世纪和文艺复兴的谐谑文学中得到发展，到陀思妥耶夫斯基时达到鼎盛阶段，他名之曰复调的或对话体的叙述（其定义后面还将谈及）。在上述每个时期内，作品结构除了相同的特征外虽然还伴随着大量别的特征，可是人们仍然把这些特征看做是不甚重要的，因而也不起决定性作用，目的是要把一部作品归属于另一种体裁。①

第三处是在“诗学和美学”中，讨论到诗学是否具有审美价值判断的功能时，托多洛夫再次将巴赫金作为对象展开了分析。托多洛夫首先提出了一个关于审美价值判断的问题，他说：“对于任何文学评论，不论它是不是从作品的结构着眼的，人们常常会提出一种要求：评论文章若要令人满意就应该能够对作品的美学价值解释清楚，换言之，为什么人们认为这部作品美而那部作品不美。要是评析文章对这个问题没能给以满意的答案，那么就表明评论失败了。”此前的印象式、主题式文学批评因为直接讨论的是文学的内容本身，因此自然而然地包含有价值的维度，但是结构主义因其关注文学作品本身的形式及其内在规律，审美价值便成为一个悬而未决的问题。那么，文学的结构形式分析是否符合美的规律，是否具有审美价值？在这个问题上，托多洛夫再次抬出巴赫金。他认为，讲述美的法则与叙述中的视角有关：

> 要使一部作品成功，给人以美的享受，叙述者在叙述情节发展过程中自始至终不应该改变观察的位置，如要改变的话，就要用情节本身和作品的整个结构加以论证。……这个见解不仅经久不衰，还出奇地得到

① 〔法〕茨维坦·托多洛夫：《诗学》，赵毅衡编选《符号学文学论文集》，第247—248页。

> 了发展，但却不能肯定它的不同的拥护者之间是否彼此受到影响。譬如，上述巴赫金的著作中的许多论述都采用了这种观点。巴赫金这部论著无疑是诗学领域最重要的论著之一。在书中，他将对话体裁或复调体裁和独白体裁对立起来，传统小说就属于后一种体裁。对话体裁的特点主要是不用单一的叙述者的意识来总括所有人们的意识。陀思妥耶夫斯基的小说就是对话体最完美的范例。巴赫金认为，他的小说中不存在孤立的、高于其他意识之上并充当主体人物语言的叙述者的意识。“在陀思妥耶夫斯基的复调小说中，作者严格遵循相对人物的新的立场即对话的立场进行创作。这种立场决定了作品的人物相对独立和内心自由，决定了他们的不可完成性和未决定性。对作者来说，作品的人物不是一个‘他’也不是一个‘我’，而是一个完美的‘你’，即另一个‘我’，虽说陌生，但却是相同的。”

值得注意的是，这一部分所展现的托多洛夫对巴赫金的理解，与其在“诗学与文学史”中的有了很大的不同：如果说在“诗学与文学史”领域还主要停留在语言、形式、结构层面上的话，那么，这一部分就已经将主体的价值维度突显出来了。这里还有一个重要的学术背景：叙述学是受到结构主义的启发和影响而发展出来的一种学问，但是叙述学之所以不同于结构主义，正在于叙述学在结构主义“重在阐述文学规律，而解释某部非具体的文学作品”的基础上，通过对“叙述活动”“叙述行为”“叙述视角”“叙述话语”“叙述时间”“叙述空间”等一系列全新领域的发现，超越了结构主义。这部分的论述正是如此。托多洛夫一方面将巴赫金的复调小说从叙述视角进行了理解，认为“对话体裁的特点主要是不用单一的叙述者的意识来总括所有人们的意识”，并将陀思妥耶夫斯基的小说视为对话体的典范；另一方面则借助巴赫金复调小说理论对主体意识（作者和主人公的意识）的重视，反思了结构主义小说分析因重视“行为/功能”，而将人物角色化、功能化，以及相应地非个人化的问题。托多洛夫认为，巴赫金并不满足于用纯形式的方式理解和描述，而是充分重视人物的个性及其展现，“例如，他写道：‘人物个性的真正的生动性只有靠穿插对话才能让人领会，通过对话，人物性格才能自由地展开。’等等”。[1]

当然，托多洛夫也并非只是从积极肯定的角度理解巴赫金，他还对巴赫金的复调小说理论提出了批评，由此体现出托多洛夫的结构主义诗学与巴赫金的复调小说理论的区别。托多洛夫对巴赫金的批评从两个方面展开。一方面是从叙述视角反思巴赫金复调小说理论中的对话（技巧而非立场）问题，认为对话及其价值不可泛化。托多洛夫虽然肯定了“巴赫金向我们介绍了一种有别于詹姆斯和勒博克所制定的美的法则。他又明确指出叙述视角应该适合布荣所说的‘同时’观察，同一部著作中需要用到若干种视角。只有具备这些条件，对话才能建立”；但是同时对巴赫金对话的泛化提出了批评，他认为：“只要所选的例子都是陀思妥耶夫斯基的，人们觉得就无权对这些结论提出疑义。然而，没隔几天，巴赫金又提出了另一种情形，即一部未完成的作品，作品表现了同样的对话原则。其作者不是陀思妥耶夫斯基，而是车尔尼雪夫斯基，他的著作的美学价值至少也是引起强烈争议的。一旦对话原则超出了陀思妥耶夫斯基的作品，就会失去它那些被吹得神乎其神的价值。”[2] 这里显示出托多洛夫对巴赫金对话主义理解的某种限度。在巴赫金那里，复调小说的核心价值就是对话，对话的根本特征就是其未完成性。巴赫金对复调小说的经典界定是：“有着众多的各自独立而不相融合的声音和意识，由具有充分价值的不同声音组成真正的复调——这确实是陀思妥耶夫斯基长篇小说的基本特点。”既然对话的主体所具有的价值具有不相融合性，也就决定了这种对话的未完成性，“一切莫不归结于对话，归结于对话式的对立，这是一切的中心。一切都是手段，对话才是目的。单一的声音，什么也结束不了，什么也解决不了”。[3] 另一方面，托多洛夫认为对话对作品的美学价值带来了损害。托多洛夫虽然在巴赫金那里发现了其对叙述主体的重视，但这一叙述被严格限定在文本范围之内，将巴赫金从审美活动角度理解的作者与主人公的关系，改写为叙述活动中的叙述者与主人公的关系。

---

① 〔法〕茨维坦·托多洛夫：《诗学》，赵毅衡编选《符号学文学论文集》，第 250、251—252、252 页。

② 〔法〕茨维坦·托多洛夫：《诗学》，赵毅衡编选《符号学文学论文集》，第 252 页。

③ 〔俄〕巴赫金：《陀思妥耶夫斯基诗学问题》，钱中文主编《巴赫金全集·诗学与访谈》，白春仁、顾亚铃等译，第 4 页。

同时，托多洛夫也不同意巴赫金将作者与主人公置于同等重要的位置，以及取消作者对主人公的控制权的观点，认为“叙述者还是叙述者，他是不能和作品中任何一个人物相混淆的”，还认为巴赫金取消作者（叙述者）价值对作品价值的决定权，损害了作品的美学价值。他说：“在这个前景里，我们清楚地看到，为什么诗学不能甚至不应该把解释审美评价作为首要任务。解释审美评价不仅要了解诗学所要解析的作品的结构，还要了解读者，了解决定读者做出评价的因素。如果任务的这后半部分不是不可实现，如果人们找到了研究一般称为一个时代的‘鉴赏力’或‘感受性’的方法——不管是通过研究形成这些‘鉴赏力’或‘感受性’的传统，还是研究个人的天赋条件，那么美学和诗学之间将建立起联系，关于作品的艺术美的老问题又将重新提出来。”[①] 由此，托多洛夫在作者（叙述者）与主人公（人物）的维度基础上新增了读者（叙述行为的潜在接受者）这一新的维度。

三　超越文学：托多洛夫的对话主义转向

1. 对话作为理论

但是从20世纪70年代后期开始，托多洛夫已经开始发生重大的学术和思想转向。以1981年的《米哈伊尔·巴赫金：对话原则》为标志，托多洛夫开始了其对话主义转向，这显示了对巴赫金的接受之于托多洛夫学术思想生涯的重大影响。这一阶段托多洛夫对巴赫金的接受有以下几个鲜明特点。

第一，从个别观点到整体思想，托多洛夫由此成为巴赫金研究专家，其对巴赫金的接受更加全面，所受的影响亦更加深刻。在这一时期，托多洛夫打算编辑出版巴赫金全集的法文版，便尽可能搜罗各种版本的巴赫金作品，因此，托多洛夫对巴赫金的接受达到了前所未有的研究专家的高度，而不再只是对个别著作、部分思想的接受。也正是在这一点上，托多洛夫后来居上，一举超过克里斯蒂娃，成为巴赫金在西方学术界的代言人。在接受史研究中，我们经常会遭遇到在对象选择上的大师和专家的困惑。一方面，在文

① 〔法〕茨维坦·托多洛夫：《诗学》，赵毅衡编选《符号学文学论文集》，第256页。

论思潮中引领风气之先是大师，但这种大师往往其学术思想来源极为广泛而复杂，不可能用一种单向度的方式简单讨论其学术渊源与影响，而只有以“一与多”（即一位大师同时受到多个学术思想的影响）的方式来呈现其复杂性，而这也就意味着我们不可能夸大某一学术思想对这位大师的影响。如我们这里所讨论的克里斯蒂娃、托多洛夫这些大师，尽管我们说他们是西方巴赫金接受史研究中的重要人物，但他们的学术形象不可能仅用巴赫金接受者来定位。另一方面，则是在巴赫金接受中发挥重要作用的、从事基础性资料整理、以专题深入研究的学者，如克拉克和霍奎斯特，他们的巴赫金传记，是西方正面、完整介绍巴赫金学术生涯的经典著作，在推动西方学术界接受巴赫金方面的作用是无与伦比的。他们还撰写过一些专题性的论文，这也显示了他们对巴赫金的理解达到了一定的深度，但是他们本人在整个西方文论思潮中却无法占据一席之地，我们无法做出如下的判断：因为接受了巴赫金，克拉克和霍奎斯特在文学理论和文化理论上提出了何种产生重大影响的思想观念。他们是巴赫金研究的专家，但并非具有广泛学术影响力的大师。而我们的研究重点是“巴赫金对当代西方文学理论的影响研究”，其首要的关注点，只能是巴赫金对当代西方文学理论发展史上有着重大影响的大师的影响研究，并以此来判断巴赫金对西方文论影响的广度和深度。而在托多洛夫身上，我们发现大师与专家这两种身份的高度融合。

第二，“对话主义”成为托多洛夫接受巴赫金思想的关键词，并进而成为一种有价值的理论立场。在克里斯蒂娃那里，“对话”还只是与“复调”“狂欢”并列的关键词之一；还只是从语言学角度，从词语中的对话到文本间的对话，再到主体间的对话的学术研究领域的开拓。但是在托多洛夫这里，巴赫金不再只是陀思妥耶夫斯基和拉伯雷研究的专家，也不再只是在小说理论研究中提出众多原创性思想的学者，而是首先是一位思想家、哲学家，其次才是文学理论家。在《米哈伊尔·巴赫金：对话原则》中，托多洛夫不吝高度赞美之辞写道：

> 米哈伊尔·巴赫金无疑是二十世纪人文科学领域里最重要的苏联思想家，文学界最伟大的理论家。在这两个“最”字之间，有着某种相互联系，但这并不是因为他是苏联人，所以在文学理论方面出类拔萃

> (尽管苏联传统文化比任何一个国家都丰富),而是一个真正的文学理论家必须思考超出文学以外的东西。他的特点就是没有专长。……巴赫金正是这样的一个人。首先,作为一个文本理论家(并不是在狭义上的,也就是说比“文学”的意义更广泛方面),为了更好地证实他的研究,巴赫金长时间地在心理学和社会学领域探索,最终得出了一种关于人文科学的统一看法。这种看法是建立在人文科学题材的同一性之上的:那就是作品及研究作品的手段,即注释,或者叫应答理解。[①]

“没有专长”“文学以外”正显示托多洛夫对巴赫金的定位已经超越文学,直接放到了人文科学领域;“应答理解”既是文学文本分析(作品及研究作品的手段)的理论,也是人文科学研究的共同之处——对话主义。

第三,正因上述一条,托多洛夫有意将巴赫金的对话主义、对话原则进行理论化,使之转型为人文科学的研究范式。在此,“理论”一词需要特别作出解释。在乔纳森·卡勒的《文学理论》(*The Literary in Theory*)中,他的第一章不是从“文学是什么”开始的,而是先提出了“理论是什么”的问题。在他看来,“在近代的文学和文化研究中有许多关于理论的讨论——我要提醒你注意的是,这可不是指关于文学的理论,而是纯粹的‘理论’”,这种“纯粹的‘理论’”是什么呢?“它既不是任何一种专门的理论,也不是概括万物的综合理论。有时理论似乎并不是要解释什么,它更像是一种活动——一种你或参予,或不参予的活动”。[②] 因此,乔纳森·卡勒认为,当我们抱怨关于文学研究的理论太多了的时候,其实指的是非文学的讨论太多了,许多理论根本与文学没有关系。就像如果我们要将弗洛伊德、德里达、福柯、拉康等学术大家称为“文学理论家”的话,他们肯定首先就会提出反对一样。因此,乔纳森·卡勒认为,理论是跨学科的,是分析和话语,是对常识的批评,理论具有反射性。那么,乔纳森·卡勒所说的“理论”在20世纪理论发展史上是否有具体对象呢?是有的。在《文学理论》中,乔纳森·卡勒明确指出,“理论”一词与20世纪的结构主义运动有关,其特

① 〔法〕托多罗夫:《巴赫金、对话理论及其他》,蒋子华、张萍译,百花文艺出版社2001年版,第171页。

② 〔美〕乔纳森·卡勒:《文学理论》,李平译,辽宁教育出版社1998年版,第1页。

征是结构主义语言学的研究模式超越了语言学，被泛化到文学、人类学、心理学等各个领域。由此，结构主义“将阐明各种各样的材料，是理解语言、社会行为、文学、大众文化、有文字书写的社会和无文字书写的社会以及人类心理结构的关键”。[①] 因此，结构主义与以往其他各种理论思潮最大的不同之处就在于，其基本原则、研究方法不再只适应于某一具体的研究领域和对象，而是成为“放之四海而皆准”的“元理论”。在这一学术背景下，我们再来看托多洛夫所实现的从结构主义到对话主义的转向，就不能再简单地从文学研究的思想方法这一狭窄领域来讨论了。如果说，经过列维－斯特劳斯的努力，结构主义从语言学扩散到人类学，使得结构主义成为理论的话，那么，托多洛夫则有着强烈的内在冲动，希望用巴赫金的对话主义替代结构主义，并将巴赫金的对话原则从文学研究延伸到历史学、人类学和思想史研究，使巴赫金的对话主义成为一种新的理论。

因此，无论从深度、广度、高度等各个方面，托多洛夫对巴赫金的接受都达到了顶峰。这一顶峰的标志在于：一方面，经过对巴赫金的接受，托多洛夫自己的学术发展实现了重大转向；另一方面，经过托多洛夫的接受，巴赫金的对话主义被提升到整个人文科学研究领域的理论之高度。进入 80 年代之后，“对话主义”日益成为西方学术界理解巴赫金的最重要的关键词，各类学术思潮、各个流派中的大师，无论对巴赫金熟悉与否，他们都受到了巴赫金对话主义的影响。

2. 巴赫金：对话原则的突显

1981 年出版的《米哈伊尔·巴赫金：对话原则》一书，成为托多洛夫将巴赫金的对话主义提升为理论的重要著作。

《米哈伊尔·巴赫金：对话原则》的特点非常鲜明。首先，它首次在西方学术界详细介绍了巴赫金的人生经历和学术历程，比克拉克、霍奎斯特的《米哈伊尔·巴赫金》传记的出版时间要早整整三年。[②] 其次，它首次对巴赫金的学术思想进行了完整介绍和评述。一方面，托多洛夫将巴赫金的学术

① Jonathan Culler, *The Literary of Theory*, CA: Stanford University Press, 2007, P. 23.

② 托多洛夫写这本书时，主要参考的是几篇俄文的巴赫金传记生平材料，如 V. V. 科日诺夫、S. 康金的《巴赫金：生活简述和活动》以及其他一些相关材料。

生涯按时间顺序划分为1926年以前的普通理论（主要是德国哲学和美学理论）的写作，1926年至1929年的马克思主义方法论极强的论述，1929年至1935年关于对话论和言语的理论研究，1936年至1941年对文学史尤其是小说的重新研究，1942年至1952年萨朗斯克教育学院时期的撰述（撰写了许多文章，但均没有发表，亦没有手稿留存），1953年至1975年回到方法论和理论主题上来的研究，共六个阶段。在这六个阶段中，托多洛夫又发现："巴赫金不断变换兴趣，有时修改自己的表达方式，但从1922年到1974年他的第一部作品到最后一部书，他的思想基本上是一致的，在他后来的书中，人们甚至还可以读到五十年前写的同样的句子。"另一方面，托多洛夫建立起一种巴赫金思想体系的视角，"决定让年代顺序从属于系统观点，同时又兼顾这个顺序的两个方面"。并从"人文科学认识论""重大选择""陈述理论""互文性""文学历史""哲学人类学"角度来逐一讨论与巴赫金在认识论、转换语言学、文学史和哲学人类学四个方面的研究，并且坚定地认为，"不论他的目标是什么，对话理论是他的主要内容"。最后，托多洛夫此著在写法上亦有鲜明的特点：尽管他将巴赫金的对话主义作为本书的基本主题，但在写法上他却采取了放弃对话主义的立场。为什么托多洛夫要在本书中"避免与巴赫金对话"呢？原因在于："巴赫金的思想极为丰富、复杂和充满诱惑力。但理解他的思想却是极其地困难（尽管它本身并不晦涩）。这种困难是多方面的。"一方面是法国学界对巴赫金的陌生，这使得托多洛夫为自己设定了一个最低的目标，即"最起码让人们用法文能读懂巴赫金"；另一方面则是受到巴赫金对话主义思想的影响，托多洛夫对写作内容作自我反思，"我不能肯定这本书真正是我自己的书"。为什么？因为本书的主角是巴赫金，"我非常清楚最细小的评论都会带来一些曲解，我的名字会被看做是巴赫金众多假名中的一个"。正因为如此，托多洛放弃了体现学者观点彰显自己个性的评述，而采取文选和评论（这一评论中甚至许多句子都不是自己的，而是一种重译）相交织的剪辑方式，甚至"尽量避免（除非特殊情况）将巴赫金的思想与追随他的作者的思想进行对照"。这样做的目的非常简单："因为在对话开始之前，应当先听到第一个声音。"① 因此，托多洛夫的这本《米

① 〔法〕托多罗夫：《巴赫金、对话理论及其他》，蒋子华、张萍译，第190—191、173—174页。

哈伊尔·巴赫金：对话原则》一书无论内容还是方法，都不无受到了巴赫金对话主义的影响，并且成为对话原则的忠实体现（即使避免与巴赫金对话，也正是对话主义立场的体现）。

那么，托多洛夫是如何将巴赫金的对话原则进行理论化的？这一“理论化”当然不是通常所使用的“将零碎的思想进行系统化的处理”的理论形态，而是使巴赫金的对话主义成为一种跨学科、具有普适性的能够替代结构主义地位的理论。

全书除第一章叙述巴赫金生平之外，后六章的逻辑关系非常清楚。

第二章“人文科学认识论”，讨论巴赫金关于自然科学和人文科学的方法论的基本立场。托多洛夫以巴赫金晚年思想为主体，并将之与其早期思想相联系，集中介绍了巴赫金区分自然科学和人文科学的客体与方法两个焦点问题。在客体问题上，托多洛夫认为，巴赫金不同意简单将人作为人文科学的客体，认为“人作为文本的生产者时，才是人文科学的客体”，不能将人独立于文本之外、独立于研究者之外进行研究，否则，就只可能是人体解剖学和生理学，而不是人文科学。在方法问题上，托多洛夫认为，巴赫金认为人文科学的方法更重要的是理解而非认知。所谓认知，就是将对象作为客体，试图达到客观的唯一的认识；而理解则不同，“理解就是与其他文本发生关系，就是新背景的两次阐释”，经由理解而获得的阐释永远是历史的和个人的，也是永无止境的。因为“文本是所有人文科学共同的客体”，所以语言学成为人文科学的基本方法论。正是在这一点上，托多洛夫发现巴赫金的转换语言学超越了索绪尔的结构语言学，成为对话主义超越结构主义的语言学基础。在托多洛夫看来，转换语言学与结构语言学的区别在于，“语言学客体是由语言及它的细分部分（音素、词素、分句等）构成，转换语言学的客体则与话语有关，话语则是由个体的陈述文来组成”的。托多洛夫紧接着以“巴赫金小组”时期的著作为对象，对心理学、语言学、马克思主义、社会学等多个学科涉及的两个基本问题进行了分析。第一个问题就是“个体与社会”问题，托多洛夫认为，巴赫金对人的问题的关注不是纯粹个体主义的，而是始终将之放在社会的背景下进行考虑的，因此，作为社会的人的问题，就是人与人之间的关系问题，就是交流活动的问题，也就是对话的问题。第二个问题是“内容与形式”问题，在这个问题上，托多洛夫发现，巴赫金“没有像把个体看做是社会的对立面那样去肯定一个而批判另一个，而是要找出两者之间的联系，同时承认这两者，并使它们之间处于极好的平衡之中”，因此，巴赫金/梅德维杰夫在《文艺学中的形式主义方法》一书中，一方面批判了俄国形式主义坚持形式与内容之外在性的不足，另一方面又对西方形式主义者（K. 菲德勒、A. 希尔德布兰德、A. 里格尔、W. 沃林格和 H. 沃尔夫林）进行了热情洋溢的介绍，认为他们“拒绝局限于形式或内容的绝对研究”。[①]

该书的第四、五章中，托多洛夫概述了巴赫金的陈述理论和互文性理论，这成为转换语言学在理论方法上的具体展开。“陈述”而非“语音”“句子”成为巴赫金转换语言学的基本单位，正基于他对语言的社会性的理解，这种“社会性有双重来源：首先，话语是对某人的（也就是说至少有一个微型社会，有两个人，一个是发话人，一个是受话人）；第二，对话者本身一直就是一个社会实体”[②]。因此，任何一个陈述，都离不开陈述主体（发话者、受话者），也离不开陈述环境；更重要的是，任何陈述都是一种行为、一种活动，具有交际性。但是在交际模式上，巴赫金与结构主义仍有明显的区别。

更为重要的是，托多洛夫从巴赫金陈述理论中提炼出一个超越纯粹语言学技术层面分析的核心概念——“异质性”（heterology）。这个词在巴赫金陈述理论中主要描述语言的多样性和（个体的）声音的多样性现象，但是巴赫金发现，“对社会来讲，异质性可以说是自然产生的，它自发地来自于社会的多样性。但是社会的多样性受单一国家制度的约束，话语的多样性也就受到建立一种普通语言愿望的限制，这种愿望与各国政权有关”。严格意义上讲，托多洛夫的这段评述是带有自己的观点的。在巴赫金那里，这种直接将话语与国家制度相联系的做法是尽量回避的；但正是异质性所包含的这种指涉性，使得巴赫金的陈述理论成为文化理论的重要方法论，这当然就是后话了。因为陈述文来自异质性的主体及其表述，陈述文就不再是封闭式与独白式的，而是开放式与对话式的。巴赫金进一步将互文性视为陈述文的根

① 〔法〕托多罗夫：《巴赫金、对话理论及其他》，蒋子华、张萍译，第 209、221、226—227 页。

② 〔法〕托多罗夫：《巴赫金、对话理论及其他》，蒋子华、张萍译，第 233 页。

本特征，并认为“互文性是无处不在的”[①]。

该书的第六章“文学历史”是托多洛夫专门辟出来讨论巴赫金文学理论中的体裁历史诗学的部分，将这一部分与托多洛夫60—70年代所描绘的巴赫金形象相比较，将会有利于我们理解托多洛夫思想的变迁。在这本书中，托多洛夫不再回避文学史问题，认为文学史理论是巴赫金文体形态学理论的引申，主张文体类型的变体分属于各个特定的历史时期。托多洛夫也不再回避社会学问题，认为“文体学应该成为体裁文体学，进而与社会学结合起来”；认为“体裁是一种社会历史以及形式的实体。体裁的变革应该与社会变化息息相关”。托多洛夫也不再仅仅将小说视为一种叙述，而是认同巴赫金将小说作为异质性的最高体现，是一种包容其他体裁的具有未完成性的体裁。经过如此重新发现，托多洛夫认为，“巴赫金的实践更加证明了他注重‘分析历史’，之外，他认为文学研究是历史的一部分”。[②]

该书的最后一章“哲学人类学”中，托多洛夫又回到了巴赫金的早期思想，并将之与其晚年思想进行对照，认为这是巴赫金思想的精华所在。托多洛夫用“相异性”这一概念来展开巴赫金对话主义的理论维度。在托多洛夫看来，巴赫金贯穿一生的基本观点就是“认为他人起着决定作用”，“脱离与他人的关系来理解一个人是不可能的”。托多洛夫在巴赫金的《镜中人》的短文中发现了其与拉康“镜像期”理论的惊人的相似之处，两者都是强调他者之于主体性形成过程中的重要作用。“我与他人”的关系不仅仅是社会学维度，而且也是主体心理的现象；在艺术创作中，审美活动中的作者与主人公的关系也是这种对话性的体现，对话与独白、复调和狂欢，都成为创作中主体间相异性及其关系的展现；在接收文本的分析中，理解也离不开相异性。

在这本书的结尾，托多洛夫才真正展开“与巴赫金对话”的维度。一方面，托多洛夫从巴赫金的学术生涯中发现了一个背反的现象：“在一段著作大量发表的时期，人们可以欣赏到巴赫金的执著，在50年的时间里详述

---

① 关于互文性问题，我们已在第一章讨论克里斯蒂娃时详述了。在此只强调一点，托多洛夫是将“互文性”作为对话主义的代名词来看待的，在本书中，“在一些互文性特殊情况下，仍保留使用‘对话原则’一词”便说明了这个问题。

② 〔法〕托多罗夫：《巴赫金、对话理论及其他》，蒋子华、张萍译，第278—304页。

着同一些观点，但他却将这些观点封闭在案卷材料中。但是人们不禁会问在什么情况下，所有对话理论不是出自于渴望理解没有回答这种难以忍受的状况。”另一方面，正是为了弥补这个没有超级接收者的不足，托多洛夫才主动放弃自己的声音，而让巴赫金的思想得到真正的突显：“我试图在这本书中让大家重新听到巴赫金的声音：让对话真正开始。”①

这种论述框架揭示出托多洛夫对巴赫金思想体系的某种整体性的把握：首先，超语言学使巴赫金超越了结构主义语言学的局限，成为对结构主义作为人文科学理论的挑战者；其次，陈述理论和互文性理论成为其超语言学的展开，使超语言学成为具有可操作性的理论范式；再次，文学历史，尤其是小说体裁诗学，成为这一理论运用于文学，成为一种文学理论的具体运用；最后，超语言学所具有的对话原则、异质性特点，更广泛地渗透进人类学研究领域（列维－斯特劳斯的结构人类学正是结构主义成为理论的起点）。正如《从结构到解构：法国20世纪思想主潮》中所论述的：

> 一直被结构主义压抑的主体卷土重来了。在20年的时间内，它似乎是完全可有可无的，陷于神圣上帝与土崩瓦解之间。主体成了把独立性和依赖性（依赖性控制着独立性）串起来的一条线，因而无法轻而易举地重新融入复杂的思想领域。要么选择无所不能的主体，要么选择呜呼哀哉的主体，面对着这一虚假的选择（长久以来这个选择被视完全无法逾越的），一个完整的当代思想分支围绕着对话范式（paradigme de la dialogique）建立起来了。对话学提供了真正的自由之路，它既是一项社会方案，也是一个多产的社会科学范式。②

这里所说的“社会方案”和“社会科学范式”，正是理论所具有的社会功能和特点。

3. 走向一种对话批评？

对话批评是托多洛夫的创造，也是巴赫金接受史上不亚于克里斯蒂娃互

① 〔法〕托多罗夫：《巴赫金、对话理论及其他》，蒋子华、张萍译，第332—333页。
② 〔法〕弗朗索瓦·多斯：《从结构到解构：法国20世纪思想主潮》下卷，季广茂译，第585页。

文性理论的创造性接受的典范。托多洛夫在巴赫金对话理论基础之上的理论创新，已经使得对话批评不再局限于巴赫金理论本身了，它已经被贴上了托多洛夫的标签。[①] 尽管布鲁姆更愿意从“创造性误读”来彰显影响者与接受者之间的差异，而笔者在此却更愿意用“创造性接受”来强化影响者与接受者之间的联系。在学术发展中，有所谓“跟着说”、“对着说”和“接着说”三种基本模式。所谓“跟着说”即“讲述”或曰“复述”，就是接受者将准确地理解影响者的原意作为最高的目标；所谓“对着说”即接受者不同意影响者的观点，并提出自己的质疑；而所谓“接着说”则是在充分理解影响者思想精髓之后所进行的新的理论创造。“接着说”的创造性并不一定以“误读”表现出来，“正读”同样也可以进行理论的创造。因此，用“创造性接受”一词可以包容“正读”和“误读”，并将两者共同视为理论创新的动力与基础。如果说，托多洛夫在《米哈伊尔·巴赫金：对话原则》中首要的选择是放弃自己的声音，让巴赫金说话的话，那么，在《批评的批评——教育小说》中，托多洛夫则更多地将自己对于巴赫金的理解，以及在巴赫金思想的影响下所展开的思考，作为论述的主体了。或者说，在后者中，托多洛夫选择的是让自己发声，与巴赫金对话。

这本书的写作并非严格意义的文论思潮史，亦非纯粹个人的思想传记，而是具有个人性的文论思想的反思性著作，它揭示了当代文论家同时所受多元理论思想影响，并在此间展开积极对话进而建构自己的理论主张的现实。在该书的前言中，托多洛夫明确表示“我这里并非是要捍卫或建立一种批评”，因此，他这“批评的批评”事实上是对已有批评理论的反思。他撰写该书的目的有两个：“首先，我想考察一下人们对 20 世纪文学及批评的看法；同时，试图弄清什么样的文学观及文学批评观是近乎正确的。另外，我打算分析本世纪对文学的思考所表现出来的主要意识形态潮流；同时，试图弄清哪一种意识形态立场更有道理。”[②] 这两个目的并非相互割裂的，而是被嵌合在每一章的主题展开之中。托多洛夫的这一番表白，明显与他此前结构主义诗学阶段所从事的仅仅关注文学文本的内部规律，而不触及文学之外

① 参见曾军《接受的复调——中国巴赫金接受史研究》，广西师范大学出版社 2004 年版。

② 〔法〕茨维坦·托多洛夫：《批评的批评——教育小说》，“前言”，王东亮、王晨阳译，第 2 页。

的社会、现实及其意识形态的外部关联的研究，有巨大的差异了。这番表白还有一个令人瞩目之处，即提出了批评理论反思的价值尺度的问题，无论文学观念还是意识形态，托多洛夫都只关心一个问题：它们之中究竟哪一个"近乎正确""更有道理"？那么，托多洛夫如何才能实现这一双重目标呢？很显然，托多洛夫并没有将之写成一部客观性的西方文学批评理论史，即按照历史学家的眼光全面罗列、客观介绍每一个思潮、流派的历史变迁和发展过程。全书只有八章，前五章分别介绍了俄国形式主义者，德布林与布莱希特，萨特、布朗肖、巴尔特，巴赫金和弗赖；第六、七章则分别选取的是"与伊昂·瓦特的通信"和"与保尔·贝尼舒的谈话"；第八章以"对话批评?"为题，集中表达了自己的批评主张。如此这般的结构方案，很明显是一部具有个人倾向的文论反思性著作。事实也确实如此，托多洛夫再次选择了与此前结构主义诗学阶段追求客观真理的知识性时的不同写作方式，力图在本书中撰写"一部精神变迁史及其对20世纪文学的思考"，为此，托多洛夫选择教育小说中主人公成长过程的具有教寓、警戒意义的"榜样性叙述"方式，这就是本书书名副题中"教育小说"的用意。该书并非研究教育小说的专著，而是一部展现个人成长历程的精神变迁史。在谈到何以在成百上千个可供选择的对象中单单挑选出这十几个作家作品的原因时，托多洛夫指出，这来自许多客观、主观的原因，其中最根本的原因就在于托多洛夫自己。"惟一真正的解释是这样的：我选择了那些曾对我产生重大影响的作家。……既然我的目的并不在面面俱到，而在某种代表性，所以我认为以心心相通和可能性对话为目标是合情合理的。文中所谈到的某些作家今天和我有着更密切的联系，这是毋庸置疑的，但是，所有这些作家都曾在某一时刻激起我的热情，因此我无一例外地继续推崇他们。"① 也就是说，这种精神变迁史并非集体性的（超越于个人的）精神史诗，而是带有强烈的作家个人倾向的思想历程，它所叙述的不只是那些思想家、文学理论家们的学术思想，同时也是托多洛夫个人的学术发展历程中的文论影响史。

在明确了这一显著特点之后，我们就可以为该书中所涉及的巴赫金及其对托多洛夫的影响进行分析了。在本书中，对巴赫金的介绍的专章出现在第

① 〔法〕茨维坦·托多洛夫：《批评的批评——教育小说》，"前言"，王东亮、王晨阳译，第3页。

四章，在萨特、布朗肖、巴尔特之后，在弗赖之前。在第三章中，托多洛夫所展开的是法国存在主义与结构主义在40—50年代的风云际会，而第五章中则展开的是弗赖那大文化史意识的批评理论。巴赫金置于从存在主义到结构主义，再过“文化主义”（弗赖）之间，突显的是“人与人际关系”的对话主义，显示了托多洛夫对巴赫金在文论发展史（同时也是精神变迁史）上的某种定位①。在第四章“人与人际关系”中，托多洛夫分别从三个方面对巴赫金进行了介绍。首先，托多洛夫回顾了西方学术界对巴赫金的“发现史”，叙述了从1963年开始引起读者注意，到1975年去世之后持续不断升温的著作发现、翻译、汇编及其引起的各种讨论，揭示出巴赫金不断更新的学术形象——从文学理论家到形式主义者、现象学家、存在主义者等。紧接着，托多洛夫对巴赫金贯穿一生的学术主题“人与人际关系”的对话主义思想进行了评述。最后，对巴赫金的文学观和批评观进行了分析。除此之外，巴赫金还在第三章讨论萨特时也得到了征引，并在第八章“对话批评？”中再度成为讨论的对象。这都情况都表明，托多洛夫在撰写本书时对巴赫金的高度重视。

在《批评的批评——教育小说》中，托多洛夫比较充分地表达了自己对巴赫金的认识及其所受到的影响。其特点可以概括为如下三个方面。

（1）重申对话主义。托多洛夫基本延续了《米哈伊尔·巴赫金：对话原则》中将巴赫金的学术思想用对话主义进行概括的主张。托多洛夫认为，“从20年代初到他垂暮之年，他不断回到另外一个主题上去，并对此倾注了主要的精力。这是一个更加特殊的主题，……这个主题就是创造者与被创造者之间的关系，或者用巴赫金自己的话说，就是作者与作品人物之间的关

① 这里还有一个细节值得特别注意。托多洛夫专门对弗赖一章进行注释，比较了与他在1970年撰写《幻想文学引论》时用结构主义来分析弗赖时的差异，认为他那时对弗赖的理解在很大程度上还局限在结构主义诗学的视域之内，将之视为“在‘结构主义’两个变种之间进行的”辩论，而到了《批评的批评——教育小说》中，托多洛夫则直接将弗赖与结构主义对立起来：“法国人对换喻和修辞格的兴趣是为了描述一种语言机制；而弗赖则是为了对西方传统中最常用的换喻进行汇编。法国批评家研究叙述是为了掌握情节的形成及其在读者面前出现的方式；弗赖则是对欧洲两千年来最常用的情节进行收集和分类。”他还认为：“弗赖感兴趣的是内容，而法国的‘结构主义者’们感兴趣的是形式；弗赖写的是百科全书，而他们写的是一部字典（这部字典里的定义互相参照而不是参照一个外部对象——文学）。”〔法〕茨维坦·托多洛夫：《批评的批评——教育小说》，王东亮、王晨阳译，第107页。这种态度的变迁正体现托多洛夫个人在不同时期对弗赖研究态度的变化，这种变化同样适用于托多洛夫对巴赫金的接受。

系”。但是，托多洛夫也注意到，巴赫金对作者与主人公之间的关系的问题的态度发生了较大变化。在其早期的《审美活动中的作者与主人公》中，巴赫金的原始立场大致是：“只有把生活作为整体从外部考察，它才具有意义，并有可能成为美学构造的一种材料；它应该完全寓于别人的视野中，而对作品中的人物来说，这个别人当然是作者。巴赫金正是把它称之为作者的‘外在立场’（exotopie）。艺术创作是人际关系的一种最完美的典范：两人中的任何一个都完全寓对方于自身，使他臻于完善，并赋予他意义。这种外在的、居于主导地位的不对称关系是艺术创作不可缺少的条件。”这种“外位立场”是确保作者优先权的重要手段，也是确保审美活动中各个主体之间关系相对稳定的重要基础。托多洛夫认为，这种“内外分明”的立场其实只是一种“古典”的主张，就好像不断将上帝（造物主）与所造物混淆一样。“作者的超验性使我们能够放心大胆地评价他所塑造的人物。但是，巴赫金并没有把这一主张坚持下去。渐渐地，他受到这种观点的反例陀思妥耶夫斯基的影响（或许是受到他塑造的陀思妥耶夫斯基形象的影响）。他1929 年发表的第一部陀思妥耶夫斯基专论又赞颂了他在前面批评过的方法。前面提出的观念不是普遍的美学法则，而成为被巴赫金斥为‘独白主义’的精神状态的特征。相反，邪恶的陀思妥耶夫斯基则成了既是世界观又是写作风格的‘对话主义’的化身。从此，巴赫金不再掩饰他对此的爱好。”[①] 也许是出于篇幅问题的考虑，也许有意与《米哈伊尔·巴赫金：对话原则》相区别，托多洛夫在这一章中并没有详述巴赫金的陈述理论，也没有提及互文性方面的问题，甚至很少摘引巴赫金的原话。

（2）与巴赫金平等对话。托多洛夫不再以膜拜的态度对待巴赫金，不再成为巴赫金思想的传声筒，而是力图与之进行平等的对话。这种平等对话性可以从两方面得以体现。

其一是托多洛夫有意将巴赫金与萨特进行了对比，揭示出两位学者在同一问题上的异同。在第三章分析萨特关于读者意识思想时，托多洛夫引出了巴赫金：

① 〔法〕茨维坦·托多洛夫：《批评的批评——教育小说》，王东亮、王晨阳译，第 83—84 页。

为什么萨特最初的证明——读者的关联性——正确无误，而结论却如此令人失望呢？若把萨特的思想与我们将要谈到的在许多方面跟他相似的巴赫金的思想作比较，可能会找到答案。巴赫金亦总是特别强调读者的作用，强调读者与作者共同决定作品的意义。这并不是因为读者可以随心所欲给作品施加意义——这是一种不谨慎的行为，若以此为准则，我们就错了。而是因为面对读者写作的时候，作者预先体验了读者的反应，并且，作者本人也是他的前辈们的读者。但是，巴赫金说，除了这些具体的、历史的接受者（读者）以外，作者还设想出另一个接受者——“高级接受者”，这个接受者的理解力不受任何限制地绝对正确。“作者本人及其一切言语作品，永远不可能完全迎合现在的或最近将来的接受者的全部最终意志（最近将来的接受者也可能产生误解），所以他总是想像（或多或少对此有所意识）一种更高层次的相互理解……这是由话语（discours）的性质决定的。话语总是要求有人聆听，有所反响，但并不停留于最直接的理解，而是开拓出一条愈来愈远、没有止境的道路。”（《语言创作的美学》第306页）是不是萨特忘记了这个“高级接受者”才导致他得出了《什么是文学》的历史主义结论呢？[①]

在这段分析性的评述中，首先，托多洛夫引用巴赫金的方式值得特别注意。这种将巴赫金作为萨特的参照系而展开的讨论，在托多洛夫接受巴赫金的历史中并不多见，但在整个中西方巴赫金接受史中，这种作为参照系的巴赫金却具有很强的普遍性，甚至成为一种重要的写作方式（相似的例子还有，如伊格尔顿在多部著述中都将巴赫金与本雅明者进行对照式阅读）。其次，托多洛夫突显了巴赫金的读者理论，对读者的重视在现存的巴赫金著述中并不突出，只是在《论行为哲学》《审美活动中的作者与主人公》中为读者预留了一个位置，但是托多洛夫并没有因巴赫金讨论较少而忽视读者的价值所在，他立足于“人与人际关系”的主体性理论而将其重要性突显了出来。托多洛夫认为：“要建立对话，必须相信共同探讨真理的合法性。”那

① 〔法〕茨维坦·托多洛夫：《批评的批评——教育小说》，王东亮、王晨阳译，第50—51页。

么，这一对话就不再局限在巴赫金所主要谈论的（其实只是现有文献所显示的）作者与主人公（人物）之间的关系了，而且同时还包括了读者的介入与参与。最后，托多洛夫在萨特和巴赫金有关读者意识的讨论中，发展出自己对读者问题的看法。托多洛夫将读者区分为两类：一类是具体的、历史的接受者，另一类则是“高级接受者”；后者不受任何时间、空间、地方、语言等限制。此外，在第四章讨论巴赫金的对话与独白问题时，他再次将之与萨特进行了对比：

> 巴赫金的这些论证与几乎同时的让－保尔·萨特提出的观点如此相似，颇令人吃惊。在1939年《弗朗索瓦·莫里亚克先生及自由》（《境地》第I卷1947年）这篇文章中，萨特对作者高于笔下人物的所有小说创作提出了非议。虽然萨特还没有使用“独白”这个词，但他的观点与“小说”与“对话主义”等同的主张相去不远：“小说家无权离开战场……无权进行评判。”（第41页）他只应该介绍他的人物。如果他进行评判，他便把自己等同于上帝。然而，上帝与小说是相互排斥的（莫里亚克正是不懂得这一点）：“小说是由一个人为一些人创作的，而在神明的上帝面前，根本没有小说。”（第57页）像巴赫金那样，萨特把小说的这场革命与陀思妥耶夫斯基的名字联系在一起，并且和他一样，也把这场革命与爱因斯坦引起的革命相提并论。

应该说，托多洛夫对萨特的阅读是戴着巴赫金对话主义的眼镜进行的解读。萨特在此对莫里亚克的《黑夜的终止》批评的主要理由是，莫里亚克没有尊重小说中人物自身的性格发展逻辑，而是以上帝的视角，将人物的性格、行动及其演变全数掌控。因此，萨特主张作家不要像上帝一样，作为享有特权的观察者，“上帝眼中没有小说，也没有艺术，因为艺术以外表为生。上帝不是艺术家，莫里亚克先生也不是”。萨特批判的是莫里亚克作为作者对笔下人物的控制，但这并不意味着萨特主张作者与人物地位的平等，甚至达到巴赫金所分析的陀思妥耶夫斯基复调小说的程度。因此，准确地说，托多洛夫对萨特的评价，很明显地带有巴赫金的某些视角，而这些视角存在着拔高萨特小说观念的意味。尽管如此，托多洛夫对巴赫金及其复调小说的重视由此可见一斑了。相似的例子还在本书有关弗赖的讨论中出现了。在讨论弗赖的研究特点时，托多洛夫也认为："在文学研究中，常常是被研究的客体变成研究的主体，就像巴赫金一生总是陀思妥耶夫斯基的代言人一样；弗赖所为不过是对布莱克思想的发挥和阐述。"因此，"使弗赖的作品再现的语境是对话的语境，而不是客观研究的语境"。[①]

其二是托多洛夫在本书中表达了对巴赫金思想的某种质疑，这也是他作为平等对话者的重要体现。在讨论巴赫金的《陀思妥耶夫斯基诗学问题》一书时，托多洛夫对巴赫金强调作者与主人公绝对的平起平坐这一绝对客观性提出了质疑，并通过巴赫金的对话主义化解了"叙述人危机"，他认为："巴赫金把作者与人物平等这种观点强加给陀思妥耶夫斯基，这不仅与陀思妥耶夫斯基本人的意愿相悖，而且，说句实话，这种平等的观点在原则上就无法成立。巴赫金差不多自己也承认：上面援引的陀思妥耶夫斯基的'主导观念'的作用几乎被他缩减为零。"托多洛夫还发现："巴赫金在另一部作品中指出，在陀思妥耶夫斯基那里，'作者只是作为对话的参与者（又是组织者）'。（《语言创作的美学》，第322页）但是，这个括号却否定了它前面那句话的所有绝对性。如果他是对话的组织者，他就不只是一个简单的参与者。"那么，巴赫金所主张的这种平等的对话是否能够得以实现呢？在托多洛夫看来，作者无法既做一个对话的参与者，又做一个对话的组织者，两者只能任选其一。如果确实只能这样，我们就很难保证作者与主人公之间的关系稳定，它便会始终处在作者控制人物和人物摆脱作者控制这两个维度间摇摆了。托多洛夫认为巴赫金混淆了两个事情："第一，他以为作者在作品中表现的作者的思想与作品各人物的思想可以分庭抗礼；第二，他以为作品与作品人物可以平起平坐。然而这种混淆是不能允许的，因为，作者既表现自己的思想，又同时表现作品其他人物的思想。我们说，只有当陀思妥耶夫斯基与阿廖莎·卡拉马佐夫合二为一时，巴赫金的结论才可谓正确。人们于是可以说，阿廖莎的声音与伊万的声音处在同等地位上。然而，事实告诉我们，陀思妥耶夫斯基一人创作了《卡拉马佐夫兄弟》，是他表现了阿廖莎，

① 〔法〕茨维坦·托多洛夫：《批评的批评——教育小说》，王东亮、王晨阳译，第56、86、37—38、120—123页。

也表现了伊凡。陀思妥耶夫斯基并不是他作品中许多声音的一种，而是作品惟一权威的创造者，与作品中的所有人物根本不同。因为，这些人物各人只能代表一种声音，而陀思妥耶夫斯基是这些众多声音的惟一的创造者。”[①]托多洛夫对巴赫金复调小说的核心观念之一（作者与主人公之间的平等对话）所展开的批判，显示他的小说理念多多少少还有一些巴赫金所批判和扬弃的传统现实主义的文学观；不过，这些观点的差异并非本节所欲区分高下的对象，只是通过这个事实意在说明，托多洛夫勇于表达自己的观点，展开讨论和对话的立场。

（3）倡导对话批评。该书最大的亮点，即其影响最深远的观点，就是所提出的“对话批评”。如果说对话主义、对话原则是托多洛夫所期待的超越结构主义的新的理论的话，那么，对话批评就应该是这种理论具体展开的方法，所以托多洛夫才从形式的角度将“对话批评”进行界定：“至于批评方面，巴赫金预示（不是说实践）了一种新形式，这种新形式可以称为对话批评。”[②] 那么，这种对话批评有什么特点呢？

首先，对话批评超越了具体的学科界限，成为适用于所有人文科学的研究方法。在托多洛夫看来，巴赫金的对话主义有两个根本的特点：一是这种主体间的对话性关系是“更亲切的讨论形式的典范”；二是对话的目的在于探索真理，作为个体的对话者并非以真理在握而自居，而是将真理视为最终的前景，视为准则的观念，视为毕生追求的目标。正因为如此，“在对话批评中，真理是存在的，但人们并不占有它”。托多洛夫进一步将巴赫金与法国批评家进行了比较，认为：“在布朗肖和巴尔特那里，批评和文学因为与真理绝缘而相似，而对巴赫金来说，它们之所以相似，乃是因为文学与批评无所谓优越，都在寻找真理”。[③] 对话批评观引导下的人文科学研究并不试图用规律来解释世界，而是将理解人类的自由作为自己最终的目标。正是在这个意义上，我们就可以理解，为什么托多洛夫会在本书的前文两度将巴赫金与萨特联系起来。在法国结构主义运动中，萨特的存在主义是其批判的标靶，结构主义不仅抛弃了存在主义所关心的对象——人本身，而且淡忘了存

① 〔法〕茨维坦·托多洛夫：《批评的批评——教育小说》，王东亮、王晨阳译，第91—92页。

② 〔法〕茨维坦·托多洛夫：《批评的批评——教育小说》，王东亮、王晨阳译，第100页。

③ 〔法〕茨维坦·托多洛夫：《批评的批评——教育小说》，王东亮、王晨阳译，第100—101页。

在主义最关心的问题——人的存在和自由。托多洛夫借用巴赫金的对话主义，事实上完成了为萨特的存在主义精神“招魂”的用意。

其次，托多洛夫为对话批评的实施确定了具体的步骤。在他看来，“批评工作包括三个步骤：第一步只是确立事实，巴赫金认为，其理想是要精确收集物质方面的资料，重建历史背景；第二步是用社会学、心理学、甚至生物学规律进行解释（请参看《语言创作的美学》，第 343 页）。这两步是合情合理的、有必要的。但是，从某种意义上说，批评家及人文科学研究者最特殊、最重要的活动，乃是立足两者之间，把对作品的阐释当作对话。惟有这样才能找到人类的自由”。① 如果我们将托多洛夫所列的这三个步骤与列维 - 斯特劳斯的结构主义方法进行比较，我们就可以很清楚地看出两者之间的区别了。特鲁别兹柯依曾将结构语言学的方法进行了概括，并得到了列维 - 斯特劳斯的高度肯定。在他看来，结构语言学可以分解为如下四个具体步骤：“第一，结构语言学把对有意识语言现象的研究转变为对其无意识深层结构的研究。第二，它不把术语看作是独立的实体，而是把分析术语间的关系当做自己的基础。第三，它引入了系统概念——‘现代音位学不仅宣称音位始终是一个系统的一些部分，而且展现出具体的音位系统，并说明它们的结构’。最后，结构语言学以发现一般规律为目标，既通过归纳法，也‘通过演绎法，从而使这些规律具有绝对的性质’。”② 对此，我们可以列表 2 - 1 以示差异。

表 2 - 1　结构主义与对话主义比较

	结构主义	对话主义
理论类型	结构语言学	超语言学
比较项目	关系 - 体系	事实 - 历史背景
研究方法	归纳，更重要的是演绎	归纳，基于事实
研究目标	真理 - 规律	真理 - 自由

① 〔法〕茨维坦·托多洛夫：《批评的批评——教育小说》，王东亮、王晨阳译，第 101 页。

② 〔法〕列维 - 斯特劳斯：《语言学和人类学中的结构分析》，朱立元、李钧主编《二十世纪西方文论选》（下），高等教育出版社 2002 年版，第 6—7 页。

最后，批评的本质就是对话，这是托多洛夫的批评观。在结构主义的文学批评观念中，批评所针对的只是文本，而且是“作者已死”的文本，因此，结构主义诗学所从事的批评不需要对话，只需要解剖文本、分析结构、阐释符号、挖掘意义即可。结构主义最大的贡献就是使文本摆脱了作者对其意义的控制或者专享，从而打开了文本可能的意义空间，但这一成功是以“作者已死”为代价的，是以“一切阅读都是误读”的意义蔓生为后果的。在失去了作者的监护之后，文本便成为“无主之地”，成为“任人涂抹的小姑娘”。用巴赫金的话说，这种批评其实只是用一种独白（读者的独白）取代了另一种独白（作者的独白），结构主义诗学不需要对话。托多洛夫显然从巴赫金的对话主义那里意识到了结构主义诗学的这种独白性、专断性和任意性，认识到这种阅读和释义的自由获得的并非仅仅是真理，同时也包含大量的谬误，甚至与真理背道而驰。当托多洛夫重新恢复起“追求真理”的信念后，结构主义诗学的“无视作者”的弊端被他看得越清楚，后结构主义那种“误读的狂欢”也就越为他所不耻。因此，重新恢复作者的位置，展开更具理性和科学的意义生产，才是人文科学应有之义。也正是在这个意义上，托多洛夫才说：“批评是对话，是关系平等的作家与批评家两种声音的相汇。公开承认这一点是很有益处的，不过，许多流派的批评家在拒绝承认对话批评上不谋而合。教条论批评家、‘印象主义’评论家以及主观主义的信徒们都只让人听到一种声音即他们自己的声音，而历史批评家（这个名称不太确切，这在论及瓦特那一章已谈过）又只让人听到作家本人的声音，根本看不到批评家自己的影子；‘内在论’批评中的认同批评把与作家融为一体直到以作家的名义讲话奉为理想，而结构主义批评又以客观描述作品为金科玉律。孰不知，这样禁止与作品对话、拒绝评判作品所阐述的真理无疑于削弱了作品的主旨所在：探索真理。”[①] 这种探索真理的精神，需要的是对对象的尊重，需要的是对所面对的对象、材料保持虚心的姿态，托多洛夫形象地称“对话批评不是谈论作品而是面对作品谈，或者说，与作品一起谈，它拒绝排除两个对立声音中的任何一个。被批评的作品不是应起‘元语言’作用的物，而是批评家所遇到的话语，被批评的作家是‘你’而

① 〔法〕茨维坦·托多洛夫：《批评的批评——教育小说》，王东亮、王晨阳译，第185页。

不是‘他’，是我们与之探讨人类价值问题的对话者。不过，这种对话是不对等的，因为作家的作品是封闭的，而批评家则可以无限地继续下去。为了避免舞弊行为，批评家应光明正大地让人听到他的对话者的声音。在这里，不同形式的内在批评都找到了他们的权利所在（但却经过不同的途径）。只有把一段文字放到越来越广泛的语境中去，才能更好地理解它的意义：首先是作品的语境，然后是作家、时代乃至整个文学传统的语境；这正是某某‘专家’所完成的。这些不同方面的结合不是互相排斥，而是互相容纳、互相交叉、互相补充的。”[①] 我们很难想象，这些话是从一个执着坚持了十多年的结构主义者口中说出来的，也很难想象，重置语境、重视作者、恢复历史、关心时代等，这些曾经在社会历史批评那里被奉为典范的规则，居然在托多洛夫的口中被重新提及。于是，我们看到了托多洛夫以如下原则作为自己所倡导的对话批评的基础。

①文学关乎人生、人的存在：“现在是回到（重新回到）我们也许永远不会忘记的明显事实上的时候了，文学是与人类生存有关的、通向真理与道德的话语。让那些害怕这些大词儿的人见鬼去吧！萨特说：文学是对社会与人生的揭示，他说得对。如果文学不能让我们更好地理解人生，那它就什么也不是。”

②文学与价值密不可分：“文学与价值却有着必然的联系，这不仅因为排除价值而谈文学是不可能的，也因为写作行为是一种交流行为，它意味着在共同价值基础上互相理解的可能性。”

③文学就是一种意识形态：“说文学不是外部意识形态的反映并不证明它与意识形态毫无关系：文学并不反映意识形态，它就是一种意识形态。”

④批评家与作家观点不必一致：“只有在批评家与作家观点完全一致的时候，对话批评才不可能进行，在这种情况下，任何争议也不会发生，对话被颂赞所取代。”

⑤批评家也是作家：“批评的理想并不是使读者瞠目结舌、自惭形秽和对作者推崇备至的权威性论断。批评家应该意识到，他所进行的对话不过是系列链条中的一个链节，因为作者是为了回答别的作者而写作，并且从这时

① 〔法〕茨维坦·托多洛夫：《批评的批评——教育小说》，王东亮、王晨阳译，第186页。

起，批评家自己也成了作者。”[1]

显然，因为托多洛夫在巴赫金的对话主义那里重新发现了主体——人——的价值，从而将人文科学研究从结构主义的迷途中解放出来，恢复了对人的存在、意义和价值的关心，使得人文科学将意义的阐释作为自己努力的方向，“从存在的角度看，人的自由是相对的、惑人的，但从意义的角度看，人的自由就原则本身来说，是绝对的。因为，意义来源于两个主体的接触，而且这种接触不断地复始。（《语言创作的美学》，第342页）这里巴赫金的思想再次与萨特的构想一致。意义就是自由，阐释则为自由的实践，这大概就是巴赫金最后的箴言”。[2] 这是巴赫金和托多洛夫贡献给人文科学的全新的方法论。正是通过托多洛夫，巴赫金的对话主义才会被更多的研究领域所广泛接受，无论新历史主义还是女性主义，无论后现代主义还是马克思主义，都从巴赫金的对话主义那里吸取了如何与其研究对象，如何与其论争对手，如何与其自身发生关系的方法。

4. 转向之后的文学态度

20世纪80年代之后，托多洛夫的文学态度发生了重大的转向。他义无反顾地抛弃了曾经给他带来无数荣耀的结构主义诗学，走出了文本的牢笼，以巴赫金的对话主义作为武装自己的全新理论和方法，托多洛夫在更广阔的研究领域里驰骋。

（1）对话主义人类学研究。如果说列维-斯特劳斯的结构人类学成为法国结构主义运动的发动机的话，那么，托多洛夫在实现了对话主义转向之后，便一头扎进了人类学研究领域，这正表明托多洛夫在以实际行动彻底颠覆结构主义的根基。

在《批评的批评——教育小说》一书中，托多洛夫已经开始自觉地将“我”纳入讨论的范围，成为反思的对象。他自述道：“自从我取得法国国籍以后，我就强烈地感到我与其他的法国人不同：我同时属于两种不同的文化。内在与外在的两种归属，既可理解成一种缺憾也可理解成一种优越

---

① 〔法〕茨维坦·托多洛夫：《批评的批评——教育小说》，王东亮、王晨阳译，第188—192页。

② 〔法〕茨维坦·托多洛夫：《批评的批评——教育小说》，王东亮、王晨阳译，第101—102页。

（我本人过去、现在都倾向于乐观的看法），但它却使你对文化的相异性、对‘他人’的感受更加深刻。”[①] 托多洛夫是1973年获得法国国籍的，这时他已在法国打拼了十年之久。这种对两种不同文化的双重归属的感受，并没有及时转化为托多洛夫的学术研究，而只是作为一种纯粹个人的体验而深埋于心；直到1981年，他以法国代表的身份重返故乡索非亚，这种文化关怀的主题才浮出水面。经过对巴赫金思想的重新解读，托多洛夫找到了新的理论支点——对话主义，并且将之理论化，使之成为替代结构主义的全新理论。

1982年，托多洛夫撰写了他的第一本人类学著作《征服美洲》，研究了16世纪西班牙人在墨西哥人与印第安人的相遇。在这本书中，托多洛夫建构了研究他者的三条轴线。第一条属于价值论层面，即对他者进行价值判断，认为其好、坏，或者让人喜欢或让人讨厌，或者平等于自己或劣于自己。第二条则以客观描述的姿态，研究人类的行为是如何与他者产生亲疏关系的，是如何与他者建立起价值对立或者价值认同的关系的，两者间是如何进行同化的；在屈服于他者和使他者屈服的过程中，是否还有第三条道路可供选择；等等。第三条是认识论上的，即是否承认或者忽略他者的特性，在描绘他人形象时，是否同时突显了自我的形象。[②] 在1989年出版的《我们与他者》中，托多洛夫研究了从蒙田到列维-斯特劳斯对这个问题的思考，还探讨了诸如民族主义、种族主义、殖民主义等一系列问题。这本书首次公开批评列维-斯特劳斯的结构主义，公开划清自己与结构主义的界限。这桩事件，加上“他的文论投稿甚至被他作为编辑委员的《诗学》（*Poétique*）杂志以理论水平低下、不涉及写作技巧为理由拒绝刊载，最终与结构主义群体切断了关系”。[③] 而我们知道，托多洛夫曾经是《诗学》杂志的创始人和

---

① 〔法〕茨维坦·托多洛夫：《批评的批评——教育小说》，王东亮、王晨阳译，第183页。

② 《征服美洲》出版之后在学界产生了较大的反响，人们一方面惊叹托多洛夫的学术转型，但另一方面还没有真正把握这种转型的特质。如Donald M. Lowe在书评中，直接将托多洛夫的此著定性为解构主义方法，并且与福柯的话语权力理论联系起来。参见Donald M. Lowe, “The Conquest of America: The Question of the Other,” translated by Richard Howard, Tzvetan Todorov, *the American Historical Review*, Vol. 91, No. 2 (Apr., 1986), P. 494。

③ 孙传钊：《反思极权主义——托多罗夫的“心路历程”》，（香港）《二十一世纪》2010年4月号。

主编之一，这种“后院失火”“兄弟背叛”的痛楚，也曾为加速托多洛夫离开结构主义阵营的原因之一。在《历史的诸多道德》（*Les morales de l'histoire*，1991）中，也涉及了大量相关的主题。进入90年代之后，托多洛夫把思想的笔触引向了当代，尤其是二战时期的思想状况。他在《面对极端》中，探讨了二战时期德国等地集中营的伦理问题；在《善的脆弱》中，研究了保护保加利亚犹太人的问题；在《恶的记忆，善的诱惑》中思考了欧洲政治史的问题。“只有对话学才能阐明意义的根底。在这方面，托多罗夫抛弃了早期的形式主义。之所以如此，在很大程度上是因为他已经在政治上变得成熟起来，政治上的成熟鼓励他重新引入对主体和意义的反思。在60年代，他对形式主义的痴迷，基本上是为了拒绝他的祖国保加利亚正在发生的事情。在那里，文学史纯粹是以事件为取向的，也是完全处于文本之外的。‘在那种形势下，我觉得有必要完成大部分显然已经遗失的东西，坚守文学研究的盲点。’此外，考虑到斯大林主义这个无可取代的意识形态教条主义是运用于一切文学文本的强制性的解读网络，托多罗夫希望自己逃进文本及其语法范畴、韵律，进而解脱自己，并尽最大的可能，抵制正在窒息文学研究的沉重的意识形态。”[①] 而到了80年代，整个世界的格局已发生了巨大的变化，对斯大林主义的恐惧不复存在，东欧各国已陆续摆脱了苏联的控制，托多洛夫本人也获得了稳固的学术地位，曾经被压抑的政治主题可以公开谈论了。尤其是1989年之后苏东剧变，这种东西欧意识形态上的阻隔业已消失，所有曾经被视为文化认同阻碍的因素都不复存在，而这正是可以实施对话主义的最佳时机。所以，托多洛夫发现，80年代之后，“其他主题也吸引我。所以，我想在《共同生活》（1995）里表达对人的对话时候的我个人的想法，这某种程度上是我从巴赫金那里学到的”。[②]

（2）重拾文学外部研究。如果说对话主义人类学研究是托多洛夫跨越文学的重大转向的话，那么，在这一转向过程中，托多洛夫就并未完全抛弃文学，文学、艺术仍然还是托多洛夫关注的问题之一，但很明显，已不再是唯一的关注对象。从70年代开始，托多洛夫即开始了筹备编辑巴赫金全集

---

① 〔法〕弗朗索瓦·多斯：《从结构到解构：法国20世纪思想主潮》下卷，季广茂译，第428页。

② 〔法〕托多洛夫：《从索非亚到巴黎：我的跨文化探索的旅程》，乐黛云、〔法〕李比雄主编《跨文化对话》第23辑，第83页。

的工作，1981 年的《米哈伊尔·巴赫金：对话原则》则是这一工作的阶段性成果，但非常可惜的是，这一工作进入 80 年代之后被逐渐淡忘了。从 80 年代直到现在，托多洛夫还出版了诸如《文学的概念及其他》(1987)、《贡斯当：对民主主义的热情》(1997) 这类的文学研究。前者事实上是发表在 70 年代的一些论文的汇编，还属于结构主义诗学的范畴；而后者则是作家论，成为托多洛夫转向文学外部研究的标志。此外，他还撰写了《日常礼赞：17 世纪荷兰绘画论》(1993)、《赞个体：文艺复兴时期的绘画论》(2000) 等艺术研究专著。在《从结构到解构：法国 20 世纪思想主潮》一书中，作者如此叙述 70 年代之后的法国思想主潮："自 70 年代中期以降，巴特、托多罗夫和福柯越来越多地关切起主体来。他们的个人道路是这场深刻变革的一部分，这场变革使社会科学远离了这样的结构，在此之前他们是将社会科学的科学性置于其上的。事实证明，被压抑主体的壮丽回归是不可避免的。"[①] 如前所述，将托多洛夫与罗兰·巴特、福柯等人并置在"被压抑主体的壮丽回归"并非完全无懈可击的：罗兰·巴特是在"作者已死"的前提下抬出读者作为替代性主体的；福柯是在"人已死"的前提下讨论的话语主体（被话语所讲述的主体）的。他们的努力都属于后结构主义范畴，而托多洛夫则是在 80 年代借助巴赫金的对话主义实现的是现实的平等的对于人的存在、自由的吁请。

在这种思想背景下，我们再来看看实现了对话主义转向、实现了文化人类学的转向之后的托多洛夫的文学态度，究竟发生了什么样的变化。除了此前曾有论述的对话批评之外，还有两个变化值得特别注意。

其一是在《贡斯当：对民主主义的热情》一书中所体现的对作家主体研究的回归。托多洛夫在本书中写道："作者的生平就好像他的识别标志，可以解释他为何选择这种说法而不是那种，作出这样或那样的结论的依据是什么。但是这部作家传记却有着稍稍不同的用途：它是作为表达形式的一种。我们可以从不同的角度接近贡斯当的思路，因为它本身就是从几个不同角度来阐述的：创作的作品和平生经历，文学写作和大事记。在这里，生活不再是作品的解说辞，而成了一部极具说服力的作品。"在此，文学作品、

① 〔法〕弗朗索瓦·多斯：《从结构到解构：法国 20 世纪思想主潮》下卷，季广茂译，第 461 页。

作家创作的过程、相关的时代背景、历史语境都被纳入文学研究的对象，成为研究作家贡斯当的必备材料，文学研究不再拘泥于内部研究和外部研究的分野，而是在文学作为整个研究对象的前提下为我所用，自由整合。在回答访谈者的提问（“这对于您来说，是否又回到了以作者的生活来解释作品的立场上去了呢?”）时，托多洛夫认为：“我们不能只是简单地赞同或反对采用传记形式。”他特别提醒读者注意“一部作品必然置身于一定的背景之下”的问题，认为我们应该充分关注文学创作的“历史背景，作者本人的其他作品，非书面、甚至非口头的行为。要界定一部作品的意义，就不该有任何的作茧自缚（除非出于内在的、值得探讨的制约）”。托多洛夫在贡斯当的研究中“感兴趣的是贡斯当的思想和他的经历并无巧合。实际上，两者之间的相互印证恰好令其产生了阐释的欲望”。这种思想与经历相互印证的思路其实就是人文科学研究中相当传统的文史互证的研究，正是这种向文学研究传统的回归，使他更加清醒自己与后结构主义以至解构主义之间的距离，他认为：“我采取的策略或许与‘解构主义’的做法是对立的。结构主义的手法仅限于见证一切的自相矛盾和表述障碍，却不愿助理解一臂之力。”①

2007 年初，托多洛夫出版了《文学危殆》一书，成为其正式告别结构主义、退回文学传统的宣言。在他看来，法国的民主自由环境使他“改变了文学研究的进路”，“文学作品的思想和价值在当时已经摆脱了前定意识形态桎梏的束缚，就没有理由对它们（指作品的思想和价值——引者注）置之不理和置若罔闻。我对文本语言材料专一兴趣的原因消失了。从这个时候，即 60 年代中期以降，我对文学分析方法随之失去趣味，转而关注文学分析本身，关注与作家的接触”。② 托多洛夫还从自己作为文学教师的角度来反思文学及其研究与时代和社会的脱轨现象，他认为：“我发现人们教了越来越多的方法和理念，却越来越少地教文本本身。然而，文学之所以重要，是因为那些伟大的诗人小说家知道揭露人类经验中不为人知的棱面，而

① 〔法〕维奥莱纳·乌达尔－梅洛特：《与作家共读——托多洛夫访谈录》，《当代外国文学》2001 年第 2 期。

② Tzvetan Todorov, *La littérature en péril*, Paris: Flammarion, 2007, PP. 13 – 14；转引自栾栋《文学他化疏——兼析托多洛夫“文学危殆”说》，《法国研究》2011 年第 1 期。

不是因为理论家抽离出了某个理念。分析的工具偷偷地代替了它的对象，文学研究只针对文学研究！在自问这种脱轨原因的同时，我意识到这其中有来自对文学作品定义过于狭隘的原因，这种定义把文学作品和周围的世界割断，把文学作品看成一个封闭于自身的物体。但是，文学是人和世界的思想，否则它就只是一个没用的玩具——在这一个方面，它是第一个'人文科学'。"[①] 除了自我反思之外，他还猛烈的抨击法国当代文学及其研究的诸多弊病。他认为文学的形式主义观点展示的是"一种自满的境遇，与外部世界无甚联系。这样，人们很容易陷进虚无主义"，不再关心宏大主题，只是"琐碎地描述那些个人微不足道的情绪和毫无意思的性欲体验"，"让文学萎缩到了荒唐的地步"。文学及其研究"原本始于惟有自己存在的哲学假设"，现在则更进一步"唯我独尊""自体杜撰"，"作者不受任何拘牵，只顾表现自己的情绪，在随意叙事中自我陶醉"。托多洛夫将这些问题概括为"从 20 世纪到 21 世纪初，形式主义、虚无主义和唯我主义在法国形成了占统治地位的意识形态，从而导致一场空前的文学危机"。很显然，这种文学危机的始作俑者，既包括形式主义（结构主义），也包括后结构主义（和解构主义），还包括现代文学形成以来的所谓"纯文学"观念，所有这些都成为托多洛夫批判和反思的对象。那么，托多洛夫的文学理想究竟是什么呢？他的药方很简单："应该承认文学是思想。正因为如此，我们还在继续阅读古典作家的书，通过他们讲述的故事看到生存要旨。当代文学，尤其是法国文学，却常常显示这种思想与我们的世界业已中断了联系。当务之急，是要言明文学不是一个世外异域，而属于我们共同的人类社会。"[②] 也正是在这个意义上，托多洛夫非常自觉、清醒地意识到自己思想的转折："确实，转折是真实的，即使这个转折并不是一种背弃。我想在谈论文学本身之外，也谈论文学谈论的世界。而且我确信只有置疑自身，从自身的经验中孕育思考，才能推进对人的认识。这就是为什么从 80 年代开始，我的研究主题转向了触及我个人的问题，以及不同文化

---

① 〔法〕托多洛夫：《从索非亚到巴黎：我的跨文化探索的旅程》，乐黛云、〔法〕李比雄主编《跨文化对话》第 23 辑，第 80—81 页。

② 沈大力：《敲响西方文论的警钟——当前法国文坛上发生的一场激烈讨论》，《文艺报》2007 年 12 月 1 日。

间的关系。”[①] 回归文学传统、重拾启蒙主义、以人类自由作为自己最终的目标，这就是20世纪80年代之后转向的托多洛夫的思想形象。

（3）重塑巴赫金形象。2007年10月22日，托多洛夫应邀参加北京师范大学举办的“全国巴赫金学术研讨会”，并发表《对话与独白：巴赫金与雅各布森》的演讲，这篇演讲成为托多洛夫最新的巴赫金研究论文，并产生了很大的学术反响。[②] 这篇文章也是托多洛夫继1981年的《米哈伊尔·巴赫金：对话原则》和1984年《批评的批评——教育小说》之后时隔22年再次发表的巴赫金研究成果。在这22年间，托多洛夫已成功地实现了从结构主义向对话主义，从文学研究向人类学、思想文化研究的转向，其文学研究的观念也已发生了很大的变化。在这种背景下，托多洛夫再次讨论巴赫金，其意义非同小可。

这篇演讲将巴赫金与雅各布森并举，显得别出心裁。因为雅各布森既是俄国形式主义的发起者之一，也是布拉格学派的创始人，同时还是法国结构主义运动的催化剂——正是因为他向列维-斯特劳斯介绍了索绪尔的结构主义语言学，提供了将结构主义运用于语言学研究之外的可能性，激发了列维-斯特劳斯将之引入人类学研究，从而开启了法国结构主义的大门。而巴赫金，一向被视为俄国形式主义者“最好的对手”，在法国学界又被视为超越结构主义的理论资源。将这两个文学观念对立的学者放在一起讨论，意义何在？其实，这种对立只是人为的区分，在西方巴赫金接受史中，雅各布森其实功不可没，他在许多公开的场合表达了对巴赫金的敬意，并向西方学界引荐了巴赫金的思想。不过，托多洛夫似乎对两者之间的相互影响这个问题并不关心，他所感兴趣的是两者在学术与人生方面表现出来的差异：就雅各布森而言，他作为形式主义、结构主义的代表人物，作为在世界上广受尊重的语言学和文学研究者，在人生发展上获得了极大的成功，只要有他在的地方，都会形成一个团体、一个中心、一个产生广泛影响的学术思潮，但是他

① 〔法〕托多洛夫：《从索非亚到巴黎：我的跨文化探索的旅程》，乐黛云、〔法〕李比雄主编《跨文化对话》第23辑，第82页。

② 该文后来陆续重复发表在《西安外国语大学学报》2007年第4期、《俄罗斯文艺》2008年第1期、《热奈特论文选，批评译文选》（河南大学出版社2009年版）和《俄罗斯文化评论》第二辑（首都师范大学出版社2010年版）上，可见这篇文章在中国学术界所产生的积极反响。

的学术却是独白性的，致力于探索纯粹客观的、不受个人影响的普遍性的规律。就巴赫金来说，他的人生则远没雅各布森的丰富和精彩，刚刚出道就身陷囹圄，从此在学术界销声匿迹；尽管他致力于复调、对话和狂欢，但其生活都异常地单调、孤寂与贫乏。两者的学术与人生迥异的状态只能让人感叹世事无常和现实缺憾："雅各布森的生活，对话的、交往的、全身心面对他人的生活，幸好补充了他的独白的和物化的言语和文学观。巴赫金的对话理论补偿并照亮了他的生命。米哈伊尔·巴赫金身残而走动困难。罗曼·雅各布森斜视，视觉不周。然而，我们亦可以这样想象：盲视者和身残者汇集了他们的力量，身健者支持目明者，对话的实践者补充它的理论家。但是为此还应承认，生活的命运也生产意义。"①

本节另一个重要的特点是托多洛夫刻意地将巴赫金和雅各布森两人与政治的关系提出来讨论。在托多洛夫看来，他们两人都"潜心于言语和文学而很少思考政治事件"，但是他们对待政治的态度却直接影响到了他们的学术生涯。在正处于学术起步期的十月革命年代，巴赫金和雅各布森共同采取了疏离革命生活的态度。1920 年，雅各布森离开俄罗斯赴捷克斯洛伐克，被聘为苏联红十字会驻布拉格使团的翻译，但是使团的任务结束之后，雅各布森却并未回国，直到 20 年代末，他都停留在布拉格。托多洛夫发现，雅各布森"对苏联意识形态和共产主义体制的态度极其审慎而惊人"，既不颂扬也不否认。巴赫金也与当时的苏维埃政权保持了相当的距离，"在那些集体热情高涨和社会动荡的年代，巴赫金试图过一种完全私人的、或可称作'非介入的'退隐生活"。他用"无党派。修正的马克思主义者，对苏联政治襟怀坦白。教徒"的方式来表达自己的立场。

托多洛夫在此对巴赫金形象的重塑，很显然取法思想史的研究路径，将巴赫金置于其所处的各种复杂的思想流派之中，考察巴赫金与思想史的互动、对时代的态度及真实想法。很难说，这种对巴赫金形象的重塑是否是真正还原了巴赫金，但最重要的是展现出了托多洛夫在这段时期的学术兴趣。在对政治、伦理问题的拷问中，巴赫金形象也被政治化、伦理化了。

---

① 〔法〕兹维坦·托多洛夫：《对话与独白：巴赫金与雅各布森》，《俄罗斯文艺》2008 年第 1 期。

第 三 章

当代文化批评理论中的狂欢话语

一 马克思主义与语言哲学："巴赫金小组"对伯明翰学派的影响

1. 影响的可能性：一个小组和一个学派

巴赫金文论在近半个世纪里已经成为中西方文论竞相引证的理论资源，其所具有的理论活力有目共睹。但是，它们彼此间究竟是如何在理论上发生关联的？巴赫金受到重视的那些理论是以何种方式进入各种思想流派之中的？被改头换面后的巴赫金文论自身独特性又发生了哪些变化？这些问题不仅对研究巴赫金有重要意义，也有助于我们切入西方文论发展过程的肌理去辨析其中的奥妙。而这又需要以英国伯明翰当代文化研究中心（简称"CCCS"）为阵地的伯明翰学派为切入点，因为由它所倡导的文化研究，已经在相当大程度上改写了文化理论和文学理论的面貌。① 因此，从巴赫金对伯明翰学派的影响切入，不失为最佳选择。

1964 年，当 CCCS 在伯明翰正式成立时，被"第一次发现"的巴赫金正在柯日诺夫等人的帮助下，修订出版他后来最有影响的两部著作（1963 年修订再版的《陀思妥耶夫斯基诗学问题》和 1965 年修订出版的《拉伯雷

---

① 鉴于伯明翰学派发展历史的复杂性，本文在使用称谓时也略有调整：20 世纪 70 年代的 CCCS 主导并确立了伯明翰学派的发展方向，因此本文直接用 CCCS 来指代"伯明翰学派"；80 年代以后，伯明翰学派已经超越了 CCCS 而获得了全球性的扩散，因此，本文更多地用"伯明翰学派学人"来称谓。

的创作与中世纪和文艺复兴时期的民间文化》)；20 世纪 70 年代中后期，当 CCCS 在其第二任主任斯图尔特·霍尔的主持下，探寻克服文化主义和结构主义范式的第三条道路时，被“第二次发现”的巴赫金已在西方学界引起持续轰动，巴赫金也正是在这段时期进入 CCCS 的研究视野；80 年代，随着霍尔等人从 CCCS 撤离，伯明翰学派进入“泛 CCCS”时期，在文化研究的旗帜下，曾经或者仍在 CCCS 工作、学习过的学者继续拓展研究的领域，这一工作并没有因 CCCS 于 2002 年关闭而终结；而这个时期，被“第三次发现”的巴赫金，随着他写作于早期和晚期的更多著作被译介，巴赫金思想的影响已经超出了单一的、局部的学科领域，而成为人文学术的共享资源，这同样也为伯明翰学派学人带来了更多的新启示。

进入巴赫金对伯明翰学派的影响研究之前，首先要面对一个基本问题就是影响的可能性，而这需要从三个方面考察辨析。

其一，学术生产的群体性。即使是平行比较，我们也能很容易发现巴赫金与伯明翰学派在学术生产方式上存在着惊人的相似性。尽管俄苏学者在近半个世纪里将巴赫金“奉若神明”、尊崇为学术大师，尽管巴赫金在其大半生时间里孤苦伶仃、学术无援（其 20 世纪 30 年代的小说理论和 40 年代的拉伯雷研究，均是纯个体性的学术行为），但不得不说，真正决定巴赫金思想面貌和理论取向的，却是从 1918 年开始持续到 20 年代中后期的“巴赫金小组”（Bakhtin Group）[①]。在那个“苦茶谈辩到天明”的时期，“巴赫金小组”展开了大规模的学术辩论，所涉及的领域从康德、黑格尔到马克思，从俄国形式主义到弗洛伊德主义，从洪堡到索绪尔，等等，也许更为重要的是，这种学术氛围使得巴赫金不再期待“‘从孤独遁向孤独’来寻找上帝，而是从人与人的彼此相对，从人与人之间来寻找上帝”[②]。这是一种全新的基于对话主义的学术生产方式。伯明翰学派也具有这种与之类似的学术生产群体性的特征。如果说伯明翰当代文化研究中心在处于草创阶段的霍加特时

① 其实，“巴赫金小组”共分为两个时期，即早期的“涅韦耳小组”时期和后期的“维捷布斯克”小组时期。在这两个时期，巴赫金都堪称核心人物。在这两个小组中，聚集了一批志同道合的学者，其中就包括日后发生“署名权之争”的沃洛希诺夫、梅德维杰夫和卡纳耶夫等。

② 〔美〕卡特琳娜·克拉克、迈克尔·霍奎斯特：《米哈伊尔·巴赫金》，语冰译，中国人民大学出版社 2000 年版，第 80 页。

期（1964—1968），还属于个体学者独立撰著、结集的话，那么在霍尔接任该中心主任之后，中心便进入“集体学术生产”时期。尤其是在整个70年代，霍尔组织了一系列有效的系统学术规划和集体研究项目，分别在媒介研究、亚文化研究和语言研究方面取得突破性进展。1979年以后，该中心虽然在理查德·约翰逊和乔治·洛伦两任主任的主持下，努力实现学术转型和突破，但这种群体性研究的因素仍然存在，学者间彼此的合作也很频繁。[①]正是在这样的集体性努力之下，伯明翰学派才能形成所谓“文化主义”、“结构主义”和“葛兰西转向”这三种彼此关联而又更迭的研究范式，也才得以确立其近半个世纪的学术影响。

也许正因为伯明翰学派对这种学术生产的组织性、群体性的认同，他们并不特别在意70年代开始的围绕“巴赫金小组”的著作权之争，而是以相对宽容而灵活的方式处理这一问题。在伯明翰学派的不同时期、不同学者那里，存在各种策略性的描述方式。比如说，在雷蒙德·威廉斯的《马克思主义与文学》的最早版本（牛津大学出版社1977年版）中，威廉斯称《马克思主义与语言哲学》的作者为“一直同巴赫金合作”的V. N. 沃洛希诺夫，而在1989年该书的重印本中，则改为“V. N. 沃洛希诺夫是巴赫金的笔名”[②]；霍尔除最早的《编码/解码》（*Encoding/Decoding*）中直接引用“沃洛希诺夫”之外，以后一直以客观介绍的方式对争议存而不论；而约翰·费斯克则对“沃洛希诺夫”和“巴赫金”平行引述，并不混淆。由此也可以看出，伯明翰学派学人更关心的是“巴赫金小组”（托尼·本内特也称之为“巴赫金学派”）[③] 思想的相关性和解释的有效性。

其二，问题意识的相关性。如果没有基本相似的问题意识，彼此间的影

① 如《媒介、文化、社会》（1980）、《非大众教育》（1981）、《制造历史》（1982）、《帝国反击》（1982）、《英国危机》（1985）等以伯明翰当代文化研究中心“工作报告”（CCCS Working Papers）为载体的学术成果；霍尔在调到开放大学之后，组织编写了大批教材和主题论集，如已译成中文的《表征——文化表象与意指实践》《做文化研究——索尼随身听的故事》和尚未被翻译的《文化身份问题》等。此外还有《文化研究》杂志的创办等。

② 〔英〕雷蒙德·威廉斯：《马克思主义与文学》，王尔勃、周莉译，河南大学出版社2008年版，第35页。

③ 因为影响双方的复杂性，本文在具体的分析过程中会使用不同的称谓，如涉及伯明翰学派20世纪20年代对有争议文本的接受时，我会用“巴赫金小组”来统称，而涉及20年代以后的狂欢化理论时，则直接认定为“巴赫金”。

响便很难发生。20 世纪 20 年代的“巴赫金小组”在其理论构建中面对国内的庸俗社会学和形式主义两种迥然相异的学术思想的交锋；同时，20 世纪早期的非理性主义思潮、科学主义思潮也成为其展开学术论辩的对象。正是在这一过程中，马克思主义对“社会”“阶级”的关心，形式主义对“语言”“符号”的青睐，精神分析对“心理”“意识”的强调，共同构成了“巴赫金小组”的学术语境。而“巴赫金小组”的学术努力正是力图克服彼此的缺陷，以便将三者整合成全新的理论体系。正因为如此，《文艺学中的形式主义方法》才会一方面打着马克思主义的旗号，以“意识形态科学”为名来恢复内容的地位，而另一方面则以批判形式主义方法为名，肯定材料和手法的价值；《弗洛伊德主义：批判纲要》才会一方面用马克思主义批判弗洛伊德，将之归入“主观心理学的变种”行列，但另一方面又利用弗洛伊德主义对个人意识的发现去修正马克思主义的意识形态，进而发现“日常思想观念”这一全新的研究领域。同样，《马克思主义与语言哲学》借助马克思主义对意识形态的强调，来克服索绪尔结构主义语言学对言语忽视的弊病，而其“意识形态符号”的独特概念不失为打通社会与符号、意识的绝好途径，其“多重音性”虽系语言学术语，但其更具有应对现时代纷繁复杂、多元交融的社会现实的能力。

事实上，从 60 年代开始，如何沟通社会意识和“语言符号便成为伯明翰学人努力的方向。约翰·希金斯注意到，“在读到的米哈伊尔·巴赫金关于理解小说中的意识形态和体裁动力的著作成为流行倾向很早之前，威廉斯就已经努力将它们视为一个作者的社会关系结构的结果或表达来理解它们间的相互关系了”[①]。威廉斯文学研究方面的思考方向可谓与巴赫金不谋而合，但他面对的更为重大的问题在于，70 年代，在霍尔的主持下，该中心围绕媒介、亚文化和语言三个方面展开的日益重视的系列研究；其中，语言研究具有研究方法的范式转换的意义。CCCS 对语言问题的关注，早在 60 年代就已开始。是时，霍加特在《文字的用途》（*The Uses of Literacy*）中就已经探讨了工人阶级语言问题，威廉斯也在《漫长的革命》中提出过语言与交流

---

① Raymond Williams, ed. by John Higgins: *The Raymond Williams Reader*, Oxford: Blcakwell. 2001, P. 92.

的问题。70 年代早期，霍尔等人的媒介研究对结构主义符号学进行了大量借鉴，霍尔也在此过程中对传播符号学进行了思考，其代表作就是《电视话语中的编码和解码》（*Encoding and Decoding in Television Discourse*, from WPCS, No. 7）。不过，CCCS 学者们也发现，尽管索绪尔的语言学、罗兰·巴特的符号学能够非常方便地用来剖析各种语言的、图像的文本，但是，其“理想主义者”（idealist）和“与历史无关的”（ahistorical）的弊病已经暴露无遗。[①] 正因为如此，从 1975 年 10 月份起，CCCS 专门成立“语言和意识形态”小组，旨在反思自索绪尔以来的语言学理论，以探讨确立语言的理论重要性和清理不同的传统理论资源问题。在该小组所开列的一长串研究名单中，他们不仅将马克思主义语言和意识形态理论单列，而且还将马克思、斯大林、沃洛希诺夫和阿尔都塞都置于非常重要的位置。在此过程中，CCCS 面临的更为重大的问题在于，从 60 年代开始并在 70 年代激化的文化主义和结构主义研究范式之争。比如，媒介研究更多借鉴结构主义思路，即采取从文学文本到视觉文本再到社会文本的方式；而亚文化研究则以社会学、人类学方法，注重社会调查，采取民族志的方式。所有矛盾的焦点便集中到了如何处理语言和言语的关系，如何处理主体和意识形态的关系，如何处理社会意识和语言符号的关系上。正是在这些问题上，当伯明翰学人一旦了解到“巴赫金小组”在 20 年代面对相似甚至同样的问题并已经有了重大理论突破后，其亲切之感便油然而生了。

其三，著作英译和私人交往。除了纯学术上的相关性之外，影响研究最为重要的还在于关心彼此间事实上的接触和交往。就巴赫金对伯明翰学派的影响来说，还应包括巴赫金著作的英译和情况介绍、巴赫金与伯明翰学派间是否存有人际接触和私人交往等问题。

从巴赫金著作的英译情况来看，早在巴赫金被“第一次发现”时期，其研究拉伯雷的著作就已在 1968 年被译成英语。70 年代以后，“巴赫金小组”的著作被陆续译成英文，如 1973 年的《陀思妥耶夫斯基诗学问题》和《马克思主义与语言哲学》、1976 年的《弗洛伊德主义：批判纲要》、1978

---

① Chris Weedon, Andrew Tolson, Frank Mort., "Introduction to Language Studies at the Centre," *Culture, Media, Language*, ed. Stuart Hall, Dorothy Hobson, Andrew Lowe and Paul Willis., London: Hutchinson, 1980, P. 181.

年的《文艺学中的形式主义方法》；80年代以后，则以巴赫金文集的形式将其各个时期的单篇论文结集出版，如1980年的《小说中的话语》（*The Word in the Novel*）、1981年的《对话的想象》（*The Dialogic Imagination*）、1986年的《语言类型及其近期论文》（*Speech Genres and Other Late Essays*）等。同时，大批巴赫金的研究、介绍和传记也在英语世界中出版，比较有代表性的如1979年托尼·本内特的《形式主义和马克思主义》（*Formalism and Marxism*）、1980年舒克曼（Shukman）的《在马克思主义与形式主义之间：巴赫金文体》（*Between Marxism and Formalism: The Stylistics of Mikhail Bakhtin*）、1983年舒克曼的《巴赫金学派文集：俄国诗学翻译中的特别主题》（*Bakhtin School Papers, Special Issue of Russian Poetics in Translation*）、1984年托多洛夫的《米哈伊尔·巴赫金：对话原则》以及同年由克拉克和霍奎斯特合著的《米哈伊尔·巴赫金》等。这些文集的出版，为英语世界的接受提供了基本的文献。

从人际接触和私人交往情况来看，巴赫金逝世于1975年，并没有直接的证据表明巴赫金在有生之年曾与伯明翰学人有过正面接触。但颇有意味的是，巴赫金的哥哥尼古拉·巴赫金在30年代来到英国，在获得剑桥大学哲学博士之后，先后执教于南安普敦大学和伯明翰大学。尽管尼古拉早在1950年就已去世，但是巴赫金兄弟对语言哲学有着共同的偏爱，而且在巴赫金有生之年的70年代早期，还曾收到由尼古拉在伯明翰的朋友们搜集的一包材料，这给巴赫金带来了尼古拉迟来的问候。尽管这种私人性的联系并不可能对伯明翰学人接受巴赫金产生什么影响，但是，此等机缘巧合足以让伊格尔顿在80年代兴奋异常，令霍尔直到90年代仍然对巴赫金兄弟唏嘘不已。[①]

也许更为重要的是，在辨析巴赫金与伯明翰学人之间的学术交往和思想影响过程时，我们不能把两者的关系进行简单化的处理。因为从伯明翰学派自身的学术发展来看，来自以德、法为代表的欧陆思想的影响是举足轻重的，而巴赫金和他的“巴赫金小组”同样也是经由雅各布森、托多洛夫、

① 相关文献可参见“Terry Eagleton: Wittgenstein's Friends,” *New Left Review*, Sep. - Oct., 1982, PP. 64 - 90. Stuart Hall, “For Allon White: Metaphors of Transformation,” ed. by David Morley and Kuan - Hsing Chen, *Stuart Hall: Critical Dialogues in Cultural Studies*, London and New York: Routledge, 1996, PP. 297 - 298。

克里斯蒂娃等人的介绍，才进入欧陆学术视野的。因此，一方面，只有将巴赫金与伯明翰学派的关系放在近半个世纪以来西方文化理论思潮的总体背景下，我们才能更为准确地呈现巴赫金的影响和意义；另一方面，在强调巴赫金的影响因素时，也决不能过分夸大这种影响，当然，指出巴赫金对伯明翰学派影响的这种有限性并无损于双方的伟大。

2. 最初的接受：霍尔、“语言和意识形态”小组以及威廉斯

巴赫金小组对伯明翰学派的影响，最早从何时何处开始的？尽管巴赫金的《陀思妥耶夫斯基诗学问题》和《拉伯雷研究》早在20世纪60年代就已有法、英译本，但是目前还没有材料证明伯明翰学人那时就已经开始受到巴赫金的影响了。目前可以查到的对“巴赫金小组”的最早引用是70年代以后的事情，而被引用的最早文字是以巴赫金/沃洛希诺夫所著的《马克思主义与语言哲学》。

巴赫金/沃洛希诺夫的《马克思主义与语言哲学》于1973年被翻译为英文，这在巴赫金对西方文论影响史上是个关键性的事件。对此，托多洛夫用“戏剧性的变化”来描述这一年前后出现的巴赫金研究状况。[①] 也正是在这一年，霍尔写出了《电视话语中的编码和解码》。在目前最流行的版本《编码/解码》（即霍尔于1980年在前文的基础上所作的修订本，被收录在《文化·媒介·语言》一书[②]）中，出现了霍尔对“巴赫金小组”的最早引用。在论及意识形态在话语中对话语的积极介入问题时，霍尔特别指出，“用沃洛希诺夫的术语来讲，完全进入到争夺意义的斗争之中——语言中的阶级斗争”[③]。但这并不意味着霍尔早在1973年就已经阅读、接受了“巴赫金小组”的作品与影响，因为《电视话语中的编码和解码》一文最早的也是最终的版本，至今还处于蜡版油印本状态。霍尔在修订本中不仅对前文进行了大规模的重写、润色，而且增添了不少内容，其中有关沃洛希诺夫的这

---

① 〔法〕茨维坦·托多洛夫：《批评的批评——教育小说》，王东亮、王晨阳译，第79页。

② Stuart Hall, "Encoding/Decoding," *Culture*, *Media*, *Language*, ed. Stuart Hall, Dorothy Hobson, Andrew Lowe, and Paul Willis, London: Hutchinson, 1980, PP. 128 - 139.

③ 〔英〕斯图尔特·霍尔：《编码/解码》，王广洲译，罗钢、刘象愚主编《文化研究读本》，中国社会科学出版社2000年版，第352页。

段话就属于其1980年版本的新增部分。[①]

从目前可以查到的材料来看，伯明翰学人对巴赫金的最早引用见诸文字的是1976年的伯明翰当代文化研究中心“工作报告”第九辑（WPCS，No. 9）。在该卷中，查尔斯·沃森（Charles Woolfson）[②]的《工人阶级语言的符号学》（*The Semiotics of Working Class Speech*）和约翰·伊利斯（John Ellis）的《意识形态和主体性》（*Ideology and Subjectivity*）标志着伯明翰学人对巴赫金的正式接受。这两篇文章是“语言和意识形态”小组的阶段性y研究成果；此外，还有1977年出版的由罗莎琳德·考沃德（Rosalind Coward）与约翰·伊利斯合著的《语言和唯物主义：社会学及其学科理论的发展》（*Language and Materialism: Developments in Sociology and the Theory of the Subject*）一书。在《工人阶级语言的符号学》中，沃森通过对《马克思主义与语言哲学》的阅读指出：“阶级社会的连续形式……每一种都具有将语言转变成其对立面的具有生成性的意识形态超结构；从一种为了所有人的利益而去理解客观现实的社会努力转变成对少数人利益的努力遮掩。”[③]但是沃森并没有进一步去追问，影响人们所闻所感的意识层面之下的无意识因素，无法分析语言中的“梦境内容”。作为对沃森阅读《马克思主义与语言哲学》的回应，伊利斯在《意识形态和主体性》中指出，沃森在分析中没有注意到一种与辩论形成对照的特殊对话形式，即内部对话。正是内部对话更明确地将意识形态与心理学的问题提了出来。而在巴赫金/沃洛希诺夫看来，“凭借意识形态符号统一的、能包容它们的理论，心理和意识形态的相互界限问题可以得到解决”[④]。因此，巴赫金/沃洛希诺夫的语言哲学，不仅有效地克

① 20世纪70年代，伯明翰当代文化研究中心（CCCS）的部分蜡版油印“工作报告”论文一直没有再版，而以Stencilled Occasional Papers的形式保存，后来部分文章在结集时又进行了大量的修改，有的甚至已被改得面目全非，因此不可简单地以印刷文本来引证其油印文本时期的思想。相关文献的影印件由章戈浩提供，两个文本才得以比较，特在此致谢。

② 查尔斯·沃森是英国最早的共产主义者，70年代早期，他曾做过一系列有关苏格兰克莱德高级造船厂工人阶级示威斗争的研究，在理论上，他力图将沃洛希诺夫与维果斯基（Vygotsky，1896 - 1934，苏联联想心理学家、社会文化历史学派创始人）和鲁利亚（Luria，1902 - 1977，苏联心理学家、神经心理学的创始人）的心理学结合起来。

③ Charles Woolfson, “The Semiotics of Working Class Speech,” WPCS. No. 9, PP. 165 - 166.

④ 〔俄〕巴赫金/沃洛希诺夫：《马克思主义与语言哲学——语言科学中的社会学方法基本问题》，钱中文主编《巴赫金全集·周边集》，李辉凡、张捷等译，第383页。

服了形式主义仅仅关注语言符号的结构形式的弊病，同时也克服了弗洛伊德精神分析学之生物学决定论的局限和马克思主义将语言与客观现实简单对应的缺陷，在社会心理的层面上，将内部语言和外部语言结合了起来。[①]

3. “有意义的文化理论”：雷蒙德·威廉斯眼中的巴赫金

特里·伊格尔顿在《纵论雷蒙德·威廉斯》一文中，曾如此评价雷蒙德·威廉斯：“当巴赫金的不倦努力在斯拉夫派符号学家们眼中还只是微弱的闪光的时候，威廉斯早已是一位‘巴赫金派’的社会语言学家了。先于于尔根·哈贝马斯许多年，威廉斯对交往活动理论的某些主要命题作出了论述。”[②] 伊格尔顿的此番判断颇有深意。其一，在性质上，他揭示出雷蒙德·威廉斯的社会语言学思想与巴赫金语言哲学之间存在某种相似性关系——这既决定了两者具有某种平行的可比性基础，也暗示了进行“事实联系”考察的影响研究的前提。其二，在时间上，他认为雷蒙德·威廉斯社会语言学思想的成熟，早于斯拉夫派符号学家。这里的“斯拉夫派符号学家们”指的是从20世纪60年代开始兴起的以洛特曼为代表的塔尔图－莫斯科符号学派，他们对巴赫金思想接受的时间始于60年代。[③] 那么，雷蒙德·威廉斯早在60年代甚至更早的时候，就开始形成具有巴赫金式的社会语言学思想了吗？伊格尔顿对这个问题语焉不详，这是我们需要深入讨论的问题。其三，伊格尔顿又将雷蒙德·威廉斯建立在交往活动理论的问题史中，并确立其先于哈贝马斯的定位，那么我们该如何认识巴赫金、哈贝马斯和雷蒙德·威廉斯三者之间的理论联系呢？这些溢美之词是否站得住脚，尚

---

① John Ellis, “Ideology and subjectivity,” *Culture*, *Media*, *Language*, ed. Stuart Hall, Dorothy Hobson, Andrew Lowe, and Paul Willis, London: Hutchinson, 1980, PP. 186－194.

② 〔英〕特里·伊格尔顿：《纵论雷蒙德·威廉斯》，王尔勃译，刘纲纪主编《马克思主义美学研究》第2辑，广西师范大学出版社1999年版，第402页。

③ 巴赫金与塔尔图－莫斯科符号学派的关系早已为学界所关注。从20世纪70年代开始，俄罗斯学界就开始讨论两者的学术联系，近几十年来则更为集中。大体而言，以洛特曼为代表的塔尔图－莫斯科符号学派是先继承俄国形式主义的学术传统，后接受巴赫金的影响，才拓展成符号与社会、文化关系的研究的。正因为如此，巴赫金之于洛特曼的重要性有一个逐步深化的过程，而不是具有原初性的思想资源。这也即伊格尔顿在此所说的，巴赫金还只是斯拉夫派符号学家眼中的“微弱的闪光”的含义。而雷蒙德·威廉斯对语言问题的关注，首先是从具有马克思主义倾向的英国新左派立场出发的，从一开始就是从社会、文化的角度来进入语言问题的，因此是更倾向于巴赫金式的。

需要专文论述，限于篇幅，本文暂时不回应这一问题，[①] 这里只想以雷蒙德·威廉斯的著述为基础，讨论他眼中的巴赫金形象。

(1) 20 世纪 70 年代：聚焦《马克思主义与语言哲学》。正当斯图尔特·霍尔组织“语言和意识形态”小组将巴赫金/沃洛希诺夫的《马克思主义与语言哲学》纳入讨论对象的时候，1977 年，被视为文化研究学派的“精神领袖”或“学术顾问”的雷蒙德·威廉斯出版了《马克思主义与文学》。在该著第一章“基本概念”下的第二节“语言”中，威廉斯专门讨论了巴赫金/沃洛希诺夫的《马克思主义与语言哲学》。[②] 很难说这两次接受谁先谁后，但两人不约而同的选择表明了英国新左派的文化理论思潮，正式接受了沃洛希诺夫/巴赫金的理论。[③]

雷蒙德·威廉斯认为，马克思主义有关语言的理论有两个特点值得特别重视：一是强调语言是活动；二是强调语言有历史。但是让人遗憾的是，马克思主义并没有沿着这条道路，发展出马克思主义的语言理论，即以现实的具有历史性的言语行为作为研究对象的话语理论；相反，“它却把自身的那些限定性和局限化发展起来了。其中最明显的局限化就是把整个物质社会过程都归结为‘劳动’，而这一点又被讲得越来越狭隘。这在关于语言的起源问题和发展问题的重要讨论中产生了影响，而这些问题在进化体质人类学这一新学科的语境中一直被人们重新探讨着”。正统的马克思主义所持的基本

---

① 因为这里涉及雷蒙德·威廉斯的文化唯物主义、文化社会学与巴赫金小说的以审美交往为特征的社会学诗学和哈贝马斯的交往行为理论之间的复杂关系的比较；更重要的是，他们共同面对与经典马克思主义之间的不同态度及其理论的取舍。如果只是概略地说，雷蒙德·威廉斯是一位“社会语言学家”，这大体是不错的，但如果称其具有“巴赫金派”的特征，则可能有些武断。尽管如此，我们也可以看出，伊格尔顿对巴赫金的偏爱。

② 〔英〕雷蒙德·威廉斯：《马克思主义与文学》，王尔勃、周莉译，第 35 页。雷蒙德·威廉斯显然对与巴赫金著作权相关的争论颇为了解，并且也做出了自己的选择。“《马克思主义与语言哲学》一书问世后，曾于 1929 年和 1930 年两次出版，后一版本被译成了英文（由 Malejka 与 Titunik 合译，纽约和伦敦，1973 年）。如今人们普遍认定，沃洛希诺夫是 M. M. 巴赫金的笔名，而后者即多部研究陀思妥耶夫斯基的著作（《陀思妥耶夫斯基创作问题》，1929 年；后经重新表述，更新标题出版：《陀思妥耶夫斯基诗学问题》，1963 年）的作者；同样的情况在署名为‘P. N. 梅德维杰夫’的《文艺学中的形式主义方法》（1928 年）一书那里也出现过。尽管实际情况如此，我们还是依照惯例，以发表时的署名‘沃洛希诺夫’来引述《马克思主义与语言哲学》这部著作。”梅德维杰夫，也译“梅德韦杰夫”“麦德维德夫”。

③ 关于伯明翰学派是如何接受巴赫金的，参见曾军《从“葛兰西转向”到“转型的隐喻”——巴赫金是怎样影响伯明翰学派的》，《学术月刊》2008 年第 4 期。

观点是以反映论为基础的，即语言是对现实世界的反映，其反映的真实性成为判断其正确或高下与否的最重要的指标，但是，“无论何时，任何一种构成性的实践理论（特别是唯物主义理论）在重新阐述语言的能动过程这一问题上，都会产生某种超出探究起源问题的重大影响——这种重新阐述大大超越了‘语言’与‘现实’这类分离的范畴。然而，正统马克思主义却依然陷在反映论中不能自拔，因为只有这种理论方能在那些已被人们接受的抽象范畴之间建立起似乎可信的唯物主义联系”①。在回顾了从 18 世纪以来与马克思主义语言哲学相关的知识谱系，特别是分析了斯大林主义语言观之后，威廉斯把目光聚焦到了巴赫金/沃洛希诺夫的《马克思主义与语言哲学》上，认为其最大的贡献在于“找到了一条足以超越那些影响巨大但又甚为偏颇的表现论和客观系统论的途径”。正因为巴赫金/沃洛希诺夫“把整个语言问题放到马克思主义那种总体的理论格局当中加以重新考虑”，“这使他能够把‘活动’（洪堡特之后的那种唯心主义强调之所长）看作是与这种社会活动密切相关的，……而不是像某些一直被人们袭用的观念那样，把二者看做是相互分离的。……沃洛希诺夫由此开辟了一条通往新理论的道路，对于一个多世纪以来的学术来说，这种新理论一直十分必要”②。雷蒙德·威廉斯将巴赫金/沃洛希诺夫的马克思主义语言理论概括为以下几个方面。

其一，语言是活动，是实践，是一种基于社会关系的社会行为。在雷蒙德·威廉斯看来，“沃洛希诺夫的这些努力旨在全面恢复认定语言是活动，是实践意识的强调（而这一强调长期以来一直被削弱，并且实际上也被其自身的那种局限在封闭的‘个体意识’或‘内在心理’的做法所否定）。……沃洛希诺夫认为，意义必然是一种基于社会关系的社会行为。但要理解这一点，则必须先要恢复‘社会的’一词的全部含义：它既不是指那种唯心主义的化约（即把社会当做一种承袭下来的、已经造就好了的产物，一种‘没有活力的外壳’；认为除此之外所有的创造性活动都是个体的活动），也不是指那种客观主义的设定（即把社会视为形式系统……认为只有置于其中并依据这一系统，意义才能被生产出来）。从根本上讲，上述这两种观念

① 〔英〕雷蒙德·威廉斯：《马克思主义与文学》，王尔勃、周莉译，第 32、33—34 页。
② 〔英〕雷蒙德·威廉斯：《马克思主义与文学》，王尔勃、周莉译，第 35—36 页。

都源于同一谬误——把社会的意义活动同个体的意义活动完全分离开来(尽管这些对立的立场对那些分离的因素各自评价不同)。与那种唯心主义强调所持有的心理主义立场相反，沃洛希诺夫认为，‘意识构成于并存在于符号的物质材料中，这些符号材料则是由某种有组织的群体通过其社会交往过程创造出来的。个体意识依赖于符号，从符号中产生，它也反映着符号的逻辑和规律。’(《马克思主义与语言哲学》，第13页)”[①]。威廉斯对这个特点的把握无疑是将巴赫金/沃洛希诺夫的语言理论纳入了马克思主义的框架。

其二，巴赫金/沃洛希诺夫注意到了语言符号的二重性，即“符号既不等同于客体对象及其所指示或表达的事物，也不单纯地反映着它们。因而，在符号当中，形式因素与它所携带的意义之间不可避免是一种约定俗成的关系（至此为止，他还是赞同正统的符号理论的）。然而，这种关系却不是任意性的，而且更为重要的是，这种关系也不是一成不变的”。巴赫金/沃洛希诺夫对这种语言与现实关系的重新解释是建立在对“社会语言”的认识框架内的，即语言是一种社会现象，这是经典的马克思主义的观点。既如此，语言一方面具有反映社会现实的功能，这一点与正统马克思主义的反映论具有相似性；但另一方面，语言反映社会现实的功能又受到了来自社会现实的影响，用威廉斯的话说就是：“由此可见，我们所发现的并不是各自存在的‘语言’和‘社会’，而是一种能动的社会语言。(稍稍回顾一下实证主义理论和正统的唯物主义理论）我们又会发现，这种语言既不是对于‘物质现实’的单纯‘反映’，也不是对于‘物质现实’的单纯‘表现’。确切地说，我们所拥有的，是通过语言对于现实的一种把握；语言作为实践意识，既被所有的社会活动（包括生产活动）所渗透，也渗透到所有的社会活动之中。同时，由于这种把握是社会性的、持续的（不同于那些抽象的对立：‘人’对‘世界’，‘意识’对‘现实’，‘语言’对‘物质实在’等等），所以它出现在能动的、变化着的社会关系之中。语言言说所来自的、所论及的，正是这种经验——‘主体’与‘客体’（唯心主义和正统唯物主义的前提就是建立于其上的）这些抽象实体之间所遗失掉的中介性术语。”[②] 也就是说，语言反

① 〔英〕雷蒙德·威廉斯：《马克思主义与文学》，王尔勃、周莉译，第36页。
② 〔英〕雷蒙德·威廉斯：《马克思主义与文学》，王尔勃、周莉译，第37—38、38页。

映社会现实的程度取决于社会现实对语言的影响程度，这正是语言与现实关系的吊诡之处。

那么，如何解决这一双重性所带来的理论难题呢？威廉斯认为，巴赫金/沃洛希诺夫的语言理论，具有了第三个重要的特点："语言就是这种能动的、变化着的经验的接合表述［the articulation］，就是一种充满能动活力的、接合表述出来而显现在这个世界上的社会在场［social presence］。"按照他的看法，这种接合表述的特殊性其实最早已被形式主义所把握。"正是在反对这些消极被动和机械倾向上，形式主义作出了最大贡献——它坚持认为，通过符号进行的表意过程是一种特殊的（形式化的）接合表述［articulation］。"[①] 特别注意的是，将语言视为与社会、经验的"接合表述"并非巴赫金/沃洛希诺夫的观点，而是雷蒙德·威廉斯所做的理论延伸。"接合理论"（theory of articulation）是英语的文化研究理论，尤其是伯明翰学派在实现"葛兰西转向"过程中逐渐形成的新的理论范式。这种接合理论意在一方面既描述一种社会现象、社会形态的特点，但另一方面又不至于落入还原论（经济还原论和阶级还原论）和本质论的陷阱。这种策略主义的态度，具有明显的"后学"（后现代主义、后马克思主义）特征，并使之成为"当代文化研究中最具生产性的概念之一"[②]。但是，巴赫金/沃洛希诺

---

① ［英］雷蒙德·威廉斯：《马克思主义与文学》，王尔勃、周莉译，第 38—39、41 页。

② David Morley and Kuan - Hsing Chen ed. , *Stuart Hall: Critical Dialogues in Cultural Studies*, P. 112；斯图尔特·霍尔曾经对"接合"做了极为简明清晰的解释："我总是使用'接合'一词，不过我不知道我赋予这个词的意义是否得到准确理解。在英国，这个词具有微妙的双重意义。因为'articulate'的意思是指发音（to utter）、说出来（to speak）、清晰表达（to be articulate），它具有用语言表达（languageing），表达（expressing）等方面的含义。但我们也称一部'铰接式的'（articulated）卡车：一部车头（驾驶室）和后半部（拖车）可以——但毋需必然——相互连接起来的卡车。这两部分彼此相互连接，但是要通过一个特别的环扣（linkage）连接起来，但这环扣也可以拆开。因此，一个接合乃是能够在一定条件下将两个不同的原素形成一个统一体的一种连接形式。这环扣并非永远都是必然的、确定的、绝对的以及本质的。想必你要问，在什么情况下，一个连结能够被制造或锻造出来？因此所谓一个话语的'同一'（unity）实际上是不同的、相异原素的接合，这些原素可以用不同的方式重新接合，因为它们并无必然的'归属'（belongingness）。'同一'之所以重要，是因为它是被接合的话语和社会力量之间的一个环扣，藉此，在一定的历史条件下，它们可以但非必然连接起来。因此，一种接合理论既是理解意识形态的原素如何在一定条件下，在某一话语内部被连接在一起的方式，同时也是一种询问它们如何在特定的时机（conjunctures）上，成为或不成为与一定政治主体相接合的方式。" David Morley and Kuan - Hsing Chen ed. , *Stuart Hall: Critical Dialogues in Cultural Studies*, PP. 141 - 142；相关中译版本，参考自萧俊明《新葛兰西派的理论贡献：接合理论》，《国外社会科学》2002 年第 2 期。

夫所强调的重点并非在此。如果说，正统马克思主义反映论强调的是语言对现实的单向度反映的话，那么，巴赫金/沃洛希诺夫则将这种关系复杂化了。任何符号，包括符号的内容和形式，都受到有社会组织的人及其组织之间关系的影响，都受到他们相互作用的环境的影响。为此，他们为社会语言符号的研究确立了三条基本的方法论要求："（1）不能把意识形态与符号的材料现实性相分离（把它归入'意识'或其他不稳定的和捕捉不到的领域）。（2）不能把符号与从该时代的社会视角来观照的具体形式相分离（而且在此之外它根本就不存在，只是一种简单的物理东西）。（3）不能把交际及其形式与它们的物质基础相分离。"[①] 对比这三条原则，丝毫没有雷蒙德·威廉斯和斯图尔特·霍尔所说的"接合"的意思。

70 年代中后期，威廉斯一方面已经注意到自己所提出的"情感结构"因为各种原因并不那么令人满意，另一方面则面临着对阿尔都塞—拉康式的关于主体和符号问题的反思的回应压力，《马克思主义与文学》在语言层面转向以"巴赫金小组"为代表的马克思主义语言哲学的重视正是这种压力下的产物。不过，并没有直接的证据表明，威廉斯在此时发表此著与伯明翰大学当代文化研究中心急欲解决文化研究的范式转型问题有关。因为威廉斯虽然与霍加特、霍尔关系甚密，但并没有真正参与该中心的学术活动，而且从 1961 年直到 1983 年他都待在剑桥大学，此后一直待在萨福沃登（Saffron Walden）小镇。不过，威廉斯在此时此刻发表展现其对巴赫金/沃洛希诺夫的关注，足以证明"巴赫金小组"对英国学界的影响，而威廉斯的态度也可以成为伯明翰派学人接受巴赫金思想的佐证。

（2）进入 80 年代：赞同"巴赫金小组"的社会学诗学。进入 80 年代之后，雷蒙德·威廉斯对巴赫金的著作仍然保持了持续的关注。不过，这里有一个非常有意思的现象：巴赫金最受西方文学理论学家们关注的复调小说理论、对话主义、狂欢化理论似乎一直未正式进入雷蒙德·威廉斯的学术视野。至少在他的绝大多数著述中，很难找到对相关问题的讨论或引述。相反，雷蒙德·威廉斯一直较为关注的是"巴赫金小组"时期，巴赫金/沃洛

① 〔俄〕巴赫金/沃洛希诺夫：《马克思主义与语言哲学——语言科学中的社会学方法基本问题》，钱中文主编《巴赫金全集·周边集》，李辉凡、张捷等译，第 362 页。

希诺夫的《马克思主义与语言哲学》和巴赫金/梅德维杰夫的《文艺学中的形式主义方法》。尤其是后者，成为80年代雷蒙德·威廉斯学术生涯的晚期重点征引和讨论的对象。造成这一现象的原因如何解释，尚缺乏足够的史料支撑。在此，我们仅能够以文本为对象，概述其主要的思想。

1989年，在雷蒙德·威廉斯去世两周年之际，托尼·平克尼编辑出版了他的主要发表于80年代的论文集《现代主义的政治：反对新国教派》(*The politics of Modernism*：*Against the New Conformists*)。托尼·平克尼认为，雷蒙德·威廉斯在1983年的《后现代主义的间离语言》一文中庄重宣布："自觉地'现代主义'的时期行将结束。"[①] 在雷蒙德·威廉斯的现代主义批判谱系中，巴赫金、卢卡奇的理论进入其视野。托尼·平克尼认为："把现代主义确定为大都市的社会形式中的一个特定时刻，使这种分析得到了进一步贯彻。布莱希特的间离来自于俄国形式主义的'陌生化'，正如重新发现的米哈伊尔·巴赫金的著作和他的同事们后来使威廉斯看出的，形式主义在其最早阶段也是对未来主义的理论化，如他在《文化理论的运用》中所描述的，即'正是在极端的但却空洞的、尚未被接纳的时刻'。卢卡契本人对现代主义的批判后来可能被'巴赫金化'了，正如威廉斯所做的那样，他从卢卡奇对表现主义的巨大威吓中挑出一个词，用于当代英国政治戏剧的各种困境。"[②] 这似乎透露出一个明确的信息：巴赫金的某些思想开始成为雷蒙德·威廉斯进行现代主义及其相关的文化理论反思的重要的理论资源。

在这本书中，与巴赫金（"巴赫金小组"）有关的共有三篇文章，其中第一篇是《语言与先锋派》。这篇文章是1986年雷蒙德·威廉斯在格拉斯哥的一次会议上提交的论文，不过，不知出于何种考虑，雷蒙德·威廉斯在选编这本论文集的时候，并没有考虑将之编入。托尼·平克尼在雷蒙德·威廉斯去世之后接着选编的过程中，将之增补进来的。在这篇文章中，雷蒙德·威廉斯引述了巴赫金/沃洛希诺夫的《马克思主义与语言哲学》和巴赫

① 〔英〕雷蒙德·威廉斯：《后现代主义的间离语言》，《新社会》1983年6月16日，第439页；转引自〔英〕雷蒙德·威廉斯《现代主义的政治——反对新国教派》，阎嘉译，商务印书馆2002年版，第5—6页。

② 〔英〕托尼·平克尼：《编者引言：现代主义与文化理论》，〔英〕雷蒙德·威廉斯著《现代主义的政治——反对新国教派》，阎嘉译，第33页。

金/梅德维杰夫的《文艺学中的形式主义方法》。在讨论对于“现代”问题的态度时，雷蒙德·威廉斯也注意到了：“我们可以从注意到这种语境中‘现代’的两种积极含义开始：‘现代’是一段历史时间，以及它特定的、然后变化着的特点；但‘现代’也是麦德维德夫和巴赫金批判它时所称的‘永恒的同时代性’，是对‘片刻’的领悟——它在实际上和理论上奔越过并排除掉变化的物质实在，直到一切意识和实践都是‘现在’。”在讨论形式主义理论的发展局限问题时，雷蒙德·威廉斯指出：“由于形式主义的主张变成了文学理论中一种有影响的趋势，它灾难性地把它所针对的那些事实变得狭隘了。它限于拒绝被称为‘内容’和‘表现’的东西，甚至更加破坏性地拒绝了‘意图’，它在实际上没有领悟到那种特质的积极的文学用法的要点，伏罗西诺夫把那种特质称为‘多音调的’，一种内在的语义开放性，与一种仍然积极的社会过程相应，新的意义和可能的意义可以据此产生出来，至少在某些重要的词语和句子的各类之中。”[①] 巴赫金/沃洛希诺夫的“多重音性”（multi-accentuality）亦即后来在《长篇小说的话语》中提出的“杂语”（或译“众声喧哗”，heteroglossia）的前身。由于巴赫金相关著作的英译本均在80年代之后才陆续出版（如1981年的《对话式想象》、1984年的《陀思妥耶夫斯基诗学问题》和1986年的《言语类别及其他晚期文章》），雷蒙德·威廉斯显然没来得及读到巴赫金的这些著作。

（3）最终认识：有意义的文化理论。1986年，雷蒙德·威廉斯进入生命中的最后时刻，他似乎有意站在整个文化研究、文化理论发展的全局高度来反思和前瞻。他接连发表了《文化研究的未来》和《文化理论的运用》两篇文章（演讲），其中对巴赫金思想的强调尤为显著。在《文化研究的未来》中，雷蒙德·威廉斯明确展开了对结构主义作为理论的批评，认为：“一种理论获得了成功，它把这种构成的情景按照它的方式合理化了，使它成了官僚主义的，成了知识分子专家的根据地。那就是说，它所形成的各种理论——形式主义的复活，各种较简单的结构主义（包括马克思主义的结构主义）——倾向于把人们在社会中的各种实际遭遇看成对社会的一般进

---

① 〔英〕雷蒙德·威廉斯：《语言与先锋派》，《现代主义的政治——反对新国教派》，阎嘉译，第109、107—108页。

程具有相对很少的影响，因为那个社会主要的内在力量在其结构的深处——在最简单的各种形式中——操纵它们的人们只不过是‘代理人’。”正是在对结构主义的批判中，雷蒙德·威廉斯发现了“巴赫金小组”的价值，他认为：“早期对巴赫金、伏罗西诺夫、麦德维德夫所发动的这种现代主义的理想主义的强有力的挑战，很少被听见，或者完全听不见。甚至（并不经常）当构成‘被’理论化时，构成分析的主要教训（涉及到人们自己的构成和其他‘当代的’构成）也很少得到强调，而是更强调安全距离之外的学术研究。”[①] 在《文化理论的运用》中，雷蒙德·威廉斯更是从正面积极肯定“巴赫金小组”的理论贡献。

在《文化理论的运用》中，雷蒙德·威廉斯对“巴赫金小组”时期的研究予以高度的肯定，认为：“正是在这个被唤醒的、但令人不满的阶段中，第一次重要的理论创新开始形成。我将首先考查也许可以称为的从维捷布斯克开始的道路。我的意思是指那场依然未被很好理解的、却很重要的运动，它涉及到（不能确定，且无法摆脱）P. N. 麦德维德夫、V. N. 伏罗西诺夫和 M. M. 巴赫金，1920 年代早期他们都在维捷布斯克，后来在列宁格勒工作。这也是我举出的第一个例子，以说明社会分析和历史分析对于研究文化理论中一种创新的结构来说，是必不可少的。因为这些理论活动的关键因素，是它们在一个仍然很活跃的革命社会里的复杂处境。”[②] 在这篇文章所展开的威廉斯对巴赫金的接受有三个显著的特点。

其一，雷蒙德·威廉斯对巴赫金及“巴赫金小组”时期的发展历史已经相当熟悉。他不仅熟悉围绕“巴赫金小组”时期著作权的争议，而且还熟谙他们各自的人生轨迹及学术变迁。如，他发现，梅德维杰夫“曾经是无产阶级大学的校长，曾积极介入过各种文学计划和通俗戏剧的各种新形式”。但是在斯大林时代，他和沃洛希诺夫都成了受害者，“而巴赫金则在这时被边缘化了”。尽管如此，“当这种批评出现时，它（标志着一次主要的理论上的进展）只是部分地、不完全地变成了直接的分析。但后来值得

① 〔英〕雷蒙德·威廉斯：《文化研究的未来》，《现代主义的政治——反对新国教派》，阎嘉译，第 223—224 页。

② 〔英〕雷蒙德·威廉斯：《文化理论的运用》，《现代主义的政治——反对新国教派》，阎嘉译，第 234 页。

注意的是，只有巴赫金才能够完成那种毕生的工作”[①]。

其二，雷蒙德·威廉斯充分肯定的是他们提出的社会学诗学的主张，这与他自己的文化社会学路径形成理论的呼应。“我们或许会盼望与早已著名的‘社会学诗学’的某种简单关系，在这种诗学中，读者的转换和艺术家地位的转换，可以被认为直接导致了一种新的、自信的艺术理论和艺术实践。”20世纪20年代俄国形式主义与“巴赫金小组”社会学诗学的这种相互交织与对峙的局面又在1960年代的西方世界重新出现了。“紧跟着这些内在的和特有的力量线索，从1960年代起在西方出现的东西——它有时仍然被当作现代文学理论提出来，似乎它在出现的最初几年里没有得到全面的分析和驳斥——是那种早期的形式主义，它让自己成为对当时‘社会学诗学’的外在化的一种反动。麦德维德夫和巴赫金正确地把这种形式主义确定为未来主义在理论上的结果。”[②]

其三，在雷蒙德·威廉斯那里，“巴赫金小组”所从事的理论创新作为“有意义的文化理论”，成为文化研究的最佳典范。在回顾了20世纪20年代的俄国和60年代的英法出现的相似学术情况之后，雷蒙德·威廉斯提出了自己的疑问：“我要开始问：有意义的文化理论可能是怎样的，能够做什么。这个问题仍然比任何理论阶段的内在历史都更重要，只有在它确证了真实社会历史之内的关键联系和关键断裂之时，它才成为有用的。从上面对各种文本和个人进行挑选，这是学术批评最糟糕的遗产，它决定了依赖注解和批评的整整一代人的调子与自满，必须被一种同样持久的参与实践活动所取代，包括在各种新的作品和运动之中。”正是在这个最根本的问题上，雷蒙德·威廉斯再次将“巴赫金小组”抬了出来。“用麦德维德夫和巴赫金的话来说：‘作品只是作为社会交往不可分割的各种要素，才可能进入真正的联系之中……进入联系之中的并不是作品，而是人，不过，他们是通过作品的媒介进入联系之中的。’这把我们导向了文化分析中的核心理论问题：我在

① 〔英〕雷蒙德·威廉斯：《文化理论的运用》，《现代主义的政治——反对新国教派》，阎嘉译，第235、237页。

② 〔英〕雷蒙德·威廉斯：《文化理论的运用》，《现代主义的政治——反对新国教派》，阎嘉译，第234、235页。

开头界定为特定关系的分析，作品通过这些关系形成和运动。”[①] 也就是说，“巴赫金小组”所确立的以社会交往为基础的研究范式，是最佳的文化理论的最佳选择。

二　当代文化批评中的狂欢化理论

1. 主要的文本：多重音性与伯明翰学派的“葛兰西转向”

尽管伯明翰学人之间对“巴赫金小组”语言哲学的了解、定位以及借鉴略有差异，但大体方向是基本一致的。在《转型的隐喻》中，霍尔从伯明翰学派“葛兰西转向”的高度总结了《马克思主义与语言哲学》的启示性意义。霍尔指出，“葛兰西也是非常重要的，但是主要的文本无疑是巴赫金/沃洛希诺夫的《马克思主义与语言哲学》。该书由研究会出版社在 1973 年翻译成英文，并对我们的研究产生了决定性的深远影响”。霍尔将该书的意义总结为四个方面：“第一，它确立了意识形态终归散漫的特征”；“第二，它标志着各阶级间的联系和各自独立的、自洽自足的‘阶级语言’、意识形态世界，或者用卢卡奇主义的术语来说是‘世界观’的断裂”；“第三，它进一步推进了这一关键性讨论：既然不同的口音在相同的符号中关联，那么，意义的斗争就不会以一种形式替代另一种形式，用一种自足的阶级语言取代另一种，而是在同一种符号内部，不同的意识形态口音相互脱节和重新接合”；“第四，《马克思主义与语言哲学》让我们清楚地看到，一种意识形态的‘运作’，可以说不是将一种已经定型的阶级看法强加给另一阶级，与其说是施以更多权力，不如说是插入对话性的流动性的语言之中，通过语言无限的符号‘游戏’去影响意识形态的‘切割’，去解释‘散漫的构造’的局限，调整它的秩序，以便武断地固定语言的流动，把语言固定、凝固、缝合为单一的意思”。由此，霍尔得出结论，“《马克思主义与语言哲学》在普遍的理论转型中扮演了决定性的角色，即从对‘基础/上层建筑’的修正

---

① 〔英〕雷蒙德·威廉斯：《文化理论的运用》，《现代主义的政治——反对新国教派》，阎嘉译，第 245 页。

版本的黏糊调情转向彻底的体现话语/权力概念的意识形态”。[①] 霍尔的这番表述，可视为伯明翰学人正式接受巴赫金十八年之后所作的理论回顾。在这段时期，霍尔本人已经经历了从阿尔都塞到葛兰西、从福柯到赛义德等一系列的理论重心转移。因此，尽管霍尔明确地揭示了《马克思主义与语言哲学》与伯明翰学派的“葛兰西转向”间存在紧密的关系，但是他对该书的影响仍带有某些“事后诸葛亮”的色彩，尤其是其中所包含的福柯式的味道，其实并不完全符合当时的实际情况。

在伯明翰学派文化研究的结构主义范式中，来自索绪尔、罗兰·巴特和阿尔都塞的影响是显而易见的。阿尔都塞以结构主义方式重读马克思，认为意识形态并非虚幻的面纱（错误的意识），而是“具有独特逻辑和独特结构的表象（形象、神话、观念或概念）体系，它在特定的社会中历史地存在，并作为历史而起作用”的观点对伯明翰学人以极大的启发[②]同时，阿尔都塞还强调意识形态的符号特征，认为与镇压性的国家机器相并立还存在意识形态国家机器等。这些看法给予了以霍尔们以极大的启发，以至曾一度成为占据了伯明翰学派“完全正统的位置”（fully orthodox position）[③]。但是，文化主义范式主张更多地关注与支配性结构（语言）的实际斗争，而在这方面，阿尔都塞因为对“系统”（system）和“结构”（structure）的过分倚重而没有留给“活动”（agency）以足够的空间。阿尔都塞的结构主义马克思主义因此在文化主义与结构主义之争中成为争论的焦点，甚至成为文化主义批判的靶子。按托尼·本内特的二元对立式的描述，文化主义与结构主义的对立分别演化成“外来输入/土生土长”“意识形态/文化”“意识形态国家机器/文化的阶级、性别本质”“影视、通俗文学/历史和社会学，尤其是工人阶级文化”等一系列的分歧。[④] 不过，这种理论转向与其说来自外在压力，还不如说来自内在的需要，当霍尔意识到需要在理论上作出努力以便调节社会

① Stuart Hall, “For Allon White: Metaphors of Transformation,” ed. by David Morley and Kuan - Hsing Chen, *Stuart Hall: Critical Dialogues in Cultural Studies*, PP. 295 - 297.

② 〔法〕阿尔都塞：《马克思主义和人道主义》，《保卫马克思》，顾良译，商务印书馆 1984 年版，第 201 页。

③ James Procter, *Stuart Hall*, London, New York: Routledge, 2004, P. 45.

④ 〔英〕托尼·本内特：《大众文化与“转向葛兰西”》，戴从容译，陆扬、王毅选编《大众文化研究》，上海三联书店 2001 年版，第 60—62 页。

差异、大众传媒、权力和抵抗间的问题时，霍尔便开始了摆脱阿尔都塞的影响，其结果就是通过接合巴赫金/沃洛希诺夫实现“葛兰西转向”。

与阿尔都塞强调意识形态国家机器对大众意识的压制不同的是，霍尔发现，很难认定在话语中只有统治意识形态能够被再生产，“因为如果语言中的社会斗争能够被引向相同的符号，我们便可由此断定符号（在更宽泛的领域里，包括所有能指和话语）不能被以一种确定性的方式永久性地给定给斗争中的任何一方”[①]。而在这一理论转换中，巴赫金/沃洛希诺夫的“多重音性”概念再次发挥了关键性作用。“多重音性”是巴赫金/沃洛希诺夫展开其“意识形态符号”理论时最为重要的术语。在他们看来，社会意识和语言符号之间并不存在一一对应的关系，语言符号所反映的社会意识不是一种简单的反映论，而是“符号的折射”，而这种折射“是由一个符号集体内不同倾向的社会意见的争论所决定的，也就是阶级斗争”。不过，语言符号内的阶级斗争与现实生活中的截然不同，因为“阶级并不是一个符号集体，即一个使用同一意识形态交际符号的集体。例如，不同的阶级却使用同样的语言。因此，在每一种意识形态符号中都交织着不同倾向的重音符号。符号是阶级斗争的舞台”。由此，巴赫金/沃洛希诺夫得出结论：“意识形态符号的这种社会的多重音性是符号中非常重要的因素。其实正是由于重音符号的这种交织，符号才是活生生的、运动的，才能发展。”[②]“多重音性”概念在三个方面拓展了伯明翰学派在反思社会意识和语言符号关系时的理论空间：其一，语言符号不是对社会意识的简单反映，由此区别于简单的反映论；其二，同一种语言符号在不同的社会意识中会产生极大的差异，乃至“符号的阶级斗争”，因此索绪尔式对语言体系的追求无济于事；其三，因为不同社会阶级、阶层的存在，在社会意识和语言符号间存在着复杂而微妙的权力关系。正是在这第三方面，与伯明翰学人正在接受的葛兰西“霸权”（hegemony）理论一拍即合。伯明翰学派对葛兰西的接受其实早在60年代就

① Stuart Hall, "The Rediscovery of Ideology: The Return of the Repressed in Media Studies," ed. by M. Gurevitch, T. Bennett, J. Curran and J. Woollocat, *Clulture, Society and the Media*, London: Methuen, 1982, P. 79.

② 〔俄〕巴赫金/沃洛希诺夫：《马克思主义与语言哲学——语言科学中的社会学方法基本问题》，钱中文主编《巴赫金全集·周边集》，李辉凡、张捷等译，第365页。

已开始，但是在结构主义的影响之下，他们在理论选择上首先选择了阿尔都塞的结构主义马克思主义，但是从70年代开始，随结构主义符号学方法的困境日益突显，CCCS才开始重拾葛兰西，并从70年代中后期开始逐步加强对葛兰西理论的接受，“霸权”就是其中被特别强调的核心概念。在葛兰西那里，“文化霸权”的实质就是一种意识形态领导权，“一个社会集团的霸权地位表现在以下两个方面，即‘统治’和‘智识与道德的领导权’……一个社会集团能够也必须在赢得政权之前开始行使‘领导权’（这就是赢得政权的首要条件之一）：当它行使政权的时候就最终成了统治者，但它即使是牢牢地掌握了政权，也必须继续以往的‘领导’”[①]。很显然，葛兰西的“霸权”与阿尔都塞的“意识形态国家机器”在对统治阶级的意识形态的关心上是相同的，但不同于阿尔都塞简单地将统治意识形态视为单纯的压制、灌输与强制，葛兰西更多地注意到了统治阶级在实施文化领导权时的策略。例如，一方面要求获得赞同，但另一方面又允许不同声音的存在；一方面要遏制异己，但另一方面也并非一定要“斩草除根”。统治阶级的意识形态正是以这样一种既支配又协商的方式实施文化领导权的。在此，巴赫金/沃洛希诺夫的意识形态符号理论从社会语言学的角度正好对葛兰西的霸权理论做了最好的证明。

伯明翰学派“葛兰西转向”带来的最重要的成果就是对大众文化的关注。在《解构“大众”笔记》（*Notes on Deconstructing “The Popular”*）中，霍尔比较了三种“大众”的定义。第一种是基于文化工业和消费文化的“大众”，在霍尔看来，这种定义尽管可以“迫使我们思考文化关系的复杂性、文化权力的现实和文化宣传的本质”，但是它忽视了大众对文化经验和态度做出回应的能力而成为“一种罐装和中和了的大众民粹主义”。第二种则是“大众”的人类学定义，“‘大众’的文化、社会习惯、风俗和民风”。第三种是霍尔所欣赏的，即“对大众文化的定义来说，最关键的是与统治文化之间的关系，这种关系用持续性的张力（关系、影响和对抗）来界定‘大众文化’。……处于核心的是力量间变化的、不均衡的关系，它界定着

---

① 〔意〕安东尼奥·葛兰西：《狱中札记》，曹雷雨等译，中国社会科学出版社2000年版，第38页。

文化领域——即，文化斗争与其众多形式。它的主要焦点是文化间的关系以及霸权问题”。那么，这种文化斗争究竟如何展开？有何特点？当霍尔展开这一具有葛兰西式的“大众”定义时，巴赫金/沃洛希诺夫的《马克思主义与语言哲学》很自然地成为其极具说服力的理论资源。在引述了该书一段长长的文字之后，霍尔的结论是，“文化斗争有很多形式：吸收、歪曲、抵抗、协商、复原”。也正是在这一点上，巴赫金/沃洛希诺夫成为葛兰西有关“民族—人民”文化、霸权理论的有力注脚。依据由巴赫金/沃洛希诺夫所注释的葛兰西理论，霍尔实现了大众文化理论研究范式的转型——从“阶级分析”转为“权力分析”。在霍尔看来，大众与阶级间的关系有着非常复杂的联系，“大众”这一概念暗示了文化与阶级之间存在着某种被置换的关系，即当我们在谈论“大众阶级”时，其实是在意指某种被压迫的文化、被排除在外的阶级，因此，在“大众”概念里，实际上包含着一种权力关系的运作：“人民与权力集团相对，而不是‘阶级与阶级相对’，这是对立的中线，文化领域沿着它分开。大众文化尤其围绕着大众力量与权力集团的对立建构起来。这赋予了文化斗争领域自己特有的性质。”[①] 霍尔对“大众”的解构由此也成为一个标志性的事件：如果说伯明翰学人在60年代关心的是工人阶级文化、70年代更多关心的是亚文化的话，那么，到了80年代则转变成了葛兰西、巴赫金/沃洛希诺夫式的大众文化。

2. 转型的隐喻：巴赫金式狂欢与福柯式越轨的理论纠葛

当伯明翰学人试图对巴赫金/沃洛希诺夫《马克思主义与语言哲学》的接受，从70年代中后期持续到了80年代初期，并内化到了其“葛兰西转向”之中，但是，这时的巴赫金/沃洛希诺夫还只是站在葛兰西身后的影子，是伯明翰学派为了印证葛兰西理论的有效性而引用的理论资源；即使它以“马克思主义语言哲学”的杰出代表面目与后结构主义的“泰凯尔小组”并驾齐驱，巴赫金最具创造性的理论（诸如复调小说、狂欢化理论、对话主义等）也仍然没有真正进入伯明翰学派的视野。这一局面在70年代末80

① 〔英〕斯图尔特·霍尔：《解构“大众”笔记》，戴从容译，陆扬、王毅选编《大众文化研究》，第41—57页。

年代初得以改变。

1979年，任教于开放大学但与伯明翰学派保持紧密关系的托尼·本内特出版了《形式主义和马克思主义》一书，该书分为“重返形式主义”和“马克思主义批评：从美学到政治”两个部分，而巴赫金则以“巴赫金的历史诗学”为名被置于“形式主义之后”的章节之中。这是与沃森和伊利斯从马克思主义语言哲学角度进入巴赫金的完全不同的理论视角，这显示着巴赫金以另一副面孔出现在了伯明翰学派面前。其实，当CCCS希望通过巴赫金/沃洛希诺夫实现对结构主义的超越时，其实已经内含了“巴赫金对形式主义的批判和超越”的问题，但是，“语言和意识形态”小组只是将之进行了马克思主义语言哲学的定位，而忽略掉了“巴赫金小组”与俄国形式主义间千丝万缕的联系。从这个意义上说，出版于1997年的本内特的《形式主义和马克思主义》一书正是一个有力的补充。本内特指出，俄国形式主义的极端倾向完全消解了美学对历史的关注，他们只是抽象地提出问题但无法历史地去解决它们。而在这方面，巴赫金学派在20年代后期通过历史诗学的途径超越了形式主义，“在他们的著作中发生了俄国形式主义和马克思主义的对话，尽管这一对话如谢顿所说的‘无法终结’，但也正显得格外有活力”。在历史诗学的范畴下，本内特介绍了《马克思主义与语言哲学》、《陀思妥耶夫斯基诗学问题》、体裁的历史诗学，并在“作为历史体裁的‘文学’”一节中对狂欢化理论进行了介绍。不过，本内特在此并没有将狂欢化放在文化理论中看待，而只是从历史诗学的角度强调了民间文化对狂欢化文学的影响，尤其注意到巴赫金“更感兴趣于文艺复兴时期的主要文学文类的‘狂欢化’，因为它标志着当代欧洲纯文学的诞生”①。不难看出，70年代末本内特对巴赫金的接受，基本上是在形式主义及其超越的问题域中进行的。25年后（即2003年），本内特对该书进行了修订，在为该书第二版开列的参考书目说明中，本内特将文献分为三个部分，即俄国形式主义部分、马克思主义部分（即阿尔都塞、马歇雷、伊格尔顿等）和巴赫金、沃洛希诺夫及其他巴赫金学派部分，显示了本内特将“巴赫金小组”独立于形式主义和马克思主义之外的努力，在他看来，“巴赫金著作的影响已经达

---

① 〔美〕托尼·本尼特：《形式主义和马克思主义》，曾军译，第69页。

到非常广阔的领域，在后殖民研究、狂欢化和大众文化研究以及社会生活的对话主义组织等方面影响更为明显、更加巨大"[①]。不难发现，本内特此时已对巴赫金有了全新的认识。[②]

从某种意义上说，在伯明翰学人中，接续了霍尔80年代初期对大众的"葛兰西转向"式的思考，并进一步将之"发扬光大"的当属约翰·费斯克[③]。80年代中期，正是费斯克直接将巴赫金的狂欢化理论整合进了大众文化研究。在1987年出版的《电视文化》一书中，费斯克用巴赫金的"多音性"（即"多重音性"）来描述电视文化，将电视节目视为"杂语"（heteroglossia）性的文本，而电视节目则是各种观点、不同立场间对话与协商的结果。[④] 不仅如此，费斯克的《电视文化》中，他借用了巴赫金的诸多重要概念，如"多重音性""杂语""对话""狂欢""快乐""身体"等，成为将巴赫金的概念引入大众文化研究的重要阶段。

其一，"杂语"成为描述当代大众文化价值状况的关键词。在引述了

---

① Tony Bennett, *Formalism and Marxism*, London: Routledge, 2003, PP. 61, 67, 166.

② 与托尼·本内特形成鲜明对比的是，同样是以西方马克思主义的立场来反思俄国形式主义，詹明信分别于1971年和1972年出版的《马克思主义与形式》（*Marxism and Form: Twentieth－Century Dialectical Theories of Literature*）和《语言的牢笼：结构主义和俄国形式主义批判》（*The Prison－House of Language: A Critical Account of Structuralism and Russian Formalism*）里面则一点巴赫金的因素都没有。我们当然不能以"后见之明"对詹明信进行批评，而是说这正好反映了巴赫金著作引入西方学界后，在不同学术语境中所形成的不同影响：尽管巴赫金的《拉伯雷研究》早已在1968年就被翻译成英语，但直到1973年沃洛希诺夫的《马克思主义与语言哲学》英译本的问世，才真正使英语世界的学者认识到了巴赫金的价值。

③ 关于费斯克（又译"菲斯克"）何时开始将巴赫金思想引入自己的学术研究这一问题，尚没有考证清楚，但有一点可以明确，就是费斯克的英国时期（70年代到1982年），尽管费斯克曾经有过一段在CCCS的工作经历，但他并没有注意到巴赫金/沃洛希诺夫的存在。直到1987年费斯克出版《电视文化》（*Television Culture*）时，巴赫金才开始进入他的视野，而这时他已经处在从他的澳大利亚时期（大概到80年代中后期，即1988年左右）向美国时期转变的过程之中。1988年出版的《理解大众文化》（*Understanding Popular Culture*）和1989年出版的《解读大众文化》（*Reading the Popular*）中，其解读对象的美国味已经很浓了。可与之相比较的是，在费斯克与鲍勃·霍奇（Bob Hodge）和格里米·特纳（Graeme Turner）一起合著的《澳大利亚神话：解读澳大利亚大众文化》（*Myths of OZ: Reading Australian Popular Culture*）中，同样是面对与美英相似的澳大利亚当代大众文化现象，里面却没有任何巴赫金思想的痕迹。

④ John Fiske, *Television Culture*, London: Methuen & Co Ltd. 1987, P. 90. 将巴赫金引入电视研究，首倡者并非费斯克。在《电视文化》一书，费斯克引述了纽康姆（Newcomb）的《大众传播中的对话方面》一文，这篇文章被认为是较早将巴赫金引入电视传播研究的文献。Newcomb, H.（1984）"On the Dialogic Aspects of Mass Communication," *Critical Studies in Mass Communication* 1: 1, PP. 34－50。

“多重音性”“杂语”“对话”等众多巴赫金的术语及其相关阐释之后，费斯克指出：“多元声音、多重意义、多种矛盾是具有内在联系的概念，因为它们都是各种社会差别和不平等现象的不同文字表述方式。社会体系是由各不相同、互不平等、往往相互冲突的群体所组成，所以它的大众文本就会表现出结构上类似、往往相互冲突的声音和意义的多样性。正是电视的多元声音，才使它的文本与它的观众产生对话关系。”他顺着“多重音性”的思想，举例说，“《达拉斯》未必只能用资本主义的语气。例如，在与一个马克思主义者或者女权主义者对话的时候，就可以用激进的语气来批评资本主义或者男权价值观念，而对于摩洛哥的犹太人来说，它清楚地表明了金钱不能带来幸福的观点”。[①]

其二，巴赫金的“狂欢”概念正式作为电视节目的风格、形态被费斯克引入分析过程。在费斯克的大众文化观念里，大众不再只是受文化工业欺骗的被动的消费者，而具有了抵抗性、抵制性的因素。而这种抵抗性最重要的表现就是“大众快乐”。在他看来，“大众快乐必然包含着抵制性因素。识别是意识形态上的快乐，观众通过这种快乐来识别并确认自己的由意识形态形成的主体性”。但是，费斯克认为，如果这真是快乐，那这还只是低层次的；高层次的快乐是如何回避、抵制或丑化意识形态和社会控制。于是，费斯克提出了一个关键的问题：“这种意义是谁的？这种快乐是谁的？”在他看来，电视经常受到过度渲染、低级趣味、无理取闹等指责，这些都与巴赫金所分析的拉伯雷的《巨人传》非常相似。但是巴赫金从中发现，狂欢具有颠倒世界的逻辑的力量，这一观点给予费斯克以极大的启发。他发现，“卡通片和喜剧片就常常颠倒‘正常的’关系，把成年人表现为无能的、没有理解能力的人，而片中的孩子们无论在智力上还是能力上都超过成年人”；《电视洋相与恶作剧》中，他也经常拿明星开涮。他解释狂欢身体的特点，认为：“狂欢关注的是身体：不是个人的身体，而是‘身体原则’——即生活的物质性，是个体性、精神性和社会的基础和前提。”在此基础上，费斯克将《摇滚与摔跤》节目称为“电视上的身体狂欢节”。在这里，身体的中心地位、过度、夸张、丑怪荒诞和“大众奇观”构成了节目

① 〔美〕菲斯克：《电视文化》，祁阿红、张鲲译，商务印书馆 2005 年版，第 127—128 页。

形式的狂欢化；而在节目中摔跤场面的混乱取消了奇观与观众之间范畴、意义的区别，摔跤游戏对体育运动的戏仿形成了对“公正”的亵渎，参与摔跤节目的身体不再指涉“健康、强壮”，而以其“怪诞的男性的身体”为观众制造快感。不过，费斯克并不同意法兰克福学派将大众文化视为“社会水泥”“安全阀”的看法，他认为，狂欢“所产生的快乐是永远不可能完全在这个制度中得到复原的，因为它们总是产生一种威胁力量，使社会控制处于危险的地位”。[①] 值得注意的是，费斯克在此所做的分析与其说是巴赫金式的，不如说是罗兰·巴特式的。他虽然运用了“狂欢”概念，但其分析手段却是罗兰·巴特式的符号学。真正将狂欢作为一种大众文化的分析工具的，是两年后出版的著作《理解大众文化》(*Understanding Popular Culture*)。在该书中，费斯克认为，大众的反抗“主要由快感所驱动：即生产出属于自己的社会体验的意义所带来的快感，以及逃避权力集团的社会规训所带来的快感”。[②] 这两种快感，费斯克分别命名为“生产的快感”和“狂欢的快感”。在“狂欢的快感”中，身体及其快感成为至关重要的权力与逃避、规训与解放相互斗争的场所，大众通过狂欢的快感释放被法律、道德等社会行为规范所控制的身体而获得逃避的快感。[③] 由此“狂欢”经过费斯克用罗兰·巴特的符号学和福柯的话语权力理论的改造而成为正式的大众文化研究术语。费斯克的这一“福柯化的巴赫金”到了其《权力游戏，权力产品》(*Power Plays*, *Power Works*, 1993) 一书中，就更被系统化为“控制身体”的理论。[④]

不过，由于费斯克自称为“大众文化迷”，对大众文化的过分乐观主义使得他夸大了大众在消费社会中的抵抗能力，而在理论资源中，他又更多地接受了德塞都的日常生活理论，从而在大众文化研究中把目光更多地集中到了大众“抵抗的游击术”上面，这使得费斯克在发展霍尔所主张的第三种

---

① 〔美〕菲斯克：《电视文化》，祁阿红、张鲲译，第347—362、400页。

② 〔美〕约翰·费斯克：《理解大众文化》，王晓珏、宋伟杰译，中央编译出版社2001年版，第58页。

③ 非常有意思的是，费斯克在《电视文化》中分析的《摇滚与摔跤》节目一节，被完整地挪到了《理解大众文化》一书中，成为“第4章冒犯式的身体与狂欢的快感”中的一节，由此可见这两本书在理论上的关联性和延续性。

④ John Fiske, *Power Plays*, *Power Works*, London: Verso Books, 1993.

大众文化研究时偏离了方向，走向了另一个极端——从法兰克福学派的“被动大众”到霍尔的“权力关系中的大众”，最后走到了“抵抗的游击术的大众”，费斯克在对大众的游击术津津乐道的同时，不自觉地陷入了法兰克福学派所批判的文化工业对大众的宰制性陷阱之中。也许正因为如此，尽管费斯克与伯明翰保持了长达20多年的密切关系，但是从他80年代的大众文化研究到90年代的媒介文化研究来看，费斯克其实与伯明翰学派渐行渐远，以至于当他90年代末“学术退休”之后，无论霍尔还是格雷，甚至现在拉夫堡大学的格雷厄姆·默多克，都不屑于或者回避谈论他。

其实，巴赫金的狂欢化理论进入伯明翰学派的理论视野，并非仅有霍尔—本内特—费斯克一条途径。比费斯克《电视文化》出版还要早一年的由皮特·斯塔利布拉斯和阿伦·怀特合著的《越轨的政治学和诗学》（*The Politics and Poetics of Transgression*），才显示了影响的“正途”。在该著中，斯塔利布拉斯和怀特进行了大胆尝试，他们将巴赫金狂欢化理论嫁接到当代大众研究中。他们不同意某些社会历史学研究所认为的专制主义的统治和钝化的中产阶级趣味，已经成功地压抑了狂欢和其他大众意识的共同表达；相反，他们认为狂欢仍然以碎片式的、边缘化的、升华的和被压抑的然而有时也压抑不住的方式呈现。巴赫金虽然抓住了狂欢的原始动力，但是没能区分两种完全不同的情况：一种是在普通的对世俗快乐的追求中高级趣味与低级趣味的混合，另一种是中产阶级式的肉欲和商业的杂交。于是，他们通过英国文学及其文学批评和对社会历史现象解读的文献来描述狂欢在当代文化中的转型。尽管他们也是从当代大众文化现象，比如说第一章就是从广场开始切入的，后文中还广泛涉及了诸如丑怪身体、史密斯菲尔德（Smithfield）冥想①、城市、家庭罗曼司之类的现象，但是所有这些并没有指向费斯克式的大众文化抵抗，而是转向了当代文化中“高雅/低俗”“大众/中产阶级”“社会/审美”之间的“越轨”。在导论中，斯塔利布拉斯和怀特确立了两个写作的目标：一是力图描述出“被不断从大众文化中撤退的中产阶级伦理所压抑的狂欢化动力怎样在文学和精神病理学中以置换和扭曲的方式从那些令人厌恶的病态恐惧和欲望压抑中重新浮出水面”，二是“伴随着一种特殊

① 史密斯菲尔德是一个位于伦敦西北部的市场。

的中产阶级的出现，后文艺复兴时期欧洲文化中的自我概念得到无害化处理，各种各样的社会领域是如何被构想为‘低俗的’和‘令人厌恶的’”[①]。以该书第一章为例，两位作者一开头就提出“我们该如何‘思考’广场?”，这里有封闭的空间和开放的商业，它是城镇社区的想象性中心和各种商品货物的结构化互联，不仅如此，在一个广场中还存在着诸如中心和边缘、内部和外部、陌生人和当地人、商业和节庆、高雅和低俗等一系列二元对立。在此，巴赫金在《拉伯雷研究》中，对于“拉伯雷的广场语言”提供了颇具启发性的分析。他们注意到，巴赫金分析了拉伯雷时期广场语言的“非官方成分”，注意到这种故意为之的话语会对整个语境、对整个言语产生巨大影响，而这一分析的结果正是斯塔利布拉斯和怀特所渴望获得的：“人们有可能获得从‘官方规则’和‘官方意识形态’中逃离的‘一定的治外法权’。”[②]

如果《越轨的政治学和诗学》还只是停留在将巴赫金的狂欢化理论简单套用于当代大众文化现象的分析之中的话，那么，它就很可能只会是一部平庸之作。直到阿伦·怀特去世五年之后，亦即 1993 年，当霍尔重读这部著作时，他才开始疑惑为什么当初没有意识到这是一部文化研究的“标志性文本”。事实上，《越轨的政治学和诗学》最重大的理论贡献在于，其以巴赫金的狂欢化理论为基础，为文化研究确立了福柯式的“越轨”观念。“越轨”一词还可译为“逾越”“僭越”“越界”等，也有人将之译为“违犯规章”“逆行”等。这个词并非斯塔利布拉斯和怀特的独创，而是来自拉康和福柯。在《康德和萨德》（Kant avec Sade）一文中，拉康将力主仰望道德星空的康德和纵欲虐待加变态的萨德等同视之，认为“萨德即康德”，并借此将道德和欲望联系起来，认为：“越轨的观念将一种涉及我们要求于道德的东西明显联系了起来，这就是欲望之意。”[③] 福柯在此基础上进一步提升了“越轨”的意义，在《越轨的序言》（*A Preface to Transgression*）中，

---

① Peter Stallybrass and Allon White, *The Politics and Poetics of Transgression*, London: Methuen, 1986, back cover.

② Peter Stallybrass and Allon White: *The Politics and Poetics of Transgression* , P. 28.

③ Lacan, "Kant avec Sade," *Desiring Whiteness: A Lacanian Analysis of Race*, by Kalpana Aeshadri – Crooks, London: Routledge, P. 109.

福柯则进一步提升了“越轨”的意义，强调“在为我们的言行提供支持的文化领域，越轨不仅规定了唯一的发现它没有中介物的神圣性的行为，而且提供了修改它的空洞形式、它的缺席的方法，这样，文化就闪烁出了炫目的火花”。越轨并不同于一般的颠覆、反抗、革命之类的行为，在福柯看来，“越轨并不寻找一种东西去反对另一种东西，也不试图通过嘲笑或忧虑基础的坚固来达到它的目的；它并不转变成镜中的另一面，越过可见的和不可逾越的边界，进入闪闪发光的天地。越轨既不在一个分裂的世界（在一个道德世界中）也不在对限制的战胜中（在一个辩证地或革命的世界中）施暴，……越轨不包含任何否定，但是肯定受限制的存在——肯定无限的跃进，就像它第一次敞开其存在的领域一样”。[①] 不过，福柯在文章中分析的主要对象是癫狂和性，主要涉及人类文明对癫狂的压抑，以及当前性行为超越了自然繁衍的功能而泛滥之类的问题。这篇文章也可以视为其后著作《癫狂与文明》和《性史》的先声或总纲。但是，斯塔利布拉斯和怀特在《越轨的政治学和诗学》中则试图将这种极限性的越轨引入现代社会对大众文化和日常生活的分析之中，并在此论域中实现与巴赫金狂欢理论的对接。在他们看来，“现在在文学和文化研究的各个方面，我们都可以看到‘狂欢’正在成为一种模式、一种理想和一个分析范畴”。在检讨了80年代初期西方学界对巴赫金狂欢化理论的借鉴和使用情况之后，他们发现，“在最近运用狂欢化理论的社会历史著作中，狂欢的政治维度显示出巴赫金或他的贬低者所难以想象的复杂程度”。根据这种狂欢化的理解，他们认为，“只有把狂欢置换进更为开阔的‘符号倒转’和‘越轨’的概念中，现在已经被普遍接受的成为分析范围的狂欢观念，才有可能变得更加富有成效”。[②] 其中，符号倒转的观念来自芭芭拉·巴波科克（Barbara Babcock），而越轨则是福柯思想的影响。经由符号倒转和越轨改造后的狂欢，不再只是对现存

---

① Michel Foucault, "A Preface to Transgression," *Language, Counter - Memory, Practice: Selected Essays and Interviews*, Ithaca: Cornell University Press, 1980, PP. 30、35.

② Peter Stallybrass and Allon White, "From Carnival to Transgression," *The Subcultures Reader*, ed. by Sarah Thomton, Ken Gelder, Londen: Routledge, 1997, PP. 293、297、299；该文收入《越轨的政治学和诗学》一书，但没能在国内图书馆查到，目前只能通过谷歌图书（Google books）及其他网络书店查询到部分章节，目前收集到的有导论、第一章和第五章，但全书总体思想倾向已能够明了。

秩序的简单地镜像式的倒转，或者是矛盾双方对称式的否定对方；狂欢不可被现存的法律所预知，因为它不能够由现存的象征意义来表示，却能够在新的象征资源中生成。斯塔利布拉斯和怀特同时也发现，“要描绘一幅令人信服的狂欢转型的地图涉及对迁徙、藏匿、变形、分裂、内在化和神经性升华”；但是，“除非作为一种令人感伤的景观，狂欢却因过于厌恶中产阶级生活而无法忍受”。[①] 很显然，狂欢在进入越轨后，自身也面临着理论的限度。

如果说当斯塔利布拉斯和怀特撰写《越轨的政治学和诗学》时，还处在伯明翰学派的“福柯影响”时期的话，那么，到了90年代，当霍尔重读这部著作时，福柯的影响就已经逐渐淡去，面对着从第二次世界大战后尤其是60年代末期以来的当代文化变局，霍尔此时也更有感慨。于是，在霍尔那里出现了一次重大的理论逆转：斯塔利布拉斯和怀特成功地将狂欢注入了越轨，霍尔则反向地将越轨引入了狂欢，从而将狂欢提升为当代文化转型的隐喻。在霍尔看来，转型的隐喻至少必须做两件事情：一是要“允许我们在现行的文化价值受到挑战、旧的社会阶层被推翻、老的规范标准消失或者被视为‘革命的节日’时，想象一种新的意义、价值、社会和文化结构的出现”；二是“它们必须设法为我们提供在这种转型过程中社会与其符号域关系的途径方法”。[②] 马克思主义的“革命运动”已经成为一种经典的转型的隐喻，而像“革命的节日”这类词就属于那些对激进想象而言有重大历史意义的隐喻家族。霍尔引述马克思、恩格斯在《德意志意识形态》中的名言“统治阶级的思想在每一时代都是占统治地位的思想。这就是说，一个阶级是社会上占统治地位的物质力量，同时也是社会上占统治地位的精神力量”[③]。证明转型在此已非常典型地按照翻转和替代来思考了。但是霍尔发现，时代已经变了。这种思维方式已不再为人们所认可，文化理论已经果

---

① Peter Stallybrass and Allon White, “Bourgeois Hysteria and the Carnivalesque,” *The Cultural Studies Reader*, ed. by Simon During, London: Methuen, 1986, PP. 6、15、18、183；该文属于《越轨的政治学和诗学》中的第五章。

② Stuart Hall, “For Allon White: Metaphors of Transformation,” ed. by David Morley and Kuan – Hsing Chen, *Stuart Hall: Critical Dialogues in Cultural Studies*, P. 287.

③ 〔德〕马克思、恩格斯：《德意志意识形态》，《马克思恩格斯选集》第1卷，人民出版社1972年版，第52页。

断地与这类戏剧式的简单化和二元式的翻转拉开了距离。因此，必须寻找到一种新的隐喻来替代它。霍尔意识到，巴赫金的狂欢正是替代马克思的革命的最合适的转型的隐喻。巴赫金的狂欢正是对二元区分的逾越："低文化侵入了高文化，模糊了被强制接受的等级秩序；它所创造的，不是简单地用一种美学战胜另一种美学，而是那种不纯的、混杂的'怪异'形式；它暴露出低文化之于高文化的相关相依，显现出所有的文化生活不可避免的混杂和矛盾的本质，文化形式、象征、语言和意义的可逆性；揭露出文化权力的武断和简单化行为，排除作用在每一种限制、传统和经典形式的建构和每一条文化闭合的等级原则之上的运行机制。"尽管在霍尔的表述中，福柯式的思维方式仍然存在，但是狂欢已经不再像福柯逾越癫狂、监狱和性时那样"惊世骇俗"和"特立独行"。在狂欢成为替代革命而成为新的时代的转型的隐喻后，巴赫金式的对话主义开始逐渐成为霍尔处理文化问题的思维方式。如杰姆逊《政治无意识》对巴赫金的部分曲解的批评，在霍尔看来，杰姆逊"对正在发生的从'阶级对抗的辩证法'向'多重音性的对话'之间的隐喻转型只是做了轻描淡写地处理"。霍尔认为，"这两种逻辑并非相互排斥，但是它们也不能以这种方式将一个归入另一个或以一个替代另一个"。①

至此，巴赫金思想经历了二十多年时间的漫长转换，终于从欧陆思想身边的隐藏地走出，站到了学术话语的前台，从理论论争中被援引的资源成为具有独立价值的思想，而其与文化研究、文化理论、文学理论之间关联的复杂性也在这一过程中得以体现。从伯明翰学派接受巴赫金思想影响的途径、方式及效果来看，我们很难说巴赫金思想的全貌已经得到全面的呈现，即使到了霍尔将狂欢确立为当代文化转型的隐喻的阶段，我们也很难说这是伯明翰学派对巴赫金思想最准确地把握和最正确地运用。但是，有一点可以肯定，这一影响和接受的过程确实发生了，巴赫金独创性的多重音性（与之相关的还有"杂语""多声部""复调"概念）、狂欢、对话理论已经由伯明翰学人的创造性发挥而获得了更大的生机。

---

① Stuart Hal, "For Allon White: Metaphors of Transformation," ed. by David Morley and Kuan－Hsing Chen, *Stuart Hall: Critical Dialogues in Cultural Studies*, PP. 292、299.

3. 从苏联语文学家到后现代西方的学术明星：伊格尔顿眼中的巴赫金

（1）三十年传奇：伊格尔顿对巴赫金的接受历程。2007 年，特里·伊格尔顿为格雷厄姆·派契（Graham Pechey）的《巴赫金：世界的词汇》（*Mikhail Bakhtin：The Word in the World*）撰写了一篇书评，题目为《我包容多元》（I Contain Multitudes）。[①] 这篇书评分为三个部分：第一部分概述了巴赫金对西方当代文化理论的影响；第二部分回顾了巴赫金的学术生涯及其主要理论思想；第三部分则在与肯·赫契考普（Ken Hirschkop）的《巴赫金：民主的审美》（*Mikhail Bakhtin：An Aesthetic for Democracy*）的比较中对派契的《巴赫金：世界的词汇》进行了学术批评。在伊格尔顿看来，“过去 30 年，巴赫金（Mikhail Bakhtin）与其说是个人倒不如说是一个公司。实际上不仅是个公司，而且是个欣欣向荣的跨国公司，里面有乘飞机到处旅行的行政总裁，有全球性的学术会议和自己的出版刊物”。由巴赫金所创造的理论术语，如“对话主义”“双声语”“时空体”“杂语/众声喧哗”“多重音性”等，成为当代文学批评中的热门词语。由于不同学术思潮和批评理论对巴赫金思想从不同侧面的征用，巴赫金的学术形象也变得复杂、多样，甚至暧昧起来，“他是马克思主义者，新康德主义者，宗教思想的人道主义者，文本理论家，文学批评家，文化社会学家，民族思想家，哲学家，人类学家，还是所有这些的结合?”这恐怕不是伊格尔顿自己的疑问，而且也是每个接受巴赫金思想影响的学者所必须认真面对的问题。的确，在当代学术，尤其是后现代学术话语中，诸如“文本、杂合性、他者、性别、颠覆、延展、异型生殖、大众文化、身体、去中心的自我、标记的物质性、复古主义、日常生活等”，无不与巴赫金有着千丝万缕的联系，“几乎没有哪个后现代热门话题巴赫金没有预测到”。正因为如此，伊格尔顿做出了一个看似

---

① 本文题目的中译基本能够反映伊格尔顿的态度。但“I Contain Multitudes”一语出自惠特曼《草叶集》的“Starting from Paumanok”一诗的第 51 节，“I am large，I contain multitudes”（因为我伟大，我包罗万象），缺失了这一典故，使本文题目失色不少。同时，“mulitude”一词已成为近年来批评理论的重要关键词之一，迈克尔·哈特（Michael Hardt）与安东尼奥·内格里（Antonio Negri）合著的“帝国”三部曲之一即为 *Multitude：War and Democracy in the Age of Empire*（2004）（另外两部分别是 2000 年的 *Empire* 和 2009 年的 *Commonwealth*），“mulitude”一词基本意思是群众、多数的意思，因此，王逢振在介绍哈特和内格里的这本书时，将之译为“诸众”，以示与“mass”（大众）的区别，是很有道理的。

惊人的判断：巴赫金“这个曾经默默无闻的苏联语文学家现在成为后现代西方的学术明星”[①]。

不过，在从“苏联语文学家”到“后现代西方的学术明星”形象转化的过程中，伊格尔顿已经经历了长达三十年的巴赫金接受历程，其所受巴赫金思想的影响也经历了一个发展变化的过程。从伊格尔顿自身的学术历程来看，从1966年出版第一本专著《新左派教派》（*the New Left Church*）开始，直到70年代中期，[②] 伊格尔顿就明确表现出其马克思主义的思想立场，这也成为其开展学术研究——研究作家、作品，与各种理论思潮展开论战——的基本立场。伊格尔顿学术生涯的起步时期主要受雷蒙德·威廉斯文化唯物主义的影响，1969年转到牛津大学任教之后，其思想才开始逐步发生变化，并有意识地摆脱老一代的英国新左派（包括雷蒙德·威廉斯）的影响，将更多的当代性主题引入自己的研究，在日益强化对意识形态问题关心的同时，最终实现文化政治学的转向。《批评与意识形态》（*Criticism & Ideology*，1976）和《马克思主义与文学批评》（*Marxism and Literary Criticism*，1976）成为其成功转向的标志。但是，这里有一个有趣的现象暂时还没有找到答案：巴赫金/沃洛希诺夫的《马克思主义与语言哲学》在1973年有了英译本，1966—1967年，雷蒙德·威廉斯和斯图尔特·霍尔相继将之纳入马克思主义语言问题的研究视野，但这些接受活动似乎并未在伊格尔顿身上留有什么痕迹。直到1981年，伊格尔顿出版《沃尔特·本雅明：或走向革命批评》（*Walter Benjamin, or Towards a Revolutionary Criticism*，1981），巴赫金因素才开始注入其中，并迅速与伊格尔顿的学术思想融为一体。

从80年代开始，巴赫金便开始出现在伊格尔顿的各类学术著述之中，或明显或隐含，或长篇大论或点到为止。从现有的资料来看，从1981年的

---

① Terry Eagleton, “I Contain Multitudes,” *Longdon Review of Books*, Vol. 29, No. 12, dated 21. June, 2007, http://www.lrb.co.uk/v29/n12/terry-eagleton/i-contain-multitudes；中译本来自群学网，《伊格尔顿：我包容多元》，吴万伟译，http://www.qunxue.net/Article/TypeArticle.asp?ModeID=1&ID=3365。

② 值得注意的是，有许多中国学者将伊格尔顿在1967年发表的《莎士比亚与社会》（*Shakespeare and Society*）作为他的第一本专著，其实是不准确的。1966年，伊格尔顿是以“Terence Eagleton”的名字发表《新左派教派》，这可能是引起学界误解的重要原因。

《沃尔特·本雅明：或走向革命批评》到 1983 年的《文学理论导论》（*Literary Theory: An Introduction*）[①] 是伊格尔顿接受巴赫金相对集中的高峰期。在 1990 年的《美学意识形态》（*The Ideology of the Aesthetic*, 1990）和 1991 年《意识形态导论》（*Ideology: An Introduction*, 1991）时，他再次以较多的笔墨关注到了巴赫金。进入 21 世纪之后，伊格尔顿对巴赫金的态度发生了一些变化，除了 2002 年的《甜蜜的暴力》（*Sweet Violence: The Idea of the Tragic*）和 2008 年的《陌生人的麻烦》（*Trouble with Strangers: A Study of Ethics*）两书中对巴赫金点到为止之外，其他新著几乎没有提及巴赫金的。这一现象颇有意味，值得深究。

（2）双面巴赫金：马克思主义理论家或后现代西方的学术明星。在伊格尔顿眼里，巴赫金并非一开始就是一个后现代西方学术明星的形象，而是以引为同道的马克思主义理论家受到重视的。在出版或发表在 80 年代初期的《沃尔特·本雅明：或走向革命批评》《强奸克拉丽莎：塞缪尔·理查森的写作、性取向和阶级斗争》（*The Rape of Clarissa: Writing, Sexuality, and Class Struggle in Samuel Richardson*, 1982）、《文学理论导论》（第 1 版）以及同时期的一篇长文《维特根斯坦的朋友们：新左派的批评》（*Wittgenstein's Friends*, *New Left Review*, 1982）中，伊格尔顿均是在马克思主义的框架下定位巴赫金的。如他将巴赫金与法兰克福学派的代表人物本雅明、阿多诺相提并论，认为在马克思主义著作中，本雅明的《历史哲学论纲》与同年所撰的米哈伊尔·巴赫金的《拉伯雷和他的世界》形成了最为鲜明的对比。因为，在《拉伯雷和他的世界》中，巴赫金将那种“官方的、形式主义和逻辑的独裁主义”（即斯大林主义）与“身体、色情、放荡和符号学的爆炸式的政治学”置于针锋相对的位置。伊格尔顿认这“是‘马克思主义批评’

① 该书已有六个中译本，分别是《文学原理引论》（刘峰译，文化艺术出版社 1987 年版）、《二十世纪西方文学理论》（伍晓明译，陕西师范大学出版社 1986 年版）、《当代西方文学理论》（王逢振译，中国社会科学出版社 1988 年版，该版本后更名为《现象学、阐释学、接受理论：当代西方文艺理论》，由江苏教育出版社 2006 年出版）、《当代文学理论导论》（聂振雄译，香港：旭日出版社 1987 年版）、《当代文学理论》（钟嘉文译，台北：南方丛书出版社 1988 年版）和《文学理论导读》（吴新发译，台北：书林出版有限公司 1993 年版）。此外，该书由布来克韦尔出版社 1996 年和明尼苏达出版社 2008 年出版了第 2 版；其中，布来克韦尔出版社出版的第 2 版，被中国的外语教学与研究出版社于 2004 年原版引进（中译名为《文学理论导论》）。这些众多的版本足以见出这本书的学术影响。

史上最大胆、最离经叛道的举动”[1]。在《维特根斯坦的朋友们：新左派的批评》中，伊格尔顿更是最直接地将巴赫金称为“二十世纪重要的马克思主义哲学家和美学家之一”[2]。

与此同时，伊格尔顿也意识到了巴赫金的另一面，在《沃尔特·本雅明：或走向革命批评》中，伊格尔顿还以带引号的方式，描述了作为“解构主义”者的巴赫金形象。在讨论巴赫金的狂欢理论时，伊格尔顿发现，巴赫金如何概括当代解构的许多未完成的重大主题，这是一目了然的但令人瞠目结舌的是，他是在当时极为严苛的社会语境中概括出了属于我们当代的许多具有解构主义的重大主题的，因此，我们不可能简单按照后现代解构主义的前提去假设巴赫金，其中最为重要的一点就是我们不能“进行的。完全可以说，我们得对他做出一个正确的认识，而且，如果我们继续把他的‘解构主义’与他的历史兴趣分离开来，那么，毫无疑问，我们永远也不能跟上他的步伐”[3]。1983 年的第 1 版《文学理论导论》中，尽管没有明确将巴赫金称为马克思主义理论家，但是他注意到了“巴赫金小组”的存在，尤其是最受西方文学理论研究者关注的《马克思主义与语言哲学》和《文艺学中的形式主义方法》两书。伊格尔顿将它们均与巴赫金联系起来，视为对索绪尔结构语言学和形式主义的批评，“索绪尔语言学最重要的批评者之一是俄国哲学家和文学理论家 M. 巴赫金。1929 年他以同事 V. N. 瓦洛施洛夫的名字出版了一本开创性的专著《马克思主义与语言哲学》。1928 年，以巴赫金与 P. N. 密特威德克的名字出版的《文学研究的形式方法》一书，迄今仍然是对于俄国形式主义的最中肯的批评。这一批评的大部分也出自巴赫金”[4]。这种修辞似乎表明，伊格尔顿以某种中性化的立场，客观化地描述巴赫金了。

从 90 年代开始，伊格尔顿以这种不再那么肯定的态度将巴赫金与马克

---

① 〔英〕特里·伊格尔顿：《沃尔特·本雅明：或走向革命批评》，郭国良、陆汉臻译，译林出版社 2005 年版，第 191 页。

② Terry Eagleton, "Wittgenstein's Friends," *New Left Review*, Sep. – Oct., 1982, P. 76.

③ 〔英〕特里·伊格尔顿：《沃尔特·本雅明：或走向革命批评》，郭国良、陆汉臻译，第 198—199 页。

④ 〔英〕特雷·伊格尔顿：《二十世纪西方文学理论》，伍晓明译，第 128 页。

思主义相剥离，或者说，伊格尔顿不再简单地将之作为马克思主义思想家来看待了。在1990年版的《美学意识形态》中，巴赫金形象开始变得不再那么单纯。伊格尔顿继续沿袭来自80年代之初的将巴赫金视为马克思主义学者的定位，在讨论阿多诺的美学观念时，他认为正是阿多诺克服了资产阶级上流社会知识分子那种过分讲究的文雅和井蛙之见的短见，才使得他能够“与米哈·巴赫金、瓦尔特·本杰明相齐名，成为马克思主义所产生的最富创造力的三个原创性理论之一”。但是，在为保罗·德曼的学术进行定位时，伊格尔顿又将之与巴赫金联系了起来，认为“最后一位能使人们想起德曼的魅力的批评家是巴赫金。”[①] 德曼是谁？“耶鲁四人帮”之一，美国的解构主义大师，后现代主义思潮中的代表人物。如果将巴赫金与德曼联系起来，也就意味着，在伊格尔顿眼里，巴赫金再次成为一位解构主义者（后结构主义者）、后现代主义者了。在1991年的《意识形态导论》中，伊格尔顿更是明确将沃洛希诺夫和巴赫金区分开来，认为“最初的意识形态符号学理论是由苏俄的哲学家V. N. 沃罗希诺夫首先提出并加以发展的”[②]。整个论述完全不涉及巴赫金，只是在第四章“从卢卡奇到葛兰西”中，以顺带的方式偶尔提及（“这正是苏联批评家米哈伊尔·巴赫金所说的‘复调’的意思”[③]）。这种态度的变化显示，围绕巴赫金著作权的争议以及1989年苏东剧变之后的某种“去马克思主义化”思潮对伊格尔顿的影响。[④] 在1996年的《后现代幻象》中，伊格尔顿更是开始以调侃、挖苦的态度描述一个“后现代化”了的巴赫金形象了。

---

① 〔英〕特里·伊格尔顿：《美学意识形态》，王杰等译，广西师范大学出版社1997年版，第363页、前言第11页。

② Terry Eagleton, *Ideology: An Introduction*, London and New York: Verso, 1991, P. 194；本引文引自〔英〕特里·伊格尔顿《话语与意识形态》，马驰等译，刘纲纪主编《马克思主义美学研究》1999年第2辑，第363页。

③ Terry Eagleton, *Ideology: An Introduction*, P. 107.

④ 相似的问题在中国的巴赫金接受史中也有出现，拙著《接受的复调——中国巴赫金接受史研究》，曾以张杰为例，发现在20世纪90年代前后，中国学界对巴赫金的学术形象接受、研究中也发生过类似的现象，即在80年代，一直都将巴赫金视为“苏联著名马克思主义文艺理论家”，但90年代之后张杰出版专著时，他将这类表述一一删掉了。这种改写并非小事，因为这事关巴赫金与马克思主义的关系之争。参见《接受的复调——中国巴赫金接受史研究》（广西师范大学出版社2004年版）中的“‘改写’现象：张杰及其对巴赫金批评理论体系的探讨”。

> 这些雄心勃勃的政治行动许诺要解构下述种种单调乏味的对立，即“人道主义者”和“反人道主义者”、自我决定的主体和作为过程后果的自我、庞大的巴赫金式的肥胖个人和令人担忧的拉康式的瘦削个人之间的对立。
>
> 后现代主义的主体，和它的笛卡尔前辈不同，它的身体是它的身份所固有的。的确，从巴赫金到妓院，从利奥塔到紧身衣，身体变成了后现代思想关注最多的事物之一。①

进入21世纪之后，伊格尔顿除了在《甜蜜的暴力》中将巴赫金的狂欢化理论放在西方悲剧和喜剧发展史中展开讨论之外（注意，这里不涉及意识形态之争），便较少提及巴赫金了。直到2007年，在为格雷厄姆·派契的《巴赫金：世界的词汇》撰写书评时，伊格尔顿才再次正视巴赫金的存在，并对巴赫金的后现代主义化现象而愤愤不平。很显然，在伊格尔顿那里，一方面他无比惋惜地告别了作为马克思主义的巴赫金形象，但另一方面又极不情愿地接受了作为后现代主义者的巴赫金形象。这种内心的矛盾与焦虑，正从其字里行间中透露出来。

（3）理论互释：巴赫金既作对象亦为方法。在伊格尔顿对巴赫金思想三十多年接受过程中，还有一个现象值得特别关注：伊格尔顿极少单独以巴赫金为研究对象进行专章、专节的讨论，更多的情况是在研究其他思想家、理论家的时候，引入了巴赫金，或为参照，或作对比，由此形成“理论互释”的特点。伊格尔顿对待巴赫金的态度，也即在研究许多其他理论家时经常采用的策略，即有意将某一理论家的思想与另一理论家的理论进行比照，建立起彼此相同或相似的理论联系，并由此进行理论阐发。在此，巴赫金既成为伊格尔顿的对象，亦成为伊格尔顿的研究方法，或者说伊格尔顿用巴赫金式的理论思维对其研究对象进行了理论阐发。

最具代表性的是伊格尔顿在《沃尔特·本雅明：或走向革命批评》和《美学意识形态》中对本雅明的研究。在《沃尔特·本雅明：或走向革命批评》一书第二部分“走向革命批评”的第五章“狂欢与喜剧：巴赫金和布

---

① 〔英〕特里·伊格尔顿：《后现代主义的幻象》，华明译，商务印书馆2000年版，第21、81页。

莱希特”中，伊格尔顿将巴赫金的“幽默的狂欢”和本雅明的“经典的忧郁”进行了对比，认为通过迂回曲折的路径探溯，巴赫金的狂欢与本雅明式的启示录是它们两者具有同根共源的特点。[①]

毋庸讳言，伊格尔顿是将本雅明和巴赫金作为差异极大，甚至在某些关键问题上彼此对立的例子上将两者联系起来的。在伊格尔顿看来，本雅明的思想具有浓重的忧郁气质，具有强烈的悲剧性，而巴赫金的思想却包含着狂欢、幽默、积极的喜剧精神。因此，本雅明的思想被命名为“消极神学”，就跟绝大多数西方马克思主义者更倾向于在对资本主义无情批判的同时又表现出无能为力的消极状态一样。伊格尔顿认为，这种消极状态的“历史根源在于一种缺失，这是一种比弥赛亚的缺失更为明确的缺失：革命政党的缺失”。伊格尔顿敏锐地发现，以本雅明为代表的西方马克思主义学者更多的是在思想意识层面和学术研究层面借鉴与运用了马克思主义的思想及方法，但在最重要的问题方面——革命的理论转化为革命的实践——与马克思、恩格斯形成鲜明的区分。所谓“弥赛亚的缺失”和“革命政党的缺失”，都是包含着对现实或现世世界发生实际影响的行动，唯一的区分只在于，弥赛亚主义宣扬的是救赎，而马克思主义强调的是革命。与本雅明相反，巴赫金的狂欢化理论则充满着革命、战斗和颠覆的勇气。伊格尔顿认为“巴赫金的乌托邦充满积极的生命力，其势无以复加”[②]。这也就可以解释，为什么西方马克思主义理论家一旦发现多多少少有些马克思主义影响和痕迹的巴赫金思想时，会如此振奋和激动了。

但是伊格尔顿显然并不满足于将巴赫金视为本雅明（其实是西方马克思主义者）的超越者，他更关心的，仍然是从中发掘两者的共同点，甚至不惜尝试用本雅明的方法来解释巴赫金的理论。在文中，伊格尔顿做出了另一个令人震惊的判断：巴赫金的《拉伯雷研究》“正是本雅明政治美学的完美实践，它把拉伯雷的作品轰出了文学历史的同质连续体，在被救赎的文艺复兴时刻和苏维埃国家轨道之间创造了一个致命的集合体。套用本雅明的术

① 〔英〕特里·伊格尔顿：《沃尔特·本雅明：或走向革命批评》，郭国良、陆汉臻译，第207页。

② 在斯图尔特·霍尔那里，巴赫金的“狂欢”甚至成为后现代主义时期马克思的“革命”的代名词和“转型的隐喻”。参见拙作《从“葛兰西转向”到“转型的隐喻”——巴赫金是怎样影响伯明翰学派的》，《学术月刊》2008年第4期。

语，‘勇气’很巧妙地促使了幽默地位的回归”。本雅明的政治美学是什么？在《机械复制时代的艺术作品》中，本雅明区分了共产主义的“艺术的政治化”和法西斯主义的“政治的美学化”，前者是发挥艺术的具有的革命性、解放性力量，改变和救赎这个世界；而后者则是将政治思想和意图用美学形式加以包装，从而愚弄大众。这种救赎性的努力无疑是弥赛亚主义在本雅明政治美学中的投射。巴赫金的拉伯雷研究无疑也具有这种通过艺术和美学的手段发挥革命、颠覆和改造性力量的功能。巴赫金寻找到了支撑拉伯雷作品的民间诙谐文化这一根源，并且从民间笑文化传统中提炼出“狂欢”这一极具想象力和现实性的概念，从而打开了通向“另一种生活”的大门。这就是为什么伊格尔顿会认为巴赫金的拉伯雷研究能在文艺复兴和俄国社会主义革命之间，不仅能够而且确实有着极为紧密的精神联系，而拉伯雷无疑是巴赫金在危险时刻闪现出来并抓住了“过去的那个意象”。“他是‘过去的那个意象，不期地出现在一个危险时刻被历史挑选出来的人的脑海中’。即使拉伯雷赢了，他也不会安全，不会不受敌人的威胁，而这个敌人并没有停止去获胜的努力；巴赫金于是通过‘隐性转变’，记录了那个‘秘密的向日性’，即‘过去总是朝向正在历史的天空中升起的那个太阳’，在类似的辩证闪现中，斯大林主义贫瘠的景物被变成了名副其实的‘紧急状态’。从天堂般的过去刮来一阵风暴，巴赫金惊恐万状地面对它。这场风景会驱策他跨越堆积的现在的残骸，走向未来的古式乌托邦。”[①]“过去的那个意象”是本雅明“辩证意象”方法论中最常见的表述，意在表明人们所看到的现实其实已经是历史，或者是包含着过去因素的东西；反之亦然，在过去的意象中，也包含着现实的意义，甚至是指向未来的乌托邦。最典型的例子就是本雅明在《巴黎，19世纪的首都》中指出的：拱廊街本来是发达资本主义时代的象征（或愿望意象），但同时也成为资本主义的废墟，甚至早在成为纪念碑之前，就已经成为废墟了。[②]这无疑与巴赫金双重性理论有着异曲同工

① 〔英〕特里·伊格尔顿：《沃尔特·本雅明：或走向革命批评》，郭国良、陆汉臻译，第191—192页。

② “巴尔扎克第一个说到资产阶级废墟。但最先让我们睁开眼睛看到废墟的是超现实主义。生产力的发展使上个世纪的愿望象征变得支离破碎了，这甚至发生在代表它们的纪念碑倒塌之前。”参见〔德〕本雅明《巴黎，19世纪的首都》，刘北成译，上海人民出版社2006年版，第29页。

之妙。在《拉伯雷研究》中，巴赫金建构了一系列狂欢化形象。它们都具有高贵与低贱、生存与死亡、圣洁与污秽等对立形象合而为一的特点，因此，伊格尔顿用“古式乌托邦”来描述巴赫金笔下的拉伯雷世界，也就毫不让人奇怪了。众所周知，本雅明是一个极具诗人气质的哲学家。张旭东对本雅明的评价是：“在他身上，融合了一个马克思和一个‘现代诗人’的倾向。这构成他的作品的双重特征，一方面，它带有一个注重普遍性和历史规律的哲学家的思辨力量，分析的技巧以及批判的严厉；另一方面，却带着一个注重个体的内在经验、陷于存在的困扰的现代诗人的敏锐的直觉式的感受、透悟以及想象的热情。”① 这种独特的方法论就是“辩证意象”(dialectical image)。“辩证意象”又被称为“凝固的辩证法”或“静止的辩证法”(dialectics at a standstill)。后者强调的重心在辩证法，以此突显其与马克思的发展运动的辩证法、卢卡奇的辩证的总体性、阿多诺的否定的辩证法之间的异同。不过，在我看来，本雅明方法论的重心并非辩证法而是意象。作为一种思维方式，辩证法源于古希腊谈话的艺术，意在辩论中揭露对方议论中的矛盾并克服这些矛盾；黑格尔辩证法的基本思想是概念的辩证发展，关注思辨的逻辑（所谓“正题—反题—合题”）；马克思批判地继承了黑格尔的思想创立了唯物辩证法，将辩证法视为客观世界自身固有之规律，强调物质运动所具有的发展、进化的观念。与黑格尔辩证法不同，本雅明有意用意象替代概念，他的辩证法亦非抽象的“概念的辩证法”，而是极富形象性的“意象的辩证法”；不同于马克思辩证法，本雅明更强调当下之于认识历史的意义，是凝固的历史瞬间，倡导一种立足于当下书写历史、透视未来的“凝固的辩证法”。② 他甚至不喜欢那些以辩证法自居的人，因为“在许多人看来，辩证法就是喜欢钻牛角尖的人。……相反，天然的思想应该是辩证思想的一部分，因为它们不是别的，而是使理论联系实践”③。相反，

① 张旭东：《中译本序“本雅明的意义”》，〔德〕本雅明著《发达资本主义时代的抒情诗人》，张旭东、魏文生译，生活·读书·新知三联书店 1989 年版，第 1—2 页。

② 本雅明对马克思主义的理解，在许多方面都注入了自己的思考和想法，如他认为：“现在不是某种过渡，现在意味着时间的停顿和静止，这是历史唯物主义必备的观念。因为这一观念为历史唯物主义者自己书写历史所立足的现在提供了定义。”（〔德〕本雅明：《历史哲学论纲》，陈永国、马海良编《本雅明文选》，中国社会科学出版社 1999 年版，第 413 页。）

③ 〔德〕本雅明语；转引自刘北成《本雅明思想肖像》，上海人民出版社 1998 年版，第 233 页。

本雅明对意象——或者更准确地说，文学想象和艺术思维——情有独钟，在他看来，“意象与现象学的‘本质’之间的区别在于它们历史标识（海德格尔借助抽象的‘历史性’认为现象学挽救历史是徒劳的）。这些意象必须完全与‘人文科学’的范畴区分开来，与所谓习俗、风格之类区分开来。因为意象的历史标识不仅仅说它们属于某一特定的时刻，而是说，它们首先仅仅在某一特定时刻才达到可理解性。……意象是那种来自星座的闪光在当下的集合。换言之，意象就是凝固的辩证法”①。来自星座的闪光可能早已在太空飞行了数百万光年，但直到映入地球上人们的眼帘的那一瞬间（当下）才显现出意义，成为意象。很明显，这种意象是当下对历史的凝固，透过意象的分析，我们可以立足当下，反思历史。

不难发现，伊格尔顿借用本雅明对于“过去的那个意象”的辩证阐述，意在揭示出巴赫金“复活逝者”的未来指向②。在此，伊格尔顿再次颠倒讨论对象与方法的顺序，开始用巴赫金阐释本雅明，认为：“本雅明从过去权威中竭力拆散意象，目的是使这些意象可以进行多元杂交，使意象获得自由而进入多价态，巴赫金将此称作狂欢。”很显然，本雅明在“意象的辩证法”中对过去和未来的辩证思考，被伊格尔顿赋予了巴赫金式的“双重性”的狂欢性质，具有了狂欢化所具有的“无休止的模仿和倒置（鼻子/阴物、脸蛋/屁股、神圣/亵渎）横冲直撞，贯穿社会生活的始终，解构意象，误读文体，崩裂二元对立，将其分解成越来越深的模棱两可的陷阱，一切明确话语最终变得结结巴巴，落入这个陷阱之中”③ 的特征。在《美学意识形态》中，他故技重施，仍将用将本雅明与巴赫金对比、对举的做法。伊格尔顿在将本雅明思想定性为“一种极端现代的技术论”的同时，认为：“本杰明的著作在这个方面有一种左翼功能主义和胜利主义的情调，这使得他把身体视为机器。关于这一点，看来不会有比与巴赫金的狂欢化理论更为接近

---

① Walter Benjamin, *The Arcades Project*, translated by Howard Eiland and Kevin Mclaughlin, Cambridge, Mass.: Harvard University Press, 1999, PP. 462 – 463.

② 特别注意的是，本雅明本人可能并不这样认为，相反，他可能会认为，巴赫金的这种做法是滑稽可笑的。伊格尔顿自己也很清楚这一点。参见〔英〕特里·伊格尔顿《沃尔特·本雅明：或走向革命批评》，郭国良、陆汉臻译，第 192 页。

③ 〔英〕特里·伊格尔顿：《沃尔特·本雅明：或走向革命批评》，郭国良、陆汉臻译，第 192 页。

的理论了，巴赫金的狂欢化也有相似的流动性、复调性、分离性的身体，便用它丰满的感性来否定所有的工具性。”①

当然，伊格尔顿并未因此而将本雅明与巴赫金相等同，他既注意到了本雅明思想的消极倾向，认为：“本雅明的消极神学，像大多数西方马克思主义的消极性一样，其历史根源在于一种缺失，这是一种比弥赛亚的缺失更为明确的缺失：革命政党的缺失。”② 同时也意识到巴赫金思想的积极倾向，认为：“巴赫金的乌托邦充满积极的生命力，其势无以复加。的确，狂欢活动是如此的欢快，必要的政治性批评几乎太显而易见而无法进行。不管从何种意义上讲，狂欢毕竟是一个特许的活动，是得到许可的霸权分裂，是一种受到控制的大众释放，其令人不安性和相对的无效性一如革命的艺术品。”③ 巴赫金的狂欢由此成为一块特许的飞地，在那里，悲与喜、毁灭与新生、过去与未来交织在一起，并最终以前者（悲、毁灭、过去）的毁灭性的升华，成就了对后者（喜、新生、未来）的向往。

这种理论互释的做法，在伊格尔顿其他的著作中也经常被采用。在《维特根斯坦的朋友们：新左派的批评》中，伊格尔顿将米哈伊尔·巴赫金视为维特根斯坦的朋友，此外，米哈伊尔·巴赫金的胞兄尼古拉·巴赫金也被伊格尔顿挖掘出来。在该文的第二节“语言狂欢”中，伊格尔顿非常肯定地认为：“迄今为止，维特根斯坦最亲密的朋友之一，就是尼古拉·巴赫金。”④ 在讨论维特根斯坦的语言哲学思想时，米哈伊尔·巴赫金的语言理论成为其对比的重要参照。在伊格尔顿看来，“与维特根斯坦相似，巴赫金坚持文本中语言的具体运用，而非对其本质的形而上思考；但是与维特根斯坦不同的是，他认为这种具体运用与意识形态领域密不可分”。在讨论“唯物主义诗学”（materialist poetics）与“对话”之间的关系时，伊格尔顿发现，巴赫金在狂欢化理论中研究的“苏格拉底式反讽”（Socratic irony）也

---

① 〔英〕特里·伊格尔顿：《美学意识形态》，王杰等译，第336页。

② 〔英〕特里·伊格尔顿：《沃尔特·本雅明：或走向革命批评》，郭国良、陆汉臻译，第192页。

③ 〔英〕特里·伊格尔顿：《沃尔特·本雅明：或走向革命批评》，郭国良、陆汉臻译，第196页。

④ Terry Eagleton, “Wittgenstein's Friends,” *New Left Review*, Sep. -Oct., 1982, P.75；有关巴赫金兄弟之间的传奇经历及其异曲同工的对于语言理论的思考，已经成为巴赫金研究和当代语言哲学史研究中的重要议题；限于篇幅，本文从略。

是维特根斯坦的兴趣之所在。但是，两者的差异却是相当明显的：

> 尽管维特根斯坦关心什么是“我们”知道的普通语言（ordinary language），但是巴赫金更感兴趣的是民众的语言（the language of the people）。在最具生产性的马克思主义思想观念中，巴赫金的著作具有民粹主义的倾向，它使维特根斯坦向日常语言（everyday language）开放的反形而上学具有了政治性，发现其中的狂欢化形式具有葛兰西所谓的“自发的”政治哲学的特点。对于维特根斯坦来说，哲学的任务是使已被形而上学变得陌生的日常景观重新熟悉（re-familiarize）起来；对于巴赫金而言，它是怪异地将日常社会存在的形而上学真相陌生化的实际生活的某些模式——话语和狂欢——的实践。对于维特根斯坦来说，它是反常的、混乱的、疏离式的形而上学；对于巴赫金而言，形而上学则既是规范，也是混乱和疏离的民众语言。对维特根斯坦来说，“哲学问题始于语言的度假”；但对巴赫金来说，正是狂欢节才承诺它们的剥离。维特根斯坦的语言游戏的无界性在巴赫金手上，成为对政治限制的超越。①

这段话非常集中地体现了伊格尔顿以巴赫金作参照、方法来理解阐释维特根斯坦的努力。从某种意义上说，维特根斯坦对日常语言的重视和巴赫金对索绪尔的语言的批判，的确具有异曲同工之妙，如早期的维特根斯坦希望能够用逻辑完全描述语言的规则，但后期则回到经验，认为日常生活才是语言意义的确定者；索绪尔希望能够超越所有具体的言语，而直接探讨语言的建构规则，而巴赫金认为只有现实的活生生的言语才有意义。甚至在许多学者眼里，以索绪尔为代表的结构主义语言学和以维特根斯坦为代表的分析哲学，共同代表了 20 世纪所谓的“语言转向”，其实不然。所谓“语言转向”，准确的说法应该是“语言学转向”（the linguistic turn）或“哲学上的语言论转向”，即语言论取代认识论成为哲学研究的中心课题，人们不再满足于探讨人类知识的起源、认识的可能、主体在认识活动中的作用等问题，

---

① Terry Eagleton, *Wittgenstein's Friends*, New left review, Sep. – Oct., 1982, P. 80.

转而对语言的意义、理解与交流的方式与可能性等问题进行思考，这一转向直到现在仍在持续；而索绪尔的结构主义语言学虽然经过法国结构主义运动而一度声名鹊起，但最终还是在“巴赫金小组”的批判中，在克里斯蒂娃、罗兰·巴特等人的质疑中被超越了。

除了本雅明和维特根斯坦之外，在讨论雷蒙德·威廉斯时，伊格尔顿将他称为“巴赫金派”的社会语言学家，“当巴赫金的不倦努力在斯拉夫派符号学家们眼中还只是微弱的闪光的时候，威廉斯早已是一位‘巴赫金派’的社会语言学家了。先于于尔根·哈贝马斯许多年，威廉斯对交往活动理论的某些主要命题作出了论述”[①]。在论述叔本华的智慧时也用“这种从心灵到生殖器，神谕到生物通道的突降是一种巴赫金式的突降法或布莱希特式的‘愚思’”[②] 的表述策略，在此不再详述。

那么，伊格尔顿三十年间所经历的巴赫金接受历程及其对巴赫金的态度所发生的这些变化，说明了什么？从伊格尔顿对巴赫金的接受时段来看，它正处于巴赫金“第三次被发现”的时期，这一时期最大的特点就是巴赫金各种公开或被埋没的文献得以陆续出版，因此，伊格尔顿对巴赫金态度的变化不在于巴赫金作为影响源提供信息的变化（如又有最新的材料发现，从而改变了巴赫金的学术形象等），同时也不在于伊格尔顿作为接受者学术立场的变化（如我们所知道的，从伊格尔顿登上学术舞台的第一天起，他就一直坚持马克思主义的立场，这一点从未动摇过）。那么，这期间发生的变化是什么？应该说是巴赫金在整个80年代之后这三十年间的整体的接受状态发生了变化。如果说，在60年代经由克里斯蒂娃和托多洛夫的介绍，塑造出来的是“后形式主义”的巴赫金形象的话，那么，在70年代经由雷蒙德·威廉斯和伯明翰学派学人的努力，巴赫金的“马克思主义者”的学术形象就被确立起来；但是，经过80年代末的时代风云剧变，罩在巴赫金头上的“马克思主义者”不再被认为是一个耀眼的光环，相反，各种“后学”思潮从巴赫金身上挖掘出了诸多具有生产性的，被认为具有后现代特质的理

---

① 〔英〕特里·伊格尔顿：《纵论雷蒙德·威廉斯》，王尔勃译，刘纲纪主编《马克思主义美学研究》第2辑，第402页。不过，伊格尔顿的这些溢美之词是否站得住脚，尚需要专文论述，限于篇幅，本文暂时不回应这一问题。

② 〔英〕特里·伊格尔顿：《美学意识形态》，王杰等译，第143页。

论观点、思维方法，因此，80 年代之后，一个“后现代主义”的巴赫金形象被确立起来。而正是这一点，引起了坚守马克思主义立场的伊格尔顿的不满。回到本节开头部分，我们便不难理解，伊格尔顿在此所调侃的其实不是巴赫金本人，而是那个成为西方后现代学术明星的巴赫金形象，是那些将巴赫金视为后现代主义理论资源的当代学人。

三　西方马克思主义和后现代主义对巴赫金狂欢化理论的双重征用

1. 巴赫金难题：西方马克思主义或后现代？

经过从 20 世纪 50 年代以来对巴赫金的“三次发现”，巴赫金及其文化理论获得了文化理论研究资源的合法性地位。但是，围绕巴赫金及其理论与马克思主义关系的问题仍是困扰学界的难题，以至于成为一桩学术公案。比如说，巴赫金在 20 世纪 20 年代所写的几本带有明显马克思主义色彩的著作因没有署上自己的姓名，所引发的著作权之争成为巴赫金早期思想研究中的谜团；再比如，巴赫金在 20 世纪五六十年代所写的陀氏诗学问题的修订版和拉伯雷研究，并没有直接征引多少马克思主义经典著作，却被西方学界指认为“马克思主义的文化理论”，我们从凯特琳娜·克拉克和迈克尔·霍奎斯特的《米哈伊尔·巴赫金》、托多洛夫对巴赫金对话理论的发现，以及晚近的斯道雷将“狂欢式的通俗文化”置于马克思主义的论域等这一系列学术定位，便可明显地看出来这种倾向。而与此相反，进入苏联解体时期，俄罗斯学界却异乎寻常地将贴在巴赫金头上的“马克思主义”桂冠一一扯去，这种研究态度直接影响到了中国学者，拙著《接受的复调——中国巴赫金接受史研究》，就曾专门分析过现任南京师范大学教授的张杰对自己巴赫金研究论文的“修改”现象——其修改的唯一目的就是将自己写于苏联解体前的巴赫金研究论文中对于马克思主义定性的痕迹抹去。[①]

① 参见曾军《接受的复调——中国巴赫金接受史研究》（广西师范大学出版社 2004 年版）第四章中的“‘改写’现象：张杰及其对巴赫金批评理论体系的探讨”。

在此，逐一回应这些或永远不得其解，或只能纠缠不清，或可能时代影响学术等原因所形成的问题，也许并非明智之举，我只想通过上述事件的回顾指出，在巴赫金的文化理论中，泛而言之，在当代俄罗斯文化理论中，“马克思主义”到底是一个不得已而为之的标签还是真正具有实质性内涵的理论取向，的确是一个颇为复杂的问题。

西方马克思主义文化理论作为众多文化理论派别中的一元而存在，与之并行交叉发展的还有文化人类学、现象学、精神分析、结构主义、解构主义、女性主义、新历史主义以及笼而统之的所谓“后现代主义”等各种文化理论思潮。在晚近的发展中，伯明翰学派的文化研究以及影响于北美和北欧的传播政治经济学等批判学派，也与马克思主义有着千丝万缕的联系。在西方文化理论的学术地图中，西方马克思主义文化理论，一方面以其对资本主义文化现实的尖锐批判和侧重于制度及运行机制的意识形态分析而享有其独立的价值，另一方面又分别对其他文化理论派别在方法论上进行有效的影响（反之亦然）。反观俄罗斯文化理论，情况也大致如此。19 世纪中期到 20 世纪初，俄罗斯创造了自己独特而辉煌的文化理论。比如丹尼列夫斯基的“文化历史类型论”、索洛维约夫的“文化整体观”以及“文化动力学”等都是具有独创性的文化理论学说。“十月革命”以后，马克思主义开始融入苏联的文化理论之中。一方面，由俄共主导的国家意识形态宣传和文化建设构成了马克思主义主体部分；另一方面，马克思主义作为一种世界观和方法论，对作为学术研究的文化理论产生了深远的影响。不用说巴赫金早年必须用马克思主义观点来批判俄国形式主义和弗洛伊德主义，即使是本土性原创性的“文化动力学”也不得不借马克思主义进行阐释。

因此，当我们试图清理巴赫金文化理论与马克思主义的关系时，我们会发现自己在两种截然不同的语境间频繁穿梭：一方面是巴赫金最活跃的学术生命处在苏联浓厚的马克思主义意识形态控制之下，相对于西方而言，苏联与马克思主义有着密不可分的联系；而另一方面则是西方接受和解读巴赫金文化理论时，其理论背景已经与以马恩为代表的经典马克思主义相去甚远，是以英美新马克思主义和德国法兰克福学派为代表的西方马克思主义所代表的马克思主义的当代发展。因此，如果要细分巴赫金与马克思主义的关联，实际上要分为两个具体问题来讨论：巴赫金与经典马克思主义有何关联？巴赫金与西方马克思主义是否存在相通之处?

鉴于巴赫金早期思想因其著作权之争已成为诉讼不清的公案，对巴赫金与经典马克思主义关联的探讨几乎成为一种猜谜式的行为；而巴赫金与其同时代的西方马克思主义之间既存在复杂的相互影响关系，又彼此保持相对独立的平行关系，则可以相对容易地进入学术探讨的论域。因此，当我们将巴赫金与西方马克思主义放在一起讨论时，既不可能单纯地采用影响研究（西方马克思主义影响巴赫金，或巴赫金影响西方马克思主义），也不太可能单纯地采用平行比较（将若干理论命题逻辑性地展开其异同），而是力图挖掘两者更为复杂的关联。

限于篇幅，本节只着重将巴赫金的狂欢化理论作为分析的切入口和辨析的对象。在这方面，澳大利亚学者约翰·多克直接将狂欢与当代大众文化联系起来，便是一个最好的分析个案。在《后现代主义与大众文化：文化史》一书中，约翰·多克对一个世纪以来以现代主义批评理论来理解 20 世纪大众文化的方式提出了质疑，而且提出了后现代主义者有可能提供更有启发性的方法一说。现代主义批评理论把大众文化当成十恶不赦的恶魔，像启示录一样，谴责大众文化是威胁文明的主要危险，它导致了大众缺乏抵抗力，大规模地接受这个世界上所有邪恶和错误的东西。而“后现代主义……没有把任何一种强制性的意义或目的归咎于大众文化现象。……它不希望在整体的文化中设置和控制一种类型的等级制度”。这里的现代主义式的大众文化理论是指法兰克福学派，以文化研究为特色的伯明翰学派则被安排在从现代主义向后现代主义的过渡时期，而后现代主义式的大众文化理论则特指巴赫金的狂欢化理论。如果暂时抛开所谓“现代主义”“后现代主义”的命名之争，如果暂时忽略掉多克在“法兰克福—伯明翰—巴赫金”这样逻辑区分中的历时性缺陷（从历时性角度看，巴赫金的学术生活应该与法兰克福学派几乎同时，而中止于伯明翰学派达到顶峰的 70 年代），那么，多克事实上在努力地将巴赫金及其狂欢化理论整合到他的大众文化理论史的宏大叙述之中。而且，如果我们站在西方文化理论的发展历程来看，如果我们将巴赫金的学术生活置换成巴赫金“被发现”的历史，那么，多克的这种三段论式的划分立刻就变得容易理解了。

在多克的论述中，有下面几个问题值得特别关注。其一，众所周知，巴赫金狂欢化理论所研究的对象是中世纪的民间文化，而当代大众文化的背景却是发端于19世纪中后期突出表现于20世纪中后期的现代工业文明和后现代文化。那么，狂欢化理论的中世纪民间文化背景是如何被置换成当代大众文化背景的？其二，巴赫金对狂欢化理论的特点表述为双重性（即“脱冕”与“加冕”、“肯定”与“否定”、“破坏”和“建设”、“死亡”与“新生”，等等），那么，狂欢化理论是何以被改造成单纯的肯定性大众文化理论的？其三，当代大众文化的合法化直接来自雷蒙德·威廉斯将文化定义为生活方式的理论，因而，作为生活方式的当代文化更集中地体现在人们的日常生活之中。但是，巴赫金的狂欢化理论却强调的是文化的非日常性。那么，在当代文化论域里，我们该如何看待狂欢与日常生活之间微妙而复杂的关系？

2. 语境置换：从民间文化到大众文化

巴赫金狂欢化理论的文化背景是中世纪的民间文化。所谓“民间文化”在俄罗斯文化理论中还有一种表述——“源头文化”，在俄罗斯的文化理论中，民间文化主要是用“源头文化”来表述的，是与“高等文化”（职业文化）相对立的概念。“源头文化是诞生于民族心灵深处，在日常的劳动活动和直接的日常交际中成长起来的那种文化，似乎没有作者”。“在历史的进程中，出现了那种通常称之为‘高等的’文化，即由从全体大众中脱颖而出的文化创造者创造的文化。”① 这种“源头文化”的命名，事实上暗示了一种民间文化（或大众文化）与高等文化（或精英文化）之间的既为源流又分高下的复杂关系，这种关系共同面对的则是官方文化的控制与挤压。巴赫金在研究拉伯雷小说中的民间文化时，依据的正是这种典型的俄罗斯民间文化观。

巴赫金在研究中世纪民间文化时特别指出，在此前的研究中，研究者往往没有注意这种民间文化与高等文化（或曰精英文化）之间的区别，相反，却是用精英文化的观念去观察民间文化，从而造成种种误读。在巴赫金看

---

① 〔俄〕盖纳吉·弗拉基米罗维奇·德拉奇主编《世界文化百题》，王亚民、赵秋长、刘久胜译，敦煌文艺出版社2004年版，第66页。

来，“过去对这些现象的研究，只是从近代的文化、美学和文学规范的角度着手，也就是说，没有用它们自己的尺度来衡量它们，而是用不适用于它们的近代尺度来衡量它们。人们把它们现代化了，因而对它们做出了不正确的解释和评价”。比如说，在人体观念上，近代的标准“所要求的人体，首先是严格完成、完全现成的人体。其次，它是单独的、单个的、与其他人体分开的、封闭的。因此，人体的一切非现成性、生长和增生的特征都被排除”，巴赫金认为这就是“近代标准的基本主导倾向”，因此，“从这些标准的角度来看，怪诞现实主义的人体是某种畸形的、丑陋的、不成体统的东西。这种人体不能纳入近代形成的‘美的美学’的框架”。而巴赫金为自己确立的任务正是“恢复这种标准的本来面目。不能容许用近代标准的精神去解释它，把它看作只是对近代标准的偏离。必须用怪诞标准自己的尺度来衡量这种标准”。为此，巴赫金刻意地强调指出，拉伯雷创作中的中世纪民间文化是与官方文化相对立的文化形态，如果不理解这一点，而试图用官方文化的发展框架来理解拉伯雷，只能是适得其反。“现代外国拉伯雷创作研究界的主要的弱点在于不熟悉民间文化，他们企图把法国人拉伯雷的创作置于官方文化的框架里，把它放到统一的‘大潮流’中，即法国官方文学的流派中去理解。因此，他们绝对不能掌握拉伯雷创作中最本质的东西。……民间文化在其整个发展阶段上总是与统治阶级的官方文化针锋相对的，而且拟定了观察世界的独特观点，创造了形象反映世界的特殊形式。”[①] 通过巴赫金关于民间文化的不同表述，我们可以明显地看到，在他的心目中，民间文化不仅处于与高等文化（精英文化）相偏离，与官方文化相对立的位置，而且有着不依赖于后者而独特存在的特点。这一点很重要，否则我们将无法对其狂欢化的精神内核有准确的把握。

20 世纪六七十年代，属于巴赫金在西方学界的第二次被发现的时期。在这一时期，西方马克思主义正处于大众文化研究从法兰克福学派向伯明翰学派裂变的过程之中，巴赫金的狂欢化理论正是在这种变动的文化观念中被西方学界所接受并得到重新阐释的。

---

① 〔俄〕巴赫金：《弗朗索瓦·拉伯雷的创作与中世纪和文艺复兴时期的民间文化》，钱中文主编《巴赫金全集·拉伯雷研究》，李兆林等译，第 21—22、35、550—551 页。

在法兰克福学派那里，大众文化就是文化工业，而非“从人民大众出发，为人民大众服务”。用阿多诺的话说就是，“在我们的草稿中，我们使用的是‘大众文化’（mass culture）。大众文化的倡导者认为，它是这样一种文化，仿佛同时从大众本身产生出来似的，是流行艺术的当代形式。我们为了从一开始就避免与此一致的解释，就采用‘文化工业’代替了它。我们必须最大限度地把它与文化工业区别开来。我们用‘文化工业’，取代这种表述，以便一开始就排除赞同其倡导者的下述解释的可能：这是一个类似一种从大众本身、从流行艺术的当前形式自发地产生出来的文化问题。文化工业必须与后者严加区分”①。正因为如此，文化工业或大众文化构成了大众的对立面。在文化工业面前，大众沦为“消费者”，而“文化工业通过不断地向消费者许愿来欺骗消费者”，“文化工业不仅说服消费者，相信它的欺骗就是对消费者需求的满足，而且它要求消费者，不管怎样都应该对他所提的东西心满意足。”② 在马尔库塞眼里同样如此，他认为大众文化因其“在资产阶级统治开始稳固之后，就愈发效力于压抑不满之大众，愈发效力于纯为自我安慰式的满足。它们隐藏着对个体的身心残害”③。因此，所谓大众文化，不过是资产阶级的官方文化用以欺骗和压抑大众的文化形式。那么，精英文化在这种官方文化和大众文化的角逐格局中居于何种地位呢？在马尔库塞看来，精英文化或曰高雅文化因具有美的形式而隐含解放的潜能，他认为：“审美的天地是一个生活世界，依靠它，自由的需求和潜能找寻着自身的解放。”他赋予精英文化的审美性以政治解放的意蕴，认为：“艺术的政治潜能在于艺术本身，即在审美形式本身。”④ 因此，他提出“新感性”理论用来对抗工业文明，以便解放大众文化，因为“美学形式的背后乃是美感与理性的被压抑的和谐，是对统治逻辑组织生活的持久抗议，是以操作原则的批判”⑤。很明显，在法兰克福学派那里，身受资本主义生产关系制

① 〔德〕阿多诺：《文化工业再生产》，高丙中译，陶东风、金元浦等主编《文化研究》第一辑，天津社会科学院出版社 2000 年版，第 198 页。

② 〔德〕霍克海默、阿多尔诺：《启蒙辩证法》，洪佩郁等译，重庆出版社 1990 年版，第 130、133 页。

③ 〔美〕马尔库塞：《现代文明与人的困境》，李小兵等译，上海三联书店 1989 年版，第 124 页。

④ 〔美〕马尔库塞：《审美之维》，李小兵译，生活·读书·新知三联书店 1989 年版，第 113、203 页。

⑤ 〔美〕马尔库塞：《爱欲与文明》，黄勇、薛民译，上海译文出版社 1987 年版，第 104 页。

约和基于现代媒介技术而产生的大众文化，不可能成为官方文化的对立者，相反是一个受骗者、被压抑者，而欲使大众从这种欺骗性的大众文化中解脱出来，必须坚持精英文化的批判立场。

但是，晚近的以伯明翰学派为代表的文化研究在处理大众文化与官方文化、精英文化的关系时却有意取消彼此的对立状态，他们在“当下文化现实”中抹杀了彼此的边界。伯明翰文化研究的基本出发点在于威廉斯所界定的“从本质上说，文化也是一整个生活方式”[①]。在这种整体性的生活方式中，高雅的精神生产与粗鄙的文化实践具有同样重要的意义，并且在同样的视角和方法下被关照与研究。正因为如此，我们可以看到，广告、影视与文学一样，被视为可供文化研究的文本，流行于百姓之中的“荤段子”、手机短信也适用于剖析文化经典的批评手段。[②] 因此，在这种文化观念主导之下，法兰克福学派思想家们所期待的精英文化的“解放功能”被解构了，取而代之的则是以青年亚文化为代表的大众文化的抵抗。[③]

从现有的文献中，我还没有发现早期伯明翰学派学者对巴赫金的理论有过接触和了解，但是从斯图尔特·霍尔开始，巴赫金便开始进入他们的视野，并得到了很高的评价。在霍尔的《解构“大众”笔记》中，他即引用了现在被认为是巴赫金用他人名字所著的《马克思主义与语言哲学》中的论述，并热情洋溢地称之为“一位使用伏洛斯诺夫这个笔名的非常伟大的马克思语言学家”[④]；可见，霍尔不仅熟悉巴赫金的著作，还对其有争议的文本非常了解。伯明翰学派的后期代表人物、美国的费斯克，则将自己的研究兴趣完全集中到大众文化上面，他对巴赫金的接受和阐释则更为明显。费斯克沿着霍尔所开创的受众研究的“解码—编码”理论进一步地接受巴赫金的狂欢化理论，认为巴赫金所描述的狂欢场景“……功能乃是解放，是

---

① 〔英〕威廉姆斯：《文化与社会》，吴松江、张文定译，北京大学出版社1991年版，第403页。

② 在此不得不多说一句的是，伯明翰学派的文化研究的大众文化转向，其实并非用大众文化取代精英文化，而是强调对日常生活的关注、漠视文化经典的传承。其真正的用意在于，取消两者的边界，实现研究对象与研究方法的通约。

③ 这方面的代表性著作便是伯明翰学派学者集体撰写的著作《仪式抵抗》。该书研究了60年代后期到70年代初期的英国工人阶级中青少年的反抗文化。

④ 〔英〕斯图尔特·霍尔：《解构“大众”笔记》，戴从容译，陆扬、王毅选编《大众文化研究》，第51—52页。

允许一种创造性的、游戏式的自由”；他认为，巴赫金发现了民间狂欢节的三种主要文化形式（“仪式化的奇观”、“喜剧式的语言作品”和“各种类型的粗言俚语”），正好能够概括当代大众文化媒体的奇观现象，而大众对狂欢的快感的迷恋也构成大众文化的抵抗策略之一。[①]

从这种理论思路的演变中我们不难发现，巴赫金狂欢化理论的中世纪民间文化背景被置换成当代大众文化背景的理论逻辑：其一，巴赫金对狂欢节的文化形式的概括，与当代大众文化中的奇观现象形成了同构关系；其二，巴赫金所认为的民间文化是对精英文化的偏离和对官方文化的对抗的观点，正好与伯明翰学派学者抹杀大众与精英的界限、强调大众的抵抗性相呼应；其三，狂欢节对日常生活的颠覆可以很方便地用来对当代大众文化基于现代传媒所制造的文化幻象进行理论批判。

3. 改写狂欢：从双重性理论到肯定性理论

不过，在这种理论思路的逻辑对应中，巴赫金狂欢化理论不可避免地被改写了。其中最重要的改写就是将具有双重性的狂欢化理论，改写成肯定性的大众文化理论。

巴赫金对狂欢式的世界感受的描述是双重性的。比如说，狂欢节中对崇高的贬低化和降格化，貌似一种否定性、破坏性的形式，但“贬低化，在这里就意味着世俗化，就是靠拢作为吸纳因素而同时又是生育因素的大地：贬低化同时既是埋葬，又是播种，置于死地，就是为了更好更多地重新生育。……贬低化为新的诞生掘开肉体的坟墓。因此它不仅具有毁灭、否定的意义，而且也具有肯定的、再生的意义：它是双重性的，它同时既否定又肯定”。而怪诞形象的意义也正在于其双重性，在于“怪诞形象以这种或那种形式体现（或显示）变化的两极即旧与新、垂死与新生、变形的始与末”。狂欢式的笑也是一样，“它既是欢乐的、兴奋的，同时也是讥笑的、冷嘲热讽的，它既否定又肯定，既埋葬又再生”。[②] 巴赫金对待狂欢化的世界感受双重性的态度，其实在一定程度上也反映出了巴赫金对待民间文化——如果

---

① 与“狂欢的快感”相对应的还有“生产的快感”，两者共同构成了对大众文化的抵抗策略。

② 〔俄〕巴赫金：《弗朗索瓦·拉伯雷的创作与中世纪和文艺复兴时期的民间文化》，钱中文主编《巴赫金全集·拉伯雷研究》，李兆林等译，第25—26、29、14页。

说延续到现代工业文化之后即是大众文化——的一种暧昧的态度。这一点与前述的俄罗斯关于民间文化的看法有密切的关系。巴赫金一方面认识到民间文化与高等文化相比所存在的粗鄙性和低俗性，但另一方面却不像传统的精英文化对待民间文化持那样一味地贬低和否定，并不认为这些粗鄙的低俗的民间文化需要知识精英的“启蒙”或者官方文化的“规训”，相反，他认为正是这些粗鄙和低俗的文化形式包含着积极和向上的精神。因此，巴赫金对狂欢文化双重性的认识，正是他自己对民间文化的双重态度的表征。

但是在西方马克思主义对巴赫金狂欢化理论的接受中，这种双重性却被简单化地处理成肯定性的了。在《后现代主义与大众文化：文化史》中，约翰·多克直接将巴赫金的狂欢化理论视为对大众文化肯定论述的理论来看待，认为巴赫金是“对大众文化进行了肯定论述的理论家”[①]，并认为巴赫金所描述的“狂欢活动作为一种文化模式仍然还强烈地影响着20世纪大众文化，例如好莱坞电影、大众文学类型、电视和音乐。这种文化已成国际化，其发展之昌盛、范围之广、影响之大、生命力之旺盛、创造力之丰富也许代表着大众文化历史的另一个顶峰，足可与早期的现代欧洲文化相媲美。”[②] 狂欢化理论也进而被改造成肯定性的大众文化理论。

在《理解大众文化》中，费斯克用巴赫金的狂欢化理论重写了罗兰·巴特用符号学分析过的“摔跤”，认为：“《摇滚与摔跤》节目是电视上的身体狂欢节，也是无法无天、丑怪荒诞、堕落与奇观（spectacle）的狂欢节。”在这里，不仅巴赫金所有关于狂欢化的文化形式都能够找到对应物，而且在费斯克看来，“所有这一切都典型代表了布迪厄所说的工人阶级在文化形式方面的参与，有别于中产阶级的欣赏方式。”[③] 从中不难看出，当狂欢化理论被用于描述当代大众文化现象时，大众就被赋予了民间文化的积极意义，从而削弱了大众在资本主义生产关系中的被动性，赋予了其对抗官方文化的主动性和抵抗性。而这正应和了大众文化理论从法兰克福学派向伯明翰学派

---

① 〔澳〕约翰·多克：《后现代主义与大众文化·文化史》，“导论”，吴松江、张天飞译，辽宁教育出版社2001年版，第5页。

② 〔澳〕约翰·多克：《后现代主义与大众文化·文化史》，吴松江、张天飞译，第258页。

③ 〔美〕约翰·费斯克：《理解大众文化》，王晓珏、宋伟杰译，第101、109页。

的转变。[①]

20 世纪后半期的西方文化理论，事实上出现了西方马克思主义与后现代主义的分化，前者是持新左派批判立场的伯明翰学派和以伊格尔顿、詹明信等人为代表的西方马克思主义路线；后者则是带有明显自由主义倾向的以伊哈布·哈桑、林达·哈奇，以及斯潘诺斯为代表的从文学艺术角度对后现代主义艺术观念的张扬。[②] 不过，在对待巴赫金狂欢化理论之于当代大众文化问题上，双方却异乎寻常地采取了肯定性的文化态度。后现代主义对狂欢化理论的利用，主要体现在对众声喧哗的文化景观的描述和肯定上。在伊哈布·哈桑所概括的后现代主义的 11 个特征中，第 8 个就是“狂欢”。在他看来，狂欢“丰富地涵盖了不确性、支离破碎性、非原则化、无我性、反讽、种类混杂等等，……这个词还传达了后现代主义喜剧式的甚至荒诞的精神气质。……狂欢在更深一层意味着‘一符多音’——语言的离心力、事物欢悦的相互依存性、透视和行为、参与生活的狂乱、笑的内在性”[③]。不仅如此，狂欢化理论中的解构和颠覆的激情也令后现代主义者心驰神往，“在我们看来，后现代主义在一定程度上复活了中世纪西欧的‘嘲笑文化’：允许否定，滑稽模仿，嘲笑一切，这就造成了轻松的气氛、某种‘革新的激情’”[④]。这里所谓的“嘲笑文化”正是指中世纪的狂欢文化。

西方文化理论（包括西方马克思主义文化理论）对巴赫金狂欢化理论双重性的这种简单化的处理，存在着不少理论的隐患，比如对文化背景的有意忽视或简单移植，对其革命性、解构性、对抗性的片面强调，以及所导致的对狂欢节文化意义的过分夸大等。尤其值得重视的是，当狂欢被当作当代

① 在这个问题上，赵勇发表在《文学评论》2004 年第 3 期上的《大众文化的颠覆模式》一文也关注到了这个问题，可参看。*Critique of Everyday Life*, Vol. I *Introduction*, by Henri Lefebvre, translated by John More, with preface by Michel Trebitsch, Verso, London, New York, 1991.

② 〔美〕伊哈布·哈桑：《后现代主义景观中的多元论》，王岳川、尚水编《后现代主义文化与美学》，北京大学出版社 1992 版；特别值得注意的是，在中国前十余年的讨论中，并没有严格对“后现代主义者”和“后现代主义研究者”以及“后现代主义批判者”进行区分，而是一锅粥式地将所有谈论“后现代主义”的学者和文章泛称为“后现代主义理论”，其实大谬。限于篇幅，在此不便展开。

③ 〔美〕伊哈布·哈桑：《后现代主义景观中的多元论》，王岳川、尚水编《后现代主义文化与美学》，第 129—130 页。

④ 〔苏〕图甘诺娃：《后现代主义及其哲学根源》，王岳川、尚水编《后现代主义文化与美学》，第 206 页。

文化现象的分析工具和理论视角之后，其理论的针对性和实际的效用发生了巨大的变异。而这种变异又直接与另一个在巴赫金狂欢化理论中并没有刻意突显的问题——日常生活有关。

4. 理论误读：从两种生活到日常生活

对巴赫金来说，始于狂欢节的狂欢文化是与日常生活相对的文化形态，或者说是一种“异常生活”。大众在狂欢节文化中获得的是束缚于日常生活身心的一种暂时性释放。因此，巴赫金明确提出了“两种生活”的理论。在拉伯雷研究中，巴赫金指出：“中世纪的人似乎过着两种生活，一种是常规的、十分严肃而紧蹙眉头的生活，服从于严格的等级秩序的生活，充满了恐惧、教条、崇敬、虔诚的生活；另一种是狂欢广场似的自由自在的生活，充满了两重性的笑，充满了对一切神圣事物的亵渎和歪曲，充满了不敬和猥亵，充满了同一切人一切事的随意不拘的交往。”[①] 也就是说，在中世纪，狂欢节是与日常生活截然不同的另一种生活，狂欢化同时也意味着“非日常化”，或者说“反常化”。更为重要的是，巴赫金狂欢化理论所针对的中世纪的日常生活，是处于宗教神学笼罩之下的阶级文化，其基本的特点就是严肃性，而且这种严肃性“是官方的、专横的，是与暴力、禁令、限制结合在一起的。在这种严肃性中总是有恐惧和恐吓的成分”[②]。由此，日常生活与狂欢化生活构成了人们生活状态的两端。日常生活意味着恒常不变，狂欢化生活意味着变动不居；日常生活意味着按部就班的常人常态，狂欢化生活意味着标新立异的反常和陌生化；日常生活意味着吃喝拉撒睡这些琐碎和平庸，狂欢化生活则意味着对于精神自由的追求和张扬，如此等等。

当代文化研究的转型最根本的一点在于，接受了威廉斯将文化视为生活方式的观点，这使得当代文化研究不再满足于已成传统和文献的文化，而是将全身心投入活生生的当下文化现实之中。不过，威廉斯的这一观念是有着明显的马克思主义传统的。从历时性上看，马克思主义从 19 世纪末 20 世纪

---

① 〔俄〕巴赫金：《陀思妥耶夫斯基诗学问题》，钱中文主编《巴赫金全集·诗学与访谈》，白春仁、顾亚铃等译，河北教育出版社 1998 年版，第 170 页。

② 〔俄〕巴赫金：《弗朗索瓦·拉伯雷的创作与中世纪和文艺复兴时期的民间文化》，钱中文主编《巴赫金全集·拉伯雷研究》，李兆林等译，第 105 页。

初的文化革命（以经典马克思主义为代表的第一代）到20世纪三四十年代的文化批判（以法兰克福学派为代表的第二代），再到20世纪六七十年代的文化研究（以英国伯明翰学派为代表的第三代），体现出其激进主义日渐衰退的轨迹。但是，他们在理论立场的基本点上仍然保持不变。正是从早期资本主义赤裸裸的血腥剥削，到晚期资本主义福利社会的形成之当下现实，导致了西方马克思主义所谓“批判锋芒”的减弱。因此，当代文化研究日渐大众化、日常化、欲望化的演进逻辑，其实说到底正是这种当下现实（当代文化）的发展逻辑，而这恐怕是历史的宿命。在这一过程中，西方马克思主义从生产关系批判转向日常生活批判，可以说是最突出的变化。

在此，略述一下西方马克思主义日常生活理论的演变是有必要的。尽管马克思曾经说过：“人们为了能够‘创造历史’，必须能够生活。但是为了生活，首先就需要衣、食、住以及其它东西。”[①] 显示了马恩对日常生活的高度重视，但是西方马克思主义学者却并没有沿着这个思路往下走。如果说在马恩等经典作家那里，对资本主义所展开的批判主要是从生产关系的角度入手的话，那么，在西方马克思主义学者那里，则是将这一批判引向了资本主义制度下的日常生活。在这方面，卢卡奇率先确立了日常生活之于社会存在本体论研究的重要地位，实现了从生产关系批判向日常生活批判的转变。在卢卡奇看来，“日常态度既是每个人活动的起点，也是每个人活动的终点”[②]。因此，他主张要到“人们的日常生活的最简单的事实当中去寻找对社会存在进行本体论考察的第一出发点”[③]。正式揭开日常生活批判的是列斐伏尔。在他那里，日常生活尽管从某种意义上是一种鸡零狗碎的剩余物，但它作为对各种高级活动之间所留下的技术真空的补充，几乎可以说将人存在的社会关系总和囊括其中。从这个意义上说，列斐伏尔的日常生活观，可以说是将马克思的“人的本质并不是单个人所固有的抽象物。在其现实性上，它是一切社会关系的总和”与卢卡奇将日常生活作为社会存在本体论

① 〔德〕马克思、恩格斯：《德意志意识形态》，《马克思恩格斯选集》第1卷，第32页。

② 〔匈〕卢卡契：《审美特性》第1卷，徐恒醇译，“前言”，中国社会科学出版社1986年版，第1页。

③ 〔匈〕卢卡奇：《关于社会存在的本体论》上册，张西平等译，重庆出版社1993年版，第4页。

考察的第一出发点的有机组合。在他看来，“日常生活在某种意义上是一种剩余物，即它是被所有那些独特的、高级的、专业化的结构性活动挑选出来用于分析之后所剩下来的‘鸡零狗碎’，因此也就必须对它进行总体性地把握。而那些出于专业化与技术化考虑的各种高级活动之间，也因此留下了一个‘技术真空’，需要日常生活来填补。日常生活与一切活动有着深层次的联系，并将它们之间的种种区别与冲突一并囊括于其中。日常生活是一切活动的汇聚处，是它们的纽带，它们共同的根基。也只有在日常生活中，造成人类的和每一个人的存在的社会关系总和，才能以完整的形态与方式体现出来。在现实中发挥出整体作用的这些联系，也只有在日常生活中才能实现与体现出来，虽然通常是以某种总是局部的不完整的方式实现出来，这包括友谊、同志关系、爱、交往的需求以及游戏等等”①。与之相比，赫勒则有意沟通物质资料再生产与日常生活之间的关联。在她看来，日常生活其实就是“那些同时使社会再生产成为可能的个体再生产要素的集合”，个体的再生产一方面自在地生产出个人自身的生活，另一方面个体又以此为基础，塑造他有目的的世界，与社会发生自为的联系。由此，赫勒建立了她的日常生活哲学，并以此来超越资本主义生产关系下人的异化的特性。在《日常生活》的结尾，她写道：“那些今天过着有意义生活的个体自觉选择和接受的任务，是创造一个异化在其中成为过去的社会：一个人人都有机会获得使他能够过上有意义生活的‘天赋’的社会。”因此，“可以把马克思所设想的共产主义界定为这样的社会，在那里如果每一主体把自己的日常生活建立为‘为他自己的存在’，那么，社会必要条件就会得到满足”②。

因此，从马克思主义生产与消费理论角度看，日常生活属于“非生产领域”“非劳动、非工作时刻”，这就导致了以后对日常生活“休闲性”“消费性”的强调，这也就是到了20世纪后半期，随着晚期资本主义或曰后工业社会的来临，西方马克思主义纷纷转向了对大众文化、消费文化的研究和批判的原因。当费斯克指出“形形色色的规则，组织着与日常生活的

① *Critique of everydaylife*, Vol. I, *Introduction*, by Henri Lefebvre, translated by John More, with preface by Michel Trebitsch, Verso, London, New York, 1991, P. 93；转引自刘怀玉《列斐伏尔日常生活批判概念的前后转变》，《现代哲学》2003年第1期。

② 〔匈〕赫勒：《日常生活》，衣俊卿译，重庆出版社1990年版，第292页。

方方面面，而且控制着我们所理解的意义；这些规则不但决定着行为与判断，而且执掌着我们理解世界时所凭借的那些社会范畴。在狂欢节那里，各种范畴以及规则，都被热情地打破"[①] 时，这一"日常生活"特指的是在晚期资本主义社会深受科层制和商业文化侵蚀的大众生活方式，而狂欢是对其暂时的逃避。

不难看出，西方马克思主义借用狂欢所批判的日常生活，在内涵上其实与巴赫金笔下的中世纪的日常生活相去甚远。自文艺复兴以后，西方社会便开始走向中世纪的反面：从神性走向世俗性，人们的生活方式也从严肃性的宗教生活演变成世俗性的日常生活。如果以颠倒的意识形态观来看，在中世纪具有反常性的狂欢化的世界感受，其实正与现代社会中世俗性的日常生活有着异曲同工之意。不过，事情远非理论推演那么简单。一方面，从中世纪狂欢节的去神圣化，即世俗化的精神追求来看，我们确实可以看到许多现代社会世俗性的日常生活的影子，比如说，人群的聚集与亲密接触、作为个体的市民间的平等关系（非工作、非生产时的关系）、对于物质的消费和精神愉悦的满足等；但另一方面，这种世俗性只有相对于敬神和禁欲的宗教神学时才具有积极意义。在神性消散的现代社会，上述所有积极的意义只是成为一种日常性的存在，一种生活方式。不仅如此，在日常生活中，表面上个体性的、平等性的、消费性的生活方式中，其实也包含着来自社会组织结构和生产关系中权力与资本的影响。正因为如此，在西方马克思主义那里，日常生活便不再只是现代性的对于世俗的肯定，而成为对权力和资本进行批判的场域，狂欢也就再度成为日常生活（这已经是当代文化中的日常生活了）的对立面，成为日常生活批判的理论武器。

其实，巴赫金自己也已经注意到了狂欢节进入现代日常生活之后所发生的变异。在他看来，"现代日常生活中的这种不拘形迹的接触，当然远非民间狂欢广场上的那种自由、不拘形迹的接触。它缺乏主要的东西：全民性、节庆性、乌托邦式的思维和世界观的深度。一般来说，某些狂欢节形式在近代的日常生活化，尽管保留了外壳，但已失去这些形式的内在意义。……通过狂欢节，其中某些因素进入了近代的日常生活，但几乎完全失去了自己的

① 〔美〕费斯克：《理解大众文化》，王晓珏、宋伟杰译，第104页。

狂欢节的本义"[①]。可见，在巴赫金看来，不管是日常生活还是狂欢节，在中世纪和现代社会中都是完全不同的东西，两者不可同日而语。可是西方马克思主义学者们似乎并不在意这些，他们只是从巴赫金狂欢化理论中寻觅到了难得的理论激情，进行了一场误读性的理论狂欢。

① 〔俄〕巴赫金：《弗朗索瓦·拉伯雷的创作与中世纪和文艺复兴时期的民间文化》，钱中文主编《巴赫金全集·拉伯雷研究》，李兆林等译，第19—20页。

第四章

女性主义文学批评中的对话、身体与狂欢*

一 对话主义与女性主义批评立场和方法的转向

如第一、二章所述，巴赫金理论对法国学术界的影响实现了对结构主义的双重超越：克里斯蒂娃在巴赫金对话理论基础上创造出来的互文性理论，实现了从结构主义到后结构主义的转向；托多洛夫则借助巴赫金的超语言学实现了从结构主义到对话主义的转向；这是大师级影响的典范。而在第三章中，巴赫金对英国的影响主要表现为以雷蒙德·威廉斯、特里·伊格尔顿为代表的大师级影响和以伯明翰当代文化研究中心“语言和意识形态”小组为代表的群体性影响的同时存在；再加上巴赫金与马克思主义的微妙关系，使得这种影响发展成为一种错综复杂的思想网络。

本章所要讨论的，是巴赫金理论对女性主义文学批评的影响。与此前各方面的影响明显不同的是如下两个方面。一方面，巴赫金理论对女性主义的影响中，大师级影响似乎并不存在。没有哪位女性主义大师级学者将巴赫金的思想奉为指南。即便如第一章中所讨论的克里斯蒂娃，在其女性主义著作中也是绝少提及巴赫金。这恐怕不是一种无意的疏忽。另一方面，巴赫金对女性主义文学批评的群体性影响则毋庸置疑。进入20世纪80年代之后，不少女性主义批评家在不同程度上吸收了巴赫金理论，并共同推动了女性主义文学批评的转型。

---

* 本章与张口天合作完成。

因此，本章的研究无论是在对象、主题，还是在叙述方法上，都与前几章有明显的差异。这也显示出巴赫金对当代西方文学理论影响的丰富性、多样性和复杂性。

1. 关注差异和他者：女性主义所理解的巴赫金话语理论

女性主义文学批评者所借鉴的巴赫金话语理论主要来自《陀思妥耶夫斯基诗学问题》和《马克思主义与语言哲学》对超语言学、语言的多重音性及其所折射的阶级属性问题的论述，以及《长篇小说的话语》对语言所具有的杂语/众声喧哗特点的概括。这与英美马克思主义和后现代主义（包括其他“后学”）所接受的巴赫金理论具有惊人的一致性。这也就意味着，女性主义文学批评在20世纪80年代之后所受到的巴赫金理论影响，基本上可以划归到英美文化理论的认知框架。这些受巴赫金理论影响的女性主义文学批评家绝大多数来自英美学术界，这也从一个侧面证明了这一点。

凯伦·安·霍妮（Karen Ann Hohne）和海伦·伍索（Helen Wussow）共同编辑了一本题为《对话之声——女性主义文学理论和巴赫金》的书，汇聚了20世纪80年代到90年代初期一些有代表性的女性主义文学批评著作。她们意识到男权社会话语运用与维系的单一性，而这种单一的话语交流必然被女性主义者看成充满男性气质的霸权话语。女性主义者看到了这种意识形态单一性的玄机，在此基础上提出了自己的批评话语立场。她们发现：“巴赫金对女性主义者来说是可以接近和有价值的。这不仅表现在他的哲学方面，尤其是为了庆典，强调、突出对话的活力——也就是说，各种声音的融合与交织，进而创造出一个比各部分更大的、更具创造力的总和，而且还表现在形式方面。”[①] 这种思路给困境中的女性主义理论带来了重要启示，有助于她们去突破西方理论传统中形而上学的逻各斯主义和非此即彼的二元对立话语模式，也使她们从中找到了某种抗衡的张力。

巴赫金的交往对话思想使她们意识到，受到男性中心主义控制的文本，具有无所不在的男性视野的局限，文本的男性化操控着读者的阅读感受。因

① Karen Hohne and Helen Wussow, “Introduction,” *A Dialogue of Voices – Feminist Literary Theory and Bakhtin*, University of Minnesota Press, 1994, P. viii.

此，女性主义批评就不应该局限在由文本主导的阅读视野里。女性主义必须发展出一套开放的、复调的文本观，才能超越封闭的、独白的文本观，进而重建女性主义的批评视野。巴赫金的话语理论成为这种方法论和认识论的有机结合。它不再把文学文本只是放在客体的位置上，而是走出文本，发现文本世界之外的有机环境，发现一个未完成的话语世界。任何开放性的价值都是通过交往对话实现的，因此，文学批评的目的是永不停留在完成性的形式之中，而是创造一种重新被理解的解释性活动。这种解释包含了思想交锋和价值判断，包含了一种指向意义不断在语境中生成的历史诗学。女性主义正是从这里找到了将话语理论重新政治化并引入女性主义文学批评的重要入口。在她们看来，"对话是由话语内部和话语之间的不同意义形成的。因此，将不同的女性主义批评理论和整体中被称为'巴赫金'的部分的不同侧面结合起来，形成了一种对话主义"[①]。女性主义试图借用巴赫金描述的这些话语特性来破除男性中心主义所控制的独白式文本观念。

女性主义学者通过外部世界和自身世界的相互激荡，形成共鸣。这一话语过程还需要经过女性作者返回"自身"并发现自我并进行真实表达。"只有通过写作，通过出自妇女并且面向妇女的写作，通过接受一直由男性崇拜统治的言论的挑战，妇女才能确立自己的地位。"[②] 在丽莎·格斯芭隆看来，尽管西苏写作《美杜莎的笑声》时并没有受到过巴赫金的任何影响，但这并不妨碍两者之间形成对话性关系。而丽莎·格斯芭隆之所以将两者联系起来，其目的"并非对西苏文本的巴赫金式解读，而是提供一种巴赫金式批评的可能性"[③]。这种可能性正来自巴赫金对话主义所包含的回声。

在巴赫金话语理论的指引下，女性主义将话语扩展到文本之外，使之成为理解社会体制与生活的一种基本方式。在她们看来，由天衣无缝的话语理论交织而成并最终固化的体制话语，是制约女性自身主体性发展的牢笼。因

---

① Karen Hohne and Helen Wussow, "Introduction," *A Dialogue of Voices – Feminist Literary Theory and Bakhtin*, P. ix.

② 〔法〕埃莱娜·西苏：《美杜莎的笑声》，张京媛主编《当代女性主义文学批评》，北京大学出版社 1992 年版，第 195 页。

③ Lisa Gasbarrone, "'The Locus for the Other': Cixous, Bakhtin, and Women's Writing," ed. by Karen Hohen and Helen Wussow, *A Dialogue of Voices – Feminist Literary Theory and Bakhtin*, P. 2.

此，《声音对话：女性主义文学理论与巴赫金》一书正是通过多位女性主义文学批评者的集体努力，试图建立起女性主义与巴赫金主义之间的对话性关系。这种关系并非我们所想象地保持了彼此的一致性，相反，即使是女性主义批评者之间，也充满分歧和辩论。正如霍妮和伍索所说的："在这本书中，可以听到多种声音和语言：赞成和反对将巴赫金主义应用于女性主义事业的不同看法，女性主义与巴赫金理论之间的差异，以及用巴赫金理论讨论抒情诗的可能性"①，等等。由此我们也可以看出一种真正发生变化的可能性，那就是女性主义者不再屈从于流行的意识形态概念，而是投入批判现实话语暴力的社会实践中去。借用巴赫金的对话主义思想，借助对差异和他者视角的强调，女性主义有可能回到历史并与其对话，并从中发现社会历史现实对应的无处不在的男性意识形态标准。这正是巴赫金话语理论带给女性主义文学批评的启迪。

2. 引入知识和权力：女性批评中复调、杂多思想的福柯化

从 20 世纪二三十年代争夺社会地位、政治权利、追求男女平等的女权主义到五六十年代强调性别差异、女性意识的女性主义，再到八九十年代主张"双性同体"、你中有我、我中有你的性别主义，女性主义文学批评家们早就注意到了父权制语言（话语）中的不平等特征。在这一过程中，巴赫金的话语理论——或者说被结构主义化、后结构主义化，尤其是福柯化的巴赫金话语理论——被女性主义批评家们接受。她们注意到，女性主义者提出的社会理论，往往偏重于提高女性自身意识、倡导社会平权运动与突破传统观念对女性身体的束缚等领域。但与此同时，大量女性主义文艺创作和女性写作，以及围绕女性写作而展开的文学批评和文化分析，也开始成为女性主义争取话语权利的另一战场。女性主义文学批评家发现，文本这一原本自然的文化形态，实际上早已暴虐地剥夺了妇女参与的可能性，因此必须面临被清理的命运。

女性主义从巴赫金那里找到了不少有用的观念和方法，比如多重音性和

① Karen Hohne and Helen Wussow, "Introduction," *A Dialogue of Voices – Feminist Literary Theory and Bakhtin*, P. xv.

复调性、异质性与杂语等。在巴赫金看来，现实社会生活中话语表述具有鲜明的异质性特征。不过，巴赫金并没有赋予这种异质性因素以压迫性或对抗性；巴赫金敏锐地发现了话语背后的意识形态素、意识形态环境的存在，但他仍始终希望将这些问题的讨论局限在文本内部——我们从本著的“余论”一章对巴赫金的以审美交往为核心的社会学诗学的讨论中可以发现，巴赫金并不急于将这种文本内的审美主体之间的对话性关系，一步到位地延伸到文本之外，即重建文本与社会、现实、政治、经济等之间的关系。巴赫金的这一学术努力显然不能令女性主义满足。因此，她们必须要找到一个更强有力的理论武器——这就是福柯的话语理论。

严格来说，福柯所定义的话语与巴赫金所理解的话语并不完全是一回事。福柯的话语分析引入了两个至关重要的维度：知识和权力。为什么要引入知识？巴赫金对话语的认识主要是从人际交往的角度对话语/表述而展开的，而福柯所理解的话语是站在人类知识生产的高度来探讨超越于具体个体、群体、时代的科学知识的形成规律，即福柯所说的“知识型”的。因此，在福柯那里，所谓“话语对象”成为由许多人共同参与的“反复加以填充、不断变动的特殊空间”；所谓“陈述”不仅仅是常见的短语或句子，还是包含着一整套知识生产方式的指示、描述、质疑、评价的规则；所谓“话语形成”也离不开形成区域、分界权威、专业格栅等因素的影响。在福柯那里，话语是超个人的、外在于主体的、跨学科的、包含着权力的秩序。① 为什么要引入权力？其实，福柯的出发点只是探讨主体问题，“在过去的二十年里，我工作的目标是什么。我的目标既不是分析权力现象，也不是详述这种分析的基础。我的目的是要创立一种据以在我们的文化中把人变为主体的各种方式的历史”②。因此，他明确指出：“我研究的总题目不是权力，而是主体。”③ 但是为什么人们都认为福柯提出的是权力理论呢？原因

① 参见〔法〕米歇尔·福柯《知识考古学》，谢强、马月译，生活·读书·新知三联书店 2003 年版。

② 〔法〕米歇尔·福柯：《主体与权力》，〔美〕L. 德赖弗斯、保罗·拉比诺著《超越结构主义与解释学》，张建超、张静译，光明日报出版社 1992 年版，第 271 页。

③ 〔法〕米歇尔·福柯：《主体与权力》，〔美〕L. 德赖弗斯、保罗·拉比诺著《超越结构主义与解释学》，张建超、张静译，第 272 页。

很简单，因为福柯在探讨人类主体问题时发现，任何主体都处于人际关系之中（这一点与巴赫金的话语理论极为相像），福柯进一步发现，这种关系背后是无所不在的极为复杂的权力关系，正是这一发现使得福柯去思考“权力是如何实施的”“什么构成了权力的特性”“如何分析权力”等问题。

女性主义话语理论正是福柯和巴赫金话语理论相接合的产物。在这一过程中，巴赫金的话语理论被福柯化了（反之亦然）。[①] 女性主义批评家认为，巴赫金特别强调了语言实际交际过程中的三维因素：人的创造性、社会功用与价值属性。她们开始借用、改造巴赫金的“对话”和“主体间”概念，认为女性主义批评至关重要的问题，就是把女性从知识的对象转变成为有能力驾驭知识的主体，从而建立一种全新的主体关系。

这一主张集中表现在女性主义文学批评家罗莎琳德·德尔玛（Rosalind Delmar）的论述中。在《什么是女性主义?》一文中，罗莎琳德·德尔玛发现，话语不但建构主体，也建构知识。因此，需要破除话语文本力图描绘的单一历史，建立一种女性自主的、自由的、具有自觉平等意识，建立和男性平等的对话主体与交流意识。在一系列论战中，罗莎琳德·德尔玛发现，当代女性主义已经分裂为不同的派系，诸如“激进的女性主义者、社会主义女性主义者、马克思主义女性主义者、女同性恋分离主义者、有色人种女性等。每个群体都有自己精心保存的认同感”。面对林林总总的女性主义，德尔玛做出两个非常重要的判断：其一，“当代女性主义的分裂充分证明了不可能把现代女性主义作为一种简单的统一体来构建”，我们应该关注女性主义运动内部的各种声音以及背后的各种诉求。其二，女性主义运动内部缺乏交流对话，每一种女性主义流派都唯我独尊，对女性主义的其他流派缺乏应有的关注和理解。因此，德尔玛的问题是：“到底怎么才能使女性主义者团结起来，而不是分裂?”[②] 德尔玛对这个问题的解决并没有简单征用巴赫金或福柯的理论，而是折返到女性主义运动的历史中，去思考为什么女性主义

① 巴赫金的福柯化并不限于女性主义对巴赫金的接受，而是整个西方文化理论批评潮流在 20 世纪 80 年代的普遍现象。本研究第四章对后现代主义和大众文化理论的巴赫金因素分析中，其与福柯思想之间的纠缠已经显露出来了。

② Rosalind Delmar, “What Is Feminism?” In Mitchell, J. and Oakley, A. (eds.), *What Is Feminism?* Oxford: Blackwell, 1986, P. 9.

运动会呈现出普遍的吸引力和内部的排他性的悖论现象。我们在此已无法区分，在女性主义文学批评话语中，究竟是标志差异和他者的巴赫金式话语还是引入知识和权力的福柯式话语占据了主导或者支配地位，它们在对女性主义运动的自我反思中，在对具体的文学批评实践中，自觉或不自觉地被女性主义者交融在一起，成为极富战斗性又极具弹性的女性主义理论话语。

3. 作为责任的回声：女性主义对巴赫金理论女性缺失的反思

女性主义批评家在巴赫金那里找到了一种对话主义的立场和姿态，这是非常重要的一种理论位置。对话，意味着作为对话主体的自我与作为对话对象的他者处在一种平等关系上，面对同一话题拥有发表意见的平等权利，但这并不意味着彼此一定要达成妥协或者观点一致。对话的本质就在你来我往的对语本身中；对话的意义就在于聆听对方“回声”（the echoes）的过程之中。但是，在我们强调巴赫金对话主义之于女性主义积极的建设性作用的同时，还要注意到巴赫金理论自身的限度以及女性主义对这一限度的反思和批判。也正因为后者的存在，女性主义批评话语才成为巴赫金对话主义的一种作为“责任”（answerability）的回声（任何“回声”都不再是原声的重复，一定还包含有对某种变声的处理）。正如巴赫金在《艺术与责任》中所表明的：“艺术与生活不是一回事，但应在我身上统一起来，统一于我的统一的责任中。”① 女性主义文学批评的责任也同样不仅仅针对文学作品本身，还通过对文学作品的批评实现对社会政治的介入。也正是在这个意义上，霍妮和伍索强调：“女性主义对话不仅仅是一种修辞批评，它不仅仅是一种评估我们作为女性的声音的方法，也是一种评估我们在一个同时是我们自己也是他者的世界中整体行为的方式。女性主义对话不仅仅是研究女性创作中的复调和不断变化的声音，它还是一种生活方式、一种伦理，也是一种认识论。”② 但是，这种回声还只是“无性别意识”的自我与他人之间的对话性关系。这是否适应女性主义以性别意识为基础的性别之间的对话，还有待检验。巴赫金理论本身因为没有讨论性别问题，被女性主义批评家批评为

① 〔俄〕巴赫金：《艺术与责任》，钱中文主编《巴赫金全集·哲学美学》，晓河等译，第2页。

② Karen Hohne and Helen Wussow, “Introduction,” *A Dialogue of Voices – Feminist Literary Theory and Bakhtin*, P. xii.

“女性缺失”。巴赫金理论被认为不自觉地带有男权中心主义的影子，只是为男性文本提供了有力的说明与阐释。丹尼斯·海金宁（Denise Heikinen）就提出“巴赫金是女性主义者还是另一个死去的白人男性”的疑问。海金宁在文中罗列了一系列对巴赫金理论中女性缺失的质疑之声。如韦恩·布恩对巴赫金的《拉伯雷研究》中明显缺乏女性意识所感到的沮丧，黛安·普莱斯·赫恩德尔指出巴赫金的小说理论中没有注意到女性作家及其作品。他们共同的结论是：“巴赫金受他那个时代的权威声音影响，对另类的女性声音充耳不闻。”[①] 凯伦·安·霍妮和海伦·伍索也对巴赫金理论中的男性中心主义或者说女性缺失问题保持警惕。她们对巴赫金的批评主要基于两点：（1）巴赫金的男性身份；（2）他的理论缺乏对性别问题的关注。她们的看法是，巴赫金的男性身份不仅仅决定了他的行为，而且还决定了他的经验，使得他不可能将性别作为其语言或思想意识中的一个决定性因素。巴赫金的话语理论虽然充满了张力与动态的持续性，但是并没有解决话语权力的单一意识形态性。凯伦·安·霍妮和海伦·伍索的逻辑是，女性主义话语依附于任何男性批评声音或理论都是非常危险的，包括巴赫金的理论，这样会使得她们自己的声音被那些由男性所讨论的男性文学理论和语言所统治。[②] 这与巴赫金的看法并不相同。从巴赫金的理论观点来推演，既然所有的语言都受到其他语言的影响，那就不可能有百分之百的女性主义批评。而这正是女性主义文学批评自身所面临的无法解决的悖论。

不过，对巴赫金理论中女性缺失这一问题的内在性反思也在进行。如苏珊娜·罗森塔尔·舒姆韦（Suzanne Rosenthal Shumway）通过对巴赫金的《小说的话语》中众声喧哗的矛盾性分析后指出：“巴赫金实际上是循环逻辑的受害者。……他首先假设异质性是一种对抗强加的同质性的力量，但他最后仍然通过将异质性吸收为同质性，否认了真正差异的存在。”这种矛盾性使得“无论我们对它采取什么观点，这篇文章仍然给女性主义读者带来

---

① Denise Heikinen, "Is Bakhtin a Feminist or Just Another Dead White Male? – A Celebration of Feminist Possibilities in Manuel Puig's *Kiss of the Spider Woman*," ed. by Karen Hohen and Helen Wussow, *A Dialogue of Voices – Feminist Literary Theory and Bakhtin*, P. 115.

② Karen Hohne and Helen Wussow, "Introduction," *A Dialogue of Voices – Feminist Literary Theory and Bakhtin*, P. 8.

同样的困难”。[①] 也就是说，女性主义一方面通过巴赫金理论发现了有助于强化其性别意识、彰显差异的理论支撑，另一方面也感受到巴赫金理论因自身的复杂性和丰富性并不能简单成为女性主义为我所用的理论武器；此外，女性主义还感受到巴赫金理论有可能成为对其理论立场的一种解构性力量。

二 女性身体写作中的杂语和笑谑

1. 女性身体写作：《美杜莎的笑声》提出的问题

美杜莎（medusa）是女性主义文学批评经常讨论的对象。在古希腊神话中，她美丽非凡却生性傲慢。有一次，美杜莎在智慧女神雅典娜的神庙里宣称，她比女神还漂亮，从而激怒了雅典娜。雅典娜施展法术，将美杜莎变成了妖怪。她的秀发变成了无数条毒蛇，她还拥有一对闪着骇人凶光的眼睛，与她对视的人都会变成一块大石头。美杜莎这个“美丽/丑怪”的结合体，被女性主义文学批评家视为希腊神话在父权制世界中塑造出来的邪恶、娇艳形象，“美杜莎的笑声”则成为几千年来受禁锢的女性内心渴望突破父权制传统的铜墙铁壁的象征。

1975 年，法国女性主义文学批评家埃莱娜·西苏发表《美杜莎的笑声》一文倡导“女性写作”。在该文中，西苏开篇就提出了此文的写作目的：“我要讲妇女写作，谈谈它的作用。妇女必须参加写作，必须写自己，必须写妇女就如同被驱离她们自己的身体那样，妇女一直被暴虐地驱逐出写作领域，这是由于同样的原因，依据同样的法律，出于同样致命的目的。妇女必须把自己写进文本——就像通过自己的奋斗嵌入世界和历史一样。”[②] 不过，美杜莎并没有占据该文的核心位置。在对女性写作的必要性、可能性以及对男性写作的宣战中，奋勇争先的是西苏本人的声音。全文仅有两处提到了美杜莎。一处是在论述女性自身作为写作的表现对象问题时，西苏认为“黑

---

① Suzanne Rosenthal Shumway, “The Chronotope of the Asylum: Jane Eyre, Feminism, and Bakhtinian Theory”, ed. by Karen Hohen and Helen Wussow, *A Dialogue of Voices – Feminist Literary Theory and Bakhtin*, P. 166.

② 〔法〕埃莱娜·西苏：《美杜莎的笑声》，张京媛主编《当代女性主义文学批评》，第 188 页。

暗大陆既不黑暗也并非无法探索”，而是“还未被开发”。究其原因是男性作家“想迫使我们相信，我们关心的是白色大陆，还有它的匮乏之碑。我们相信了。他们将我们牢牢地钉在两个可怕的神话之间：美杜莎与深渊”。另一处就是紧接着的一个自然段，西苏改写了美杜莎神话，认为无论塞壬还是美杜莎，均非夺人性命的妖怪：“你要想见到美杜莎，只需直视她。而她并不是致人死命的。她是美丽的，她在笑。”[①] 因此美杜莎实际上成为西苏心目中指引妇女发现自身力量，从“潜意识场景走向历史场景”的引航声响，“由于没有基础建立新的话语，却只有一片千年的荒土要打破，因此我所说的至少分两个方面，有两个目的：击破、摧毁；预见与规划”[②]。在这些讨论中，西苏通过对神话资源的借用描绘了美杜莎两种形象：一是男性中心主义支配下的女性形象，即将女性视为美丽却邪恶的妖妇；二是在女性写作中被改写的女性形象，即美丽而欢笑的女神。[③]

因此，西苏提出的女性写作，是一种号召式的鼓励动员写作。它力图在理论上给予策略性反击，并最终构想出女性主体应有的写作范式。因为女性同样拥有自己的完整世界，而女性需要做的是“公开赞扬这一独特的王国”；女性一直难以发现并书写自身独特女性意识的原因，就在于“男人、愚笨的资本主义机器阻止你”。[④] 在西苏看来，只有发现女性文本的革命性力量，才能击毁男性所代表的父权制虚伪牢笼。女性充满潜意识的身体具有颠覆性的变革力量：“我们暴烈，属于我们自己的东西从我们身上迸发出来。”这里，西苏所要争取的就是男性所掌控的话语权，打破原有的单一、僵化的文学批评和创作语境，提出女性自主解放道路的可能性与途径：“她必须写她自己，因为这是开创一种新的反叛的写作，当她的解放之时到来时，这写作将使她实现她历史上必不可少的决裂与变革。”[⑤] 西苏由此提出

---

① 〔法〕埃莱娜·西苏：《美杜莎的笑声》，张京媛主编《当代女性主义文学批评》，第 200 页。

② 〔法〕埃莱娜·西苏：《美杜莎的笑声》，张京媛主编《当代女性主义文学批评》，第 188 页。

③ 对美杜莎之笑的革命性力量的发现，并未在西苏的文章中显现，它是在乔·安娜·伊萨克那里才得到发掘的。

④ 〔法〕埃莱娜·西苏：《美杜莎的笑声》，张京媛主编《当代女性主义文学批评》，第 189、190 页。

⑤ 〔法〕埃莱娜·西苏：《美杜莎的笑声》，张京媛主编《当代女性主义文学批评》，第 191、193 页。

将返回女性身体作为规划女性反抗写作的出发点的主张。这里的“身体”不是物质意义上的肉身，而是超越此在的精神上的女性本体独特的潜意识文本（拉康意义上的）。身体成为意识的镜像写照，“必须让人们听到你的身体”，并最终走向“写作，这一行为将不但‘实现’妇女解除对其性特征和女性存在的抑制关系，从而使她得以接近其原本力量；这行为还将归还她的能力和资格、她的快乐、她的喉舌，以及她那一直被封锁着的巨大的身体领域”①。

西苏提出的女性身体书写，是一种妇女解放策略，旨在改变女性在性别二元结构中的被压制地位，因此她的理论具有很强的政治性、颠覆性。西苏身体书写理论认为，男性主导文化在性别问题上刻意给女性灌输了种种并非女性应承担的概念陈述，比如女性对男性性器官的渴望、对生育的渴望、地母的光辉等，这些观念其实都是男性为了自身繁衍而对女性进行的主体意识改造。这种改造就是要剥夺女性的语言权利，并把女性锁定于被言说和他者的地位。所以女性只有通过语言寻找失落的主体地位，通过反观女性自身身体的独特性和主体性来重建自身的真实存在，身体成为反抗和批评男性统辖权的潜在力量。女性通过书写的努力，失语的现状得以改善，强加的沉重镣铐开始松动，女性自我意识的本来面貌开始浮现，缺场的历史主体开始寻求书写自身谱系的可能性。

这种身体反抗不是肉身反抗，而是自身意识的物质化呈现。身体为写作提供物质前提，而写作为身体提供思想代言。这种文化政治意义上的身体，包含了历史刻画后的痕迹：“她是在用自己的血肉之躯拼命地支持着她演说中的‘逻辑’。她的肉体在讲真话，她在表白自己的内心。”西苏认为：“在妇女身上，个人的历史既与民族与世界的历史相融合，又与所有妇女的历史相融合。”② 这些对于女性书写的界定，实际上都预设了妇女解放的政治建构。在《美杜莎的笑声》中，西苏还表达了对女性身体形象的不满：“通过写她自己，妇女将返回到自己的身体，这身体曾经被从她身上收缴去，而且更糟的是这身体曾经被变成供陈列的神秘怪异的病态或死亡的陌生形象，这

---

① 〔法〕埃莱娜·西苏：《美杜莎的笑声》，张京媛主编《当代女性主义文学批评》，第 194 页。

② 〔法〕埃莱娜·西苏：《美杜莎的笑声》，张京媛主编《当代女性主义文学批评》，第 195、197 页。

身体常常成了她的讨厌的同伴，成了她被压制的原因和场所。身体被压制的同时，呼吸和言论也就被抑制了。"[①] 因此我们还要将西苏的女性主义书写理论还原到历史语境中进行考察，才能与当下的文化语境展开一种积极的对话，产生回应现实要求的有效策略。这也是巴赫金对话理论可以和女性主义身体写作展开对话的历史前提之一。

2. 他者之地：西苏的多声和杂语

丽莎·格斯芭隆（Lisa Gasbarrone）的《他者之地：西苏、巴赫金和女性书写》是《对话之声——女性主义文学理论和巴赫金》一书中的第一篇。通过对西苏《美杜莎的笑声》的重读，格斯芭隆发现了一种暗含的巴赫金式的对话性话语。正是这种对话性话语，用笑声颠覆了父权制世界。这篇文章非常典型地体现了女性主义文学批评如何通过从差异和他者的角度建构起与巴赫金理论的内在关联。

尽管在此之前已有一些研究者注意到了西苏女性主义对话思想与巴赫金话语理论有相对照的地方，但在格斯芭隆看来："通过将巴赫金的模式置于相对照的位置，我希望强调的是，他的思想所能够提供给女性写作的理论家们的不仅是重要的启示，而且还包括必要的纠错。"[②] 格斯芭隆从西苏的《美杜莎的笑》出发，重点阐释了巴赫金话语理论对女性主义写作的影响，两者之间的明显相似点及貌合神离的差异处令她激动不已。值得注意的是，格斯芭隆是通过一种平行比较的研究方法来建立起西苏与巴赫金之间的思想关联的。虽然西苏并没有受巴赫金的影响，但她的女性主义批评写作理论体现了巴赫金话语理论的核心思想，并在其女性写作理论中得到了阐发。

首先，这种可比性表现在关于主体与他者关系的建构问题上。格斯芭隆认为，女性主义的基本困境是难以寻找女性主体的自身定位问题。她以西苏的《美杜莎的笑》为例，认为西苏有一个重要发现——尽管很多女性写作体现了增强女性自我表达意识的强烈愿望，但是由男性作家主导的文化政

---

① 〔法〕埃莱娜·西苏：《美杜莎的笑声》，张京媛主编《当代女性主义文学批评》，第 193—194 页。

② Lisa Gasbarrone, " 'The Locus for the Other': Cixous, Bakhtin, and Women's Writing, " ed. by Karen Hohen and Helen Wussow, *A Dialogue of Voices – Feminist Literary Theory and Bakhtin*, P. 2.

治，早已把她们隐藏于“黑暗之中”——人们一直竭尽全力将黑暗强加在她们身上。西苏认为：“写作一直远比人们以为和承认的更为广泛而专制地被某种性欲和文化的（因而也是政治的、典型男性的）经济所控制。我认为这就是对妇女的压制延续不绝之所在。”[①] 那么，女性主义作者写作是如何进行性别革命的呢？这与巴赫金对话理论又有什么关系呢？格斯芭隆以《美杜莎的笑》为对象分析指出，有一个响亮透彻的回声萦绕在巴赫金对话主义理论与女性主义诗学之间。那就是由回声所激活的一种来自无意识的话语力量，一个关于自我与他者进行沟通和对话的过程与可能性。在巴赫金那里，对话不仅指自我与他人之间的外在对话，而且还包含自我与自我的内在对话。自己所说的话中不可能只有自己的声音，还总是充满着他人的声音、他人的回声；自己的话语中也包含着对他人话语的回声。巴赫金在对复调小说进行反思时，一以贯之的问题意识是关于小说中的主体自觉意识是如何通过对话实现的。这一理想的关系模式在陀思妥耶夫斯基小说那里，是作者和主人公同时发声、相互作用、互为主体；同时，激烈变化的社会历史转折点给予了作者和主人公展开对话的现实条件。所以巴赫金的对话话语，是作者与主人公在对话中逐渐形成的对主体意识自我发现和成长历程的艰难塑造。转型期社会中的不同层次、不同声音之百家争鸣、众声喧哗、语言杂多的历史局面，也正是基于此而形成的。因此，巴赫金的对话话语通过聆听各种异样的声音，最终发出自己独特的时代回声。西苏也在女性主义文学作品中发现了这一新的主体与他者的不平衡关系。“‘在女性身上隐藏着并随时准备着的源泉，他者之地。’利用子宫和文本的隐喻，她邀请女性参与到一种写作类型——女性写作——之中去。这种女性写作将挑战独白性的父权制，通过语言表达出自我与他者之间的关系。这种关系可以被称为对话。”[②] 在这里，格斯芭隆认为，巴赫金的话语理论与女性主义写作和批评真正地结合在了一起，两者同时进行了一种主体定位式的历史书写。

其次，巴赫金和西苏都关注到了小说话语的多重音性和杂语性。格斯芭隆提醒大家注意巴赫金的小说理论与女性主义批评的相似之处，认为：“巴

---

① 〔法〕埃莱娜·西苏：《美杜莎的笑声》，张京媛主编《当代女性主义文学批评》，第 192 页。

② Lisa Gasbarrone, “‘The Locus for the Other’: Cixous, Bakhtin, and Women's Writing,” ed. by Karen Hohen and Helen Wussow, *A Dialogue of Voices – Feminist Literary Theory and Bakhtin*, PP. 1 – 2.

赫金的小说话语，就像女性对邪恶的崇拜一样，试图通过各种形式的侵犯来颠覆独白式的父权制世界。”[①] 她将巴赫金对史诗和小说的区分，与女性主义对父权制的颠覆相对应，认为父权制就像那个“绝对固定的过去”的史诗一样，已经被小说取而代之。而巴赫金也会像西苏一样，为这个“父权世界”的解体而欢欣鼓舞。因此，在格斯芭隆看来，西苏的“美杜莎的笑声”与巴赫金的对话具有了话语类型上的同构性。巴赫金的对话话语混合着各种被压迫的声音，撕裂、僭越并破坏权威语言的统治，所有这一切都与西苏所倡导的女性写作异曲同工。

最后，笑也是将巴赫金理论与女性主义紧密关联的重要维度。格斯芭隆在比较了巴赫金狂欢化理论中的笑与西苏的“美杜莎的笑声”之后发现，虽然它们都具有僭越、颠覆和革命的特点，但它们的表现形式还是有很大区别的。在巴赫金那里，“对话话语不是通过暴力，而是通过笑声来推翻父亲的世界的”[②]。这里有一个非常重要的判断，就是巴赫金的对话理论是“非暴力的”。尽管小说的话语充满着杂语，混杂着各种纷繁复杂的声音，但是这个众声喧哗的世界中，上下的颠倒、崇高与低俗的逆转、美与丑的互换、神圣与低贱的替代等，不是通过暴力式的革命展开，而是采取狂欢式的笑谑的方式实现的。而西苏的女性写作与之不同。西苏笔下的男性是可憎的，她认为“男人对妇女犯下了滔天罪行。他们阴险凶暴地引导妇女憎恨自己，与自己为敌”；因而，女性写作的方式则必须“以暴治暴”：“我们暴烈，属于我们自己的东西从我们自己身上迸发出来，而我们却丝毫不怕削弱自己。”[③] 正如美杜莎的笑声，它带来的并非真正的愉悦，而是可怖的死亡。

也正是在这个意义上，格斯芭隆并非简单地用巴赫金阐释西苏，或者用女性写作来套用对话理论。她非常清楚“美杜莎的笑声”与巴赫金的笑谑之间有着本质的区别：“美杜莎并不是真正的笑，不是在巴赫金意义上的笑。因为美杜莎的笑取代了它颠覆的任何神话，取而代之的则是另一个版本

① Lisa Gasbarrone, “‘The Locus for the Other’: Cixous, Bakhtin, and Women's Writing,” ed. by Karen Hohen and Helen Wussow, *A Dialogue of Voices – Feminist Literary Theory and Bakhtin*, P. 4.

② Lisa Gasbarrone, “‘The Locus for the Other’: Cixous, Bakhtin, and Women's Writing,” ed. by Karen Hohen and Helen Wussow, *A Dialogue of Voices – Feminist Literary Theory and Bakhtin*, P. 5.

③ 〔法〕埃莱娜·西苏：《美杜莎的笑声》，张京媛主编《当代女性主义文学批评》，第 191 页。

的同样虔诚，甚至可怕的形象。”在这种平行比较中，她有自己的学术倾向。在本文的结尾，格斯芭隆明确表示：“我更喜欢巴赫金而不是西苏。因为他的对话话语概念要优于西苏对女性写作的界定。”除此之外，格斯芭隆还认为，巴赫金的言辞更为温和、更少暴力，因此，她“建议用巴赫金理论为西苏的女性写作愿景提供必要的纠正”[①]。

3. 女性笑声的革命性力量

《女性主义与当代艺术——女性笑声的革命力量》是乔·安娜·伊萨克的一部从女性主义的立场来理解当代艺术的著作。该书探索了当代女性艺术家采用革命性的笑声作为艺术表现手段的问题。伊萨克任教于瑞士日内瓦的霍巴特学院与美国纽约的威廉史密斯学院，不但学术著作丰富、荣誉等身，还钟情于当代艺术创作与展览，曾在美加两国举行过多次艺术展览。她的研究领域包括现代主义、当代艺术、批判理论、策展实践、艺术与生态女性主义、女性主义电影、环境保护研究等。伊萨克是从当代艺术运动中发现女性笑声的革命性回响的。通过考察不同国家不同风格的数十位艺术家的作品，她发现女性艺术家往往通过怀疑与拒斥所有空泛的女性主义艺术观念来打开一种别样的女性艺术创作思路。不过伊萨克仍然认为当代艺术被女性主义提供的艺术批评闹剧所影响。

在该书第一章开头，伊萨克就直抒胸臆地指出，西方艺术史可能开始于对女性笑声图景的想象，就如同蒙娜丽莎的微笑一样令人着迷而又充满神秘意味。通过考察历史上对达·芬奇名画《蒙娜丽莎的微笑》的争议，作者发现了女性笑声所具有的革命性力量。伊萨克认为，正是巴赫金的《拉伯雷和他的世界》被翻译到西方学界后，笑声和狂欢化理论才被西方学者重视。在她看来，“我们从巴赫金那里了解到，中世纪的笑声起到了对中世纪意识形态（诸如欲主义、罪恶、赎罪、痛苦、恐惧、宗教敬畏、压迫和恐吓）非正式抵抗的作用”[②]。这里的关键词是“非正式抵抗”。所谓“非正式”意味着并非实质意义上的反对、反抗甚至革命，而只是在特定的场合

---

① Lisa Gasbarrone, “‘The Locus for the Other’: Cixous, Bakhtin, and Women's Writing,” ed. by Karen Hohen and Helen Wussow, *A Dialogue of Voices - Feminist Literary Theory and Bakhtin*, P. 17.

② Jo. Anna Isaak, *Feminism&Contemporary Art*: *The Revolutionary Power of Women's Laughter*, NewYork, London: Routledeg, 1996, P. 16.

以一种特殊的方式，表达或者发泄一种不满的情绪。伊萨克将这种“非正式抵抗”的特点概括为“特殊的激进主义，自由而无情”[①]。通过对巴赫金著作中狂欢节历史演进的梳理，伊萨克发现，在中世纪，怪诞形象与笑声是相互伴随的。狂欢节的笑声不是对上演闹剧的个体式反应，而是全体民众的群体行为。文艺复兴之后，国家和宗教逐渐对节日生活加强了管制，越来越多的限制强加到狂欢节的庆祝当中。因此狂欢节的喜剧性革命力量被削弱了。这一过程中也包含女性笑声的现象。伊萨克特别留意皮特·斯塔利布拉斯和阿伦·怀特合著的《越轨的政治学和诗学》书中提及的1981年“格林汉公地”[②] 之妇女和平营的例子，认为：“巴赫金所追溯的笑的历史是一种几乎根除了这类由少数妇女群体所维持的强有力的社会反抗形式的历史。”[③]伊萨克还注意到玛丽·卢索（Mary Russo）在《女性怪诞：危机、过剩与现代性》中对“犹太人被石头砸了，有证据表明妇女在狂欢节期间被强奸”现象的警告，指出鉴于“妇女和犹太人的边缘化地位使他们在狂欢节期间处于危险境地”，我们“不应将狂欢化式的违法行为理想化”[④]。通过对狂欢化历史的回顾，伊萨克发现，女性笑声具有一种革命性力量。

> 巴赫金关于笑的论述和他为免除拉伯雷反女性的指控所做的努力，使得从中世纪开始的女性同性恋现象进入了当代女性主义和后现代主义的讨论。文论家所阐述的狂欢和怪诞概念不仅仅是女性主义文本分析的工具，而且也是女性主义艺术生产和文化政治的工具。后现代主义的权威和价值危机本身在很大程度上是由女性主义的笑声所引发的。[⑤]

伊萨克之所以得出这番结论，来自对当代西方女性主义艺术创作所征用

---

① Jo. Anna Isaak, *Feminism&Contemporary Art*: *The Revolutionary Power of Women's Laughter*, P. 16.

② “格林汉公地”（Greenham Common）是当代女性主义研究的一个经典案例。1981年8月，英国伯克郡附近数十名妇女为了反对美国部署导弹，在导弹基地附近驻留，创造了女性反抗核武的和平营模式。这一行动引发女性主义研究者的密切关注。

③ Jo. Anna Isaak, *Feminism&Contemporary Art*: *The Revolutionary Power of Women's Laughter*, P. 17.

④ Jo. Anna Isaak, *Feminism&Contemporary Art*: *The Revolutionary Power of Women's Laughter*, P. 19.

⑤ Jo. Anna Isaak, *Feminism&Contemporary Art*: *The Revolutionary Power of Women's Laughter*, PP. 19 - 20.

的思想资源的总结。在她看来，女性主义受弗洛伊德和拉康的精神分析理论影响至深。正如杰奎琳·罗斯（Jacqueline Rose）的《女性及其不满》直接套用了弗洛伊德的《文明及其不满》一样，弗洛伊德精神分析理论中对女性性意识、性心理以及各种心理症候的分析，都直接为女性主义强化性别差异、彰显多元意识提供了理论支撑。弗洛伊德理论中也不乏对笑、幽默等论述，而这些又在巴赫金的《拉伯雷研究》中得到文化史的印证和理论呼应。而伊萨克正是在将弗洛伊德的著作和拉伯雷的著作相结合中，重构关于笑的理论，进而阐明为什么女性特别适合将笑作为一种革命策略的原因的。在随后的论述中，伊萨克深入艺术史，通过一系列的案例来分析女性主义艺术家是如何围绕独创性、权威、生产、再生产、意义、商品、商品拜物教等一系列文化政治议题，展开具有后现代主义性质的文学批评的。她不仅分析了在资本主义消费文化中的女性的艺术生产活动，而且将之还扩展到俄罗斯的艺术生产活动中，认为俄罗斯人正是凭借一种高度发达的“笑文化”（smechovja kulture，“laugh culture”）使得后苏联时代的艺术家能够与西方的解构主义者、喜剧演员等共同成为“可笑的”后现代主义（“ludic” postmodernism）的引领者。

值得注意的是，尽管伊萨克通过笑的理论建构起了巴赫金理论与弗洛伊德精神分析之间的后现代关联，但显然她并不了解“巴赫金小组”时期以沃洛希诺夫为名发表的《弗洛伊德主义：批判纲要》，并不了解“巴赫金小组”已经将弗洛伊德主义视为“主观心理学的变种”，认为它“把同时代的主观心理学的一切新弊病都搬进了自己的体系”[①]。因此，伊萨克虽然通过借助巴赫金理论与弗洛伊德精神分析理论的相似方面，强化了女性主义的笑所具有的革命性意义，但也存在简单化和片面化的问题。

三　女性怪诞、疯女和精神病院时空体

1. 女性怪诞：身体的性别文化史

玛丽·卢索任教于美国汉普郡学院，是文学与批判理论教授。她的研究

① 〔俄〕巴赫金：《弗洛伊德主义批判纲要》，钱中文主编《巴赫金全集·哲学美学》，晓河等译，第443页。

兴趣广泛，涉猎欧洲文学文化、比较文学、符号学、电影、文化研究和女性主义研究等领域。《女性怪诞：危机、过剩与现代性》出版于 1994 年，是玛丽·卢索的代表作，对当代欧美女性主义研究影响很大。这本书明显与作者多年来的研究兴趣有关，涵盖了社会性别、性意识、精神分析、女性主义、艺术理论、符号学、文学批评理论、道德伦理以及革命政治意识形态等诸多方面，贯穿了庞杂深厚的女性主义批评理论传统。

玛丽·卢索在这本书中论述了传统女性怪诞形象和巴赫金文本中丑怪老太婆形象对其著述的影响。在她看来，“女性怪诞”（the female grotesque）这个词“有可能成为一种同义反复。因为女性总是被定义为违背男性规范”，因为“‘女性怪诞’并不能保证女性的存在或者排除男性的身体或者男性的主观。‘女性怪诞’这一范围作为一个充满风险和令人沮丧的空间，无论对男性还是对女性的身份认同来说，都的至关重要的”[①]。为此，玛丽·卢索详细地梳理了西方文化史上各种女性怪诞的例子，如“美杜莎、干瘪老太婆、胡须女人、胖女人、文身女人、不羁女人、霍屯都的维纳斯、饥饿女人、歇斯底里、吸血鬼、女模仿者、暹罗双胞胎、矮人”等，发现女性怪诞的形象主要是在女性形象身上突出了令人好奇和恐惧的因素和属性，比如“疾病、衰老、生殖、不繁殖、分泌物、肿块、肿胀、假发、疤痕、化妆和假肢”[②] 等。

玛丽·卢索对“怪诞”这一美学范畴的历史回顾，受巴赫金的影响很大。她在巴赫金《拉伯雷研究》中对怪诞史的梳理基础上，加入了她对女性怪诞历史演变的例子，并展开了相似但也有差异的分析。按照巴赫金的考察，“怪诞”这个术语首先是在文艺复兴时期出现的，但最初仅取其狭义。15 世纪末，在罗马发掘狄图公共浴室的地下部分时，发现了一种前所未见的罗马时期的绘画装饰图案。这种装饰图案，意大利语称为“la grottesca”，出自意大利语“grotta”一词，即岩洞、地下之义。不久以后，在意大利其

① Mary Russo, “Introduction,” *The Female Grotesque: Risk, Excess and Modernity*, NewYork, London: Routledge, P. 12.

② Mary Russo, “Introduction,” *The Female Grotesque: Risk, Excess and Modernity*, P. 14.

他一些地方也发现了类似的装饰图案。这种装饰图案的本质何在呢?[①] 在这种装饰图案的组合变化中，可以感觉到艺术想象力的异常自由和轻灵，而且这种自由使人感觉到是一种快活的、几近嬉笑的随心所欲。巴赫金考察了“怪诞”一词风格的历史，发现了“特殊的美学规律及其特殊的衡量完美的标准，这个标准并不从属于古典主义美学对美和崇高的要求”[②]。19 世纪末是“怪诞”概念开始溢出传统美学界定范畴的历史时段。这一转变的重要表现是，怪诞形象由 19 世纪之前可辨识的怪诞形体风格，转向一种更为模糊的、神秘体验性的怪诞形象类型。这种现代性的转向要求体验者必须以更加积极的态度去思考怪诞图像背后的意味。这些都与巴赫金文本中的怪诞形象有着很大的不同。巴赫金式的怪诞形式来自具体的历史时代定位，来自狂欢节上的怪诞形式。相反，19 世纪以后的怪诞形式更加精巧、神秘，更加突出个人化风格、内省式的隐秘心灵空间想象和社会惰性化发展。当然这些分类都离不开身体的社会化修辞术的使用。

借鉴巴赫金对怪诞身体的区分，玛丽·卢索描述了 20 世纪以来呈现的表现女性身体怪诞化的裂痕。在她看来，“随着新技术和生物医学的发展，它们创造了一系列的‘奇怪的边界生物’（类人猿化的、生物机器人、女人）。它们能够在‘战术上’和‘人体工程学上’向外移动，并能够进行广泛的重构、复制和可能的变形”[③]。这里强调的实际上是一种扰乱定型化女性/怪诞身体叙述的方法。通过这种方法，玛丽·卢索力图重现身体作为表现怪诞过程和符号意义的变化方式。但是，巴赫金戏剧化地使用“妇女、怀孕的丑怪老太婆”意象所表现出的怪诞形象，必然会弱化在精神和政治信仰上的禁锢观念。因此，玛丽·卢索试图切断妇女和空间、过程之间的必然关联，并把她们从使用“怪诞”概念联系起来的价值分类关系中解放出来，并以此来重新思考当代艺术文化问题。在她看来，巴赫金开创了在文本中对怪诞身体进行历史化分析的先河，这种先有现象再分析原因的演绎式方

① 〔俄〕巴赫金：《弗朗索瓦·拉伯雷的创作与中世纪和文艺复兴时期的民间文化》，钱中文主编《巴赫金全集·拉伯雷研究》，李兆林等译，第 38 页。

② 〔俄〕巴赫金：《弗朗索瓦·拉伯雷的创作与中世纪和文艺复兴时期的民间文化》，钱中文主编《巴赫金全集·拉伯雷研究》，李兆林等译，第 42 页。

③ Mary Russo, *The Female Grotesque: Risk, Excess and Modernity*, P. 15.

法，同样能够解释现代艺术形式中女性怪诞身体的表现形式吗？因为技术手段的应用，原有的象征化描述方法不能够记录这种拥有新符号形式的历史新元素的进入。女性身体在狂欢化中居于一种矛盾地位。对狂欢化肉体的描述蕴含了女性身体在再生产过程中的被迫性和恐惧性，这是对女性身体的压抑与迫害。女性怪诞身体的上和下之分具有绝对而严格的形构意义。上是天，下是地，地也是吞纳因素（对应阴性的坟墓、肚子）和生育、再生因素（母性的怀抱）。在这里，生命在其双重性及内在矛盾的过程中得以展现。这里没有任何现成的东西；这就是未完成性本身。和历史上无数对身体结构的贬低相比，狂欢化的身体赞美则更多来自对官方强制身体观念的消解与嘲讽。所以怪诞身体的表现形式不只是手段，还是一种要达到女性自我解放的目的。

玛丽·卢索通过福柯对当代社会权力的规范化分析发现，“正常化是现代最重要的权力工具之一。如果不能取代其他地位，或者具有取代其他地位的迹象，那就增补”[①]。而女性怪诞形象正是在这种打着正常化旗号推行同质化过程中，“对女性身体类型的细致审查和分割，以及针对不同消费的不同‘模型’的计算、编目与分割，从而将个别身体区分为这一规则的例外”[②]。她在该书第一章中对大量现代艺术图片进行了分析，发现女性身体的怪诞形式区别于那些从“错误”中拯救出来的发展的、理性的、自由的形式，充满了嘈杂的、不和谐、怪异的反规范化特征。她在第三章中对大卫·克罗伯格（David Cronenberg）的《孽扣》（*Dead Ringers*）中男性连体双生进行了讨论，也在第五章中对乔治·杜·莫里尔（Georges du Maurier）的小说《特里尔比》（*Trilby*）中会催眠术的恶棍斯文加利（Svengali）形象进行了讨论，这人物形象都是被作为异质性的男性而非作为人类代表的规范化的父权男性形象而讨论的。

2. “疯女珍妮”：叶芝的民间诗学

进入20世纪80年代之后，“阁楼上的疯女人”形象继续在女性主义文

① Mary Russo, "Introduction," *The Female Grotesque: Risk, Excess and Modernity*, P. 10.

② Mary Russo, "Introduction," *The Female Grotesque: Risk, Excess and Modernity*, P. 10.

学批评中得到发酵，并在接受了巴赫金杂语、狂欢、对话、时空体等众多理论话语之后，得到了进一步发展。“阁楼上的疯女人”也由此成为女性主义文学批评创造性地借鉴巴赫金理论、接受巴赫金影响的重要文学形象。伊丽莎白·巴特勒·卡琳福德（Elizabeth Butler Cullingford）在《排泄物的历史诗学：叶芝的“疯狂珍妮”与爱尔兰主教》则以狂欢式的对话主义视角来解读叶芝的作品，以历史诗学的方式来“揭示疯女珍妮并非叶芝私人欲望的古怪的女性发言人，而是一个女性僭越的色情政治形象”[①]。通过对叶芝笔下“疯女珍妮”形象的分析发现，叶芝关于教会的脱冕隐喻包含着一种巴赫金式的农民（民众）狂欢。“疯女珍妮”以挑战者的姿态出现，在其疯言疯语中充分展现了叶芝对民间文化的钟爱及其对民间诗学的独特理解。这成为有别于独立自主的简·爱和“阁楼上的疯女人”这些已被女性主义者阐释过无数次的形象之外的新发现和新阐释。

一方面，叶芝在民间诗学的处理上与巴赫金有不少可类比之处。威廉·巴特勒·叶芝（又译“威廉·勃特勒·叶芝”）是爱尔兰著名诗人、剧作家和散文家，是欧美象征主义诗歌的代表人物。叶芝尽管保有贵族头衔，但他一直对弗雷泽的《金枝》和民间传说故事感兴趣，这一点类似于巴赫金对于狂欢节的钟爱。叶芝对爱尔兰教会脱冕的平民论主张，与历史上爱尔兰布尔什维克革命斗争运动有关，这也与巴赫金的狂欢化理论有些相似。巴赫金试图以一种特殊的学术方式和话语方式，与苏联官方意识形态，特别是斯大林主义意识形态话语进行别有意味的对话；而在叶芝时代的爱尔兰，保守残弱的中产阶级与牧师联合起来试图建立起一种单一的、呆板的后殖民性的爱尔兰身份认同。这在叶芝看来就是一种天主教派式的墨守成规的僵化思想。20 世纪 30 年代早期，叶芝曾经带头参与到支持民族主义者反对皇帝加冕、反对爱尔兰主教权威的运动中。官方权力集团借恢复民族品格之名所实施的道德专制统治，遭到了叶芝等许多进步人士的强烈反对。那么，这一抗争性的对话是如何展开的呢？卡琳福德认为，叶芝的《组诗》把爱尔兰封建宗教性伦理道德话语置于巴赫金式的狂欢化语境之中，通过“疯女珍妮”充

---

① Elizabeth Butler Cullingford, “The Historical Poetics of Excrement: Yeats's Crazy Jane and the Irish Bishops,” ed. by Karen Hohen and Helen Wussow, *A Dialogue of Voices – Feminist Literary Theory and Bakhtin*, P. 21.

满色欲与放荡不羁的怪诞躯体语言，重塑了女性及其主体个人自然欲望的合法性，以反抗宗教伦理道德和社会性别歧视所建构的国家贞洁性对女性带来的双重压抑。叶芝用“头颅接触大地母亲”这一隐喻，把巴赫金怪诞理论与叶芝式女性伪装仪式与女性主义理论联系在一起。“大地母亲”这一修辞隐含了妇女作为物质生产力量原型的无所不在以及对男性的超越。在后法案时代，妇女既作为地母的形象，成为男性爱国者理想的献祭想象，又作为纯正形象，成为依靠英国军队的爱尔兰政府和教会抵制现代社会、世俗生活压力的工具。在卡琳福德看来，“叶芝的早期计划是通过一种对自由国家的欲望诗学来建构一个爱尔兰爱国者，这种欲望被想象成一个女人”①。但是这种对女性的理想化的想象以及将性升华为政治欲望的做法随着爱尔兰自由国家的建立而逐渐消失。

另一方面，这种民间诗学也转化成女性反抗的力量。卡琳福德认为，“叶芝和巴赫金强调民间文化的凌乱的、淫荡的和颠覆性的力量。”② 叶芝《组诗》中的《疯女珍妮与主教对话》大量采用了爱尔兰民间文化的口语表达方式，这也是从巴赫金民间诙谐文化视角的发现。她认为，珍妮和主教的对话语言根植于社会文化背景中，里面充塞了大量历史化声音，“疯女珍妮”是一个出身贫寒，充满情欲又放荡不羁的劳动妇女。社会底层身份和女性性别劣势使她在以天主教权威为代表的统治世界的脱冕上，带有明显的权力僭越特征。一次，“疯女珍妮”和主教在路上相遇，主教将珍妮视为一个落魄疯癫、亵渎神灵、年老色衰并等同于排泄物的疯子：“你的乳房已经平儿扁，血脉也快要枯干；快住进天国的大厦吧，别再呆在臭猪圈。”③ 主教的言语毫无疑问是对珍妮进行了居高临下的审判。主教是上帝意志的传递者和执行者，拥有着无可代替的崇高地位与特权。而珍妮则处在这一等级金字塔的最低端，因而这种弱者和强者的对话充满戏谑性与反讽性。作为被审

① Elizabeth Butler Cullingford, “The Historical Poetics of Excrement: Yeats's Crazy Jane and the Irish Bishops,” ed. by Karen Hohen and Helen Wussow, *A Dialogue of Voices – Feminist Literary Theory and Bakhtin*, P. 23.

② Elizabeth Butler Cullingford, “The Historical Poetics of Excrement: Yeats's Crazy Jane and the Irish Bishops,” ed. by Karen Hohen and Helen Wussow, *A Dialogue of Voices – Feminist Literary Theory and Bakhtin*, P. 25.

③ 〔爱〕威廉·勃特勒·叶芝：《疯女珍妮与主教对话》，飞白译，《散文诗》2006 年第 2 期。

判者的珍妮无视上帝的权威，大谈个人的情感欲求，从而使上帝的声音陷入无声，把本应在场的宗教权威降为不在场。诗歌的这一表达在挑战严肃宗教话题的同时，也打乱了按原有等级秩序实施的话语权力的分配，创造出一个相对自由的言语空间。珍妮站在橡树下咒骂主教的场景，让我们联想到《麦克白》中的女巫形象，而这种农家院场景中的咒骂也是巴赫金式的“下流话”。当大主教指责珍妮和杰克的不检点行为时，珍妮则将各禽类的形象（鹅、苍鹭、公鸡）和大主教并列在一起，以颠覆给予她的宗教定罪。由此，卡琳福德认为，“通过疯女珍妮，叶芝挑战了文化排斥。自由国家通过这种文化排斥来维护自己的身体/边界/身份，防止现代主义的侵犯”[①]。也正是在这个意义上，卡琳福德认为，巴赫金理论“为女性主义者提供了一种有利的方法”[②]。

3. 精神病院时空体：女性时空体的再发现

“女性时空体”（female chronotope）是女性主义文学批评借用巴赫金时空体理论所作的理论创造。在霍妮和伍索看来，“女性的概念中就包含着女性时空体的意思。虽然严格上讲是不能按性别来命名时空体的，因为任何时间和空间的位置都必然会包含有其他性别。然后，女性时空体可以让我们在时空和空间的语境中定位女性主体。……关于女性时空体的讨论，需要考虑的是时间和空间的性别维度，以及女性主体在这些时间和空间维度中的整体位置”[③]。严格意义上说，“女性时空体”概念的提出溢出了巴赫金时空体理论的范围。在巴赫金看来，时空体用来概括和描述“文学中已经艺术地把握了的时间关系和空间关系相互间的重要联系，我们将称之为时空体……我

① Elizabeth Butler Cullingford, “The Historical Poetics of Excrement: Yeats's Crazy Jane and the Irish Bishops,” ed. by Karen Hohen and Helen Wussow, *A Dialogue of Voices – Feminist Literary Theory and Bakhtin*, P. 38.

② Elizabeth Butler Cullingford, “The Historical Poetics of Excrement: Yeats's Crazy Jane and the Irish Bishops,” ed. by Karen Hohen and Helen Wussow, *A Dialogue of Voices – Feminist Literary Theory and Bakhtin*, P. 38.

③ Karen Hohne and Helen Wussow, “Introduction,” *A Dialogue of Voices – Feminist Literary Theory and Bakhtin*, P. viii.

们所理解的时空体，是形式兼内容的一个文学范畴”①。这里的“时空体”有几个非常核心的要点。其一是“时间关系和空间关系相互间的重要联系”。重要的不是具体的时间和空间，而是时间关系、空间关系以及时空间关系，如巴赫金反复讨论的“传奇时间”“传记时间”“历史时间”等都不是具体的物理意义上的某年某月或此时此刻之类的时间，而是被赋予了特定价值情感的时间关系。其二，这一时空间关系是已经被“艺术地把握了的”，也就是说，时空其实是经过了艺术抽象之后的时空观念形态。因此，巴赫金的时空体中“包含着价值的因素”，在文学上具有情节意义和描绘意义。其三，在这一具体的时间关系和空间关系间的重要关系中，人始终是时空关系是最重要的变量因素。无论文学虚构世界中的人的形象，还是文学现实语境中的作者和读者/听众，时空体永远都是为人服务，并以与人的不同关系来显现其自身特性的。不过，这些内涵的溢出或许也正是在开拓新的理论空间。

如果说“女性时空体”还只是一种理论构想的话，那么，借助对《简·爱》中“阁楼上的疯女人”形象就延伸出“阁楼”这一新的时空体模式——“精神病院时空体”（the chronotope of the asylum）。对于这一新的女性主义的时空体模式的分析，是由苏珊娜·罗森塔尔·沙姆韦（Suzanne Rosenthal Shumway）展开的。在沙姆韦看来，任何小说中都不可能只有一个时空体，“而是在几个不同的时空体中运行的”。这就使得不同的时空体在小说中相互交叉，出现相互竞争、彼此矛盾，甚至尖锐对立的状态。沙姆韦将巴赫金的时空体意识形态化了，认为：“每一个时空体，都代表着一种不同的意识形态观点，一种对小说中发生事件的竞争性的看法。随着小说从一个时空体向另一个时空体转换，作为意识形态表征的必要部分的空白和沉默，将越来越明显地吸引那些有洞察力的读者。”② 受巴赫金时空体理论的启发，沙姆韦在《简·爱》中发现了一个“精神病院时空体”的存在——

① 〔俄〕巴赫金：《小说的时间形式和时空体形式》，钱中文主编《巴赫金全集·小说理论》，白春仁、晓河译，第274页。

② Suzanne Rosenthal Shumway, “The Chronotope of the Asylum: Jane Eyre, Feminism, and Bakhtinian Theory,” ed. by Karen Hohen and Helen Wussow, *A Dialogue of Voices – Feminist Literary Theory and Bakhtin*, P. 157.

关着疯女人的“阁楼”。

这个“阁楼”成为展示女性疯狂的场所，形成一个以“精神病院时空体”为代表的特殊的叙事形式。沙姆韦从三个层面讨论了这个时空体的叙事意义：其一，“推进情节”，“往往将疯女人视为一个看似不可逾越的障碍，这一障碍令叙事变得不让人舒服”；其二，“提供一个另类的叙事空间。在这个空间里，文本可以表现和探索疯女人那不受拘束的越轨世界”；其三，“颠覆和扭曲主要叙事”。[①] 很显然，在这个“精神病院时空体”中，常态下的时间观念、空间观念以及性别观念等，都被颠覆、扭曲，并处于混乱之中。笑声、尖叫甚至是沉默都被限定在这一狭窄空间中，而不仅仅在是叙述中。正因为如此，我们可以毫不惊讶地发现，“疯女人的话语充斥于精神病院时空体中”[②]。

沙姆韦还发现，在伯莎被关三楼的那个房间里，“时间和语言都不再以可识别的方式存在……伯莎占据了一个既不承认时间也不承认语言存在的叙事空间”。即使每次疯女伯莎出现时，只有吼叫和狂笑，没有言语交谈，也会难于让人理解。这样一个“精神病院时空体”并非仅仅是一个物质时空的存在，而且还有类似病毒一样的传染性和扩散性。在受到伯莎的袭击之后，“精神病院时空体”侵入了伯莎所在的外部房间，甚至感染了桑菲尔德庄园的整个空间，玷污了罗切斯特的花园。因此，巴赫金的时空体理论为我们在情节层面和叙述层面审查女性他者位置提供依据。

不仅如此。“阁楼”因为关着疯女人，所以可以明确定义为“精神病院时空体”。但这并不意味着它是小说中唯一的“精神病院时空体”。沙姆韦认为，简·爱小时候被关进的红房子，以及曾经经历过的身陷沼泽的绝望之旅，都具有与“精神病院时空体”相似的功能，但这种时空体在小说中并不容易识别、确认。

---

① Suzanne Rosenthal Shumway, “The Chronotope of the Asylum: Jane Eyre, Feminism, and Bakhtinian Theory,” ed. by Karen Hohen and Helen Wussow, *A Dialogue of Voices – Feminist Literary Theory and Bakhtin*, P. 157.

② Suzanne Rosenthal Shumway, “The Chronotope of the Asylum: Jane Eyre, Feminism, and Bakhtinian Theory,” ed. by Karen Hohen and Helen Wussow, *A Dialogue of Voices – Feminist Literary Theory and Bakhtin*, P. 160.

尽管巴赫金理论并不完全适用于女性主义理论，但毫无疑问的是，它给女性主义文学批评提供了一个有力的分析文本的工具。从某种意义上说，女性主义文学批评对巴赫金的对话、狂欢、复调、时空体等理论的使用，在很大程度上并不具有理论生长性，而只是在应用层面上对相关女性主义文学批评的议题提供了新的解释框架、思路以及话语。女性主义文学批评家看中了巴赫金的对话，但并没有托多洛夫那种力图用对话主义超越结构主义的雄心；她们也受到了巴赫金狂欢化理论的鼓舞，但仍停留在男女对抗的二元对立模式之下，将狂欢视为反抗或抵抗的武器；她们所看中的笑声，其中也绝少诙谐、戏谑的成分，而是充满了丑陋和怪诞，可怖的崇高含义远大于幽默和滑稽含义。正因为如此，在女性主义文学批评者那里，巴赫金狂欢化理论中死亡与新生的双重性，再度被简化为摧枯拉朽式的革命性。

第五章

当代小说叙事理论与巴赫金的同声合唱*

在讨论当代叙事理论历史化的可能性问题时，布莱恩·麦克黑尔（Brian McHale）发现“有一个幽灵缠绕着叙事理论”，他本应是“20 世纪后期影响最广的叙事理论家”，却在戴维·赫尔曼和莫妮卡·弗卢德里克的叙事理论史中缺席。这个幽灵正是米哈伊尔·巴赫金。布莱恩看来，这种缺席正“表征着叙事理论史内部的一种重要冲突，最终也是叙事理论自身的内部冲突”[①]。因为巴赫金的叙事理论既可以归入结构主义早期叙事理论，也能存在于结构主义后期的发展中，而这两种写法会造成截然不同效果的事实，正显露出叙事理论历史化的局限：传统思想史与谱系史的讲述方式无法容纳巴赫金从语言哲学出发的叙事理论的整体性。

与此同时，巴赫金对西方叙事理论的影响也呈现出新的特点。不同于前面几章讨论的如巴赫金对托多洛夫和克里斯蒂娃的“大师级影响”及其对女性主义的“群体性影响”，他对西方叙事理论的影响出现了一种新的范式：信息源对接受者的影响并不是颠覆式的，接受过程中接受者并未出现彻底转型，但是对接受者产生了积极的影响，使他能够更加坚定自己既有的学术立场，甚至丰富了已经把握的学术视野。这是一种思想的共鸣。事实上，在人文学科发展史中，往往不存在单一的线索。不同的学者在彼此完全隔离、没有交流的情况下，处在不同的时空、不同的境况、不同的学术条件下，对于同一问题产生相似的看法，时常有之。我们姑且称这是一种“共

---

* 本章与杨灯合写。

① 〔美〕布莱恩·麦克黑尔：《鬼魂和妖怪：论讲述叙事理论史的可能性与不可能性》，〔美〕James Phelan，Peter J. Rabinowitz 主编《当代叙事理论指南》，申丹等译，第 49 页。

鸣式接受”，对学者来说是相见恨晚的观点认同，对接受者来说，接受的理论并不完全具有启思和解惑的使命，而是产生共同性的影响。巴赫金与被誉为“20 世纪最重要和最有影响的批评家之一”的韦恩·布斯，在小说修辞和小说伦理学研究方面的学术关系，便是这种影响范式的典范。

巴赫金与韦恩·布斯同样都从小说修辞出发转向了对叙事伦理的研究。二者看似有相同的研究路径：在修辞研究中发觉主体因素的存在及其重要性，意识到修辞理论无法完全容纳这种主体性，因而转向了文学研究的伦理维度。他们分别以“艺术创作伦理学”与“小说伦理学”为终结。因此这种接受的过程并不是异质性，而是同质性的。这种接受模式是以同构、共鸣为特征的。本章将循着二者从殊途到同归进而共同影响西方小说叙事理论的脉络，清理他们之间的学术关系，以及这种“共鸣式接受”的规律性。

一 小说修辞及其伦理：韦恩·布斯与巴赫金的殊途

1. 理论基础：传统修辞学·现代修辞学

从理论的起点来看，作为“新亚里士多德主义”的韦恩·布斯，和有着“新康德主义”背景的巴赫金的修辞理论有不同的逻辑起点。

（1）韦恩·布斯：传统修辞学的继承者。韦恩·布斯的修辞学理论与他学术成长的芝加哥学派有着深刻的背景性关系。在 20 世纪 30 年代末至 40 年代初的美国，出现了从古典修辞学向新修辞学的第二次复兴，修辞学作为一种“理解和改善人际关系的工具”的特性为学界所讨论。其早期主要的阵地便是已经在鲍德温（Baldwin）带领下奠定了修辞学传统和地位的哥伦比亚大学，理查德·麦基恩（Richard McKeon）和罗纳德·克莱恩（Ronald S. Crane）深受鲍德温影响并成为传统修辞学的继任者。在 40 年代，麦基恩和克莱恩相继来到芝加哥大学任教，在这里汇聚了众多将古典修辞理论引入书面话语研究的修辞学者，芝加哥大学成为美国修辞学和形式主义批评的中心。他们成立了修辞学研究的讨论小组，在此求学的布斯是讨论组中的一员。面对 20 世纪 20 年代兴起的新批评主义，他们在读到亚里士多德的《诗学》时找到了批评的理论武器，“他们突然发现他们能够做别的方法不能做的事情。他们的一种说法是：两千年来没有任何人真正干了亚里士多德的那种工作”。他们利用古典诗学尤其是亚里士多德的《诗学》对新批评的非修辞和演绎推理的研究发起攻击，由此产生了一种特殊的形式主义，即“建构主义”（constructionism），“它竭力去理解文学作品是如何构成的，是如何组合起来的，它们展示了什么样的基本统一体，什么使它们具有活力，使它们成为成功的整体”。[①] 在1984年为巴赫金的《陀思妥耶夫斯基诗学问题》（英文版）写作的序言中，布斯甚至称自己为“建构主义式形式主义者”（constructive formalist）。布斯承认20世纪40年代芝加哥大学形成的形式主义批评，与20年代俄国的形式主义有很多相似之处，但是由于战争等因素造成的空间隔断，使得俄国的形式主义在当时对芝加哥学派并无直接的影响。

相对于芝加哥学派内部大多数人对戏剧的形式主义研究的热衷，布斯更感兴趣的是将这种理论扩展到对小说形式问题的思考。布斯回顾在芝加哥攻读文学硕士学位的四年研究生阶段，说“修辞学”在当时一直是课堂之外的术语。直到他为了一门没有学分的课程考试作准备时，他被要求去读亚里士多德的《修辞学》，“在反复阅读几遍之后，这本书成为我一个极其重要的启蒙，它对我的影响延续至今”。经过七年的潜心研究，1961年发表的《小说修辞学》奠定了他在修辞学界的地位，该书被誉为小说理论发展中的里程碑。然而，随着对古典修辞理论的深入发掘，他的修辞理论也在不停地发展。在《我的修辞学生涯：从忽视到迷恋》一文中，布斯认为自己一开始甚至是对“修辞学”的术语（terms）和范畴（scope）的认识并不清晰。在起初做修辞学研究时，他甚至一度认为自己是在做诗学研究。“一开始我是把小说的‘修辞’限定在一个角落里：一种作者对‘诗学’结构布局的自觉介入。所有的‘情节’和‘单元’都是来自修辞学装饰品上的部件。但是……我更接受我现在的观点：事实上‘诗学’的所有工作都是修辞学的，因为每一次尝试都有助于对专心一志的读者产生影响。”[②] 在这之后，他被引向对根源问题的探讨：修辞是什么，它应该被如何研究？

---

① 引文为布斯的原话；引自程锡麟依据对布斯的录音采访整理而成的论文《当代美国文学理论》，《外国文学评论》1990年第1期，第136页。

② Wayne C. Booth, “My Life With Rhetoric: From Neglect to Obsession,” *A Companion to Rhetoric and Rhetorical Criticism*, Blackwell: Blackwell Publishing Ltd., 2004, P. 498, 495.

布斯认为自己在写作《小说修辞学》时，是回避了这个问题的。1964年12月29日在纽约举办的“英语大会”（General Meeting on English）上，布斯宣读了《修辞立场》（The Rhetorical Stance），这使当时学界为修辞学的生机而振奋。然而时隔多年，当布斯重读自己当时的理论时，他说：“我发现它对修辞学的定义范围比我现在认为的要窄得多。对我而言，修辞学不再是从别处得来的成功抑或失败的知识传授，不再是‘劝使’人们相信以某种‘真正思考’的形式在别处发现真理的‘艺术’。”[①] 他将自己毕生的精力投注在思考怎样的修辞学研究有助于推进修辞学，尤其是怎样最深刻的修辞理论能有助于在冲突的表面下发现和谐的因素，也即“发掘正当信仰并在共同话语中改善这些信仰的艺术”[②]。

事实上，从学术启蒙到逐渐形成自己成熟的理论体系，布斯的整个修辞学乃至学术生涯都受到了传统修辞学的影响。亚里士多德以《修辞学》和《诗学》为核心的修辞学理论体系形成后，西塞罗和昆提利安对其进行了发展，他们共同创造古典修辞学的理论体系。亚里士多德将修辞学定义为“一门发现适用于任何主题的劝说方式的艺术”，因此早期的修辞术其实是一种“演讲术”。对劝说手段、善恶的伦理效果的重视，是传统修辞学的核心，可见，布斯的小说修辞学理论正是对这种传统修辞学精髓思想的继承。韦恩·布斯是对亚里士多德以“劝服”为中心的修辞理论的继承者，他在《修辞的修辞学》中对修辞进行界定：“任何时候，如果任何人有意通过应用包括言辞、表情、动作在内的符号和象征手段在另一个人身上产生某种效果，他就是在使用修辞。”对他来说，劝服是修辞的中心，修辞应该被理解为“由人类共享，可以在其他人身上造成各种效果的一切资源。这里所说的是伦理上、实际事务上、情感上和智力上的效果，包括一切跟人格修养、人际关系、政治事务、美学感受、学术研究相关的效果”[③]。

---

① 〔美〕韦恩·布斯：《修辞立场》，《修辞的复兴：韦恩·布斯精粹》，穆雷等译，译林出版社2009年版，第37页。

② Wayne C. Booth, “My Life With Rhetoric: From Neglect to Obsession,” *A Companion to Rhetoric and Rhetorical Criticism*, P. 498.

③ Wayne C. Booth, *The Rhetoric of Rhetoric: The Quest for Effective Communication*, Blackwell: Blackwell Publishing, 2004, P. xi.

通过对比，我们可以发现布斯修辞学理论对传统修辞学的继承。根据亚里士多德的定义，发现修辞学是一门适用于任何主题的劝说方式的艺术。修辞学研究的经典范畴被划定为目的、听众、构思过程、论辩、谋篇和文体风格。因此，古典修辞学理论体系主要涵盖三个方面：修辞话语的种类（法学演讲、议政演讲和宣德演讲）、心理和听众分析法，以及演讲准备步骤（觅取材料、布局谋篇、文体风格、记忆、演讲技巧）。同时亚里士多德从伦理上坚信善良与正确从本质上而言就比其反面的东西有更强的劝说作用。我们可以从中有如此发现：其一，亚里士多德的修辞哲学确立了“演讲者—演说内容—听众反应”的研究范式，韦恩·布斯小说修辞研究的范式可归纳为“（隐含）作者—文本（小说技巧）—（作者的）读者”，可见二者有对应性的关系，而布斯侧重的是从文学的内部讨论修辞学的问题；其二，对道德伦理效果的重视，尤其是对演说者（作者）的道德品质、伦理界限、知识渊博的重视，正是布斯超越时空在一个“崭新”时代[①]的呼应。因此可以说，韦恩·布斯是一位对传统修辞学坚定的继承者和发展者。也正如布斯在2004年发表的《我的修辞学生涯：从忽视到迷恋》一文中回顾了自己在修辞学领域的学术研究历程时所坦言的，即他认为自己的整个修辞学生涯“频繁地带上现代和后现代的面具，却从未公开地说明其实我只是在试图处理亚里士多德为修辞学所划定的广阔疆域中的一个角落”。而这个修辞学疆域“并不仅仅是一个学科：它包含人类交流的所有方面，好的或坏的，每一个学术领域，我们生活的每一个角落”。[②]

（2）巴赫金：现代修辞学的革新者。巴赫金在1934—1935年创作了关于小说理论的论文《长篇小说的话语》，该文直到1975年才在《文学与美学问题》论文集中首次公开发表。这篇文章在20世纪80年代初被翻译至西方学界后引起巨大反响。其中有关“杂语/狂欢”的讨论再度激活了巴赫金关于复

---

① 布斯曾在《修辞学的复兴》中这样论述修辞学在现代所面临的新情况：“我们所处的这个修辞时代在某种意义上比我刚开始讲的那个修辞时代（指传统修辞学时代——作者注）要深远得多。我们视互相劝说为一种生活方式；我们在沟通交流中存在。更重要的是，我们这个时代的智性追求，甚至在其根源层面，试图能够被称为修辞学探索。”引自〔美〕韦恩·布斯《修辞学的复兴》，《修辞的复兴：韦恩·布斯精粹》，穆雷等译，第57页。

② Wayne C. Booth, “My Life With Rhetoric: From Neglect to Obsession,” *A Companion to Rhetoric and Rhetorical Criticism*, P. 495.

调、狂欢的理论，使之成为一种文化理论而非语言理论。然而语言是巴赫金在《长篇小说的话语》一文中探讨小说体裁时的重要维度。巴赫金从语言的社会性出发，批判了传统修辞学未能正视与驾驭作为社会历史进程中语言发展新产物的小说体裁，失去了研究的哲理和社会意义。他对传统修辞学的批评主要从以下两个方面展开。一方面，传统修辞学单一、封闭的语言观，没有发现小说语言的根本特性，即多语、多声的社会对话性。巴赫金发现直到20世纪以前，人们都未能从承认小说（艺术散文）语言的修辞特点来明确提出小说修辞的问题。自长篇小说诞生起，它都只是作为抽象的思想分析对象而存在，或充其量只是用传统修辞的语义辞格理论作分析。19世纪末，随着人们对长短篇小说技术问题兴趣的兴起，小说的布局与技巧问题开始受到关注。但是对语言的修辞特点依然缺乏原则和具体的分析角度，甚至当时有一种流行且具代表性的观点认为，小说语言属于某种不具有特别修辞加工的非艺术领域——这便从根本上否认了小说语言的艺术性，也便没有从修辞上进行分析的必要了。在20世纪20年代，修辞学对长篇小说的排除有了改观，不仅出现了一批具体分析小说修辞的著作，同时还有一批学者从原则上来尝试理解和确定艺术散文（小说）与诗歌在修辞上的区别。而这正表明："传统修辞学的所有范畴，及其所依据的对艺术诗语的看法观念，都不适用于小说语言。"[①] 小说语言使修辞学认识到了自身在面对艺术语言时的局限性和狭隘性。

巴赫金认为导致这一现象的根本原因是，传统修辞学没有将小说和小说语言视为一个整体。"长篇小说作为一个整体，是一个多语体、杂语类和多声部的现象。"在它之中常常存在几种性质不同的修辞统一体，它们同时分属于不同的语言层次，各自服从不同的修辞规律。他列举出一部长篇小说中几种基本的修辞类型：①作者直接的文学叙述；②对各种日常口语叙述的模拟；③对各种半规范性日常叙述的模拟；④各种规范但非艺术性的作者话语；⑤主人公带有修辞个性的话语。[②] 小说中的每一个统一体都允许存在多种社会的声音，且不同的社会声音之间会有多种联系和关系。主题通过不同

① 〔俄〕巴赫金：《长篇小说的话语》，钱中文主编《巴赫金全集·小说理论》，白春仁、晓河译，第39页。

② 〔俄〕巴赫金：《长篇小说的话语》，钱中文主编《巴赫金全集·小说理论》，白春仁、晓河译，第40页。

语言和话语的关系与联系得以展开，“主题的对话化”便是小说修辞的基本特点。传统修辞学并未发现小说的这种由不同语言和体式结合的整体性，更没有看到在不同语言构成中存在的“社会对话”。在巴赫金看来，传统修辞学正是对小说语言“社会对话”这一基本特点的忽视，从而在研究对象上犯了偷梁换柱的错误，这主要表现在两个方面：一是用描述小说家的语言来代替分析小说的风格；二是选择其中某一从属体式而将之视为整体风格来研究。巴赫金将语言的内在分野、语言中社会性的杂语现象和其独特的多声现象，视为真正的长篇小说的存在前提，任何某一人的语言风格或某一从属体式都太过狭隘，不仅不符合整体风格的分析，而且对某一基本成分风格的分析也是无益的，因为这割裂了各成分之间的相互作用。因此，以单一语言和单一体式的狭义诗歌为研究对象的传统修辞学范畴，都过窄且小，无法应对作为多语和多声现象统一体的小说语言。① 这与他的整个美学和哲学文艺学观点体系中最核心的问题——对话问题——也是十分契合的。

另一方面，传统修辞聚焦于“承载历史使命”的这一“统一标准语”，而忽视了小说语言诞生的土壤——杂语世界。“长篇小说的修辞问题，不可避免地会要求必须研究一系列语言哲学中的原则问题，它们涉及到言语生活中几乎完全未被语言学和修辞学阐释过的那些方面，也就是话语在杂语世界和多种语言世界里的生活和行为。”传统修辞学的哲学原则，即它的诗语背后的哲学观“本身在其历史形成过程中（从亚里士多德到我们今天），就是以某些‘正式’体裁为目标的，是同语言生活、思想生活特定的历史倾向相联系的。因此，有一系列的现象被置于这一观点的视野之外”。基于此，巴赫金提出了语言的“向心力”和“离心力”问题，“每一表述都参与‘统一的语言’（即向心力量和倾向），同时又参与社会的和历史的杂语现象（即四散的分解的力量）”。任何一个话语都是生活中这两种对立倾向的矛盾统一体。他认为，自亚里士多德的诗学、奥古斯丁以来的诗学传统，都表现出社会语言和思想生活倾向于“同一集中和结合”的中心任务和使命，在此过程中形成的“统一标准语”既是它的力量源泉，也是它的局限所在，

① 〔俄〕巴赫金：《长篇小说的话语》，钱中文主编《巴赫金全集·小说理论》，白春仁、晓河译，第39、40、41—44页。

它决定了特殊的语言哲学观，传统修辞学在此语言哲学观上形成的诗语哲学观必然受到限制。然而从文学史来看，传统的文学体裁发展于语言和思想生活中的凝聚、集中、向心轨道上，而长篇小说和艺术散文体裁却是在分散、离心的轨道上形成的。沿着语言生活里集中倾向的轨迹发展而诞生与形成的语言哲学、语言学和修辞学，忽视了体现语言生活离心力的这一对话化了的杂语。因此它们也就不可能理解语言的这样一种对话性：对话性是不同的社会语言观斗争的结果，而不是语言内部个人意向斗争的结果，或者逻辑矛盾的结果。其实，就连语言内部的（戏剧的、雄辩术的、认识性的、生活的）对话而言，迄今为止也几乎没有从语言学和修辞学角度加以研究。[①] 这就导致了在传统修辞学的诗语哲学中，文学作品被视为一个自足的封闭整体，它的内部只有作者的独白语，在它的外部只有消极的听众。这个封闭整体中的话语不能同别的话语在对话和相互作用之中实现自己的修辞意义。

因此，在巴赫金看来，传统修辞学对“统一语言体系”的长时间关注和对该体系之外的、实际上更加庞大的社会杂语的忽视——而后者正是长篇小说所诞生与形成的土壤——使其诗学传统不能理解和驾驭小说体裁通过社会性的杂语现象及个人独特的多声部现象所描绘和表现整个实物与文意世界的特殊的文学方式。[②] 因而，传统修辞学的理论容纳不下长篇小说这一新的文学形式，唯有一种随着社会历史进程不断更新的理论，才能理解同时代的文学语言的发展，而这就是巴赫金从体裁出发，以主题对话、复调、社会杂语为核心的修辞学，且可称之为“现代修辞学”。

布斯的“传统”和巴赫金的“现代”并非绝对的二元对立关系。布斯在小说领域继承着传统修辞学中经典性的研究原则和对伦理等终极价值的坚持，他以亚里士多德为核心的古典修辞学的原初本义为宗旨，并且在新的时代面对文学发展的新现实，进行理论和方法论的创新，可谓对“传统”中精华部分的致敬与发展；而巴赫金从社会历史进程与文学体裁发展的角度，批驳了传统修辞学对小说的无能为力是其自身理论的缺陷导致的结果，他所

① 〔俄〕巴赫金：《长篇小说的话语》，钱中文主编《巴赫金全集·小说理论》，白春仁、晓河译，第 53、47、51、52 页。

② 〔俄〕巴赫金：《长篇小说的话语》，钱中文主编《巴赫金全集·小说理论》，白春仁、晓河译，第 41 页。

批判的“传统”更侧重指继亚里士多德之后，从中世纪到启蒙运动时期，修辞学走向宗教修辞和狭义的辞格研究的路径，是对“传统”中糟粕和痼疾部分的扬弃与反思。事实上巴赫金在谈论长篇小说体裁的时候也回溯到了它的源头，认为小说体裁其实衍生于古罗马文化时期的庄谐体等，我将在他的体裁修辞学中详细阐述。

2. 关注焦点：作者与主人公及作者与读者

巴赫金和布斯对小说修辞的讨论都是从关注叙述主体问题出发的，巴赫金侧重于作者与主人公，而布斯侧重于作者与读者。

（1）巴赫金：从审美交往出发的主体关系。要理解巴赫金小说理论的思路就必须回溯他的思想源头：哲学美学思想。巴赫金的哲学思想深受康德和新康德主义代表的柯亨的影响，赞同人类意识根源于思维之中，认同把伦理学作为哲学的中心，用哲学的方式研究美学。巴赫金在20世纪20年代早期写作的《论行为哲学》、《审美活动中的作者与主人公》和《文学作品的内容、材料与形式问题》等文章中，建立起了自己的哲学美学思想：从审美交往出发的行为伦理哲学。

从行为哲学出发，巴赫金提出人的存在即为事件，人对某事物的思考是一种参与性的行为，在这个过程中“我”与事件所认可的价值发生了感情意志方面的关系，因此人与作为由事件组成的生活发生了应分与责任的关系，作为参与性思维的人是不可能把自己的行为同行为的结果相区隔的。人的这种作为主体的参与性、积极性，以及道德上的责任性与应分性成为巴赫金“行为哲学”的核心。巴赫金从这种哲学美学思想出发，讨论审美活动中的人的问题和语言创作的美学问题，将“我与他人”的哲学范畴转移到审美活动中的“作者与主人公”关系中。

一方面，在巴赫金那里，作者与主人公的关系经历了从完全控制到平等对话的转变。写于20世纪20年代的《审美活动中的作者与主人公》一文中，巴赫金从作者与主人公在“审美事件”中的参与性出发，对作者和主人公做了界定：作者的意识是“意识之意识，亦及涵盖了主人公意识及其世界的意识。……作者承载着完成了的整体的紧张而能动的统一体，主人公整体和作品整体的紧张而能动的统一体”。而主人公的“意识、他对世界的感受和期望（即对事物的情感意志取向），从四面八方被作者思考主人公及其世界并使之完成的意识所包容；主人公自己的话语为作者关于主人公的话语所包容、所渗透”。[①] 作者对于主人公及主人公所意识到的一切具有超视超知的立场，作者与主人公之间存在一种外位性的相互关系，而这种外位性是审美活动的根本前提。从这种行为哲学的外位性出发，审美活动一定是交往和对话的。而在作者和主人公的这种关系中，作者是处于积极主动和控制地位的，对此巴赫金赋予了作者以极大的权威。

价值的核心是主人公及与之相关的事件，作者超视超知的视角不仅能够观测主人公所见所闻的领域，而且在主人公本人原则无法企及的领域里作者也能够到达，并且从形象结构到含义因素的选择，作者都对主人公有原则的创造性。在巴赫金看来，作者如果失去对主人公的这种积极主动的外位性立场，导致的后果将是极其严重的。他总结三种作者对主人公立场偏离的情况：其一，主人公控制着作者；其二，作者控制着主人公，这使作者对主人公的立场部分地成为主人公对自己的立场；其三，主人公与作者身份的重合。[②] 因此，在作者和主人公的关系里，主人公一直处于作者的内部，他无法超越更别说与作者到达平等的地位。

20 世纪 60 年代早期，巴赫金对《陀思妥耶夫斯基创作问题》一书做了重大的修订（并更名为《陀思妥耶夫斯基诗学问题》），其中关于作者与主人公问题的思考也有了较大的转变。他认为，陀思妥耶夫斯基首创的复调小说最基本的特点是“有着众多的各自独立而不相融合的声音和意识，由具有充分价值的不同声音组成真正的复调”，在复调小说中，作为有血有肉、意义充实的主人公拥有“他人意识”，这种“他人意识没有嵌入作者意识的框架中，它是从自身内部向外展开的；他人意识处在作者意识之外而与之平起平坐，作者同它处于一种对话关系之中”。[③] 他认为，陀思妥耶夫斯基具

---

① 〔俄〕巴赫金：《审美活动中的作者与主人公》，钱中文主编《巴赫金全集·哲学美学》，晓河等译，第 108、109 页。

② 〔俄〕巴赫金：《审美活动中的作者与主人公》，钱中文主编《巴赫金全集·哲学美学》，晓河等译，第 114—117 页。

③ 〔俄〕巴赫金：《关于陀思妥耶夫斯基一书的修订》，钱中文主编《巴赫金全集·诗学与访谈》，白春仁、顾亚玲等译，第 374 页。

有的革新意义在于，复调小说中作者对主人公的终极评价转变成了主人公自我意识的不断发展，主人公把自己的现实生活和外部世界吸纳进这种自我意识中，因此，小说从作者视野转换成了主人公视野。作者仍然保有积极主动性，他拿出一种客观性的意识和主人公的意识相抗衡，在这两个地位平等、价值相当的意识之间存在着平等的对话关系。巴赫金将这种作者对主人公的主动性比作“上帝对人”的主动性，人能够在自我发展中充分展现自己，肯定或否定自己，“真正的对话关系只有针对这样的主人公才有可能出现：他须是自己道理的载体，他须持有具有价值的（表现思想观点的）立场。如果一种感受或行为不求具有价值（赞同或反对），而仅求具有真实性（评价），那么，只能有最微弱的对话关系”[①]。因此，可以看出巴赫金日趋成熟的审美交往和对话的哲学原则。“存在意味着为他人而存在，再通过他人为自己而存在。”[②] 人的内部和外部存在本身就是最深刻的交际，生活的本质就是对话性，人作为一个完整的声音进入生活的对话，因而世界的物质模式也转换成了对话模式。从这种审美哲学观出发可以发现，在复调小说中存在众多有价值意识的平等对话原则，主人公要实现自我意识的客体化，不能成为作者意识的传声筒，主体之间不相融合，要保持超视超悟的外位性立场，只有剪断作者与主人公之间的脐带，才能实现真正的不同意识的平等对话。这种对话理论反映的社会性思想也是其整个行为哲学统摄下的题中之义。

另一方面，尽管巴赫金对主体的讨论集中在作者与主人公上，但是对叙事行为完整性的另一主体——读者，巴赫金在理论上给予其同等重要的位置。只是由于他一生著述的未完成，关于读者的研究成果并不多，但是从他的审美哲学体系中，我们可以窥见他整个思想的完整性。

同样从“我与他人”的行为哲学出发，巴赫金认为读者和作者作为审美的主体，同属于“形式的缔造者”，处于艺术上的能动性的始源位置，他们对于艺术作品拥有时间、空间和含义上的外位性。在《审美活动中的作者与主人公》一文中，巴赫金认为在观众（读者）与作者的关系中，“作者

① 〔俄〕巴赫金：《关于陀思妥耶夫斯基一书的修订》，钱中文主编《巴赫金全集·诗学与访谈》，白春仁、顾亚玲等译，第376页。

② 〔俄〕巴赫金：《关于陀思妥耶夫斯基一书的修订》，钱中文主编《巴赫金全集·诗学与访谈》，白春仁、顾亚玲等译，第378页。

对读者来说是有权威的，是必不可少的；读者不是把作者视作一个人，一个他人，一个主人公，一种存在的规定性，而是视作一个需要遵循的原则（只有研究作者的生平时才把他变成主人公，变成存在中确定的人，可以观照的人）"[①]。通过"审美移情"，读者由对作品世界的"内在观照"转向现实世界的"自我回归"，将二者结合组成一个完整的建构整体，是整个审美交往活动完成和作品价值实现的一个关键环节。

由此可见，在早期，巴赫金认为作者的这种控制力不仅对作品中的主人公有效，同时对读者也具有原则的规定性。但随着他的对话理论的成熟，读者与作者、主人公之间同样构成多种平等、不同价值的意识的对话，读者对于作品，既可理解其意义，又能在对话的过程中创造出新的意义，而这个历史性的过程是具有未完成的永恒性，因为意识的蕴涵一旦被作者创造出来，就不可能在现实生活中消失或死亡。

（2）韦恩·布斯：从"劝服"效果出发的作者与读者关系。韦恩·布斯在《小说修辞学》中关注的是作者、叙述者、人物和读者的关系问题，他将一部小说视为一位作为作者替身的"隐含作者"为了控制和影响读者的叙述，因此在叙述中需要使用各种技巧，而这些技巧便构成了修辞的全部内容，各主体之间也构成修辞关系。他继承亚里士多德的经典修辞学理论，认为劝服是修辞的中心，并且从伦理的角度认为这种劝服的文学效果是具有价值判断的。韦恩·布斯对作者与读者关系的讨论是从以下四个方面展开的。首先，作者及其替身问题。面对在史诗、戏剧等传统文学体裁中存在着作者"专断"的观点，20 世纪小说家和理论家开始倡导一种客观公正的非人格化叙事，认为真正客观的小说是显示而不是讲述，进而否定作者声音的介入。对此，布斯认为，如果企图把作者的声音从作品中去掉，那么作者以本人身份作的议论，引入的每一个新思想，对人物的内心观察，每一个看得出的个人色彩的文学典故或比喻，作家干预事件的自然顺序、比例和事件，每一个为讲述服务的显示的事件，等等，这些所有的内容就都需要从作品中清除，最后就会发现一部小说不能留下一个文字。因此，尽管作者声音的有

① 〔俄〕巴赫金：《审美活动中的作者与主人公》，钱中文主编《巴赫金全集·哲学美学》，晓河等译，第 303 页。

益还是有害是一个需要讨论的复杂问题，但是“作者可以在一定程度上选择他的伪装”，因为“他永远不能选择消失不见”。①

布斯发现了在作者与他所创造的不同作品之间存在着不同的“第二自我”，他们是各种思想规范组成的理想。这个“第二自我”作为艺术家的隐含形象，不同于作品中的叙述者，布斯将其称为“隐含作者”：

> “隐含作者”有意无意地选择了我们阅读的东西；我们把他看作真人的一个理想的、文学的、创造出来的替身；他是他自己选择的东西的总和。②

在谈论作者是否应该具有客观性的问题时，布斯讨论了作者与人物的关系。在作者对人物的态度中真正的客观性并不存在，作者在创作中必然带有价值、美学上的倾向性，作者对故事的选择必然引发读者对不同人物的兴趣、同情、爱慕等偏向，因此文学中的完全公正也是不可能的。

其次，“作者的读者”问题。面对小说家和理论家“真正的艺术无视读者”的理论成规，布斯提出了作者在以“第二自我”即“隐含作者”进行创作的时候，“隐含着其第二自我的每一笔，都有益于把读者塑造成为适合于鉴赏这个人物和他正在写的这部作品的那类人”。而这就是与“隐含作者”相对应的“作者的读者”。布斯甚至沿用古典修辞学的观点，认为作家可以被看成对我们演讲的人，为了使自己的作品有更强的可读性，他使用一切技巧。在作品的内部，“从主题到情节安排，修辞成为一种先天性的存在”。③ 因此从这个观点出发，小说是一种有对象的创作行为，作者写作一个故事的过程就已经使作品最可能被接受的表达技巧的想法包含在其中了。

再次，审美主体关系中的距离控制问题。布斯从“审美距离”的角度认为，适当的距离控制是非常有必要的，因为“一旦艺术与现实的缝隙完

① 〔美〕韦恩·布斯：《小说修辞学》，华明、胡苏晓、周宪译，北京大学出版社 1987 年版，第 19—22、23 页。

② 〔美〕韦恩·布斯：《小说修辞学》，华明、胡苏晓、周宪译，第 84 页。

③ 〔美〕韦恩·布斯：《小说修辞学》，华明、胡苏晓、周宪译，第 101、116 页。

全弥合，艺术就将毁灭”[①]。这与巴赫金论述的“艺术与生活”各自在世界的责任的理论具有相似性。不仅如此，从小说内部的各主体到外部与读者的关系，都存在着一定的距离。对此，韦恩·布斯认为，“任何阅读体验中都具有作者、叙述者、其他人物和读者四者之间含蓄的对话。上述四者中，每一类人就其与其他三者中每一者的关系而言，都在价值的、道德的、认知的、审美的甚至是身体的轴心上，从同一到完全对立而变化不一”。通过距离的变化可以达到审美效果，布斯总结了五种距离的存在：其一，叙述者可以或多或少地离开“隐含作者”；其二，叙述者也可以或多或少地远离他所讲述的故事中的人物；其三，叙述者可以或多或少地远离读者自己的准则；其四，“隐含作者”可以或多或少地远离读者；其五，“隐含作者”（他自己携带读者）可以或多或少地远离其他人物。[②] 一部成功的小说一定是一部几种距离综合运用的作品。然而，最重要的一种距离，即在叙述中出现的难免有误或不可靠叙述，这样的叙事在内容和思想规范上与一般的叙述方式存在着较大的差别，对读者的推断力也提出较高的要求，是一种张力更大的审美活动。

这种“审美距离”的使用也存在着隐忧。布斯警告，非人格化的叙事有可能带来距离的混淆，主要有三种情况：一是由于对反讽缺乏足够的警觉，读者甚至批评家并不能敏锐地判断哪些作为反讽的不可信叙述；二是需要推断的思想规范极端复杂、微妙和隐秘，为读者的推断设置障碍；三是人物长时间的内心观察会强烈地影响着读者的判断能力。这几种距离的混淆会给读者在阅读时产生理解上的偏差，而这种偏差也许会对小说价值判断的表达和伦理效果带来相反的效果。

最后，布斯还注意到了作者与读者之间存在秘密交流。在作品中，作者沉默并出现不可信的叙述者的情况下，作品与读者的交流并没有终止，而是出现了作者与读者背着叙述者进行的秘密交流。每当读者透过不可信的叙述者去推断作者的立场时，在读者与作者的秘密交流中会出现三种快感。其一是破译的快感。沉默的作者和不可信叙述者提供给读者的，犹如一个扑朔迷

① 〔美〕韦恩·布斯：《小说修辞学》，华明、胡苏晓、周宪译，第136页。

② 〔美〕韦恩·布斯：《小说修辞学》，华明、胡苏晓、周宪译，第175—177页。

离的迷宫或填字游戏，需要读者积极地去寻找答案。其二是合作的快感。这是作者和读者的合作。作者不完成所有的工作，而是让读者能够在阅读中保持活跃的思维，通过迫使他们去破译而对作品进行参与性的创造。其三是秘密交流，共谋与合作。每当作者有意地向读者传达一个没有说出的观点时，其都能造成作者与读者的共谋感，他们共同排斥那些小说内部或外部未获得这个观点的人。反讽是这种效果最明显的手法，因为它是一种既包容又排斥的技巧。布斯认为，这种基于道德之上的作者与读者的交流，可能是最重要的阅读体验之一。

（3）巴赫金和韦恩·布斯的异中之同。一方面，在作者问题上，巴赫金的“创造者的作者”与韦恩·布斯的“隐含作者”具有相似之处。巴赫金认为，作者在一部作品中可以分为创造过程中作为“创造者的作者”和创作完成后作为“接受者立场”的作者。创作中的作者并不等同于现实生活中的作者本人，作者在创作中所思考的是主人公的情感意志立场，而不是自己对主人公的立场，作者本身不会成为研究的对象或反思式感受的对象。创造中的作者只是在自己组织加工的对象身上看到自己的创造，且他看到的只是形成中的创造物，而不是内在的包含着明确心理活动的创造过程。因此，作为“创造者的作者”只能回到他的对象——作品——中寻找创作的技术、技巧等因素。即便艺术家本人在结束自己的创作后，对自己的创作过程也是无话可说的，因为随着创作的结束他也同时离开了他所创造的作品。在此之后他针对作品的创作进行的谈论，都是一种不同于创作时的新的、接受者的立场。他的感受对象也并不是创作时的“另一个自己”，而是已被注入“创造者的作者”拥有的原则性创作立场的已塑的主人公形象。即使有作者的独白，那也是“从社会、道德等角度出发把主人公作为活生生的确定的人所采取的态度。主人公们已摆脱了对作者的依赖，而作者即主人公的积极创造者，也同样摆脱了自身，成为一个普通人、批评家、心理学家或道德家”①。

从内涵上来说，巴赫金的“创造者的作者”与布斯的“隐含作者”概

① 〔俄〕巴赫金：《审美活动中的作者与主人公》，钱中文主编《巴赫金全集·哲学美学》，晓河等译，第103页。

念极其类似。两个概念同为真实的作家在创作过程中出现的“第二自我”，他们对作品拥有积极主动的原则性，并且随着创作的结束而实现自身的完成性。这个概念，巴赫金是在20世纪20年代写作的《审美活动中的作者与主人公》一文中提出的，而布斯是在1961年出版的《小说修辞学》中提出的。由于巴赫金的理论著作在当时并未出版，因此对文学理论的发现是二者在完全相互隔离的情况下发生的。

可是他们提出的出发点并不相同。巴赫金的理论基于作者对主人公的控制而提出。在创作过程中，作者是作为唯一的积极组织力量，存在于有稳定价值的文化产品中而不是心理学所指的意识中，作者对主人公的原则性的创造性，表现在对主人公的积极观照、形象结构、展示节奏、语调结构及诸多含义因素的选择中。而布斯本就视小说修辞是一种作者与读者进行交流的方式，“隐含作者”的提出是基于作者对读者的控制，作为传达着价值判断的作品，需要有一个“隐含作者”来控制、诱导读者找到自己在价值领域中应该处的位置，因此小说修辞就是使用何种替身的“隐含作者”，通过何种叙事方式和叙事技巧来实现这种控制的。

另一方面，在审美主体之间的交往对话问题上，审美交往与距离控制也有共通之处。巴赫金和布斯都看到了小说作品内部和作为审美行为的外部存在的对话关系。巴赫金从审美交往的行为哲学出发，认为生活的本质即为对话，在复调小说中存在作者、主人公和读者之间地位平等、价值相当的不同意识之间的对话关系。巴赫金更侧重论述的是一种从作者到主人公对话关系的内部视角，尽管也提到了读者与作品的对话，但其讨论的起点还是由内而外的。布斯从“审美距离”的角度认为小说中存在适当的距离控制是非常有必要的。从阅读体验来说，存在作者、叙述者、人物和读者之间含蓄的对话，他们彼此之间在价值、道德、认知、审美甚至身体上都存在从同一到完全对立的交互关系。从“阅读体验”生发的这种对话是从作品的外部视角切入的，因此布斯关注的还是小说修辞在读者身上所起的劝服效果和产生的影响。

当然，要注意的一点是，巴赫金认为主体之间是在整体性上完全不同价值意识的对话，而在布斯那里，主体间关系会产生“同一”的极端形态，这种意识的完全重合在巴赫金看来是审美活动的最大威胁，会导致对话的消失，进而导致审美行为的消失。因为“当只有一个统一而又独一无二的参与者时，不可能出现审美的事件。一个绝对的意识，没有任何外位于自身的东西，没有任何外在而从外部限制自己的东西，是不可能加以审美化的”[①]。审美活动只有在两个各不相同的意识的参与下才能实现。

3. 小说分析：言语体裁修辞与叙述修辞

（1）巴赫金从其超语言学出发，关注小说的言语体裁修辞。巴赫金从20世纪20年代开始研究语言学问题，1929年出版《马克思主义与语言哲学》（巴赫金/沃诺希洛夫），在1952—1953年写作《言语体裁问题》，1954年写下《文学作品中的语言》笔记草稿，在这些作品中可以发现，他从语言学出发探讨文学作品中语言的文艺美学内容。但由于1930年巴赫金被逮捕并长达40年消失在学术视野之中，直到70年代他的这些著作才被译成英文在西欧世界重见天日。

针对当时流行的语言学派，巴赫金认为索绪尔等一般语言学忽视了言语，没有发现人们进行交际、言语活动时所使用的是作为意义单位的话语，而不是语法中的语音、词或句子。话语作为言语交际单位，范围涵盖一个词、一个句子，到一部长篇小说、一部学术著作等，且每一话语都是内容、修辞和结构布局的统一。巴赫金在60年代提出了超语言学，关注一般语言学不感兴趣的在交往、具体语境中对话人的语言特征和语言现象，将对话引入语言学思想之中。“表述”“话语”成为超语言学的核心概念，由此建立起了巴赫金的对话理论、语言哲学和符号理论。

巴赫金将体裁视为人类交际的现实，这一范畴在文学史和文化价值上有极其重要的意义，反映着某一历史时期相对稳定的文学发展趋向。巴赫金在《言语体裁问题》一文中，将“言语体裁”界定为“使用语言的每一领域锤炼出相对稳定的表述类型”，具有丰富的多样性。[②] 不同体裁有不同的类型但有共同的语言特性，文学体裁就是一种特定类型的表述。从修辞学来看，任何风格都不能脱离表述，与表述的典型形式即言语体裁不可分割。“从本

---

① 〔俄〕巴赫金：《审美活动中的作者与主人公》，钱中文主编《巴赫金全集·哲学美学》，晓河等译，第118—119页。

② 〔俄〕巴赫金：《言语体裁问题》，钱中文主编《巴赫金全集·文本　对话与人文》，白春仁等译，河北教育出版社1998年版，第140页。

质上说，语言风格或功能语体正是人类活动和交际的特定领域中的体裁风格。每一领域都拥有和使用符合该领域特殊条件的自己的体裁；与这些体裁相适应，也就有特定的风格。”[①] 因此，对语言风格（语体）体裁本质和言语体裁变体的研究，是语言修辞学的理论准备。

然而语体的嬗变和言语体裁的演变与作为社会生活中官方的“标准语”，有着深刻的关系。表现为言语体裁的表述及其类型，成为从社会历史到语言历史的传送带，言语体裁能比较直接、敏锐地反映社会生活中所发生的一切变化。因此，社会生活中任何一个新现象都要经过漫长的考验与加工才能进入话语体系之中。言语体裁的形成和发展一定是以社会生活为土壤的。在《文学作品中的语言》一文草稿中我们可以发现，巴赫金结合修辞学讨论了语言的形式问题。巴赫金认为，文学语言不是表达手段而是描写对象。作为语体形式的言语体裁的形成和区分，是由人的交际功能和目的决定的，因此从修辞学来看，话语在文学中既是描写的对象，也是因人而异的话语。语言本身成为了艺术形象，话语中存在的不同意识本身便构成了对话。

在言语的修辞方面，巴赫金强调的是表述的对话性。在讨论陀思妥耶夫斯基的复调小说时，巴赫金深化了对形式和内容的讨论。在他看来，与具体易变的思想内容相比，形式更具有深刻性和普遍性，“各个平等意识的内容会变化，思想要变幻，对话的内容要更改，而陀思妥耶夫斯基所发现的艺术地认识人类世界的新形式却依然不变”[②]。这种艺术地认识人类世界的新形式便是复调小说的对话形式。从语言的交际功能出发，言语表述者和接受者都是积极参与的。当听者在接受和理解言语的意义时，从接收到的第一个字开始听者就采取了积极应对的立场：同意或不同意，以及同意的程度。这种应对立场是贯穿听者整个接受和理解过程的。当然，对这种话语的应答并不一定是及时的，也有可能是一种延迟式的应答理解，但听到及理解的东西迟早会在听者随后的言语或行动中产生影响。这种复杂的交流形式同样存在于书面的阅读和阅读的言语中。因此，对话是意识的本质，也即人的生活的本

---

① 〔俄〕巴赫金：《言语体裁问题》，钱中文主编《巴赫金全集·文本　对话与人文》，白春仁等译，第145页。

② 〔俄〕巴赫金：《关于陀思妥耶夫斯基一书的修订》，钱中文主编《巴赫金全集·诗学与访谈》，白春仁、顾亚玲等译，第374页。

质和所有内容。生活是不同意识参与形成的交际网络。巴赫金还赋予声音更重要的意义："声音还指人的世界观和人的命运。人作为一个完整的声音进入对话。他不仅以自己的思想，而且以自己的命运、自己的全部个性参与对话。"①

在体裁修辞方面，巴赫金从历史诗学角度研究了长篇小说体裁的形成及其修辞变迁。巴赫金认为，文学体裁本质上反映着稳定的文学发展倾向。尽管巴赫金在研究长篇小说体裁时是反对传统修辞学的，但他认为要正确理解这一体裁形式必须追溯到它的源头，即古希腊罗马古典文化末期和古希腊文化时代形成的庄谐体，古人把它区别于同时代的史诗、悲剧、历史、古典演说等严肃体裁。这种庄谐体包含歌舞剧、苏格拉底对话、筵席交谈的文学作品、回忆文学、抨击文学、田园诗、梅尼普讽刺文学等体裁。这些不同体裁的庄谐体都和狂欢节的民间文化有着深刻关系。"它们或多或少都浸透着狂欢节所特有的那种对世界的感受。其中有些就是狂欢节口头民间文学体裁的翻版。从头到脚贯彻在这些体裁中的形象和词语与现实有了一种特殊的关系。"② 巴赫金将这种文学称为"狂欢化的文学"，他认为文化狂欢化是体裁诗学重要的课题之一。

我们从庄谐体的三个特征中可以发现现代小说体裁发展的源头：①对形象价值和所在时间范围的塑造，带有深刻的时代性；②形象建构的基础是经验和自由的虚构；③体裁内故意为之的杂体性和多声性。巴赫金还发现，在有的体裁中，双声占了主导地位。由此可以看出，庄谐体与严肃文学体裁之间泾渭分明的界限及其自身蕴含的文学革新的意义。巴赫金判断小说体裁的三个来源是史诗、雄辩体和狂欢节。"随着哪一个来源占据了主导地位，就形成了欧洲小说发展史上的三条线索：叙事、雄辩、狂欢体（它们之间当然存在许多过渡形式）。"③ 其中小说体裁该追溯到狂欢体，而它的源头变体

① 〔俄〕巴赫金：《关于陀思妥耶夫斯基一书的修订》，钱中文主编《巴赫金全集·诗学与访谈》，白春仁、顾亚玲等译，第 387 页。

② 〔俄〕巴赫金：《陀思妥耶夫斯基诗学问题》，钱中文主编《巴赫金全集·诗学与访谈》，白春仁、顾亚玲等译，第 141 页。

③ 〔俄〕巴赫金：《陀思妥耶夫斯基诗学问题》，钱中文主编《巴赫金全集·诗学与访谈》，白春仁、顾亚玲等译，第 143 页。

是对话型。对这一变体的形成有决定性影响的是两种体裁：苏格拉底对话和梅尼普的讽刺文学。这些体裁中大胆的幻想、对话的体式和对“最后的问题”的哲理思考等奠定了体裁的形式，直到陀思妥耶夫斯基将这种体裁发展到了顶峰。作为一种经久不衰的文学发展倾向，从庄谐体到长篇小说，总是有陈旧和更新的因素存在。长篇小说在自己体裁发展的过程中，坚持以对话为主导形式的同时，吸纳着社会生活中其他言语表述，它们在这里形成新的变体，经过历史和现实的考验与加工，最终形成一个新的话语体系。主体在话语中为交际目的而对融入的不同表述形式（体裁）进行选择，这个行为本身便构成了修辞。这便是巴赫金的“体裁修辞学”的本义。

（2）布斯注意作者进行小说叙述的技巧层面，关注叙述修辞。与巴赫金的小说修辞的体裁修辞理论不同，布斯把重点放在作者对技巧的控制上，即作者使用何种技巧与读者进行交流，并对读者的价值判断产生道德效果。在 1961 年出版的《小说修辞学》中，叙述技巧是布斯探讨小说修辞理论的核心。

在布斯的小说修辞学中，叙述与距离的问题是其理论中最精彩的方面。在“小说中作者的声音”一章，布斯探讨了叙述者的戏剧化和叙述的可靠性问题。布斯认为，在叙述效果中，最重要的是看叙述者是否被戏剧化，并且他的信仰是否和作者重合。非戏剧化的叙述者以无人称叙述为代表，比如海明威的大部分作品都是这种叙述视角。戏剧化的叙述者通常是指在作品中以第一人称“我”来进行叙述的叙述者，戏剧化的叙述者从他的言语到行为都是在讲述。然而，无论作者是否将自己戏剧化，用可靠或不可靠的叙述，都是将自己以隐含的形式与读者进行交流。如前文所说，布斯的修辞理论中也存在作者、叙述者、人物和读者的对话，而这种对话主要从叙述制造的距离中产生出来。叙述者可以和作为作者替身的“隐含作者”、故事中的人物、读者自己的准则产生距离，“隐含作者”也可以远离读者，或者携带读者一起远离人物。这种距离可以在理智、道德、时间、身体、审美等维度上实现。最重要的一种远离是叙述者之间产生的一种距离，这种距离产生的不可信不仅对故事中的人物，而且会对读者的接受效果产生重大的改变。对于不可信的叙述者的推断，远比对于可信的叙述者要求的更为强烈。对这一推断造成难度的是内心观察。因为在前面几种叙述之外，还存在一种非限制的叙述视角，它能够走进人物的内心，长时间生动的心理真实会对读者的判断产生强烈的影响，它会把显示内心的人物暂时变成叙述者，可靠性在这里会被读者的同情所混淆，因此，内心的独白不是让读者更接近真相，而是让读者远离真相和道德判断。

由此可见，叙述距离还与道德判断问题密切相关，这也为布斯日后从小说修辞转向小说伦理奠定了基础。布斯认为小说修辞的最终问题是作者为谁写作，即读者是谁的问题。小说的读者既不能是作者自己，也不能是作者的同类人。“如果在这个意义上说，读者真是艺术家的同类人，那么他会无需这部著作。在一个由这样的读者构成的世界中，我们可以完全停止考虑交流的问题，只是写作他自己的每一本书。”① 这与巴赫金的对话理论类似，但在布斯这里，是指同类的意识之间不可能产生对话。因此，小说只有作为某种可以交流的东西时才得以存在，并且作者对读者具有控制和说服的力量，在交流中使用的技巧便是达到这种说服目的的修辞。在布斯看来，在某种意义上说，是作者创造了读者。因为不存在等待和自己思想规范与价值信念刚好一致的读者出现。事实是作者可以使读者看到以前从未见过的东西，进入一个理解和经验一体的新秩序中。因此，作者应该从作品内部考虑这种对读者的影响。作者需要关心自己创造的“隐含作者”是否为读者所接受和赞扬，他隐含在叙述技巧中的对人物和价值的评判是否对读者产生影响。“小说中，写好的概念必须包括成功地安排你的读者对一个虚构世界的看法。小说中‘结构精巧的短语’必须远远多于美的成分，它必须为更大的目的服务；艺术家具有一种道德义务，就像他想要把‘写好’、把尽可能在一个给定距离上实现他的世界作为自己审美义务的一个实质部分一样。”② 此前谈到的作者非人格化叙述、不确定技巧的选择都蕴含着一个道德的尺度。如果没有道德的价值取向，便会把读者带入歧途。此时小说也是完全失败的，它不是小说内部人物或技巧的失败，而是在道德上的失败。

由此可见，韦恩·布斯和巴赫金关于修辞学异中有同、同中有异的理论基础：他们分别基于传统修辞学和对传统中僵化部分的反对而提出的以言语

① 〔美〕韦恩·布斯：《小说修辞学》，华明、胡苏晓、周宪译，第440页。

② 〔美〕韦恩·布斯：《小说修辞学》，华明、胡苏晓、周宪译，第433页。

体裁为中心的新修辞学，都将“主体”作为理论的核心概念；他们都关注文学创作的伦理问题，但布斯是从叙述技巧和主体距离所产生的价值判断与道德伦理来探讨，而巴赫金是从“我与他人”的行为哲学出发，提出在事件中主体存在道德上的责任性与应分性，并在开放的对话中得到实现的。而这正是为布斯声称的与巴赫金在更高层次的相遇埋下了伏笔。

二　从小说修辞到小说伦理：韦恩·布斯与巴赫金的同质共鸣

1. 当布斯遭遇巴赫金

韦恩·布斯曾在芝加哥大学求学，深受来自理查德·麦基恩和其导师罗纳德·克莱恩领导的芝加哥学派的影响。他早期从亚里士多德的传统修辞学角度开始文学小说修辞学的研究，直到1961年《小说修辞学》的出版，这奠定了他在修辞学领域的地位。因此，在与巴赫金相遇之前，他已确立了自己较成熟的从叙述技巧和伦理批评出发的修辞理论。然而，布斯在重新整理自己学术著作时不得不发出感叹：“以我现在来看，我耽误了太长时间来明确说明我的思索与巴赫金作品间的关系。不过，假如你仔细阅读，你就会发现他从一开始便改变了我（及无数他人）对小说的想法。”[①] 在韦恩·布斯和巴赫金的接受与影响关系上，出现了在比较诗学上其实非常普遍，但至今还没有被充分理论化地探讨的重要问题：为什么两位学者能够在不同的时间、空间，在不同的学术语境中针对相似的问题提出异中有同的见解？为什么时隔数十年之后——相对于巴赫金而言，是在其写作《审美活动中的作者与主人公》的50年多之后；相对于韦恩·布斯而言，则是其出版《小说修辞学》的20年之后——韦恩·布斯惊奇地发现，自己引以为豪的小说修辞学其实早已有人先行一步，并由此产生心有戚戚焉的强烈共鸣？在比较诗学研究中，我们更多关注的是同中之异，“同”即所谓平行研究中的可比性

① 〔美〕韦恩·布斯：《巴赫金如何将我唤醒》，《修辞的复兴：韦恩·布斯精粹》，穆雷等译，第133页。

问题，没有这一可比性，两个没有任何“影响与被影响关系”的对象是不可能被置于比较的平台上的。因此，平行比较的重心是通过其同来比较其异，从而突显对象的独特性。但是对于韦恩·布斯和巴赫金之间的关系来说，异中之同所带来的问题可能更为重要。尤其是在巴赫金的异质性理论被后现代主义奉为基本准则，将杂语/众声喧哗作为理解当代文化的根本特征的今天，我们确实已经把同质性、共鸣、同构这类问题明显地忽略了。

纵观布斯的学术生涯，我们可以发现他是随着20世纪70年代巴赫金在西方学界的“被发现”而接受其理论的。在其学术发展中对巴赫金的集中讨论可以聚焦在80年代，这也是他的小说修辞理论向小说伦理理论走向成熟的关键时期。经过梳理，他关于巴赫金的讨论主要集中在论文《阐释的自由：巴赫金和女性主义的挑战》（1982）、专著《小说修辞学》（1983）第二版跋文、专门为巴赫金《陀思妥耶夫斯基诗学问题》（英文版，1984）所作的序言[①]，以及专著《小说伦理学》（1988）等著述中。因此，我们在讨论韦恩·布斯与巴赫金的学术关系时，还有众多有价值的影响范式等待去发现。布斯曾在文中坦言，自己接受巴赫金主要是通过直接阅读和对巴赫金研究的权威学者著作的间接阅读。由于不懂俄语的原因，他对巴赫金的阅读都是从英译版本中获取的，主要包括《对话的想象》中的《长篇小说的话语》（1981）、《拉伯雷和他的世界》（1968）、R. W. Rotsel译版《陀思妥耶夫斯基诗学问题》（1973）；此外还有一份爱默生翻译的手稿和巴赫金/梅德韦杰夫发表的《文艺学中的形式主义方法》（1978）。间接的阅读则包括托多洛夫的《米哈伊尔·巴赫金：对话的原则》（1981）、克里斯蒂娃法文版《陀思妥耶夫斯基诗学问题》中的序言（1970），以及莫森的《类型的界限：陀思妥耶夫斯基的“一个作者的日记”和文学乌托邦的传统》（1981）。[②]

尽管从前面章节中可以看到巴赫金与布斯的小说修辞理论的起点不同，

---

① 该文后被整理为《巴赫金如何将我唤醒》，收入韦恩·布斯《修辞的复兴：韦恩·布斯精粹》一书中出版。布斯在该文开头谈及了自己的学术生涯，认为从一开始巴赫金就对他产生了潜移默化的影响。他通过调侃当时为巴赫金此书英译本作序言而带来的高昂版税，来突显巴赫金在当时西方文论界已有的举足轻重的地位和受到的重视，在这两个方面，巴氏是远超过他自己的。再版中，他对文章作了一些缩略，下文中将详细阐述。

② Wayne C. Booth, "Freedom of Interpretation: Bakhtin and the Challenge of Feminist Criticism," *Critical Inquiry*, Vol. 9, No. 1, The Politics of Interpretation, Sep., 1982, P. 51.

但是他们在对文学的探索中遇到了同样的问题，且在不同的学术环境中对该问题做出了类似的解答，因此，布斯在遇到巴赫金时，仿佛遇到了素未谋面的知音。这种理论上的共鸣促使布斯在自己理论成熟的过程中得到了更加坚定的力量和创新的启发。我们将回到他的论著中寻找这种同质共鸣的蛛丝马迹。

2. 巴赫金如何唤醒了我

布斯对于与巴赫金的同质共鸣有着深刻的理论自觉，他在自我已经形成的理论体系中为巴赫金寻找合适的位置，并在那里产生思想的碰撞和对话，为其关于相关问题的思考带来新的提示。

（1）亚里士多德主义者：韦恩·布斯眼中的巴赫金。1984 年，布斯受邀为巴赫金的《陀思妥耶夫斯基诗学问题》（英文版）撰写序言，该文后被布斯整理并冠以题目《巴赫金如何将我唤醒》，并收录进其论文集《修辞的复兴：韦恩·布斯精粹》中。在文中，面对自 70 年代开始的西方学界对巴赫金兴趣的剧增，布斯从当时几种流行的形式主义对内容与形式的关系探讨出发，给巴赫金进行定位。他列举了几种形式主义应对内容的不同观点：一是将意义视作纯形式的污点，公开与之抗衡；二是从完全接受的立场，“贬低对形式的兴趣，以意识形态来认同一部作品的艺术，根据作品表面的真相或谎言来评判作品”；三是认为作品将什么强加到我们的注意力之上，从而导致我们在形式与意义之间摇摆不定；四是依赖一种形式/物质配对无法分离的观点，称为“亚里士多德式”，或实为未完全理解亚里士多德的“新亚里士多德式”。在最后这种观点看来，“艺术作品正如其他一切真实存在的事物，既可以当作形式，也可以当作物质来分析”。内容脱离了形式便不再存在，“物质所变成的正是这个塑造而成的事物”，“不同于自然物质的是，这些物质经受着价值观的熏陶；从人物和作者的承诺中抽象出来、价值中立的小说形式并不存在”。①

因此在谈论分析情节的模式时，关键词便是“有益”（useful）。“亚里

---

① 〔美〕韦恩·布斯：《巴赫金如何将我唤醒》，《修辞的复兴：韦恩·布斯精粹》，穆雷等译，第136—139 页。

士多德式”批评家是希望它有益于读者、观众、批评家，甚至是富有创造力的艺术家。它并不是关于创作的规范手册或规则系统，因为“它的所有分析都经过了价值判断的熏陶，分析的不是与道德品质区分开来的技巧或形式美感，而是分析一次成形的行动，即一个‘小事件的综合’，或者是象征着道德或不道德行动者所决定的事件，因此作为‘情节’，它值得被称为作品的‘灵魂’”[①]。布斯判断，巴赫金的意识形态正是这种“亚里士多德式”意识形态的一部分；它不是抽象形态的形式，而是价值观的形式：追寻的价值观、失落的价值观、悲叹的价值观、欢呼的价值观。“效果的统一性”是最值得追寻的核心。

布斯将巴赫金与亚里士多德主义者进行比较，认为巴赫金的观点某种程度上与“功能主义”相一致，他们所重视的都是一种“既定的意识形态”(formed ideologies)——“不是强加在独自含有价值判断或意识形态污垢‘内容’上的无价值形式，而是既定的价值观，既定的意识形态”。他们都认为，“形式本身生来就是意识形态的”。布斯发现在巴赫金那里，艺术家的根本任务不仅仅是在作品中创作某种效果，而是在作品中“实现一种比其他一切观念更为优越的世界观”，而小说这种艺术形式是承担这一任务的最佳工具。“这样的小说的确是我们所拥有的唯一一种概念手法，能够利用一种不同于大多数西方批评家所推崇的客观性来公平对待人类生活中根本的、不可消减的多重中心，或‘复调性’(polyphony)。”[②] 二者同为对一种“普遍可取特性”的追求：亚里士多德主义者认为，小说的特殊效果被视为小说的终结——作者所追求的整体效果。而巴赫金追求的是一种“自由视角的崇高”(sublimity of freed perspectives)，它将一直在一切优秀的小说场合中比其他所有特性更胜一筹。

对于“巴赫金不成体系的体系在何种程度上带有宗教性，抑或是形而上学”的学界争论，布斯对巴赫金的理论核心有一个准确的把握：

① 〔美〕韦恩·布斯：《巴赫金如何将我唤醒》，《修辞的复兴：韦恩·布斯精粹》，穆雷等译，第139页。

② 〔美〕韦恩·布斯：《巴赫金如何将我唤醒》，《修辞的复兴：韦恩·布斯精粹》，穆雷等译，第142页

> 在我看来巴赫金的体系显然是把对世界的洞察力视为一系列在本质上具有社会性研究对象的集合，而非平常意义所说的独立个体；到了这种程度它只能与最抽象的唯物论相容。尽管他没有依赖任何宗教语言，他的“主词”（God-term）有点像“同情性的理解”或“理解性的想象”，他总是从世界的“多重声音”或“多重中心”的角度来谈论“主词”，就像我们所体验的那样。
>
> ……任何人都会尊重这样一个事实，即我们中的任何一个人都是以“我们”，而不是“我”而存在。复调性是我们共同“对话”生活中的奇迹，因而既是一个生活现实，从更大的范围来看，又是一种无尽追求的价值。[①]

布斯理解了巴赫金在社会交往下的主体的多重自我，以及由此而引发的复调与对话的特性。他认为巴赫金建立了审视与评价文学作品的另一个更广阔的维度：我们使用的语言本身就是多种语言的合声。而在此之前，无论文学评论家还是小说作者，都没有客观地评价这种对话本质，而是为了使事情简单化将独白性强加并凌驾于小说之上。

因此布斯正是从巴赫金与自己理论传统的亚里士多德主义出发，在二者的对比中逐渐为巴赫金在小说修辞学领域进行学术定位，并对他理论的核心有了一个较为全面的把握，在巴赫金的启发下形成他自身小说理论发展的新开端。

（2）对“作者声音”的反思。20 世纪 50 年代是客观性凌驾小说创作之上的时代，韦恩·布斯当时作为一个“建构主义式形式主义者”，对严格反对“作者声音”的批评家做了他后来意识到是“同样肤浅”的批评。

布斯认为，自己曾经的工作就是“希望把我对一位作者要做什么、一个特定人物对作者的整体计划有何贡献的概述用命题的形式表达出来”[②]。他看到，巴赫金认为最高质量作品中作者的声音必然是消失的，作者并未将他人

---

① 〔美〕韦恩·布斯：《巴赫金如何将我唤醒》，《修辞的复兴：韦恩·布斯精粹》，穆雷等译，第 143 页。

② 〔美〕韦恩·布斯：《巴赫金如何将我唤醒》，《修辞的复兴：韦恩·布斯精粹》，穆雷等译，第 146 页。

的意识转化为可供发现的客体，各种意识是作为独立完整的个性而存在的。在巴赫金那里，小说的最高形式和最理想的状态就是"在任何时间、任何地点或任何体裁中都不会变成单一的作者声音，或是被其所压制：一种体现人类生活之不可避免的对话特性的最佳代表作"[①]。巴赫金认为，陀思妥耶夫斯基实现了这种复调的理想，"最伟大的复调作家真心臣服于自己笔下的人物，允许他们用除他自己以外的方式言说。主角不再被削弱为作者的主导意识；次要角色也不再被包含或被削弱为主角或作者的陪衬。总之，人物作为完全主体受人敬重，作为'意识'被呈现出来，这种意识无法在其角色中被完整定义或阐述，而并非在其中作为众所周知的客体，仅此一次，随后便被消耗殆尽而遭摈弃"。这与布斯 1961 年在《小说修辞学》第一版中对作者和"隐含作者"的地位以及与人物的关系所持有的观点完全不同。布斯承认，在接触巴赫金的思想后，"我才完全直面他所提出的一种可能性，即意识形态'既不知晓思想独立性，也不了解体系统一性'"。[②] 可以看到，巴、布二人相同的判断是：都认为小说不存在客观性，承认作者的声音总存在于作品之中。但是布斯也承认，巴赫金把人物从作者的直接控制下解脱出来的技巧比作者主导的技巧，在本质上更胜一筹。他阅读巴赫金后，赞扬巴赫金全力提出的是一种层次截然不同的挑战，因为他关注的已不是想法，而是观点、意识和声音。他不是处理特定的技巧手段的艺术效果，而是对人类生活意义进行整体性思考，是在"大型对话"（great dialogue）中对终极价值的哲学探求。

受到巴赫金的启发后，布斯并没有完全重新推翻自己对作者的既有观点，即小说根本不存在客观性，因为作者的声音不论隐蔽还是公开，总是与读者相伴。但是布斯重新表达自己的主张："作者的评判总是显而易见的……作者无法选择是否采用修辞来增强效果［为作者的权威性和读者对故事的有效复述而服务］。他唯一的选择就是使用何种修辞。"[③]

① 〔美〕韦恩·布斯：《巴赫金如何将我唤醒》，《修辞的复兴：韦恩·布斯精粹》，穆雷等译，第 144 页。

② 〔美〕韦恩·布斯：《巴赫金如何将我唤醒》，《修辞的复兴：韦恩·布斯精粹》，穆雷等译，第 145、146 页。

③ 〔美〕韦恩·布斯：《巴赫金如何将我唤醒》，《修辞的复兴：韦恩·布斯精粹》，穆雷等译，第 141—142 页。

（3）聆听的启发。布斯在讨论阐释的自由时，发现无法绕开“阐释的政治学”问题，它与语言的权力密切相关，而权力永远是在思考有关人类问题时的最好起点。关于“阐释的政治学”讨论的核心任务是寻找有多少种开放或隐秘的权力的形式，迫使多种多样的阐释或一种既定的阐释服务于一个既定的权力。在这种观点看来，寻找阐释自由的问题变成了如何去抵抗权力的问题。谁拥有这个权力——哪个阶层，哪些统治者，哪个派别，哪个性别——迫使我们去说或不能说？哪种语言，由于它的使用者的权力，将一种关于真实既定的观点强加于那些未能抵抗这种语言的人？[①] 在这种关于语言的权力的争论中，布斯发现了巴赫金关于声音的讨论，促使他在语言的权力中开始思考“倾听”（listening）的问题。

布斯知道，从巴赫金的角度来说，任何一种独白式的阐释都是错误的，直白且单一的总结是对意义最具破坏性的方式。但是他认为，为了思考关于阐释的自由，可以提取两个他关于对话想象的观点进行思考：巴赫金关于人类如何组成的观点和关于小说如何创作的观点。从人类的组成来说，巴赫金认为，每一个“自我”都具有深刻的社会性。我们每一个个体并不是作为私人的、原子式独立的“自我”所组成的，而是自出生起就是多种“自我”的集合体。我们的这些“自我”在语言中相遇，声音由他者发出。语言当然并不只是由“言语”（words）组成；它们是整个的意义系统，每一种语言组成于一个相互关联的意念和形式的集合。因此布斯认为，巴赫金的语言大概可以与意识同义。每一个人都由这种语言集团组成，每一种语言都是“进入言说的意识”（ideology-brought-into-speech）。

布斯接受巴赫金的观点认为，语言在任何一个历史的既定时刻，从头到脚都是各种意识形态矛盾、不同社会集团、不同时代思想和蕴含着发展趋势等内容的集合体。人类在这种环境中同时承载着多种声音，这些“多音齐鸣”（heteroglossia）以不同的方式交互影响，形成一种新的具有社会特征的杂语。而被视为艺术作品的小说，作为一种意识形态的产品，也是这种交流方式的客体。艺术作品最重要的是其中建立的人与人之间的社会性的相互联

① Wayne C. Booth, "Freedom of Interpretation: Bakhtin and the Challenge of Feminist Criticism," *Critical Inquiry*, Vol. 9, No. 1, The Politics of Interpretation, Sep., 1982, P. 45.

系和影响，所有的心理和生理的过程，都不过是社会过程的非独立存在。因此小说的创作过程就是让这些“多音齐鸣”的不同意识在小说中自由平等的对话。这种不同意识的交流与布斯原本认为的“小说是一种作者与读者之间的交流”观点有一定的相似性，只是在交流的主体性上，相对于布斯认为的在交流中作者拥有的主导权力，巴赫金削弱了这种控制的理论，而是将平等对话的主体扩展到从作者到作品中每一个主人公之间的平等交流上。因此，巴赫金的这种复调启发了布斯对主人公声音的聆听，在《阐释的自由：巴赫金和女性主义的挑战》和《小说伦理学》中，他均提到了这个问题，并且将拉伯雷小说中女性声音的缺失现象，作为讨论小说伦理问题的案例。对声音的聆听为布斯进行小说伦理思考提供了一条重要路径和一个重要维度。

1984 年，布斯在为巴赫金《陀思妥耶夫斯基诗学问题》英文版再版写作序言时，删除了四个长段落和一些他描述巴赫金缺陷的内容，它们谈论的是巴赫金对当时那些批评运动提出的有力挑战。其中有两个观点也是布斯本人曾经所持有的：①过度关注个人作品中文学形式结构；②轻描淡写历史和文化在塑造艺术发展中的作用。[①] 并且他认为，巴赫金没有对其极度赞扬的陀思妥耶夫斯基的任何一部作品，像自己在写《小说修辞学》那样，对文本进行细读和持续的研究，因此在他现在看来，巴赫金对小说做的判断有些是没有事实依据的“含糊其辞”。

在接受了巴赫金从审美交往出发的社会对话原则和艺术与意识形态环境的关系的理论之后，布斯前面所持有的两个观点便不攻自破。并且他也认为，巴赫金的缺陷的内容恰好也是他的优点所带来的后果。因为他是在对人类整体性的终极价值上进行哲学探索的，这一命题的高度决定了他的思想“从根本上来说是难以理解的”[②]。

① 另外两个是对巴赫金提出挑战的观点：（1）有些人认为理解人类行为的方法是一个以个体研究为基础而开展的文学命题，将个体视为个数单位；（2）有些人认为语言只涉及语言本身内容，和现实无关。参见〔美〕韦恩·布斯《巴赫金如何将我唤醒》，《修辞的复兴：韦恩·布斯精粹》，穆雷等译，第 147 页。

② 〔美〕韦恩·布斯：《巴赫金如何将我唤醒》，《修辞的复兴：韦恩·布斯精粹》，穆雷等译，第 147 页。

3.《小说修辞学》的再版与问题的聚焦

从内容来看，布斯的《小说修辞学》的第一版和第二版，正文主体部分没有区别，但是在1983年修订的第二版中增加了一个跋文《小说的修辞与作为修辞的小说：21年之后》。在文中，布斯承认自己写了很多关于修辞的文章，但是并没有穷尽他关于修辞的想法。关于语言和风格的问题，在《小说修辞学》中并没有得到充分的阐释。在阅读了詹姆斯·费伦的《话语的世界：一种小说的语言理论》[①] 和巴赫金的《陀氏妥耶夫斯基诗学问题》之后，他看到之前被自己忽视了的隐蔽在众多术语之下的小说中双声或多声世界的存在。

（1）重新定位小说修辞。布斯认为，关于小说修辞的两个概念——"小说修辞学"与"作为修辞的小说"——的讨论贯穿他的《小说修辞学》全书，并对二者做出了不同的界定："小说修辞学"，乃为一种学术批评的需要而存在，是作者评论最极端的形式；而"作为修辞的小说"，其文体本身被视为是在更大感官体验中整个交流行为的一个方面。布斯认为，巴赫金和他的小组在一定程度上抓住了该问题的本质。[②] 布斯高度赞扬巴赫金对客观性与小说技巧的讨论超越了同时代的所有批评家，即巴赫金在对陀思妥耶夫斯基令人充满激情的论述中，把陀氏的小说视为由真实客观性为内在驱动力的顶峰之作：作者成功地用一个压抑的主导性声音，同时给予"陌生的"人物饱满的声音，创造了一个真正的复调，而这是超脱了小说是否要客观性的更高的哲学问题。因此，布斯反复强调，客观性的问题不是一个特别的技术性的问题，而是所有的技术如何被编排去传达一个既定的世界观的问题。

与巴赫金对言语中的话语理解类似的是，布斯认为人们以前对于修辞的理解都是局限在语言本身的，只是关注字与字、词与词、句与句之间的关系。这种语法式的修辞并非小说修辞学中最重要的东西，因为任何字、词、句都是由人讲述的，是作者的叙述、人物的对话，等等。因此，这种小说修辞，必须把主体因素引入进来，使之变成不同叙述主体之间的修辞关系。这

---

① 原书名为：*Worlds from Words：A Theory of Language in Fiction*。

② 事实上，这里是指巴赫金以梅德维杰夫等名字出版的著作，由于著作权不清等原因，布斯将他们视为一个学术小组。

也正是巴赫金所致力于的目标。韦恩·布斯也看到了自己与巴赫金在理论上的共通性，只有表述或术语差别而已，内容实质是一样的。比如说，他认为自己很多在谈论反讽、不可靠叙述等问题时使用的术语相当于巴赫金的"复调""多音齐鸣"。除此之外，他和巴赫金同样反对将小说视为语言的产物的观点，他们都赞同小说是由它们的人物所组成的，只是用语言来讲述的。

巴赫金的观点让布斯开始重新为自己的小说修辞理论进行定位。"巴赫金横断了我在书中似乎已经确立起来的技巧的边界。一方面，他紧密关注作者和读者如何协调；另一方面，他根据小说推断真实作者创作它的原因，尤其是分析作者必须相信有关潜在读者方面的独特技巧。"① 因此布斯认为，曾经做的关于有血有肉的作者和"隐含作者"的区分是成问题的，并且在阅读过程中的不同读者之间与在不同文化中真实存在的"自我"之间的区分，也是不恰当的。

在思考修辞学的过程中，受到巴赫金的启发，布斯对主体因素有了更为深刻的认识。主体之于修辞的意义，以及从主体出发思考艺术形式与意识形态、价值、道德之间的关系，为巴赫金和布斯向小说伦理的转向奠定了基础。

（2）意识形态与价值。布斯认为，用修辞学的视野看待小说和研究它的技巧问题，将小说视为与读者交流的艺术，一种给读者留下"令人印象深刻的关于小说世界"的艺术，那他必须有责任去面对使小说"世界"获得意义的东西——它同时也是所有叙述者所依靠的核心——"我称之为'信念'（beliefs）'形式'（norms）的方式，它们在现代术语里被称为'价值'（values），被巴赫金和其他欧洲批评家称为'意识形态'（ideology）"②。在布斯看来，巴赫金的意识形态观点与此前的"虚假的意识形态""统治阶级的意识形态"等有明显的不同："巴赫金在人类生活的中心及其所有的形式中发现了'对话体的想象'（dialogic imagination）。他能说它不带诱惑的艺术表达使它陷入孤立，简单的意识形态论点走入它平直的

① Wayne C. Booth, *The Rhetoric of Fiction* (*Second Edition*), Chicago & London: The University of Chicago Press, 1983, P. 415.

② Wayne C. Booth, *The Rhetoric of Fiction* (*Second Edition*), P. 419.

对立面。同时，他制定了一个清楚、明显且复杂的评估意识形态价值的标准。"[①]

巴赫金认为，讨论意识形态本身的特点要从两个方面出发：一是从具体物质现实的形式的观点出发，二是从其具体交流形式中实现了的社会意义的观点出发。布斯也曾在《阐释的自由：巴赫金和女性主义的挑战》中引用巴赫金关于"意识形态环境的概念和意义"的内容。巴赫金将社会的人所处的科学立场、宗教信仰、艺术作品，以及书面或口头等一切不同类型和范畴的物体—符号，视为组成人的意识形态环境，视为一种从各个方面包围着人生活的环境。人的意识便在这种环境中生存和发展。"人的意识与存在的接触不是直接的，而是通过围绕着人的意识形态世界的介质进行的。意识形态环境是某一集体已实现的、物质化的、表现于外的社会意识。它为经济存在所决定，同时又决定集体中每个成员的个体意识。只有个体意识本身才能成为意识，它在给它提供的意识形态环境的形式中：在语言中、约定的手势中、艺术形象中、神话中等等，得到实现。"巴赫金也探讨了文学与意识形态和伦理的关系，认为"文学科学在其一切部门（理论诗学、历史诗学、文史学）中的统一性，建立在对意识形态上层建筑及其对基础以及对文学本身的特点（也是社会的特点）理解的马克思主义原则的统一性上。"[②] 因此，意识形态科学当前的首要任务，也是文艺学当前的首要任务。文学以有一定组织的文学作品的形式在现实中占据特殊的地位。文学的特殊结构既有与其他意识形态一样的普遍性的特征，又有其自身的特性。它按照自己的方式反映与折射着正在形成的社会经济生活。而它所折射的对象，正是自己也是其中一部分的整个意识形态的视野——整个视野内的伦理、认识、政治学说、宗教信仰等均成为文学的内容。

布斯认为小说修辞的最终问题是作者为谁而写作。作为"作者与读者的交流"的小说，在事实的陈述中担负着评价现实和作者价值表达的重任。从亚里士多德的修辞理论出发，小说的本质是"发掘正当信仰并在共同话

---

① Wayne C. Booth, "Freedom of Interpretation: Bakhtin and the Challenge of Feminist Criticism," *Critical Inquiry*, Vol. 9, No. 1, The Politics of Interpretation, Sep., 1982, P. 51.

② 〔俄〕巴赫金/梅德维杰夫：《文艺学中的形式主义方法》，钱中文主编《巴赫金全集·周边集》，李辉凡、张捷等译，第 123—124、126 页。

语中改善这些信仰的艺术”。布斯在《小说修辞学》中讨论“文学趣味的类型”时，将小说根据让读者感兴趣、因而可以通过操纵技巧来获得的价值的标准分为三类：①认知的或认识的，它是对生活和真实本真的认知与好奇；②性质的也即审美的，是一种对现实的心理愿望；③实践的，是对事物爱或恨、赞扬或讨厌等情绪的感知。[①] 因此，小说创造的艺术形式绝不可能与人类的意义相分离，这种意义中就包含了道德判断、价值立场等作为人类生活构成的成分，它们必然隐含在作品中，作为可供人类沟通和交流的基本要素而存在。因此，布斯的作者还承担着塑造读者信念的使命。

可以看出，巴赫金和布斯两人都是从艺术与社会的关系出发来讨论小说中意识形态或道德、价值的反映的。他们都承认物质现实是社会意义交流的基础，文学即为这种交流形式的典型代表。巴赫金从行为哲学出发的思考，对布斯具有极大的启发性。在他看来巴赫金致力于在两个真理之间发展对话理论：为我们的行为中共享的艺术品提供了形式和经验；然而艺术天生地装载着并组成于“意识”（ideology）。艺术来源于此并反过来影响信念和人类行为的系统。

4. 小说伦理学转向中的巴赫金因素

在巴赫金和布斯的小说理论中，我们可以发现，在研究修辞的过程中主体因素之于修辞重要性的发现，使他们共同走向了伦理研究的领域：巴赫金的艺术创作伦理学与布斯的小说伦理学。我们当然不能说布斯的小说伦理转向是完全受了巴赫金艺术创作伦理学的影响，因为其学术起点亚里士多德的传统修辞学中，就蕴含了伦理批评的因素。但是我们可以断言的是，巴赫金在其从小说修辞向小说伦理转向的过程中，给予了他重要的启发和理论的视野。

在 1982 年发表的《阐释的自由：巴赫金和女性主义的挑战》中，布斯在关于语言权力的讨论中第一次提及巴赫金，以及他的复调和对话理论，进而在巴赫金赞扬的拉伯雷的作品中发现了他对女性的忽视，并将这种忽视视为伦理道德上的缺陷。在接下来的几年内，布斯发表了多篇关于伦理批评的文章，直到 1988 年其著作《我们所交的朋友：小说伦理学》问世。

---

① 〔美〕韦恩·布斯：《小说修辞学》，华明、胡苏晓、周宪译，第 139—145 页。

（1）我们所交的朋友：作者与读者。布斯的小说修辞理论从本质上关心（隐含）作者和（作者的）读者的身份认同的道德或伦理问题。《我们所交的朋友：小说伦理学》展现了他对阅读和读者所涉及的复杂性进行的思考。这源自他对主体的分离或多重自我的信奉。他认为对人的多重自我，即“人物、自我、个体、‘我’”（Characters，Selves，In-dividuals，“Me” s）进行最有说服力的论证的是巴赫金，“最有吸引力、最易被理解并且对社会自我最有用的论证的就是巴赫金，他长时间被西方世界忽视，不过现在已被明确树立，像‘对话的’（dialogical）、‘对话性’（dialogicity）和‘异质’（heterology）这样的术语可以在任何的维度上被繁衍发展下去。通过他关于自我的对话观点，我们每一个人都是一种内在‘语言’的对应物，一种能在任何有意义的意识中被称为‘自我’（my own）的总体的多样声音所构成。尽管那些坚持将自己视作个体的人，事实上也体验着复调和某种程度上的‘多音齐鸣’——在看似不可调和的矛盾体中声音反对声音。我们很大一部分的苦难可以被追溯到我们允许一种声音获得胜利的诱惑，既存在于我们的灵魂也存在于我们的政治命令。（1981，esp. 259 – 422）在某种意义上说，巴赫金观点的放大、增殖强化了肯尼斯·伯克关于我们语言冲突的‘戏剧化’模式：我们的困难在于我们试图在损坏所有其他语言的情况下使某一种语言‘完美’。（burke，1966；booth，1979. ch. 3）”。[①] 从巴赫金的多重音性出发，布斯将主体自我修正的观点反映在小说伦理学中作者在文本上所提供的各种活动中。布斯在《我们所交的朋友：小说伦理学》中，将作者与读者的关系发展为一种“朋友”的隐喻。他提出的“文学友谊”是指阅读文学作品时涉及的伦理价值，是“隐含作者”与读者、作品和世界所建立起来的“友好”的关系。布斯和巴赫金都关注修辞主体的问题，与巴赫金讨论作者和主人公之间存在的对话不同，布斯是在巴赫金未来得及详尽阐述的作者与读者的关系问题上，做了大量的工作。根据主体“多种自我”的理论，布斯比巴赫金在对话讨论上走得更远，认为作为现实作者的分身，且比现实作者优秀得多的“隐含作者”，与读者在阅读中建立一种友谊，这

① Wayne C. Booth, *The Company We Keep: An Ethics of Fiction*, Berkeley Los Angeles London: University of California Press, 1988, PP. 238 – 239.

种友谊是亚里士多德论述的三种友谊的最高形式，即德行之谊（另外两种是快乐之谊、裨益之谊）。产生这种友谊的基础是两个人能向对方提供实用性和兴趣，并且有着相同的憧憬而对彼此有益。因此纯粹的兴趣也要比那些伪善的教化性的虚假承诺更具有道德价值。小说的美德正是读者向小说所寻求的目标。

（2）共导：共享性的修辞。20世纪出现了对“追求确定性”的推崇，它倡导寻找看待事物的唯一、单独、普遍视角的哲学批评。布斯发现并不尽然，每一种哲学观点都能找到真理性的成分，因此对文化多元化的需求有着前所未有的人类学意识。这是从寻找唯一正确的批评方法、唯一正确的伦理道德准则，乃至唯一正确处理伦理问题的范式上，走向全方位的包容的多元性。在这个过程中发展起了系统性的多元主义批评，它深入重要哲学体系的看似“交互反驳”（reciprocal refutation）之中，寻求一种交互的“易互译性”（inter-translatability），让我们畅所欲言。布斯认为：“我们无以提前了解在这样一种多元化批评中有多少可供选择的观点能保留下来，但是我们可以在全面的整体观中寻找那些总体的视角，尽管从不同的视角以及其他观点的数据和原理看来，这种整体观的形式看上去总是带有原论色彩的。”[①]

正是基于这样一种从一元论到多元论的立场，布斯在《我们所交的朋友：小说伦理学》中，创新性地提出了一个核心概念——“共导”（coduction），将其作为读者在阅读中实行伦理判断的方法。“共导”是布斯新造的词，可以被拆解为两个部分，“co”即为“together”，是联合、共同的意思，他将“ducere”解释为“to lead, draw out, bring, bring out”，是从事物中得出或引出一个结论的意思。[②] 在这里可以看到的是一个积极的读者在阅读文本的过程中，创造性地与作者、小说中的人物以及其他读者互动，最终得出独特的价值判断。布斯正是基于修辞学追求的目标是或然性认为，对读者影响的行为问题并不是像知识那样能够马上被验证，而是牵涉到一些还未发生的事实。

布斯认为这种共导的对话也适用于伦理批评中，批评家不需要就哪种伦

---

① 〔美〕韦恩·布斯：《重新定位伦理批评》，《修辞的复兴：韦恩·布斯精粹》，穆雷等译，第189页。

② Wayne C. Booth, *The Company We Keep: An Ethics of Fiction*, P. 72.

理学原理更加优越而达成共识，且理应放弃寻求任何一种优越理论的希望。在评价作品时要尽可能清晰、公正地提出它所反映的生活的全面本质以及情感效应。“这样的话，我的主张便是亚里士多德主义者、柏拉图主义者、康德主义者、功利主义者、实用主义者、存在主义者——加上你的选择——既不会也无须就他们的评价或他们如何处理争议达成最终共识。异议本身就对伦理有所裨益……我们所交的朋友是哲学家和神学家，和我们在文学作品中结交的朋友一样，他们本来就是没完没了的：他们无法解决归纳或演绎推理的问题，但是继续着我所称的‘共导’对话，并从中获益。”[①] 布斯基于多元论提出的“共导”概念，与巴赫金提出的小说修辞中的社会杂语（语言本身多样性）、主题的对话具有思维的相通性，并可说是其对话理论的发展。布斯还提出了“文学友谊”的七种衡量尺度，认为伦理批评要包含政治的、社会的、文化的、心理分析的、读者反应批评、女权主义批评、权力话语等各种批评。[②] 这与巴赫金所倡导的通过主题性的社会对话达到彼此的倾听与交流，最终形成一个共同理解的社会有共通之处。

（3）对话巴赫金：拉伯雷的女性问题。在《我们所交的朋友：小说伦理学》的第三章“教条的批评与共导的补救”中，布斯重述了之前在《阐释的自由：巴赫金和女性主义的挑战》中对巴赫金的讨论，论述了巴赫金关于意识形态和意识形态环境与复调的生成及伦理批评的关系问题。最重要的是，他在这里向巴赫金提出了挑战：他认为巴赫金极度推崇的拉伯雷的小说，实际上存在着伦理上的致命缺陷，即对女性立场的忽视。

布斯发现巴赫金对多样性的对话世界怎样组成的拥有敏锐且透彻的眼光，但是其中独独少了“不同性别”组成的多样性，即在他的复调合唱中，少了一个重要的声音——“女性的声音”。布斯认为如果将巴赫金放在西方文学批评的视角下看，这种遗漏并不奇怪，因为他们本来就很少承认女性的声音；把他放到独断的男性批评的视角下看也不会奇怪，但是显然从巴赫金身上看，这就是很奇怪的。因为巴赫金发展了拉伯雷的小说的狂欢化理论，本身就可被视为一种底层的“崛起的意识”对官方的、主导的意识的反抗，

① 〔美〕韦恩·布斯：《重新定位伦理批评》，《修辞的复兴：韦恩·布斯精粹》，穆雷等译，第190页。

② Wayne C. Booth, *The Company We Keep: An Ethics of Fiction*, P. 72.

却怎会忽略了长久处于受压抑地位的女性声音？布斯发现，在拉伯雷的作品中“一是没有重要的女性人物，二是所有关于女性描写的章节都是将男人作为唯一的仲裁者和兴趣的中心。我们就会发现‘女性的争吵’其实很大部分是由男性所控制的，如控告者和捍卫者，这种狂欢笑声的无罪不仅是由男人主导，也是为了男人而发生的，忽视和轻视了拉伯雷本身排斥女性的证据”[①]。而巴赫金为这种忽视做了在布斯看来是“意识形态的防御”。拉伯雷的这一缺陷也影响到了巴赫金，使得巴赫金在狂欢化理论中有意无意地忽略掉了性别维度的狂欢，正是从此角度，布斯批评了巴赫金性别视角的缺失：“一个伟大天才的写作者提供给读者一种关于同情和自由精神的丰富的想象体验，同时一个伟大天才的批评家为了捍卫那本书而写作，向另外一些人发表演说。恰如女性的声音被果断地排除在巴赫金的作品之外——性别并不包含在‘我们所组成的语言’的原料之中——她们从未进入甚至为拉伯雷的作品所暗暗远离。”[②] 因此，布斯断言，拉伯雷的作品是有活力的杰作与具有重大缺陷作品的集合体。从他的共导的对话观念看来，拉伯雷对女性的不公正必须从他提供给读者的想象经验的核心问题出发来考虑。他在拉伯雷那里找不到一处是在努力想象女性观点，或是把女人包容进一个对话的线索。拉伯雷能承认女性的存在：他能愚弄她们或赞美她们，将她们作为一个阶级；但是他不能或不愿意做的就是“看见”她们。这会导致“适当的读者”也视她们为陌生人，这暗含了伦理判断的后果。

布斯从女性主义问题而谈到语言的权力问题，也即阐释的自由问题，进而将之视为一个文学的伦理问题。在某种程度上，拉伯雷并没有对作为人类实体的另一半的女性做出公正的想象。因此在伦理判断看来，这是对女性的不公正且不道德的立场。布斯宣称，在所有的“隐含作者”与读者的友情中，我们必须坚定地反对我们的朋友持这样的立场：拉伯雷对女性的不公正并不仅仅是由于传统要求而流于表面忽视，而是从某种程度上来说，这种对女性忽视的立场居于他的想象活动的核心位置，即创作的意识根源之中。

由此可见，布斯对巴赫金的接受是建立在理论的同质性、同构性基础上

---

① Wayne C. Booth, *The Company We Keep: An Ethics of Fiction*, P. 403.

② Wayne C. Booth, *The Company We Keep: An Ethics of Fiction*, P. 404.

的，后者给他更多的是对既有思想的深化和促进创新的启发。布斯自称建构主义的形式主义者，从形式与内容的关系出发注重意义与价值，而巴赫金从意识形态出发的整体性思想，令其重新思考形式的问题：形式本身便是一种意识形态，通过“自由而崇高”的独特视角，承担一种传达更高层次的价值观的任务。复调、多音齐鸣的思想引发了其对作者声音的反思，并在主体的对话中深化了一种“聆听修辞学”的理论。巴赫金的主体的“多重自我”与布斯的原有的“多元论”相契合，这与对话主义一起促使他从伦理的角度思考关涉小说各主体之间的关系，并认为作者与读者及各主体间存在一种基于价值判断、意识交流的特殊的友谊。同时，他也敏锐地发现了巴赫金理论存在的缺陷，即对女性身份的忽视，并以此为批评对象发展了他的共导对话观念。

三　当代小说叙事理论：巴赫金和韦恩·布斯的共同影响

当代小说叙事理论呈现三个明显的特点：一是理论的多元化，二是主体界限的模糊化和对话化，三是叙事伦理问题的讨论深化。首先，从 20 世纪 90 年代开始出现向后现代叙事理论的转向，理论的众声喧哗成为时代景象，存在于不同理论甚至学科间的壁垒被一一瓦解，融合与共生成为最主要的特征，华莱士·马丁的《当代叙事学》对此作了较完整的呈现和思考。其次，传统修辞学中作者、读者及其与文本的界限，在后现代叙事学中变得模糊，使得现代修辞走向更广阔的理论疆界。詹姆斯·费伦和他的《作为修辞的叙事：技巧、读者、伦理、意识形态》等著作推进了这种理论的发展。最后，伦理问题成为不同叙事理论后现代语境中的或隐或现的核心问题，亚当·纽顿的《叙事伦理》成为这种思潮中直接探讨伦理问题的代表性著作。在接下来的论述中我们将发现，与布斯对巴赫金的共鸣式接受类似，在叙事理论方面，巴赫金对华莱士·马丁、詹姆斯·费伦和亚当·纽顿三位的影响也呈现出这种同质接受的特质，且在各自的关注焦点和接受维度及程度上存在一些差异。本节将通过三位当代小说叙事理论的学者代表及其代表作，来探讨巴赫金以及巴赫金通过布斯对当代叙事理论发展的影响。

1. 重构叙述交流图式：华莱士·马丁的《当代叙事学》

美国叙事理论家华莱士·马丁写于1986年由康奈尔大学出版社出版的《当代叙事学》（*Recent Theories of Narrative*）是当代西方叙事理论的经典著作。在叙事学成为一个跨学科的研究课题的背景下，华莱士·马丁在《当代叙事学》中打破学科的疆界，试图建立一个涵盖文学（如传记）、历史等不同叙事形式的理论谱系。

（1）多元理论世界观的形成。在《当代叙事学》中，马丁打破的不仅是虚构叙事与非虚构叙事的边界。巴赫金的对话主义和韦恩·布斯受巴赫金主体多元性影响后更趋成熟的多元论，共同启发了马丁对理论本身进行思考。马丁认为，即使在不同甚至观点对立的理论之间，如深入其潜在的根源处也就能找到交界点——而这里便是能产生对话的场所，这种对话性是促使理论发展的内在动力。因此，马丁在面对汗牛充栋的叙事理论时采用了一种新的编写思路，即尽量全面地列举不同时期有代表性的不同理论和材料，把它们放在同一个语境下互相对话和辩论，而不是进行简单的归纳和总结。他梳理了叙事中情节结构、叙事话语、读者反应等不同范式，在新的语境下对形式主义、结构主义和符号学等批评理论进行重新审视。马丁发现巴赫金的双声同样适用于对理论本身的分析，“在每一种理论之内，无论或显或隐，总是存在着来自另一个理论角度的反对之声。一个理论家的思想是被别的理论家的思想引发的，他们两人相对互动的竞技场实际上就是理论之间的空间，这一空间本身即构成批评的语境”①。因此，任何一种理论本身一定是对话性的，每一种理论中都蕴含矛盾性，即自我反对性。“我希望把捉的东西正是一个作为整体的叙事理论，以及激发着有关这一理论的活跃辩论，并正在使之成为一个最令人感兴趣的文学批评领域的那些问题。”② 这种基于对话主义式的，尊重不同理论家的学术个性和问题意识的出发点，很显然与巴赫金的思想极为吻合。

纵观全书结构与内容，华莱士·马丁贯彻了自己的编写思路。而这种对

① 〔美〕华莱士·马丁：《当代叙事学》，“前言”，伍晓明译，北京大学出版社2005年版，第4页。

② 〔美〕华莱士·马丁：《当代叙事学》，“前言”，伍晓明译，第4页。

理论的世界观也体现了巴赫金的对话与布斯的共导理论的精髓。一种理论的出现本就是对另一种理论的回应，正如巴赫金的话语中总是存在着两种声音的对话，而意义总是产生于话语交界之处，因此各种理论不能是相互割裂的、孤立的存在；同时，作为杂语世界中的各种话语受到各自离心力的影响，不可能完全重合，所以各种理论也不能归到同一的理论体系之中。华莱士·马丁正是在这种对话理论的支配下，在书中组织了一场不同理论家在同一个场域的大型对话，让各种理论自由发声，作者并不将自己的意识强加在任何一种声音上。这样做的结果是，读者在阅读时能体验一个共导的过程，因为任何一种理论中都有真理性成分的存在，读者通过辨别有利于避免片面、狭隘的接受，帮助他们获得关于真理更全面的认知。同时对于理论自身发展来说，通过将它们放在一个开放体系中自由对话与辩论，能够获得来自其他理论的启发和营养，避免在一个封闭的系统中走向僵化甚至消亡。

由此可见，巴赫金与布斯从哲学立场出发的修辞理论，对华莱士·马丁的学术影响并不局限于其叙事理论的发展，而是使他开始重新思考该如何看待理论本身的问题。这是一种在理论领域中的世界观的转变，有助于他形成更广阔的学术视野。

（2）对巴、布叙事理论的定位。如果说布莱恩宣称巴赫金是一个缠绕着当代叙事理论的幽灵，在戴维·赫尔曼和莫妮卡·弗卢德里克的叙事理论史中缺席确实是一个问题的话，那么在华莱士·马丁的《当代叙事学》中，我们就或许能找到巴赫金既是幽灵又被缺席的原因。

华莱士·马丁在文中证明了巴赫金绝对是当代叙事理论不能绕开的人物：巴赫金能够与各种批评理论流派形成对话。他看到了巴赫金与形式主义者的关系，巴赫金既反对形式主义以牺牲社会和政治因素为代价来强调文学技巧的做法，同时又与他们一起建立了一种反传统的形式与内容的理论，这两种理论立场成为影响法国批评的两股思想潮流；巴赫金对什克洛夫斯基的陌生化的回应和讨论，是探讨语言与文学成规的重要维度，进而引发了学界对语言与形式、主题与内容的思考；不同于理论家将文学作品描述为超文学范畴（理想对现实等）和纯文学范畴（什克洛夫斯基），巴赫金的“话语”观念以及建立在这一观念之上的对话、多音齐鸣超越了这种文学的区分，这一观念也解释了结构主义与符号学的局限性。同时马丁看到了巴赫金与其他批评家在理论上的共享性。如弗赖、斯科尔斯、凯洛格和里德都认为“叙事作品通常是类型的混合体”，弗里德里希·施莱格特也强调小说的杂交性质，巴赫金和其他批评家都看到了西方叙事作品始于荷兰和中世纪的两条演进线索，他与斯科尔斯、戴维斯、什克洛夫斯基都让人关注非虚构作品如何被吸收进虚构叙事等。巴赫金与他们也有共同反对的观点，即认为叙事作品仅仅是社会和心理现实的反映等，同样视文学与生活以及包括以二者的地带为叙事起源的形成性因素。马丁还将巴赫金的理论带入美国小说的研究之中。他认为，从巴赫金的意识形态、语言类型、社会对话与多音齐鸣等理论出发来研读马克·吐温和海明威的小说，能够从作品内部获得一种更深刻的意义。

同时，华莱士·马丁也给了布斯同样的重视，开篇通过对《小说修辞学》的介绍来肯定布斯的历史意义：“弗莱拓展了虚构作品的边界，证明长篇小说只是其部门之一；布思（指布斯）则除去了将作为一种艺术的虚构作品与以语言传达意义的日常方法相分离的界标中的若干。”[①] 在叙事理论的众多趋向中，马丁认为最重要的是从被形式主义界定的语言模式向交流模式的转移，在后者中叙事语言与语法脱离，作为意义表达。布斯正是这种潮流的代表，他将文学作品当作意义从“隐含作者”到读者表达的修辞形式，他关于客观性的立场也被马丁视为应对现实主义和成规问题的有力回应。

（3）理论的发展：重构叙述交流图式。与巴赫金和布斯一样，华莱士·马丁也关注在叙事交流中叙述主体的问题。他看到了巴赫金和布斯在追求小说的价值目标和重视意识形态方面的共同之处，布斯将巴赫金的某些思想作为自己的修正。马丁也意识到了巴赫金的叙述内部存在作者与主人公之间的对话，但是他与布斯一样把重点放到了另外一个主体身上，即读者。以布斯的从作者到读者的直线叙述模式为基础，华莱士·马丁认为，叙事交流中在信息的左右可以安置不少人物，根据排列组合可以形成多种不同的叙述模式。与其他多种叙述交流理论相融合，他发展了一个如下的全新交流模式（见图 5 – 1）。

图 5 – 1 显示了阅读过程可能发生的诸种形式。可以发现在“隐含作者”与戏剧化的叙述者中间多了一个“戏剧化作者”，这是兰塞尔的概念，

① 〔美〕华莱士·马丁：《当代叙事学》，伍晓明译，第 9 页；弗莱即弗赖。

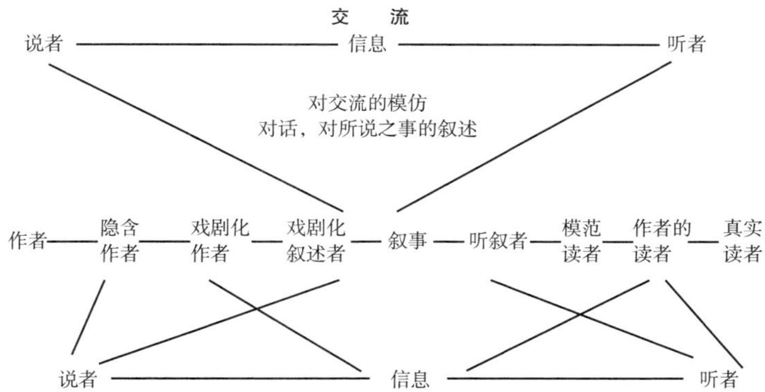

图 5-1　华莱士·马丁的全新交流模式

“隐含作者”与“戏剧化作者”之间的区别在于程度不同，二者间存在种种中间阶段。其中“模范读者”是艾柯的术语，其性格特点是被文本刻画出来或由文本推测出来的，类似的概念有普林斯的“虚拟读者”，拉比诺维茨的“公众听述者”，等等。事实上，叙述中主体的这种分化，正是对巴赫金关于主体多重自我属性理论的发展。根据不同的语境承担不同的任务，理论家对作者和读者在叙事交流内部做了多种区分，并不断创造新的术语为其命名。在叙述交流中，存在着多种由不同分化了的主体组成的形式。比如，一个叙事中可以只有一个说者，或一个“隐含作者”和一个戏剧化叙述者，或诸多戏剧化叙述者。同样，也可以有多位听者或只有一位听者。

关于“阅读”“读者”等概念，华莱士·马丁在论述中让巴赫金和布斯与其他提出相关理论的批评家进行直接的对话。他认为拉比诺维茨区分的三种读者（实际的、作者的、叙事的）对于清理布斯提出的不可靠叙述者和意义含混的故事造成的问题是非常有益的。小说的意义仅仅在阅读中才有可能实现，与此同时，阅读作为一种进行的行为，在此过程之中，作者、“隐含作者”、叙述者、人物、“隐含读者”、读者等主体，都从各自不同的视角进行意义创造性的活动，在阅读活动中会同时产生几条不同的交流通道，华莱士·马丁认为这与巴赫金的多音齐鸣有类似的内涵。因此，马丁重构的叙述交流图式可谓汲取了包括巴赫金和布斯在内诸多理论家的学术精华的集大成之作。

2. 声音、距离与读者：詹姆斯·费伦对巴赫金和布斯的接受

詹姆斯·费伦[①]是芝加哥文学批评学派继韦恩·布斯后的第三代领军人物，布斯自1960年起在芝加哥大学任教，费伦于1972—1977年在芝加哥大学获得文学硕士学位和文学博士学位，是受布斯直接影响的学生。他的研究兴趣由关注小说技巧、伦理、读者转向不同时期文本中的叙事类型问题，近年来的工作集中在20世纪英美文学的叙事。作为当今美国最有影响力的后经典修辞性叙事理论家，费伦是布斯理论的直接接受者，也是对他的修辞理论最重要的研究与发展者之一。因此布斯对其的影响是整体性的，本节讨论的重点将聚焦在他直接和间接通过布斯对巴赫金小说理论的接受部分。

费伦的《话语的世界：一种小说的语言理论》（1981）是一部以研究"散文的不同类型"为出发点、以"理论的力量和局限"为终结的讨论小说理论的著作，在文中他深受布斯重视作者意图、多元论的影响，形成和发展了自己多元主义和对话的理论观。[②] 可以说，在遇到巴赫金之前，费伦相对于布斯已经有了更接近巴赫金的理论准备。而他最早在作品中提到巴赫金是1989年出版的《阅读人物，阅读情节：人物、进程和阅读的阐释》中，他将巴赫金视为20世纪最重要的叙事理论家之一，受到巴赫金《对话的想象》的启发，他也开始关注声音在小说中的作用。但是他认为，他和巴赫金对声音关注的焦点有区别：巴赫金是分析作者使用的话语，他是分析人物和叙述进程。在1996年完成的论文合集《作为修辞的叙事：技巧、读者、伦理、意识形态》中，费伦展示了自己在声音、聆听、读者与伦理等理论维度上所受到的巴赫金和布斯的影响。根据自己的研究重点对巴、布的理论

① 詹姆斯·费伦，1951年生，美国俄亥俄州立大学的杰出人文学科教授，《叙事》杂志主编，主要关注叙事理论的类型与修辞等问题。曾编写《阅读叙事：形式、伦理、意识形态》（1982），与彼得·J. 拉比诺维茨共同编写《阅读叙事：形式、伦理、意识形态》（1994）和《当代叙事理论指南》（2005），与罗伯特·斯科尔斯和罗伯特·凯洛格合编《叙事的性质》（2006）。关于叙事学方面的主要著作有《话语的世界：一种小说的语言理论》（1981），《阅读人物，阅读情节：人物、进程和阅读的阐释》（1989），《作为修辞的叙事：技巧、读者、伦理、意识形态》（1996），《活着来叙事：人物叙述的修辞和伦理》（2005），《体验小说：判断、进程、叙事的修辞理论》（2007）等。

② James Phelan, *Worlds from Words: A Theory of Language in Fiction*, Chicago: The University of Chicago Press, 1981.

有取舍的接受和利用是费伦所持的立场，受影响者对信息源能动的接受和调整，也是共鸣式接受最主要的特征。

（1）后经典叙事学的转向。费伦在其著作《作为修辞的叙事：技巧、读者、伦理、意识形态》中给予巴赫金和布斯极高的赞誉，并在后经典叙事学的领域内将二者的修辞学作为理论资源进行了自然的融合与发展。

费伦在该书的序言开篇说道："在我借以开始研究，但后来又逐渐脱离的一个模式中，修辞含有一个作者，通过叙事文本，要求读者进行多维度的（审美的、情感的、观念的、伦理的、政治的）阅读，反过来，读者试图公正对待这种多维度阅读的复杂性，然后做出反应。"[①] 针对布斯对作者的重视（强调作者是文本的建构者和阐释的控制者，作者意图在决定文本意义方面的重要性），费伦认为作者意图并非完全可以复原，作者也无法完全控制读者的反应。不同的读者会依据自己的经历、标准对文本作出不同的反应，自己的阐释只是多种可能的阐释中的一种。这与布斯的多元化的阐释和批评思想不谋而合。在该书中，费伦的理论模式以（人物与读者的）多维、（叙事的）进程、（作者、文本与读者的）互动为主要特征，读者在费伦的修辞性叙事理论中占有重要地位。他讨论的并不是单一性的读者，而是在不同层次上的读者。一开始他和布斯一样，继承了拉比诺维茨的四维度读者观，即：①有血有肉的实际读者；②作者心中的理想读者；③叙述读者；④理想的叙述读者。一开始他们都忽略了第四种读者，而是将之归类在第三种读者中，但在《作为修辞的叙事：技巧、读者、伦理、意识形态》一书中，费伦又提出区分叙述读者和理想的叙述读者的必要性，尤其在讨论第二人称叙述时更是如此。费伦还对各种叙事技巧，如叙述声音、叙事视角、经验自我和叙述自我等不同范畴进行了深入研究。

费伦坦言自己的修辞学方法受到了肯尼斯·伯克和韦恩·布斯等修辞理论家的影响，他们都强调叙事是作者向读者传达知识、情感、价值和信仰的工具，这本身就是在把叙事看作修辞。但是不同于布斯强调作者在建构文本和对读者的控制力的立场，费伦认为作者、文本和读者处在一个无限循环的

---

① 〔美〕詹姆斯·费伦：《作为修辞的叙事：技巧、读者、伦理、意识形态》，"前言"，陈永国译，北京大学出版社 2002 年版，第 5 页。

关系之中，这致使他的研究发生了转向，即对在作者代理、文本现象和读者反应中循环往复关系，以及其中每一个因素是怎样既影响了另外两个因素，同时又受到这两种因素的影响的关注。在这里，经典叙事学中读者阅读的审美的、情感的、观念的、伦理的、政治的等多种维度被保留，但作者、文本和读者的界限被模糊。这也无疑开阔了修辞方法的视野，巴赫金、女权主义、精神分析、语言学、文化研究等被引入后经典叙事的范式中，并获得了新的生命力。

（2）声音的聚焦。与布斯重视巴赫金的小说理论中的复调理论类似，费伦关注声音在叙事中的作用，即声音何以作为叙事话语的组成部分而发挥作用。费伦也看到了《小说修辞学》中对“小说中作者的声音”的精彩论述，但是他认为布斯对声音存在着不准确的判断，后者并未辨别声音的特征，而仅是将其作为作者在场的证明。而“巴赫金关于‘双声’话语的研究为想要完整深入探讨声音概念的人提供了最丰富的资源”[①]。巴赫金关于声音与人物关系的观点也给费伦带来了启发，他认为巴赫金的人物成为“语言的坐标，去揭示社会文化价值，通过彼此交互的行为和叙述者的语言形成一种小说的多音齐鸣”[②]。费伦承认这种理论方式在文本分析时的有效性，但是最终没有办法揭示叙述行为中的各种“拟态成分”（mimetic component）[③]，他相信这种拟态成分是我们理解阅读叙述时的关键。因此他认为，完全采纳巴赫金的观点会导致把小说变为单纯的众多声音存在的场所。他对声音在文本中的作用有自己的看法：将声音视为与人物、文体、事件、背景和其他叙事特征相共存的主题，“把声音视作叙事的一个独特因素，与人物和行动等其他因素相互作用，但对叙事行为所提供的交流却有自己的贡献”[④]。

---

① 〔美〕詹姆斯·费伦：《作为修辞的叙事：技巧、读者、伦理、意识形态》，陈永国译，第32页。

② James Phelan, *Reading People, Reading Plots: Character, Progression, and the Interpretation of Narrative*, Chicago: The University of Chicago Press, 1989, P. 219 n. 19

③ 这里的“拟态成分”（mimetic component）为作者下文所指的叙述行为中涉及的声音、人物、文体、事件、背景和其他叙事特征相共存的主题的合集。

④ 〔美〕詹姆斯·费伦：《作为修辞的叙事：技巧、读者、伦理、意识形态》，陈永国译，第19页。

费伦对声音的认知基于有关语言的四条原则。①声音既是一种社会现象，也是一种个体现象。声音蕴含的个性表明了一种声音而非另一种声音的在场。②巴赫金认为声音比文体具有更多的意味，在某种意义上是超文体的，是文体、语气和价值观的融合。③布斯和巴赫金以及其他学者已经表明，一个叙述者的声音可以包含在作者的声音之内，从而创造双声话语。④声音存在于文体和人物之间的空间中。据此他得出了两个重要的结论。①声音是构成叙事的一个成分，会带来语气、价值观表达等叙事效果的差别，且声音的使用不必与人物保持一致性，距离产生的空间正是意义产生之所。②声音作为一种叙事方式，代表叙事的方法而非叙事内容。它有时作为一个机制影响读者对人物和事件的反应与理解。[①] 因此，声音可以作为一个叙事关注的焦点，但同时它更能成为达到特殊效果而使用的手段。

在《作为修辞的叙事：技巧、读者、伦理、意识形态》中，费伦将巴赫金的声音与意识形态关联起来："就部分而言，聆听叙事就等于聆听与特定谈话方式相关的价值。"[②] 他以萨克雷的《名利场》和海明威的《永别了，武器》作为文本现象来思考阅读叙事与聆听叙事之间的关系。布斯探讨拉伯雷中的女性主义声音时，指向了伦理批评；费伦对《名利场》中主人公声音的聆听和评价，也灌注了一种女权主义的意识形态。透过对小说中主要叙述者领班的双重声音（高雅与反高雅），最终造成的"父权制的权力无法逾越"的阅读效果，他循着批评的彻底性的原则，找到了领班的各种声音背后的元声音，这是一种邀请读者参与其沾沾自喜、卑鄙的、目空一切的元声音，这一发现可以使"萨克雷对名利场的批判也是对父权制的批判"的结论受到质疑，因为萨克雷实质上是一种与父权制同流合污并促使其价值长存下去的价值立场。

费伦通过分析海明威的《永别了，武器》进一步探讨声音是如何作为一种叙事技巧来促进小说进程的。他在作者代理与文本现象之间又发现了新的张力空间，即意图性似乎朝一个方向发展，而文本符号则朝另一个方向发

① 〔美〕詹姆斯·费伦：《作为修辞的叙事：技巧、读者、伦理、意识形态》，陈永国译，第19—22页。

② 〔美〕詹姆斯·费伦：《作为修辞的叙事：技巧、读者、伦理、意识形态》，陈永国译，第18页。

展。同时他还借用布斯的术语“距离”，来讨论声音如何有助于显示作者与叙述者的关系：“当我们在作者的价值与叙述者的声音表达的价值之间窥见裂隙的时候，我们就有了双声话语的环境：叙述者的声音被包含在作者的声音之内，因而使其信息的传达复杂化了。在这样的环境中，我将用距离这个术语指作者的声音与叙事的声音之间的关系。”[①] 这是同一个语境下对巴赫金和布斯理论的同时使用，显现出二者理论的同质性。在费伦看来，《永别了，武器》一书就是作者海明威的声音与主人公菲特力的声音逐渐重合以及作者与叙述者距离逐渐缩短的过程。可见，巴赫金与布斯在某种程度上为费伦的后经典叙事理论的发展提供了理论的武器。当然，费伦并不满足于理论的照搬，而是在自己已建立的学术范式下，对他所接受的各种理论思想进行创造性使用。

（3）读者与伦理价值。伦理批评是费伦在探讨读者阅读时受巴赫金与布斯影响的另一重要理论维度。无论作为作者的读者，还是有血有肉的读者，都拥有自己的价值判断，在阅读中，他们在不同的层面上与作者的伦理和意识形态进行有价值的对话。正如在巴赫金那里，话语的对话也就是不同意识形态的对话。作者对读者赖以判断的价值、叙事方式中蕴含的价值效果，以及人物经验主题化后隐含的价值和信仰，共同构成了故事的伦理维度。因此，根据对可靠叙述和不可靠叙述的划分、文本内部主人公不同意识的对话，以及多元性的读者群体，费伦探讨的作者代理、文本现象和读者反应之间的关系便更为复杂化了，在伦理和道德评判上更是如此。

因此，面对这种对伦理判断错综复杂的关系，费伦认同布斯在《我们所交的朋友：小说伦理学》中基于坚定的群体修辞的伦理信念提出应对方案“共导”——该概念与巴赫金提出的小说修辞中的“社会杂语”（语言本身多样性）、“主题的对话”具有思维的相通性，并可说是其对话理论的发展——并将之发展为一种从多元读者出发的对阅读经验的探索性模式：“进入叙事读者的位置，识别叙述者的理想读者和受述者，努力进入作者的预期

---

① 〔美〕詹姆斯·费伦：《作为修辞的叙事：技巧、读者、伦理、意识形态》，陈永国译，第35页。

读者，以及所有这些位置与我们的实际信仰的关系。”“这个模式使人分享各种经验，尤其是有关这些经验之文本基础的讨论，这样，不同的读者就能继续相互学习。”[①]

对有血有肉的读者的重视，正是后经典叙事学与经典叙事学的重要区别，不同社会历史文化语境与读者不同的生活经历——这些被巴赫金界定为意识形态环境的因素——的共同影响会带来阐释的多样性，而这正是费伦所关注且试图调和的焦点。

3. 文本之内与文本之外：纽顿的《叙事伦理》

在经典叙事向后经典叙事发展的 20 世纪八九十年代，叙事伦理被作为一个正式的叙事学问题提了出来。亚当·纽顿[②]的哲学博士学位论文《叙事伦理》意图在伦理哲学和文学研究之间架起桥梁，该文 1995 年由哈佛大学出版社出版后，在学界引起巨大反响和诸多讨论，成为叙事伦理学发展的里程碑。他敏锐地捕捉到了巴赫金和韦恩·布斯的伦理批评所根植的小说修辞理论起点的区别：文本之内与文本之外，他为自己的理论确立了明确的立场，即在作为读者之前要先成为文本的参与者。因此，巴赫金和布斯在他的理论视野中有截然不同的定位。

（1）作为反对观念的布斯的修辞伦理学。理论在反对中确立自身，正如布斯在《阐释的自由：巴赫金和女性主义的挑战》中对批评理论变革所持的观点，每种新的理论在解释它自身所探求的内容时，总是不如解释它所反对的理论时要表达得更清楚。纽顿在表述自己的叙事伦理理论时采用了同样的方式。在《叙事伦理》的导言中，他直面两部代表性的叙事伦理著作及其观点：希利斯·米勒的《阅读的伦理》和韦恩·布斯的《我们所交的朋友：小说伦理学》。前者描述了文本中伦理的“不可读性”（unreadability），后者是在友谊的“比率”（ratios）中建构了一种关于文本特质的理论。他认为，米勒和布斯是站在批评维度的两个极点上各自合理地描述了两种伦理批评，但他们共同关注的是伦理/批评判断的与众不同的特

① 〔美〕詹姆斯·费伦：《作为修辞的叙事：技巧、读者、伦理、意识形态》，陈永国译，第 117—118 页。

② Adam Zachary Newton，美国耶斯希瓦大学英语系主任。

质和作为文本评论的正当性问题。于是相应地，纽顿追求在叙事和伦理之间，联合动力上的每一个分离的要素，他经过有目的的对比来确立自己在叙事伦理中暗示的作为伦理的叙事：叙述故事与塑造小说人物的伦理结果，以及在叙述进程中叙述者、受叙者、目击者和读者之间的联系和相互要求。[①]

他通过对布斯在小说伦理学中所提观点的评论来表达自己的叙事伦理理论。他看到了：布斯认为一个可归纳的道德意识最基本的标准就是“二阶判断”（second-order-valuings）的能力，它是我们对所做判断的鉴别力；布斯认为叙事小说特别需要一个赞同或屈服的原初行为去要求读者“跟随故事……去接受和追求一种由他者强加的欲望的模式”。[②] 布斯仍然在作者与读者的关系中建构一个声音，尽管读者想象自己面前站着一个像——“隐含作者”或“外故事叙述者”，但他们仍然要忙于想象与作者的伦理关系。这就是为什么布斯能够将阅读一个文本视为一种友谊；最终它使无论自由出现还是被文本表现的作者成为读者一个好的或坏的朋友。纽顿反对的理由是：赞同、屈服、诱惑、强制和赠予……所有的行为都出现在小说的内部；在将文学文本作为作者传达给读者的信息进行解读之前，我们必须先成为它们的参与者。文本中的这种角色扮演恰恰需要我们对我们作为读者所模仿的行为作“二阶回应”（second-order-reflections）。换句话说，在我们规避风险并在读者的角色中找到安全之前，我们首先要成为一个见证者和对话参与者。

纽顿借用列维纳斯关于人际关系联系的观点来进一步论证，自我（在此即指读者）最好被认为是有血有肉的而不是意识的集合，因为他与他者的关系首先是一种理性的选择和决定——他首先是作为已暴露和被感知到的存在。因此纽顿认为，布斯一直持续研究的小说修辞学和小说伦理学都是一种单线的、静态的文学话语模式：通过文本从作者到读者。因此他将布斯作为一个案例来说明在叙事学分析中的哲学方面的遗漏。

（2）作为理论依据的巴赫金的伦理哲学。纽顿同样从哲学观出发来讨论叙事的伦理。他将巴赫金、列维纳斯和卡维尔的哲学理论体系及他们关于

---

① Adam Zachary Newton, *Narrative Ethics*, Cambridge, Massachusetts, London, England: Harvard University Press, 1997, P. 7.

② Adam Zachary Newton, *Narrative Ethics*, P. 64.

主体间性的论述，作为其文本伦理分析的理论轴心。他看到了文学与哲学之间的界限经常被横断，巴赫金的对话主义可谓这种横断最具代表性的产物。在对话主义这种非传统的意识中，伦理意味着递归的及有条件的且交互式的邂逅与认知。“当哲学家从实体论走向伦理学，他们替换了一种带着人类自由模式的理论规律的模式。但是列维纳斯和巴赫金认为，道德哲学总是处于作为第一哲学的存在论的总体权威之下，尽管它也关注它自身的自由问题。”①

纽顿看到巴赫金从主体间性理论下生成的“他者”概念成为伦理话语的一个叙述动力，“这使它不仅仅是一个美学的挑战，并且远离了更大的约定俗成的联系或大于生活的‘夸张的言行’”②。巴赫金对多重自我的认知，使他更清晰地看到叙事中的伦理问题。他用一个人在时间/空间中的身体的独特性来代表这个人价值上的独特性，这种特点决定着其美学和伦理的责任，且这两者并不是简单的分离，而是在主体责任的统一体中汇聚到一起。

纽顿认为，巴赫金直接挑战了保罗·德曼在诗学和解释学之间的分离，因此他以巴赫金与解构主义的对话来理解他的理论。巴赫金关于视觉、声音和所有人格（作为我自己的“我”，作为“我”的他者，作为“自我”的面具）等现象学主义的隐喻是激动人心的。纽顿认为，如果主体间性对德曼有什么指涉价值的话，那么它由两个令人不安的可能性组成：一个是主体分离的状况，另一个是作者与读者的互相解构。与德曼相反，巴赫金基于主体间性的认知，将对话主义的自由作为一种语言学的人类灵魂的拯救。自我的内在分离是一种生命的信号，而不是迷失和疏远，因此，它记录他者的存在，拯救意识的多音齐鸣。在个体的责任中形成了认知与对象之间的一种关联，它被投入意义和价值，意识的世界里发现一定的和谐。“正如在康德学派的哲学观中，认知、伦理和美学之间形式的相似创造了一种巧妙的结构。巴赫金将这些相似提炼成为一种‘行为哲学’，这是一种卓越的价值评价，尽管对自我负责永不会限制和与自我保持一致，这源于外位性力量的驱使——自我致力于外位于他者。”③ 但纽顿认为，德曼和巴赫金的这种关键

① Adam Zachary Newton, *Narrative Ethics*, P. 12.

② Adam Zachary Newton, *Narrative Ethics*, P. 24.

③ Adam Zachary Newton, *Narrative Ethics*, P. 47.

的分野发生在同一个平面上。他在巴赫金那里发现说话层面的中断：每一个词都直接走向一个回答，并且并不摆脱作为回答词的所期望的深远影响。不是从内部破坏或使其空洞，而是作为改变的中断：在指令的中断中去理解。

德曼在他关于巴赫金的文章中抓住诗学与解释学的不可调和性，正如在巴赫金作品中它们二者的碰撞，为了中断而由内产生一种对话主义。然而，纽顿认为，德曼阅读巴赫金是非常粗心的，德曼仅仅在一篇文章中孤立地讨论了“对话”这个被认定为有罪的词语，并责难了从对话的问题与回答的解释学的“非法”调节之后，就得出结论：“他者的意识形态与解释学理解的意识形态是不相容的，因此它们的关系不是对话而仅仅是互相矛盾的存在。”德曼的解构中的深刻的反伦理性并不阻碍它需要捍卫的不可判定性和多义性，或对任何对文学或社会组织的威胁。他判断这种观点是由自由主义和保守批评家一起造成的战略性失误，证明了巴赫金等持有的多元论或权威者的伦理模式的无效性。因此德曼的理论中没有伦理的立足之处，因为他将认识论的绝对具体化，在事前伦理中就是无效的——而这是纽顿召集列维纳斯、巴赫金和卡维尔帮助的原因：去“打断”德曼的“中断话语”的根本原理，形成一种对解构的认识论的反驳。

（3）来自巴赫金的理论。巴赫金成为纽顿自身叙事伦理的一个理论资源。“我将调节卡维尔、巴赫金和列维纳斯的想法，为了使他们关于主体间性的洞见适用于我自己的叙事伦理的理论。对我来说这可能是一种方法论上的发声者，去展开这些洞见，将他们与文本相关的理论在文本的细节分析中放在一起比较，而不是满足于任何一种单一的基本原则。”① 他将巴赫金的理论批评用于其对文本的解读，其关注点有如下三点。

首先是对巴赫金关于死亡观点的关注。纽顿发现了本雅明和巴赫金那种从叙述者对死的愿望准则中找到有说服力的形式，这种满足和结束的意义只有知识的死亡才能提供。在本雅明那里，“死亡赋予讲故事的人以无所不可以谈的特权”②。巴赫金则将死亡视为“终极的美学行为”，因为从碎片化的作者身份中解放出来的自我，使他者的整个才能最终进行合情合理的“自

① Adam Zachary Newton, *Narrative Ethics*, PP. 68 - 69.

② 〔德〕瓦尔特·本雅明：《写作与救赎——本雅明文选》，李茂增、苏仲乐译，东方出版中心2009年版，第90页。

我个性的美学修整”。

其次是对时间和价值关系的关注。纽顿总结了巴赫金在《审美活动中的作者与主人公》一文中所比较的两种不同形式的记忆：一种是作为我们自己的对内容的恢复，另有一种是生活的记忆。这是“打开个人的美学完成性的金钥匙”：一方面，“记忆是从它的价值论的完成性的视点通向他者的。在某种程度上，记忆是无望的；但另一方面，只有记忆知道价值”。纽顿将巴赫金的关于记忆和价值的观点，与列维纳斯的时间伦理进行比较，在列维纳斯早期的作品中，他将伦理铸造为时间的结构：他者的路径总是即将来临和不可预见的未来，因此价值才是对未来事物的想象。但是纽顿认为：“叙述者面对他性时不能赋予这种时间上的丰富性。因为它不符合巴赫金所描述的美学上的正当性，也不同于列维纳斯所强调的过分的责任感。”[①]

最后，在讨论关于小说叙述中如何区分叙述者问题时，纽顿借用了巴赫金的双声理论并对其质疑。纽顿看到，巴赫金的语言的观念是在向心力和离心力之间无休止地来回振荡，并区分了作为权威的说服力和作为内在的说服力的两种孪生的意识形态：教条和社会控制的第一个声音和作为自我观点为前提的第二个声音。作为权威的说服力的话语，是不公开的、有限的和被引证的；内在说服力的话语是开放的、试验性的和被同化的。但纽顿对于双重声音在展露小说逻辑的矛盾或进入纯粹的戏剧冲突上存有怀疑。在分析《荒凉山庄》时，纽顿发现叙述的双重声音被限制：叙述者之间的冲突与他们本质上相似的功能不符。“因此，我要说每一个叙述者都反对一个来自他自己的内在的说服力的词语——作为反讽、作为情感、作为立场表达——围绕在具有官方权威说服力的话语的周围。进一步说，每一个内在说服性的话语和他们对‘他者的’词语有大量的冲突。”[②] 在纽顿看来，文本的技巧同时限制了这种双边的多样性。它通过一种叙事的本能习惯来过滤它——在它的双声叙述者中，我们构建了双声叙事的结构以及随之发生的关联。当然，他承认小说也有很强的多音的自我意识，这要归因于它们在共同描绘的语言世界中的作者身份，因此叙述模式的传播与小说人物的行为紧密相关。

---

① Adam Zachary Newton, *Narrative Ethics*, P. 153.

② Adam Zachary Newton, *Narrative Ethics*, P. 254.

综上所述，巴赫金的小说修辞和叙事理论根源于其行为哲学的超语言学和以对话为思想基础与理论核心的体裁诗学。他以对传统修辞学存在的片面性的批评为开端，关注体裁、语言、形式、结构、意识形态和伦理，建立起以小说言语体裁修辞为核心的现代修辞学。他和成长于传统修辞学的韦恩·布斯殊途同归，原因便是他们在不同的时代和语境下，同样都对人类主体和伦理等文学乃至人类终极问题颇为关注。

巴赫金在小说修辞中强调的“社会对话性”“复调”“声音”“主体多元性”“意识形态”“伦理哲学”等关键词，成为西方小说修辞和叙事理论讨论的焦点。巴赫金对布斯乃至他们共同对西方叙事理论学者的影响范式，都可以称为一种被影响者的共鸣式接受。这种共鸣式接受也即巴赫金对西方叙事理论的影响，可总结为如下特点。①对同一理论有不同的接受维度和方法。巴赫金的多元主体在不同学者那里生长成了不同的理论，如华莱士·马丁根据叙述中主体的分化重构了叙述交流图示；詹姆斯·费伦在后经典叙事视域下，发展了一种从多元读者出发的阅读经验的探索性模式；纽顿从哲学出发，引入主体间性，重新思考意义的价值。②不同学者根据自己的问题意识有所侧重的接受和发展。布斯从与巴赫金理论的同构性出发，将焦点放在形式和伦理上，将巴赫金的文本内部的声音，与自己的将文本视为“作者与读者的交流”的理论结合，发展出一种倾听修辞学；纽顿受到巴赫金在讨论文本内部时的超语言学、意识形态、时间与价值的关系等伦理哲学议题的启发，视它们为其叙事伦理重要的理论来源；而巴赫金的言语体裁的现代修辞学内容，并不是以传统修辞学为理论根源的西方修辞学者所接受的重点。③间接影响和接受的同质杂糅。由于语言和时空的原因，西方学者对巴赫金的接受并不是直接的，他的理论也是在被译介和被阐释的过程中对西方文论产生影响的，这样的接受势必带有阐释者的意识。同时接受者将信息源的理论与同质的理论进行杂糅，再有所发展。如费伦用距离来讨论声音如何有助于显示作者与叙述者的关系，是同一个语境下对巴赫金和布斯理论的结合使用；纽顿将巴赫金与列维纳斯、卡维尔的观点放在一起，而避免一种单一原则的理解；等等。然而更重要的是，巴赫金对西方叙事理论影响的更多的未尽话语，如幽灵般地影响了像华莱士·马丁这些学者对叙事理论的根本看法，显现出其思想的深刻性和真理性。

余　论

审美交往理论：从马克思到巴赫金

将人类包括审美在内的精神活动视为一种交往实践的产物，是马克思主义历史唯物主义的基本思路和核心观点。不过，从对交往实践的重视到审美交往的提出，在马克思主义理论发展史上经历了一个较长的发展过程，并由此衍生出不同的理论主张和研究路径。20 世纪 90 年代以来，中国学术界也开始广泛对马克思交往理论产生关注。形成这一研究兴趣的动因大体有三：一是从实践与主体性问题切入对马克思主义哲学思想的研究，开始形成用更宽泛的社会实践活动而不是仅仅从物质生产活动来理解的思考维度；二是对哈贝马斯交往行为理论研究的兴趣，引发对马克思交往思想的重新发现；三是在沟通马克思主义哲学与西方哲学的冲动下，在整个西方 20 世纪以来的语言哲学、主体性哲学背景下，对马克思主义进行重新阐释。这一研究路径不仅契合了在新的文化语境和理论逻辑上重建马克思主义文艺理论的要求，而且还从学术史角度确实呈现出清晰的马克思主义文艺理论从交往实践到审美交往逐步深化和丰富的发展脉络。

一　马克思恩格斯交往思想及其当代发展

1. 马克思恩格斯的交往思想

据考证，马克思在 1846 年 12 月 28 日写给巴·瓦·安年柯夫的一封信中，第一次正式对“交往”进行了界定：“为了不致丧失已经取得的成果，为了不致失掉文明的果实，人们在他们的交往［commerce］方式不再适合于既得的生产力时，就不得不改变他们继承下来的一切社会形式。——我在这里使用‘commerce’一词是就它的最广泛的意义而言，就像在德文中使用‘Verkehr’一词那样。例如：各种特权、行会和公会的制度、中世纪的全部规则，曾是唯一适应于既得的生产力和产生这些制度的先前存在的社会状况的社会关系。”[①] 从词源学角度来看，马克思所使用的“交往”一词分别对应于英语中的“communication”和德语中的“verkehr”，而“verhehr”在现代德语并不通用，与“communication”相对应的德文词是“kommunication”和“verstandingung”。马克思不仅认为“verkehr”的词意与“commerce”一样，而且强调是“就它的最广泛的意义而言”的，该词除了有“交往”的意思外，还有类似信息、传播、交流、联络、贸易、交通等多个意思。在《德意志意识形态》中，还有一条注释特别值得重视。在对马克思的“这种生产第一次是随着人口的增长而开始的。而生产本身又是以个人彼此之间的交往［Verkehr］为前提的。这种交往的形式又是由生产决定的”[②] 的译者注中，对“交往”作了明确的解释：“‘交往（Verkehr）这个术语在《德意志意识形态》中含义很广。它包括单个人、社会团体以及国家之间的物质交往和精神交往。马克思和恩格斯在这部著作中指出：物质交往，首先是人们在生产过程中的交往，这是任何其他交往的基础。《德意志意识形态》中所用的‘交往形式’、‘交往方式’、‘交往关系’、‘生产关系和交往关系’这些术语，表达了马克思和恩格斯在这个时期所形成的生产关系概念。”[③] 虽然这一看法目前已被不少学者所纠正，认为“交往关系”并不与“生产关系”相等同，二者是相并列的概念，[④] 但是由此也可以看出马克思经典著作中“交往”使用的复杂性。

从对马克思经典著作中“交往”一词的词源学和语用学考查，马克思对交往问题的思考主要有两个鲜明特点：其一，在马克思思想的不同时期，“交往”的含义有广义和狭义之别，并形成了普遍交往、现实交往、交往异

---

① 《马克思恩格斯文集》第 10 卷，人民出版社 2009 年版，第 43—44 页。

② 《马克思恩格斯文集》第 1 卷，人民出版社 2009 年版，第 520 页。

③ 译者注。《马克思恩格斯文集》第 1 卷，第 808 页。

④ 张亮：《〈德意志意识形态〉中的交往概念》，韩立新主编《新版〈德意志意识形态〉研究》，中国人民大学出版社 2008 年版。

化、物质交往、精神交往、世界交往等不同领域和层面的交往理论。其二，马克思更多的精力花在对具体的、现实的、物质的交往方式、形态、活动的研究上。

如关于“普遍交往”问题，马克思认为：“只有随着生产力的这种普遍发展，人们的普遍交往才能建立起来；普遍交往，一方面，可以产生一切民族中同时都存在着‘没有财产的’群众这一现象（普遍竞争），使每一民族都依赖于其他民族的变革；最后，地域性的个人为世界历史性的、经验上普遍的个人所代替。”[①] 这种普遍交往只有在共产主义社会到来之后才能实现，它具有跨地域性、超民族、国家、种族、阶级的特点，它建立在生产力发展到相当高程度的基础之上。

而与这种交往的理想形态相对应的，还有现实交往问题。虽然马克思并没有采用“现实交往”这一术语，但他对交往形式、交往关系、交往方法等问题的讨论，都是建立在现实性的基点之上的，这集中表现在马克思对作为交往的主体的人及其关系的思考之中，即众所周知的马克思在《关于费尔巴哈的提纲》中所指出的，人的本质“在其现实性上，它是一切社会关系的总和”[②]，在《詹姆斯·穆勒〈政治经济学原理〉一书摘要》中，马克思也强调：“因为人的本质是人的真正的社会联系，所以人在积极实现自己本质的过程中创造、生产人的社会联系、社会本质，而社会本质不是一种同单个人相对立的抽象的一般的力量，而是每一个单个人的本质，是他自己的活动，他自己的生活，他自己的享受，他自己的财富。”[③] 因此，作为社会中的个人，其交往都具有社会属性，是社会中的交往，交往的社会属性成为现实交往的根本特点。

从交往的现实性、社会性角度出发，马克思对交往的考察便不再停留在理想状态的层面，而是直接切入人类的历史发展变迁、社会体制的更迭、生产力和生产关系的发展和变化，以及由于受到现实社会条件的制约而形成的对普遍交往方式的压抑等问题。进而，马克思提出“交往异化”问题，认为在资本主义社会中，不仅存在着大量的异化劳动现象，而且存在大量的人

① 《马克思恩格斯文集》第 1 卷，第 538 页。
② 《马克思恩格斯文集》第 1 卷，第 501 页。
③ 《马克思恩格斯全集》第 42 卷，人民出版社 1979 年版，第 24 页。

与社会、人与自然、人与他人、人与自我间的异化现象，其突出的表现就是交往的异化，造成这种人与人交往异化的根源在于私有制之下的私有者具有通过排他的占有来证实自己的人格性，其突出的表征就是在商品经济社会，一切交往都沦为了交换。马克思还特别重视生产力与交往形式关系问题，认为“生产力和交往形式之间的这种矛盾……每一次都不免要爆发为革命……可以……把它看做是这些革命的基础”，“一切历史冲突都根源于生产力和交往形式之间的矛盾”。在《德意志意识形态》中，马克思、恩格斯将交往区分为最初的、狭隘的、地域性的交往、普遍交往（世界交往）以及作为个人的个人交往三种形态，并将之与中世纪封建王国、资本主义大工业以及自由人联合体（共产主义）三个历史时期相对应，由此“这些不同的条件，起初是自主活动的条件，后来却变成了自主活动的桎梏，这些条件在整个历史发展过程中构成各种交往形式的相互联系的序列，各种交往形式的联系就在于：已成为桎梏的旧交往形式被适应于比较发达的生产力，因而也适应于进步的个人自主活动方式的新交往形式所代替”。

此外，马克思还区分了物质交往和精神交往，认为“思想、观念、意识的生产最初是直接与人们的物质活动，与人们的物质交往，与现实生活的语言交织在一起的”。[①] 并认为精神交往是以物质交往为基础的，所谓“物质交往”就是与人类的物质生产过程相联系的交往活动；所谓“精神交往”就是与人类的精神生产相联系的交往关系。而这里的精神交往既包含宽泛的思想、观念和意识活动中的交往，也包含具体的政治、法律、道德、宗教、形而上学等活动中的交往，其中还内含了与文艺活动密切相关的审美交往。

2. 列宁、毛泽东对交往思想的发展

马克思恩格斯的交往思想包含了丰富的发展可能性，并在马克思主义的当代发展中不断被注入新的内涵。

列宁、毛泽东等人结合苏联和中国的社会主义革命与建设实际，在具体的现实交往领域中发展了马克思的交往思想，并致力于将物质交往与精神交往结合起来，在物质第一性的原则之下，讨论现实的审美交往关系及其特

① 《马克思恩格斯文集》第 1 卷，第 567、575、524 页。

点。如列宁在苏联“一国胜利”建设社会主义的过程中，发展了马克思“世界交往”的思想，以“共处”和“交往”为原则处理社会主义与资本主义两种制度的民族、国家、政治、经济、外交等关系。如在精神交往领域，列宁在《党的组织和党的出版物》中明确指出，“社会主义无产阶级应当提出党的出版物的原则”，认为“写作事业应当成为整个无产阶级事业的一部分，成为由整个工人阶级的整个觉悟的先锋队所开动的一部巨大的社会民主主义机器的‘齿轮和螺丝钉’”。[①]

毛泽东在《在延安文艺座谈会上的讲话》中进一步发展了马克思、列宁这一将精神交往与物质交往紧密联系的思想，从文艺活动现实主体的角度建立了抗战时期革命文艺的基本原则、立场与方法，并成为具有中国特色的马克思主义文艺理论的重要组成部分。在《在延安文艺座谈会上的讲话》中，毛泽东要解决的根本问题是“文艺工作和一般革命工作的关系，求得革命文艺的正确发展，求得革命文艺对其他革命工作的更好的协助”，这里的“革命文艺”虽然属于精神生产、文艺创作领域，但绝非与物质生产、社会现实无涉的纯精神领域和纯文学问题，它处于精神性的文艺活动与现实物质性的革命活动的交叉领域，革命文艺不仅仅是现实的革命活动在文学创作内容上的反映和形式上的影响，更重要的还是革命文艺被赋予协助其他革命工作的使命。那么，毛泽东是如何破解这一关系的呢？他是从文艺活动的主体及其关系的角度，即马克思所说的“交往”的角度切入的，他认为“我们的问题基本上是一个为群众的问题和一个如何为群众的问题”。[②] 这里的文艺活动的主体，一方面是文艺工作者，另一方面则是群众；而其所涉及的领域，不仅包括作家的社会身份和社会使命（革命的文艺工作者及其所属或所代表的社会阶层），而且还包括作家在现实的革命斗争中所具有的立场、观念、情感在文艺创作活动中的投射（对文艺作品中所描写的具有社会阶层属性的人物的情感、态度），更重要的是革命文艺所服务的对象（不是一般的抽象意义的读者，而是同样具有鲜明的社会阶层属性的群众）。

---

① 《列宁全集》第12卷，人民出版社1987年版，第93页。

② 毛泽东：《在延安文艺座谈会上的讲话》，《毛泽东选集》第3卷，人民出版社1991年版，第847、853页。

3. 法兰克福学派的交往思想

在西方马克思主义学者中，法兰克福学派对马克思的交往理论也做出了重大发展，其标志就是使交往思想实现从批判理论到交往理论的转型。法兰克福学派的第一代学者霍克海默、阿多诺明确表示继承马克思主义社会批判的取向，以追求社会的合理状态为目标，以资本主义社会作为批判对象，实现了从传统理论到批判理论的转型。在这一背景下，霍克海默、阿多诺将当代文化艺术的生产置于文化工业语境之中进行分析，认为艺术活动中艺术家创作与读者或观众接受的关系已被文化的工业化生产关系所改变，在这一过程中，"资本已经变成了绝对的主人"①。在《作为生产者的作家》中，本雅明也同样认为，在艺术的倾向性与艺术性的关系问题上，"这个问题的辩证解决根本不能依靠孤立呆板的作品、小说、书，它必须将它们置于活生生的社会关系中"。不过，本雅明并不同意简单地将社会关系归结为生产关系，或社会关系以生产关系为条件，而是想探讨："以作品在一个时代的作家生产关系中具有的作用为目标。换句话说，它直接以作品的写作技术为目的。"对作为生产者的作家的描述，必须回溯到其面对的媒介——报纸。"因为通过报纸，至少是通过苏联的报纸，人们可以认识到，我上面提到的那种巨大的重新溶合过程不仅不顾传统上对文学体裁之间，作家和诗人之间，学者与通俗读物作者之间的区分，而且甚至对作者与读者的划分进行修正。因此，作为生产者的作家的每个观点都必须来到它的面前。"②

不满足于批判理论"没有统一的准则"，没有扬弃"从黑格尔那里继承的真理的哲学概念"和"不重视资产阶级民主"的不足，③ 哈贝马斯提出从交往行为理论实现对批判理论的替代。在他看来，"交往行为理论不是什么元理论（Metatheorie），而是一种试图明确其批判尺度的社会理论的开端"。在对交往行为的理解中，哈贝马斯明确了三个相关的主题：一是交往理性，

---

① 〔德〕霍克海默、阿多诺：《文化工业：作为大众欺骗的启蒙》，《启蒙辩证法》，渠敬东、曹卫东译，上海人民出版社 2006 年版，第 111 页。

② 〔德〕本亚明：《作为生产者的作家》，胡经之、张首映主编《西方二十世纪文论选》第四卷，第 250、253、250 页；本亚明，即本雅明；下同。

③ 〔德〕哈贝马斯：《现代性的地平线》，李安东、段怀清译，上海人民出版社 1997 年版，第 45—46 页。

二是两个层次的社会概念，三是现代性理论。认为交往行为理论的使命在于“认为现代病就病在具有交往结构的生活领域听任具有形式结构的独立的系统的摆布。因此，交往行为理论要尽可能地勾画出现代发生悖论的社会生活关系。”[①] 哈贝马斯区分了目的行为、规范行为和戏剧行为之后，认为交往行为是有别于此三种的第四种行为，“只有交往行为模式把语言看作是一种达成全面沟通的媒介。在沟通过程中，言语者和听众同时从他们的生活世界出发，与客观世界、社会世界以及主观世界发生关联，以求进入一个共同的语境”。在这里，“语言沟通只是协调行为的机制，它把参与者的行为计划以及参与的目的融合成为一种互动”。哈贝马斯通过对交往活动中的语言媒介的强调，实现了马克思主义交往理论的“语言学转向”，也使得马克思主义的审美交往成为更具开放性的、更具包容性的理论。哈贝马斯强调：“所谓交往行为，是一些以语言为中介的互动，在这些互动过程中，所有的参与者通过他们的言语行为所追求的都是以言行事的目的，而且只有这一个目的。”[②] 因此，“互动”“沟通”“协商”“共识”成为哈贝马斯交往理论的关键词。值得注意的是，在哈贝马斯的交往行为理论中，极少涉及审美行为。对此霍尔斯特认为：“哈贝马斯在他的理论中为何不涉及审美话语？这是因为，在他看来，审美论证不像其他类型的论证那样，具有普遍性要求，这类话语所涉及的仅仅是个人的知觉和情趣。”因此，“哈贝马斯认为，审美话语缺乏一种‘有效性要求的可普遍化力量’”。[③]

二　引入马克思主义：巴赫金的审美交往理论

真正从交往的角度对审美活动进行分析的，是苏联文艺理论家巴赫金。身处苏联纷繁复杂的思想文化背景下，巴赫金一方面受到马克思主义思想方法的深刻影响，另一方面又积极与非马克思主义的俄国形式主义展开对话；

① 〔德〕哈贝马斯：《交往行为理论（第一卷）·行为合理性与社会合理性》，“第一版序言”，曹卫东译，上海人民出版社2004年版，第3、4页。

② 〔德〕哈贝马斯：《交往行为理论（第一卷）·行为合理性与社会合理性》，曹卫东译，第95、96、281页。

③ 〔德〕霍尔斯特：《哈贝马斯传》，章国锋译，东方出版中心2000年版，第105—106页。

此外，他还有意识地与流行的将马克思主义教条化的庸俗社会学保持距离。巴赫金的交往思想成为马克思交往理论在当代发展中最贴近审美活动的思想，或者说，只有到了巴赫金那里，马克思的交往实践思想才真正转化为审美交往理论。巴赫金的审美交往思想，一方面是对马克思主义文艺社会学的发展，另一方面则是自己早期的行为哲学思想的延续。巴赫金关注人类文化的三大领域（科学、艺术和生活）之间的分裂问题，认为应该通过负责任的人的行为来实现“文化的世界”和“生活的世界”的统一。在《生活话语与艺术话语——论社会学诗学问题》中，巴赫金/沃洛希诺夫更是明确提出审美交往理论，在他们看来，社会学方法往往被用于文学的外部研究，还没有真正被用于对艺术形式、风格等内部问题的研究。因此，他们所要建立的社会学诗学就是将社会学方法引入文学内部研究的一种努力，或者说对艺术所具有的内在的社会性问题的探讨是他们关注的重心。他们认为，在艺术活动中，如果没有创作者和观赏者的参与，艺术作品便不可能具有艺术性。“艺术作品只有在创作者和观赏者相互作用的过程中，作为这个相互作用事件的本质因素才具有艺术性。在艺术作品材料中所有不能引入创作者和观赏者的交往，不能成为‘媒介’和这种交往的介质的，都不可能获得艺术意义。”正是在对艺术作品的分析中引入审美活动主体的因素的基础上，巴赫金提出了审美交往的理论：

> 固定于艺术作品的审美交往完全是独特的，并且不可归结于意识形态交往的其他类型，如政治的、法律的、道德的等等。如果说政治交往创造相应的机构和法律形式，那么审美交往建构的只是艺术作品。如果它拒绝这个任务，如果它开始追求创造哪怕是转瞬即逝的政治组织或任何另外的意识形态形式，那么它因此就不再成为审美交往并丧失了自己的独特性。审美交往的特点就在于：它完全凭艺术品的创造，凭观赏中的再创造而得以完成，而不要求其他的客体化。但是，当然，这种独特的交往形式也不是孤立的：它参与统一的社会生活流，自身反映着共同的经济基础并与其他交往形式发生有力的相互作用和交换。①

① 〔俄〕巴赫金/沃洛希诺夫：《生活话语与艺术话语——论社会学诗学问题》，钱中文主编《巴赫金全集·周边集》，李辉凡、张捷等译，第82、83页。

这里的要点包括：其一，审美交往具有与其他精神交往（尤其是“意识形态交往”）形态的差异性，这是审美交往具有独特价值的根本原因；其二，审美交往包括两个重要的环节，即艺术家的创造和观赏者的再创造；其三，审美交往也不是孤立的，它与其他精神交往形式具有积极互动、相互影响的关系。

与其他许多被称为“马克思主义文艺理论家”的学者不同的是，巴赫金及其理论与马克思主义关系的问题仍是困扰学界的难题，以至于成为一桩学术公案。本节拟从审美交往理论的角度，来透视巴赫金思想与马克思主义之间的理论关联。我们从理论自身的逻辑发展中仍可以清理出一条非常清晰的线索，以展现巴赫金以复调、对话为特征的具有马克思主义倾向的审美交往理论。尽管巴赫金的思想往往被简化为复调、对话和狂欢，但如果要真正把握其思想的源头，还必须回到其早期的哲学美学思想之中。巴赫金正是在自己独创的行为哲学的理论基础上，以审美活动为对象，引入马克思主义交往思想，从而形成了具有马克思主义思想倾向的审美交往理论的，而复调和对话也只有在审美交往的范畴内才能获得更为准确的理解。

1. “我与他人”：作为交往行为的审美活动

首先，巴赫金的行为哲学是其审美交往理论的基础。他将行为哲学视为“第一哲学”。这“第一哲学”的核心是“存在即事件”，“这个存在即事件，诚如负责行为所了解的，并不是行为创造出来的世界，而是行为在其中以负责精神理解自己、实现自身的那个世界”[①]，它不仅仅是一个实有的世界，还是一个精神的、价值的世界，巴赫金的行为哲学即是以这一“负责任的行为世界”作为研究对象的。

要理解巴赫金的行为哲学，必须要理解何为行为。在巴赫金看来，哲学研究所思考的存在，就其现实性而言，就是人的行为世界、事件世界，即他创立的术语“存在即事件”，而行为则是对事件的参与。不过，在现实生活中，无论推论性理论思维，或是历史描述，还是审美直觉，这些行为活动的内容含义都与其历史的实际存在之间是彼此分离的，尽管行为是“存在即

① 〔俄〕巴赫金：《论行为哲学》，钱中文主编《巴赫金全集·哲学美学》，晓河等译，第33页。

事件”的真正活生生的参与者，“但这种参与性并不反映到这一存在的内容涵义方面”，因此，内容含义与实际存在之间的分离“便出现了彼此对立、相互绝对隔绝和不可逾越的两个世界：文化的世界和生活的世界”。巴赫金的这一思想最早发端于其短文《艺术与责任》，巴赫金探讨了艺术与生活之间相互隔绝的问题，提出两者只能在个人身上获得统一，只能统一于个人的责任之中；艺术与生活既应该相互承担责任，也要相互承担过失。在《论行为哲学》中，这种将行为统一于个人的责任的思想得到了更为充分的展开。巴赫金将这种责任区分为两种：一种是对自己的内容应负的责任，他称之为“专门的责任”；一种是对自己的存在应负的责任，他称之为“道义的责任”。专门的责任应当是统一而又唯一的道义责任的一个组成因素。只有通过将行为统一于个人的责任这一途径，才能克服文化与生活之间互不融合、互不渗透的关系。因此，在巴赫金看来，行为的目标，即在于弥合文化与生活之间的鸿沟，以及文化世界与生活世界之间的分裂。

那么，这种行为如何才能统一于个人的责任之中呢？巴赫金指出，从自我出发的生活和行为，并不意味着为自我生活，为自我实现行为，“我”在对“存在即事件”的参与性中居于中心地位，也不意味着就等于个人中心、自我中心。事实上，这种“我”或“个人”始终是处于与“他人”的关系之中。巴赫金将“我与他人”之间的关系分为三种：“我眼中之我”、“我眼中之他人”和“他人眼中之我”。其一是“我眼中之我”，即我对自我的确认。巴赫金为这一关系赋予了极高的地位：“我眼中之我是行为发源的中心，是肯定和确认一切价值的能动性的发源中心，因为这是我能负责地参与唯一存在的那个唯一出发点，是作战司令部，是在存在的事件中指挥我的可能性与我的应分性的最高统帅部。只有从我所处的唯一位置出发，我才能成为能动的，也应当成为能动的。”其二是“我眼中之他人”，即我对他人的认识及与他人关系的确认，任何他人都是建立在与“我”的关系之上的，都是以“我眼中之他人”进入我的意识的，因此，无论生活世界还是文化世界，对他人的理解都首先建立在对“我”的位置及其与他人关系的确立基础之上。其三是“他人眼中之我”，即他人对我的认识及与我关系的确认。这即是强调了“我与他人”关系中他人的能动性，即他人永远不是被动地接受“我”的认识和确认的，而是主动、积极地参与到与“我”的认识和关系的确认之中的。而审美行为正是介于文化世界与生活世界之间的一种行为活动：一方面，它创造了想象与虚构的精神世界，即文化；另一方面，它又是由现实生活中的具体的个人在特定的时间、空间、境遇中采取的行为方式，即生活。艺术活动中的创造与欣赏同样也是游走在对现实生活的再现与超越之间，因而成为行为哲学最为重要的研究领域之一。

巴赫金在其《论行为哲学》中曾有过一个宏大的理论抱负：他将自己行为哲学的研究领域确立为三个：艺术创作伦理学、政治伦理学和宗教伦理学。可惜的是，由于命运多舛，巴赫金最终只是在审美活动、小说理论等方面施展了自己的才华，不过，巴赫金聚焦于以“作为行为的审美活动”的艺术创作伦理学，也从另一方面显示了审美之于解决文化与生活分裂问题的重要地位。

其次，基于“我与他人”的审美关系，巴赫金创造性地引入马克思主义意识形态理论，弥合了艺术世界与现实世界之间的鸿沟，确立了马克思主义社会学诗学的审美交往基本原则。

巴赫金对当时无论形式主义者还是马克思主义者都普遍认同的形式与内容二分观念，即认为对艺术诗学形式领域的研究与社会外部的现实条件毫无关系；反之，对艺术之外的社会环境的研究则不必考虑形式、技巧等文学的形式因素——提出了反对。认为真正的马克思主义意识形态理论并非如此，在艺术作品中，没有所谓外在于艺术形式、艺术话语、艺术风格的社会现实。艺术同样也是内在地具有社会性：艺术之外的社会环境在从外部作用艺术的同时，在艺术内部也找到了间接的内在回声。由此，巴赫金提出一个重要的结论：“‘审美的’领域，如同法律的和认识的领域，只是社会的一个变体。艺术理论，很自然，只能是艺术社会学。在艺术社会学中，没有任何‘内在的’任务。”① 由于对马克思主义意识形态思想的引入，巴赫金在艺术与生活关系研究方面发生了一次重大的理论调整。在《艺术与责任》中，巴赫金还将艺术与生活视为分裂的两个领域，各自都有自己的原则、责任、义务及其过失，也因此，巴赫金主张彼此相互承担责任和过失，才能呈现艺

① 〔俄〕巴赫金/沃洛希诺夫：《生活话语与艺术话语——论社会学诗学问题》，钱中文主编《巴赫金全集·周边集》，李辉凡、张捷等译，第 80 页。

术世界与生活世界的光辉。但是，在所认为的马克思主义社会学诗学看来，艺术世界只是生活世界（社会）的一个变体，从本质上讲是社会性的，即使是艺术形式、技巧、风格等，都无不与这种社会性发生关联即“间接的内在回声”。

经过这一理论调整，巴赫金创造性地发展了马克思主义关于现实交往、精神交往、物质交往、社会交往等交往思想，确立了审美交往的基本原则。其一，审美活动的整体性原则。巴赫金不同意单纯从艺术作品内部（俄国形式主义）或者艺术作品外部（庸俗社会学）寻找艺术的整体性。他认为，艺术包容艺术作品、创作者和观赏者三种成分，“艺术是创作者和观赏者相互关系固定在作品中的一种特殊形式”[①]。因此，对艺术作品的分析必须置于审美主体之间的交往行为之中才能得到准确的解释。其二，艺术交往既建立在物质交往、现实交往、社会交往的基础上，又具有自己的特殊性。巴赫金认为：“这种‘艺术交往’在与其他社会形式相关的共同的经济基础上生长，但是，像其他形式一样同时保持着自己的独特性：这是一种独特的交往类型。它具有自己的为其专属的形式。理解实施和固定在艺术作品材料中的社会交往的这个特殊形式正是社会学诗学的任务。”[②] 按照马克思主义物质与意识关系的理论，交往行为也是物质交往决定精神交往，但精神交往又有其独特性，也反作用于物质交往。因此，对于审美交往而言，一方面我们要充分重视其与物质交往、现实交往、社会交往之间的密切联系，但另一方面又不能简单地将之等同，而应该把注意力集中在其特殊性上。其三，审美交往以话语为材料。基于“存在即事件”的行为哲学观点，巴赫金认为艺术作品只有在创作者和观赏者相互作用的过程中，作为这个相互作用事件的本质因素才具有艺术性。凡是无法进入这一审美主体相互作用的因素，都无法获得其艺术意义。巴赫金进一步强调，这种特殊的审美交往形式有其特殊的表述形式，即材料即是话语。在此，巴赫金在《艺术与责任》《论行为哲学》中所探讨的艺术世界与生活世界的断裂问题被重新表述为艺术话语与

① 〔俄〕巴赫金/沃洛希诺夫：《生活话语与艺术话语——论社会学诗学问题》，钱中文主编《巴赫金全集·周边集》，李辉凡、张捷等译，第 82 页。

② 〔俄〕巴赫金/沃洛希诺夫：《生活话语与艺术话语——论社会学诗学问题》，钱中文主编《巴赫金全集·周边集》，李辉凡、张捷等译，第 82 页。

生活话语的关系问题，在话语层面上获得了统一性，也实现了通约性。

最后，审美交往行为的话语有生活话语与艺术话语之分，巴赫金从话语的角度分析了审美交往的特点。巴赫金的话语理论历来为人称道，但是对于巴赫金的“话语”一词，在语用和翻译上却存在诸多问题。如《巴赫金全集》中的 высказывание，除个别学者翻译为“言说”外，其余的都最初通译为“言谈”，而至全集出版时，则通译成“表述”[①]，不过语言学研究者则将之译为“话语”；再如，在巴赫金文章中可被翻译成“话语”的就有 слово、текст、речъ、высказывание 等[②]，一词多译和多词一译的情况比较普遍。

所谓“艺术话语”就是艺术作品中的各种艺术表述，而“生活话语”则是平常的生活言语。生活话语与艺术话语最大的区别在于，生活话语与其所产生的非语言的生活情景保持着紧密的联系，因此对生活话语的理解不可能脱离生活；而艺术话语则相对具有更大的自足度，它遵循自己制定的话语方式与表述逻辑，可以与外部现实拉开距离，甚至可以凭借话语创造一个完全虚构与想象的世界。但是，无论艺术话语还是生活话语，都具有话语所有的社会本质，这也使得艺术话语与生活话语具有了相关性。

对生活话语的分析不能只关注话语本身，即话语的材料和内涵，而应该将之置于非语言的语境中进行考察。这个“非语言的语境由下列三个因素组成：（1）说话人共同的空间视野（可见的统一体——房间、窗户等等）；（2）两者共同的这个知识和对情景的理解。最后，（3）他们对这个情景共

---

① 钱中文曾对此专门做过解释：“原文 высказывание，可译作话语、表述，本书统译为‘表述’。理由是：一、此词从动词 высказыватъся 衍化而来，采用表述，保持了词源所有的表达、表示意思的原有意义。二、在本书中，常有在一个句子里 слово 与 высказывание 并用的情况，在翻译上对两者的意义不能不作区别，而这里的 слово 在超语言学意义上只能译作‘话语’。высказывание 显然不能同时译作话语。三、与 высказывание 相对应，常有 самовысказывание 出现，后者显然只能译作‘自我表述’，而不能译为‘自我话语’。”钱中文：《理论是可以常青的——论巴赫金的意义》，钱中文主编《巴赫金全集》，“序”，河北教育出版社 1998 年版，第 32 页。

② 关于 слово、текст、речъ、высказывание 等几个词的翻译，凌建侯根据俄国学界 С. Г. Бочаров 等人的观点，并结合巴赫金自己的注解，认为这几个词其实所指对象是同一个，因在不同语境中侧重点不一，所以采用不同的词来表示。参见凌建侯《试析巴赫金的对话主义及其核心概念“话语”（слово）》（《中国俄语教学》1999 年第 1 期）和《话语的对话性——巴赫金研究概说》（《外语教学与研究》2000 年第 3 期）。

同的评价”[①]。巴赫金/沃洛希诺夫举了个很经典的例子：

“两个人坐在房间里，沉默不语。一个说‘是这样！’另一个人什么也没说。”如何分析“是这样！”所包含的意义？单纯从语言学角度是分析不出来的，必须与其非语言的语境联系起来。其实，在生活话语中，由于非语言的语境存在，对话的双方并不需要用语言将所有信息全盘托出，而是采取一种“省略推理”的方式，以暗示的方式让对方知晓和理解。所省略的语境可宽可窄，所暗示的内容也有多有少，完全取决于当时的情景。一旦我们恢复了这一生活话语的非语言的语境，我们便能够把握住这一话语的语调，也便能够理解这一话语的意义了。因此，巴赫金/沃洛希诺夫认为：“任何现实的已说出的话语（或者有意写就的词语）而不是在辞典中沉睡的词汇，都是说者（作者）、听众（读者）和被议论者或事件（主角）这三者社会的相互作用的表现和产物。”[②]

那么，艺术话语是否与生活话语的非语言语境毫无关系呢？其实不然。艺术作品与未言说的生活语境也是紧密交织在一起的，巴赫金通过分析艺术作品中的评价现象指出：“艺术作品是未言说的社会评价和强大的电容器；艺术作品的每个话语都充满着这些评价。就是这些社会评价构成了有如其自身直接表现的艺术形式。”[③] 艺术创作也绝非作者闭门造车式的独白，而是始终处于与主人公、潜在读者（听众）积极的对话性关系之中，“听众和主人公是创作事件经常的参与者，创作是听众和主人公之间分秒不停的生动的交往事件”[④]。也就是说，对任何艺术作品的分析，都不可能只满足于从语言学层面分析其内部构成，而应该纳入审美交往的维度，考察作者、主人公与读者之间的交往关系，分析其未言说的非语言语境，挖掘其未明说的暗示性内涵。

---

① 〔俄〕巴赫金/沃洛希诺夫：《生活话语与艺术话语——论社会学诗学问题》，钱中文主编《巴赫金全集·周边集》，李辉凡、张捷等译，第 84—85 页。

② 〔俄〕巴赫金/沃洛希诺夫：《生活话语与艺术话语——论社会学诗学问题》，钱中文主编《巴赫金全集·周边集》，李辉凡、张捷等译，第 92 页。

③ 〔俄〕巴赫金/沃洛希诺夫：《生活话语与艺术话语——论社会学诗学问题》，钱中文主编《巴赫金全集·周边集》，李辉凡、张捷等译，第 94 页。

④ 〔俄〕巴赫金/沃洛希诺夫：《生活话语与艺术话语——论社会学诗学问题》，钱中文主编《巴赫金全集·周边集》，李辉凡、张捷等译，第 95 页。

2. 作者与主人公：巴赫金的复调小说理论

早年的巴赫金欲以行为哲学为核心，建构起包含艺术创作伦理学、政治伦理学和宗教伦理学在内的“第一哲学”体系，而其艺术创作伦理学的研究对象就是审美交往活动。在《审美活动中的作者与主人公》中，巴赫金探讨了作者与主人公的相互相系，并对“作者的危机”现象进行了初步分析，这成为其复调小说理论的先声。

首先，作者的危机动摇了审美活动中并非天然稳固的作者与主人公关系。不同于俄国形式主义割裂作者与作品文本之间的关系，只强调作品的形式、结构及其表现手法的观点，巴赫金将人作为艺术整体中的价值中心，将其所具有的建构功能作为自己艺术创作伦理学的基础。而巴赫金所说的艺术活动中的审美主体，则主要包括三个方面：作者、主人公和读者。在这三者的关系中，巴赫金认为，作者与读者居于艺术作品的外位，他们共同围绕着作品中的主人公，构成由不同的审美价值层面所组成的艺术整体。值得注意的是，巴赫金在《审美活动中的作者与主人公》中处理作者（包括读者）与主人公关系时，强调了作者对于主人公的外位性和能动性，认为作者和读者所处的地位，居于“艺术上的能动性的始源地位”，“它毫无例外地外在于艺术观照中内在建构范围里的全部因素；这样一来，才能以统一的、积极确认的能动性，来囊括整个建构，包括价值上的、时间上的、空间上的和涵（含）义上的建构”。由于该书只是残稿，现有的标题只是编者补添上去的，因此，整个书稿是否均衡地讨论了作者、读者与主人公三者间的关系尚无从得知，仅从现有的书稿来看，论述的重心集中在了作者与主人公的关系上。不同于此前大家对巴赫金复调小说理论的印象，在《审美活动中的作者与主人公》中，巴赫金特别强调了作者之于主人公的外位性、能动性、超视超知性，认为在整个审美活动过程中，作者始终承担着建构艺术整体性的功能，他甚至将这种关系概括为一种具有普遍性的公式：“作者极力处于主人公一切因素的外位：空间上的、时间上的、价值上的以及涵义上的外位。”①

① 〔俄〕巴赫金：《审美活动中的作者与主人公》，钱中文主编《巴赫金全集·哲学美学》，晓河等译，第 79、110 页。

但是，这并不是说，在审美活动中作者对主人公便拥有天然的毫无争议的绝对统治权威了；相反，这种“外位的立场要靠奋斗才能取得，而且斗争往往是你死我活的，特别是在主人公具有自传性质的时候”。正是这一重要的判断，巴赫金开启了通向复调小说理论的大门。在《审美活动中的作者与主人公》一文中，巴赫金以自传性作品为例，分析了“偏离作者对主人公的直接立场”的三种典型情况。第一种是主人公控制着作者，即“主人公指物的情感意志取向，他在世上的认识伦理立场，对作者极具权威性，以致（至）于作者不能不通过主人公的眼睛来看对象世界，不能不仅仅从主人公生活事件的内部来体验这个事件”。[①] 在巴赫金看来，陀思妥耶夫斯基笔下几乎所有的主要人物都属于这种类型的主人公。第二种是作者控制着主人公，作者对主人公的立场部分地成为主人公对自己的立场。主人公开始自己评判自己，作者的反应进入主人公的心灵，或者表现在他的话语中。第三种是主人公本人就是自己的作者，他对自己的生活以审美方式加以思考，仿佛在扮演角色。

正因为作者对主人公的控制权并非天赋的，而是通过斗争得来的，如果作者失去了斗争的主动性，如果主人公巧妙地窃取了审美活动的实际控制权，那么，便会出现“作者的危机”。巴赫金详细分析了在审美活动中“作者的危机”所表现的三种情况。第一种是艺术史意义上的“作者的危机”。在巴赫金看来，“内容创作中的不自然状态及标新立异，大多已经标志着审美创作的危机”。其主要的表现是：作者对艺术在整个文化中的地位有了重新的认识；艺术传统中的经典地位受到了作者的质疑；作者的艺术追求不再只是在艺术中超越他人，而是超越艺术本身；不接受现存艺术领域中的内在标准；等等。第二种是具体艺术创作活动中的“作者的危机”，即：“外位立场本身发生动摇而显得无足轻重，作者外位于生活并完成生活的权利受到质疑。”巴赫金将这种“一切稳固的外位形式都开始瓦解”的最佳代表又指向了陀思妥耶夫斯基的创作。第三种是作为第二种“作者的危机”的进一步发展，“外位性立场可能开始向伦理立场转化，从

① 〔俄〕巴赫金：《审美活动中的作者与主人公》，钱中文主编《巴赫金全集·哲学美学》，晓河等译，第 111、114 页。

而丧失自身的纯审美特征”。[①] 在众多艺术表现中，“外位性变成病态的伦理外位性”和“被侮辱和被欺凌的人成为观照的主人公”便是最突出的表现。而这再一次指向了陀思妥耶夫斯基的创作。

其次，多声部性成为复调小说的根本特征。在《陀思妥耶夫斯基诗学问题》中，巴赫金对何为复调小说下了一个重要的定义：“有着众多的各自独立而不相融合的声音和意识，由具有充分价值的不同声音组成真正的复调。”判断复调小说的标准首先是看小说中是否存在众多的各自独立而不相融合的声音和意识，即复调小说的观察角度是从审美主体的交往关系出发的，且主要是从小说中的主人公及其与作者的关系角度出发的。巴赫金指出：“陀思妥耶夫斯基对主人公的兴趣，在于他是对世界及对自己的一种特殊看法，在于他是对自己和周围现实的一种思想与评价的立场。对陀思妥耶夫斯基来说，重要的不是主人公在世界上是什么，而首先是世界在主人公心目中是什么，他在自己心目中是什么。”[②] 这就强调了在陀思妥耶夫斯基小说中，作者对主人公不再是天然的绝对权威，不再是上帝和最后审判者。

在巴赫金看来，陀思妥耶夫斯基小说中出现了几个鲜明的特点。第一，陀思妥耶夫斯基小说中主人公的构成因素不是现实本身的特点，如人物的外貌、身体、行动及其所生活的环境等，而是主人公的意识和自我意识。因此，这里的主人公形象首先不是外表形象，而是思想形象。如果主人公有外表无意识（意识和自我意识）便无法成为复调小说中的主人公；如果作者不将重点放在主人公意识及其自我意识的描写上，那也就不会创作出复调小说来。第二，在作者与主人公关系问题上，主人公拥有了自我意识，也便拥有了相对于作者意识的独立性，作者对主人公的评价便无法外在于主人公的自我意识，而只能与主人公的意识处于平等、并行不悖的位置。于是，作者与主人公的关系，不再是简单的统治与被统治、控制与被控制的关系，而是平等对话、相互竞争的关系，由此，此前小说中外在的、相对稳定的作者立场、作者视野不复存在，取而代之的则是众声喧哗的由不同价值的声音所组

① 〔俄〕巴赫金：《审美活动中的作者与主人公》，钱中文主编《巴赫金全集·哲学美学》，晓河等译，第229、299、301页。

② 〔俄〕巴赫金：《陀思妥耶夫斯基诗学问题》，钱中文主编《巴赫金全集·诗学与访谈》，白春仁、顾亚玲等译，第4、61页。

成的复调。第三，复调小说中出现了一种全新的作者立场，这一立场确认主人公的独立性、内在的自由性、未完成性和未论定性。纵观陀思妥耶夫斯基的小说，主人公的内心独白和高谈阔论往往给读者印象最深，前者就是内在对话，即自我与自我的对话，或自我在脑海中与他人展开假想性对话；后者则是外在对话，即主人公与其他人物展开对话，其中通常是大篇幅的争论。但是，巴赫金并不满足于这类表象性的对话，他认为，在陀思妥耶夫斯基小说中，“主人公是对话的对象，而这种对话是极其严肃的，真正的对话，不是花里胡哨故意为之的对话，也不是文学中假定性的对话”。面对可能的质疑，巴赫金指出，复调小说中作者与主人公关系的对话性，并非指作为作者的陀思妥耶夫斯基完全放弃了对小说的控制权，事实上，陀思妥耶夫斯基的小说仍然是陀思妥耶夫斯基亲自创作的，他笔下的主人公也是其创作的；主人公也并非完全脱离作者陀思妥耶夫斯基而独立存在（事实上也不可能独立存在）。那么，这种主人公的独立性究竟具有何种特点呢？巴赫金坦言：“我们确认的主人公的自由，是在艺术构思范围内的自由。从这个意义上说，他的自由如同客体性主人公的不自由一样，也是被创造出来的。”但是，陀思妥耶夫斯基在小说创作中努力打破作者视野对主人公视野的控制，这才是复调小说的要义之所在。

最后，复调小说的全方位的对话性在艺术上的体现，可以分为大型对话、公开对话和微型对话三种类型。所谓“大型对话”，是指陀思妥耶夫斯基的所有小说都具有对话性的特点，这种对话性并非指所有的小说均由对话体构成，而是说作者在整个艺术创作活动中都处于一种很高的、极度紧张的对话积极性之中，不仅不以已完成的、稳固的态度对待他笔下的主人公，而且整个艺术都是作为一个非封闭的整体构筑起来的，因此，未完成性成为其艺术作品的重要特点。作为大型对话在复调小说中的艺术体现，巴赫金强调，陀思妥耶夫斯基特别擅长抓住主人公的心灵危机，通过处于“边沿”“门槛”的生活本身来透视和展开主人公的意识与自我意识，这使得陀思妥耶夫斯基的小说具有了类似惊险小说的情节布局的特点。而所谓“微型对话”则是指相对于具有可识别性的公开对话形式的“内在对话”。巴赫金指出，“到处都是公开对话的对语与主人公们内在对话的对语的交错、呼应或交锋。到处都是一定数量的观点、思想和语言，合起来由几个不相融合的声音说出，而在每个声音里听起来都有不同”。[①] 因此，陀思妥耶夫斯基的小说绝对不是描写人物形象，而是展现主人公的思想意识；而且也不是展现被作者所完全认识和把握之后的稳固意识，而是充满复杂的矛盾、冲突、处于无法结束的对话性状态中的意识和自我意识；由此，小说中的主题也不再是由作者预设的结论，而是一个由作者和主人公共同参与讨论的议题，陀思妥耶夫斯基小说的杰出性正表现为这个主题是如何通过不同的声音来展示的。因此，从根本上说，复调小说的主题就是多声部性的和不协调性的结合。

复调小说的这种全方位的对话性在其小说语言上的表现，便是突显了语言的双声性。巴赫金认为，陀思妥耶夫斯基的语言也具有复调小说的特点，作为“活生生的具体的言语整体”，“陀思妥耶夫斯基作品的惊人之处，首先就在于语言的大类和细类异常纷繁多样，而且每一类都表现得极为鲜明。明显占着优势的，是不同指向的双声语，尤其是形成内心对话关系的折射出来的他人语言，即暗辨体、带辩论色彩的自白体、隐蔽的对话体”。在陀思妥耶夫斯基的构思中，对话具有潜在的无限性，它使得复调小说中作者及其主人公之间的这种对话，不可能成为严格意义上的情节性对话。因为情节性对话要努力达到终点，而“陀思妥耶夫斯基的对话永远是超情节的”，其基本公式很简单，“表现为‘我’与‘他人’对立的人与人的对立”。[②] 由此不难发现，巴赫金的复调小说理论再次回应了其早期思想中基于“我与他人”的哲学思考。

3. 走向对话主义

当巴赫金从审美活动的角度，关注作为审美行为主体的作者与主人公的对话性关系，进而通过对陀思妥耶夫斯基小说的创造性解读，发展出复调小说理论之时，也就意味着一种全新的审美交往理论的形成。巴赫金将陀思妥耶夫斯基的小说称为“全面对话性”的小说，这种对话性不仅仅表现在作品语言层面的双声语，而且表现在情节布局的危机，以及在这一时刻作者和

① 〔俄〕巴赫金：《陀思妥耶夫斯基诗学问题》，钱中文主编《巴赫金全集·诗学与访谈》，白春仁、顾亚玲等译，第 359 页。

② 〔俄〕巴赫金：《陀思妥耶夫斯基诗学问题》，钱中文主编《巴赫金全集·诗学与访谈》，白春仁、顾亚玲等译，第 340—341 页。

主人公的意识和自我意识。托多洛夫在《巴赫金、对话理论及其他》一书中做过一个精彩的判断："文学史使他对人类学进行思考；不论他的目标是什么，对话理论是他的主要内容。"[①] 也是受到巴赫金的启发，托多洛夫在《批评的批评——教育小说》中提出了引起广泛共鸣的对话批评的主张。随着对话思想日益受到哲学社会科学各学科领域的普遍重视，巴赫金的对话思想也成为对话主义理论的重要组成部分。

事实上，虽然巴赫金并没有亲自将自己的理论命名为"对话理论"或"对话主义"，巴赫金到了晚年，确实也开始从人文学科方法论的高度重新理解对话，走向了对话主义。其突出的表现在于，分散在巴赫金各个时期各类著作中的"我与他人"的关系、审美活动中的作者与主人公、超语言学、复调小说、言语体裁、狂欢等理论思想中的对话性因素，开始上升为他对人文学科整体性的认识，将对话性思想进行了重新的理解和阐释。

首先，要想更好地理解巴赫金的对话理论或对话主义思想，超语言学就是绕不开的首要问题。正是针对形式主义在理论上将语言地位无限抬高和语言学研究方法的泛化现象，巴赫金提出了建立超语言学的主张。在他看来，超语言学即是对严格依照语言学理解的语言的超越，他以诗歌为例指出："诗歌所需要的，是整个的语言，是全面的，包括其全部因素的运用；对语言学含义上的词语所具有的任何细微色彩，诗歌都不是无动于衷的。"虽然语言对诗歌的意义只是一种技术因素，如同自然科学的自然作为材料（而非内容）对造型艺术一样，但是，诗歌语言区别于日常或其他意义上的语言。是否对全部语言、是否对语言的所有复杂性都细心体察，正是诗歌语言与日常语言的区别所在，也是诗歌对语言学的超越。在这个意义上，巴赫金对诗歌之于语言的促进作用亦进行了高度的评价。他认为，由于诗歌（即宽泛意义上的文学创作）对语言整体的拥有和把握，在创作中将语言的所有方面都发挥得淋漓尽致，所以，语言的意义只有在诗歌中才能得到充分的体现。巴赫金将这种超越更为清楚地用另一术语表达出来："克服材料。"他认为："艺术创作受材料的制约，但又是对材料的克服制胜。"[②] 就文学创

① 〔法〕托多罗夫：《巴赫金、对话理论及其他》，蒋子华、张萍译，第191页。

② 〔俄〕巴赫金：《语言艺术创作中的内容、材料和形式问题》，钱中文主编《巴赫金全集·哲学美学》，晓河等译，第346页。

作而言，即是对作为语言学意义上的语言的克服和超越。

到了《马克思主义与语言哲学》中，巴赫金/沃洛希诺夫站在马克思主义社会学诗学的角度对语言问题进行了思考，更明确地提出“话语是作为一个独特的意识形态的符号”的观点，将超语言学对语言学的超越具体化了。值得注意的是，巴赫金/沃洛希诺夫提出的“意识形态的符号”并非仅仅指各种属于精神领域的意识形态具有符号属性，而是指只要“任何一个物体都可以作为某个东西的形象被接受”，那么，它就具有了某种“意识形态的符号”的特性，他们分析作为生产工具的镰刀和斧头到了国徽中则拥有了纯意识形态的符号意义，日常生活中的消费品如面包和酒，到了基督教圣餐仪式中也就成了宗教象征符号，等等。正因为如此，“哪里有符号，哪里就有意识形态。符号的意义属于整个意识形态”，当这种意识形态的符号特性进一步扩展到阶级关系和阶级斗争当中时，则更为复杂：虽然各个阶级使用的是同一种语言，但是“在每一种意识形态符号中都交织着不同倾向的重音符号。符号是阶级斗争的舞台”。由此，“意识形态符号的这种社会的多重音性”成为巴赫金/沃洛希诺夫所创立的马克思主义语言哲学，即他们的超语言学的基础。正因为不同的言说主体的“多重音性”不同，才会产生思想意识的论争与分歧，才可能展开永无休止的对话。这种“多重音性”到了《陀思妥耶夫斯诗学问题》中，也获得了另一种理论表述：“多声部性。”

其次，如果说超语言学从语言学角度解决了对话主义的媒介属性，那么，备受巴赫金青睐的外位性则确立了对话主义的主体属性。巴赫金特别关注审美活动的主体因素，尤其强调审美主体的相对独立性，以及在思想、情感、意志、语调、价值上的自主性。此前所谈到的“我与他人”之间的相互关系、复调小说中作者与主人公的平等对话，均离不开彼此自主、互不融合的位置和立场，巴赫金将之命名为“外位性”。这一理论主要包括三方面的内容。第一，“外位性”是相对的概念，即必须要有一个确定的参照物，才可能出现相对于这一参照物的外位性。第二，“外位性”是一个价值的概念，物理上并不具有外位性。如拥有同一立场的群众会聚在广场振臂高呼，他们的思想意识、情感价值都具有共同性，尽管彼此都是独立的个体，但相互却构不成外位性关系。第三，外位性也不是固定不变的，随着交往主体思想观念、情感价值的变化，彼此之间的关系也在发生变化：或者形成共识

（外位性彻底消失），或者部分兼容（仍保留部分的外位性），或者矛盾激化（外位性强化）。

早年的巴赫金对外位性的强调主要集中在了主体身上，但是到了晚年，巴赫金将这种外位性上升到文化主体间交往的高度，认为："在文化领域，外位性是理解的最强大的推动力。"不同于科学研究所主张的客观主义立场，巴赫金强调，在文化的理解上必须重视理解者主体自身的外位性位置。他认为那种要更好地理解别人的文化，应该融入其中忘却自我，即用跳出自身文化的眼光来看世界的想法是片面的。相反，只有深刻地意识到自我的位置、自己文化的特点，以及提出自己所关心的问题，才能"创造性地理解任何他人和任何他人的东西（这当然应是严肃而认真的问题）。即使两种文化出现了这种对话的交锋，它们也不会相互融合，不会彼此混淆；每一文化仍保持着自己的统一性和开放的完整性。然而它们却相互得到了丰富和充实"。[①] 这种文化观，可以说与中国传统文化所倡导的"和而不同"的文化交往精神不谋而合。也正因为如此，巴赫金的对话主义才超越了具体的作家作品研究，超越了具体的文艺学学科领域，而成为在全球化扩张的时代处理民族、国家、文化沟通交往的基本原则。

最后，与外位性这种空间性原则相呼应的，是巴赫金提出的"长远时间"的问题，并以此作为对话主义在审美主体性问题上的时间性原则。在《在长远时间里》一文中，巴赫金指出：

> 我在自己的著作里，引进了长远时间这个概念。在长远时间里，平等地存在着荷马与埃斯库罗斯，索福克勒斯和苏格拉底。其中也生活着陀思妥耶夫斯基。因为在长远时间里，任何东西都不会失去其踪迹，一切面向新生活而复苏。在新时代来临的时候，过去所发生过的一切，人类所感受过的一切，会进行总结，并以新的涵义进行充实。[②]

① 〔俄〕巴赫金：《答〈新世界〉编辑部问》，钱中文主编《巴赫金全集·文本 对话与人文》，白春仁、晓河等译，第370、371页。

② 〔俄〕巴赫金：《在长远时间里》，钱中文主编《巴赫金全集·文本 对话与人文》，白春仁、晓河等译，第373页。

长远时间的提出，是巴赫金文化整体观的重要体现。其理论要点有如下几个。第一，这里的“长远时间”（在另一些地方，巴赫金也称之为“大时代”）是相对于“暂短时间”，严格地说就是“现时代”而言的。巴赫金在回答《新世纪》编辑部的提问时明确指出，文学作品应该打破自己所处的时代界限，为扩大自己的意义，必须将自己置于长远时间里去，他甚至做出了一个绝对的判断：“如果作品完全是在今天诞生的（即在它那一时代），没有继承过去也与过去没有重要的联系，那么它也就不能在未来中生活。一切只属于现在的东西，也必然随同现在一起消亡。”[①] 第二，那么，如何才能与过去和未来这一长远时间建立起联系呢？巴赫金进一步提出“遥远语境”问题。不同于长远时间与暂短时间之间的二元对立式的思维，即为了寻求所谓“长远时间”的价值而忽略或放弃“暂短时间”内的位置，也就是那些所谓“自命清高”、闭门造车的艺术家，一厢情愿地以为只要自己彻底地与“现时代”决绝了，便可以在文化史、艺术史中获得长远时间中的意义和价值。巴赫金完全不赞同这类想法，他认为：“暂短时间（现代、不久前的过去和可预见的未来，即希望实现的未来）与长远时间——无穷尽的和不会完成的对话。在这一对话中没有任何一个涵义会消亡。”立足当下、响应过去、想象未来，可能才是具有巴赫金对话主义精神的文化立场。第三，正因为拥有了长远时间的维度，任何作品、思想都拥有了复活的可能。巴赫金的对话思想是无始无终的，既没有绝对的开头，也没有绝对的终结，“从对话语境来说，既没有第一句话，也没有最后一句话，而且没有边界（语境绵延到无限的过去和无限的未来）”。在对话的任何阶段，都可能产生无穷无尽的新的含义，也许有的含义在“现时代”得到了放大、凸显，也许有的含义受到了压抑，被迫沉默，但并未真正消失。因为“在对话进一步发展的特定时刻里，它们随着对话的发展会重新被人忆起，并以更新了的面貌（在新语境中）获得新生”。也正因为如此，巴赫金以极大的文化包容力和穿透力指出：“不存在任何绝对死去的东西：每一涵义都有自己复活的节日。”[②]

---

① 〔俄〕巴赫金：《答〈新世界〉编辑部问》，钱中文主编《巴赫金全集·文本　对话与人文》，白春仁、晓河等译，第 366 页。

② 〔俄〕巴赫金：《在长远时间里》，钱中文主编《巴赫金全集·文本　对话与人文》，白春仁、晓河等译，第 390—392 页。

不难看出，当巴赫金自觉地将对话主义上升为文化间的交往原则，并引入空间上的外位性和时间上的长远时间维度之后，这一对话已经不再仅仅是针对现实的、个别的、具体的审美主体、文化主体之间的交往现象而言的，而是与马克思所说的普遍交往、世界交往，以及相对于交往异化而言的人类理想的交往模式有了相互响应之处。

三　审美交往的特点及其所讨论的主要问题

1. 历史事实与逻辑序列的错位

必须指出的是，上述对从交往实践到审美交往的问题史描述，并非按照严格的历史顺序展开：巴赫金思考审美活动伦理学，并结合文艺社会学视角，探讨审美交往问题的时间在20世纪20年代，而法兰克福学派从批判理论到交往理论的发展，则是二战之后的事情。未按时间顺序展开的原因有两个。一是逻辑的要求：从马克思的普遍交往以及精神交往等命题的提出，到后世学者广泛借鉴语言哲学、主体性哲学（包括主体间性哲学）展开审美活动的交往分析，两者具有逻辑的一致性。二是历史的事实：尽管巴赫金的审美交往理论早于法兰克福学派，但巴赫金思想存在一个被埋没而后又不断“被发现”的过程，而其“被发现”的时间正好处于60年代之后；其思想产生重要的学术影响也是在法兰克福学派之后，而这正好与马克思主义文艺理论将交往思想引入审美领域的要求是相一致的。

这种历史事实与逻辑序列之间的错位，也揭示出文论思想影响接受中的一种普遍的带有规律性的现象，即由于理论思想在创造和发现过程中存在个体差异、时空间隔和传播媒介的限制，理论思想的产生时间与其所产生影响的时间存在一定的差异，绝非理想状态下“生产—传播—接受”这种单一的连续性的过程。“生产”（或者说“产生”）之后被束之高阁或藏之深山是常有的事情；“传播”（即影响与接受）之间即创造者与接受者之间何者主动、何者被动也会对理论思想的传播带来重要影响。比如说，结构主义往往被简化为“莫斯科—布拉格—巴黎”（布洛克曼）三站式的线性传播历程，其实并非如此简单。首先，结构主义的思想来自瑞士语言学家索绪尔，他1876年便加入巴黎语言学会，曾在巴黎高等研究所从教十年，对法国语言学界影响巨大；他对俄国的影响呈现出明显的逆行现象，即经过雅各布森创建的布拉格学派传至俄罗斯（俄国形式主义分为前后两期，前期对语言问题的关心还只停留在修辞学、语法学、历史语言学等层面，后期才开始部分接受索绪尔的影响）。其次，在结构主义从语言学向人文社会科学领域的迈进中，雅各布森扮演了至关重要的角色，正是在他那里，索绪尔的语言学被命名为“结构语言学”，其结构主义思想开始应用于诗歌研究；也正是在他流亡于美国，与列维－斯特劳斯共同执教于纽约新社会研究学院后，才对后者的人类学研究产生深刻影响，而列维－斯特劳斯的结构人类学正是法国结构主义运动的先声。最后，“莫斯科—布拉格—巴黎”的三站式历史描述，其实是学术史研究中的“后见”，它主要来自法国结构主义运动对俄国形式主义和布拉格学派的接受与追认，如列维－斯特劳斯之于雅各布森、克莉斯蒂娃之于巴赫金、托多洛夫之于俄国形式主义等，而这一切均发生于20世纪60年代，而此时法国结构主义运动已历时近20年，正处于向后结构主义转向的过程当中。正因为如此，我们对索绪尔与俄国形式主义文论和结构主义的关系，不仅要在学术思想上辨析清楚，而且应将之还原成学术活动史，并重建学术发生、发展的历史文化语境。我们对巴赫金审美交往的思想与法兰克福学派交往对话理论之间关系的清理，也要持这种既尊重理论思想产生时间差异的历史事实，也要充分考虑影响接受过程中重新发现的逻辑序列。

2. 审美交往的两个维度及其复杂交织

综合围绕马克思主义文艺思想的从交往实践到审美交往问题的讨论，我们可以发现，在马克思主义视域中，存在两种彼此不同又相互关联的审美交往问题：一种是现实社会中的审美主体（作家、读者与世界以及文本与他们间的社会关系和生产关系等）；另一种是文本中的具有社会性的审美主体（作者形象与主人公、理想读者）之间的关系。现实社会中的审美交往主体是活生生的身处特定历史、社会、文化语境中的个人（作者和读者），作家的社会身份、政治信仰、文艺活动以及社会环境、文化生产机制，对其创作会产生重要的影响；同时，读者的社会身份、政治信仰、阅读方式等的差异，也会对其阅读行为产生影响；不仅如此，真实的作家与读者之间的互动，也会对文学创作与再创作有影响。因此，这种审美交往关注的首先不是纯粹的审美过程，而是一个密切与其他非审美交往领域发生相互影响的过程。

如本雅明在《作为生产者的作家》中所举的俄国作家特列契雅科夫的例子，作为作家，特列契雅科夫响应“作家进入集体农庄”的口号，一方面从事大量的“非作家身份”的活动，如召集群众会议、筹集资金、说服农民、检查阅览室、办墙报、写报道消息、推广收音机和流动电影院等；另一方面也在这些经历之后写出了《土地的主人》这本书，该书对后来的集体经济的完善产生了巨大的影响。因此，本雅明分析认为，这个例子说明：“为了找到给表现当前的文学活力提供出发点的表达形式，那么我们必须根据我们今天形势下的技术情况，从一个多么广阔的视野出发来根本改变对作品形式或类型的看法。”不仅如此，“我们现在处于一个文学形式的巨大的重新溶合的过程之中。”[①] 类似的例子还有很多，比如新中国成立之后，在知识分子的思想改造和与工农相结合的背景下，大批作家都深入工厂、农村、军队，深入火热的社会主义革命和建设的现实生活之中，这种思想改造和生活体验正是审美交往与非审美交往相互纠缠和混合的结合。文本中的具有社会性的审美交往所包括的问题也很多，如巴赫金分析的文本中的“作者形象”问题，这是巴赫金创造的一个自相矛盾的术语：它不同于小说中的主人公形象，也非作者本人，而是作者的思想、情感、价值在作品中的投射和显现。巴赫金将真实的作者称为“第一性的作者”（不是创造出来的），而将由“第一性的作者”所创造出来的作者形象称之为“第二性的作者”。在作者、作者形象、主人公、读者等因素的区分中，巴赫金重点关注的是这些审美交往行为的主体的情感意志的语调。他认为，话语不仅仅是对某种实有事物的表现或者反映，而且在这一过程中还包含了个人对事物的评价态度，“一切实实在在地被体验的东西，都是既实有又设定的东西，都带上了情调，具有情感意志的语调，在包容着我们的事件整体中与我发生实在有效

① 〔德〕本亚明：《作为生产者的作家》，胡经之、张首映主编《西方二十世纪文论选》第四卷，第250、251页。

的关系。情感意志方面的语调，是行为甚至最抽象思想的不可或缺的一个因素”。因此，这一参与性行为所形成的事件便不再是客观的、独立的，而是包含了某种价值的，“也就是其现实的、被确认的价值，即其情感意志的语调”。他分析了普希金的抒情剧《离别》中处于两个价值层面的抒情主人公之间所建构的既相互渗透又不相融合的审美观照世界。这一审美观照世界的建构特点是：“在这里凡属价值因素，都不是受原理原则决定的，而是受事物在事件具体建构中所处的唯一位置决定的；而事件的建构又是从参与性主体的唯一位置出发而实现的。所有这些因素都作为具体人的唯一性因素得到确认。”[①] 并且指出，这种“语调就其本质来说是社会性的”[②]。

虽然从理论上可以区分这两种不同的审美交往活动，但在具体的文学现象中，这两种审美交往往又是交织在一起的。如巴赫金所提出的审美交往过程中的意识形态环境问题，在他看来，“社会的人处于意识形态现象、不同类型和范畴的物体—符号——实现形式极为多样和不同的词语，有声的、书面的及其他的科学见解，宗教象征和信仰，艺术作品及其他等等——的环境之中。这一切的总和组成人的意识形态环境，一种从各个方面严实地包围着人的环境”[③]。这里的“人”不仅包括现实生活中的作家和读者，而且还包括文艺作品中的作者形象和主人公。再比如，19 世纪以来文学创作活动受媒介的影响越来越大，大众报刊、文学杂志、影视网络等日益渗透到作家的创作活动之中，它们对作家创作的影响是全方位的，文学的传播方式和接受过程甚至反过来成为影响作家创作行为的重要因素。如中国现代文学史上鲁迅《阿 Q 正传》的写作，便是这样一个经典案例。在《〈阿 Q 正传〉的成因》中，鲁迅引出西谛先生对《阿 Q 正传》“收局太匆促”“人格上似乎是两个”的观点，很显然，西谛先生的看法是纯粹的文本分析，前者针对的是小说的写作技巧，后者关注的是人物的性格特征。两者共同指向的，则是

---

① 〔俄〕巴赫金：《论行为哲学》，钱中文主编《巴赫金全集·哲学美学》，晓河等译，第 34、71—72 页。

② 〔俄〕巴赫金/沃洛希诺夫：《生活话语与艺术话语——论社会学诗学问题》，钱中文主编《巴赫金全集·周边集》，李辉凡、张捷等译，第 88 页。

③ 〔俄〕巴赫金/梅德维杰夫：《文艺学中的形式主义方法》，钱中文主编《巴赫金全集·周边集》，李辉凡、张捷等译，第 123 页。

鲁迅作为作家没有能力控制中长篇小说的写作，也没有能力控制人物性格的统一，这是作者与文本、与人物审美交往活动的失败。鲁迅对此问题的回应则是力图还原当时创作《阿Q正传》的过程，以此透视产生上述问题的原因。鲁迅的叙述涉及下面几个方面。其一，当时鲁迅自己的思想状况："我没有什么话要说，也没有什么文章要做，但有一种自害的脾气，是有时不免呐喊几声，想给人们去添点热闹。"其二，是《晨报副刊》的编辑孙伏园，"不知是谁的主意，忽然要添一栏称为'开心话'的了，每周一次。他就来要我写一点东西"。这才使得鲁迅将构思了多年的阿Q付诸笔端。"因为要切'开心话'这题目，就胡乱加上些不必有的滑稽"，且署名"巴人"。没想到，一经登出，即引发读者的关注，不少人以为《阿Q正传》上某一段仿佛是在骂自己。不仅如此，因为"开心话"是周刊栏目，孙伏园便每七天一来催稿，所以，《阿Q正传》的各章不只是小说中自然章节的划分，还是对报纸栏目要求——文体风格、字数篇幅、写作周期等——的响应。不过，鲁迅并没有一直将阿Q"开心"到底，相反做得认真，于是"伏园也觉得不很'开心'，所以从第二章起，便移在'新文艺'栏里"。其三，阿Q人物形象自身的发展逻辑与鲁迅作为作家的思想观念和写作状态相交织，导致阿Q终于革命且走向大团圆的结局。一方面，在鲁迅看来，"中国倘不革命，阿Q便不做，既然革命，就会做的"。这是阿Q性格逻辑发展使然。另一方面，"《阿Q正传》大约做了两个月，我实在很想收束了"，但碍于孙伏园的面子，只能将"大团圆"藏在心里，但是"阿Q却已经渐渐向死路上走"。正好孙伏园有事离开，换了另一编辑何作霖，他"于阿Q素无爱憎"，鲁迅便乘机将"大团圆"送去，等孙伏园回京时，阿Q已经枪毙了一个多月了。[①] 从《阿Q正传》的创作中不难发现，现实的审美活动主体及其之间的关系，以及文本中体现为作者形象、作者立场、人物价值与充溢其间的不同价值立场的情感意志语调，都在《阿Q正传》创作活动过程之中发生着彼此不可替代并且相互影响的作用。此外，本雅明发现，文学写作屈从于报纸专栏的限制，被迫采用蒙太奇手法；斯图尔特·霍尔发现，读者在对

① 鲁迅：《〈阿Q正传〉的成因》，《鲁迅全集》第3卷，人民文学出版社1973年版，第394—403页。

媒体的符号编码的解码过程中存在对抗性，揭示出符号（包括文学在内）的意义生产是作者编码与读者解码博弈的结果；道格拉斯·凯尔纳通过对“媒介奇观”的研究发现，媒体自身的价值立场、经济利益及其所具有的“翻手为云，覆手为雨”的能力，已是当代文化生产的支配性力量。所有这些，都在不同方面充实、丰富和发展着马克思主义从交往实践到审美交往的理论内涵。

参考文献

一、外文著作

Adam Zachary Newton, *Narrative Ethics*, Cambridge, Massachusetts, London, England: Harvard University Press, 1997.

Carol Adlam ed., *Face to Face: Bakhtin in Russia and the West*, Sheffield Academic Press, 1997.

David Lodge, *After Bakhtin, Essays on Fiction and Criticism*, New York: Routledge, 1990.

David Morley and Kuan – Hsing Chen, *Stuart Hall: Critical Dialogues in Cultural Studies*, London and New York: Routledge, 1996.

Dusan I. Bjelic, *Normalizing the Balkans: Geopolitics of Psychoanalysis and Psychiatry*, Farnham: Ashgate, 2011.

Graham Allen, *Intertextuality*, London and New York: Routledge, 2000.

Henri Lefebvre, *Critique of Everyday Life*, translated by John More, London, New York: Athlone Press, 1991.

James Phelan, *Reading People, Reading Plots: Character, Progression, and the Interpretation of Narrative*, Chicago: The University of Chicago Press, 1989.

James Phelan, *Worlds from Words: A Theory of Language in Fiction*, Chicago: The University of Chicago Press, 1981.

James Procter, *Stuart Hall*, London, New York: Routledge, 2004.

Janet Liebman Jacobs, Donald Capps, Religion, *Society, and Psychoanalysis: Readings in Contemporary Theory*, Boulder, CO: Westview Press, 1997.

Jo. Anna Isaak, *Feminism&Contemporary Art: The Revolutionary Power of*

Women's Laughter, New York, London: Routledeg, 1996.

John Fiske, *Power Plays*, *Power Works*, London: Verso Books, 1993.

John Fiske, *Television Culture*, London: Methuen&CoLtd. 1987.

Jonathan Culler, *The Literary of Theory*, CA: Stanford University Press, 2007.

Julia Kristeva, *Desire in Language: A Semiotic Approach to Literature and Art*, trans. Thomas S. Gora, Alice Jardine, and Leon S. Roudiez, Oxford: Basil Blackwell, 1980.

Julia Kristeva, edited by Toril Moi, *The Kristeva Reader*, New York: Columbia University Press, 1986.

Kalpana Aeshadri – Crooks, *Desiring Whiteness: A Lacanian Analysis of Race*, London: Routledge, 2000.

Karen Hohne and Helen Wussow, *A Dialogue of Voices – Feminist Literary Theory and Bakhtin*, University of Minnesota Press, 1994.

Karine Zbinden, *Bakhtin between East and West: Cross – Cultural Transmission*, Oxford: Legenda, 2006.

Laura Engelstein and Stephanie Sandler eds. , *Self and Story in Russian History*, Cornell University Press, 2000.

M. Gurevitch, T. Bennett, J. Curran and J. Woollocat, *Clulture*, *Society and the Media*, London: Methuen, 1982.

Mary Russo, *The Female Grotesque: Risk*, *Excess and Modernity*, New York, London: Routledge, 1995.

Michel Foucault, *Language*, *Counter – Memory*, *Practice: Selected Essays and Interviews*, Ithaca: Cornell University Press, 1980.

Mitchell, J. and Oakley, A. (eds), *What is Feminism?* Oxford: Blackwell, 1986.

Oswald Ducrot and Tzvetan Todorov, *Encyclopedic Dictionary of the Sciences of Language*, Baltimore: The Johns Hopkins University Press, 1979.

Peter Stallybrass and Allon White, " Bourgeois Hysteria and the Carnivalesque," *The Cultural Studies Reader*, ed. by Simon During, London:

Methuen, 1986.

Peter Stallybrass and Allon White, "From Carnival to Transgression," *The Subcultures Reader*, Ed. by Sarah Thomton, Ken Gelder, Londen: Routledge, 1997.

Peter Stallybrass and Allon White, *The Politics and Poetics of Transgression*, London: Methuen, 1986.

Raman Selden, ed., *The Theory of Criticism: From Plato to the Present: A Reader*, London and New York: Longman, 1988.

Raymond Williams, ed. by John Higgins: *The Raymond Williams Reader*, Oxford: Blackwell, 2001.

Robert Louis Jackson, ed., *A New Word on The Brothers Karamazov*, Evanston: Northwestern UP, 2003.

S. K. Keltner, *kristeva: Thresholds*, Cambridge: Polity Press, 2011.

Stephen Bann and John E. Bowlt (eds), *Russian Formalism: A Collection of Articles and Texts in Translation*, Edinburgh: Scottish Academic Press, 1973.

Stephen Greenblatt, *Shakespearean Negotiations*, Oxford: Routledge, 1988.

Stuart Hall, Dorothy Hobson, Andrew Lowe and Paul Willis, *Culture, Media, Language*, London: Hutchinson, 1980.

Tony Bennett, *Formalism and Marxism*, London: Routledge, 2003.

Toril Moi (ed.), "Introduction," *The Kristeva Reader*, Oxford: Basil Blackwell, 1986.

Tzvetan Todorov, *La littérature en péril*, Paris: Flammarion, 2007.

Tzvetan Todorov, *Poétique*, *Qu'est-ce que le structuralisme*? 2, Paris: Seuil, 1968.

Walter Benjamin, *The Arcades Project*, translated by Howard Eiland and Kevin Mclaughlin, Cambridge, Mass.: Harvard University Press, 1999.

Walter Jost, Wendy Olmsted ed., *A Companion to Rhetoric and Rhetorical Criticism*, Blackwell: Blackwell Publishing Ltd., 2004.

Wayne C. Booth, *The Company We Keep: An Ethics of Fiction*, Berkeley Los Angeles London: University of California Press, 1988.

Wayne C. Booth, *The Rhetoric of Fiction* (*Second Edition*), Chicago & London: The University of Chicago Press, 1983.

Wayne C. Booth, *The Rhetoric of Rhetoric: The Quest for Effective Communication*, Blackwell: Blackwell Publishing, 2004.

二、中文著作

〔澳〕约翰·多克:《后现代主义与大众文化·文化史》, 吴松江、张天飞译, 辽宁教育出版社 2001 年版。

〔德〕本雅明:《巴黎, 19 世纪的首都》, 刘北成译, 上海人民出版社 2006 年版。

〔德〕本雅明:《发达资本主义时代的抒情诗人》, 张旭东、魏文生译, 三联书店 1989 年版。

〔德〕哈贝马斯:《公共领域的结构转型》, 曹卫东等译, “1990 年版序言”, 学林出版社 1999 年版。

〔德〕哈贝马斯:《交往行为理论(第一卷)·行为合理性与社会合理性》, 曹卫东译, 上海人民出版社 2004 年版。

〔德〕哈贝马斯:《现代性的地平线》, 李安东、段怀清译, 上海人民出版社 1997 年版。

〔德〕汉斯·罗伯特·耀斯《审美经验与文学解释学》, 顾建光等译, 上海译文出版社 1997 年版。

〔德〕霍尔斯特:《哈贝马斯传》, 章国锋译, 东方出版中心 2000 年版。

〔德〕霍克海默、阿多尔诺:《启蒙辩证法》, 洪佩郁等译, 重庆出版社 1990 年版。

〔德〕马克思、恩格斯:《马克思恩格斯全集》, 人民出版社 1979 年版。

〔德〕马克思、恩格斯:《马克思恩格斯文集》, 人民出版社 2009 年版。

〔德〕马克思、恩格斯:《马克思恩格斯选集》, 人民出版社 1972 年版。

〔德〕瓦尔特·本雅明:《写作与救赎——本雅明文选》, 李茂增、苏仲乐译, 东方出版中心 2009 年版。

〔俄〕巴赫金：《巴赫金全集·拉伯雷研究》，钱中文主编，李兆林等译，河北教育出版社 1998 年版。

〔俄〕巴赫金：《巴赫金全集·诗学与访谈》，钱中文主编，白春仁、顾亚玲等译，河北教育出版社 1998 年版。

〔俄〕巴赫金：《巴赫金全集·文本 对话与人文》，钱中文主编，白春仁等译，河北教育出版社 1998 年版。

〔俄〕巴赫金：《巴赫金全集·小说理论》，钱中文主编，白春仁、晓河译，河北教育出版社 1998 年版。

〔俄〕巴赫金：《巴赫金全集·哲学美学》，钱中文主编，晓河等译，河北教育出版社 1998 年版。

〔俄〕巴赫金：《巴赫金全集·周边集》，钱中文主编，李辉凡、张捷等译，河北教育出版社 1998 年版。

〔俄〕盖纳吉·弗拉基米罗维奇·德拉奇主编《世界文化百题》，王亚民、赵秋长、刘久胜译，敦煌文艺出版社 2004 年版。

〔俄〕列宁：《列宁全集》，人民出版社 1987 年版。

〔俄〕什克洛夫斯基等：《俄国形式主义文论选》，方珊等译，生活·读书·新知三联书店 1989 年版。

〔法〕阿尔都塞：《保卫马克思》，顾良译，商务印书馆 1984 年版。

〔法〕茨维坦·托多洛夫：《批评的批评——教育小说》，王东亮、王晨阳译，三联书店 2002 年版

〔法〕茨维坦·托多洛夫：《失却家园的人》，许钧、侯永胜译，台北：桂冠图书有限公司 2004 年版。

〔法〕茨维坦·托多罗夫编选《俄苏形式主义文论选》，蔡鸿滨译，中国社会科学出版社 1989 年版。

〔法〕德里达：《结构，符号，与人文科学话语中的嬉戏》，王逢振等编《最新西方文论选》，漓江出版社 1991 年版。

〔法〕弗朗索瓦·多斯：《从结构到解构：法国 20 世纪思想主潮》下卷，季广茂译。2004 年版。

〔法〕拉康：《拉康选集》，褚孝泉译，上海三联书店 2001 年版。

〔法〕路易-让·卡尔韦：《结构与符号——罗兰·巴尔特传》，车槿山

译，北京大学出版社 1997 年版。

〔法〕罗兰·巴特：《埃菲尔铁塔》，《罗兰·巴特随笔选》，怀宇译，百花文艺出版社 2005 年版。

〔法〕罗兰·巴特：《符号学原理》，李幼蒸译，三联书店出版社 1988 年版。

〔法〕罗兰·巴特：《批评与真实》，温晋仪译，上海人民出版社 1999 年版。

〔法〕米歇尔·福柯：《知识考古学》，谢强、马月译，三联书店 1998 年版。

〔法〕萨菲瓦约：《互文性研究》，邵炜译，天津人民出版社 2002 年版。

〔法〕朱莉娅·克里斯蒂瓦：《恐怖的权力：论卑贱》，张新木译，三联书店 2001 年。

〔法〕热拉尔·热奈特：《热奈特论文选，批评译文选》，史忠义译，河南大学出版社 2009 年版。

〔法〕热拉尔·热奈特：《叙事话语新叙事话语》，王文融译，中国社会科学出版社 1990 年版。

〔法〕托多罗夫：《巴赫金、对话理论及其他》，蒋子华、张萍译，百花文艺出版社 2001 年版。

〔古希腊〕亚里士多德：《诗学》，罗念生译，上海人民出版社 2006 年版。

〔荷〕佛克马·易布思：《二十世纪文学理论》，林书武译，三联书店 1988 年版。

〔美〕詹姆斯费伦，彼得·J. 拉比诺维茨主编《当代叙事理论指南》，申丹等译，北京大学出版社 2007 年版。

〔美〕菲斯克：《电视文化》，祁阿红、张鲲译，商务印书馆 2005 年版。

〔美〕卡特琳娜·克拉克、迈克尔·霍奎斯特：《米哈伊尔·巴赫金》，语冰译，中国人民大学出版社 2000 年版。

〔美〕华莱士·马丁：《当代叙事学》，伍晓明译，北京大学出版社 2005 年版。

〔美〕怀特：《分析的时代》，杜任之译，商务印书馆 1981 年版。

〔美〕L. 德赖弗斯、保罗·拉比诺著《超越结构主义与解释学》，张建超、张静译，光明日报出版社 1992 年版。

〔美〕马尔库塞：《爱欲与文明》，黄勇、薛民译，上海译文出版社 1987 年版。

〔美〕马尔库塞：《现代文明与人的困境》，李小兵等译，三联书店 1989 年版。

〔美〕马尔库塞：《审美之维》，李小兵译，三联书店 1989 年版。

〔美〕乔勒森·卡勒：《结构主义诗学》，盛宁译，中国社会科学出版社 1991 年版。

〔美〕韦恩·布斯：《修辞的复兴：韦恩·布斯精粹》，穆雷等译，译林出版社 2009 年版。

〔美〕韦恩·布斯：《小说修辞学》，华明、胡苏晓、周宪译，北京大学出版社 1987 年版。

〔美〕约翰·费斯克：《理解大众文化》，王晓珏、宋伟杰译，中央编译出版社 2001 年版。

〔美〕詹姆斯·费伦：《作为修辞的叙事：技巧、读者、伦理、意识形态》，陈永国译，北京大学出版社 2002 年版。

〔日〕西川直子：《克里斯托娃——多元逻辑》，王青、陈虎译，河北教育出版社 2002 年版。

〔瑞士〕索绪尔：《普通语言学教程》，高明凯译，商务印书馆 1980 年版。

〔匈〕赫勒：《日常生活》，衣俊卿译，重庆出版社 1990 年版。

〔匈〕卢卡奇：《关于社会存在的本体论》，张西平等译，重庆出版社 1993 年版。

〔匈〕卢卡契：《审美特性》，徐恒醇译，中国社会科学出版社 1986 年版。

〔意〕安东尼奥·葛兰西：《狱中札记》，曹雷雨等译，中国社会科学出版社 2000 年版。

〔英〕雷蒙德·威廉斯：《马克思主义与文学》，王尔勃、周莉译，河南大学出版社 2008 年版。

〔英〕雷蒙德·威廉斯：《现代主义的政治——反对新国教派》，阎嘉译，商务印书馆2002年版。

〔英〕马尔库姆·V. 琼斯：《巴赫金之后的陀思妥耶夫斯基——陀思妥耶夫斯基幻想现实主义解读》，赵亚莉等译，吉林人民出版社2004年版。

〔英〕特雷·伊格尔顿：《二十世纪西方文学理论》，伍晓明译，北京大学出版社2007年版。

〔英〕特里·伊格尔顿：《后现代主义的幻象》，华明译，商务印书馆2000年版。

〔英〕特里·伊格尔顿：《美学意识形态》，王杰等译，广西师范大学出版社1997年版。

〔英〕特里·伊格尔顿：《沃尔特·本雅明：或走向革命批评》，郭国良、陆汉臻译，译林出版社2005年版。

〔英〕托尼·本尼特：《形式主义和马克思主义》，曾军等译，河南大学出版社2011年版。

〔英〕威廉姆斯：《文化与社会》，吴松江、张文定译，北京大学出版社1991年版。

陈永国、马海良编《本雅明文选》，中国社会科学出版社1999年版。

陆扬、王毅选编《大众文化研究》，戴从容译，上海三联书店2001年版。

韩立新主编《新版〈德意志意识形态〉研究》，中国人民大学出版社2008年版。

胡经立、张首映主编《西方二十世纪文论选》，中国社会科学出版社1989年版。

李幼蒸：《理论符号学导论》，社会科学文献出版社1999年版。

梁启超：《清代学术概论》，中华书局1954年版。

刘北成：《本雅明思想肖像》，上海人民出版社1998年版。

刘纲纪主编《马克思主义美学研究》第2辑，王尔勃译，广西师范大学出版社1999年版。

鲁迅：《鲁迅全集》，人民文学出版社1973年版。

罗钢、刘象愚主编《文化研究读本》，中国社会科学出版社2000年版。

罗婷：《克里斯特瓦的诗学研究》，中国社会科学出版社 2004 年版。

毛泽东：《毛泽东选集》，人民出版社 1991 年版。

邱运华、林精华编《俄罗斯文化评论》第二辑，首都师范大学出版社 2010 年版。

《世界文论》编辑委员会编《文艺学和新历史主义》，社会科学文献出版社 1993 年版。

陶东风、金元浦等主编《文化研究》第一辑，天津社会科学院出版社 2000 年版。

王瑾：《互文性》，广西师范大学出版社 2005 年版。

王岳川、尚水编《后现代主义文化与美学》，北京大学出版社 1992 版。

汪民安等主编《后现代性的哲学话语——从福科到赛义德》，浙江人民出版社 2000 年版。

曾军：《接受的复调——中国巴赫金接受史研究》，广西师范大学出版社 2004 年版。

张京媛主编《当代女性主义文学批评》，北京大学出版社 1992 年版。

张京瑗主编《新历史主义与文学批评》，北京大学出版社 1993 年版。

张寅德编选《叙述学研究》，中国社会科学出版社 1989 年版。

朱立元、李钧主编《二十世纪西方文论选》，高等教育出版社 2002 年版。

三、论文

〔爱〕威廉·勃特勒·叶芝：《疯女珍妮与主教对话》，飞白译，《散文诗》2006 年第 2 期。

〔俄〕维克多·赫列勃尼科夫等：《给社会趣味一记耳光》，《文艺理论研究》1982 年第 2 期。

〔俄〕罗·雅各布森：《诗歌语言理论研究与诗学科学探索》，蔡鸿滨译，《外国文学评论》1987 年 2 期。

〔法〕兹维坦·托多洛夫：《对话与独白：巴赫金与雅各布森》，史忠义译，《俄罗斯文艺》2008年第1期。

〔法〕茨维坦·托多洛夫：《对话与独白：巴赫金与雅各布森》，史忠义译，《西安外国语大学学报》2007年第4期。

〔法〕茨维坦·托多罗夫、钱林森：《责任和乐趣：我的漂泊与探索的旅程》，《中华读书报》2008年9月17日。

〔法〕维奥莱纳·乌达尔－梅洛特：《与作家共读——托多洛夫访谈录》，《当代外国文学》2001年第2期。

〔法〕朱莉娅·克里斯蒂娃：《词语、对话与小说》，张颖译，《符号与传媒》2011年2期。

〔法〕克里斯蒂娃：《诗歌语言的革命》，陈永国译，王宁主编《文学理论前沿》第三辑，北京大学出版社2011年版。

〔加〕安东尼·瓦尔：《德国视野中的巴赫金》，米慧译，《俄罗斯文艺》2011年第2期。

〔加〕克莱夫·托姆逊：《巴赫金在法国》，朱涛译，《俄罗斯文艺》2011年第2期。

〔英〕马尔科姆·布雷德伯里：《创新》，刘凯芳译，《外国文艺》1998年第1期。

程锡麟：《当代美国文学理论》，《外国文学评论》1990年第1期。

胡壮麟：《让巴赫金给巴赫金定位——谈巴赫金研究中的若干问题》，《北京大学学报》（哲学社会科学版）2008年第2期。

黄晞耘：《罗兰·巴特思想的转捩点》，《世界哲学》2004年第1期。

乐黛云、〔法〕李比雄主编《跨文化对话》第23辑，江苏人民出版社2008年版。

凌建侯：《话语的对话性——巴赫金研究概说》，《外语教学与研究》2000年第3期。

凌建侯：《试析巴赫金的对话主义及其核心概念“话语”（слово）》，《中国俄语教学》1999年第1期。

钱中文：《难以定位的巴赫金》，《文艺报》1996年2月2日。

秦海鹰：《克里斯特瓦的互文性概念的基本含义及其具体运用》，《法国研究》2006年第4期。

栾栋：《文学他化疏——兼析托多洛夫“文学危殆”说》，《法国研究》2011 年第 1 期。

生安锋：《后殖民性、全球化和文学的表述——霍米·巴巴访谈录》，《南方文坛》2002 年第 6 期。

史忠义：《“文本即生产力”：克里斯特瓦文本思想初探》，《外国文学研究》1999 年第 4 期。

孙秀丽：《克里斯蒂娃广义互文性初探》，《黑龙江社会科学》2009 年第 5 期。

沈大力：《敲响西方文论的警钟——当前法国文坛上发生的一场激烈讨论》，《文艺报》2007 年 12 月 1 日。

孙传钊：《反思极权主义——托多罗夫的“心路历程”》，（香港）《二十一世纪》2010 年 4 月号。

王亚民：《后巴赫金时代——近二十年俄罗斯文化理论发展概述》，《西北师大学报》（社会科学版）2006 年 5 期。

曾军：《从“葛兰西转向”到“转型的隐喻”——巴赫金是怎样影响伯明翰学派的》，《学术月刊》2008 年第 4 期。

曾军：《在与巴赫金对话的长远时间里》，《中国图书评论》2020 年第 4 期。

张鹭：《艾柯：我没说过“一切阅读都是误读”》，《新世纪周刊》2007 年 7 期。

Caryl Emerson, “Freud and Bakhtin's Dostoevsky,” in *Wiener Slawistische Almanach*, No. 27, 1991.

Caryl Emerson, “Keeping the Self-Intact During the Culture Wars: A Centennial Essay for Mikhail Bakhtin,” in *New Literary History*, Vol. 27, No. 1, 1996.

Caryl Emerson, “Shklovsky's Ostranenie and Bakhtin's Vnenakhodimost' (How distance serves an aesthetics of arousal and perception differently from an aesthetics based on pain),” *Poetics Today*, Vol. 26, No. 4, 2005.

Caryl Emerson, “The Tolstoy Connection in Bakhtin,” *PMLA*, Vol. 100, No. 1, 1985.

Charles Woolfson, " The Semiotics of Working Class Speech," *WPCS*, No. 9. 2011.

Donald M. Lowe, "The Conquest of America: The Question of the Other," Translated by Richard Howard, Tzvetan Todorov, *The American Historical Review*, Vol. 91, No. 2 (Apr., 1986).

Julia Kristeva, " 'Nous Deux' or a (Hi) story of Intertextuality," *Romanic Review*, Jan, - Mar., 2002.

Newcomb, H., "On the Dialogic Aspects of Mass Communication," *Critical Studies in Mass Communication*, 1984.

Terry Eagleton, " Wittgenstein's Friends, " *New Left Review*, Sep. - Oct. 1982.

Terry Eagleton, "I Contain Multitudes," *Longdon Review of Books*, Vol. 29, No. 12, dated 21. June, 2007.

Tzvetan Todorov, Ellen Brut, "On Literary Genesis," *Yale French Studies*, No. 58, In "Memory of Jacques Ehrmann: Inside Play Outside Game" (1979).

Wayne C. Booth, "Freedom of Interpretation: Bakhtin and the Challenge of Feminist Criticism," *Critical Inquiry*, Vol. 9, No. 1, The Politics of Interpretation, Sep. 1982.

索　引

一、著述

二、人名、词语

后　记

在与巴赫金对话的长远时间里

2020年初，《中国图书评论》组织策划了一期《世界读书日专辑》，约我写一篇文章介绍一下对我影响最大的书。我毫不犹豫地答应下来。于是便有了下面这篇《在与巴赫金对话的长远时间里》。[①]

> 1988年出版的《巴赫金全集》（河北教育出版社）是对我影响最大的一套书。巴赫金研究不仅成为我博士论文的选题，也成为我第一本个人学术专著的成果（《接受的复调——中国巴赫金接受史研究》，广西师范大学出版社2004年版）。这本专著也使我获得了第一个上海市哲社奖（2006年）。我申报成功的第一个国家社科基金项目也是巴赫金研究的延续（2007年的“巴赫金对当代西方文学理论的影响研究”）。经过6年多的艰苦研究，该项目非常荣幸地以“优秀”等级结项。在这个项目的研究过程中，我还以巴赫金的民间诙谐文化理论作为切入口展开当代文学批评，并以此成功申报了我第一个人才项目“上海市曙光项目”，并撰写了《民间诙谐文化与中国当代文学》（上海大学出版社2011年版）。
>
> 巴赫金不仅仅是我的一个研究对象，更重要的是他的复调、狂欢、对话主义等思想方法深刻地影响到我对待学术、人生的态度。我做博士论文时有意识地尝试“用巴赫金的方式来研究巴赫金”，提出“接受的复调”的概念；我做“巴赫金对当代西方文论的影响研究”课题时也

---

① 曾军：《在与巴赫金对话的长远时间里》，《中国图书评论》2020年第4期。

> 提炼出“影响的多元网络”的概念来丰富和拓展比较诗学研究方法论；我成功申报国家社科基金重点项目“欧美左翼文论中的中国问题研究”（2015，“免于鉴定”结项）和国家社科基金重大项目“20世纪西方文论中的中国问题研究”（2016，获滚动支持，在研中）之后，我更加自觉地不断强化巴赫金思想之于中西文论对话的方法论意义，提出“全面升级中西文论的‘对话主义’研究方法：超越‘刺激—反应’模式，采取‘需要—选择’模式；超越单向的‘影响—接受’模式，采取双向的‘折返—出入’模式；超越‘比较—对立’模式，采取‘对话—共识’模式”的方法论。
>
> 正是因为有了巴赫金思想作为背景，我拥有了能够与20世纪西方文论思潮进行对话的契机。巴赫金生前一直致力于与不同的理论思潮之间展开对话。从新康德主义到马克思主义，从弗洛伊德精神分析到俄国形式主义，巴赫金都成为与不同理论思潮交锋中的“最好的对手”。巴赫金身后也不寂寞。在历经了“巴赫金的三次重新发现”之后，几乎所有的西方文论思潮都从巴赫金思想中发现了能够引为同道的资源。从后现代主义到女性主义，从后殖民主义到新历史主义，从身体理论到空间理论，以及陀思妥耶夫斯基研究、小说理论，不一而足。巴赫金思想经常被彼此之间有思想冲突的思潮同时征引，成为学术史上的奇观。通过巴赫金的视角，正好能够穿透这些林林总总学术思想的迷雾。
>
> 巴赫金有一句名言：“任何一种思想都不会绝对的死亡，都有自己的复活节。”诚哉斯言。

不过，上述回顾只是提供了一些概略性的，甚至存在严重简化之嫌的“巴赫金”与“我”之间的学术联系。

首先，在“巴赫金”与“我”之间，并非简单的“信息源”（巴赫金）和“接收者”（我）的“影响—接受”关系。巴赫金1975年即已作古，而我最初知道他的存在已是20世纪90年代初。在这段时期内，巴赫金不仅已在俄苏和西方世界广泛传播，并被包装成“后现代学术明星”，而且在中国已先后经历了从“陀思妥耶夫斯基研究专家”到“复调小说理论家”再到“形式主义的最好对手”等学术形象的转变。他的《陀思妥耶夫斯基诗学问题》《弗洛伊德主义：批判纲要》《文艺学中的形式主义方法》等著作已被陆续翻译成中文出版；围绕他的陀思妥耶夫斯基研究、复调小说理论、时空体理论等诸多问题，中国学者间也展开了持续不断的讨论甚至是争论。20世纪90年代初，当我以收藏癖的方式收罗各种学术著作（其中就包括巴赫金的《陀思妥耶夫斯基诗学问题》）时，中国的巴赫金接受已经进入后现代文化诗学的新阶段。但是当时的我对这一切几乎一无所知。《巴赫金全集》于1998年由河北教育出版社出版，次年王先霈老师给我们开设“巴赫金研究”的博士生课程，至此时，我才开始认真研读巴赫金，从此才一发而不可收。因此，在“巴赫金”和“我”之间存在一个无比巨大的中西文论思想史的总体背景，以及导师指导、个人喜好等具体因素。这使得我很难做出绝对的判断：究竟是“巴赫金影响了我”，还是“我受到了导师的影响”，或者是“我主动接受了巴赫金”。但是可以肯定的是，在“巴赫金”与“我”之间存在一张极为庞大复杂并且处于动态变化过程的学术网络。我们都处于这张学术网络中的特定节点之中。这使得传统的“（主动）影响—（被动）接受”的单向度研究模式受到巨大挑战。而这也是我在从事“巴赫金对当代西方文学理论的影响研究”这个课题时，愈发强烈地产生了一种理论自觉和方法自觉——“影响的多元网络”。我个人觉得，如果说这个课题（这本著作）还略有新意的话，那么试图建构起“多元网络”的研究方法论，从而丰富和发展比较诗学研究，就可能是其中比较重要的方面吧。

其次，本课题的研究也不是一种封闭性的研究，而是始终处于开放性和未完成性的状态之中。2007年我申报这个课题获批国家社科基金青年项目，直到2012年下半年提交结项材料，并于2013年结项，前后历经约7年时间。在此期间，我的研究经历了从漫天撒网到凝练聚焦的过程。在当时数字化学术信息还不是很发达的条件下，我费尽心力地搜罗了一百多本国外巴赫金研究著作，相关学术论文不可胜数。面对海量的巴赫金研究著述，我唯一能够做的，就是尽可能清晰地勾画一个巴赫金影响西方文学理论的学术地图，然后再进一步明确研究的重点：一大批纯粹的巴赫金理论的翻译介绍性著作被暂时搁置在一边；紧接着一大批以俄苏文论研究为目标的专家也被分层分类地进行了处理；随后，我将目光集中到了在西方文论发展史上产生重大影响且同时受到巴赫金思想影响的一批学者身上；最终，我明确以法国结构主义至后结构主义思潮、英国文化批评理论思潮、当代女性主义文学批评和当代叙事学理论思潮作为重点研究对象，并以此为骨架，将此前散落在不同层面的对巴赫金理论的翻译、介绍、研究以及应用情况吸纳进来。这样做的好处是，擒贼先擒王，抓大放小。遗憾之处也是非常明显的：这使得我把论述的重心放在西方文论思潮的总体背景下，展开不同学者对巴赫金理论不同层面的接受，忽略了西方各国巴赫金研究整体状况对这些学者理解和应用巴赫理论的影响。不仅如此，我也无法穷尽所有重要的西方文论家对巴赫金接受情况的研究，比如说尧斯的文学解释学是如何分析巴赫金的喜剧理论的，热奈特以《隐迹稿本》为代表的互文性理论中的巴赫金因素如何分析，戴维·洛奇是如何创造性地将巴赫金的对话理论、狂欢诗学运用到于乔伊斯、劳伦斯等作家的文学批评并开创“巴赫金之后”（After Bakhtin）的批评范式的，等等。

再次，无论这个项目的在研期间，还是结项之后，在多个研究领域同步推进都一直是我这些年学术研究的基本状态。除了巴赫金中西影响与接受史研究之外，与本课题有密切关系的成果还有《民间诙谐文化与中国当代文学》和对托尼·本尼特《形式主义和马克思主义》的翻译。后者在“形式主义及其超越”的维度上对巴赫金的历史诗学赞誉有加。其他更大量的，则是与本项目没有直接关系的研究。比如说从2003年开始的视觉文化研究、从2005年开始的城市文化研究，以及对当代中国文化思潮变迁的持续跟踪等，构成了我本人这些年学术研究上的“复调”。也许正因为我不断强迫自己关注巴赫金之外的更多学术思潮，我才没有成为巴赫金思想的传声筒，并在展开“20世纪西方文论中的中国问题研究”这个国家社科基金重大项目的过程中，逐渐形成更加自觉地在“古今中西”关系中贯彻对话主义的研究方法。在我看来，人文学术的研究视角无外乎“古今中西”。它们可以被拆解和组合成“今中”“今西”“古中”“古西”四个象限。其中，“今中”是我们研究问题意识的来源，也是我们学术思想的立场，而其他三个象限（“今西”“古中”“古西”）则成为“今中”的思想资源和对话对象。特别需要注意的是，“今中”并非铁板一块，不证自明的。对“今”的不同定位（“现代”“当代”“当下”等）使得“今中”成为“历史总体性”和“内在多样性”的复合体。同时，“古今”关系、“中西”关系以及“古今”与

“中西”的关系，也在不断发生变化。从总的方面来看，“中西”关系居于矛盾的主要方面，并影响着“古今”关系的演变。

最后，任何一项成果的背后都不可能仅靠一己之力完成。在国家哲学社会科学成果文库的申报及出版过程中，我得到了众多师友的帮助。这也是我特别要提出来感谢的。

我要感谢社会科学文献出版社吴超老师。如果不是他主动邀请，这本书的出版可能还会再等上几年。

我要感谢国家哲学社会科学成果文库的评审专家们。正是各位专家的积极肯定，才使得这本书有幸入选；也正是大家提出了大量非常有针对性的中肯意见，才使得我能够更好地完成对著作的修改。

我还要感谢我的同学们。已毕业多年的杨灯和张口天当年就直接参与过本书第四章和第五章的写作；杨光、肖爽、王樱子等同学也曾帮我汇编过书稿；在入选成果文库进行最后修订的过程中，王秀梅、王梦秋、赵梦瑶、史可悦、高凡、彭逸芳等同学分别帮我再次核对了所有的引文，并将书稿与已发表的文章进行了细致的比对。

所有这些，都是为了让这本书稿的疏漏和遗憾减到最小。衷心感谢大家的辛苦！

巴赫金在《在长远时间里》指出：“在长远时间里，任何东西都不会失去其踪迹，一切面向新生活而复苏。在新时代来临的时候，过去所发生过的一切，人类所感受过的一切，会进行总结，并以新的涵义进行充实。”① 我衷心希望，这本经前后十余年时间打磨出的著作经得起“长远时间”的检验。我也坚信，中国文论的主体性也会与自我、与他者的在不断交往对话中逐步确立。

曾　军

2020 年 12 月 11 日

① 〔俄〕巴赫金：《在长远时间里》，钱中文主编《巴赫金全集·文本　对话与人文》，白春仁、晓河等译，第 373 页。

图书在版编目(CIP)数据

巴赫金对当代西方文学理论的影响研究 / 曾军著
. -- 北京：社会科学文献出版社，2021.4
（国家哲学社会科学成果文库）
ISBN 978 - 7 - 5201 - 8189 - 1

Ⅰ.①巴… Ⅱ.①曾… Ⅲ.①巴赫金（Bakhtin, Mikhail Mikhailovich 1895 - 1975）- 文学理论 - 研究
Ⅳ.①I512.065

中国版本图书馆 CIP 数据核字（2021）第 057098 号

· 国家哲学社会科学成果文库 ·
巴赫金对当代西方文学理论的影响研究

著　　者 / 曾　军

出 版 人 / 王利民
责任编辑 / 吴　超

出　　版 / 社会科学文献出版社 · 人文分社（010）59367215
地址：北京市北三环中路甲 29 号院华龙大厦　邮编：100029
网址：www.ssap.com.cn
发　　行 / 市场营销中心（010）59367081　59367083
印　　装 / 北京盛通印刷股份有限公司

规　　格 / 开 本：787mm × 1092mm　1/16
印 张：23　字 数：375 千字
版　　次 / 2021 年 4 月第 1 版　2021 年 4 月第 1 次印刷
书　　号 / ISBN 978 - 7 - 5201 - 8189 - 1
定　　价 / 129.00 元

本书如有印装质量问题，请与读者服务中心（010 - 59367028）联系